Pour tout ce que j'ai
aimé de la Turquie —

Dhy —

DE LA PART DE LA PRINCESSE MORTE

KENIZE MOURAD

DE LA PART
DE LA
PRINCESSE MORTE

ÉDITIONS ROBERT LAFFONT
PARIS

© Éditions Robert Laffont, S.A., Paris, 1987
ISBN 2-221-05218-8

Aux enfants de Badalpour.

Dans l'aventure que fut la rédaction de ce livre, beaucoup d'amis m'ont aidée, en Turquie, au Liban, en Inde et en France. Leurs souvenirs, leurs conseils m'ont permis de reconstituer non seulement trente ans d'histoire, souvent différente de l'histoire officielle, mais aussi de faire revivre les petits faits et gestes de la vie quotidienne.

Les citer nommément risquerait de les gêner, mais je voudrais qu'ils sachent toute ma reconnaissance.

L'histoire commence en janvier 1918 à Istamboul, capitale de l'Empire ottoman qui, pendant des siècles, fit trembler la chrétienté.

Les Etats occidentaux ont eu raison de sa puissance et se disputent les dépouilles de ce vieil empire qu'on appelle depuis longtemps « l'homme malade de l'Europe ».

En quarante-deux ans, trois frères se sont succédé sur le trône : le sultan Mourad détrôné et maintenu en captivité par son frère Abdul Hamid, lui-même renversé par la révolution « Jeune-Turc » et remplacé par Reshat.

Aujourd'hui, le sultan Reshat n'est plus qu'un monarque constitutionnel. Le véritable pouvoir est entre les mains d'un triumvirat, qui a entraîné le pays dans la guerre aux côtés de l'Allemagne.

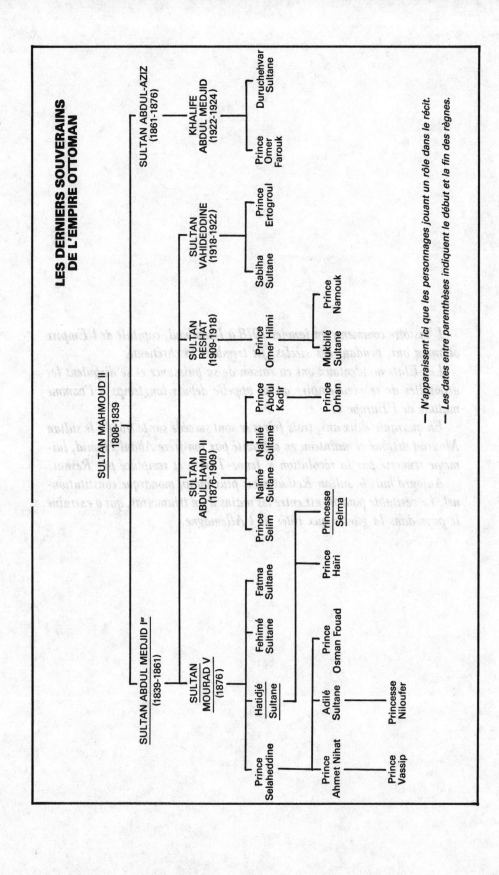

LES DERNIERS SOUVERAINS
DE L'EMPIRE OTTOMAN

SULTAN MAHMOUD II
1808-1839

SULTAN ABDUL MEDJID Ier
(1839-1861)

SULTAN ABDUL-AZIZ
(1861-1876)

SULTAN MOURAD V
(1876)

SULTAN ABDUL HAMID II
(1876-1909)

SULTAN RESHAT
(1909-1918)

SULTAN VAHIDEDDINE
(1918-1922)

KHALIFE
ABDUL MEDJID
(1922-1924)

Prince
Selaheddine

Hatidjé
Sultane

Fehimé
Sultane

Fatma
Sultane

Prince
Selim

Naïmé
Sultane

Nahilé
Sultane

Prince
Abdul
Kadir

Prince
Omer Hilmi

Sabiha
Sultane

Prince
Ertogroul

Prince
Omer
Farouk

Durruchehvar
Sultane

Prince
Ahmet Nihat

Adilé
Sultane

Prince
Osman Fouad

Prince
Haïri

Princesse
Selma

Prince
Orhan

Mukbilé
Sultane

Prince
Namouk

Prince
Vassip

Princesse
Niloufer

— N'apparaissent ici que les personnages jouant un rôle dans le récit.
— Les dates entre parenthèses indiquent le début et la fin des règnes.

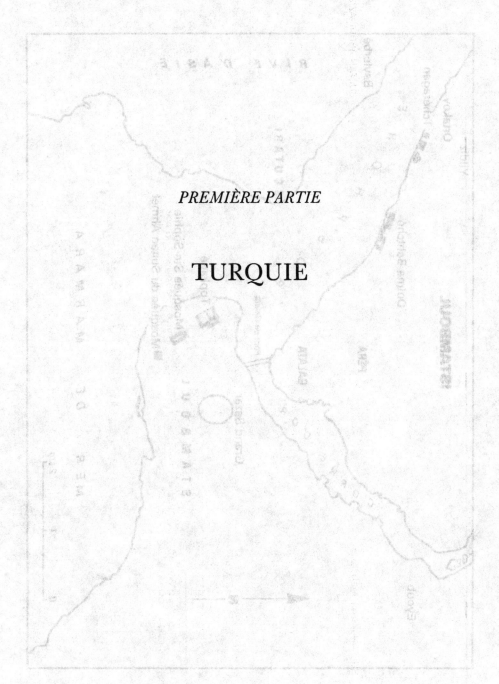

PREMIÈRE PARTIE

TURQUIE

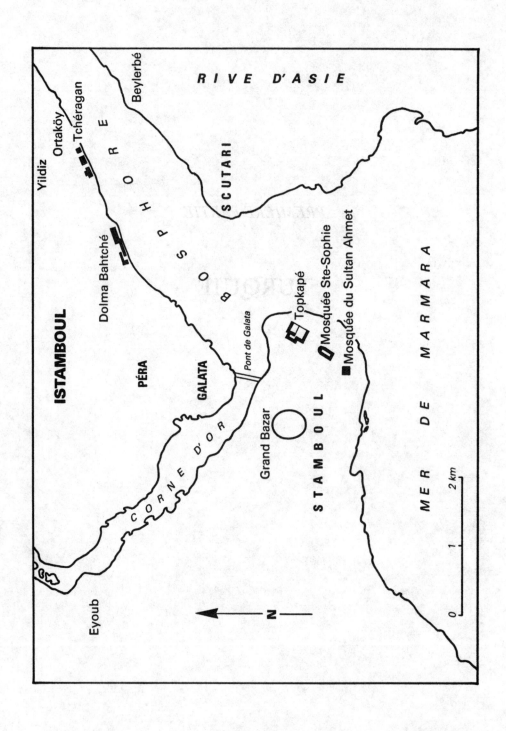

I

— L'oncle Hamid est mort! L'oncle Hamid est mort!

Dans le hall de marbre blanc du palais d'Ortaköy éclairé de candélabres de cristal, une petite fille court : elle veut être la première à annoncer la bonne nouvelle à sa maman.

Dans sa hâte elle manque de renverser deux dames âgées, dont les coiffures — bandeaux de pierres précieuses ornés d'aigrette — témoignent de la fortune et du rang.

— Quelle insolente! s'indigne l'une d'elles, tandis que sa compagne renchérit, furieuse : « Que voulez-vous! La sultane[1] la gâte outrageusement : c'est sa seule fille. Elle est ravissante, c'est entendu, mais je crains que plus tard elle n'ait des problèmes avec son époux... Elle devrait apprendre à se tenir : à sept ans on n'est plus une enfant, surtout lorsqu'on est princesse. »

Loin de s'inquiéter des doléances d'un hypothétique époux, la petite fille continue de courir. Tout essoufflée elle atteint enfin la porte massive des appartements des femmes, le *haremlik*, gardé par deux eunuques soudanais coiffés d'un fez écarlate. Aujourd'hui il y a peu de visites et ils sont assis pour converser plus à l'aise. A la vue de la « petite sultane », ils se lèvent précipitamment, entrouvrent le vantail de bronze et la saluent avec d'autant plus de respect qu'ils craignent qu'elle ne rapporte leur indolence. Mais la fillette a bien autre chose en tête; sans leur accorder un regard, elle franchit le seuil, s'arrête un instant devant le miroir vénitien pour vérifier l'ordonnance de ses boucles rousses et de sa robe de soie bleue puis,

---

1. Sultane : princesse de sang royal, fille du sultan. Les épouses du sultan sont appelées « cadines ».

satisfaite, elle pousse la portière de brocart et entre dans le petit salon où sa mère a coutume de se tenir en fin d'après-midi, après le bain.

Contrastant avec l'humidité des corridors, il règne dans la pièce une tiédeur bienfaisante entretenue par le brasero d'argent dont deux esclaves s'emploient à activer les braises. Etendue sur un divan, la sultane regarde la grande maîtresse du café verser cérémonieusement le liquide dans une tasse posée sur une coupelle incrustée d'émeraudes.

Saisie d'une bouffée d'orgueil, la fillette s'est immobilisée et contemple sa mère dans son long caftan. Dans le monde la sultane sacrifie à la mode européenne introduite à Istamboul dès la fin du XIXe siècle, mais chez elle, elle entend vivre « à la turque » ; ici plus de corsets, de manches gigot ou de jupes serrées, elle porte avec bonheur les robes traditionnelles dans lesquelles elle peut respirer sans entrave et s'étendre confortablement sur les sofas moelleux qui meublent les grandes salles du palais.

— Approchez, Selma sultane.

A la cour ottomane la familiarité n'est guère de mise, et les parents donnent leurs titres aux enfants afin qu'ils s'imprègnent, dès le plus jeune âge, de leur dignité et de leurs devoirs. Tandis que les servantes se ploient en gracieux *temenahs*, cette profonde salutation où la main droite, remontant du sol vers le cœur puis vers les lèvres et le front, réaffirme la fidélité des sentiments, de la parole et de la pensée, Selma baise rapidement les doigts parfumés de la princesse et les porte à son front en signe de respect ; puis, trop excitée pour se contenir plus longtemps, elle s'écrie :

— *Annedjim*[1], l'oncle Hamid est mort !

Un éclair est passé dans les yeux gris-vert, où la petite fille croit lire le triomphe, mais aussitôt une voix glaciale la rappelle à l'ordre.

— Vous voulez dire Sa Majesté le sultan Abdul Hamid, je suppose. Qu'Allah l'accueille en son paradis. C'était un grand souverain. Et de qui tenez-vous cette triste nouvelle ?

Triste... ? Stupéfaite, l'enfant regarde sa mère... Triste la mort de ce cruel grand-oncle qui avait détrôné son propre frère, le grand-père de Selma, en le faisant passer pour fou ?

Sa nourrice lui a souvent raconté l'histoire de Mourad V, un prince aimable et généreux, dont le peuple avait salué l'avènement par des transports de joie car il en attendait de grandes réformes. Hélas ! Mourad V ne régna que trois mois... Ses nerfs fragiles avaient été ébranlés par les intrigues de palais et les assassinats qui avaient

---

1. *Annedjim :* chère et respectée maman.

accompagné son arrivée au pouvoir; il était tombé dans une profonde dépression. Le grand spécialiste de l'époque, le médecin autrichien Liedersdorf, avait assuré qu'avec du repos Sa Majesté se remettrait en quelques semaines. Mais l'entourage ne tint aucun compte de son avis. On destitua Mourad et on l'enferma avec toute sa famille dans le palais de Tchéragan.

Pendant vingt-huit ans le sultan Mourad vécut en captivité, constamment espionné par les serviteurs à la solde de son frère, qui craignait un complot visant à le remettre sur le trône. Il avait trente-six ans lorsqu'il entra en prison, il n'en sortit qu'à sa mort.

Chaque fois que Selma pensait à son pauvre grand-père, elle se sentait une âme de Charlotte Corday, cette héroïne dont sa gouvernante française, mademoiselle Rose, lui avait conté l'histoire. Et voilà qu'aujourd'hui le bourreau est mort, tranquillement dans son lit...

Il est impossible qu'Annedjim ait de la peine, elle qui est restée vingt-cinq ans prisonnière à Tchéragan et n'a pu recouvrer sa liberté qu'en acceptant l'affreux mari imposé par le sultan Hamid. Pourquoi ment-elle ?

Cette pensée blasphématoire a brusquement tiré Selma de sa rêverie. Comment a-t-elle pu imaginer une seconde que cette mère si parfaite s'abaisse à mentir ? Le mensonge, c'est bon pour les esclaves qui craignent d'être punies, mais une sultane ! Déconcertée, elle répond enfin :

— Je passais par le jardin et j'ai entendu les *aghas*[1]...

Au même instant un eunuque un peu gras, ganté de blanc et vêtu de la classique tunique noire à col officier, la *stambouline*, fait son apparition sur le seuil. Après s'être courbé jusqu'à terre en trois temenahs successifs, il se redresse et, les mains modestement croisées sur le ventre, annonce d'une voix de fausset :

— Très respectée sultane...

— Je sais, l'interrompt la princesse. Selma sultane a été plus diligente que toi. Préviens immédiatement mes sœurs, la princesse Fehimé et la princesse Fatma, ainsi que mes neveux, les princes Nihat et Fouad, que je les attends ici ce soir même.

Depuis la mort de son frère, le prince Selaheddine, Hatidjé est à quarante-huit ans l'aînée des enfants de Mourad V. Son intelligence

---

1. Eunuques ayant atteint un certain âge, et donc la respectabilité. Chaque maison princière ou même bourgeoise avait, jusqu'à la fin de l'empire, en 1924, des eunuques qui assuraient le service entre les appartements des femmes et le monde extérieur.

et sa personnalité font autorité au sein d'une famille dont elle est devenue le chef incontesté.

Une personnalité inflexible née en ce jour terrible — voici quarante-deux ans — où elle avait compris que les lourdes portes du palais de Tchéragan s'étaient refermées sur elle à jamais, une personnalité que lentement, obstinément, elle s'était forgée. Elle que l'on surnommait *Yildirim*, l' « éclair », car elle aimait par-dessus tout courir dans le parc de leur palais de Kurbalidere, ou se promener en caïque sur le Bosphore, le visage battu par le vent ; elle qui ne rêvait que d'espace et d'héroïsme, s'était à six ans retrouvée prisonnière.

Elle avait eu beau crier, pleurer, s'écorcher les mains contre les portes de bronze, celles-ci étaient demeurées closes. Alors elle était tombée très malade et l'on avait craint pour sa vie. Le médecin appelé d'urgence avait dû attendre trois jours l'autorisation d'Abdul Hamid de pénétrer à Tchéragan.

Il avait appliqué à l'enfant des sangsues et lui avait fait boire une potion d'herbes amères. Etaient-ce ces savantes médications, ou bien la récitation continue des quatre-vingt-dix-neuf attributs d'Allah que deux vieilles *kalfas*[1] égrenaient nuit et jour sur leur chapelet d'ambre qui l'avaient sauvée ? Une semaine plus tard la petite captive avait repris conscience. En ouvrant les yeux, elle avait aperçu, penché au-dessus d'elle, le très doux et très beau visage de son père. Mais pourquoi cette tristesse dans son regard ? Elle s'était alors souvenue... Ce n'était pas un cauchemar ! Se recroquevillant dans son lit, elle s'était remise à sangloter.

Alors le visage du sultan Mourad s'était fait sévère.

— Hatidjé sultane, croyez-vous que depuis six siècles notre famille aurait pu gouverner un aussi grand empire si nous avions commencé à gémir à la moindre difficulté ? Vous êtes orgueilleuse, que cela vous serve de dignité !

Puis, avec un sourire, comme pour atténuer la rigueur de la réprimande, il avait ajouté :

— Si ma petite fille ne rit plus, qui va égayer ce palais ? Nous en sortirons, mon Yildirim, ne crains rien. Et alors, je t'emmènerai faire un grand voyage.

— Oh, *baba*[2], s'était-elle écriée, extasiée — car jamais une princesse impériale n'avait quitté la Turquie ni même les environs d'Istamboul —, irons-nous à Paris ?

Le sultan s'était mis à rire.

---

1. *Kalfas* : dames attachées au service du palais.
2. *Baba* : papa.

— Petite femme, déjà ? Eh bien, je te le promets, ma fleur, dès que nous sortirons d'ici, je t'y emmènerai...

Y croyait-il ? L'espoir lui était nécessaire pour continuer à vivre... Vivre ?

Le regard de la sultane se voile, elle se souvient... Durant ces vingt-huit années de captivité, le sultan Mourad, jour après jour, a vécu sa mort.

La nuit commence à tomber lorsque deux phaétons entrent à grand bruit dans la cour intérieure du palais, celle qui donne sur les appartements des femmes. De l'un, tout guilloché d'or, descend une gracieuse silhouette vêtue d'un *tcharchaf* de soie mauve, cette grande cape qui dissimule les formes. De l'autre sort une personne rondelette, revêtue d'un tcharchaf noir, des plus classiques. Les deux tcharchafs s'étreignent un instant avant de se hâter à l'intérieur du palais, précédés et suivis d'eunuques solennels.

Le palais, comme la plupart des résidences des princes et des princesses, est une ancienne demeure de bois sculpté, précaution d'une ville sujette aux tremblements de terre. Blanc au milieu d'un parc regorgeant de fontaines, de roses et de cyprès, il domine le Bosphore qu'à cette heure illumine le crépuscule. Ses balcons, ses escaliers, ses vérandas et ses terrasses, ornés de festons et d'arabesques, lui donnent l'aspect d'une maison de dentelle.

Au pied de l'escalier à double révolution conduisant aux salons du premier étage, la grande secrétaire de la sultane attend les visiteuses. Vêtue d'une robe de satin boutonnée haut, elle est coiffée de la traditionnelle toque de mousseline — car même chez elle, une femme honnête ne saurait rester tête nue — et elle tient la haute canne à pommeau d'or, signe distinctif de sa charge.

A peine s'est-elle inclinée devant les deux sultanes que celles-ci l'ont relevée en l'embrassant ; dans les grandes maisons, ces anciennes kalfas sont considérées comme des membres à part entière de la famille, ou presque. Pour rien au monde elles ne manqueraient au protocole, elles en sont les farouches gardiennes, mais elles considèrent néanmoins les égards que leur prodiguent les princesses comme un juste tribut à leur dévouement.

Tandis que les sultanes, aidées par deux jeunes esclaves, se débarrassent de leur encombrant vêtement, la vieille kalfa frémit de contentement :

— Allah soit loué, mes lionnes sont chaque jour plus éblouissantes.

L'œil approbateur, elle détaille sa douce Fatma, vêtue d'un taffetas ivoire qui met en valeur ses splendides yeux noirs, et sa pétillante Fehimé, dont la fine taille émerge d'une robe à traîne parsemée de papillons, venue tout droit de chez Alder Muller, le meilleur couturier de Vienne — les merveilles de Paris n'arrivent plus, hélas ! depuis qu'en août 1914, on a eu la mauvaise idée de déclarer la guerre à la France.

En riant les deux sœurs se sont prises par le bras et gravissent les escaliers lorsqu'un petit ouragan bleu se précipite sur elles, manque les renverser, et, s'arrêtant net, couvre leurs mains de baisers.

— *Djidim* [1], vous me ferez mourir ! s'exclame attendrie Fehimé en serrant Selma dans ses bras. Cependant que la kalfa grommelle, outragée.

Un gros petit garçon pâle suit l'ouragan. Un rien pompeux, il s'incline devant ses tantes. C'est Haïri le frère de Selma. De deux ans son aîné, il n'en est pas moins son esclave dévoué ; toujours réprouvant ses audaces, mais n'osant lui résister.

En haut des marches Hatidjé sultane s'est avancée. Plus grande que ses sœurs, elle a une démarche glissée, sensuelle et majestueuse. Elle en impose aux plus récalcitrants, et lorsque, dans la famille, on dit « la Sultane » — bien que, sultanes, elles le soient toutes trois, — de toute évidence, c'est à elle que l'on pense.

Devant sa sœur aînée Fatma s'est immobilisée sans chercher à dissimuler son admiration. Agacée, Fehimé qui, selon les critères de la mode, est la plus jolie, s'empresse de rompre le charme.

— Que se passe-t-il donc, ma chère sœur, pour que vous nous mandiez si abruptement ? J'ai dû décommander la soirée chez l'ambassadeur d'Autriche-Hongrie, qui promettait d'être fort amusante.

— Il se passe que notre oncle, le sultan Abdul Hamid, vient de mourir, prononce la sultane d'un ton d'autant plus solennel qu'elle n'a pas encore tout à fait décidé de la conduite à tenir.

Fehimé hausse le sourcil.

— Et en quoi la mort de ce... tyran devrait-elle me faire renoncer à mon bal ?

— Bravo ma tante ! Voilà qui est bien dit !

La voix de stentor les a fait sursauter. Derrière elles vient d'entrer un homme corpulent d'environ trente-cinq ans, le prince Nihat, fils aîné de feu le prince Selaheddine. Il est accompagné de son jeune frère, le prince Fouad, portant beau dans son uniforme de général qu'il ne quitte jamais. Le « général prince », comme il veut qu'on

---

1. *Djidim* : chérie (employé pour les enfants).

l'appelle, car il attache plus d'importance à son titre de général gagné sur les champs de bataille qu'à celui de prince, est revenu quelques mois plus tôt du front oriental où il a été grièvement blessé. Il passe une joyeuse convalescence à Istamboul, profitant sans vergogne, auprès des dames, de sa réputation de héros.

Après s'être inclinés devant les sultanes, les deux hommes les suivent dans le salon vert où des petites kalfas achèvent d'allumer les cent trente-sept lampes à huile d'un lustre de cristal.

Sur la pointe des pieds, Haïri et Selma se faufilent derrière eux.

Souriante, Hatidjé attend que chacun s'installe. Elle sait que la partie sera difficile à gagner. C'est cela qui lui plaît.

— J'ai voulu ce soir réunir le conseil de famille, pour que nous décidions ensemble si nous devons ou non assister aux cérémonies qui se dérouleront demain, en l'honneur du sultan Abdul Hamid.

» Selon la tradition, les princes doivent suivre le cortège funéraire qui traversera la ville. Quant aux princesses, elles sont tenues de rendre une visite de condoléances aux épouses et aux filles du défunt. Je vous demande — sa voix se fait grave — je vous demande de ne pas prendre en compte vos sentiments personnels mais l'image que nous donnerons au peuple.

Fehimé est la première à rompre le silence :

— Tout ceci est furieusement cornélien[1] ! laisse-t-elle tomber mais moi, en tout cas, je n'irai pas ! Notre cher oncle m'a gâché vingt-cinq années de vie, il ne me gâchera pas une journée de plus !

— N'est-ce pas au contraire aujourd'hui l'occasion de pardonner ? hasarde timidement Fatma. Le pauvre a bien expié, détrôné à son tour et gardé prisonnier depuis dix ans. Ne pourrions-nous pas enfin oublier ?

— Oublier !

Dans son fauteuil le prince Nihat est devenu cramoisi et, pendant un moment, Selma craint qu'il ne s'étouffe. Les yeux exorbités, il regarde sa jeune tante.

— Et la fidélité alors ? La fidélité au sultan Mourad, mon grand-père calomnié et enterré vivant ? La fidélité à mon père emporté par la neurasthénie ? Aller à cet enterrement serait justifier notre persécuteur. Abstenons-nous et témoignons ainsi publiquement du tort irréparable fait à notre famille ! C'est cela que nos morts attendent de nous.

---

1. Depuis le XVIIIᵉ siècle la cour ottomane était pétrie de culture française.

— Cessons, mon frère, je vous en prie, de faire parler les morts...

Tous les regards se sont tournés vers le prince Fouad qui savoure son cigare.

— Etant le plus jeune ici, je vous demande de m'excuser si je semble donner un conseil. Mais les années passées sur le front avec mes soldats, des gens simples d'Anatolie, d'Izmir, de la mer Noire, m'ont appris une chose : malgré nos manquements, le peuple nous vénère. Il ne comprendrait pas que nous soyons désunis. Qu'Abdul Hamid ait remplacé Mourad et qu'il ait lui-même été remplacé par son frère Reshat, ce sont à ses yeux des incidents de parcours. L'essentiel, c'est que notre famille ait toujours fait bloc autour du souverain. Dans la tourmente de cette guerre, en particulier, le peuple a besoin d'un point de référence solide. Depuis six siècles cette référence c'est la famille ottomane. Il faut qu'elle le reste, ou alors nous pourrions le regretter amèrement...

A cet instant un eunuque apparaît, annonçant l'arrivée d'un messager du sultan.

C'est un Soudanais d'une carrure imposante, et bien que ce soit un esclave, tous se sont levés. Non par respect pour sa personne — à leurs yeux, il n'existe pas —, mais pour marquer leur déférence envers la parole dont il est porteur.

— Sa Majesté Impériale, le sultan Reshat, Commandeur des Croyants, Ombre de Dieu sur la terre, maître des deux mers, la noire et la blanche, et empereur des deux continents, envoie à leurs Altesses Impériales ce message : à l'occasion du décès de notre frère très aimé, sa Majesté Impériale le sultan Abdul Hamid II, nous invitons les princes et les princesses de la maison de sa Majesté Impériale le sultan Mourad V à se joindre au deuil, dans les lieux et à la façon prévus par la coutume. Que la paix soit avec vous, et qu'Allah tout-puissant vous ait en sa bienveillante garde !

Ils s'inclinent. Nul doute : ce n'est pas une invitation, c'est un ordre.

A peine le messager est-il parti que le prince Nihat grommelle en haussant les épaules :

— Advienne que pourra, je n'irai pas.

— Nihat, intervient Hatidjé sultane sur un ton de reproche, je crois que Fouad a raison, la situation est grave. Nous devons absolument maintenir l'unité de la famille.

— L'unité de la famille ! Ah, parlons-en, ma chère tante. Une famille qui, depuis six siècles, n'a cessé de s'entre-tuer pour le pouvoir ! Combien de ses frères notre ancêtre Mourad III, « le vainqueur des Perses », a-t-il fait assassiner ? Dix-neuf, si je ne me trompe ? Son père avait été plus modeste : il n'en avait tué que cinq.

— C'était la raison d'Etat, tranche la sultane... Dans toutes les familles régnantes il s'est passé de tels drames Simplement, en Europe, on avait moins de frères... Moi, voyez-vous, je n'en veux même plus au sultan Abdul Hamid. Dans ces circonstances difficiles où l'Angleterre, la France et la Russie voulaient se partager nos territoires, il fallait sans doute un homme comme lui pour gouverner. Pendant trente-trois ans, il est parvenu à sauvegarder l'empire contre les puissances qui voulaient le dépecer. Mon père, trop honnête, trop sensible, n'aurait peut-être pas su le faire. Et après tout, le pays ne passe-t-il pas avant notre petit bonheur personnel ?

Fehimé sultane et le prince Fouad ont échangé un clin d'œil rieur. Leur aînée a toujours été une femme de devoir... Mais qui se soucie aujourd'hui de ces grands principes ? Fehimé veut avant tout s'amuser, et elle le fait avec une frénésie exacerbée par le sentiment d'avoir perdu en captivité ses plus belles années. Elle est si gaie, si légère qu'on l'appelle « la sultane Papillon », ces papillons dont elle a fait son symbole et dont elle orne toutes ses robes. C'est une artiste. Pianiste accompli, il lui arrive même de composer. Mais il n'y a rien qu'elle déteste tant que le sérieux et les responsabilités.

Son neveu le prince Fouad lui ressemble : une même soif de vivre, mais avec en plus un sens aigu des réalités. Très conscient de ses intérêts, il sait céder un peu pour obtenir beaucoup. Des situations difficiles il se tire par son charme. En cet instant il ne résiste pas à l'envie de taquiner Hatidjé sultane.

— Si je comprends, efendimiz [1], non seulement nous devons assister aux cérémonies, mais pour faire bonne mesure, peut-être devrions-nous même y verser quelques larmes ?

— Contentez-vous d'y assister. Mais rappelez-vous ceci, Fouad, et vous aussi, Nihat : si un jour vous accédez au trône, prenez modèle sur le sultan Abdul Hamid et non sur votre grand-père Mourad. On ne peut à la fois avoir un enfant et garder sa virginité.

En éclatant de rire devant leur mine stupéfaite — ils ne s'habitueront jamais à sa verdeur de langage —, la sultane s'est levée mettant fin à l'entretien.

---

1. Efendimiz : Votre Seigneurie. Employé pour les membres de la famille impériale.

II

Le lendemain matin, à peine réveillée, Hatidjé sultane est prise de l'envie soudaine d'aller au bazar acheter du ruban. Habituellement, ce sont les marchandes grecques ou arméniennes qui viennent au palais proposer leurs colifichets, car il ne convient pas qu'une princesse fréquente ces lieux populaires, même soustraite aux regards des curieux dans sa calèche bien close.

Mais aujourd'hui elle ne veut pas attendre.

Elle a fait mander Zeynel, son eunuque préféré. C'est un Albanais de haute taille, au teint très blanc. Il doit avoir près de quarante ans et la sultane note avec amusement que son récent embonpoint lui donne la dignité d'un pacha.

Elle se rappelle l'adolescent effarouché arrivé voici vingt-cinq ans au palais de Tchéragan où elle vivait prisonnière avec son père et ses sœurs. Il leur avait été envoyé par le chef des eunuques du sultan Abdul Hamid, qui avait trouvé là un moyen commode de s'en débarrasser. Car si le jeune homme était particulièrement doué — à l'école du palais où l'on instruisait les enfants destinés au service de la cour impériale, il se distinguait par son intelligence et sa vivacité — par la suite il s'était montré totalement rebelle à la stricte discipline du harem.

Pourtant, à Tchéragan, Zeynel s'était vite apprivoisé. Parmi ces captifs se sentait-il plus libre ? Hatidjé se souvient qu'il la suivait partout, attentif au moindre de ses gestes, alors qu'il ignorait ses sœurs, les princesses Fehimé et Fatma. C'est elle qu'il avait choisi de servir.

Touchée par son dévouement, elle s'était insensiblement reposée sur lui : elle appréciait sa finesse et surtout sa discrétion qui le différenciait des autres eunuques, bavards comme de vieilles femmes.

Maintenant, au palais d'Ortaköy, elle a fait de lui son œil et son oreille. Régulièrement elle l'envoie par la ville recueillir les rumeurs et les propos de café. Il lui rapporte les critiques et les souhaits du petit peuple d'Istamboul[1] excédé par cette guerre qui s'éternise et par les difficultés de la vie quotidienne.

Ainsi, bien qu'enfermée dans l'enceinte du haremlik, Hatidjé sultane est plus au fait de l'humeur populaire que la plupart des membres de la famille impériale ; ils viennent souvent la consulter car ils reconnaissent sa perspicacité et la justesse de ses conseils.

Récemment, pour récompenser la loyauté sans faille de Zeynel, elle l'a élevé à la charge prestigieuse de « chef des eunuques », ce qui a suscité maints commentaires fielleux parmi les eunuques plus âgés.

Pensive, elle observe l'esclave qui, les yeux baissés, attend patiemment ses ordres. Que sait-elle de lui hormis ses qualités de serviteur exceptionnel ? Quelle peut être sa vie en dehors du palais ? Est-il heureux ? Elle n'en a aucune idée, et considère après tout que cela ne la regarde pas.

— Agha, dit-elle enfin, émergeant de son long silence, je voudrais que tu me procures une voiture de louage. Au plus vite.

L'eunuque s'incline, dissimulant son étonnement. Les deux calèches et les trois phaétons qui constituent l'équipage du palais sont en parfait état de marche ! Evidemment toutes ces voitures portent les armes impériales... Se pourrait-il que sa maîtresse désire passer incognito, et justement lorsque son époux, Haïri Bey, est en voyage ? Zeynel a l'habitude des fantaisies des femmes ; il en a suffisamment côtoyé dans le harem impérial où il a servi lorsqu'il avait quatorze ans. Mais sa sultane est différente ! Et se morigénant d'avoir douté d'elle, même un instant, il se hâte d'aller chercher un fiacre.

Aidée d'une kalfa, Hatidjé a revêtu un tcharchaf sombre mais, au moment où elle s'apprête à sortir, elle se heurte à Selma qui l'attend devant la porte.

— Annedjim, supplie la fillette, je vous en prie, emmenez-moi avec vous !

— Comment, princesse, et votre piano ? Je croyais que vous deviez faire vos gammes !

— Je les ferai en rentrant, je vous le promets !

Il y a une telle détresse dans les yeux de l'enfant que sa mère n'a pas le cœur de refuser. Elle-même a tant souffert de sa vie recluse qu'elle souhaite donner à sa fille toute la liberté possible, dans les

---

1. Istamboul : orthographe française pour Istanbul, utilisée autrefois.

limites des convenances. Et parfois au-delà, disent les méchantes langues.

Le phaéton aux fenêtres grillagées de fins treillis de bois sort de la cour au petit trot, Zeynel, très digne, assis sur l'impériale à côté du cocher. C'est un beau jour d'hiver, piquant et ensoleillé, des nuées de pigeons volettent autour des mosquées et des palais baignés par le Bosphore.

« Istamboul, ma somptueuse », murmure la sultane, les yeux mi-clos telle une amoureuse qui, longtemps éloignée de sa bien-aimée, ne se lasse pas de la contempler. A ses côtés, Selma, bouche bée, se promet, lorsqu'elle sera grande, de sortir au moins une fois par semaine, même si cela doit faire jaser.

Par le pont de Galata elles traversent la Corne d'Or, étroit ruban de mer entre les deux rives de la capitale. Le bazar se trouve dans la vieille ville, non loin du majestueux palais de Topkapi, déserté par la famille impériale voici soixante ans lorsque le sultan Abdul Medjid, pour sa plus grande gloire, fit construire le clair palais de Dolma Bahtché. Ainsi les sultanes et les princes, enfermés derrière les murs humides du sérail, ne s'éteindraient plus de phtisie.

Dans les rues règne une agitation inaccoutumée. Au bout de quelques mètres la voiture doit s'arrêter. Le long visage de Zeynel paraît à la portière.

— Altesse, nous ne pouvons plus avancer : c'est par ici que doit passer le cortège funéraire.

La sultane a un sourire tranquille.

— Tiens vraiment ? Je l'avais oublié. Eh bien, nous attendrons qu'il passe...

Selma a lancé un coup d'œil à sa mère ; c'est bien ce qu'elle pensait : le ruban n'était qu'un prétexte ! Annedjim n'accorde pas tant d'importance à sa toilette ! Ce qu'elle voulait, c'était voir l'enterrement et comme la coutume interdit aux femmes d'y assister, elle avait trouvé ce stratagème.

Une foule nombreuse est attroupée au grand étonnement de la sultane. « Bah, se dit-elle, les gens ont si peu de distractions en ces temps de guerre, un rien les ferait sortir de chez eux. »

Soudain le silence se fait, la procession est apparue en haut de l'avenue.

Précédé d'un orchestre militaire en stambouline noire, le cercueil progresse lentement, porté sur les épaules de dix soldats. Les princes suivent à pied, les plus âgés devant, la poitrine constellée de décorations de diamants. Derrière eux viennent les *damad*, maris des princesses, puis les pachas en uniforme d'apparat et les vizirs en redingote rebrodée d'or. Enfin, égal des ministres en ces cérémonies officielles, le *Kislar Agha*, gardien des portes de la félicité, chef des eunuques noirs du palais.

Des deux côtés du cortège, le long des trois kilomètres qui séparent la mosquée Sainte-Sophie du mausolée où le sultan doit être enterré, des soldats en grand uniforme se tiennent au garde-à-vous. De toute évidence, le gouvernement Jeune-Turc, qui dix ans auparavant a destitué Abdul Hamid et sous l'égide du sultan Reshat préside aux destinées de l'empire, a voulu que l'enterrement soit grandiose. Avec les morts, on peut se permettre d'être magnanime.

Magnanime... L'homme à qui l'on rend aujourd'hui les honneurs ne l'a guère été... Des larmes brouillent le regard de la sultane, et soudain elle se retrouve, quatorze ans plus tôt, en cette nuit glacée où son père, le sultan Mourad, sur l'ordre jaloux du sultan Abdul Hamid, fut enterré à la sauvette. Seuls quelques serviteurs fidèles l'avaient accompagné. Le peuple qui l'aimait n'avait pas été autorisé à manifester sa peine.

Hatidjé frissonne. La pompe qui entoure l'enterrement du bourreau ravive sa haine. Hamid humilié, elle lui aurait peut-être pardonné, sa longue détention l'avait en partie racheté à ses yeux. Mais cette cérémonie fastueuse lui redonne gloire, une gloire volée à son frère. Même dans la mort, Hamid écrase Mourad. Après dix ans d'obscure captivité, cet enterrement le ressuscite.

Un goût amer emplit la bouche de la sultane. Jalouse, serait-elle jalouse d'un mort ?... Elle comprend maintenant quel désir l'a poussée à braver les usages pour assister à ces funérailles. Elle avait voulu croire à de la simple curiosité : c'est de vengeance qu'il s'agit. Elle est venue constater, humer, goûter la mort de l'homme qui, durant vingt-huit ans, jour après jour, a tué son père.

Jamais elle n'aurait cru que son cœur abritât encore tant de haine...

La procession est arrivée à la hauteur du fiacre. Des yeux, Hatidjé cherche ses neveux : Nihat n'est pas venu, mais le jeune Fouad, sanglé dans son bel uniforme, représente avantageusement la famille. Il a suivi son conseil. Mais elle qui sait toujours ce qu'il convient de faire n'est plus sûre d'avoir eu raison.

Tout à coup dans l'assistance retentissent des cris. Du fond de sa voiture la sultane réprime un sourire. Voilà donc pourquoi ils sont là si nombreux : le peuple se soucie peu des bienséances qui interdisent d'accabler un mort, il est venu saluer le tyran comme il le mérite !

Attentive, elle prête l'oreille lorsque, au milieu du brouhaha, il lui semble discerner des plaintes et des sanglots. C'est impossible, elle doit se tromper ! Pourtant... Raidie sur son siège Hatidjé est devenue livide : ce qu'elle avait pris pour des cris de haine sont des cris de désespoir. L'indignation la submerge. Quoi ! Ce peuple, qui autrefois conspuait le tyran, aujourd'hui le pleure ! A-t-il donc oublié ces années sombres où la police et les services secrets régnaient tout-puissants ? Oublié combien il avait applaudi au coup d'Etat des « Jeunes-Turcs » qui avait remplacé le sultan Hamid par son frère Reshat ? Elle hoche la tête avec mépris : « Les hommes ont vraiment la mémoire courte... »

D'une fenêtre, une femme gémit :

— Père, pourquoi nous abandonnes-tu ? De ton temps, nous avions du pain, maintenant nous mourons de faim !

D'autres voix ont repris :

— Où vas-tu ? Ne nous laisse pas seuls !

« Seuls » ? La sultane tressaille. Que veulent dire ces gens ? N'ont-ils pas un souverain, le bon sultan Reshat ? Auraient-ils perdu confiance en lui ? Ont-ils deviné ce que chacun à la cour sait : que leur sultan n'est qu'une marionnette entre les mains des trois vrais maîtres du pays, Enver, Talat et Djemal ?

Ceux-ci n'avaient pas même consulté le souverain lorsque quatre ans plus tôt, en 1914, ils avaient embarqué la Turquie dans la guerre aux côtés de l'Allemagne. Depuis, ils accumulent les erreurs, et les défaites se succèdent, que l'on essaie de cacher. Mais chaque jour des centaines de blessés refluent du front et, devant les boulangeries, les queues s'allongent, tandis que les mendiants commencent à envahir les rues.

La sultane soupire. Avec le sultan Abdul Hamid disparaît le dernier symbole d'une Turquie forte et respectée. C'est sans doute cela que pleure le peuple. La nostalgie l'a prise. Elle n'a plus le courage de maintenir la fiction d'une visite au bazar.

— Rentrons, dit-elle à Zeynel.

L'eunuque la regarde avec tristesse. Il comprend le désarroi de sa sultane. Il sait combien en ce moment elle aurait besoin d'un mot de réconfort. Mais sa position ne lui permet que de se taire. Il s'incline et d'une voix brève transmet l'ordre au cocher. Lentement, le fiacre reprend le chemin du palais.

Le soleil décline sur le Bosphore. A travers les hautes baies vitrées Hatidjé contemple le fleuve et, sur la rive opposée, sur le continent asiatique, le palais de Beylerbé. Elle ne peut s'empêcher de sourire à cette ironie du sort : c'est là, juste en face de sa demeure, que son ancien geôlier, prisonnier à son tour, a vécu les dernières années de sa vie.

Les mauvaises langues prétendent qu'elle a choisi de vivre à proximité du sultan déchu pour pouvoir le contempler à son aise. C'est faux : dans ce palais d'Ortaköy, elle habitait bien avant. Elle s'était vengée, oui, mais autrement...

On la prévient que le caïque est prêt : il est temps d'aller présenter ses condoléances aux parentes du défunt. C'est la première fois depuis de longues années que, mis à part les cérémonies officielles où elles feignent de ne pas se reconnaître, les deux familles vont se rencontrer.

Suivie de ses deux sœurs et de sa fille, Hatidjé sultane traverse le parc pour se diriger vers le ponton de pierres moussues. Toutes quatre sont vêtues de blanc, la couleur du deuil ; le noir, considéré comme porte-malheur, est interdit à la cour ottomane.

Aidées par les eunuques, elles montent dans la fine embarcation, saluées par les dix rameurs habillés, comme au temps de Soliman le Magnifique, d'amples chemises de batiste et de culottes écarlates. Dix rameurs, c'est le nombre autorisé aux princes et aux princesses. Les vizirs ne peuvent en avoir que huit. Le sultan, par contre, utilise couramment un caïque à quatorze rameurs.

Tandis que le caïque file sur l'eau les sultanes ont soulevé leurs voiles pour jouir de la brise ; personne n'est là pour les regarder ; sous peine de renvoi, les rameurs doivent tenir la tête baissée. Autrefois, ils auraient été punis de mort.

Installée à la poupe, Selma admire le mouvement des poissons qui semblent suivre le bateau : elle aime cette coutume de faire flotter derrière les embarcations de longues mousselines bleues brodées de carpes ou de truites d'argent imitant à s'y méprendre la réalité.

Un peu étourdies par l'air du large, les princesses sont arrivées au palais de Beylerbé. Les eunuques les ont escortées dans le grand hall aux plafonds décorés de motifs géométriques vert et rouge et aux murs recouverts de miroirs de Damas incrustés de nacre. Beylerbé a été construit au siècle dernier par le sultan Abdul Aziz qui, pour se démarquer des modes venues d'Europe, l'a voulu d'un faste tout oriental. On raconte même que lorsqu'Eugénie de Montijo, dont il était très amoureux, y séjourna avant de se rendre à l'inauguration du canal de Suez, le sultan avait ordonné que la moustiquaire du lit de l'impératrice fût brodée de milliers de perles fines.

Précédées de la grande maîtresse des cérémonies, les princesses pénètrent dans une pièce tendue de velours écarlate. C'est le salon de la *Sultane Validé*, titre donné aux mères des sultans. La mère d'Abdul Hamid étant décédée c'est la dernière épouse du souverain, Musfika *cadine*, qui trône à sa place, droite et frêle dans le massif fauteuil de bois doré. Jusqu'au bout, elle est restée aux côtés du royal captif. Ce jour de deuil est son jour de gloire : elle reçoit enfin le juste tribut de son dévouement.

Autour d'elle, assises sur des coussins et des tabourets de brocart, des femmes de tous âges se lamentent en évoquant les bontés et les actes méritoires du défunt ; certaines pleurent bruyamment, s'interrompant toutefois pour observer l'arrivée de nouvelles visiteuses.

A l'apparition des trois sultanes un murmure d'étonnement parcourt l'assistance. La cadine sourit ; trop intelligente pour ne pas deviner le motif politique de cette visite, elle n'apprécie pas moins la grandeur du geste. Avec empressement elle s'est levée pour les accueillir, car même en ce jour, parvenue au faîte des honneurs, elle n'aurait garde d'oublier le respect dû aux princesses du sang. Après tout, elle n'est, comme toutes les épouses du sultan, qu'une femme du harem distinguée par le maître tout-puissant.

Plongeant en petites révérences, Selma baise la main des personnes de qualité qui entourent la cadine. Elle s'apprête à saluer une personne fort laide assise à sa droite lorsque, devant l'éclat haineux des yeux qui la fixent, elle s'arrête net. Qu'a-t-elle fait de mal ?

Décontenancée, elle regarde sa mère qui fermement la pousse en avant.

— Selma, allez saluer votre tante, Naïmé sultane, fille de feu Sa Majesté le sultan Abdul Hamid.

Mais au grand scandale de ces dames, la petite fille recule en secouant ses boucles rousses. L'écartant brusquement, Hatidjé sultane se penche vers la princesse.

— Veuillez pardonner à cette enfant, le chagrin d'avoir perdu son oncle lui aura donné la fièvre...

Dédaigneuse, Naïmé sultane a détourné la tête, comme si elle ne pouvait supporter la vue de celle qui lui parle. Alors Hatidjé se redresse de toute sa haute taille et, promenant sur l'assemblée un regard moqueur, elle va s'asseoir à la gauche de la cadine qui l'appelle à ses côtés. Elle triomphe ; la grossièreté de sa cousine est un hommage, personne ici ne peut s'y tromper : ainsi, après quatorze ans, la blessure est toujours aussi vive !

Ecoutant à peine la veuve qui, pour la énième fois, relate les circonstances de la mort de Sa Majesté, Hatidjé se souvient...

C'est vrai qu'il était beau Kemaleddine Pacha, le galant mari de Naïmé... Les deux cousines avaient été mariées la même année... dix-sept ans déjà ! Mais alors que pour Naïmé, sa fille préférée, née le jour de son couronnement, le sultan Abdul Hamid avait choisi un brillant officier, il avait imposé à Hatidjé un obscur fonctionnaire, aussi laid que borné.

Le mariage était le seul moyen de sortir du palais-prison où Hatidjé se trouvait confinée depuis l'enfance. A trente et un ans elle désespérait de vivre, elle était prête à tout pour être libre. Mais elle n'avait pas prévu un choix aussi avilissant. Pendant des semaines, obstinément, elle avait fermé la porte de sa chambre à son époux, qui était allé s'en plaindre au souverain. Finalement, de guerre lasse, Hatidjé avait cédé.

Elle frissonne en se remémorant cette première nuit... Elle en garde encore le dégoût collé à la peau...

Le palais dont le sultan lui avait fait présent — comme à toute princesse nouvellement mariée — se trouvait contigu à celui de sa cousine Naïmé. Hatidjé prit l'habitude de rendre visite à la jeune femme, elle lui donnait des conseils de sœur aînée et lui faisait parvenir, par Zeynel, de petits présents. Elle s'en fit vite une amie. Naïmé était éperdument amoureuse de son fringant mari. Quelle meilleure vengeance pouvait imaginer Hatidjé que de le lui voler ? Quel plus sûr moyen de blesser son bourreau, le bourreau d'un père qu'elle adorait, que de pousser au désespoir la fille du souverain ?

Froidement, patiemment, avec la conscience d'accomplir un devoir de justice, Hatidjé entreprit de séduire Kemaleddine. Cela lui fut d'autant plus facile que l'imprudente Naïmé avait tenu, contrairement à l'usage, à ce que son époux et sa meilleure amie se rencontrent. Hatidjé était belle, le pacha en tomba amoureux, il lui déclara sa flamme dans des lettres passionnées qu'elle conservait soigneusement.

Pendant ce temps Naïmé, mortifiée par l'indifférence de Kemaleddine, refusait de s'alimenter et dépérissait. Le sultan ne comprenait rien à la maladie de sa fille, il se désespérait. Hatidjé, qui recevait les confidences de la malheureuse, finit par estimer que le jeu avait assez duré : Kemaleddine devenait pressant, et Vassif, son mari, se permettant d'être jaloux, l'assourdissait de reproches. Elle fit un paquet des lettres de Kemaleddine, appela Zeynel et lui ordonna de les remettre au sultan en prétendant les avoir trouvées par hasard. Elle tenait sa vengeance. Et sa liberté : un tel scandale ne pouvait manquer d'entraîner le divorce.

Aujourd'hui encore, quatorze années plus tard, Hatidjé s'étonne de sa naïveté. Comment avait-elle pu croire qu'on pouvait manœuvrer Abdul Hamid ?

Elle revoit le jour où le sultan l'avait convoquée au palais. Il tenait à la main les lettres du pacha. Dans ses petits yeux noirs, elle pouvait lire la fureur, mais surtout une ironie qui l'impressionna bien davantage. Toute la cour attendait le verdict. Kemaleddine Pacha avait été exilé à Brousse, l'ancienne capitale, à quelque cent kilomètres d'Istamboul. Qu'allait-il advenir de la jeune femme ? Serait-elle bannie à son tour ? C'était mal connaître le sultan Abdul Hamid. Il ne lui fit aucun reproche, il se contenta de ricaner et... la renvoya chez son époux.

Hatidjé ne sera finalement débarrassée de son mari que par la révolution de 1908 qui, détrônant Abdul Hamid, amènera sur le trône le bienveillant sultan Reshat. Ne pouvant rien refuser à sa nièce, il lui permit de divorcer.

On n'attendait plus pour couronner une si romantique histoire que les noces de Kemaleddine et de la princesse. Aussitôt libéré, le pacha, plus épris que jamais, s'était précipité à Istamboul. Il y fut reçu très froidement par la sultane qui lui déclara qu'elle ne l'avait jamais aimé.

Un an plus tard, au cours d'une promenade aux « Eaux douces d'Asie[1] », Hatidjé rencontrait un beau diplomate. Elle en tomba amoureuse et décida de l'épouser.

C'était Haïri Raouf Bey, le père de Selma et du petit Haïri.

La nuit enveloppe le palais de Beylerbé. Une humidité froide monte du Bosphore et les ombres envahissent le salon de la sultane Validé. Instinctivement, les femmes se sont mises à chuchoter.

Sur la pointe des pieds, des esclaves se faufilent pour allumer les bougies des candélabres de cristal vert qui, plantés aux quatre coins de la pièce, font penser à de grands arbres feuillus.

Lentement la sultane émerge de son rêve. Il est temps de rentrer. D'un regard elle fait signe à ses sœurs que la visite a assez duré. La cadine s'empresse, insiste pour les raccompagner jusqu'à la porte du salon.

Naïmé sultane ne les regarde même pas sortir.

Selma ne comprendra jamais pourquoi, sur le chemin du retour, alors qu'elle s'attend à être grondée pour n'avoir pas salué sa tante, sa mère soudain l'a serrée contre elle et l'a embrassée.

---

1. Petite rivière aux environs d'Istamboul.

III

Un son mélodieux, doux et insistant, finit par tirer Selma de son sommeil. Elle ouvre les yeux et sourit à l'adolescente qui, assise au pied du lit, effleure d'une plume son oudh[1]. C'est une coutume orientale que de se garder d'un réveil brusque, car pendant la nuit, dit-on, l'âme s'en va errer dans d'autres mondes et il faut lui donner le temps de revenir peu à peu vers le corps.

Selma aime ces réveils en musique ; le chant de cette mandoline lui paraît une promesse de bonheur pour la journée qui commence.

Ce matin-là, elle se sent particulièrement joyeuse : c'est le baïram, la grande fête de l'islam, qui commémore le sacrifice d'Abraham offrant son fils à Dieu. A cette occasion chacun doit s'habiller de neuf et on échange des cadeaux. Toute la ville résonne du bruit des manèges, des cris des bateleurs et des marchands de sucreries, tandis que, à chaque coin de rue, on se presse autour des montreurs de marionnettes et des théâtres d'ombres.

Les festivités seront particulièrement somptueuses au palais de Dolma Bahtché où, pendant trois jours, le sultan va recevoir les hauts dignitaires ainsi que toute sa famille.

Refusant le verre de lait du matin, censé lui conserver un joli teint, Selma a sauté de son lit et s'est précipitée vers le petit hammam où deux esclaves lui préparent un bain de roses — raffinement réservé aux grandes occasions car la sultane craint de développer chez sa fille une coquetterie précoce.

Des grandes aiguières d'argent l'eau tiède ruisselle sur la peau claire de l'enfant. Après l'avoir soigneusement séchée dans une

1. Oudh : luth oriental.

mousseline blanche, les esclaves répandent sur son corps et sur sa chevelure une pluie de pétales de roses, et longuement la massent. S'abandonnant à leurs mains douces, Selma hume le délicieux parfum et se persuade qu'elle est en train de devenir fleur.

Une demi-heure plus tard, ayant revêtu sa robe neuve en broderie anglaise, elle se hâte vers les appartements de sa mère. Lorsqu'elle y pénètre, son père Haïri Raouf Bey s'y trouve déjà. Il est revenu la veille d'un voyage dans ses terres, tout exprès pour la cérémonie au palais de Dolma Bahtché. D'un sourire il accueille sa fille et lui caresse légèrement les cheveux, car il est considéré de mauvais goût que les parents embrassent leurs enfants. Rouge de plaisir, Selma le couve des yeux : qu'il a fière allure dans sa redingote gris perle et son fez vermillon ! Mais comment fait-il pour garder ses moustaches aussi obstinément pointées vers le ciel ?

Très mince, de taille moyenne, Haïri Bey arbore cet air de distinction et d'ennui commun aux hommes de la bonne société. Indolent, habitué aux succès féminins et totalement dénué d'ambition personnelle, il s'est vu entraîner dans le mariage avec une sultane sans l'avoir recherché. Comme il est loin d'être sot, les flatteries que lui vaut son titre de *damad*[1] l'excèdent, mais il répugne trop à l'effort pour se faire une position par lui-même. Autrefois jeune homme confiant et rêveur, c'est aujourd'hui un homme fatigué de tout. Même ses enfants ne l'intéressent guère. Tout au plus l'amusent-ils, surtout Selma qui sait déjà jouer de son charme. Quant à son épouse...

Celle-ci vient d'entrer dans le boudoir. Haïri Bey s'est levé pour lui baiser la main, et, lui faisant les compliments d'usage, il lui tend un écrin de velours. Pour baïram, ainsi que pour l'anniversaire du sultan, tout mari est censé faire un cadeau à sa femme. Un manquement à cette coutume est considéré comme le signe imminent d'un divorce. Le damad soupire intérieurement : heureusement que son secrétaire pense à tout ! Dans l'écrin s'étale un somptueux collier de saphirs, d'un bleu profond.

— Quelle eau superbe ! murmure la princesse.

Galamment il s'incline.

— Rien n'est trop beau pour vous, sultane !

Son secrétaire a bien fait les choses. Mais comment diable, en ces temps de guerre et de restrictions des listes civiles[2], va-t-il pouvoir

---

1. *Damad :* titre donné aux maris des princesses.
2. Somme octroyée aux membres de la famille impériale pour leurs besoins personnels.

payer ce joyau ? Bah, l'Arménien qui fournıt la famılle depuis si longtemps lui fera bien crédit. De toute façon, ce n'est pas à son âge qu'il va apprendre l'avarice.

De sa poche, il a tiré un autre écrin, plus petit — celui-là, il l'a choisi lui-même —, qu'il dépose dans les mains de Selma. C'est une broche, un délicat travail d'orfèvrerie représentant un paon aux plumes constellées d'émeraudes. Il s'attendait à des remerciements, mais la joie débordante de la fillette l'intrigue : sı jeune, apprécie-t-elle déjà à ce point les bijoux, ou bien veut-elle imiter sa mère ?

Comme, au fond, la question ne le préoccupe guère, il ne s'aperçoit pas que, plus que la broche, c'est lui que Selma regarde, les yeux brillants d'émotion : c'est la première fois que son père lui fait un cadeau de femme.

Cependant, la sultane s'inquiète :

— Mon ami, vous allez être en retard pour le *selamlik*[1].

Haïri Bey l'interrompt d'un geste :

— Que m'importe ! Ces formalités me rendent malade. Je ne sais même pas si je vais y assister.

Pourtant il sait bien qu'il ira, et elle le sait aussi. Mais il ne peut s'empêcher de provoquer son épouse. Les années passant, il supporte de plus en plus mal son rôle de prince consort. De divorce, il n'est pas question. On ne divorce pas d'une sultane. Elle seule a ce droit, si le souverain en est d'accord.

De toute façon, Haïri Bey n'a rien à lui reprocher. Elle est parfaite. mais tellement princesse... Ennuyeuse à mourir, pense-t-il sans s'avouer qu'il se sent écrasé par une personnalité plus forte que la sienne, qui lui donne l'impression d'être devenu une ombre.

Longtemps après le départ de son père Selına se demande encore pourquoi il a semblé si morose. Assise sur une banquette, elle balance ses pieds dans le vide en attendant sa mère et elle se reproche de ne pas avoir essayé de le consoler. Mais qu'aurait-elle pu dire ? Sans doute se serait-il moqué !

La sultane est enfin prête. Elle porte une robe rehaussée de perles fines dont la traîne est bordée de zibeline. Ses boucles auburn, ramenées en torsades, sont parsemées de pierres précieuses. Sur sa poitrine brille l'étoile de diamants de « l'ordre de la Compassion »,

---

1. *Selamlik* : prière du vendredi à la mosquée Sainte-Sophie, où tous les assistants doivent avoir pris place avant l'arrivée du sultan.

accordé à quelques rares grandes dames, et le lourd collier d'or et d'émail aux armes de l'empire, réservé aux seuls princes et princesses.

Les boucles rousses de Selma s'ébrouent de bonheur : sa mère sera toujours la plus belle !

Aidées par les kalfas, elles sont montées dans le phaéton de gala, conduit par un cocher en dolman bleu nuit soutaché d'argent. Le fouet à claqué, lentement la voiture s'ébranle pour parcourir les deux kilomètres qui les séparent du palais impérial.

Le palais de Dolma Bahtché, tout de marbre blanc, s'étend paresseusement le long du Bosphore. Dans un opulent désordre s'y retrouvent les styles de toutes les époques et de tous les pays. Colonnes grecques, ogives mauresques, arcs gothiques ou romans, et partout le rococo noyant les façades de bouquets et de guirlandes, de rosaces et de médaillons délicatement ciselés d'arabesques dorées. Les puristes trouvent fort laid ce qu'ils appellent « le gâteau de la mariée ». Mais la profusion, la générosité, l'élégance fantasque, l'innocente ignorance des règles de la bienséance architecturale le rendent attachant, comme un enfant qui aurait mis toutes les parures disparates trouvées dans l'armoire de sa mère pour se rendre plus beau. Cela, seuls le comprennent les poètes, et le peuple turc est poète.

En pénétrant dans le palais, Selma s'est arrêtée, saisie devant l'avalanche d'or et de cristal. Elle est déjà venue souvent, mais chaque fois elle reste bouche bée devant tant de magnificence. Les lustres et les candélabres bruissent de leurs milliers de feuilles étincelantes, l'escalier d'honneur est de baccarat, ainsi que les immenses cheminées, dont les hottes, taillées en diamant, projettent un jeu de lumières irisées qui changent de couleur aux différentes heures de la journée.

La petite fille aime ce faste. Il la conforte dans l'idée que la puissance de l'empire est invincible, sa richesse inépuisable et que le monde est beau et heureux. Il y a bien cette guerre, dont parlent gravement les amis de son père, et puis aussi ces hommes et ces femmes au regard fiévreux qui, chaque jour, se pressent aux grilles de son palais pour demander du pain. Mais ils paraissent à Selma des habitants d'une autre planète, comme la guerre n'est pour elle qu'un mot, dans la bouche bavarde des grandes personnes.

Succédant à la cohorte d'eunuques qui les a accueillies, un essaim de jeunes filles, toutes ravissantes — la laideur est au palais chose proscrite —, les entoure pour les aider à se débarrasser de leurs voiles, cependant qu'une Kavedji[1], vêtue du pantalon bouffant et du petit boléro brodé des Circassiennes, leur sert un café parfumé à la cardamome afin qu'elles se remettent des fatigues du voyage.

Soigneusement préservé des influences extérieures le harem impérial[2] conserve jalousement les anciennes coutumes, les grandes kalfas surveillant impitoyablement l'éducation des jeunes. On continue à porter les costumes traditionnels et, si l'on regarde avec curiosité et un certain amusement les robes « à la franca » des sultanes en visite, on n'éprouve pas le désir de les imiter. Le palais n'est-il pas au-dessus de toute mode ?

La grande maîtresse des cérémonies est apparue, imposante dans sa longue veste rebrodée d'or, insigne de ses hautes fonctions. Elle vient chercher les princesses pour les conduire chez la sultane Validé, la mère du souverain. Car toute visite à la cour doit commencer par la vieille dame, second personnage du royaume après son fils.

Dans un salon tendu de soie mauve et meublé de lourds fauteuils victoriens, trône la sultane. On prétend qu'elle a été très belle, mais, avec l'âge et la vie sédentaire du harem, elle est devenue énorme. Seuls demeurent ses yeux bleus superbes qui témoignent de son origine circassienne.

Selma et sa mère saluent respectueusement l'ancienne esclave.

Comme la plupart des femmes du harem impérial, elle a été vendue au palais tout enfant, ses parents, des gens modestes, désirant donner à leur fille les meilleures chances d'ascension sociale. Le bruit s'était en effet répandu depuis longtemps de l'éducation raffinée que les jeunes esclaves recevaient à la cour. Les destins glorieux de certains devenus grand vizir ou première épouse avaient frappé les imaginations. Si bien qu'il n'était plus nécessaire, comme aux débuts de l'empire, d'arracher les enfants aux familles éplorées ; désormais elles suppliaient qu'on les accepte.

La sultane Validé n'a jamais revu les siens. Selma se demande si parfois elle les a regrettés. En réalité, elle n'en a pas eu le temps.

Dès son arrivée au palais, elle avait été prise en main par la grande maîtresse des kalfas. On lui avait enseigné, comme à ses compagnes, la poésie, la harpe, le chant, la danse et surtout les

---

1. Kavedji : personne préposée au service du café.
2. Le harem est la partie de la maison où résident les femmes. Il peut y avoir plusieurs épouses et des odalisques, comme par exemple au harem impérial. Il peut aussi n'y avoir qu'une épouse, comme c'était souvent le cas dans la Turquie du XIXe et du début du XXe siècle, entourée de ses servantes. Pour distinguer, nous emploierons dans ce dernier cas le mot turc : haremlik.

bonnes manières. Et lorsqu'on jugea qu'elle était devenue une jeune fille accomplie, on la fit entrer au service du souverain.

La vieille dame aime à évoquer le jour où le sultan la remarqua et où elle devint *gueuzdé,* celle qui a attiré l'œil du maître. Elle avait eu droit à une chambre pour elle seule et à de nouvelles robes de soie. Par chance le souverain ne s'était pas lassé, il la fit redemander souvent et elle accéda au titre envié d'*iqbal,* ou favorite. Elle déménagea alors dans une chambre beaucoup plus grande et se vit attribuer, pour la servir, trois kalfas. Il était temps d'avoir un fils.

Selma a souvent entendu d'anciennes dames de la cour raconter comment, lorsque son fils Reshat était né, la belle Circassienne avait été promue au rang de troisième cadine. Pour se détacher du lot des concubines et atteindre à cette position enviée, il ne suffisait pas d'être belle, il fallait de l'intelligence et de la ténacité. Car plus on montait dans la hiérarchie du harem, plus les rivalités s'aiguisaient et plus les dangers se précisaient. A ces sommets la lutte devenait sans merci. Les fils des cadines étaient en effet tous princes impériaux, donc tous sultans en puissance. La règle voulait que l'aîné accède au trône. Mais au cours des six siècles d'histoire ottomane, on avait vu bien des aînés disparaître, victimes d'accidents ou atteints de maladies mystérieuses...

La cadine n'avait jamais laissé à personne la garde de son enfant, elle connaissait trop d'exemples de nourrices ou d'eunuques soudoyés par une ambitieuse rivale. Elle s'était juré que son fils serait sultan et qu'elle deviendrait la sultane Validé. Toute sa vie avait été tendue vers ce but. Elle avait dû attendre l'âge de soixante-dix-huit ans pour le voir se réaliser.

Et maintenant l'ambition qui l'a soutenue pendant soixante années de diplomatie et d'intrigues l'a abandonnée. Elle n'est plus qu'une vieille femme fatiguée.

De sa main très blanche la sultane Validé a tapoté la joue de Selma, ce qui est signe de grande bienveillance, et complimenté Hatidjé sultane sur sa belle mine. Puis, aspirant une longue bouffée de son narguilé d'or, elle a fermé les yeux. L'entrevue est terminée.

C'est le moment d'aller rendre visite aux cadines, qui reçoivent chacune dans leur appartement. Ce sont de véritables petites cours dans la cour, animées par un aréopage d'eunuques, de secrétaires, d'intendants, de grandes et de petites kalfas ; avant chaque cérémonie, l'étiquette veut que l'on s'y retrouve.

Cette année, pour la première fois, Selma va devoir passer l'épreuve du protocole. Le cœur battant devant les regards sans indulgence qui la jaugent, la petite princesse entreprend de faire le tour de l'honorable assemblée. Avec soin, elle mesure la profondeur de ses temenahs à l'importance de la personne qu'elle salue. Cette importance est le résultat d'une équation compliquée qui, tenant compte de la naissance, du rang et de l'âge, exige de l'enfant une connaissance parfaite et nuancée de la cour et de ses usages.

Lorsqu'elle voit autour d'elle les sourires s'épanouir, Selma respire : elle a surmonté l'épreuve.

Soudain un brouhaha se fait entendre : le sultan est revenu de la prière du selamlik, la cérémonie du baisemain va commencer.

Alors, dédaignant potins et friandises, chacune se hâte, autant que le lui permet sa dignité, vers la galerie circulaire qui surplombe la salle du trône. De là, cachées derrière les *moucharabieh*[1], les femmes vont assister à l'un des plus grandioses et des plus amusants spectacles de l'année. Selma, coincée entre deux dames fort corpulentes, peut à peine respirer, mais pour rien au monde elle n'abandonnerait son poste d'observation.

En regardant à trente mètres en dessous d'elle, elle voit une forêt de fez vermillon et de redingotes noires ou grises, égayée par les taches de couleur des uniformes militaires. Eblouie par les milliers de lampes de la salle du trône — la plus grande d'Europe, dit-on — il faudra à Selma un long moment avant de parvenir à discerner quelques visages.

Au fond de la salle est assis le sultan, silhouette hiératique dans son large trône d'or massif incrusté de pierres précieuses. A sa droite, les princes de la famille impériale, en grand uniforme, debout, par rang d'âge.

Se hissant sur la pointe des pieds, Selma a essayé d'apercevoir son cousin préféré, Vassip, de deux ans son aîné. Mais la distance est telle qu'elle ne parvient pas à le reconnaître. Elle ne distingue pas non plus son père, qui doit se trouver à gauche du sultan, parmi les damad et les vizirs bardés de décorations. En face, maréchaux, généraux et officiers supérieurs en tenue d'apparat. Et dans des galeries surélevées, tels des corbeaux aux aguets, les membres du corps diplomatique au grand complet.

Tour à tour, ces hauts dignitaires s'avancent vers le trône, et par trois fois se prosternent jusqu'à terre ; ils viennent baiser, non la main du sultan, que personne n'a le droit de toucher, mais le symbole du pouvoir, une large étole en velours rouge, garnie de glands d'or, tenue par le grand chambellan.

Puis, respectueusement s'approchent les hauts fonctionnaires en redingote noire, représentant les divers ministères. Enfin, les yeux

---

1. *Moucharabieh :* sorte de cloison de bois ajourée.

écarquillés devant tant de splendeurs, arrivent les notables, ceux dont on a voulu récompenser la loyauté particulière. Emus tout autant de l'honneur qu'on leur fait que de la crainte de faillir aux règles sacrées du protocole, dévotement ils baisent l'étole, puis sortent à reculons, trébuchant sous l'œil amusé de l'assistance.

Le silence s'est fait soudain, chacun retient sa respiration : la plus haute autorité religieuse de l'empire, le cheikh ul Islam, revêtu d'une longue robe blanche et d'un turban de brocard, s'est avancé et le sultan, faveur insigne, s'est levé pour l'accueillir. Derrière lui viennent les grands ulémas, docteurs de la Loi, en tuniques vertes, mauves ou brunes. Ils sont suivis par les représentants des divers cultes de l'empire, le patriarche grec orthodoxe et le primat arménien, de noir vêtus, et le grand rabbin des juifs, qui jouit d'un statut privilégié depuis que, au XVIᵉ siècle, l'empire s'est institué le protecteur de cette communauté persécutée en Europe.

Pendant la cérémonie, qui durera plus de trois heures, l'orchestre impérial, en costume blanc à plastron rouge et or, jouera tour à tour des marches ottomanes et d'exaltantes symphonies de Beethoven. Il est dirigé par le fameux Lange Bey, un chef d'orchestre français tombé amoureux de l'Orient.

Derrière les moucharabieh fusent les rires frais des femmes. On se montre le chef des forces allemandes, le général Liman von Sanders, que sa raideur et son air hautain font ressembler à une caricature d'officier prussien. Et le charmant marquis Pallavicini, l'ambassadeur d'Autriche-Hongrie, que l'on rencontre souvent à Istamboul le soir, montant son cheval alezan. On dit qu'il est au courant de tout ; pourtant il prend toujours l'air surpris : c'est un parfait diplomate.

En vérité, ce sont surtout les trois maîtres du pays que les femmes tentent d'apercevoir. Le subtil grand vizir, Talat, bâti comme un taureau, et dont les énormes mains rouges attestent les origines modestes. Le court et pâle Djemal Pacha, ministre de la Marine, qui, sous des manières affables, cache, dit-on, une dureté implacable : envoyé en 1915 en Syrie, il a maté la révolte pour l'indépendance avec une cruauté qui lui a valu le surnom de « boucher de Damas ».

Mais l'étoile de l'assemblée est incontestablement le bel Enver Pacha. Mince, gracieux, le ministre de la Guerre, chef du triumvirat, séduit toutes les dames. Son courage est immense, sa vanité aussi... Il se prend pour un génie militaire, mais, en ces premiers mois de 1918, où l'armée ottomane recule sur tous les fronts, la renommée de celui que certains surnomment ironiquement « Napoleonik » commence à pâlir. Et les langues se délient pour critiquer celui qu'on a adoré.

— C'est une honte, les réceptions qu'il donne en ces temps de restrictions, chuchote une dame.

— Ce fils de petit fonctionnaire est si content d'avoir épousé une princesse qu'il en a perdu toute mesure, commente une autre.

Le héros de la révolution des Jeunes-Turcs a en effet épousé Nadié sultane, nièce du sultan Reshat. Très fier de sa femme, il aime à la montrer, et continue de donner, en pleine guerre, des soirées d'un luxe ostentatoire. Sa table est toujours somptueusement servie alors que, même au palais impérial, on a, par décence, restreint les menus. Mais la famille lui pardonnerait tout cela s'il ne jouait lui-même à l'empereur, dictant ses ordres au vieux souverain, l'humiliant et, par là, les humiliant tous.

— Regardez comme Sa Majesté a l'air malade, ses calculs le font terriblement souffrir, s'apitoient les princesses, en s'indignant qu'Enver Pacha l'eût obligé, quelques mois auparavant, à se rendre à la gare pour accueillir le Kaiser Guillaume II.

C'est d'ailleurs beaucoup moins la fatigue occasionnée au *padischah*[1] qui les choque que la honte que lui fait subir son ministre : jamais depuis les origines de la dynastie, un sultan ne s'était déplacé pour accueillir qui que ce soit, roi ou empereur.

Mais surtout, elles ne sont pas près d'oublier la pendaison du jeune et beau Salih Pacha, époux de Mounira sultane, l'une des nièces préférées du sultan. L'accusant de comploter contre le parti Jeune-Turc, Enver avait exigé sa tête. La sultane s'était traînée aux pieds du souverain, qui avait supplié Enver d'épargner le damad : en vain. Le cœur brisé, le sultan Reshat avait dû signer l'acte de mort. On dit qu'il s'y était repris à trois fois, tant les larmes obscurcissaient sa vue.

Commentaires et critiques vont bon train et Selma écoute de toutes ses oreilles, lorsque soudain l'orchestre cesse de jouer : le monarque s'est levé, mettant fin à la cérémonie. Suivi des princes, il quitte lentement la salle du trône, salué par les clameurs rituelles des ulémas : « Padischah, sois humble, et souviens-toi qu'Allah est plus grand que toi. »

Déjà ces dames se pressent vers le grand salon bleu où le Maître va maintenant venir leur rendre visite. Avec autorité, les maîtresses de cérémonie placent chacune selon son âge et sa qualité tandis que l'orchestre du harem, une soixantaine de jeunes musiciennes, prend place dans le vestibule attenant. Lorsque le souverain apparaît, précédé de la grande trésorière, l'orchestre entame un air de bienvenue composé pour l'occasion.

A travers ses cils à demi baissés, Selma examine le vieux monsieur aux cheveux blancs, dont le regard bleu porcelaine et les lèvres

---

1. *Padischah* : synonyme de sultan.

épaisses respirent la bonhomie. A ses côtés il a fait asseoir sa mère et paisiblement il sourit.

S'approchent alors les sultanes et les filles de sultanes, que l'on appelle hanoum sultanes. Leurs longues traînes bruissent sur les tapis de soie, elles s'inclinent en trois gracieux temenahs et vont se ranger à la droite du sultan. Puis viennent les cadines et les iqbals qui se rangent à sa gauche. Enfin c'est le tour des dames du palais et des plus anciennes kalfas qui, après s'être prosternées jusqu'à terre, s'éloignent modestement vers le fond du salon.

Ces salutations achevées, apparaissent deux esclaves tenant un drap de velours rempli de piécettes d'or frappées de l'année même. Puisant à pleines mains, la grande trésorière les lance vers l'orchestre et vers les petites kalfas qui les ramassent en bénissant bien haut le padischah pour sa libéralité.

C'est le moment de la conversation. Priant ses parentes et ses épouses de s'asseoir, Sa Majesté s'inquiète de leur santé. Pour chacune il a un mot aimable. Mais l'étiquette interdisant d'adresser la parole au souverain, ou de s'aventurer au-delà de la question posée, rapidement la conversation languit. Tandis que ces dames attendent, assises bien droites sur le bord de leur chaise, le sultan se met à toussoter ; et Selma, lui jetant un coup d'œil furtif, s'aperçoit, à sa grande surprise, qu'il semble intimidé. Après un silence qui paraît à chacune interminable, le souverain commence à parler de ses pigeons : il a une passion pour ces oiseaux qu'il importe d'Europe ; il pense que c'est peut-être là un propos intéressant pour les dames. Elles ont en effet toutes l'air très intéressées. Puis il parle des belles roses qu'il cueille lorsqu'il va se promener dans le parc du petit palais d'Ilhamour, précisant qu'il faut n'en prendre qu'une sur chaque arbuste, jamais deux, pour ne pas abîmer l'arbre. C'est un homme d'une grande douceur.

On raconte que la seule chose qui l'exaspère est qu'un ambassadeur étranger s'assoie devant lui en croisant les jambes. « L'infidèle m'a encore fourré ses pieds dans le nez », se plaint-il alors. Mais il contient son humeur en récitant une sourate, car il est très pieux. Il fait partie d'un ordre mystique, mais de cela, jamais il ne parle.

Finalement, lorsque après les pigeons et les roses, Sa Majesté est convaincue qu'elle a épuisé tous les sujets de conversation convenant à une aussi charmante assemblée, elle se lève et, saluant aimablement ces dames, se retire dans ses appartements.

C'est le signal de la détente. S'égaillant dans les petits salons, les princesses s'adonnent au plaisir de se retrouver, de se féliciter sur leurs toilettes, d'échanger des confidences. Certaines ne se sont pas vues depuis le dernier baïram et elles ont mille choses essentielles à se dire. Dans un boudoir, une jeune sultane joue au piano les mazurkas à la mode, tandis que, dans des éclats de rire, ses cousines s'essaient à danser. A côté, on se passionne pour une partie de jacquet. Chez la première cadine on a organisé un concours de poèmes autour d'un thème donné : la poésie a toujours été à l'honneur à la cour ottomane et, au cours des siècles, certains parmi les plus grands sultans s'y sont adonnés, avec talent.

Mais le salon qui réunit le plus de monde est celui où officie la *miradju*, la conteuse. C'est la meilleure de la ville, elle est de toutes les fêtes. Assise par terre, le menton entre les mains, Selma la regarde : elle doit avoir au moins cent ans ! Mais peu à peu les rides s'effacent, les épaules se redressent, les yeux brillent d'un feu sombre : ce n'est plus la vieille miradju, c'est Leila la belle, pour qui se meurt d'amour le jeune Majnoun, c'est sa voix chaude, ses regards de gazelle, son charme ensorcelant qui, de génération en génération, font rêver et pleurer tous les amoureux.

Le soir tombe, c'est l'heure de descendre dans les jardins pour admirer le traditionnel feu d'artifice offert par le sultan à son peuple. Les pelouses ont été recouvertes de tapis et de coussins. Silencieuses, les esclaves servent à souper sur des plateaux de vermeil. L'orchestre joue en sourdine un concerto de Mozart.

Un cri, soudain, fait sursauter l'assistance. Livide, une jeune princesse désigne les massifs d'hortensias qui, dans la nuit, se sont mis à bouger et avancent vers elle. Lorsqu'ils s'inclinent, l'on comprend que ce sont les nains de la cour, recouverts d'énormes bouquets, qui viennent présenter leurs hommages aux dames.

La plaisanterie est diversement appréciée, mais l'unanimité se fera autour des sorbets à la rose et des feuilletés d'amandes et de miel préparés par les pâtissiers du palais qui n'ont pas leurs pareils dans tout le Proche-Orient.

Et quand enfin les gerbes lumineuses s'élèvent dans le ciel et que l'on voit s'inscrire au milieu des nuées le croissant et l'étoile, emblèmes de la Turquie éternelle, on se dit que jamais, non jamais, fête ne fut plus réussie !

En longeant le Bosphore éclairé par la lune, dans le phaéton qui les ramène au palais d'Ortaköy, Selma songe que la journée a été belle et que la vie est douce — comment pourrait-on croire les oiseaux de malheur qui prédisent l'écrasement d'un empire si riche et si puissant ?

IV

Il fait chaud sur Istamboul. En ces premiers jours de juillet, le vent du Bosphore ne parvient plus à rafraîchir la ville. La veille un messager est venu du palais de Dolma Bahtché et, après son départ, Hatidjé sultane a appelé Selma.

— Demain vous irez avec Haïri jouer chez votre cousine, la princesse Sâdiyé. Les petits-enfants de Sa Majesté, la princesse Mukbilé et son frère le prince Namouk, seront également présents.

Selma a réprimé une grimace. Elle n'aime guère Sâdiyé qui, à six ans, a déjà un sentiment très prononcé de son importance. Son père, Abdul Medjid, clame à qui veut l'entendre que sa fille est la plus belle ; à chaque réunion de famille, il fait aligner tous les enfants, et constate avec fierté qu'elle est également la plus grande. Annedjim sait bien tout cela, pourquoi donc l'envoie-t-elle là-bas ? Heureusement le parc du prince, situé sur les hauteurs de la rive d'Asie, est un endroit rêvé pour les parties de cache-cache. Et de toute façon, avec Mukbilé, on ne s'ennuie jamais !

Mais que fait donc mademoiselle Rose ? Selma arpente le couloir, passant et repassant devant la porte de sa gouvernante. Elle ne comprend pas comment celle-ci peut mettre toujours tellement de temps à sa toilette... pour un si piètre résultat !

Malgré ses petits travers, la fillette aime beaucoup sa « demoiselle française », d'autant que la pauvre n'a sur elle aucune autorité. Ignorante des usages de la société turque, à plus forte raison de ceux de la cour, elle se laisse impressionner par les boniments de l'enfant qui fait d'elle ce que bon lui semble.

Mademoiselle Rose est arrivée à Istamboul avant le début de la guerre, à une époque où les relations entre la France et l'Empire ottoman étaient encore assez bonnes. Nourrie des romans de Pierre Loti et de Claude Farrère, elle voyait la Turquie et ses habitants avec des yeux émerveillés, et croyait les comprendre. Elle avait répondu à une affichette posée chez les sœurs de Notre-Dame-de-Sion, où elle avait été élevée. Cet ordre avait à Istamboul une maison prospère qui recherchait un professeur d'art. Seule candidate, elle fut engagée sur-le-champ.

Il avait fallu du courage à cette petite provinciale de vingt-huit ans pour s'exiler ainsi. Elle n'aurait jamais pris une décision aussi aventureuse si elle ne s'était considérée victime d'une grande histoire d'amour. Un bel officier de cavalerie, en garnison dans sa ville de Beauvais, lui avait fait la cour et promis le mariage. Elle s'était laissé embrasser... plusieurs fois, et caresser, un peu. Jusqu'à ce qu'une lettre anonyme lui adresse une photo de l'infâme tenant par la taille une ravissante blonde, son épouse, entourée de deux bambins. Elle avait beaucoup pleuré et s'était juré, comme le lui avait souvent recommandé sa mère, de ne plus avoir confiance en aucun homme. Et dès que l'occasion s'en était présentée, elle avait quitté famille et patrie, comme si elle entrait en religion.

Mais mademoiselle Rose était une incurable romantique. A Istamboul, elle était tombée amoureuse d'un Français, professeur au lycée de « Galata Serai ». Lui n'était pas marié mais il était volage. Et lorsqu'elle découvrit qu'il courtisait aussi deux de ses collègues, elle en tomba malade.

C'est Fehimé, la « sultane papillon », qui la sauva. Elle la rencontra au cours d'une réception à l'ambassade de France, un de ces grands « raouts » qui précédaient les départs de l'été. La princesse cherchait un professeur de français pour sa nièce. Mademoiselle Rose vit là l'occasion inespérée de fréquenter le monde raffiné auquel sa délicatesse de vieille fille précoce avait toujours aspiré. C'est ainsi qu'elle devint la « demoiselle française » de la petite sultane.

Il est déjà 3 heures. Selma commence à désespérer lorsque enfin elle voit arriver sa gouvernante coiffée d'une large capeline violette ornée de canaris assortis au semis de boutons-d'or de sa robe de mousseline.

Impassible, Zeynel les attend sur le ponton. Il est accompagné de Haïri, tiré à quatre épingles dans son costume marin, et dont les cheveux noirs, séparés par une raie impeccable, embaument la brillantine. « Il a dû se verser toute la bouteille sur la tête ! pense

Selma, agacée. S'il croit que c'est ainsi qu'il impressionnera Sâdiyé ! » Le faible que porte son frère à leur cousine est l'un de leurs nombreux sujets de dispute.

Aidés par les rameurs, ils se sont embarqués sur le caïque qui glisse bientôt vers la rive d'Asie. Là, ils trouvent une calèche découverte, au grand plaisir de Selma qui, lorsqu'elle sort avec la sultane, est condamnée aux phaétons clos. Mais on a sans doute estimé que pour une gouvernante chrétienne et une fillette pas encore pubère une voiture fermée ne s'imposait pas, et elles peuvent tout à leur aise respirer le soleil et le vent sur la route caillouteuse qui conduit à la résidence d'été du prince.

Sâdiyé les attend. Vêtue d'une robe de dentelle rose, ses cheveux blonds coiffés en sages anglaises, elle descend posément les escaliers pour accueillir ses invités, lorsque soudain une petite fille ronde aux yeux vifs la bouscule pour s'élancer vers Selma. C'est Mukbilé, ravie de revoir sa cousine en qui elle reconnaît une sœur en malices. Namouk, son frère cadet, trottine derrière elle.

Après quelques minutes de discussion animée, on décide de jouer à la conquête de Byzance [1].

Namouk, le plus jeune, sera bien sûr le prisonnier. Mais qui tiendra le rôle envié du sultan Fatih ? On tire à la courte paille, le sort désigne Selma.

— C'est impossible, s'interpose Sâdiyé, tu ne peux pas jouer le sultan, tu n'es même pas sultane !

Selma a bondi.

— Que veux-tu dire ? Je suis aussi sultane que toi !

— Non, déclare sa cousine d'un ton docte. Mon père dit que ton père n'est pas prince, tu n'es donc qu'une *Hanoum sultane* [2].

Selma étranglerait Sâdiyé avec plaisir, elle reste pétrifiée, incapable de riposter.

La pimbêche a raison : son père n'est que damad. Chez elle, à Ortaköy, tout le monde l'appelle « la petite sultane » mais elle s'est aperçue, bien que personne n'y ait jamais fait allusion, que lors des cérémonies au palais de Dolma Bahtché le protocole la fait passer après certaines princesses plus jeunes qu'elle. Elle a senti sans les comprendre toutes sortes de menues différences, mais aujourd'hui, sous l'insulte, brusquement elle réalise son indignité.

Le ciel est devenu gris et les arbres frissonnent sous le petit vent rêche ; l'avenir lui apparaît soudain mortellement terne : elle n'est

---

1. Byzance fut conquise en 1453 par le sultan Mehmet Fatih qui en fit Istamboul.
2. *Hanoum sultane :* fille de sultane.

qu'une Hanoum sultane... Quoi qu'elle fasse, toujours elle passera après les autres. C'est comme si on lui avait coupé les ailes...

Elle pense à la sultane sa mère, que l'on surnomme « Jehangir », « conquérante du monde », tant sa majesté en impose, et subitement l'injustice de la situation la révolte : sa mère n'est-elle pas supérieure à la plupart des princes de la famille? Et elle ne pourrait pas transmettre la noblesse de son sang pour la seule raison qu'elle est femme? Cette idée paraît à Selma aussi absurde qu'intolérable.

Relevant la tête, elle fixe Sâdiyé avec toute la hauteur dont elle est capable. Elle cherche un mot définitif, aucun ne lui semble assez dur. Désemparée elle se tourne vers Haïri, celui-ci s'est esquivé. Selma finit par l'apercevoir à l'autre bout de l'allée, plongé dans la contemplation d'un massif de roses. « Le lâche! » pense-t-elle. L'attitude de son frère ne l'étonne guère : dès qu'il y a conflit, il disparaît. Ce qui la surprend c'est qu'au lieu de s'en indigner, elle n'en ressent plus que du découragement.

Mukbilé, qui est restée aux côtés de Selma, ne sait que dire ; jamais elle ne s'est trouvée dans une situation aussi embarrassante. Finalement elle hasarde :

— Et si nous jouions plutôt à cache-cache?

Tout le monde se rallie avec soulagement à sa proposition.

L'après-midi sera animé. Vêtues de simples robes de percale, Selma et Mukbilé cherchent les cachettes les plus insolites, les plus difficiles d'accès. Elles grimpent dans les arbres et se dissimulent dans les fondrières où leur cousine, craignant pour sa belle toilette, ne peut les suivre. Vexée, celle-ci ne cesse de répéter : « Vous n'avez pas le droit! Une princesse n'agit pas ainsi! », ce qui les fait rire aux larmes.

Mais les hostilités cessent et l'atmosphère s'apaise autour de la table du goûter ; la véranda résonne de leurs éclats joyeux — on a oublié la querelle.

Il commence à se faire tard lorsque le prince Omer Hilmi, père de Namouk et de Mukbilé, apparaît au fond du parc, en grand uniforme.

— Tiens, pourquoi papa est-il habillé comme cela? s'étonne Mukbilé. Ce n'est pourtant pas jour de fête!

Méprisante, Sâdiyé l'a toisée.

— Comment, tu ne sais pas? Ton grand-père le sultan Reshat est mort, et mon père est devenu le prince héritier!

Comme frappée d'un coup de cravache la rieuse Mukbilé a sursauté. Incrédule, elle regarde sa cousine, et les larmes commencent à ruisseler sur son visage. Furieuse, Selma se tourne vers Sâdiyé.

— Va-t'en, peste!

D'un air ironique, la « peste » hausse les épaules et leur tourne le dos.

Le doux sultan Reshat fut enterré à la petite mosquée d'Eyoub, loin des somptueux *turbeh*[1] où reposaient ses prédécesseurs. Il avait choisi cet endroit, tranquille et ombragé, car il voulait « continuer à entendre le gazouillis des oiseaux et le rire des enfants ».

Quelques jours plus tard sera célébré l'avènement du sultan Vahiddedine, le dernier des quatre frères qui, depuis quarante-deux ans, se sont succédé sur le trône. Enver Pacha, chef du parti Jeune-Turc au pouvoir, a tenu à ce que le couronnement soit grandiose et la parade militaire exceptionnelle afin d'impressionner une population lasse de cette guerre interminable.

Mais si la population est impressionnée, c'est plutôt par les bombes que l'aviation britannique choisit, justement ce jour-là, de lâcher sur la capitale. Manière d'avertissement au nouveau souverain ? Ce dernier ne se fait guère d'illusions sur son pouvoir réel. Tout au long de la cérémonie il arbore une mine sombre. Et lorsque, le lendemain, la famille vient au palais pour le féliciter, il la reçoit avec ces mots amers :

— De quoi donc me félicitez-vous ? Le trône sur lequel je m'assieds est un trône d'épines !

Paroles qui ne frappent personne. Vahiddedine est connu pour être un pessimiste. Les enfants l'ont même surnommé « le Hibou », car il semble toujours sur le point d'annoncer un malheur. Comme d'habitude, il exagère : l'armée est en difficulté, certes, mais c'est passager. L'empire en a vu d'autres. Et l'allié allemand est si puissant...

L'armée est en difficulté, en effet. Sans parler des centaines de milliers de déserteurs qu'on peut feindre d'ignorer, des milliers de blessés emplissent les hôpitaux et les nombreux bâtiments publics réquisitionnés pour les abriter.

Chaque semaine Hatidjé sultane va visiter l'hôpital Haseki, au centre de la ville, pour apporter aux soldats alités un peu de réconfort et de menus cadeaux. Jusqu'alors, elle n'a pas emmené Selma de peur de l'impressionner. Mais maintenant sa fille a sept ans et demi et comprend bien des choses. En outre, la sultane est une adepte du

---

1. *Turbeh* : mausolée.

stoïcisme. Ayant vécu dès son jeune âge les plus rudes expériences, et s'en étant sortie au mieux, elle juge que rien ne vaut l'épreuve pour tremper un caractère. Elle a trop vu, parmi les charmantes femmes enfants de la bonne société d'Istamboul, les effets désastreux d'une éducation amollissante pour ne pas vouloir en préserver Selma.

Quand elle a fait part de son intention à son époux, celui-ci, d'ordinaire indifférent, s'était mis en colère.

— Vous allez bouleverser cette petite. Elle aura bien le temps, plus tard, de voir le malheur et, qui sait, de le vivre. Laissez-la donc s'amuser tranquille !

Mais, de l'éducation de sa fille, la sultane estime qu'elle est seule juge. Comme de toutes les affaires de la maison, d'ailleurs... Et si elle laisse son mari s'occuper de la formation de leur fils Haïri — car en terre d'Islam les garçons sont, à partir de sept ans, élevés par les hommes — elle doute que ce soit une réussite. La pusillanimité de son aîné blesse son orgueil. Maintes fois elle a essayé de secouer la torpeur, de piquer la fierté de l'enfant : elle a fini par abandonner quand elle s'est aperçue que chacune de ses tentatives le faisait se refermer encore un peu plus sur lui-même.

Se pourrait-il que son fils ait peur d'elle ? Se reprochant sa sévérité, elle a alors essayé la douceur et s'est persuadée que ce qu'elle prenait pour un manque de caractère était une extrême sensibilité : Haïri était un artiste ! La seule chose qui l'intéresse — en dehors de sa personne — étant le violon, Hatidjé sultane lui a donné le meilleur professeur de la ville, un Viennois. Mais il a bientôt fallu se rendre à l'évidence : Haïri a un toucher délicat, mais il lui manque cette passion qui fait les virtuoses.

Heureusement, avec Selma, Hatidjé retrouve l'impétuosité et le courage de sa jeunesse. Haïri, lui... tient de son père : elle a fini par confondre dans une même désillusion son fils et son époux.

Pourtant Dieu sait qu'elle l'a aimé, le bel Haïri Raouf Bey, avec la ferveur d'une jeune fille de dix-huit ans et l'exigence de la femme de trente-huit ans qu'elle était lorsqu'elle l'avait rencontré. Peut-être lui avait-elle trop demandé. Ses rêves d'adolescente solitaire, de femme bafouée par un premier mari qu'elle haïssait, elle les avait reportés sur lui.

Mais, très vite, elle en était venue à douter de tout ce qu'il faisait, comme si après l'avoir paré de tous les dons, elle ne lui en reconnaissait plus aucun. Elle se disait parfois qu'elle était injuste et faisait un effort pour se rapprocher de lui. Il accueillait ces tentatives avec un silence étonné, un peu narquois.

Aujourd'hui elle ne lui demande plus rien. Depuis la naissance de Selma ils n'ont même plus d'intimité physique. Pourtant elle ne croit pas qu'il lui soit infidèle ; au lieu d'en être satisfaite, elle l'en méprise, mettant sa fidélité sur le compte de sa nonchalance. Leurs relations ont le goût d'un verre d'eau tiède. Mais Hatidjé a dépassé le temps de la nostalgie. Simplement, lorsqu'elle regarde son époux, elle s'étonne : qui donc a-t-elle aimé ?...

Par une chaude matinée de juillet la sultane et sa fille sont donc parties pour l'hôpital. Selma a passé la journée de la veille à confectionner des petits paquets pour les blessés. Une kalfa a préparé des mouchoirs de gaze rose, dans chacun, on a mis un paquet de tabac, des friandises et quelques pièces d'argent, puis on l'a fermé avec un beau ruban de satin bleu. Il y en a des centaines, emplissant à ras bord les profonds paniers ornés de volants. C'est du plus bel effet, et Selma ne se tient pas de joie à l'idée d'une expédition aussi inhabituelle.

Deux voitures sont nécessaires. Dans la première ont pris place la sultane et sa fille ; dans la seconde, les servantes chargées des présents. Il faut, pour arriver à l'hôpital, traverser le pont de Galata sur la Corne d'Or et les vieux quartiers d'Istamboul.

Aux alentours du pont les voitures doivent ralentir tant la foule est dense. Située en bordure du port, Galata est la ville marchande, le quartier le plus animé de la capitale. Là se trouvent les banques, les compagnies de navigation et les grandes maisons de commerce, mais surtout les changeurs et les boutiquiers de toutes sortes. A l'intersection de la ville « franque », où vivent les chrétiens, et de la vieille ville musulmane, c'est le carrefour de toutes les races de l'empire.

Des popes grecs en robe noire y côtoient des juifs aux cheveux longs, vêtus de caftans brodés ; de vieux Turcs en pantalons bouffants et turbans croisent des jeunes gens tirés à quatre épingles dans leur redingote à l'européenne et leur fez rouge orné d'un gland noir. Derrière les jalousies du phaéton Selma ne sait plus où donner du regard. Assis au coin du pont, un grand Albanais en costume bleu vif lisse ses moustaches d'un air belliqueux tandis que passent devant lui de belles Arméniennes au teint de lait. Des Bulgares, reconnaissables à leur allure massive et à leur petite toque de fourrure se promènent en groupes, alors que quelques musulmanes en tcharchaf de couleur se sont risquées là pour faire des emplettes. Toute une foule hétérogène se presse, affairée, indifférente à sa disparité.

La traversée du pont est épique. A grands cris, le cocher tente de se frayer un passage à travers le chaos des véhicules de tous acabits qui tirent à hue et à dia, dans un joyeux désordre. Peine perdue. Les élégantes calèches et les luxueux phaétons sont coincés au milieu de

l'affluence des charrettes à bras, des fiacres de louage et des chars à
bœufs, tandis que des portefaix, pliés en deux sous de volumineux
fardeaux, progressent dans la mêlée en poussant des « hans »
sonores. Les marchands d'eau font tinter leurs verres et les vendeurs
de glaces et de sirops, portant des harnachements bourrés de flacons
aux couleurs appétissantes, profitent de cette halte forcée pour venir
offrir des rafraîchissements aux voyageurs assoiffés. Selma, ravie, et
qui ne veut rien manquer, a très envie d'un sorbet au melon de
Smyrne, mais sa mère fronce le sourcil arguant hygiène et retenue.
Elle doit se contenter de regarder les enfants tout autour se régaler,
en songeant qu'être « bien née » n'offre pas que des avantages.

Enfin, elles atteignent le vieux Stamboul[1]. On dirait une autre
ville, un autre pays. Après la bruyante frénésie de Galata, elles
apprécient le calme des rues étroites, bordées de jolies maisons de
bois aux volets clos et de hauts murs que dominent des cyprès.
Partout des arches de pierre et des escaliers en colimaçon menant à
des placettes ombragées. Là, près d'une mosquée, un kavedji a tendu
une toile retenue par des ficelles, à l'abri de laquelle des hommes
silencieux sirotent leur café, absorbés dans une interminable partie
de jacquet, ou rêvent en fumant le narguilé.

Plus loin se tient un petit marché. Trônant parmi les pyramides de
légumes et de fruits, des commerçants ventrus servent des ménagères
que dissimulent leurs voiles noirs. Sous un arbre, l'écrivain public,
muni de son attirail de plumes, de canifs et de pots à encre, officie
gravement tandis que de vieilles femmes, accroupies, devinent
l'avenir en jetant des osselets sur un lambeau de tapis. Il y a aussi des
mendiants, mais jamais ils n'interpellent le passant. Ils se contentent
d'accepter dignement les oboles qu'on veut bien leur offrir, convaincus, comme l'enseigne la religion, que si Allah en a favorisé certains,
c'est pour qu'ils partagent avec les plus pauvres.

Lorsque, après deux heures de trajet, les voitures s'immobilisent
enfin dans la cour de l'hôpital, Selma, sans attendre que Zeynel
vienne lui ouvrir la portière, saute à terre. Elle brûle d'impatience
d'aller voir « les valeureux guerriers », comme les appelle son oncle
Fouad.

L'hôpital est une grande bâtisse grisâtre, édifiée au xvie siècle par
le sultan Soliman le Magnifique. Suivies de leurs servantes, la sultane
et sa fille ont pénétré dans le hall, où le directeur de l'établissement
les attend. Se confondant en courbettes, il insiste pour que Leurs
Altesses viennent chez lui prendre le thé avant la visite, mais, au

---

1. Stamboul : on appelait ainsi le vieux quartier d'Istamboul.

grand soulagement de Selma, la sultane refuse. Faisant contre mauvaise fortune bon cœur, le petit homme, qui a déjà claironné partout qu'il est au mieux avec la famille impériale, se met en devoir de les escorter dans les salles.

A peine se sont-ils engagés dans le premier couloir que la petite fille se sent prise à la gorge par une odeur à la fois âcre et sucrée qui lui soulève le cœur. Elle serre les dents : pas question d'être malade ! Mais plus ils avancent, plus l'odeur devient insupportable. « Quels drôles de médicaments ! » pense-t-elle. Ce n'est que lorsqu'elle arrivera dans le second couloir que, horrifiée, elle comprendra. Par terre, dans tous les coins, des cuvettes débordent de linges souillés de sang et d'excréments.

Etendus par terre sur des matelas ou parfois sur une simple couverture, des hommes gémissent. Les uns appellent leur mère, d'autres, la tête renversée, les yeux clos, semblent respirer avec difficulté. Dans ce passage sans air, ils sont au moins une centaine. Au chevet de rares privilégiés, une femme — sœur ? épouse ? — soutient une nuque, donne à boire, chasse les mouches attirées par le sang.

— Elles restent là jour et nuit, explique le directeur. Nous les tolérons car nous n'avons pas assez de personnel pour s'occuper de tous ces pauvres bougres !

L'infirmière, une jeune fille vêtue d'un long tablier blanc, les cheveux serrés dans un voile immaculé, est seule pour tout le couloir. Entre les piqûres, les prises de température et la distribution des quelques médicaments encore disponibles, elle n'a pas un instant de répit. Elle garde pourtant le sourire et trouve un mot d'encouragement pour chacun. Et Selma, qui n'a plus qu'une envie : s'enfuir, a soudain honte : il faut qu'elle tienne !

Après avoir parcouru quelques mètres qui lui semblent interminables, elles entrent dans une salle immense. Là on voit plus clair : de hautes fenêtres trouent les murs peints en bleu pour éloigner le mauvais œil. Les lits de fer s'alignent en longues rangées. Gisant à même le matelas — il y a beau temps que les draps ont été déchirés pour servir de pansements — les blessés, pour la plupart de très jeunes gens, gémissent. Parfois, un hurlement perce cette mélopée macabre, mais personne n'y prête attention : chacun, refermé sur lui-même, tente de rassembler ses forces dans une lutte désespérée contre la mort.

La plupart des blessés partagent à deux les couches étroites. Encore sont-ils privilégiés, car les moribonds, ceux dont on n'attend plus que le dernier soupir, ont été relégués sous les lits afin de ne pas gâcher des places précieuses. Et, chaque matin, c'est le même roulement impitoyable : on enlève les cadavres pour les rendre aux familles ou les jeter dans la fosse commune, et les blessés qu'on juge désormais perdus sont glissés à leur tour sous les lits — tandis que de nouveaux venus prennent leur place.

Selma tremble, partagée entre le dégoût et la stupéfaction. Où sont donc « nos valeureux guerriers » ? Elle n'arrive pas à faire le lien entre les fiers soldats qu'elle a admirés dans les parades et ces créatures gémissantes. Elle a envie de pleurer mais ne sait pas bien si c'est de pitié ou de déception. Le courage devant la mort et la joie de donner sa vie pour son pays, ces nobles sentiments dont le général prince aime tant parler, tout cela ne serait qu'un gigantesque mensonge ?

Elle sent sa mère lui presser la main.

— Allons, ma jolie petite fille, courage, je suis là !

Cette tendresse inhabituelle la bouleverse plus encore. Elle supplie :

— Annedjim, je vous en prie, partons !

La sultane hoche gravement la tête.

— Selma, ces hommes sont très malheureux. N'êtes-vous pas capable de leur donner un peu de réconfort ?

Selma voudrait répondre que non, qu'elle ne veut plus les voir, qu'elle les déteste de souffrir de façon si impudique... Des bêtes ! Soudain elle n'éprouve plus ni pitié ni peur, simplement une énorme colère contre ces blessés, contre le général prince, contre... elle ne sait exactement contre qui. Elle suffoque. Pourtant, elle s'entend répondre :

— Oui, Annedjim.

Et elles commencent la distribution des paquets rose et bleu. Devant chaque lit Hatidjé sultane trouve une parole de réconfort. Les moins faibles la remercient d'un sourire, certains tentent de la retenir comme si la présence, dans leur univers de cauchemar, de cette belle dame sereine pouvait les garder de la mort. D'autres détournent la tête.

Selma suit, pleine de ressentiment, les yeux fixés sur ses escarpins blancs, lorsque tout à coup elle se sent happée : un homme l'a attirée vers son lit. « Nejla, mon enfant adorée », murmure-t-il, l'air égaré. Selma s'est mise à crier, terrorisée. Sa mère accourue la délivre aussitôt. Mais au lieu de l'éloigner, elle la maintient près du blessé, la couvrant d'une main protectrice.

— Ce pauvre soldat vous prend pour sa fille. Laissez-le donc vous contempler, c'est peut-être son dernier moment de bonheur.

Sa fille ? Selma se raidit — comment ose-t-il ?

Une minute passe, qui n'en finit pas. Puis, insensiblement, sous le regard débordant d'amour de ce père d'emprunt, elle sent fondre son hostilité et, sans plus se retenir, elle se met à pleurer avec lui.

Deux mois plus tard, le 30 octobre 1918, on apprendra la défaite. L'Empire ottoman, à l'instar de ses alliés l'Allemagne et l'Autriche-Hongrie, a demandé l'armistice. La guerre est enfin terminée et la population, épuisée, respire.

Selma est radieuse : plus d'hôpitaux, plus de blessés, plus de morts. Ces visions d'horreur qui la tourmentent depuis sa visite à l'hôpital, elle va enfin pouvoir les oublier. La vie va reprendre insouciante, comme avant.

Mais pourquoi sa mère a-t-elle l'air si triste ?

V

Ceux qui se sont réjouis de l'armistice — ils disaient « la paix » — commencent à déchanter lorsque, treize jours plus tard, par une froide et brumeuse matinée de novembre, la flotte des vainqueurs, traversant le détroit des Dardanelles, se présente dans le Bosphore.

Il y a là soixante bâtiments de guerre, anglais, français, italiens et même grecs, ces derniers non prévus par les accords d'armistice — mais la Turquie est désormais trop faible pour protester ; d'autant que le pays n'est plus gouverné : le triumvirat qui l'avait entraîné dans la guerre s'est enfui le jour même de l'armistice. Précédés de destroyers, les navires se rapprochent dans un silence impressionnant ; lentement, ils pénètrent dans la Corne d'Or où ils jettent l'ancre, leurs canons braqués sur le palais du sultan et sur la Sublime Porte, le siège du gouvernement.

Immobile derrière les fenêtres du salon, la sultane les regarde. « Nous sommes tombés bien bas », songe-t-elle. Pour la première fois depuis que ses ancêtres ont conquis la ville, près de cinq cents ans auparavant, Istamboul est occupée ! Cet empire qui a fait trembler l'Europe durant des siècles se trouve aujourd'hui à sa merci. Elle est heureuse que son père soit mort : au moins cette humiliation lui est-elle épargnée.

Elle est tirée de ses réflexions par Selma qui lui indique un point au loin, vers Galata.

— Que se passe-t-il, Annedjim ? On dirait une bataille... Ou une fête ?

On a en effet l'impression d'une grande agitation. Intriguée, la sultane s'est fait apporter de grosses jumelles, souvenir d'un oncle amiral. Le spectacle qu'elle découvre la laisse médusée : sur les quais, du côté de la ville chrétienne, une foule bigarrée agite des drapeaux ·

Hatidjé reconnaît les couleurs françaises, anglaises, italiennes ; mais la plupart — bleu ciel rayé de blanc — sont des drapeaux grecs !

Incrédule, elle ajuste ses jumelles, puis les repose avec un mouvement de colère : les traîtres, ils souhaitent la bienvenue à l'ennemi !

Elle se sent tout à coup mortellement lasse. « Pourquoi, mais pourquoi ? se demande-t-elle. Nos Grecs sont des Ottomans [1], comme les autres ! Ils sont chrétiens, soit, mais parfaitement libres de pratiquer leur religion ; leur patriarche est même l'un des personnages les plus importants de l'empire. En fait, ils sont beaucoup plus favorisés que les Turcs d'Anatolie, qui s'épuisent à cultiver une terre ingrate. Lors de l'indépendance de la Grèce, il y a quatre-vingt-dix ans, ils avaient tout loisir de partir ; ils ont choisi de rester ici, où ils prospèrent. Avec les Arméniens et les juifs ils sont à la tête du commerce et de la finance. Que veulent-ils de plus ? »

En réalité elle sait très bien ce qu'ils veulent, mais elle refuse de prêter attention à ces revendications qu'elle juge extravagantes. Ils veulent revenir six siècles en arrière, chasser les Turcs de Thrace orientale et surtout d'Istamboul, afin de reconstituer l'empire de Byzance. Et ils comptent sur l'occupant pour les aider à réaliser leur rêve.

En quelques jours un commandement unifié des forces d'occupation est établi. Théoriquement, les Turcs gardent l'administration de la ville, mais le port, les tramways, la gendarmerie, la police sont sous la surveillance des Alliés. Les Français contrôlent la vieille ville, les Britanniques, Péra [2], et les Italiens, une partie des rives du Bosphore.

Les quartiers chrétiens de Galata et de Péra bruissent d'une animation nouvelle. Les auberges et les estaminets sont pleins de marins et de soldats parlant haut et dépensant des sommes que les tenanciers, ravis, n'ont pas encaissées depuis longtemps. Les officiers, eux, fréquentent les bars élégants où de belles réfugiées russes, chassées par la révolution bolchevique, leur servent à boire. Dans le hall du Péra Palace, l'hôtel chic — l'un des seuls à avoir l'électri-

---

1. On appelait Ottomans tous les habitants de l'empire, qu'ils soient grecs, bulgares, arabes, turcs ou d'une autre nationalité. Mais le mot turc était réservé aux sujets de race turque.
2. Appellation européenne de Beyoglu.

cité —, c'est un défilé d'uniformes de toutes sortes ; on y remarque même des sikhs de l'armée des Indes coiffés de turbans pastel, et des spahis drapés dans leur cape rouge vif.

La direction décidera très vite de reprendre ses « thés dansants » ; et sur la terrasse dominant la Corne d'Or, les beaux militaires feront valser les jeunes filles de la société pérote, sous l'œil approbateur des mères enchantées de tous ces partis inespérés que la défaite du pays amène là.

En face, dans la ville musulmane, c'est le deuil. On sort le moins possible, de peur d'être importuné par des soldats souvent ivres, ou simplement pour ne pas avoir, sur les trottoirs étroits, à s'effacer devant le vainqueur. Pour les Turcs, habitués à dominer les autres peuples, c'est une cuisante humiliation que d'être dominés à leur tour. On évite surtout d'aller, comme autrefois, faire ses courses à Péra, car on ne peut voir sans indignation et ressentiment la morgue triomphante des minorités chrétiennes avec lesquelles on a cru jusqu'alors vivre en bonne entente. Pis, on risque de se faire molester si on ne salue pas les drapeaux grecs flottant sur tout le quartier. Si malgré tout on est obligé de traverser Péra, on fait de très longs détours pour contourner le quartier grec et ne pas avoir à subir un tel affront.

Mais l'avenir s'annonce encore plus sombre : on parle avec inquiétude de la nomination du généralissime Franchet d'Esperey, réputé arrogant et brutal, au commandement des forces interalliées. La rumeur court qu'il compte faire d'Istamboul une capitale française et réduire ses habitants turcs à l'esclavage...

Pendant ce temps la vie continue au palais d'Ortaköy, mais Selma ronge son frein. Les seules sorties qui lui soient encore autorisées sont les visites d'anciens monuments grecs ou byzantins. La sultane a permis depuis longtemps ces « promenades culturelles », malgré le scandale que cela a provoqué dans son entourage ; elle entend donner à sa fille une éducation complète. Curieux mélange d'attachement aux traditions et de liberté de pensée, elle est beaucoup trop consciente de son rang pour se soucier des commérages. « Les règles, c'est nous qui les édictons ! » a-t-elle coutume de répéter.

Ce 8 février 1919, comme chaque mercredi, Selma doit sortir avec mademoiselle Rose. Elles ont projeté d'aller voir le très beau monastère d'Akatdaleptos, bâti au VIIe siècle par le patriarche Kyrakos II. Mais ce mercredi est un jour exceptionnel : on attend l'arrivée dans la capitale du général français. La sultane avait pensé supprimer la visite, par crainte de la foule, mais la petite fille a manifesté un tel désespoir qu'elle a cédé. Après tout, le monastère est situé dans la vieille ville, près de la mosquée Sheyzadé, et le cortège doit partir du pont de Galata pour se diriger vers Péra, où se trouve l'ambassade de France. Il n'y a donc aucun risque de le croiser.

Elles sont parties en phaéton, accompagnées par Zeynel, dont l'une des nombreuses prérogatives est d'escorter les sultanes dans leurs promenades.

La visite du monastère est vite terminée. Contrairement à son habitude de poser mille questions pour prolonger la sortie, Selma se montre ce jour-là impatiente de rentrer. Mais au moment où la voiture va tourner pour prendre la route d'Ortaköy, elle crie au cocher :

— A Péra, vite !

Interloqué, ce dernier arrête le phaéton et Zeynel, descendant du siège avant, se présente à la portière.

— Ce n'est pas possible, princesse, il y a le défilé...

— Justement, je veux le voir ! réplique Selma d'un ton impérieux.

— La sultane votre mère ne le permettrait pas.

— Elle n'a pas permis non plus les promenades que nous avons faites ces derniers temps après les visites aux musées...

En effet, deux ou trois fois déjà, Selma a su persuader ses accompagnateurs de prolonger les visites des anciens monuments par des promenades dans les environs. La fillette a pris un air menaçant.

— Si je lui en parlais je me demande ce qui se passerait...

L'eunuque fronce les sourcils et mademoiselle Rose s'agite sur son siège. Ils se savent fautifs d'avoir cédé aux instances de Selma mais ces promenades étaient bien innocentes et leur faisaient plaisir autant qu'à l'enfant. Maintenant ils se sentent pris au piège : jamais ils n'auraient imaginé que ce petit monstre puisse les faire chanter. Si elle dénonce ces escapades elle sera punie, certes, mais mademoiselle Rose sera sans doute renvoyée pour avoir trompé la confiance de la sultane. Quant à Zeynel... Il n'ose penser à la déception de sa maîtresse, il ne supporte pas que la relation privilégiée qui s'est développée entre eux au cours des années puisse être assombrie pour une peccadille. Et pourtant... Il connaît la susceptibilité d'Hatidjé sultane ; tant de trahisons ont marqué sa vie en captivité qu'elle ne donne plus sa confiance qu'à quelques rares personnes dont elle attend une loyauté absolue.

Mais il a toujours été trop faible avec la fillette, c'est la seule enfant qu'il ait jamais aimée... Furieux et admiratif — elle a bien manœuvré — il décide qu'il vaut mieux céder

— Quelques minutes alors, concède-t il en échangeant un coup d'œil avec mademoiselle Rose.

— Oui, cinq minutes seulement, merci Agha ! s'écrie Selma en le gratifiant de son plus beau sourire

La voiture atteint péniblement les hauteurs de Péra à travers les ruelles encombrées de groupes joyeux. Enfin ils arrivent à la grand-rue où doit passer le cortège.

Les magasins sont fermés et les belles maisons de pierre sont ornées de drapeaux. Sur les trottoirs — c'est la seule rue d'Istamboul bordée de trottoirs —, une foule enthousiaste agite des petits fanions. On reconnaît ceux des Grecs, mais aussi ceux des Arméniens, une minorité qui réclame un Etat indépendant dans l'est de l'Anatolie et dont les manifestations ont été, à maintes reprises, durement réprimées. Depuis des années les Arméniens sont aidés en sous-main par l'Angleterre, la France et la Russie — qui voient là un moyen d'affaiblir l'empire — et ils comptent bien, avec la victoire, obtenir satisfaction.

Tandis que le phaéton se range dans une rue adjacente — il vaut mieux ne pas se faire remarquer dans une voiture portant les armes impériales — Selma et mademoiselle Rose, suivies de Zeynel, seul conscient du danger, se fraient un passage. Personne ne se douterait que cette petite fille aux boucles rousses et ce monsieur un peu vieux jeu dans sa stambouline passée de mode sont des musulmans. La dame blonde qui les accompagne semble d'ailleurs typiquement française.

Soudain les cymbales sonnent et les trompettes commencent à jouer : voilà le général. Il apparaît, encore plus majestueux qu'on ne l'avait imaginé, avec son képi rouge et son ample pèlerine, cambré sur un magnifique cheval blanc. La foule éclate en applaudissements. La signification du cheval blanc n'a échappé à personne . c'est sur un cheval blanc qu'en 1453 Mehmet II le Conquérant est entré dans Byzance ; c'est sur un cheval blanc que le général très chrétien reprend possession de la ville.

La cérémonie a été minutieusement réglée pour impressionner par sa pompe une population pourtant déjà tout acquise. Ouvrant le cortège, des officiers de la gendarmerie en grand uniforme ; à quelques mètres, le généralissime, tête haute, les rênes de son cheval tenues par deux poilus, suivi de son porte-drapeau et de ses aides de camp, puis, à distance respectueuse, d'un détachement de dragons portant leurs longues lances, d'un peloton de cavalerie en uniforme bleu azur et d'une compagnie d'infanterie. Derrière vient le général britannique Milne escorté de ses highlanders écossais, puis le général italien, accompagné d'un bataillon de bersaglieri aux chapeaux ornés de plumes de faisans. Enfin, clou du spectacle, un régiment grec d'euzones, en jupettes blanches et bonnets rouges à pompon, qui ne peuvent s'empêcher de répondre aux vivats de leurs frères de race, qu'ils viennent « délivrer du Turc ».

A peine le cortège a-t-il dépassé le pâté de maisons devant lequel se tiennent Selma, Zeynel et mademoiselle Rose, que l'on entend un cri de femme, couvert aussitôt par des insultes et des rires. « Dis-le, mais dis-le donc, glapit une voix aiguë, ça ne t'écorchera pas la langue ! » Les cris se font de plus en plus stridents, un groupe surexcité s'est rapproché, et Selma, stupéfaite, aperçoit une femme en tcharchaf noir tentant de se défendre contre une demi-douzaine de harpies. Elles lui ont arraché son voile et la rouent de coups en répétant : « Allez, salue notre drapeau ! Dis : vive Venizélos[1] ! » Tout autour, des hommes observent la scène d'un air moqueur. Ils ne porteraient pas la main sur une femme — on a quand même le sens de l'honneur — mais si leurs épouses veulent enseigner le savoir-vivre à une *muz*[2], ce n'est pas à eux de les en empêcher.

Selma est sur le point d'appeler au secours lorsque, lui serrant la main avec force, mademoiselle Rose souffle d'une voix menaçante :

— Je vous interdis de bouger, sinon c'est nous qu'elles vont assommer !

Étourdie, la petite fille reste immobile, ne cessant de répéter : « Mon Dieu, sauvez-la, je vous en prie, sauvez-la ! »

Et Dieu intervient sous la forme de marins français en quête d'un bar. Attirés par le bruit, ils ne sont pas longs à délivrer la malheureuse, tout en l'injuriant pour s'être risquée si imprudemment dans le quartier.

En tremblant, Selma et ses deux anges gardiens ont rejoint la voiture. Le cocher, qui les attendait anxieusement, fouette ses chevaux. Ils seront au palais juste à temps pour le goûter.

L'équipée s'est bien terminée, mais Selma a honte. Pour la première fois de sa vie elle a été lâche. Elle a beau se dire qu'elle n'a fait qu'obéir à mademoiselle Rose et que ses cris auraient mis en danger Zeynel, au fond elle sait très bien qu'elle a eu peur.

Sa droiture l'oblige à regarder en face cette nouvelle image d'elle-même : une peureuse ! Mais son orgueil ne peut le supporter. Elle qui ne rêve que d'actes héroïques et qui se rengorge des hauts faits des sultans ses ancêtres, elle s'est comportée de façon méprisable. Pendant des nuits et des nuits elle en fait des cauchemars. Elle se cherche des excuses mais n'en trouve aucune.

---

1. Elefterios Venizélos, né en 1864, dit « le Grand Crétois », Premier ministre grec.
2. *Muz :* abréviation dédaigneuse de musulman.

Finalement, la fatigue et le temps auront raison de ses angoisses, et la vie avec ses plaisirs reprendra le dessus. Mais elle n'oubliera jamais comment une simple femme du peuple a montré plus de courage et de fierté qu'une petite-fille de sultan.

VI

Autant pendant les derniers mois de la guerre, quand tout annonçait la défaite, la société d'Istamboul s'était montrée insouciante et aveugle, autant, depuis l'occupation de la capitale, le pessimisme et le désespoir ont gagné les esprits. On ne parle plus que des exactions des militaires : la brutalité de l'Anglais qui, du haut de son cheval, manie le fouet contre le passant qui ne s'est pas rangé assez vite, l'obscénité du soldat écossais qui soulève ses jupes devant les dames, les beuveries des Français et des Italiens et, surtout, la grossièreté des Sénégalais. Pour les Turcs, c'est là l'ultime affront : des nègres, donc des esclaves — dans l'empire ils n'ont jamais été que cela —, se comportent ici en maîtres et leur donnent des ordres auxquels ils sont contraints d'obéir ! Partout circulent des récits d'exactions et de viols, amplifiés par la rumeur publique, et l'on s'effare des méfaits de ces Européens que l'on a toujours crus tellement « civilisés ».

Pour réagir contre l'accablement général, Hatidjé sultane a imaginé d'organiser une de ces « parties de hammam » fort appréciées à Istamboul où l'on s'invite à prendre le bain comme en Europe on s'invite à prendre le thé. Elle n'y a mis qu'une condition : personne ne fera allusion aux événements — on ne va quand même pas permettre à l'occupant de tout gâcher ! En ces temps de morosité, s'amuser devient un défi, presque un devoir patriotique.

Malgré les restrictions qui se font partout sentir, la sultane a tenu à ce que sa réception ait le luxe d'antan. Les invitées sont accueillies dans le grand hall par tout le personnel féminin du palais, une trentaine de grandes et de petites kalfas qui les saluent d'une pluie de pétales de rose. Après les avoir débarrassées de leur tcharchaf, elles les conduisent dans les boudoirs, garnis de miroirs et de fleurs, attenants au hammam. Une esclave leur natte les cheveux avec de longs rubans d'or ou d'argent, et les ramène en volutes au-dessus de leur tête ; puis elle les enveloppe d'un *pestemal*, grande serviette de bain finement brodée, et les chausse de cothurnes incrustés de nacre.

Ainsi parées, les femmes gagnent le salon en rotonde où la sultane les attend. On sert du café à la cardamome, comme en boivent les Arabes pour raviver les énergies lors des fortes chaleurs, tandis qu'elles se répandent en compliments sur les nécessaires de toilette d'or et d'argent apportés par chacune. Ces parties de bains sont en effet l'occasion de sortir les aiguières, les flacons à parfum et les précieux coffrets à onguents que reçoit toute jeune épousée lors de ses noces.

Les invitées se dirigent alors vers les salles chaudes, chacune accompagnée de deux esclaves chargées de la baigner, de la masser, de l'épiler, de la parfumer de la tête aux pieds. Trois salles de marbre blanc aux fontaines jaillissantes se suivent en enfilade, la dernière presque entièrement opaque tant la vapeur y est dense. Elles y restent des heures, avant de se retrouver dans la piscine d'eau fraîche d'une salle de repos garnie de plantes vertes et de sofas. Là, étendues voluptueusement, on déguste les sorbets à la violette ou à la rose offerts par de petites kalfas silencieuses ; derrière une tenture un orchestre joue en sourdine.

C'est le moment des confidences et de toutes les indiscrétions. Le corps et l'esprit légers, on se laisse aller à rêver en abandonnant sa nuque ou ses pieds aux lents massages d'une esclave. Dans cette atmosphère de sensualité raffinée même les plus laides se sentent désirables.

Selma a l'impression d'être au paradis. Par une étrange licence, les strictes règles de l'éducation toute victorienne donnée aux filles de bonne famille ottomane semblent ne plus avoir cours au hammam. Dans cette intimité, la nature orientale, généreuse, apte au plaisir, libre de préjugés comme de toute culpabilité, submerge les barrières d'une bienséance importée et demeurée comme un vernis superficiel.

Il y a, entre ces femmes abandonnées à leur corps, attentives à leur bien-être, une heureuse complicité faite à la fois d'érotisme et de joie enfantine. On s'admire, on s'effleure, on s'embrasse délicatement, pour rire ; on se prend par la taille, affectueusement. Et Selma, un peu étourdie par le parfum des tubéreuses, rêve devant ces beaux seins lourds et ces ventres nacrés qui semblent si doux... Aura-t-elle un jour des seins ? Tous les soirs, dans son lit, elle se caresse et tire sur sa poitrine pour la faire pousser.

Bientôt, la langueur aidant, la conversation a pris un tour quelque peu libertin et la fillette, craignant que sa mère ne la renvoie, se fait toute petite dans son coin.

Une jeune femme parle de son mari, haut fonctionnaire aux Affaires étrangères. C'est un homme moderne qui l'emmène avec lui dans les réceptions officielles. Elle raconte qu'elle l'a accompagné un soir à un dîner donné par l'ambassade de Suisse, l'une des rares demeurées neutres.

— Il n'y avait que des Européennes, très élégantes, mais avec des décolletés si profonds que j'en avais honte pour elles. Le plus ahurissant, figurez-vous, c'est qu'aucun des hommes présents n'avait l'air d'y prêter attention : ils évoluaient parmi ces femmes quasi offertes avec le plus parfait détachement !

— C'est connu, les Occidentaux n'ont pas de désirs forts, commente sa voisine d'un air docte. C'est pour cela que leurs femmes peuvent se promener à moitié nues.

Elles éclatent de rire.

— Mashallah — Dieu soit loué ! — on ne peut dire la même chose de nos hommes. Ils ne peuvent apercevoir un bras, une cheville, sans devenir fous !

— Ces pauvres Européennes, comme elles doivent être malheureuses ! soupire une jolie brune. A leur place, j'en mourrais de dépit !

— Elles ne se rendent pas compte... Elles croient être libres, elles disent que leurs hommes sont tolérants, alors qu'en fait ils sont indifférents.

— Cela vient peut-être de leur religion, suggère une petite maigre qui se pique d'être une intellectuelle. Le prophète Jésus, qu'ils considèrent comme un Dieu — car ils sont polythéistes, ils ont trois dieux : le Père, le Fils et l'Esprit —, eh bien, Jésus fuyait les femmes ; il ne s'est jamais marié. La plus importante secte chrétienne, celle des catholiques, considère même que la chasteté consacrée à Dieu est la plus haute forme de perfection. C'est pourquoi leurs prêtres restent célibataires, et aussi certaines jeunes filles, que l'on appelle religieuses.

— Célibataires ?

Les dames se récrient, incrédules. Pour elles le célibat c'est la malédiction. Le premier devoir d'une femme n'est-il pas de procréer ? Le Prophète lui-même n'avait-il pas eu neuf épouses ? Pour ces musulmanes, le sexe n'est pas lié à l'idée de péché, bien au contraire. Et les vers de Ghazali, poète mystique du XIe siècle, sont connus de chacune.

« Quand l'époux saisit la main de l'épouse et qu'elle lui prend la main, leurs péchés s'en vont par l'interstice de leurs doigts. Quand il cohabite avec elle, les anges les entourent de la terre au zénith. La volupté et le désir ont la beauté des montagnes. »

C'est Ghazali encore qui affirmait que si Mahomet, contrairement à Jésus, eut de nombreuses épouses, « c'est qu'il se trouvait à un si haut degré de spiritualité que les choses de ce monde n'empêchaient pas son cœur d'être en présence de Dieu. La révélation descendait en lui alors même qu'il se trouvait dans la couche de sa femme Aysha ».

Les bizarreries des chrétiens sont vraiment un sujet de conversation inépuisable.

— A Rome, on disait qu'ils étaient anthropophages, poursuit l'intellectuelle.

— Anthropophages ?

Un frémissement parcourt l'assemblée.

— Oui ! Chaque matin leurs prêtres, par des formules rituelles, font descendre leur Dieu dans un morceau de pain et ils le mangent.

Les invitées restent bouche bée...

— C'est peut-être un symbole, hasarde l'une.

— C'est ce que je pensais. Mais non, ils jurent que leur Dieu est là, chair et sang !

On frissonne.

— Et ils osent nous traiter de fanatiques !

— C'est toujours ainsi, conclut sentencieusement l'intellectuelle. Les forts imposent non seulement leurs lois mais aussi leurs idées.

Une sorte de tristesse plane maintenant sur l'assistance. Comment en est-on venu à parler politique ? On s'était pourtant bien promis d'éviter tout sujet désagréable.

C'est le moment que choisit l'une des princesses pour annoncer d'un ton mystérieux :

— Connaissez-vous la dernière nouvelle ?

Tout le monde se tourne vers elle.

— Dites vite, ne nous faites pas languir !

Pénétrée de son importance, elle commence :

— Eh bien, voilà : Rose d'or...

Les yeux des invitées brillent de nouveau : qu'a donc fait Rose d'or ?

— Rose d'or a demandé la main de Sabiha sultane.

Les exclamations fusent.

— Comment ? Epouser la fille de Sa Majesté ? C'est impossible !

Froissée que l'on puisse mettre en doute ses informations, la princesse se redresse.

— C'est absolument sûr. Je le tiens de la mère de Sabiha, la cadine elle-même !

L'excitation est à son comble : la belle Sabiha, la fille préférée du sultan Vahiddedine, et le jeune général, héros de Gallipoli, qui, en pleine guerre, a sauvé Istamboul des Britanniques qui assaillaient les Dardanelles ! Pour toutes, Rose d'or est une figure de légende.

Bravant l'avis de ses supérieurs, il a défié une armée européenne, plus nombreuse et mieux équipée. Son audace, sa confiance absolue en lui-même et en ses hommes l'ont fait triompher d'une situation que tous les experts — à Istamboul comme sur le front — avaient jugé désespérée. Cette victoire, due à son génie militaire, l'a rendu célèbre. D'autant que quelques mois plus tard, face à l'armée russe, il a reconquis les villes de Bitlis et de Mouch, remportant ainsi les seuls succès turcs au milieu d'une série de défaites.

La jeune génération, déçue par les erreurs de ses politiciens et les échecs de ses vieux généraux, le porte aux nues. Et les femmes en sont folles. Car il est non seulement courageux, mais beau et arrogant. Le teint clair, les pommettes hautes, des yeux bleus qui lancent des éclairs mais peuvent parfois devenir très doux, de magnifiques cheveux blonds — d'où son surnom. Natif de Salonique, on le dit d'origine albanaise. Son père était un petit employé des douanes, mais lui a l'air d'un prince, svelte dans son uniforme parfaitement coupé. Il est d'ailleurs intimement convaincu de sa supériorité, et de toute sa personne irradient une puissance et une énergie presque sauvages.

Rentré à Istamboul dès la fin de la guerre, on l'a vu à la cour. Le sultan aime à le consulter sur l'état d'esprit de l'armée et à écouter ses opinions non conformistes. Il l'a apprécié dès 1917, lorsque, prince héritier, il était allé en Allemagne rendre visite au Kaiser, et que le jeune colonel était son aide de camp.

Quand il vient au palais, les princesses, cachées derrière les moucharabieh, regardent passer le bel officier auréolé de gloire ; et plus d'une s'est prise à rêver de devenir sa femme. Une jeune sultane a même osé lui écrire des lettres innocentes et passionnées, qu'elle lui faisait parvenir par une esclave. Mais le cruel n'a jamais daigné répondre, et elle en est tombée malade de chagrin. Jouait-il l'indifférent parce qu'il convoitait déjà la fille du sultan ? Il est d'humble origine, mais cela n'importe guère. En Turquie, hormis la famille impériale, il n'y a pas d'aristocratie. On arrive aux plus hauts postes par son seul mérite. Et les princesses sont souvent mariées aux pachas ou aux vizirs que le sultan désire particulièrement honorer. Nadié sultane n'a-t-elle pas été mariée, cinq ans auparavant, à Enver Pacha, ministre de la Guerre, dont le père était un petit employé des chemins de fer ? Rose d'or vaut bien Enver !

Le hammam frissonne d'une exaltation joyeuse. Toutes ces femmes, jusqu'alors alanguies sur leur divan, se sont levées et entourent la princesse. Cette dernière, ravie de son succès, se fait arracher chaque détail. Non, Sa Majesté n'a pas encore répondu. Oui, il va répondre, mais comme vous le savez, il pèse longuement ses décisions.

— Mais enfin, qu'a dit exactement le sultan au pacha ?

— Il a dit que sa fille était encore jeune et qu'il allait réfléchir.

— Jeune, Sabiha sultane ? Mais elle a au moins vingt ans !

Alors la princesse, baissant la voix, murmure :

— Il semble que le sultan hésite. Le pacha est certainement le meilleur général de notre armée; mais il est très violent et boit énormément. Et puis on dit... qu'il aurait des idées républicaines...

Un frisson horrifié parcourt l'assemblée.

— Républicain, Rose d'or ? Ce n'est pas possible !

N'y tenant plus, Selma s'est tournée vers sa voisine.

— Pardonnez-moi, madame, mais qui est donc ce... Rose d'or ?

— Comment, sultane, vous ne savez pas ! s'exclame la jeune femme, étonnée. Mais voyons, c'est le général Mustapha Kemal !

VII

« *L'armée grecque occupe Izmir.* — *Après quelques combats sanglants, le calme est rétabli.* »

Haïri Raouf Bey a soupiré et s'est laissé retomber dans son fauteuil d'acajou.

— Si c'est la presse étrangère qui l'écrit, ce doit être vrai...

Comme beaucoup d'hommes de sa génération et de son milieu, le damad est un fervent admirateur de l'Europe et n'a que mépris pour ce qu'il appelle « les turqueries », notamment la presse de son pays. Il ne la lit d'ailleurs pas et se fait envoyer chaque jour une demi-douzaine de journaux, principalement de France et d'Angleterre. C'est là le point de vue de l'ennemi, soit, mais il est à son avis plus objectif que celui des journaux locaux, soumis à la censure. Il oublie que celle-ci est justement imposée par les occupants, ces Européens qu'il admire tant. Pour lui c'est un détail, car de toute façon, en Turquie, l'information a presque toujours été censurée, que ce soit pendant les trente-trois ans de règne du sultan Abdul Hamid ou, par la suite, au cours des neuf années de la dictature d'Enver Pacha.

Que la presse des pays « libres » soit soumise à un contrôle aussi strict mais plus subtil — les gouvernements ayant compris qu'inter-dire ou sévir était non seulement dangereux, mais inefficace —, il n'en veut rien croire, et il tient pour calomniateurs ceux qui déclarent que les démocraties sont passées maîtresses dans l'art de manipuler. En Europe, racontent ces mauvais esprits, le pouvoir n'emprisonne plus les directeurs de journaux : on les invite à dîner, on leur fait part « en toute franchise des vrais problèmes », et, les flattant ainsi, on arrive la plupart du temps à les maintenir dans une neutralité bienveillante.

Ces propos indignent Haïri Bey. Y ajouterait-il foi, cela ne changerait de toute façon rien à sa conviction que le salut de la Turquie passe par son occidentalisation. « Il faut prendre de l'Europe ses roses, déclare-t-il volontiers, tant pis pour les épines. » Il aime arborer les théories des philosophes rationalistes et les idéaux de la Révolution française, mais s'il est prêt à accorder au peuple certains droits, il ne tolérerait pas que celui-ci puisse se les octroyer de lui-même.

Feuilletant d'autres journaux, il remarque un éditorial en première page du grand quotidien français *Le Journal*, daté du 17 mai 1919 : Juste à côté d'un article sur « l'affaire Landru » — on vient de découvrir la dixième victime passée au fourneau —, le journaliste Saint-Brice analyse le débarquement allié à Smyrne[1] et le critique sévèrement : « L'armistice ne permet aux alliés que de prendre des mesures d'ordre. Or les informations les plus tendancieuses n'ont pu trouver à signaler aucun incident sérieux. (...) Nous nous trouvons donc en présence d'un acte politique prémédité, et, qui plus est, un acte politique d'une haute portée : l'occupation de Smyrne est l'arrêt de mort de l'Empire ottoman. »

— Quel courage ! Prendre contre son propre gouvernement le parti du vaincu, voilà la liberté, voilà l'humanisme ! s'exclame Haïri Bey, négligeant dans son enthousiasme de noter la conclusion de l'article : « Le trépas de l' " homme malade " nous laisserait assez froid s'il n'annonçait la fin de l'influence française en Orient. Quelle sera en effet notre part entre les deux formidables mandats de la Grande-Bretagne et des Etats-Unis ? »

On gratte à la porte du bureau, une petite tête rousse apparaît dans l'entrebâillement.

— Mais c'est ma jolie petite fille ! Que me vaut cet honneur ? Entre donc.

Quand ils ne sont que tous les deux, loin de la sultane et des domestiques, il la tutoie, et chaque fois cette familiarité complice fait battre plus vite le cœur de la fillette. La hissant sur ses genoux il la dévisage, l'œil moqueur.

— Alors, qu'est-ce qu'il y a ? Que viens-tu me demander cette fois ?

Froissée d'être devinée si vite alors qu'elle a passé la matinée à élaborer son plan de bataille, Selma proteste :

— Voyons, *Baba*, je vous assure...

Il éclate de rire, tandis qu'elle le regarde, subjuguée : qu'il est différent lorsqu'ils sont ensemble, si gai, sans plus trace de cet air las

---

1. Smyrne : nom grec d'Izmir, employé par les Occidentaux.

qu'il promène partout. Elle l'aime pour ce bonheur qu'il a de la voir. Penchant la tête de côté, elle prend son air enjôleur.

— Baba, vous disiez l'autre jour qu'en Europe les enfants étaient élevés plus librement, et donc mieux préparés à affronter la vie.

Il fronce les sourcils : que va-t-elle encore inventer ?

— Sans doute.

— Ne pensez-vous pas qu'il est nécessaire qu'une jeune fille comprenne le monde dans lequel elle vit ? poursuit Selma

Haïri Bey se mord les lèvres. Où a-t-elle été pêcher cette phrase ? Sans doute dans l'un de ces romans français qui traînent chez sa gouvernante ; elle a dû l'apprendre par cœur.

— Mais, Selma, tu n'es pas encore une jeune fille.

Elle le regarde d'un air de reproche.

— Mademoiselle Rose dit que ce n'est pas l'âge qui compte, mais la maturité.

C'était bien ce qu'il soupçonnait Mademoiselle Rose ! Il n'est pas sûr que cette vieille fille écervelée soit la gouvernante idéale. Il faudra qu'il en parle à son épouse.

— Venons-en au fait : que voulez-vous ? demande-t-il un peu agacé, reprenant instinctivement un ton distant.

— Je voudrais — elle le fixe de ses grands yeux suppliants — je voudrais vous accompagner à la manifestation place du Sultan Ahmet.

— A la...

Haïri Bey a manqué s'étrangler

— Vous êtes folle ! Il y aura des dizaines de milliers de gens de toute espèce, qui vont brailler Dieu sait quoi. Vous n'irez pas, et moi non plus d'ailleurs. Je n'ai aucune intention de me mêler à cette populace.

Les yeux de Selma se sont emplis de larmes.

— Mais, Baba, ces horribles massacres à Izmir... Zeynel dit qu'il faut faire quelque chose...

— Zeynel dit... ? Ah bravo ! Cette enfant écoute les domestiques plus que ses propres parents, semble-t-il. Eh bien moi, je voudrais savoir ce que dit la sultane votre mère ?

— Annedjim ? Elle est sortie...

— Et bien sûr, vous avez attendu qu'elle sorte pour venir me faire cette demande — il ne trouve plus ses mots — cette demande... insensée...

— En quoi est-elle insensée, mon cher beau-frère ?

Fatma sultane, sœur cadette de Hatidjé, se tient sur le seuil, accompagnée d'un eunuque. Depuis quelques instants ce dernier essaie en vain d'attirer l'attention du damad, pour annoncer la visiteuse. La jeune sultane est passée à l'improviste voir sa sœur et, ne la trouvant pas, s'est enquise de sa nièce.

— Je pensais moi-même aller à cette manifestation, déclare-t-elle. En voiture fermée. Nous ne descendrons pas, évidemment. Mais en ces temps d'épreuve, j'ai envie, j'ai même besoin d'aller prier avec mon peuple ; car c'est d'une manifestation religieuse qu'il s'agit.

Haïri Bey s'est levé précipitamment et s'incline. Il est furieux de s'être laissé surprendre en colère. Il ne sait d'ailleurs même plus très bien pourquoi il s'est départi de son flegme légendaire. Pour affirmer son autorité sur l'enfant ? Ou parce qu'il a eu la désagréable impression que la prise d'Izmir la touchait plus que lui... ?

Mais, dans la mesure où il s'agit d'aller prier, cela devient une affaire de femmes : il peut ne plus se sentir concerné.

— Etes-vous certaine, sultane, que ce seront des prières et non une de ces manifestations incontrôlées ?

— Certaine, damad, toutes les mesures ont été prises.

Il hoche la tête.

— Très bien, alors emmenez l'enfant. Mais pour plus de sécurité, prenez aussi Zeynel. On ne sait jamais avec ces foules inéduquées. Nous ne sommes pas en France !

La mosquée de Sultan-Ahmet, qu'on appelle la « mosquée bleue » car elle est recouverte de faïences azur, est située au cœur de la vieille ville, près de l'ancien palais de Topkapi. Pour y accéder, il faut traverser un dédale de ruelles bruyantes, bordées d'échoppes d'artisans, de boutiques et de cafés pleins du matin au soir.

Mais ce vendredi-là règne un silence de mort. Les magasins sont fermés, les volets clos. Partout flotte le drapeau ottoman, la hampe drapée de noir. De chaque ruelle des groupes affluent et se fondent en un long cortège qui avance lentement, gravement, martelant le sol d'un pas résolu. Il y a là des gens de tous âges, des vieillards marchant avec peine et des hommes vigoureux aux yeux rougis par les larmes. Il y a aussi des soldats, mutilés de guerre couverts de médailles, qui retiennent à grand-peine leurs sanglots. Et les enfants des écoles par classes entières, un crêpe noir au bras avec le nom d' « Izmir » inscrit en lettres vertes. Et surtout, il y a les femmes. Ces femmes, d'habitude cloîtrées, sont sorties par milliers. Beaucoup d'entre elles ont relevé leurs voiles et avancent, pâles, les yeux brillant de défi.

Soudain surgissent des avions britanniques ; ils volent au ras des toits pour effrayer la foule. En vain. Pas un frémissement, seulement quelques sourires de mépris : qu'ils nous tuent, quelle importance quand notre pays est en train d'agoniser !

On lit la haine dans les yeux, mais surtout l'incompréhension, le désespoir d'être abandonné par le monde entier. Ils ont été trahis par ceux auxquels ils avaient fait confiance. Pourquoi les attaque-t-on ? La guerre est terminée depuis sept mois déjà, la Turquie a signé l'armistice, démobilisé, rendu les armes, et elle attend avec patience que les vainqueurs, à Paris et à Londres, veuillent bien décider de son sort...

D'Empire ottoman, on sait qu'il n'est plus question : on a perdu les dernières possessions européennes, les Balkans, ainsi que la Libye et tous les pays arabes du Proche-Orient. Car les frères musulmans, sur lesquels on avait compté, ont trahi. Au lieu de se ranger aux côtés du sultan son souverain, Hussein[1], le vieux chérif de La Mecque, a levé l'étendard de la révolte, prenant contre la Sublime Porte le parti des Anglais qui lui ont promis un royaume.

Le désastre a été total : sept années ont suffi pour mettre fin à un empire édifié en près de sept siècles.

« Après tout, disent les plus philosophes, c'est un juste retour des choses. Ces peuples que nous avions conquis reprennent leur liberté. Du moins le croient-ils. Car les mandats français, anglais et italiens — ils s'en rendront vite compte — ne seront pas plus doux que l'administration accommodante de la lointaine Istamboul. »

Les Turcs se résignent avec un certain fatalisme à la perte d'un empire trop grand, une mosaïque dont les peuples, les coutumes, les croyances leur restent étrangers. Mais ce qui leur est intolérable, ce contre quoi la population est prête à se battre jusqu'à la mort, c'est l'atteinte à l'intégrité de leur propre terre, le pays turc, habité, cultivé, bâti par des Turcs, ces rudes paysans d'Anatolie, descendants des grandes tribus nomades venues d'Asie centrale au IXe siècle.

Enivrés par leur victoire, les Alliés ont sous-estimé la capacité de résistance de ce peuple en plein désarroi : ils ont cru que tout leur était permis. En fait, c'est Lloyd George, le Premier ministre britannique, qui, contrairement à l'avis des Français et des Italiens, a cédé aux instances du gouvernement grec et l'a laissé s'emparer d'Izmir, la deuxième ville du pays. L'Angleterre veut en effet s'attacher la Grèce, s'en faire une base fidèle au sein de ce monde islamique imprévisible, qui recèle, dit-on, d'énormes richesses en pétrole, et qui, en outre, la sépare de son joyau le plus précieux, les Indes.

---

1. Arrière-grand-père de Hussein de Jordanie.

La voiture n'avance pas et Fatma sultane décide qu'elles continueront à pied, accompagnées par Zeynel. Selma approuve avec joie. Elle a honte d'être assise en spectatrice parmi tous ces gens qui marchent, marchent comme s'ils ne devaient jamais s'arrêter, comme s'ils s'apprêtaient à partir, là, maintenant, à la reconquête d'Izmir.

Enfin ils arrivent place du Sultan-Ahmet. Elle est noire de monde mais on n'entend pas une voix, pas un bruit — seulement le claquement des drapeaux dans le vent.

Soudain, du haut des minarets de la mosquée bleue, les imams en robe noire lancent l'appel à la prière : « Allahou Akbar. » Alors, des sept collines entourant la ville, l'invocation revient comme un écho, renvoyée de minaret en minaret, « Allahou Akbar », « Dieu est grand ». C'est comme si le ciel d'Istamboul avait frémi, brusquement embrasé par la prière que reprennent des centaines de milliers de poitrines étranglées de sanglots : « Allahou Akbar, protège-nous, Seigneur ! »

Selma ne voit plus rien, les larmes ruissellent sur son visage, elle suffoque. De malheur, de bonheur, elle ne sait plus. Jamais, auparavant elle n'a éprouvé ce tremblement au fond de la poitrine. Elle a l'impression de n'être plus Selma, mais de faire partie de cette foule dans lequelle elle se sent fondre, exploser, mourir. Pourtant, elle se sent plus vivante qu'elle ne l'a jamais été.

Sur un podium improvisé une jeune femme frêle s'est dressée. Selma la regarde comme dans un rêve. Elle ne porte pas de voile, mais une simple robe noire. D'une voix vibrante elle commence à évoquer Izmir, cette ville paisible et verdoyante où, pendant des siècles, Grecs et Turcs, malgré leurs différences, ont vécu en bonne intelligence. Il avait fallu cette guerre, dit-elle, et les intrigues de l'étranger pour arriver à dresser l'une contre l'autre ces populations pacifiques.

— C'est si facile pour les provocateurs d'aviver les passions ! On brûle une église, on assassine un musulman, et aussitôt les méfiances, les peurs ancestrales, les haines qu'on croyait oubliées renaissent avec une force terrifiante. Ceux qui comprennent la manœuvre et tentent d'éviter le drame n'arrivent pas à se faire entendre et finissent par se taire, de peur d'être accusés de lâcheté ou de trahison.

» Sachez, mes amis, que la prise d'Izmir n'est que le début du démantèlement de notre Turquie. Le Grec Venizélos réclame toutes les terres qui bordent la mer Egée, et toutes nos îles, et même notre capitale, Istamboul. Que va-t-il rester de notre pays ? Quelques terres arides au centre de l'Anatolie, une simple province contrôlée de toutes parts : autant dire rien !

» Allons-nous courber la tête ? Mes sœurs, mes frères, répondez-moi : allons-nous accepter cette mise à mort ?

Brisée par l'émotion, elle tend les bras vers la foule haletante : un grondement immense, on dirait un roulement de tonnerre, un chant profond, déferle d'un bout à l'autre de la place : « Non, nous n'acceptons pas, nous te sauverons, Turquie la belle, Turquie notre bien-aimée, Turquie notre petite fiancée, Turquie les seins laiteux de notre mère, Turquie notre enfant aujourd'hui si fragile ; nous t'en faisons le serment : jamais nous ne te laisserons mourir ! »

— Qui donc était cette dame ? demande Selma, les yeux encore rouges, dans le phaéton qui les ramène au palais.

— C'est la grande Halidé Edib, écrivain célèbre et ardente avocate des droits de la femme, lui répond sa tante. Comme elle a su faire vibrer cette foule... Quel dommage que nous ayons si peu d'hommes comme elle !

Recroquevillée dans son coin, la petite fille fronce les sourcils. Ainsi une femme pouvait... Peu à peu son visage s'est éclairé : c'est cela qu'elle sera plus tard. Son pays, son peuple, c'est pour eux qu'elle veut vivre.

Selma a reconnu sa passion.

VIII

Au retour de la manifestation, Selma a croisé dans un couloir son frère Haïri.

— C'est décidé, nous partons tous à la guerre, même les femmes et les enfants, lui annonce-t-elle, l'air important.

Haïri ouvre de grands yeux ; il n'a pas la moindre envie de faire la guerre, mais il ne va quand même pas admettre cela devant une fille. Il prend donc son air le plus détaché pour demander :

— Quand partons-nous ?

— Chut ! Personne ne doit le savoir : le sultan est en train d'en discuter avec ses ministres...

Selma ne pense pas mentir ; simplement anticiper un peu. Après ce qu'elle a vu place du Sultan-Ahmet, il lui semble évident que les Turcs vont partir à la reconquête d'Izmir : ce n'est qu'une question de jours. Résolument, elle précède Haïri chez leur père afin de lui rapporter les nouvelles.

Le damad est installé dans le salon Empire où il reçoit quelques amis, d'anciens collègues des ministères des Affaires étrangères et des Finances. Ils font un accueil amusé à Selma, qu'ils connaissent tous. Elle se glisse en effet souvent dans les appartements de Haïri Bey, car elle est encore assez jeune pour ne pas être soumise à la stricte réclusion du harem.

— Alors, mademoiselle la patriote, l'interpelle son père, comment s'est passée cette manifestation ?

Consciente des regards fixés sur elle, Selma a commencé à raconter en prenant soin de n'omettre aucun détail. Lorsqu'elle en arrive à la prise de parole de Halidé Edib et de son appel à la lutte, ces messieurs se mettent à rire.

— De quoi se mêle cette suffragette ?

— A-t-elle demandé aux femmes de partir pour le front avec ou sans leurs voiles ?

Selma s'est tue, blessée, mais on ne fait déjà plus attention à elle : la discussion interrompue par son arrivée a repris de plus belle.

— Si je vous dis que le peuple est épuisé ! Jamais il ne repartira se battre. Savez-vous combien il y avait de déserteurs en juillet 1918 ? Cinq cent mille ! On ne peut les blâmer : ils mouraient de faim, de maladies, ils n'avaient plus ni chaussures, ni munitions. La situation n'est guère meilleure aujourd'hui : les récoltes ont pourri sur pied, c'est partout la famine. Croyez-moi, l'important ce n'est pas d'aller jouer les Don Quichotte pour essayer de reprendre Izmir, c'est de cultiver les champs, sinon c'est à coup sûr que demain il n'y aura plus de Turquie !

— Il faut reconnaître que nous avons fait le mauvais choix, soupire un diplomate, très élégant dans son « bonjour », la redingote gris perle à la mode cette année-là. Pourtant les Allemands semblaient invincibles ! Enfin, maintenant il ne nous reste plus qu'à tenter de négocier le meilleur traité de paix possible. Reprendre les armes, c'est du rêve ! Le vrai courage, c'est d'être réalistes.

Selma écoute avec attention. Qui, mieux que son père et ses amis, connaît la situation du pays ? Pourtant la foule vibrante de cet après-midi voulait se battre...

La petite fille n'y comprend plus rien, elle se sent lasse tout à coup. Elle se pelotonne dans son fauteuil, le bruit de la conversation ne lui parvient plus qu'à travers le brouhaha flou d'une foule qui scande : « Izmir ! Allahou Akbar ! »

Elle est soudain tirée de sa somnolence par une voix sonore.

— Connaissez-vous la dernière nouvelle ? demande un petit monsieur rond qui vient d'arriver, Sa Majesté a envoyé Mustapha Kemal en Anatolie.

Selma ouvre les yeux. La stupéfaction se lit sur tous les visages.

— En Anatolie ? demande-t-on. Mais pour quoi faire ?

— Officiellement pour pacifier l'intérieur du pays. Depuis la fin de la guerre, ça se bat beaucoup par là, ou plus exactement ça brigande ! Nos ressortissants d'origine grecque, auxquels l'occupant a laissé leurs armes, rançonnent les villages turcs, et les soldats turcs qui ont pris le maquis rançonnent les villages grecs. En plus, le général Karabekir, votre ami, grimace-t-il en s'adressant à un jeune officier, est complètement fou ! Il ignore l'armistice, refuse de démobiliser ses troupes et a établi son quartier général à Erzurum avec six divisions ! Des montagnards l'ont rejoint, ainsi que d'anciens partisans d'Enver Pacha et de Talat. Bref, les Anglais sont furieux et menacent d'envoyer leurs troupes rétablir l'ordre.

— Vous les voyez les petits Anglais dans les montagnes d'Anatolie ! s'écrie quelqu'un. Nos Turcs n'en feraient qu'une bouchée !

— Le sultan craint que si les troupes étrangères pénètrent à l'intérieur, elles ne s'en aillent plus, continue le petit monsieur, qui est fonctionnaire au ministère de la Défense. Aussi s'est-il porté garant lui-même de la pacification du pays. En tant que Commandeur des croyants — car chef de l'Etat, il ne l'est plus qu'en titre — il a promis aux Anglais qu'il viendrait à bout du désordre.

Ces messieurs paraissent sceptiques.

— Les Anglais sont d'accord ?

— Ils veulent bien essayer. Ils n'ont aucune envie de faire tuer leurs soldats. En Angleterre, ce serait mal vu, car, après tout, la guerre est finie !

Depuis qu'on parle de Mustapha Kemal, ce Rose d'or qui fait rêver les princesses, Selma est complètement réveillée. De toute son attention elle essaie de suivre la conversation.

— Et quels sont exactement les pouvoirs de Kemal ? demande Haïri Bey.

— Le sultan l'a nommé inspecteur général de la zone nord et gouverneur des provinces orientales. Il a des attributions mal définies, mais qui peuvent, par là même, être très étendues. C'est un bon choix. Avec sa renommée de héros, il est sans doute le seul à pouvoir faire respecter les décisions de la capitale.

— Mon cher, vous êtes un naïf, l'interrompt un homme pâle, haut fonctionnaire au palais, qui jusqu'ici a semblé se désintéresser de la conversation. C'est le pire choix que pouvait faire Sa Majesté. Lorsque nous lui avons présenté la liste des généraux susceptibles de partir pour l'Anatolie, nous lui avons précisé que Kemal était un homme ambitieux et habile et que, au lieu de suivre les ordres, il pourrait au contraire prendre la tête de la rébellion. Le sultan a persisté dans son choix.

— C'est exactement ce que craignent les Anglais, reconnaît le monsieur du ministère de la Défense. Le commandant en chef, le général Milne, est furieux. La nomination de Kemal a été signée par son remplaçant alors que lui-même était en mission à l'extérieur de la capitale. En rentrant, il a essayé de la faire annuler, mais Kemal était déjà parti. Figurez-vous que le général a même envoyé des torpédos, ces petits bâtiments de guerre extrêmement rapides, à sa poursuite. Trop tard, l'oiseau s'était bel et bien envolé !

Ils éclatent tous de rire à l'idée du bon tour joué à ces sacrés Britanniques.

— Entre nous, Mehmet Bey, demande le monsieur pâle, pensez-vous que Sa Majesté ait confié à Kemal une autre mission que la pacification de la région ? Ce serait risqué : rappelez-vous que l'article 6 de l'armistice stipule qu'en cas de révolte, l'occupant peut prendre définitivement Istamboul et en finir avec le sultanat !

— Qui sait ce que pense le sultan ? soupire Mehmet Bey, il est si secret ! Tout ce que je puis vous rapporter, ce sont ses derniers mots à Mustapha Kemal, lesquels m'ont été répétés par son premier aide de camp. C'était le jour même de la prise d'Izmir : « Pacha, lui a-t-il dit, jusqu'à présent vous avez rendu de grands services à l'Etat. Mais oubliez tout cela. C'est de l'histoire passée. Les services que vous allez rendre maintenant sont plus importants que le reste. Pacha, vous pouvez sauver le pays [1] ! »

L'officier hausse les sourcils.

— Qu'est-ce que cela signifie : « Vous pouvez sauver le pays » ? On peut interpréter ces mots de deux façons : pacifiez la région vous-même afin d'éviter que l'occupant n'intervienne. Ou bien : rassemblez les forces qui se trouvent en Anatolie et prenez la tête du mouvement de résistance !

— La vérité est sans doute, comme toujours, entre les deux, répond Mehmet Bey. J'ai l'honneur d'avoir le même dentiste que Sa Majesté, laquelle après les séances aime à discuter avec ce vieux bourreau. Eh bien, savez-vous ce que dit « Tooth Pacha » [2] ? Pour lui, notre padischah garde deux fers au feu : d'un côté, il fait preuve d'une grande souplesse vis-à-vis de l'occupant, espérant obtenir ainsi le meilleur traité de paix possible ; de l'autre, il ne serait pas contre la rébellion en Anatolie. C'est pour cela que, parmi tant de généraux capables, il a envoyé Kemal Pacha. Sa Majesté veut prouver aux occupants que le peuple turc n'est pas totalement à leur merci et qu'on ne peut lui imposer n'importe quoi. Les troubles en Anatolie, s'ils se développent, seront un atout précieux dans les négociations de paix.

— Et le nerf de la guerre ? demande le fonctionnaire des Finances, sarcastique. Pour organiser une résistance, si modeste soit-elle, il faut de l'argent. Et je suis bien placé pour savoir que nos caisses sont vides. Depuis des mois les employés de l'Etat ne perçoivent que la moitié, parfois le tiers de leur salaire !

— Kemal aurait reçu une importante somme en or, glisse Mehmet Bey sur un ton de confidence. Le général Milne s'en est même étonné en faisant remarquer que la Turquie est au bord de la banqueroute.

---

1. *Cf.* Lord Kinross : *Ataturk.*
2. Tooth Pacha : le « général des dents », c'est ainsi que le sultan Vahiddedine surnommait son dentiste.

Il veut absolument savoir d'où vient cette somme. Je n'ai aucune preuve, mais à la cour on prétend que Sa Majesté a fait vendre secrètement tous ses pur-sang afin de pouvoir remettre à Kemal 50 000 livres-or...

On se ressert du cognac tandis qu'un domestique, revêtu d'un long kaftan bleu, passe les cigares. Chacun se perd dans ses songes. L'aventure est risquée, certes, mais elle en vaut la peine, ne serait-ce que pour voir la tête de ce général Milne dont la morgue n'est vraiment plus supportable. Soudain, le monsieur au « bonjour » gris perle se redresse.

— Mais alors, si Kemal est parti en Anatolie, qu'advient-il du projet de mariage avec Sabiha sultane?

— Ah! le mariage... répond le damad en souriant finement. Eh bien, le sultan n'a pas dit non, mais croyez-moi, il ne dira jamais oui. En vérité il ne se soucie guère de donner sa fille préférée à un homme aussi porté sur la boisson et sur les femmes. Et surtout, il a confié à ses intimes que pour rien au monde il ne voudrait d'un deuxième Enver Pacha qui lui dicterait sa politique!

« Pauvre Rose d'or, pense Selma en regagnant sa chambre; il va être bien déçu! Et moi qui espérais tant qu'il entre dans la famille... »

Songeuse elle s'est mise à compter sur ses doigts. Dans cinq ou six ans elle sera en âge de se marier... Pourquoi est-ce que...? Tout à coup son cousin Vassip, qu'elle rêvait d'épouser, lui paraît bien insipide. Rose d'or est autrement plus séduisant! Et surtout, c'est un grand général, un héros! Elle l'aidera, ils bouteront l'ennemi hors de Turquie. Elle organisera les femmes, elle sera une nouvelle Halidé Edib!

Selma, ce soir-là, s'est endormie le sourire aux lèvres.

IX

De toutes les esclaves qui ornent le palais de Hatidjé sultane, la plus ravissante est sans nul doute Gulfilis. Fine et élancée, la poitrine haute, elle est, avec ses cheveux couleur de blé mûr et ses grands yeux pervenche, le type même de la beauté circassienne.

Orpheline à l'âge de huit ans, elle avait été achetée par un marchand qui comptait la revendre très cher à la cour : en quelques années, estimait-il, elle deviendrait l'un des joyaux du harem. Il avait compté sans la révolution de 1909. Le sultan Abdul Hamid détrôné, son demi-frère Reshat couronné à sa place, la monarchie absolue devenait monarchie constitutionnelle. Et l'une des premières réformes promulguées par les Jeunes-Turcs, qui tenaient à faire preuve de modernisme, fut l'abolition de l'esclavage.

On ouvrit les portes des harems et l'on fit savoir, par tout l'empire, que les familles pouvaient venir rechercher leurs filles et leurs sœurs. Très peu se présentèrent. Mais surtout, un nombre infime de jeunes femmes consentit à quitter l'ombre dorée des palais pour retrouver la liberté d'une pauvre maison de paysans. Habituées au luxe et à la vie raffinée, elles frissonnaient à l'idée du travail et de l'existence grossière qui les y attendaient.

Pendant quelques mois, avant que les choses ne reprennent leur rythme séculaire, la corporation des marchands d'esclaves fut très inquiète. Et Bulent Agha, l'heureux propriétaire de Gulfilis, plutôt que de prendre le risque de contacter la cour, préféra négocier discrètement. Il connaissait le premier eunuque de la fille aînée du sultan Mourad, laquelle venait de se remarier et s'installait dans son nouveau palais. Le marché fut vite conclu, chacun des deux hommes ayant la conviction de rendre un fier service à l'orpheline.

C'est ainsi que Gulfilis entra dans la suite de Hatidjé sultane. Elle était trop jolie pour que l'on songe à lui apprendre le ménage ou à gâter ses yeux en lui faisant étudier le calcul. La grande maîtresse des kalfas décida qu'on lui enseignerait la musique et le chant, ainsi que l'art des fleurs. Peu à peu, elle devint experte à composer des bouquets qui égayaient tout le palais, et elle acquit l'une des premières places dans l'orchestre du haremlik, car elle jouait fort bien de la harpe. A dix-sept ans elle était encore plus belle que ne l'avait prévu le vieux marchand.

La sultane, dont elle était la préférée, la regardait souvent, songeuse : si elle entrait au service de Sa Majesté elle pourrait certes devenir l'une de ses favorites, et qui sait, un jour, une épouse ? Mais elle pourrait aussi y consumer sa jeunesse sans jamais être élue... Car le sultan était déjà âgé et, en ces temps difficiles, plus préoccupé de politique que de femmes. Mais rester ici, dans cet univers exclusivement féminin, était une insulte à la nature. Une créature aussi superbe, aussi évidemment faite pour l'amour, se devait de porter des fruits. Il fallait lui trouver un mari.

Un matin, alors qu'elle sort de sa chambre, Selma se heurte à Gulfilis en larmes. Inquiète, elle la presse de questions, mais la jeune esclave, hoquetant de désespoir, est incapable de parler. La fillette a fini par s'asseoir près d'elle et lui a pris la main. Se calmant peu à peu, Gulfilis s'essuie les yeux.

— La sultane veut me marier, annonce-t-elle d'un ton lugubre.

Essayant de se rappeler les histoires tristes que lui racontait sa nourrice, Selma hasarde :

— Il doit être vieux et laid ?

— Oh non, il a trente ans et il est beau. Je l'ai aperçu derrière les moucharabieh.

La petite fille ne comprend pas.

— Il est sans doute très pauvre ? demanda-t-elle avec pitié.

— Non, il est riche et il a une bonne position au ministère des Finances. C'est d'ailleurs le damad, votre père, qui l'a recommandé à la sultane. Mais...

Elle s'est remise à pleurer.

— Je ne veux pas me marier, c'est ici ma maison, ma famille. Pourquoi irais-je chez un étranger ?

Selma, émue, l'entoure de ses bras.

— Ne sois pas triste, Gulfilis, je vais le dire à Annedjim. Je suis sûre qu'elle ne veut pas te faire de peine.

Et, tel un chevalier partant combattre pour sa belle, elle se hâte vers les appartements de la sultane.

La princesse n'est pas seule. En face d'elle, sur le tapis aux volutes roses, se tient Memjian Agha, le bijoutier arménien, accroupi au milieu d'écrins de velours de toutes tailles.

— Venez m'aider Selma, l'invite sa mère.

Selma adore les bijoux ; les yeux brillants elle s'approche, décidant de remettre à plus tard la discussion sur Gulfilis.

— Je suis en train de choisir un cadeau pour Sabiha sultane, précise la princesse, la date de son mariage a enfin été fixée.

Selma est enchantée car elle aime beaucoup sa jeune parente. Mais elle se demande ce que va en penser Rose d'or, qui se bat en Anatolie. Ce n'est en effet pas Mustapha Kemal l'heureux élu mais, contrairement à toutes les traditions, un cousin de Sabiha, un prince ottoman.

L'histoire a mis toute la cour en émoi : il s'agit, scandale et délices, d'une histoire d'amour. Le prince Omer Farouk est sans conteste l'un des hommes les plus fascinants de l'empire. Très grand, blond, un visage fin et énergique, des yeux bleus étirés vers les tempes, il a une allure et une élégance que tentent en vain d'imiter tous les jeunes gens de la bonne société. Officier de la garde impériale de l'empereur de Prusse, allié de la Turquie, il a passé la guerre en Allemagne, sur le front de l'Ouest. De retour à Istamboul, il a été nommé aide de camp du sultan. C'est ainsi qu'il a rencontré la belle Sabiha.

Ce fut un coup de foudre. Omer Farouk n'était pas homme de demi-mesures, il déclara à son père qu'il épouserait la jeune fille ou qu'il se suiciderait. Et chacun savait qu'il le ferait.

Mais le sultan n'était pas favorable à ce mariage. Il bouleversait la règle selon laquelle les membres de la famille ottomane ne se marient pas entre eux, règle adoptée des siècles auparavant, au vu de la dégénérescence des dynasties européennes. Et surtout, les deux branches de la famille n'étaient pas au mieux depuis la mort du sultan Abdul Aziz, dont les enfants affirmaient qu'il s'agissait d'un assassinat déguisé, ordonné par la branche Medjid. Ainsi, la passion d'Omer pour Sabiha devenait-elle un drame Montaigu-Capulet à la turque.

Pendant deux mois la cour attendit avec anxiété la décision du souverain. Oubliant son orgueil et ses ressentiments, le prince Abdul Medjid, dont Farouk était le fils unique, multipliait les visites au palais. Finalement le sultan se laissa fléchir, car il désirait le bonheur de sa fille. Il pensait en outre qu'en ces temps incertains il était bon que la famille soit unie, et le mariage d'Omer Farouk et de Sabiha permettait de mettre fin à une querelle qui durait depuis plus de quarante ans...

Assise au milieu de tous ces joyaux qu'elle connaît bien pour les avoir souvent admirés sur sa mère, Selma est indécise : elle veut pour Sabiha les plus beaux bijoux, mais elle sait aussi que la jeune fille n'aime pas les lourdes parures en faveur chez ses aînées. Elle finit par fixer son choix sur un collier d'émeraudes en forme de trèfles à quatre feuilles, parsemés de diamants figurant des gouttes de rosée. Il est accompagné d'un diadème, de boucles d'oreilles et de bracelets sur le même motif.

— Parfait, apprécie la sultane, cela conviendra admirablement au teint délicat de notre Sabiha. Et maintenant, dites-moi quels sont les deux ensembles que vous aimez le moins ?

Après quelques minutes d'hésitation, la petite fille a désigné deux écrins : dans l'un brille une parure de rubis et de perles ; dans l'autre, un long collier de turquoises assorti de deux bracelets et d'une énorme bague.

— Eh bien voilà, Memjian Agha, déclare Hatidjé sultane en riant. Il m'aurait été difficile de décider, mais le doigt de l'innocence a rendu son verdict. Vous verrez les détails avec Zeynel.

Le joaillier bafouille quelques bénédictions, saisit les deux écrins et prestement les glisse dans une grande serviette de cuir sombre. Puis, se confondant en salutations, il prend congé.

Selma le regarde sortir, elle n'en croit pas ses yeux.

— Annedjim, pourquoi a-t-il emporté vos bijoux ? Et où sont ceux que vous avez achetés aujourd'hui ?

Les visites de Memjian Agha, qui se sont beaucoup espacées ces derniers temps, sont en effet toujours l'occasion de somptueuses emplettes.

La sultane a attiré sa fille vers elle et la regarde gravement.

— Selma, je n'ai rien acheté... J'ai même vendu les parures que vous avez désignées... Voyez-vous, avec la guerre et maintenant l'occupation, tout est devenu très cher, et nous avons ici une soixantaine d'esclaves qu'il faut bien entretenir. Je pourrais certes me défaire de la moitié d'entre eux, mais où iraient-ils ? Beaucoup sont chez moi depuis l'enfance, les autres ont grandi chez mon père. Ils nous ont toujours été fidèles, je n'ai pas le cœur à les abandonner. C'est pourquoi je vends mes bijoux. De toute façon j'en ai beaucoup trop !

— Mais alors, Annedjim, nous sommes pauvres ?

Selma est atterrée. Elle a vu dans la rue des enfants pâles qui vendaient des lacets, du fil et des épingles disposés dans une boîte en carton attachée autour de leur cou. Mademoiselle Rose lui a dit que c'étaient des « petits pauvres ». Elle leur a donné quelques pièces et s'est vite éloignée, honteuse du regard avide et triste qu'ils portaient sur sa jolie robe et ses boucles soignées. Et elle s'est promis que jamais, non, jamais, elle ne serait pauvre ! Un peu plus tard, elle s'est rassurée en réfléchissant que l'on naît pauvre ou riche, comme on naît noir ou blanc, que le monde est divisé ainsi, et que, heureusement, elle se trouve du bon côté.

Mais maintenant le discours de sa mère la plonge dans des abîmes d'appréhension : quand il n'y aura plus de bijoux, devra-t-elle aussi aller vendre des épingles dans la rue ?

La sultane la rassure.

— Mais non, petite sotte, nous ne sommes pas pauvres. Par contre il y a de plus en plus de pauvres autour de nous. C'est pourquoi j'ai décidé d'organiser à partir de demain une *foukaramin tchorbaseu*, une soupe des pauvres.

Selma ignore ce qu'est une « soupe des pauvres ». En revanche, elle sait qu'il y a demain une grande réception au palais de Dolma Bahtché : on y célèbre le premier anniversaire de l'avènement du sultan. Elle a passé presque une heure à choisir la robe qu'elle portera.

— Annedjim, s'inquiète-t-elle, cette... soupe, sera-t-elle avant ou après la fête ?

— Il n'y aura pas de fête. Sa Majesté estime que dans un pays ruiné et occupé il n'y a pas lieu de se réjouir. Il a fait décommander également les feux d'artifice, les illuminations et les salves d'artillerie qui célèbrent habituellement son anniversaire. L'argent épargné servira à soulager quelque misère. Dorénavant seules les fêtes religieuses seront célébrées.

Déçue, Selma baisse la tête. Elle avait espéré voir son cousin Vassip. Elle ne veut pas lui faire de peine, mais il faut bien qu'elle lui annonce sa décision d'épouser Rose d'or. A propos de mariage, elle avait une question à poser à sa mère...

— Annedjim, Gulfilis est très malheureuse. Elle ne veut pas se marier. Ne pouvons-nous la garder ici, avec nous ?

La sultane semble excédée.

— Vous êtes la quatrième personne à me parler de Gulfilis ! Je suis décidée à la marier, ainsi que deux ou trois de nos plus jolies esclaves. Vous êtes trop jeune pour comprendre, mais sachez que le bonheur d'une femme c'est d'avoir un mari et des enfants. Gulfilis sera bien dotée et pourra venir nous voir chaque fois qu'elle le désirera. Dans quelques années elle serait trop âgée pour trouver un bon parti. Et moi, je ne serai peut-être plus là pour l'aider.

« Plus là ? » Et pourquoi donc ? Pourquoi, tout à coup, l'ordre naturel des choses devrait-il changer ? Selma ne comprend décidément rien aux propos de sa mère, mais elle juge prudent de ne pas insister. La sultane s'est d'ailleurs levée et, suivie d'une kalfa, se dirige vers le hammam.

Le lendemain matin, luttant contre le vent glacé venu de la mer Noire, un petit nombre de serviteurs s'affaire devant les hautes grilles du palais. Transportant de larges planches de bois, ils les fixent les unes aux autres, puis les placent sur des tréteaux. Deux tables sont ainsi improvisées, que l'on recouvre de linge de couleur bis. Alors en file indienne arrivent les *tablekars*, serviteurs portant sur leur tête des plateaux garnis d'énormes soupières d'étain qu'ils disposent sur les tables, à côté de corbeilles remplies d'épaisses tranches de pain.

L'annonce de la générosité de la sultane s'est vite répandue dans le quartier, et les six marmitons chargés du service sont à peine arrivés que déjà les premiers groupes s'avancent timidement. Pour éviter les incidents la princesse a demandé que les hommes soient servis à une table, les femmes et les enfants à l'autre. Or, à sa grande surprise et à celle de Selma, qui observe la scène dissimulée dans l'encoignure d'un balcon — on lui a défendu de descendre —, il n'y aura pas de bousculades, à peine quelques exclamations anxieuses des derniers arrivés, craignant que le festin ne se termine avant que ne vienne leur tour. Mais ils se rassurent vite en constatant que régulièrement les tablekars remplacent les plats vides par des soupières, remplies à ras bord d'une odorante potée de légumes garnie de viandes appétissantes.

Les éternels mendiants d'Istanboul sont venus en nombre mais Selma remarque aussi beaucoup de soldats aux uniformes rapiécés. Depuis la démobilisation, près d'un an plus tôt, ils errent, sans solde et sans travail, dans ce pays ruiné par huit années de guerre continue [1]. Il y a également des réfugiés de l'intérieur du pays que l'on reconnaît à leur costume paysan. Ils ont fui leurs villages, mis à sac par des bandes nationalistes grecques ou arméniennes qui entendent prouver aux « Alliés » que la coexistence avec les Turcs est impossible.

Et puis il y a... les nouveaux pauvres, identifiables à leurs vêtements méticuleusement propres et à leur air gêné. Ce sont des artisans ou de petits employés qui, jusqu'à la guerre, gagnaient modestement leur vie. Aujourd'hui ils ont perdu leur travail à la suite des nombreuses faillites ou de la destruction des rares usines, leurs

---

1. Guerre des Balkans, puis Première Guerre mondiale.

économies sont épuisées et, face à la flambée des prix, alimentée par un marché noir généralisé, ils se trouvent contraints de recourir à la charité publique. Ce sont eux que Selma plaint le plus : ils paraissent affreusement mal à l'aise et regardent furtivement de tous côtés pour s'assurer que personne de leur connaissance n'est témoin de leur déchéance.

La distribution terminée les serviteurs ont commencé à démonter planches et tréteaux lorsque Selma voit arriver un homme tenant par la main une petite fille. Très grand, il est habillé d'un pantalon bouffant et d'une tunique de drap gris, à la manière des moujiks. S'approchant d'un marmiton il lui demande, dans un turc approximatif, s'il ne reste pas un morceau de pain.

— Ah non ! pour aujourd'hui c'est fini ! s'exclame le garçon sans lui accorder un regard. Pourquoi n'étiez-vous pas à l'heure ? Vous n'avez qu'à revenir demain !

Selma voit l'homme hocher la tête et s'appuyer contre la grille ; il semble sur le point de s'évanouir. Avec effort, il sort de sa poche une liasse de roubles.

— Je vous en prie, c'est pour ma petite fille : elle n'a rien mangé depuis deux jours.

Regardant les roubles d'un œil sarcastique, le marmiton maugrée :

— Que voulez-vous que je fasse de ces bouts de papier ? Je vous ai dit que c'était terminé. Maintenant partez, ou j'appelle les gardes !

L'homme a pâli sous l'insulte. Rassemblant ses forces, il se redresse et s'apprête à s'en aller, lorsqu'une voix claire l'arrête :

— Attendez, monsieur !

C'est Selma qui surgit, dévalant l'escalier à toute allure. Rouge de colère, elle apostrophe le marmiton :

— Apporte de la viande, et des gâteaux, et des fromages ! Immédiatement !

Tremblant, le garçon disparaît en direction des cuisines. Alors seulement, Selma se tourne vers ses protégés. L'homme a un visage fin encadré d'une barbe blonde. Ses yeux bleus sourient.

— Merci mademoiselle. Je me présente : comte Walenkoff, officier de cavalerie de l'armée du tsar. Et voici ma fille Tania.

Perplexe, Selma regarde la fillette. Elles doivent avoir le même âge, mais la petite Russe a l'air si timide, si fragile, qu'elle se sent de beaucoup son aînée.

— Je suis Selma sultane, dit-elle. Venez !

Dans le parc, à quelques mètres de la grille, s'élève un kiosque de marbre blanc, garni de roses, où parfois les visiteurs se reposent avant d'entrer au palais. C'est là que Selma conduit ses hôtes. A peine sont-ils installés que le marmiton arrive, suivi d'un tablekar portant assez de victuailles pour dix personnes. Visiblement le garçon cherche à se faire pardonner, mais la petite sultane n'est pas disposée à oublier sa brutalité. Que disait donc sa mère ? Ah oui... Que les faibles, dès qu'ils ont une once de pouvoir, deviennent tyranniques...

Comme s'il devinait ses pensées, l'officier intervient :

— Laissez ce pauvre bougre. Il ne comprend même pas ce que vous lui reprochez. Après tout, il obéissait aux ordres en terminant le service à onze heures.

Selma sursaute : l'indulgence dont l'officier fait preuve lui paraît le comble du mépris. C'est vrai qu'elle a toujours entendu dire que les aristocrates russes considéraient leurs serfs comme des animaux...

— Il comprend très bien, monsieur, réplique-t-elle, pincée.

Ils ont fini par parler en français, langue que tous trois maîtrisent parfaitement. L'officier lui raconte comment, lorsque le dernier régiment tsariste, commandé par le général Wrangel, fut écrasé en Crimée, il avait réussi à rejoindre Saint-Pétersbourg où l'attendaient sa femme et sa fille. Il n'avait trouvé qu'une maison dévastée. Des voisins lui avaient appris la mort de son épouse, tuée par les « rouges ». L'enfant était en sécurité chez une ancienne domestique.

— Le choc fut terrible car j'étais très amoureux de ma jeune femme. J'ai voulu mourir, mais la servante, me mettant ma fille dans les bras, m'a rappelé à la réalité. Elle nous a trouvé des vêtements de vachers, et c'est sous ce déguisement que nous avons entrepris notre longue marche vers la frontière turque.

Plus d'une fois le comte avait failli être découvert, ses mains blanches et ses manières aristocratiques attiraient l'attention. Mais, soit par vénalité — il avait distribué pendant ce voyage des centaines de milliers de roubles —, soit parce qu'ils étaient fatigués de tout ce sang et qu'ils avaient vaguement pitié de l'enfant, les paysans l'avaient laissé passer.

Il raconte la faim, la soif, la peur... Selma l'écoute les larmes aux yeux. Bientôt elle ne l'entend plus : elle se voit dans son palais en flammes, entourée d'hommes qui hurlent : « Vive la révolution ! » Terrifiée, elle appelle son père et sa mère, personne ne lui répond. Alors elle comprend qu'ils sont morts et qu'elle est seule. Elle se met à courir, courir, sur un chemin qui n'en finit plus. Les balles claquent à ses oreilles. Et pendant tout ce temps, malgré sa peur, elle ne cesse de se demander pourquoi on veut la tuer...

Elle s'est mise à pleurer à gros sanglots. Touché de sa compassion, l'officier s'interrompt.

— Vous avez bon cœur, enfant, le Seigneur vous le rendra.

Honteuse de cette méprise et de son égoïsme, Selma s'essuie les yeux.

— Vous ne mangez rien, dit-elle, voyant qu'ils ont à peine touché au repas.

— Nous nous sommes si peu alimentés depuis un mois, nous en avons perdu l'habitude.

— Alors, vous allez tout emporter !

Sur un signe, le domestique enveloppe les victuailles de linges blancs et les dispose dans un grand panier d'osier.

Mais Selma reste soucieuse.

— Qu'allez-vous faire maintenant ?

— Dieu y pourvoira.

Dieu ? Selma esquisse une petite moue. Au lieu de Dieu, elle ferait mieux d'aller voir la sultane.

— Attendez-moi un instant, je vous prie.

Lorsqu'elle arrive dans le boudoir de sa mère elle y est très mal accueillie.

— Qu'est-ce, sultane ? J'apprends que vous recevez des étrangers dans le pavillon du parc ?

— Je voulais vous en parler, Annedjim, balbutie Selma, confuse, mais ils étaient en train de mourir de faim...

Et elle raconte toute l'histoire.

— Annedjim, ne pouvons-nous pas les aider ?

La sultane s'est radoucie.

— Je le voudrais bien, mais il y a cent mille réfugiés russes à Istamboul... Et les réfugiés turcs d'Anatolie et des provinces égéennes affluent par milliers chaque jour... Je dois d'abord m'occuper d'eux. Je suis navrée, mon enfant, je ne peux rien faire de plus.

Selma en reste interdite : c'est la première fois qu'elle voit sa mère refuser la charité. Décidément, tout va de mal en pis.

En silence elle a baisé la main de la sultane et a couru vers sa chambre. Là, elle choisit sa plus jolie robe et des souliers vernis, et sa grande poupée qui vient d'Ukraine, puis elle rejoint le pavillon.

La petite Russe a accepté les cadeaux avec un sourire si triste que Selma en a eu le cœur serré.

Debout derrière la grille, elle regarde s'éloigner Tania et son père, la main dans la main, bouleversée par son impuissance.

X

Le 16 mars 1920 au matin, lorsque les habitants d'Istamboul se réveillent, ils n'en croient pas leurs yeux : en une nuit, leur ville s'est transformée en un gigantesque camp militaire. Des blindés quadrillent les rues ; à chaque carrefour, des sections de mitrailleurs sont à l'affût. Les postes de police, les ministères de la Guerre, de la Marine, de l'Intérieur, la préfecture, le Club des officiers sont occupés. Des soldats anglais aidés de gourkhas hindous bivouaquent dans la gare, les douanes et sur les quais de Galata. Même les jardins publics et les abords du théâtre des Petits-Champs sont envahis par des « poilus » renforcés par des escadrons de cavalerie. Un régiment de Sénégalais cerne le Vieux Sérail et des détachements montent la garde devant les palais de tous les personnages importants. Des patrouilles « alliées » formées de quatre hommes — un policier britannique, un gendarme français, un carabinier italien et un policier ottoman qui suit en traînant la patte — ont investi chaque rue. A coups de badine ils dispersent le moindre attroupement, tandis que, par toute la ville, des sections de police militaire fouillent les maisons et arrêtent les Turcs suspects d'avoir partie liée avec les rebelles d'Anatolie.

Le général « Tim », connu plus protocolairement sous le nom de Sir Charles Harington, commandant en chef des troupes britanniques, a fini par persuader les autorités françaises et italiennes, fort réticentes, qu'il était temps de mettre un terme à la résistance, discrète, mais efficace, de la population d'Istamboul.

Chaque nuit en effet armes et munitions disparaissent des dépôts alliés, pourtant soigneusement gardés, et chaque jour, officiers et soldats turcs, sous des déguisements variés, quittent la capitale pour aller grossir la petite armée de Mustapha Kemal. Il faut mater cette ville rétive. Le haut commandement anglais prétendant avoir découvert un complot visant à massacrer tous les Européens, on a décidé qu'Istamboul, jusqu'alors soumise à une présence militaire « bénigne », subirait désormais une « occupation disciplinaire ».

Et pour que nul ne doute du sérieux de ses intentions, le général Tim a fait placarder sur tous les murs de la ville de grandes affiches où le mot « MORT » s'étale en lettres noires. Mort à qui cachera un rebelle. Mort à qui subtilisera des armes. Mort à qui fournira une aide quelconque à ce hors-la-loi nommé Mustapha Kemal.

Le palais de Hatidjé sultane est en effervescence. On a envoyé aux nouvelles tous les serviteurs mâles ; les uns après les autres, ils reviennent, porteurs de macabres détails : les soldats, vont jusqu'à fouiller les tombes pour y chercher des armes, seize jeunes gens d'une fanfare ont été tués, l'occupant les ayant pris pour des militaires. Des dizaines de membres du parlement, connus pour leur nationalisme, ont été arrêtés, parmi lesquels Raouf Packa, l'ex-ministre de la Marine, et le prince égyptien Saïd Halim, un vieil ami de la famille. Sans doute vont-ils être exilés à Malte. La police recherche également l'écrivain Halidé Edib, dont les écrits et les discours patriotiques enflamment dangereusement l'opinion.

Selma, à l'écoute de tout, se rappelle avec émotion cette belle femme passionnée qui l'a tant fait pleurer lors de la manifestation place du Sultan-Ahmet ; pour la première fois elle se sent prise d'une véritable haine pour ces étrangers qui, dans son pays à elle, agissent en maîtres.

Un eunuque apporte les journaux. Tous publient, en première page, le communiqué commun des hauts-commissaires anglais, français et italien : « Les hommes de l'organisation dite nationale cherchent à entraver la bonne volonté du gouvernement central. Les puissances de l'Entente se voient donc obligées d'occuper provisoirement Constantinople. »

« Quelle manie, pense Selma, de persister à donner un nom chrétien à cette ville qui, depuis cinq siècles, se nomme Istamboul ! »

« L'Entente ne veut pas détruire l'autorité du sultanat, mais la renforcer, poursuit le communiqué. Elle ne veut pas enlever Constantinople aux Turcs, mais, s'il y a des troubles et des massacres, cette décision sera probablement modifiée. Afin de concourir à édifier, sur les décombres de l'ancien empire, une Turquie nouvelle, chacun a le devoir d'obéir au sultanat. »

La sultane suffoque de rage.

— Obéir au sultanat ? Quelle mascarade !... Comme si quiconque pouvait ignorer que le padischah est l'otage des occupants, qu'il ne peut faire un geste sans qu'ils menacent de le détrôner et de livrer Istamboul aux Grecs !

Jamais Selma n'a vu sa mère dans une telle colère. Elle en conclut que la situation doit être grave. Peut-être obtiendra-t-elle de plus amples éclaircissements chez son père.

Celui-ci, à son habitude, se trouve dans le fumoir, entouré de quelques amis. Ils ont tous l'air catastrophé : leurs ministères sont occupés, nombre de leurs collègues arrêtés. Comme chez la sultane, des domestiques vont et viennent, apportant les dernières nouvelles. On s'étonne.

— Tiens, je ne savais pas que X était lui aussi kémaliste !

— Il ne l'est peut-être pas, mais les « Brits » sont tellement exaspérés par les fuites et les vols d'armes qu'ils suspectent tout le monde.

— Ils n'ont pas tort. Devinez ce qu'ont répondu les gardes turcs du plus grand dépôt de la ville à l'officier anglais qui leur demandait des comptes sur la disparition des munitions ? Ils ont juré sur le Coran que c'étaient les chèvres qui, en paissant la nuit dans le pré, donnaient des coups de tête et brisaient les cachets de cire apposés sur les portes. J'imagine que l'officier a jugé inutile de leur demander si c'étaient également les chèvres qui mangeaient les munitions !

Ils s'esclaffent.

— Il n'empêche que les dernières mesures disciplinaires renforcent la popularité de Kemal. Depuis ce matin, ce fou m'est devenu presque sympathique.

— Est-il fou ? Haïri Bey a plissé les yeux d'un air perplexe. Sa Majesté ne semble pas de cet avis. Les Anglais soupçonnent même notre padischah de l'encourager tout en leur jouant la comédie pour gagner du temps. Leur ministre des Affaires étrangères, Lord Curzon, aurait récemment avoué qu'il ne s'était pas rendu compte que les relations entre Mustapha Kemal et le sultan étaient si étroites.

Sauf nécessité majeure, personne ne se risque plus à sortir. Dans son coin Selma bout d'impatience : c'est toujours pareil, dès qu'il se passe quelque chose d'intéressant on l'enferme à la maison. Et plus question de promenades archéologiques pour déjouer la surveillance : la porte du palais est close, sans discussion possible. Même le flot incessant des visites qui d'habitude animait le Haremlik, lui apportant sa ration quotidienne de nouvelles et de commérages, s'est tari. La vie semble s'être arrêtée.

Mademoiselle Rose a bien essayé de distraire la fillette en se proposant de lui apprendre des chansons françaises. Mal lui en a pris : Selma, trouvant enfin un exutoire à sa mauvaise humeur, lui a déclaré tout net qu'elle détestait les Français, les Anglais et tous ces étrangers qui l'empêchaient de sortir de chez elle.

Une nuit qu'elle se tourne et retourne dans son lit, ressassant ses griefs, elle entend des pas dans le corridor. A la hauteur de sa chambre quelqu'un a fait « chut », et les pas se sont éloignés. D'un bond, la fillette se lève. Entrebâillant sa porte, elle a juste le temps d'apercevoir Zeynel, une lanterne à la main, précédant une personne emmitouflée d'un long manteau. Ils se dirigent... vers les appartements de sa mère ! A la lueur de la veilleuse, Selma vérifie l'heure sur le joli réveil d'émail que le général prince lui a rapporté de Suisse : minuit et demi ! Qui donc peut venir voir la sultane si tard ?

Le cœur battant, elle quitte sa chambre et, tâtonnant, commence la traversée du corridor. Elle est partagée entre la curiosité et la crainte : mieux vaut ne pas penser à la punition qui l'attend si elle est découverte. En même temps, elle se morigène : quoi, elle qui rêve d'être une héroïne, d'égaler Halidé Edib, elle tremble à la simple idée du courroux maternel !

Respirant profondément, elle maîtrise sa peur et reprend sa marche. Au bout du corridor, à travers la portière de brocart qui isole le boudoir, elle voit filtrer une lumière. Elle s'approche, entend qu'on parle à voix basse. Se cachant dans les amples plis du rideau, elle l'écarte juste assez pour y coller son œil. Ce qu'elle voit la stupéfie.

Un homme, encore jeune, est assis dans un fauteuil près de la Sultane : il chuchote en lui montrant des papiers qu'elle parcourt avec attention, de temps à autre il relève la tête et regarde autour de lui d'un air angoissé. Selma l'examine : il n'est pas de la famille ; mal rasé, la redingote froissée, il ne ressemble pas non plus aux amis de son père. Qui donc est ce visiteur, et pourquoi sa mère l'accueille-t-elle dans ses appartements où aucun homme, autre que son époux ou un membre de la famille, n'a le droit de pénétrer ? Dans un coin du boudoir, elle remarque Zeynel, les yeux baissés, l'air mal à l'aise.

Soudain la sultane se lève et, désignant l'eunuque, fait signe à l'étranger de le suivre. Selma n'a que le temps de se dissimuler dans la portière, les deux hommes passent devant elle et se dirigent vers l'escalier en colimaçon qui mène au troisième étage. Ils ne se sont pas arrêtés, ils continuent à monter. Elle entend grincer la lourde porte du grenier. Au bout de quelques minutes Zeynel réapparaît, seul. Selma n'en revient pas : sa mère cache un étranger dans l'aile du palais réservé aux femmes !

La lumière du boudoir s'est éteinte, la sultane a dû aller se coucher. Furtivement la fillette a regagné sa chambre, à la fois ahurie et ravie : enfin il se passe quelque chose dans ce morne palais ! Dans son esprit surexcité les questions se bousculent auxquelles elle ne parvient pas à trouver de réponse : si cet homme se cache ce doit être un malfaiteur. Mais alors pourquoi sa mère le protège-t-elle ? En parlera-t-elle à Baba ? Il prendra certainement très mal que la princesse ose recevoir un étranger en son absence.

Haïri Bey est allé passer quelques jours chez des amis à Uskudar [1], sur la rive asiatique. Il y va de plus en plus souvent. Selma a même entendu les vieilles kalfas grommeler qu'avec tout ce qui se passe en ville, ce n'est vraiment pas le moment de laisser la sultane toute seule.

Elle regarde son réveil : 2 heures seulement. Comme le temps passe lentement ! Elle a hâte d'être au matin pour aller aux nouvelles.

Elle a commencé à s'assoupir lorsque des coups violents frappés à la porte d'entrée la font sursauter. Elle court à la fenêtre et, à la lumière des lampadaires de la cour intérieure, aperçoit trois policiers turcs qui font de grands gestes tandis que les gardes du palais tentent de les calmer. Deux eunuques surgissent, Selma croit les entendre expliquer que le maître de maison est absent et qu'ils doivent les prier de partir immédiatement car ils se trouvent du côté des appartements des femmes. Les policiers s'excusent, mais se déclarent contraints d'insister : on leur a signalé qu'un dangereux bandit est entré dans le palais. Ils ont ordre de fouiller.

Très pâles, les eunuques se sont placés devant la porte, bien décidés à défendre leur sanctuaire, cependant que les gardes hésitent : ils ont pour mission de protéger le palais, mais contre la police de l'Etat, que doivent-ils faire ?

Tout à coup une voix forte retentit :

— Que se passe-t-il ?

C'est la sultane. Elle est apparue sur le seuil, un voile sombre dissimulant à demi son visage.

— Que faites-vous ici, messieurs ? demande-t-elle en toisant les policiers. Depuis quand des musulmans prétendent-ils forcer l'entrée d'un haremlik ?

Un instant interdit, l'officier qui commande le petit groupe s'incline.

— Sultane, croyez que j'en suis le premier navré. Mais on a vu pénétrer chez vous un criminel, et le grand vizir, damad Ferid, a ordonné la fouille.

La sultane sourit dédaigneuse.

— Ce pantin oserait m'ordonner quelque chose ! Sachez que je n'ai d'ordre à recevoir de personne, sinon de Sa Majesté. Si vous m'apportez une lettre signée du padischah, alors je m'inclinerai.

---

1. Uskudar : appelé Scutari par les Européens.

Décontenancé, l'officier balbutie :

— Mais, sultane...

— N'insistez pas capitaine, vous n'entrerez pas, il y va de mon honneur.

Et comme elle le voit hésiter ·

— Ton revolver ! ordonne-t-elle à l'un de ses gardes.

De son balcon Selma voit les policiers épauler, mais avant qu'elle ait eu le temps de crier la sultane s'est interposée.

— Ne craignez rien, laisse-t-elle tomber, ironique, jamais je ne lèverai une arme contre un soldat turc. Mais sachez que, moi vivante, vous ne pénétrerez pas dans ce harem.

Négligemment elle joue avec le revolver et ils la regardent n'osant comprendre.

Alors, avec un petit rire froid, elle précise :

— A vous de choisir, messieurs, que préférez-vous ? Encourir la colère de ce damad Ferid ou celle du sultan lorsqu'il apprendra à quelle extrémité vous m'avez contrainte ?

Une lueur d'admiration éclaire le visage de l'officier, il n'a pas rencontré souvent d'hommes de la trempe de cette femme.

— Je vous prie de me pardonner, sultane, murmure-t-il.

D'un air entendu, il ajoute :

— Je sais que notre homme est là, mais dussé-je pour cela être dégradé je ne vous importunerai pas davantage.

Et, claquant des talons, il disparaît dans la nuit.

Au matin, Selma s'est précipitée chez sa mère. Assise à sa coiffeuse celle-ci feuillette distraitement *Chiffons*, la célèbre revue de mode parisienne, tandis qu'une esclave brosse sa longue chevelure.

— Avez-vous bien dormi, Annedjim ? demande Selma.

— Parfaitement, chérie, et vous ?

— Assez mal. J'ai entendu des bruits bizarres.

Selma, qui brûle de savoir le fin mot de l'histoire, est résolue à forcer les confidences. Peine perdue ; après s'être exclamée « Ah tiens ! » sur le ton de la plus parfaite indifférence, la sultane s'est replongée dans sa lecture. Selma tourne encore quelques minutes dans la chambre, puis, voyant qu'elle n'obtiendra rien de plus, elle sort dépitée. Ainsi sa mère n'a pas confiance en elle. Elle la croit incapable de garder un secret. Elle la prend encore pour une enfant alors qu'elle a neuf ans ! Très bien ! Elle mènera son enquête toute seule !

Il est 11 heures ; le cheikh qui, chaque matin, vient lui donner sa leçon de Coran s'est décommandé. Selma a deux grandes heures de liberté devant elle. Elle déclare à mademoiselle Rose, qui s'inquiète de son programme, qu'elle restera dans son petit bureau pour y étudier le livre saint. A peine la gouvernante sortie, elle se glisse hors de la pièce et, s'assurant que le corridor est désert, se faufile rapidement vers l'escalier qui mène au grenier. Elle marche sur la pointe des pieds, retenant sa respiration, mais plus elle s'efforce d'être silencieuse, plus il lui semble que craque le vieux parquet de bois.

Arrivée devant la porte du grenier, elle hésite : faut-il frapper ? Ce serait plus poli ; mais doit-on être poli avec un criminel ? Finalement elle tousse très fort, puis pousse la porte aussi lentement que possible.

Le grenier est si sombre qu'elle ne distingue rien ; elle avance avec précaution quand une voix étouffée la fait sursauter.

— Pas un geste ou je tire !

Ses yeux s'habituant à l'obscurité, elle devine une forme vague : accroupi à quelques mètres, un homme braque sur elle un revolver. Mais la voix tremble ; aucun doute, il a encore plus peur qu'elle ! Ragaillardie par cette constatation — pas un instant elle n'imagine qu'il pourrait tirer — Selma le rassure, magnanime.

— N'ayez crainte, je ne vous ferai aucun mal.

L'homme la regarde, interloqué. Puis brusquement, réalisant l'absurdité de la situation, il se met à rire. Le corps secoué de hoquets nerveux, il rit si fort qu'il semble ne jamais devoir s'arrêter. Selma a tout prévu sauf cette hilarité qui, pour un bandit recherché par la police, lui paraît pour le moins déplacée. Quand enfin il a repris son souffle, l'homme demande :

— Qui es-tu ?

Décidément, à l'inconscience s'ajoute la mauvaise éducation : comment cet individu se permet-il de la tutoyer ? Se redressant, la petite fille décoche, perfide :

— Je suis la fille de Hatidjé sultane, chez qui vous étiez cette nuit.

Elle s'attend à le voir s'effondrer ; il se contente de remarquer malicieusement :

— Ainsi tu nous surveillais ! Je ne savais pas les petites princesses aussi indiscrètes !

« Quel rustre ! » pense Selma. La conversation ne prend pas du tout le cours qu'elle avait prévu : d'enquêtrice et juge, elle se retrouve dans la position d'accusée. Décidément, les grandes personnes sont insupportables : avec les enfants elles se croient tout permis. Il lui faut reprendre la situation en main. Elle affiche son air le plus sévère.

— La police vous recherche. Pourquoi ? Qui êtes-vous ?

Le sourire de l'homme s'élargit et allume une petite lueur dans ses yeux.

— C'est un véritable interrogatoire ! Je serai ravi de vous répondre, princesse ; prenez, je vous en prie, la peine de vous asseoir.

Cérémonieusement, il lui désigne un tas de chiffons à côté de lui.

« Il se moque de moi », pense Selma. Mais peut-elle maintenant lui reprocher de se montrer trop poli... ? D'ailleurs, elle ne veut pas le fâcher : elle a trop envie d'entendre son histoire. Elle s'assied avec précaution tandis qu'il la regarde attentivement.

— Vous êtes devenue assez mignonne, apprécie-t-il, et pourtant Dieu sait que vous étiez un vilain bébé !

Cette fois, c'en est trop ! Le rouge monte au front de Selma, elle cherche une réponse cinglante. Sans paraître remarquer son indignation, l'homme reprend :

— Je vous ai connue lorsque vous aviez un an. J'étais aide de camp de votre oncle, le prince Selaheddine. Après sa mort je suis allé me battre sur le front caucasien : trois ans de cauchemar pour une guerre qui n'était même pas la nôtre...

Selma a l'impression qu'il a oublié sa présence. Il parle très bas et elle a du mal à le comprendre.

— Nous avons été vaincus et nos ennemis se sont partagé l'empire. Et maintenant ils veulent nous rayer de la carte, comme si la Turquie était un monstre qu'il fallait à tout prix écraser de peur qu'il ne relève la tête. Pendant des siècles ils ont tremblé, aujourd'hui ils se vengent. Mais ils ont tort, ils vont trop loin, ils nous contraignent à la lutte ultime : désormais nous n'avons plus rien à perdre.

« Pourquoi, se demande Selma, mais pourquoi donc les adultes ne peuvent-ils jamais répondre simplement aux questions simples ? »

D'une petite voix nette, elle réitère sa question :

— La police vous recherche. Qu'avez-vous fait ?

L'homme la regarde. Elle est si jeune, que peut-elle comprendre ?

— Avez-vous jamais entendu parler du général Mustapha Kemal ? hasarde-t-il.

— Evidemment !

Est-ce qu'il la prend pour une idiote ?

— Eh bien, je suis l'un de ses lieutenants, chargé de prendre contact avec les officiers qui désirent rejoindre la résistance en Anatolie. Je les aide à quitter Istamboul sous des déguisements divers et par les chemins les plus sûrs. Mais j'ai été dénoncé. Hier les Anglais ont cerné la maison où je me cachais. J'ai pu m'échapper par les terrasses. Ne sachant où me réfugier je me suis rappelé que le prince Selaheddine disait que, pour votre mère, la Turquie passait avant tout. Peut-être accepterait-elle de me donner asile ; je pensais que jamais la police n'oserait pénétrer chez une sultane ! Sur ce point, je me suis trompé. Cette nuit la princesse a réussi à les éloigner, mais ils vont revenir. Ils savent que je suis ici. Regardez !

Il écarte le rideau d'une lucarne et, tandis que Selma le dévisage, il désigne une dizaine de policiers devant l'entrée du haremlik.

— Il y en a autant devant l'autre entrée, précise-t-il ; ils attendent l'ordre d'investir le palais. Il faut que je parte au plus vite. Mais comment ?

Quelques heures plus tard, un groupe de femmes en tcharchaf noir sort du haremlik, en direction du marché. Elles portent de grands paniers d'osier et discutent avec animation de l'endroit où trouver les meilleurs légumes et les fruits les plus savoureux. Sans leur jeter un regard, elles passent près des policiers en faction devant le palais et prennent la première rue à droite en continuant leur bavardage

— Allah a donné aux femmes une langue longue comme la queue du diable et un cerveau gros comme un grain de riz, commente dédaigneusement l'un des policiers.

Tous s'esclaffent, avec d'autant plus de mépris qu'ils sont de méchante humeur : ils ont passé toute la matinée dans le vent glacial à surveiller les allées et venues du palais. En vain. Personne n'est sorti, sinon ce groupe de vieilles pies. Combien de temps encore vont-ils devoir rester là ? Longtemps sans doute, car l'affaire est délicate, la forte personnalité de la sultane menace de la faire éclater en scandale, ce que le commandement allié désire éviter. Mais comment céder sans se ridiculiser ? En claquant des dents, les policiers se livrent à des réflexions moroses.

Le groupe des femmes s'est arrêté sous un porche. Entourant la plus âgée d'entre elles, elles l'aident à réajuster son tcharchaf en la cachant pudiquement aux regards des passants... Soudain, il y a comme un frémissement au milieu de tous ces voiles, et, venant sans doute de l'intérieur de la maison, un homme surgit. Sans paraître lui prêter attention, les femmes reprennent leurs paniers et s'éloignent avec des rires et des éclats de voix. L'homme traverse la rue et se perd dans la foule.

Le trottoir est de nouveau désert. Mais sur le sol, devant le porche, gît un petit tas noir : le tcharchaf de la vieille femme...

Trois semaines plus tard, Selma recevra une carte mystérieuse : « Le rat du grenier a regagné son gîte, et il remercie ses bienveillantes fées. »

Toute joyeuse, elle court annoncer la nouvelle à sa mère qui hausse les sourcils.

— D'où peut venir ce mot bizarre ? Je n'en ai aucune idée. Ni vous non plus, naturellement.

Elle fixe sa fille d'un air complice et Selma se sent au comble du bonheur : toutes deux partagent désormais un vrai secret, un secret qui, si l'on en croit les menaces de l'occupant, peut entraîner la mort. Elle pense à Halidé Edib qui a rejoint les combattants nationalistes en Anatolie ; elle a l'impression que son héroïne lui sourit.

XI

Le phaéton avance en cahotant sur le chemin de terre battue. A tout moment il menace de verser, mais, chaque fois, le cocher, retenant brutalement ses chevaux ou les fouettant au sang, redresse la voiture au dernier instant.

A l'intérieur, Selma, projetée contre sa tante, Fatma sultane, rit de plaisir. C'est encore plus drôle que les manèges installés dans le parc du palais les jours de Baïram. Cette fois, c'est véritablement l'aventure : elles se trouvent loin du centre d'Istamboul, dans des faubourgs quasi déserts ; si elles avaient un accident, elles seraient peut-être obligées de passer la nuit sur place et, qui sait, d'aller demander asile dans l'une de ces minuscules masures que la fillette n'a jamais vues que de loin, mais où elle a toujours rêvé de pénétrer.

Souvent, au cours de promenades, elle a tenté d'entraîner mademoiselle Rose vers ces quartiers pauvres qui la fascinent, mais la gouvernante a fini par se fâcher.

— Que voulez-vous donc voir ? La saleté, le malheur ? Je puis vous assurer que cela n'a rien de drôle !

Devant cette violence inhabituelle chez la vieille fille, en général si patiente, Selma s'est tue, étonnée : ce qu'elle veut voir ? Elle ne le sait pas exactement, simplement elle a l'impression que c'est là, loin du luxueux cocon où elle grandit, que c'est dans cette misère qui lui fait si peur que, malgré tout, on vit vraiment. Souvent, lors de ses promenades en ville, elle a regardé, à travers les fenêtres grillagées du phaéton, des enfants demi-nus se poursuivre en criant. Elle les envie. Leurs jeux brusques, impétueux, la fascinent. Ces enfants lui semblent tellement plus intéressants que ses cousins. On dirait qu'ils respirent un air plus vif.

Elle a essayé d'expliquer ce sentiment à Gulfilis qui est devenue son amie. La jeune esclave l'a regardée, pensive.

— C'est exactement le contraire, petite sultane, ce n'est pas la richesse qui étouffe la vie, c'est la pauvreté.

Selma n'est pas convaincue. Pourquoi, s'il en est ainsi, les yeux des enfants pauvres sont-ils tellement plus grands, leur regard tellement plus intense que ceux des enfants riches ?...

Le phaéton roule maintenant sur une route pavée, ombragée de cyprès ; Selma doit se rendre à l'évidence : l'accident ne sera pas pour aujourd'hui. On approche du monastère, but de la promenade, et elle ne se tient plus de curiosité : c'est la première fois que sa tante l'emmène dans ce lieu saint où elle-même se rend chaque semaine depuis des années. Car si des trois sœurs, Hatidjé est la cérébrale et Fehimé l'artiste, Fatma est certainement la mystique. Jeune fille, elle passait des journées entières à méditer et à rêver sur les textes sacrés. Mais c'est son mariage qui l'a confirmée dans cette voie. Son époux, Refik Bey, est en effet membre de la confrérie des « derviches tourneurs », fondée au XIIIe siècle par Djalal Al-Dîn Al-Rûmî ; la confrérie étant ouverte aux femmes, Fatma l'y a tout naturellement suivi.

Depuis des temps immémoriaux la Turquie foisonne de ces ordres mystiques, a-t-elle expliqué à Selma. On appelle leurs disciples *soufis*, du nom de *souf*, le tissu de laine blanche dont ils se revêtent en signe de pureté et de renoncement au monde. Un renoncement qui n'exclut pas l'action, bien au contraire ! Elle lui a parlé des fameux janissaires, ces moines soldats qui, pendant des siècles, avaient fait la force de l'armée ottomane. Ils avaient été exterminés au siècle dernier par le sultan Mahmoud car, comme les Templiers en France, ils étaient devenus soldats plus que moines, et leur puissance constituait une menace pour le trône.

Selma écoute sa tante avec attention. Elle ne comprend pas bien ce qu'est le mysticisme, mais elle est flattée que Fatma sultane la trouve assez grande pour le lui expliquer. Cela lui semble en tout cas plus intéressant que la lecture quotidienne du Coran, à laquelle elle est astreinte. Elle ne connaît pas l'arabe et la voix monotone du vieux cheikh l'endort. Mais il n'y a pas moyen d'y échapper : le livre saint doit être lu dans sa langue originelle, tel qu'il a été transmis par Allah au prophète Mahomet, car, selon la Tradition, le poids du Verbe divin prime sur l'entendement humain, de toute façon limité.

Par contre, Selma a toujours rêvé de voir ces fameux « derviches tourneurs ». Des hommes qui prient en dansant ! On lui a pourtant appris que la danse est une pratique indécente et elle n'est pas près d'oublier la fureur de sa mère lorsqu'un jour, elle l'a surprise s'essayant à la danse du ventre en compagnie d'une petite esclave.

Elle a payé cette audace en restant enfermée trois jours dans sa chambre.

Evidemment la danse du ventre n'est pas très convenable ; certainement les derviches ne vont pas... Elle se retient de rire. Par contre, les polkas et les quadrilles que les princesses dansent entre elles sont très bien vus. Fronçant les sourcils, Selma essaie d'imaginer les saints hommes dansant le Coran au rythme d'une polka piquée, et le mysticisme lui apparaît tout à coup fort attrayant.

Après avoir franchi une grille de fer forgé la voiture s'est immobilisée dans un jardin ombreux. La modeste maison de bois du cheikh disparaît sous le lierre. Un peu en retrait, dans un petit cimetière, Fatma sultane fait remarquer à sa nièce une dizaine de tombes surmontées de turbans de pierre finement ciselée : les sépultures des anciens cheikhs. Elles se sont arrêtées pour réciter la *fatihah*, à l'intention des morts, puis elles ont continué à marcher le long d'une allée bordée de rosiers ; tout au bout s'élève le *tékké*, un élégant bâtiment de pierres surmonté d'une coupole verte : c'est là que se déroulent les cérémonies. Dissimulée dans son tcharchaf, Fatma sultane a enveloppé Selma d'un long voile et la guide vers la porte d'angle du sanctuaire, l'entrée réservée aux femmes. Par un escalier étroit elles accèdent à une galerie circulaire entourée de moucharabieh, où des femmes de tous âges, couvertes de voiles clairs, font leurs dévotions, chacune sur son petit tapis de prières.

Selma, fronçant le nez à l'odeur de renfermé et de transpiration, cherche des yeux un espace libre lorsqu'une dame grassouillette se précipite pour baiser la main de Fatma sultane. C'est l'épouse du cheikh. Elle insiste pour mener les princesses dans la loge réservée aux personnes de qualité. Fatma sultane tente de l'en dissuader, peinée de voir maintenue la hiérarchie dans un lieu où elle aurait dû, enfin, être abolie. Mais son hôtesse ne le comprendrait pas et, pour ne pas la froisser, elle accepte en soupirant cette mise à l'écart forcée.

Le visage collé au grillage Selma examine, en contrebas, la salle des cérémonies rythmée de pilastres de bois sculpté. Tout autour, derrière de fines balustrades, sont rassemblés les fidèles. Au centre, un grand espace vide s'ouvre sur le *mihrâb*, ce pan de mur en creux comme un désir jamais comblé, qui indique la direction de La Mecque.

Soudain, le silence se fait plus dense : les derviches sont apparus. Ils sont vêtus de robes blanches recouvertes de capes noires et coiffés de hautes toques de feutre. Le cheikh est entré le dernier. Ensemble ils s'inclinent devant le mirhab tandis qu'une lente mélopée s'élève : un adolescent chante à la gloire du prophète un très ancien poème d'amour, puis le joueur de flûte improvise une mélodie intense et claire, scandée par les timbales.

Alors le cheikh frappe le sol, et les derviches s'avancent. Lentement, par trois fois, ils font le tour de la salle ; trois tours figurant les trois étapes menant à Dieu : la voie de la Science, la voie de l'Intuition, la voie de l'Amour. Puis, laissant tomber leurs capes noires, symboles de la tombe, ils apparaissent lumineusement blancs. Ames immaculées, lentement ils se mettent à tourner, la main droite levée vers le ciel pour accueillir la grâce, la main gauche tournée vers la terre pour transmettre cette grâce au monde.

C'est à ce moment que le cheikh rejoint la danse, et le rythme s'accélère. Par le rayonnement de sa science, il est le soleil, et, telles les planètes, les derviches tournent sur eux-mêmes et autour de lui, communiant ainsi avec la Loi de l'univers. Ils tournent de plus en plus vite au son très pur du *ney*, cette flûte de roseaux qui raconte, à qui sait l'entendre, les mystères divins ; tout leur être est à la fois abandonné et tendu vers l'extase mystique, l'union avec la Réalité suprême.

Selma les contemple, envoûtée par la musique et le tournoiement des robes blanches. Elle éprouve le besoin impérieux de les rejoindre, de se fondre dans la danse magique ; mais elle doit rester cachée derrière les moucharabieh. Brusquement, elle a envie de pleurer : quelque chose de capital est en train de se passer là, dont elle est exclue. Désemparée, elle regarde autour d'elle : Dieu n'est certainement pas dans ce cagibi étouffant. Il est, elle le sait, dans ce sanctuaire illuminé par les rayons du soleil couchant, il est avec ces derviches qui dansent, ivres de bonheur.

Elle étreint les grilles des moucharabieh, les larmes maintenant l'aveuglent. Ils n'ont pas le droit ! Pas le droit de l'empêcher de respirer, pas le droit de l'exiler de la vie !

Jusqu'alors elle a supporté qu'on lui vole les rues d'Istamboul, et ses jardins et ses foules, mais aujourd'hui, elle sent qu'on lui vole même Dieu ! Elle suffoque d'indignation, de malheur, de révolte impuissante...

Peu à peu le son du ney s'est fait murmure, le tourbillon s'est ralenti. Sereines, les corolles blanches se referment. La cérémonie est terminée.

Le cheikh s'est retiré dans sa chambre pour y recevoir ses disciples. A la grande surprise de Selma, les femmes sont également admises, et le visage découvert ! Le maître estime que dans l'atmosphère de joyeuse innocence engendrée par la danse sacrée aucun désir impur ne peut se glisser.

Fatma sultane pousse sa nièce, un peu intimidée, vers le saint homme. Il est assis sur des coussins bas et l'un de ses disciples essuie respectueusement son front baigné de sueur. Maigre, petit, il pourrait être n'importe qui. Le rayonnement qui semblait émaner de lui pendant la cérémonie a disparu. La fillette a l'impression qu'on l'a trompée Elle se retrouve dans une pièce meublée sans goût, face à un homme très ordinaire, au milieu d'un groupe de fidèles aux regards bêlants.

Mais sa tante lui fait signe : il faut qu'elle aille baiser la main du cheikh. Selma a un mouvement de recul qu'aussitôt elle surmonte. Après tout elle en a déjà baisé tant de mains ! Rêches, douces, nerveuses ou molles, sèches, parfumées, moites, avares ou généreuses, sensuelles, méchantes, faibles ou énergiques, des mains qu'elle a aimées et respectées, d'autres qu'elle aurait préféré mordre. Pourtant, en allant se prosterner devant le cheikh, elle a l'impression de participer à un mensonge beaucoup plus grave que les mondaines hypocrisies auxquelles elle est formée depuis l'enfance.

La main l'attend, posée sur un coussin de velours, fine et blanche, à peine parcheminée. Selma se penche lorsque soudain la main se retourne, offrant sa paume rosée. Interloquée, la fillette regarde sa tante qui lui souffle :

— Baisez cette paume, c'est un honneur : le maître s'ouvre à vous, il vous veut près de son cœur.

Du bout des lèvres, elle a effleuré la paume. Lorsqu'elle redresse la tête elle est frappée par la lumière intense qui irradie des yeux du vieillard, une lumière si forte qu'elle ne peut en détacher son regard. Le reste de la salle est devenu sombre ; soudain elle a peur.

Rassemblant toute son énergie elle se relève en titubant. Dans une sorte de brouillard elle devine sa tante, et avidement s'accroche à son bras. Fatma sultane ne s'est aperçue de rien. S'est-il d'ailleurs passé quelque chose ?

A présent le cheikh regarde la fillette avec le sourire bienveillant d'un grand-père plein de compréhension et d'indulgence. D'une voix chaude il l'invite à s'asseoir sur un petit divan à côté de lui, où deux autres enfants se tiennent déjà. Fatma sultane sourit, heureuse de cet accueil : le maître ne garde près de lui que ceux qu'il aime, ceux en qui il pressent une réelle qualité d'âme.

La chambre s'est peu à peu remplie de visiteurs. Tous semblent se connaître et bavardent, heureux de se retrouver. Brusquement la porte s'ouvre, quatre officiers turcs en uniforme s'avancent. La foule s'est écartée pour les laisser passer et Selma, stupéfaite, reconnaît certains des danseurs qui, quelques instants auparavant tournoyaient dans le sanctuaire. Après avoir baisé la main du cheikh, ils se sont assis sur des coussins, juste en face de lui.

La femme du cheikh, aidée de sa servante, propose une légère collation de laitages et de sucreries. La conversation s'anime, on discute de points du dogme. Un jeune homme s'étonne de l'existence du Mal dans un monde créé par un dieu infiniment bon. Chacun y va de son explication. Sur leurs sièges les officiers s'agitent. Finalement, n'y tenant plus, l'un d'eux intervient :

— La raison du Mal ? Est-ce vraiment le problème ? Le fait est que le Mal est là ! Il est même soutenu par le chef de notre religion, le nouveau cheikh ul Islam !

Tout le monde s'est tu, les yeux braqués sur l'officier, qui continue :

— Notre pays est aux mains des infidèles, notre sultan khalife, guide du monde musulman, est leur otage. Notre devoir de croyants n'est-il pas de le libérer et de libérer la Turquie, afin que l'islam ne soit pas contrôlé par les chrétiens ?

Avec insistance il fixe le cheikh qui acquiesce gravement.

— Tu as raison, mon fils, c'est notre premier devoir.

— Alors, reprend l'officier, pourquoi le cheikh ul Islam vient-il de condamner publiquement la lutte nationaliste menée par Mustapha Kemal en Anatolie ? Pourquoi a-t-il prononcé cette *fetva* [1] scandaleuse qui nous déclare traîtres et ordonne au peuple de prendre les armes contre nous ?

Le silence est devenu pesant. Chacun regarde le cheikh qui soupire.

— Tu dis que notre sultan n'est pas libre, c'est vrai... Le cheikh ul Islam ne l'est sans doute pas non plus.

— Au moins aurait-il pu refuser de parler ! s'indigne l'officier.

— Oui, il aurait pu... être courageux ! Mais peut-être estime-t-il sincèrement, comme nombre de nos compatriotes, que la lutte nationaliste est sans issue, et qu'elle ne servira qu'à rendre plus sévère le traité de paix que l'on va nous imposer.

— Nous gagnerons, maître, nous n'avons pas d'autre choix !

L'officier qui semble le plus âgé s'est levé, il prend l'assistance à témoin.

— Depuis l'occupation disciplinaire d'Istamboul nous voyons des partisans affluer de tous les coins du pays. Même des femmes et des jeunes filles quittent leur famille pour venir soigner nos blessés, certaines risquent leur vie chaque jour afin de remettre des messages

---

1. *Fetva* : décret religieux ayant force de loi.

ou transporter des munitions dissimulées dans les langes de leur nourrisson. Et puis il y a les patriotes qui, tout au long de la route menant d'Istamboul à notre quartier général de Sinop, nous accueillent, nous restaurent, nous cachent. Parmi ceux-là, on compte de nombreux monastères soufis que l'occupant n'a pas l'idée d'aller fouiller.

Il sourit et s'incline devant le cheikh.

— C'est pour nous, vous le savez, maître, un immense réconfort moral.

Selma n'en croit pas ses oreilles. Ainsi elle se trouve dans l'un des centres de la lutte nationaliste. Ces derviches tourneurs, ces fidèles soumis, ce cheikh qui lui devient de plus en plus sympathique, sont des... Elle cherche le mot entendu la veille chez son père... des conspirateurs ! Le terme a une aura d'aventure et d'héroïsme qui la fascine. Conspirateurs, son oncle Refik et sa tante Fatma le sont-ils eux aussi ? Et elle-même, maintenant qu'elle connaît le secret du sanctuaire, accède-t-elle pour autant à ce titre envié ? Elle frissonne de plaisir : la vie soudain devient passionnante.

Ses réflexions sont interrompues par l'arrivée d'un domestique annonçant que les caisses ont été chargées sur des charrettes de foin, et que les déguisements de ces messieurs les officiers sont prêts.

— Parfait, dit le cheikh en se tournant vers les quatre hommes. Vous partirez vers minuit, à l'heure où les sentinelles commencent à somnoler. Un derviche vous indiquera le chemin le plus sûr.

Selma vogue en plein rêve : des caisses ? Des armes certainement ! Et à côté d'elle, de vrais héros qui vont tenter de rejoindre le front ! Elle se sent fière d'être là. Admirative, elle regarde ces hommes : qu'ils ont belle allure ! Sûrement, on va gagner la guerre !

Comme s'il ne s'était rien passé d'extraordinaire, la conversation a repris. Les officiers racontent en riant comment, à la barbe des Anglais, les armes passent en Anatolie.

— Le peuple turc nous aide, **mais** figurez-vous que les soldats français et italiens nous aident aussi. Ils écument de rage contre les Britanniques qui sont en train de rafler tous les bénéfices de la victoire, pour eux et pour leurs protégés grecs. Izmir, par exemple, qu'ils ont donnée aux Grecs, était promise aux Italiens. Quant aux Français, ils commencent à comprendre que les Anglais, après s'être réservé la part du lion, notamment l'Iraq avec tout son pétrole, veulent maintenant contrôler la Turquie dont ils ne leur laissent que la Cilicie ! On dit que le gouvernement de Clemenceau est tellement furieux qu'il étudie l'opportunité d'appuyer, discrètement, Mustapha Kemal. Il veut absolument empêcher l'Angleterre de se rendre maîtresse de tout le Moyen-Orient. Conséquence pratique : ces braves poilus ferment les yeux quand la nuit nous pénétrons dans les dépôts d'armes. Un fonctionnaire français, un certain Delacroix, arrivé tout récemment, s'arrange même pour nous prévenir des nuits où les sentinelles seront d'humeur à aller se promener !

L'assistance écoute, sidérée, et soudain les rires fusent.

— Vive la France ! s'écrient étourdiment quelques jeunes gens, aussitôt arrêtés par un regard glacial du cheikh.

— Mais dites-nous, demande quelqu'un, comment les armes et les munitions traversent-elles le Bosphore pour arriver sur la rive anatolienne ?

— La société des propriétaires de caïques nous prête des bateaux, répond un officier, nous passons de nuit. Bien qu'ils soient presque tous arméniens, ils nous fournissent une aide précieuse.

— Qu'y a-t-il d'étonnant à cela ? sursaute un homme à l'épaisse barbe blanche. Nous conservons beaucoup d'amis arméniens, surtout à Istamboul où les deux communautés ont cohabité des siècles sans problème. Ils savent bien que les massacres de 1915, à l'est du pays, ont été en partie le fait des tribus kurdes qui disputaient aux paysans arméniens les mêmes terres. Mais évidemment, comme il fallait détruire l'Empire ottoman, la presse européenne a fait les grands titres sur un « ordre de génocide » donné par Istamboul. C'était en réalité un ordre de déportation, suffisamment inhumain, lorsqu'on songe aux femmes et aux enfants qui sont morts de faim et de maladies en cours de route.

— Mais pourquoi les a-t-on déportés ? demande un adolescent en rougissant de son audace.

— Crois-tu qu'en pleine guerre un gouvernement déplace ses populations s'il n'a pour cela des raisons impératives ? s'indigne le vieillard. Les Arméniens vivaient dans une zone stratégique, le long de notre frontière avec la Russie contre laquelle nous étions en guerre. Les éléments extrémistes, disons nationalistes — après tout, ce qu'ils voulaient c'est l'indépendance, et les Russes la leur avaient promise —, laissaient passer les armées du tsar et les guidaient contre les positions turques. Notre frontière orientale était devenue pour l'envahisseur russe une voie royale. C'est pour empêcher la pénétration ennemie que Talat Pacha ordonna cette déportation tragique.

Chacun se tait, plongé dans de sombres pensées, lorsque la voix rauque du cheikh s'élève de nouveau :

— Tu es bien optimiste, Djemal Bey, c'est une minorité qui nous aide. En réalité, la plupart des Arméniens soutiennent l'occupant, car ils espèrent toujours en obtenir un pays indépendant. Ils se font des illusions, les pauvres... L'occupant se sert d'eux, mais dès qu'il n'en aura plus besoin, il les laissera tomber.

Selma ne perd pas un mot de la discussion. Le drame arménien, évoqué un jour par mademoiselle Rose, l'avait d'autant plus touchée qu'une de ses meilleures amies, petite-fille d'un vizir, était arménienne. Elle avait voulu demander une explication à sa mère, mais à peine avait-elle commencé à parler que les yeux de la sultane s'étaient emplis de larmes. C'était la première fois que Selma voyait sa mère pleurer, elle en avait été bouleversée.

— Pardon, oh pardon Annedjim! avait-elle bredouillé en lui baisant les mains et elle s'était enfuie, bien décidée à ne plus jamais soulever la question.

C'est seulement aujourd'hui qu'elle commence à comprendre qu'une chose très grave s'est passée dans son pays, sur laquelle tout le monde garde le silence. Quand elle était petite, elle enterrait les objets qu'elle avait cassés, pensant ainsi supprimer le problème. Elle se dit que, décidément, les adultes se comportent parfois comme des enfants.

La servante est passée avec un plateau, présentant aux invités une infusion couleur de miel. Faite à partir d'herbes du jardin, c'est un mélange composé spécialement au monastère — on l'appelle « breuvage de la sérénité ».

Mais le cheikh reste soucieux.

— On dit que Mustapha Kemal est un ami du gouvernement bolchevique, qu'il serait lui-même communiste, est-ce exact?

L'un des officiers sourit ironiquement.

— Kemal n'est pas plus communiste que moi! Les idées égalitaires, je puis vous l'assurer, ne l'intéressent pas du tout. Il serait plutôt du genre dictateur. S'il fait du charme aux Soviétiques, c'est qu'il a besoin de leur aide : nous manquons d'argent et de munitions, or le gouvernement soviétique s'est engagé à nous livrer prochainement soixante mille fusils, une centaine de camions et 2 millions de livres-or. Avouez que sauver le khalifat avec l'or de ces athées ne serait pas banal!

Tout le monde s'esclaffe, mais le cheikh n'est pas satisfait.

— Les bolcheviques sont habiles, insiste-t-il, ils cherchent à persuader les musulmans de Russie que communisme et islam sont un même idéal. Ils en donnent pour preuve certains versets du Coran, sur l'égalité entre les hommes, sur la terre qui n'appartient qu'à Dieu mais dont le fruit doit revenir à celui qui la travaille. Ils ont déjà contaminé le nord de la Perse où des mollahs ont commencé à reprendre ces idées subversives. Il semble qu'en Anatolie également, certains cheikhs, proches de Kemal Pacha, développent les mêmes billevesées.

Son ton devient sévère.

— Dites de ma part au général qu'aucune confrérie ne le soutiendra plus s'il laisse les idées communistes pénétrer notre peuple, fût-ce pour sauver la Turquie.

— N'ayez crainte, maître. Si les communistes prennent trop d'importance, je suis persuadé que Kemal Pacha sera le premier à les faire exterminer.

Hochant la tête d'un air satisfait, le cheikh sirote lentement le breuvage de la sérénité. Il est tard, et la question la plus importante, celle qui est dans tous les esprits, personne n'a encore osé la poser. Finalement, le jeune officier qui s'est tellement indigné de la lâcheté du cheikh ul Islam s'enhardit.

— Maître, dites-nous, que voyez-vous dans vos rêves ? Allons-nous gagner la guerre ?

Le cheikh paraît perdu dans ses pensées ; Selma se demande s'il a entendu la question. Au bout de quelques instants, comme en état de léthargie, il prononce d'une voix sourde :

— La lutte sera longue. La Turquie chassera les infidèles, mais elle sera vaincue par eux.

Un murmure parcourt l'assistance.

— Comment ? Expliquez-nous, qu'est-ce que cela signifie ?

— Je n'en sais pas plus. Militairement, la Turquie vaincra, mais c'est à partir de cette victoire que l'Europe deviendra le vrai maître ici, le maître des esprits...

Il s'est tu, épuisé.

— Mais alors, demande l'un des officiers, devons-nous partir nous battre ?

Le cheikh s'est redressé, il secoue la tête avec impatience.

— Pourquoi toutes ces questions ? Aujourd'hui votre devoir est de tout faire pour libérer le territoire. Mais demain, dans des dizaines d'années, nos enfants et nos petits-enfants devront sans doute livrer contre l'étranger une autre guerre, plus importante, essentielle...

Il est minuit passé lorsque Selma et sa tante rejoignent le palais où Hatidjé sultane les attend en compagnie de sa sœur Fehimé. Elles sont en grande discussion, la sultane reprochant à sa cadette d'assister aux réceptions données régulièrement par l'ambassade de France.

— Vous n'avez donc aucune pudeur ! Ils nous occupent, l'auriez-vous oublié ? Comment pouvez-vous aller faire la belle chez l'ennemi ?

— D'abord, ma chère, je ne suis pas la seule de notre famille dans ce cas, se rebiffe Fehimé. Certains de nos princes fréquentent assidûment les salons français. Et quel mal y a-t-il à cela, dites-moi ? Si nous menions des vies d'ermite, croyez-vous que le pays se libérerait plus vite ? Le plaisir de Fatma, c'est d'aller à son monastère ; le mien, c'est d'aller au bal. Que fait-elle, que faites-vous de plus que moi pour le bien de la Turquie ?

— Nous, nous conspirons, dit une petite voix.

Trois paires d'yeux convergent vers Selma qui, effrayée de sa propre audace, aimerait se trouver à cent mètres sous terre. Quelle mouche l'a donc piquée, elle qui, en général, sait tenir sa langue ?

Fehimé les regarde d'un air sarcastique.

— Vous conspirez ? Mais c'est parfait ! Eh bien, figurez-vous que, moi aussi, je conspire, et sans doute plus efficacement que vous : je fais de la haute diplomatie. Je prouve aux responsables français qui, chaque jour, envoient leurs rapports à Paris, que les Turcs sont des gens civilisés, des amis de leur pays, que nous avons compris nos erreurs passées, notamment cette fatale alliance avec l'Allemagne, et que demain, lorsque nous reprendrons les rênes du gouvernement, nous serons les plus fidèles partenaires de la France !

Selma hésite : le discours de sa tante lui semble convaincant. Mais Hatidjé sultane hausse les épaules.

— Les Français feront ce qu'ils jugeront le plus avantageux pour eux, et ce ne sont pas vos sourires qui les feront changer d'avis, ma sœur. En revanche, le peuple turc, qui vous voit aller danser chez ceux qui l'oppriment, pourrait un jour vous demander des comptes, à vous et à toute notre famille !

XII

— Eh bien, bravo, ma chère, pour une fois, Sa Majesté a montré de la fermeté : il vient de condamner Kemal à mort ! A mort, celui que le pays commence à considérer comme son héros, le seul qui ose refuser les diktats de l'occupant, le seul à avoir reconstitué une armée, et qui se batte ! C'est inouï ! On se serait plutôt attendu que notre padischah le décore... Mais non, le sultan n'écoute que son beau-frère, damad Ferid, ce valet de l'Angleterre : c'est à se demander quels intérêts notre gouvernement entend servir, ceux des Britanniques ou ceux du peuple turc.

Hatidjé sultane a pâli sous l'insulte. Depuis quelques semaines, son époux lui fait des scènes répétées, comme s'il la tenait pour responsable des actes du souverain. Que veut-il au juste ? Qu'elle désavoue le sultan ? Il sait bien qu'elle ne le fera jamais. Non par loyauté aveugle envers la famille, mais parce qu'elle est persuadée que le padischah, dont elle connaît l'intelligence et l'habileté, joue double jeu : la condamnation de Kemal, qui se trouve hors d'atteinte à des centaines de kilomètres, est un acte purement symbolique... Et l'armée du khalifat, envoyée d'Istamboul pour combattre les kémalistes, n'est en réalité qu'une bande de volontaires indisciplinés ; après quelques victoires retentissantes elle essuie maintenant défaite sur défaite. Toutes ces mesures ne sont que de la poudre aux yeux, destinées à faire patienter les Anglais.

Par contre, le sultan se serait bien débarrassé du grand vizir, damad Ferid. Il y a beau temps qu'il a jugé le mari de sa sœur. Mais l'homme lui est imposé par les Britanniques.

Hatidjé s'efforce de garder son calme, elle estime contraire à sa dignité de se montrer touchée par les attaques de son époux.

— Ecoutez, commence-t-elle, ce que m'a raconté Sabiha sultane, en compagnie de laquelle je déjeunais avant-hier. Lorsque damad Ferid fut rappelé au gouvernement, elle est allée voir le sultan son père. « Je ne comprends plus, lui a-t-elle dit. Vous étiez si content de le voir partir voici seulement six mois ? — Ah ! Sabiha, lui a répondu Sa Majesté, si tu savais... Je n'y puis absolument rien. »

Haïri Bey a plissé une lèvre dédaigneuse.

— Soit, votre oncle n'a plus aucun pouvoir. Mais il pourrait désavouer ce gouvernement de marionnettes !

Selma, qui se trouve dans un coin du boudoir, n'en revient pas. Elle ne savait pas son père si passionné de politique, lui qui, autrefois, apaisait les discussions de ses amis avec tant d'humour. Elle éprouve la sensation pénible que ce n'est pas au sultan qu'il en veut, mais bien à son épouse. Elle regarde sa mère. Imperturbable, celle-ci fixe son mari dans les yeux.

— Haïri, croyez-vous vraiment qu'un souverain doive se justifier ? A mon avis, le padischah se tait pour endormir la méfiance de l'ennemi et laisser à Kemal le temps de renforcer son armée. Le poids de cette armée est notre principal atout dans les négociations de paix qui se préparent. Les puissances alliées n'ont aucune envie de reprendre les armes : si elles se trouvent confrontées à une forte résistance en Anatolie, elles seront bien obligées de refréner leurs ambitions.

Haïri Bey hausse les épaules avec humeur.

— Comme d'habitude vous avez réponse à tout : en réalité, la conduite du sultan est inexcusable.

Alors Hatidjé sultane l'a toisé.

— Mais, mon ami, si vous pensez ainsi, pourquoi donc n'allez-vous pas vous battre en Anatolie avec le général ? Vous pourriez y faire la preuve de votre courage et de votre patriotisme !

Un craquement sec — dans les mains blanches du damad, la fine canne d'ivoire s'est brisée. Il en jette les débris aux pieds de la sultane, et sort sans un mot.

Dans le feu de la discussion, ils ont oublié Selma, qui s'est faite toute petite au fond d'un fauteuil. Dieu, qu'elle déteste ces affrontements, de plus en plus fréquents, entre son père et sa mère ! Si encore ils se disputaient, mais leur glaciale ironie est bien pire. Il lui semble qu'un mur s'élève entre eux, plus haut chaque jour.

Savoir lequel des deux a raison ne l'intéresse pas. Tout ce qu'elle souhaite, c'est qu'ils se taisent, qu'ils arrêtent de se déchirer, de la déchirer...

Les poings serrés, Zeynel arpente la rive ouest du Bosphore, qui à travers les jardins et les *yalés* [1] descend doucement vers la Corne d'Or. Il bruine, et une lune indécise auréole mosquées et palais d'un scintillement flou.

L'eunuque marche. Aveugle à la beauté de la ville qui, habituellement l'emplit de sentiments contradictoires de fierté mais aussi de nostalgie pour ses rudes montagnes d'Albanie, insensible à la fraîcheur odorante de cette nuit de printemps, il avance, s'arrête, revient sur ses pas, en proie à la plus grande confusion.

Il est déja 10 heures, Mahmoud doit l'attendre, mais il n'a plus le cœur d'aller le retrouver. Il suffoque d'indignation, de rage impuissante.

Comme chaque soir après le dîner, il s'est présenté à la porte de la sultane, pour lui demander si elle avait encore besoin de ses services ou s'il pouvait disposer.

Sur le seuil, une voix acerbe, qu'il a immédiatement identifiée comme celle d'Haïri Raouf Bey, l'a retenu d'entrer. Il s'est immobilisé et a écouté, inquiet, prêt à intervenir si éclatait la violence que peu à peu il sentait monter dans les propos du damad.

Il y risquait sa place, car après tout il n'était qu'un serviteur. Qui lui donnait le droit de s'interposer entre sa maîtresse et son époux...? Sa maîtresse... Un sourire flotte sur les lèvres de l'eunuque... Il a pris l'habitude d'appeler ainsi la sultane, savourant la délicieuse ambiguïté du mot en français, cette admirable langue de la galanterie! Jamais il n'aurait osé lever les yeux sur elle, mais ses rêves... Qui peut lui interdire de rêver?

Ce soir, dissimulé derrière la portière de velours, il a attendu, le cœur battant. Mais le damad ne lui a pas donné l'occasion de prouver son dévouement : sous le regard moqueur de la sultane, il s'est enfui...

« Le pleutre! » enrage Zeynel en effeuillant nerveusement une branche de magnolia. Comment la sultane a-t-elle pu tomber amoureuse d'un homme aussi insignifiant, comment supporte-t-elle son insolence, alors qu'il n'existe que par elle?

Dans le lointain la cloche d'une église de Péra s'est mise à sonner. Machinalement Zeynel compte les coups : 11 heures. Il imagine le visage inquiet de Mahmoud et ses doigts fins tapotant impatiemment la table de marbre du café où ils ont coutume de se retrouver. C'est un établissement tranquille, à l'ombre de la mosquée Suleymanié; Zeynel l'a choisi parce qu'il n'est fréquenté que par les habitants du quartier : personne ne risque de les reconnaître.

---

1. Maison de bois sculpté.

Ils se rencontrent là une ou deux fois par semaine. Mais parfois l'eunuque tombe dans une de ses crises de dépression, soit que la sultane lui ait parlé sèchement, soit qu'elle se soit simplement montrée indifférente ; alors il annule son rendez-vous. Mahmoud ne dit rien. Pour son amant il est toujours libre.

Maintenant il faut se hâter, descendre jusqu'au quartier de Galata dont on aperçoit au loin les lumières rouges et bleues, et traverser le pont, à cette heure encore encombré de fêtards. Ensuite seulement, après avoir dépassé cette vulgarité, il atteindra les calmes ruelles du vieux Stamboul.

Mais il n'en a plus le courage... ou peut-être n'en a-t-il plus l'envie. Il se sent las au souvenir de ce jeune corps docile, de ces yeux naïfs, de ces mains caressantes. Pourquoi ce gosse l'aime-t-il autant ? Lui a pour Mahmoud de la tendresse ; mais l'amour, la passion... entre des êtres comme eux !... Cela lui semble dérisoire.

Il hésite. S'il ne va pas à ce rendez-vous, il le fera souffrir, l'enfant ne le mérite pas... Mais s'il y va... Imprégné qu'il est, ce soir, de l'image de sa sultane, il aurait l'impression de la trahir. Et de cela il se vengerait sur Mahmoud, il le sait.

Mieux vaut rentrer.

Furieux contre lui-même, contre l'adolescent, contre la terre entière, Zeynel reprend le chemin du palais d'Ortaköy.

Le lendemain matin il fait « un temps de narcisse » — c'est ainsi qu'on désigne cette teinte légèrement parme que le ciel laisse filtrer sur les paysages, après la pluie.

Hatidjé sultane a décidé d'aller avec Selma en pèlerinage à la mosquée d'Eyoub où est enterré un porte-étendard du Prophète tué en 670, lors du premier siège de Constantinople par les musulmans. Là se trouve également l'épée du sultan Osman, le fondateur de la dynastie ottomane, épée ceinte par chaque nouveau sultan le jour du sacre. La petite mosquée, située au bout de la Corne d'Or, est donc considérée à double titre comme un symbole de la lutte de l'islam contre la chrétienté, et, en ces temps d'humiliation et de malheur, nombreux sont les Turcs qui vont y chercher courage et espoir.

Selma aime ce paisible sanctuaire caché dans la verdure. Elle aime surtout le cimetière qui l'entoure et s'étend jusqu'au sommet des collines surplombant la mer. C'est l'un des plus anciens de la ville, chaque pierre tombale y est une œuvre d'art. Dressées vers le ciel, les unes sont sculptées de turbans solennels d'autant plus hauts qu'elles sont anciennes et que le mort est important, d'autres, plus récentes, exhibent de simples fez. Les tombes des femmes, elles, sont ornées de délicates cornes d'abondance. On y trouve aussi des pierres toutes fines, garnies d'un minuscule fez ou d'une guirlande de roses : ce sont des tombes d'enfants. Selma a remarqué qu'elles sont très nombreuses.

Pendant près d'une heure les deux sultanes ont déambulé dans les allées, la fillette rêve tandis que sa mère égrène sur son chapelet d'albâtre les quatre-vingt-dix-neuf attributs d'Allah. De temps en temps elles s'arrêtent devant la tombe d'un personnage célèbre ou d'un ancien ami de la famille. Hatidjé sultane récite alors la fatihah. Debout à côté d'elle, Selma retient son souffle, essayant de toutes ses forces de capter le message que le défunt, elle le sent, tente de lui transmettre. Elle n'y parvient pas et cela l'attriste, elle a l'impression de faillir à un devoir sacré. Mais elle se persuade qu'un jour, si elle s'y applique suffisamment, elle finira par entendre ce que les morts ont à dire aux vivants.

Les communications entre les deux mondes lui semblent naturelles, elle a été bercée des récits de sa nourrice, une plantureuse Soudanaise qui a l'habitude de converser avec les arbres et les fleurs, réincarnations des âmes de défunts, affirme la brave femme. Si la plupart sont bienveillantes, d'autres veulent parfois la forcer à de mauvaises actions, elle est alors obligée de crier très fort pour les effrayer.

Au sortir du cimetière, Selma et sa mère passent devant le café où Pierre Loti venait chercher l'inspiration, une maison toute simple flanquée d'une terrasse embaumant le jasmin d'où l'on peut contempler les eaux irisées de la Corne d'Or.

— Lui au moins ne nous a pas trahis, murmure Hatidjé. Les amis des beaux jours nous tournent le dos, mais il continue inlassablement à plaider la cause de la Turquie. C'est l'un des rares à nous apprécier et à nous aimer. Nos pauvres Turcs en sont si surpris, ils ont si peu l'habitude d'être compris par les Européens qu'ils lui rendent cet amour au centuple : il n'y a pas en Turquie un étranger plus adoré que Pierre Loti.

En redescendant vers la ville, le cocher a le plus grand mal à diriger le phaéton dans les rues particulièrement encombrées. Les gens, montrant tous les signes d'une extrême agitation, s'attroupent autour des petits vendeurs de journaux.

— Que se passe-t-il encore ?

Inquiète, la sultane a demandé à Zeynel de courir aux nouvelles. Au bout de quelques minutes, l'eunuque, si bouleversé qu'il ne peut plus parler, revient avec un journal bordé de noir. Impatiente, la sultane le lui arrache des mains : en première page s'étalent les conditions exigées par les vainqueurs pour signer la paix avec la

Turquie. Elle les parcourt rapidement et, toute pâle, se laisse retomber sur les coussins de la voiture.

— Ils sont fous ! C'est notre arrêt de mort qu'ils nous demandent de signer...

Pendant le reste du trajet, elle reste immobile, la tête renversée en arrière, les yeux clos, et Selma, effrayée, la contemple sans oser faire un geste.

Les jours qui suivront seront sinistres. La population d'Istamboul est sous le choc, elle n'arrive pas à croire à son malheur. Même les plus pessimistes n'auraient jamais imaginé que les Alliés puissent imposer au pays des conditions aussi draconiennes : c'est tout simplement le démembrement de la Turquie qu'ils ont décidé.

La Thrace orientale va à la Grèce ainsi que la riche ville d'Izmir et toute sa région. L'Est anatolien devient l'Arménie, le Kurdistan est désormais autonome. Quant au sud de l'Anatolie, il sera zone d'influence française et italienne. Il ne reste à la Turquie que le plateau anatolien avec une fenêtre sur la mer Noire, et Istamboul, petite enclave entourée de quelques dizaines de kilomètres carrés. Mais cette enclave n'est même pas indépendante. Pas plus que les détroits qui constituent son seul accès à la mer : ils doivent être placés sous tutelle internationale, et la capitale ottomane soumise au contrôle militaire et financier des puissances alliées.

Dans la ville, la situation est tendue, les manifestations se multiplient. Ceux qui, depuis des mois, soutenaient la politique de souplesse et de négociations n'osent plus rien dire. Par contre, les partisans de Mustapha Kemal et de la lutte armée, de petits groupes d'avant-garde, sont devenus l'immense majorité. Chaque jour, sous les déguisements les plus divers, par centaines, des patriotes rejoignent le front. Les journaux, censurés, ne donnent aucun renseignement sur les événements d'Anatolie, mais tout le monde ne parle que des combats qui s'y déroulent et des succès des kémalistes. Au cœur du vieux quartier, le bazar est de nouveau le centre des nouvelles. Devant leur boutique, autour d'un verre de thé, les marchands échangent à mots couverts les dernières informations qu'ils tiennent des paysans venus vendre leurs denrées, ou des volontaires assurant les contacts entre la zone occupée et les territoires libérés par les nationalistes. En allant faire ses achats, chacun glane sa moisson de rumeurs.

Au palais de Hatidjé sultane, les eunuques assurent la liaison avec l'extérieur, rapportant scrupuleusement tous les potins. Un jour, vers la mi-juin, Zeynel est arrivé, les yeux brillants.

— Les kémalistes ont écrasé l'armée du khalifat, ils ont même débordé un avant-poste britannique et ont atteint Tuzla. Ils ne sont

plus qu'à trente kilomètres d'ici!... Il paraît qu'ils ont l'intention
d'entrer à Istamboul dans une semaine, le dernier jour de Baïram,
pour la fête des Sucreries.

La sultane réprime un tressaillement.

— Comment le sais-tu?

— Je le tiens du cocher de l'éditorialiste principal du journal
Alemdar, qui le tient lui-même de son épouse, qui est la meilleure amie
d'une nièce du grand vizir. Celui-ci est, paraît-il, aux cent coups,
d'autant que les Anglais lui reprochent de les avoir ridiculisés avec
son « invincible » armée du khalifat, qui n'a même pas tenu deux
mois.

Un éclair d'ironie passe dans les yeux de Hatidjé sultane. Mais son
sentiment de triomphe fait vite place à l'inquiétude. Si les kémalistes
approchent davantage, les armées ennemies ne vont pas rester
passives! Ce sera de nouveau la guerre et bien plus horrible qu'avant,
car elle se doublera d'une guerre civile. Elle ne se déroulera plus sur
un front éloigné, tuant des militaires, comme c'est la loi de toute
guerre, elle aura lieu ici, à l'intérieur même de la capitale... Hatidjé
imagine les combats de rue, la ville bombardée, les dizaines de
milliers de morts, femmes et enfants. Elle frissonne. Lorsqu'elle
souhaitait la victoire des forces nationalistes, jamais elle n'avait
imaginé cette réalité-là. Et soudain, elle se prend à espérer que les
kémalistes seront refoulés avant d'avoir pu atteindre les faubourgs
d'Istamboul. Mais aussitôt elle se reprend : quoi? elle se mettrait à
raisonner comme les traîtres! Certainement il vaut mieux mourir que
de vivre humiliés sous la botte de l'étranger! Certainement...

Elle a fermé les yeux, elle voit Istamboul détruite, sa ville bien-
aimée. Détruit, le palais de Topkapi, qui abrita les règnes de vingt-
cinq sultans... saccagés, les kiosques de marbre, les fontaines
d'albâtre et de porcelaine... détruite, Dolma Bahtché, rêve blanc né
du Bosphore... brûlées, les mille mosquées, orgueil de la ville des
khalifes, les caravansérails et les anciennes *médrésés*[1], toutes ces
merveilles élaborées au cours des siècles... anéantie, cette harmonie...
voué à l'oubli, cet enchantement. Avec stupeur Hatidjé comprend
que cette perspective la bouleverse encore bien davantage que celle
de la perte de vies humaines...

Selma ne partage pas les angoisses de sa mère. Pour elle tout est
simple : Mustapha Kemal va venir et chasser les armées étrangères.
Le sultan retrouvera son pouvoir et il promulguera des lois pour que
la Turquie redevienne prospère et les gens heureux. Sans doute

---

1. *Médrésé* : lieu où l'on enseigne le Coran.

nommera-t-il Mustapha Kemal grand vizir, car il sait récompenser les loyaux serviteurs.

Et Halidé Edib? Selma revoit la femme en noir qui haranguait la foule au soir de la prise d'Izmir. Pour elle, Halidé Edib personnifie la liberté. Elle s'occupera des femmes, fera abolir ces affreux tcharchafs et ces étouffants moucharabieh, ouvrir les fenêtres des phaétons et les portes des harems. Selma l'aidera. A elles deux, elles édifieront un monde nouveau, où l'on ne s'ennuiera jamais et où les femmes pourront même devenir sultan, comme en Angleterre.

Les jours suivants, Istamboul les vivra dans la fièvre, passant alternativement du rêve au cauchemar. Les nerfs à fleur de peau, les gens ont des accès de rire ou de colère pour n'importe quoi. Dans les rues, des dames vendent discrètement des cocardes aux couleurs nationalistes, que l'on porte... sous le revers de sa redingote, en attendant la victoire. La ville entière est sur le qui-vive, mais les nouvelles restent les mêmes : à Tuzla, les kémalistes se préparent.

La fête des Sucreries arrive sans que leurs troupes aient avancé davantage. Au palais d'Ortaköy on est à la fois déçu et soulagé, sauf Selma qui, de frustration, mange des pieds à la tête la grande poupée de sucre que sa mère lui a offerte et doit s'aliter avec une indigestion.

— Petite sultane, Kemal Pacha ne viendra pas... Les Grecs ont lancé six divisions contre lui... Ses troupes sont moins nombreuses et mal équipées... Elles reculent sur tous les fronts...

Quoi, il a suffi qu'elle passe quatre jours au lit pour que le monde change ! Malade, elle a relâché son attention, négligé ses prières, et voici qu'Allah les abandonne et que l'invincible armée kémaliste bat en retraite ! Selma se sent trahie. Par Dieu? Par les kémalistes? Par les Grecs? Ce n'est pas clair, mais assurément « on » a bien profité de sa léthargie !

Elle agrippe la grosse main noire de la nounou qui lui a annoncé cette scandaleuse nouvelle.

— A genoux à côté de moi, *Daddeh* [1]... Nous allons prier jusqu'à ce qu'Allah soit obligé de nous écouter. Lui, le Compatissant, le Généreux, il ne peut pas être aussi injuste.

Vite, les ablutions pour purifier le cœur, le petit tapis pour délimiter l'espace sacré de la prière, et côte à côte, la Noire plantureuse et la frêle fillette rousse commencent à psalmodier la litanie rituelle : « Il n'y a de Dieu que Dieu, et Mohammed est son

---

1. *Daddeh :* nourrice.

prophète... Il n'y a d'autre réalité que celle de Dieu, rien ne se fait sinon par lui... »

Mais alors, Dieu préférerait au bon peuple turc ces Grecs commerçants et bavards, ces Anglais insipides et vaniteux ? Selma ne peut le croire. Les paumes ouvertes vers le ciel en ce geste qui se doit de soumission, mais qui, à ce moment, est une vibrante imploration, elle ne cesse de répéter :

— O Tout-Puissant, tu dois nous aider, tu dois donner la victoire à Mustapha Kemal Pacha !

Et ses larmes coulent, si abondantes que son col de dentelle blanche en est tout mouillé.

Une question tourmente particulièrement la fillette : il n'y a qu'un seul dieu, lui a appris le cheikh, le dieu des musulmans et le dieu des chrétiens est le même. Mais si les enfants chrétiens prient de leur côté aussi fort que les enfants musulmans, Dieu va être bien embarrassé pour choisir ! Il faut absolument faire pencher la balance « du bon côté ».

Dès le lendemain Selma rassemble les enfants des esclaves, une quinzaine de garçons et de filles de six à douze ans, et leur annonce que l'on va prier. Cinq fois par jour, tout ce petit monde se réunit dans un coin du parc, près de la roseraie qui, en cette fin du mois de juin, embaume. Après avoir cérémonieusement disposé sur le gazon les tapis de soie, les enfants s'inclinent gravement en direction de La Mecque, et derrière la petite sultane, qui conduit les dévotions, récitent avec ferveur les versets sacrés.

Cependant, les jours passent, apportant avec une régularité inexorable leur lot de mauvaises nouvelles. La défaite des forces nationalistes se confirme, l'avancée des Grecs est fulgurante. Les unes après les autres, les villes tombent, Akhisar, Balikesir, Bandirma... Et finalement Brousse ! L'ancienne capitale de l'Empire ottoman, la ville sainte abritant les tombeaux des premiers sultans, Brousse, ce chef-d'œuvre du plus pur art islamique, où mosquées et palais célèbrent la hardiesse et la force des cavaliers venus de l'est six siècles auparavant, Brousse est aux mains des infidèles.

C'est, pour le peuple turc, un choc aussi terrible que celui de la prise d'Izmir. On avait eu tort d'espérer tant de Mustapha Kemal ! De nouveau, les regards se tournent vers le sultan khalife. Certainement il va réagir, donner à ses enfants un encouragement, un ordre. Mais les portes de Dolma Bahtché restent closes et le silence continue de régner sur le palais de marbre.

Selma bout d'indignation : Edirne et toute la Thrace sont désormais occupées, et les divisions grecques continuent d'avancer. Pourquoi le sultan ne déclare-t-il pas la guerre ?

A ses questions pressantes, sa mère ne donne aucune réponse. Désespérée, la petite fille en a perdu l'appétit et l'envie de s'amuser. Peu à peu elle délaisse même les séances de prières qu'elle avait organisées. Elle se réfugie dans les rêves, la lecture, ou bien se fait conter par une vieille kalfa l'histoire des grands sultans : de Mehmet le Conquérant, vainqueur à dix-huit ans de l'empire de Byzance, à Selim le Terrible, un guerrier farouche qui, auprès de son bien-aimé, se retrouvait poète : « Les lions tremblaient sous ma griffe puissante et destructrice, lorsque la Providence fit de moi le faible esclave d'un adolescent aux yeux de gazelle. »

Elle aime à entendre comment le sultan Ahmet III, transporté de joie par son ami Nedim qui lui récitait des vers, le récompensait en lui emplissant la bouche de perles fines, elle vibre au récit des hauts faits de Soliman le Magnifique qui amena l'armée ottomane jusqu'aux portes de Vienne, et elle se fait expliquer comment son bisaïeul, Mahmoud le Réformateur, un esprit éclairé, a fait entrer la Turquie dans l'ère moderne. Par leur valeur guerrière, leur splendeur ou leur habileté, ils ont honoré le nom de la maison d'Osman. Mais aujourd'hui tout semble différent, et le padischah se mure dans son silence. Selma en est d'autant plus ulcérée qu'elle a surpris, en passant devant les cuisines, les commentaires peu amènes de marmitons qui osaient insinuer que le souverain avait peur...

Un matin, elle réunit de nouveau les enfants du palais. Il y a là les fils et les filles des intendants et des secrétaires, mais aussi ceux des cochers, des rôtisseurs, des portiers, dont les familles habitent de petites maisons dissimulées au fond du parc, non loin des bâtiments réservés aux cuisines. Car dans les bonnes maisons turques, à plus forte raison dans les palais, les cuisines sont situées le plus loin possible du reste de la demeure, afin que les odeurs ne gênent point.

Tous ces enfants sont à la dévotion de Selma, en particulier Gulnar, la brune Tartare, aussi excessive dans ses colères que dans ses enthousiasmes, mais qui n'aurait jamais toléré un mot de critique sur sa princesse, et Sekerbuli, « petit morceau de sucre », blonde et rose, toute en fossettes, et surtout Ahmet, le plus jeune fils du secrétaire particulier de Haïri Bey. Il n'a que onze ans, mais du plus loin qu'il se souvienne, il a toujours été éperdument amoureux de la petite sultane. Dès qu'il l'aperçoit, il rougit et perd tous ses moyens, ce qui énerve la fillette, qui l'a pris pour souffre-douleur. Mais plus elle le ridiculise, espérant rencontrer une résistance, plus il la regarde d'un air triste et soumis, et plus il l'aime.

Ce matin-là, devant son assemblée au grand complet, Selma décrète que le temps des prières est révolu et que, désormais, on va jouer à la guerre. D'un côté les Turcs, avec à leur tête le sultan —

elle-même, évidemment — de l'autre côté les Grecs. Tout le monde applaudit à ce nouvel ordre du jour et on se disperse dans le parc pour chercher des branchettes fines et souples qui serviront d'armes. Mais lorsque arrive le moment de choisir son camp, Selma se heurte à une difficulté imprévue : aucun des enfants n'accepte de « faire le Grec ». Flatteries, promesses, menaces, rien ne peut les persuader. Elle en pleurerait de rage. Sa badine à la main, elle trace rageusement sur le sol de brusques éclairs de colère, lorsqu'une voix douce lui fait lever la tête :

— Moi, je veux bien faire un Grec.

C'est Ahmet, qui la fixe de ses bons yeux fidèles. Selma est envahie d'une bouffée de reconnaissance : non seulement il accepte l'opprobre pour lui plaire, mais, en brisant le mouvement de désobéissance, il lui restitue son autorité. Elle lui sourit avec tout le charme dont elle est capable.

— Bien, tu seras le général Paraveskopoulos. Mais où est ton armée ?

L'armée, c'était bien le dernier souci du petit garçon : il est si heureux d'avoir enfin plu à sa sultane qu'il se battrait volontiers seul contre tous les autres. De toute façon, il n'est pas question que les Grecs l'emportent sur les Turcs, et encore moins que lui, Ahmet, l'emporte sur celle qu'il aime.

Mais Selma ne l'entend pas ainsi : une victoire trop facile n'est plus une victoire.

— Qui veut être grec avec Ahmet ? insiste-t-elle en promenant un regard impérieux sur la petite bande.

A sa grande surprise, deux fillettes timides et un gros garçon joufflu s'avancent.

— Si Ahmet est grec, nous le serons avec lui, déclarèrent-ils.

Selma les considère avec perplexité : pourquoi ceux-là, que ni ses promesses ni sa colère n'ont pu fléchir, se rangent-ils spontanément aux côtés d'Ahmet ? D'où lui vient ce pouvoir ? De sa simplicité, de sa gentillesse ? Elle hausse les épaules : c'est absurde, ce ne sont pas des qualités de chef ! Pourtant, ce sont les plus effacés de la bande qui ont choisi de soutenir son souffre-douleur... Elle en est irritée ; elle a l'impression que, sans rien dire, ils lui donnent une leçon.

A présent, tous les enfants la regardent, attendant le signal des combats. Comme elle ne veut pas qu'il soit dit que les Turcs ont vaincu les Grecs grâce à leur supériorité numérique, Selma réduit son armée à quatre soldats — elle a soin, c'est vrai, de choisir les plus forts. Enfin, lorsque tout est prêt pour l'assaut, elle se redresse, majestueuse, ses cheveux roux brillant dans le soleil, et, brandissant sa badine, elle claironne :

— Allahou Akbar — Dieu est grand !

Et, suivie de ses troupes, elle se rue sur l'ennemi.

Dès le premier instant, il est évident que l'armée grecque n'est pas à la hauteur. Elle se défend courageusement, mais les deux petites filles et le gros garçon ne sont pas de taille à affronter les gaillards choisis par Selma. En plus ils sont grecs : il est normal qu'ils soient écrasés. Après avoir opposé une résistance de principe, ils se rendent sous les huées.

Seul, Ahmet continue à se battre avec une fougue dont jamais ses camarades ne l'auraient cru capable. Les soldats de Selma l'entourent sans arriver à percer sa défense : comme du vif-argent sa badine tournoie, frappant impitoyablement la jambe ou la joue qui s'approchent trop près. A cet instant Ahmet a complètement oublié qu'il joue le général Paraveskopoulos, il n'est plus que le chevalier qui se bat pour forcer l'admiration de sa belle.

Mais Selma n'est plus Selma, elle est le sultan tout-puissant, l'ombre de Dieu sur terre, et elle ne peut voir ses troupes mises en échec par ce général grec. Abandonnant ses prisonniers, elle se précipite à l'assaut et, brisant les lignes, se retrouve face à l'ennemi. Elle est ivre de fureur. Ah ! ce Paraveskopoulos veut s'emparer de la Turquie et réduire son peuple en esclavage ! Son armée brûle les villages, massacre femmes et enfants, croit pouvoir prendre Istamboul et renverser le sultanat !... Ah, il va voir, ce chien, ce triple chien, ce dont sont capables l'armée turque et le padischah ! Jusqu'à présent le souverain a été patient, préférant négocier que verser le sang... Maintenant, c'en est trop. Ces Grecs dépassent la mesure, ils vont s'en repentir !... De sa baguette Selma tape, tape de toutes ses forces, décuplées par l'indignation et la colère. Toute la frustration, la rancœur accumulées depuis des mois, les Turcs s'en libèrent enfin, dans une charge d'une violence incontrôlée.

Est-ce parce que son bras fatigué lui fait mal ou parce que, soudain, elle s'aperçoit qu'un silence insolite a fait place aux clameurs de l'assistance ? Brusquement Selma s'est immobilisée. A ses pieds gît le général Paraveskopoulos, hoquetant de douleur. De ses petites mains ensanglantées il protège sa tête, tandis que ses vêtements déchirés laissent entrevoir son corps marqué de longues estafilades.

— Etes-vous devenue folle ?

Devant Selma se dresse la sultane, le visage blême. Elle ne semble pas en colère, mais frappée de stupeur, comme si en sa fille elle découvrait un monstre. Brusquement, Selma revient à elle. Elle n'est pas le sultan et ce n'est pas le général Paraveskopoulos qui gémit là, inconscient, c'est son ami Ahmet, et elle l'a tué. Les larmes l'étouffent tandis qu'elle s'agenouille près du garçon. Collant sa joue contre le visage en feu de l'enfant, elle lui effleure délicatement les cheveux et le berce de mots tendres — ce qui achève de convaincre Ahmet qu'il est mort et déjà au paradis.

Les enfants regardent la scène, consternés. Leurs parents vont les fouetter et, qui sait, les enfermer dans le cachot obscur. Même l'idée que l'orgueilleuse petite sultane sera elle aussi punie et que l'on fera à Ahmet de magnifiques funérailles, avec les meilleures pleureuses de la ville, n'arrive pas à les consoler. Pourquoi aussi cet idiot d'Ahmet s'est-il laissé tuer ? Il s'est d'abord battu comme un lion, puis, quand Selma s'est précipitée sur lui, au lieu de se défendre, il l'a regardée, et a lâché son épée. Mais elle, emportée par son rêve, ne s'en apercevait même pas, elle s'acharnait à coups redoublés sur le guerrier désarmé.

La voix glaciale de la sultane retentit de nouveau :

— Assez de simagrées, montez immédiatement dans votre chambre !

Elle n'a cure des explications de Selma qui, en sanglotant, tente de lui faire comprendre qu'elle n'a pas voulu tuer Ahmet, mais le général Paraveskopoulos. Elle ne sait qu'une chose : sa fille a battu un subordonné qui ne pouvait se défendre. Cette action infamante doit être châtiée impitoyablement. Il en va de l'honneur de la famille.

Alerté par les eunuques, le vieux médecin du palais a rapidement examiné le « cadavre », qu'il a trouvé en mauvais état, mais bien vivant : un repos complet, une pommade à la graisse de tigre royal, venue tout droit des Indes, et l'enfant sera vite sur pied.

Les jours suivants Selma restera confinée dans sa chambre. On l'a privée de tous ses livres, lui laissant seulement le Coran. Elle ne voit que la servante qui lui apporte ses repas — du pain rassis, normalement réservé aux chevaux. La femme a ordre de ne pas lui adresser la parole. Emue toutefois par l'inquiétude de Selma pour Ahmet, elle consent à hocher la tête, rassurante. Deux semaines passeront ainsi : la sultane veut que la punition soit exemplaire.

Un matin, Selma est réveillée par une mélopée inhabituelle. Prêtant l'oreille, elle reconnaît le chant funèbre des muezzins, qui, d'un minaret à l'autre, annoncent un deuil national. Se penchant par la fenêtre, elle aperçoit au loin la foule qui se presse dans les rues. Que se passe-t-il donc ? Le sultan est-il décédé ?

L'esclave qui lui apporte son pain a les larmes aux yeux et, cette fois, ne fait aucune difficulté pour répondre. Non, le sultan n'est pas mort, c'est encore pire : les plénipotentiaires ottomans envoyés en France n'ont pu fléchir les puissances alliées. Ils ont été obligés de signer, à Sèvres, ce traité inique dont on parlait ici depuis trois mois sans imaginer un instant qu'il puisse être conclu. Un traité qui consacre le total démembrement de la Turquie...

Ce jour de deuil est, pour Selma, le jour de sa libération. La sultane juge que sa fille a été assez punie et que, de toute façon, les événements sont si graves que tout le reste est devenu dérisoire.

XIII

Le printemps dore les coupoles d'Istamboul, succédant à l'hiver le
plus morose que Selma ait jamais connu. Après les importantes
manifestations qui ont suivi la signature du traité de Sèvres, le
10 août 1920, la ville s'est enfermée dans sa tristesse et son
humiliation. C'est à peine si la nouvelle éviction du gouvernement de
damad Ferid, l'homme de Turquie le plus unanimement détesté, l'a
sortie de son apathie. Ce petit monsieur rond et pompeux a été
victime de son anglophilie. Le peuple ne lui pardonne pas d'avoir
signé l'infâme traité, et encore moins d'avoir tenté d'obtenir du
sultan sa ratification.

Dans la capitale, la vie devient de plus en plus difficile. Tandis que
les soldats français et italiens, voyant l'occupation se prolonger,
prennent leurs habitudes et se mêlent benoîtement à la population,
les Anglais se figent dans leur raideur. Sous prétexte de maintenir
l'ordre, ils multiplient les mesures vexatoires. Elles pleuvent sur un
petit peuple qui n'y comprend rien. La dernière en date, preuve de
l'amour des fils d'Albion pour les bêtes, a stupéfié toute la ville : tenir
un poulet vivant par les pieds, conduite sadique entre toutes, est
désormais puni de 10 livres d'amende, une somme énorme — un
ouvrier gagne environ 80 livres par mois. Si le brave Turc, ahuri,
proteste, c'est 20 livres qu'il devra payer, et ainsi de suite jusqu'à ce
qu'il se taise, la bourse vide, persuadé que ces Anglais sont soit
complètement fous, soit les plus fieffées crapules de la terre.

En fait, la plupart de ces abus sont dus aux Levantins[1]. Habitant

---

1. Levantins : Européens catholiques, habituellement d'origine italienne ou
française, installés à Istamboul depuis des générations.

Istamboul depuis des générations, certains ont revêtu, à la faveur de l'occupation, l'uniforme britannique afin de seconder les Alliés. Promus rapidement capitaines ou commandants, ils profitent de leur pouvoir tout neuf pour mener, sous les couleurs du Royaume-Uni, leurs petites affaires personnelles, et faire fortune.

Le découragement s'est emparé de la population. Au début du mois de janvier pourtant, elle avait cru que tout allait changer. En Anatolie, près de la petite rivière Inonu, Ismet Pacha, un compagnon de Mustapha Kemal, avait réussi à repousser l'avance grecque. C'était la première victoire des forces nationalistes et, dans chaque foyer, on l'avait célébrée avec enthousiasme. Pendant des jours Istamboul était restée aux aguets, voyant dans cette victoire le début de la contre-offensive. Mais rien ne vint et la ville retomba dans sa léthargie.

L'armée kémaliste était trop faible pour poursuivre son avantage. Depuis quelques mois elle devait se battre non seulement contre les Grecs, mais contre des bandes de plus en plus nombreuses de paysans turcs. L'ostracisme lancé par le cheikh ul Islam a jeté le trouble dans les esprits. Mustapha Kemal a beau clamer qu'il combat pour le sultan khalife, on ne le croit qu'à moitié et beaucoup de villages refusent désormais de coopérer.

Pour regagner la confiance de la population, Kemal pacha a imaginé de faire venir à ses côtés le prince héritier, connu pour ses sympathies nationalistes. Mais Abdul Medjid est un rêveur, un artiste, pas un homme d'action. Il a hésité, demandé conseil... Finalement les Anglais ont eu vent du projet et mis un terme aux tergiversations du prince en faisant encercler sa propriété par une centaine de soldats.

C'est alors que son fils, Omer Farouk, a décidé de rejoindre lui-même Kemal en Anatolie. Energique, ambitieux, il brûle de s'illustrer dans la défense du pays. Mais très épris de Sabiha, sa jeune femme, alors enceinte, il attendra la naissance du bébé. Lorsqu'il part, en grand secret, c'est déjà le printemps.

Selma admire passionnément son « oncle Tonnerre ». C'est ainsi que les enfants appellent le prince Farouk, car il est aussi célèbre pour ses colères que pour sa belle allure. Comme elle aimerait être un homme pour l'accompagner en Anatolie ! Avec mépris, elle regarde son frère Haïri qui, imperturbable, continue à manger des bonbons et à jouer du violon.

Elle s'ennuie... Au palais les journées s'écoulent lentement. Les mondanités sont devenues rares. Les meilleures familles commencent en effet à se trouver dans la gêne : elles ne perçoivent plus ni les fermages des propriétés situées dans les territoires de l'empire devenus indépendants, ni les loyers de leurs immeubles habités par des chrétiens. Depuis le début de l'occupation ceux-ci oublient de payer. Hatidjé sultane elle-même ne parvient à maintenir son train de maison qu'en vendant quelques parures, et Selma ne s'étonne plus de voir Memjian Agha leur rendre visite et repartir régulièrement avec un écrin sous le bras.

Heureusement avec le printemps sont revenues les couturières. Il faut renouveler les garde-robes, en particulier celle de Selma dont les jupes un peu courtes font froncer les sourcils des vieilles kalfas. La fillette va avoir onze ans et ces dignes suivantes ont tenté de convaincre la sultane qu'il est temps de lui faire porter le tcharchaf. Mais Hatidjé s'est récriée :

— Selma n'est encore qu'une enfant !

Le pensait-elle vraiment ou essayait-elle de préserver le plus longtemps possible la liberté de sa fille ? Elle déclara très haut que la petite sultane ne porterait le voile qu'à douze ans. Les mauvaises langues pouvaient toujours jaser !

La salle de couture, tendue de cretonne blanche et garnie de hauts miroirs, bruit d'animation. Les couturières, traditionnellement grecques, ont apporté les derniers magazines de Paris avec les modèles du couturier La Ferrière, et des lots d'étoffes superbes. Pour la première fois Selma est admise à faire son choix. Surexcitée, elle passe d'un modèle à l'autre, se parant alternativement de chaque coupon, sans arriver à se décider. Mais cela n'a pas d'importance, on a tout le temps de discuter, tâter, comparer, choisir, décider des moindres détails, et puis de changer d'avis. Il y a si peu de distractions ! Plus les hésitations s'éternisent, plus les couturières y trouvent de plaisir, car alors, elles passent du simple rôle d'exécutantes au rôle de conseillères, d'arbitres. Et elles ne seront pas peu fières de pouvoir dire ensuite à leurs autres clientes, impressionnées :

— La sultane et sa fille n'ont confiance qu'en moi. Les robes qu'elles portaient à la dernière réception ? Je leur en avais suggéré et la forme et la teinte !

Tout en imaginant les modèles les plus seyants, Selma regarde furtivement ces femmes : elles sont neuf, deux tailleuses, trois cousettes, quatre brodeuses. Depuis longtemps elles travaillent pour le palais et la fillette les connaît toutes. Elle les appelle par leur nom, elle est au courant de leurs ennuis de santé, du nom et de l'âge de leurs enfants. Il n'y a qu'un sujet qu'on n'aborde jamais : la guerre. Selma brûle de leur demander pourquoi les Grecs d'Istamboul se sont retournés contre leurs compatriotes turcs, mais elle n'ose poser la question.

Le soleil est déjà bas lorsque la première tailleuse, penchant la tête et clignant un œil professionnel, commence à prendre ses mesures. A distance, car il est interdit de toucher un membre de la famille impériale. Lorsqu'il s'agit de confectionner les amples vêtements traditionnels cela ne pose aucun problème, mais pour les robes européennes, au buste très ajusté, cet usage entraîne bien des difficultés, et souvent la sultane est obligée de changer les épingles elle-même. Pestant intérieurement contre cette coutume gênante, elle n'en reconnaît pas moins la nécessité : en ces temps troublés il faut plus que jamais préserver l'étiquette ; autant que la marque, c'est un fondement essentiel du respect. Et maintenant que la puissance n'est plus, le respect reste l'ultime fondement du trône.

Depuis quelque temps, Selma a pris l'habitude de s'isoler pour rêver. Le coin qu'elle préfère est un petit kiosque en bois de rose, entouré d'une balustrade finement sculptée, qu'on appelle « le pavillon du rossignol » car il est situé dans un coin du parc où l'oiseau a coutume de faire son nid. Elle ne se lasse pas d'écouter les trilles de cette âme assoiffée d'amour dont la légende raconte que, désespéré par l'indifférence de la rose, il passe sa vie à chanter pour essayer de la séduire.

Il fait doux. Etendue de tout son long sur les *kilims*[1], qui recouvrent le sol, Selma s'amuse à plisser les yeux et tente d'apprivoiser le soleil ; un jeu défendu aussi bien par mademoiselle Rose que par sa daddeh, qui prétendent qu'elle finira par se brûler l'iris. Soudain les rayons s'obscurcissent, une ombre est passée. Ouvrant les yeux, Selma aperçoit une silhouette qui s'éloigne en direction du palais. Elle distingue mal, encore éblouie, pourtant il lui semble reconnaître... l'oncle Tonnerre ! Mais non, c'est impossible, l'oncle Tonnerre est en Anatolie, il combat aux côtés de Mustapha Kemal ! Son épouse, qui se trouve actuellement chez Hatidjé sultane, vient même de leur lire sa dernière lettre. Selma se frotte les yeux ; on dirait vraiment le prince Omer Farouk ! D'un bond, elle s'est levée et, sur la pointe des pieds, entreprend de le suivre.

Arrivée devant le salon bleu, elle entend une voix coupante.

— Il n'a pas voulu de moi, c'est tout !

C'est bien le prince Farouk ! Les mains derrière le dos, il arpente la pièce, l'air maussade, les timides questions de son épouse et de sa tante semblent l'irriter au plus haut point. Brusquement, il éclate :

---

1. *Kilim :* Tapis turc.

— Nous étions bien innocents de croire que Kemal accepterait notre aide pour sauver la Turquie ! L'aide des communistes et de bandes de brigands, oui ! Mais surtout pas celle des princes impériaux !... Pensez, le peuple sait bien que notre famille a fait la grandeur de ce pays. Si Kemal nous laissait combattre, nous risquerions de porter ombrage à sa gloire. Il nous a appelés lorsqu'il s'est cru perdu, mais la victoire d'Inonu et sa récente alliance avec les bolcheviques l'ont tiré d'affaire. Il estime ne plus avoir besoin de nous. Beaucoup pensent même qu'il tente de nous faire passer pour des traîtres afin de nous éliminer un jour et prendre le pouvoir. Mais ce n'est pas demain qu'il y parviendra !

Emporté par l'indignation, le prince tape du poing sur un léger guéridon qui s'effondre sous le choc.

Sans y prêter attention, il continue :

— Le peuple turc nous aime. Si vous aviez vu l'accueil que m'ont fait les habitants d'Ineboglu lorsque j'ai débarqué ! Les braves gens en pleuraient de joie, comme si le sultan lui-même était venu se battre à leurs côtés. Pendant les quelques jours que j'ai passés là-bas à attendre la réponse de Kemal à mes offres de service, des files de paysans arrivaient de tous les villages environnants pour me voir, me toucher, se convaincre que leur padischah ne les avait pas abandonnés... Ils ne se lassaient pas de m'entendre raconter comment le bateau qui m'avait emmené d'Istamboul avait été fouillé de fond en comble par les Anglais, et comment j'avais passé six heures, dissimulé dans un placard, le revolver à la main, décidé, si j'étais découvert, à me brûler la cervelle plutôt que d'être fait prisonnier.

— Mais alors, pourquoi diable êtes-vous rentré ?

C'est le général prince Osman Fouad, arrivé depuis quelques minutes, qui contient mal son impatience. Il n'aime pas les récits dont il n'est pas le héros.

Lentement, Omer Farouk se retourne et dévisage son cousin.

— Et vous, prince, pourquoi diable n'êtes-vous pas parti ? laisse-t-il tomber, glacial.

L'atmosphère est électrique. Hatidjé sultane s'interpose.

— Je vous en prie !

Prenant son air le plus admiratif, elle se tourne vers le prince Farouk :

— Et alors, Altesse, que s'est-il passé ?

— Au bout de quelques jours, j'ai reçu un message d'Ankara. De la façon la plus courtoise, le général me remerciait d'être venu et vantait ma bravoure. Mais, écrivait-il, il ne voulait pas que je prenne de risques. Je devais me garder pour de plus hautes destinées, dans l'intérêt suprême de la nation... Bref, une manière polie mais nette de refuser mon aide et de me renvoyer chez moi.

La jeune femme du prince, Sabiha sultane, soupire.

— J'ai peur. Le pacha est sans doute un génie militaire, mais c'est aussi un monstre d'ambition. Votre récit confirme les appréhensions de mon père le sultan. Lorsque Sa Majesté a envoyé Kemal en Anatolie, elle lui a fait confiance. Maintenant, elle le croit capable de tout.

Dans le salon bleu le silence s'est appesanti. Troublée par le récit du prince Farouk, Hatidjé sultane se demande si le sultan Vahidde-dine n'avait pas raison, et si Mustapha Kemal, qu'elle a toujours défendu, n'est pas en train de les trahir.

XIV

La « petite sultane » a beaucoup changé ces derniers temps. Elle devient une adolescente. Autour d'elle, les esclaves vantent sa sveltesse de jeune cyprès et son teint blanc comme la lune. La sultane a décidé de lui faire apprendre, outre le piano, la harpe, ce qui lui permettra de mettre en valeur ses bras qui promettent d'être fort beaux. Selma se délecte de ces compliments, elle commence à découvrir son charme et essaie son nouveau pouvoir sur Ahmet qui, depuis qu'elle a failli le tuer, est devenu son meilleur ami.

Les quinze jours passés en punition dans sa chambre ont été une épreuve décisive. Après avoir beaucoup pleuré et s'être révoltée contre ce châtiment qu'elle estimait injuste, elle avait fini par y trouver un certain plaisir : celui d'être seule contre tous, incomprise. Des heures entières, elle s'était raconté les histoires familières de martyrs de l'islam et d'ascètes soufis condamnés eux aussi par une société qui ne les comprenait pas. Les ressemblances qu'elle y avait trouvées avec sa propre situation lui avaient rendu courage et permis de surmonter l'épreuve.

Il lui avait fallu appeler à ses côtés tous ces héros car elle était en train de perdre celle que, jusqu'alors, elle avait vénérée plus que tout, sa mère. Sa mère si parfaite, auprès de laquelle elle se sentait tellement indigne, l'avait condamnée injustement... Elle n'avait même pas essayé de la comprendre... Selma avait beau tourner et retourner le problème sous tous les angles : l'une des deux avait forcément tort, et elle savait que ce n'était pas elle. Etrangement, cette conclusion, qui aurait dû la satisfaire, l'accablait plus encore. Elle était triste comme jamais elle ne l'avait été, presque désespérée.

Et puis, une nuit, elle fit un rêve. Elle se trouvait dans un cachot obscur et, à chaque mouvement, elle se heurtait la tête contre les barreaux. Soudain elle entendit une voix : « Pourquoi n'enlèves-tu pas le bandeau que tu as sur les yeux, tu pourras ainsi voir clair et tu ne te feras plus mal. »

Mais comment, se demandait-elle, enlever ce bandeau ? Il faisait partie d'elle-même, si collé à ses prunelles qu'en le retirant elle risquait de s'arracher les yeux. Et elle restait perdue dans la plus grande confusion : valait-il mieux rester indéfiniment dans le noir sans pouvoir bouger ou se débarrasser du bandeau au risque de devenir aveugle ? Finalement elle choisissait la seconde solution et, terrorisée, portait la main au bandeau. A sa grande surprise, il se détachait au premier contact, et le monde lui apparaissait comme jamais elle ne l'avait vu auparavant, lumineux, offert.

Le lendemain de ce rêve Selma se sentit beaucoup mieux, au point qu'elle ne comprenait même plus comment, pendant des jours, elle avait pu vivre un tel cauchemar. Le monde lui apparaissait lumineux comme dans son rêve. Elle n'avait plus besoin des yeux d'Annedjim pour voir.

Sa mère toute-puissante s'était trompée, et elle, Selma, n'en était pas morte. Cette découverte lui ouvrait des perspectives d'infinie liberté...

Une seconde fois les kémalistes sont parvenus à repousser les Grecs près de la petite rivière Inonu, et momentanément les hostilités ont cessé. Istamboul s'autorise de ces quelques succès pour faire de nouveau la fête. On est à la mi-avril. La lumière est transparente et l'air soyeux comme des lèvres d'adolescent. Sur les façades des palais, le long du Bosphore, les lourdes grappes de glycine dégagent un parfum si capiteux qu'on en est tout étourdi, par-dessus les murs des jardins, aubépines et jasmins embaument les rues et alanguissent les sens.

On a repris les promenades aux « Eaux douces d'Asie », et les caïques, tapissés de velours brodés d'ors un peu passés, glissent silencieusement sur la petite rivière de Göksu, comme à l'époque de leur splendeur. Seul signe des temps : les rameurs sont moins nombreux, beaucoup étant partis se battre en Anatolie.

La rivière est si étroite que souvent, en se croisant, les caïques s'effleurent. D'une embarcation à l'autre, on échange alors une salutation, un mot aimable. Parfois, s'enhardissant, un jeune homme tente d'accrocher le regard d'une belle. Si celle-ci est sérieuse, elle se dissimule vite derrière son ombrelle, sinon, elle regarde au loin d'un air rêveur. Alors, le jeune homme prend la fleur qui orne sa boutonnière et la porte à ses lèvres. Si la belle sourit, ce qui est la preuve d'une grande liberté de mœurs, il se hasarde à lancer la fleur sur ses genoux. Mais, avant d'en arriver à des gestes aussi osés, il faut observer toute une gamme de signes galants précisément codifiés. Si le soupirant joue avec un morceau de sucre, cela veut dire : « Mon cœur vous désire ardemment. » Avec une prune : « Je me morfonds de chagrin. » Un mouchoir de soie bleue : « Je suis passionnément amoureux. »

Pour la première fois, Selma perçoit ces discrets échanges. Elle ressent comme du velours à l'intérieur de sa poitrine, et, assise toute droite à côté de sa mère, retenant son souffle, elle rêve aux printemps à venir.

L'accalmie sera de courte durée : le 13 juin 1921, le roi Constantin de Grèce arrive à Izmir avec quatre-vingt-cinq mille hommes. Il ne débarque pas dans le port, mais, symboliquement, à l'endroit même où jadis les croisés ont pris pied. Son but : écraser Ankara, le cœur de la résistance, et s'emparer d'Istamboul. Dieu n'est-il pas avec lui ? Une prophétie célèbre du pope Johannes assurait qu'avant octobre le roi très chrétien entrerait dans la capitale, qui pour l'Occident restait Constantinople, et en chasserait à jamais les Barbares. Fort de cette prédiction, le 13 août, Constantin lance sa grande offensive contre Ankara.

La panique déferle sur la ville. Les Grecs, plus nombreux et mieux équipés, avancent rapidement, l'armée turque bat en retraite. Déjà, une partie des habitants de la capitale kémaliste, et même des députés, se préparent à l'exode. Mustapha Kemal, pris d'une terrible colère devant cette lâcheté, exige en tonnant les pleins pouvoirs et le titre de généralissime de l'armée, jusque-là réservé au sultan ; mobilisant toute la paysannerie d'Anatolie, il entreprend de réquisitionner hommes et femmes pour aider l'armée nationaliste. Son plan : arrêter les Grecs à la rivière Sakarya, dernière ligne de défense naturelle, à moins de cent kilomètres d'Ankara.

A Istamboul, la population a perdu tout espoir. Par contre, dans les quartiers gréco-levantins de Péra, la rumeur circule que Mustapha Kemal a été fait prisonnier, et l'on sable déjà le champagne. Les restaurants et les cabarets ne désemplissent pas. En particulier la célèbre *Rose Noire,* l'établissement le plus luxueux de la ville, où de belles exilées russes — des princesses du sang, chuchote-t-on — servent à boire d'un air suprêmement distingué et, jusqu'à l'aube, valsent avec les clients.

Pendant vingt-deux jours et vingt-deux nuits, les troupes kémalistes font face. Un combat féroce et désespéré. Chacun sait que l'avenir du pays en dépend. Le 11 septembre, l'armée grecque est en fuite : la Turquie est sauvée !

Dans tout le pays c'est la liesse. A Istamboul, les mosquées sont combles. Sans plus se soucier de l'occupant, le peuple célèbre bruyamment la victoire. On ne rase plus les murs, on marche bien au milieu de la chaussée, le front haut, et, lorsqu'on croise un soldat britannique, on le regarde d'un air narquois, comme pour dire : « Toi, tu n'en as plus pour longtemps ! »

La guerre n'est pourtant pas finie. Outre la capitale, la moitié de la Turquie est encore occupée. Mais à l'étranger, les gouvernements commencent à comprendre que le vent a tourné. Sans perdre un instant, Paris envoie son ambassadeur de charme, Franklin Bouillon, surnommé « le Prince des Levantins », pour s'entretenir avec Mustapha Kemal. Il apporte dans ses bagages quelques dizaines de caisses du meilleur cognac — les chancelleries commencent à connaître les faiblesses du grand homme. Surtout, Franklin Bouillon apporte la promesse du départ des troupes françaises de la province de Cilicie et, à la grande fureur de Londres, une offre de paix.

Les mois passent. Sans se hâter, Kemal Pacha renforce son armée. En face, les Grecs aussi se préparent.

Mais à Athènes, l'opinion se montre de plus en plus hostile à la poursuite de la guerre, et dans les tranchées, le découragement gagne.

Enfin le 26 août 1922, alors que depuis presque un an pas un coup de feu n'a été tiré, on apprend que l'armée turque a attaqué. Aux cris de « Soldats, en avant : votre objectif est la Méditerranée », elle progresse en direction d'Izmir ; les unités grecques refluent dans le désordre.

Les habitants d'Istamboul n'osent y croire, mais bientôt il est confirmé que les villes d'Aydin, Manisa, Usak ont été délivrées. Alors l'enthousiasme éclate, frénétique.

Du palais du Yildiz où il habite, dédaignant le luxe de Dolma Bahtché, le sultan Vahiddedine passe ses journées en prières. Il ne s'interrompt que pour envoyer son secrétaire particulier aux nouvelles : où en est la progression des forces nationalistes ? Se rapprochent-elles d'Izmir ? Sommes-nous réellement en train de gagner ?

Les sièges des journaux ont été pris d'assaut par la foule. Il n'est plus possible de sortir distribuer les exemplaires fraîchement imprimés. On les lance du haut des balcons. Toute la vie est suspendue, minute par minute, à l'avancée des kémalistes.

Enfin, le 9 septembre, on apprend que les troupes du général sont entrées dans Izmir, d'où le dernier soldat grec a fui. Dans les rues tout illuminées, garnies de banderoles et de drapeaux, les gens

s'étreignent en sanglotant. Après douze années de malheur et
d'humiliation, le peuple turc peut enfin relever la tête. Cette fois, le
triomphe est total, la guerre est bien finie.

De minaret en minaret, les muezzins chantent la grandeur d'Allah
et, dans les mosquées, les cérémonies d'actions de grâce se succèdent
sans discontinuer. La célébration la plus impressionnante est celle de
Sainte-Sophie où Selma et sa mère se rendent le jour même de la
libération d'Izmir. Là, serrées l'une contre l'autre au milieu d'une
foule vibrante, elles restent des heures, immobiles, à pleurer.

Quinze jours plus tard, la flotte grecque quittera Istamboul et, le
11 octobre, sera signé l'armistice, demandé cette fois par les forces
d'occupation.

XV

Selma est de méchante humeur. Hier, elle a fêté son douzième anniversaire. Le jour le plus malheureux de sa vie !

Parmi les nombreux cadeaux qui s'amoncelaient dans sa chambre, elle avait trouvé une grande boîte, semblable à celles dans lesquelles sa mère recevait ses robes de Paris. Fébrile, elle avait soulevé le couvercle en fermant les yeux, et les avait rouverts... sur un tcharchaf de soie turquoise assorti d'un voile de mousseline.

Sa gorge s'était serrée et des larmes lui étaient venues. Elle avait tourné le dos et, malgré l'insistance des kalfas qui la félicitaient de cette ascension à la dignité de femme, elle avait refusé tout net d'essayer cette « prison ambulante ».

Elle en veut à sa mère d'avoir cédé à la coutume, d'autant que l'usage du tcharchaf est en train de disparaître, sinon dans les petites villes, du moins dans la capitale. Les élégantes ont transformé l'ample vêtement en un deux pièces ajusté où le voile, coquettement retroussé sur le côté, n'est plus qu'un ornement du plus gracieux effet.

— Ce sont des gourgandines, des femmes de mauvaise vie, s'indignent les kalfas, ou, pire encore, des intellectuelles, des révolutionnaires, comme cette Halidé Edib et ses consœurs... Sous prétexte de « libérer la femme », on se promène le visage nu, et avec des jupes qui découvrent la cheville et même le mollet !... Une sultane ne peut s'abaisser à cela... Elle se doit de sauvegarder la morale et les traditions de l'islam.

La morale ! Qu'est-ce que la morale a à voir dans tout cela ? Pourquoi montrer son visage, ses cheveux, est-il plus immoral pour une femme que pour un homme ? Selma ne décolère pas.

Elle a repris son Coran avec une ardeur de néophyte — elle

comprend maintenant suffisamment l'arabe. Elle passe des jours à rechercher tous les versets concernant les femmes. Nulle part, absolument nulle part il n'est dit que la femme doit cacher son visage, ni même sa chevelure, alors que les cheikhs affirment que c'est péché de les montrer ! Le Coran fait seulement obligation d'avoir une tenue modeste. Selma fulmine. Le Prophète lui-même ne demandait pas à son épouse Aysha de se voiler, et il l'emmenait avec lui dans des dîners où elle conversait librement avec des hommes. Quant à Sokaïna, l'arrière petite-fille de Mohammed, elle refusait obstinément de porter le voile : « Ce serait faire injure à Dieu ! disait-elle. S'il m'a donné la beauté, ce n'est pas pour que je la cache ! »

Autour de Selma, la ville commence à bruire d'un air de liberté. Pour la première fois depuis longtemps, les habitants d'Istamboul respirent sans entraves : ils peuvent enfin regarder l'avenir en face.

Cette ardeur joyeuse qui les fait frémir, l'adolescente la ressent dans tout son corps, comme une vague tourbillonnante qui se heurte aux digues closes de la bienséance, comme un torrent impétueux qui se brise contre les murs tendus de soie du palais, la politesse raffinée des kalfas, le sourire indulgent de sa mère. Elle étouffe.

Assise dans un coin du petit salon rose, Selma rumine ses griefs tandis que la sultane, installée à son écritoire, termine une lettre, feignant de ne pas remarquer la mauvaise humeur de sa fille.

Tout à coup on entend des pas précipités et Haïri Bey fait irruption dans le salon, sans même s'être fait annoncer. Il paraît bouleversé ; pour la première fois en quatorze ans de vie conjugale il omet de saluer son épouse.

— Incroyable ! C'est incroyable ! bredouille-t-il.

Inquiète, la sultane l'interroge du regard tandis qu'il se laisse tomber dans un fauteuil.

— Figurez-vous que la Grande Assemblée d'Ankara a voté l'abolition du sultanat !

Hatidjé a sursauté.

— Vous voulez dire la déchéance de Sa Majesté le sultan Vahiddedine ?

— Non. L'abolition définitive du sultanat !

Il martèle chaque syllabe.

— Dorénavant, il n'y aura plus de sultan en Turquie, il subsistera juste un khalife, chef religieux privé de tout pouvoir politique Regardez !

Il tend à sa femme une poignée de journaux où la nouvelle s'étale en titres énormes. Elle les parcourt du regard et hausse les épaules

— Impossible ! Personne n'acceptera cette mesure. En Islam, pouvoir politique et pouvoir religieux ne sont pas séparables

— C'est exactement ce qu'ont objecté la plupart des députés, répond sèchement Haïri Bey que la tranquille assurance de son épouse exaspère. Les conservateurs, et même les modérés, sont loin de partager les vues de Kemal. Ils veulent une monarchie constitutionnelle contrôlée par les nationalistes.

— S'ils sont la majorité, pourquoi ne l'ont-ils pas emporté?

— Justement... Face à leur opposition, Kemal s'est livré à un véritable coup de force. Il est monté à la tribune et... je vous lis les mots exacts qu'il a employés : « Il serait opportun que chacun des membres de cette assemblée se ralliât à ce point de vue (*l'abolition du sultanat*). Dans le cas contraire, les faits de l'inéluctable réalité n'en seraient pas changés, mais on pourrait voir tomber des têtes [1]... » Du coup, les opposants se sont tus. Ils savent que le pacha ne plaisante pas. Bien des têtes sont déjà tombées depuis le début de la guerre civile. Un député est même allé jusqu'à déclarer : « Excusez-nous, nous examinions la question sous un autre angle. Nous savons à quoi nous en tenir maintenant. » Terrorisés, les bougres! Quelques heures plus tard, l'Assemblée nationale a voté la suppression de la monarchie. A l'unanimité.

Selma écoute, interloquée. Plus de sultan? Qu'est-ce que cela signifie? Un pays sans maître où chacun fait ce qu'il veut? Impossible! Un pays gouverné par Mustapha Kemal? Mais alors... Dans son esprit, un espoir se fait jour : si Mustapha Kemal devient le nouveau sultan, peut-être ne sera-t-elle pas obligée de revêtir cet abominable tcharchaf? Latifé Haroum, son épouse, ne le porte jamais, ni son amie Halidé Edib, ni aucune des femmes qui l'entourent. Elles sont libres, elles, de s'habiller et de sortir à leur guise.

Et soudain, Selma se met à souhaiter follement que la nouvelle rapportée par son père soit exacte, qu'il n'y ait plus jamais de sultan en Turquie et que Kemal Pacha devienne le maître du pays. L'ennui, bien sûr, c'est que les princes de la famille, qui passent leur temps à attendre de devenir sultan, ne sauront plus quoi faire. Ce pauvre oncle Fouad et l'oncle Tonnerre vont être bien déçus! Et Sâdiyé? Selma se sent prise d'une irrésistible envie de rire. Sa cousine va être terriblement vexée, elle qui, depuis que son père est devenu prince héritier, n'arrête pas de « prendre des r ». Selma affectionne cette expression française employée par sa tante, la sultane Papillon, pour décrire les ridicules des femmes de notables qu'elle rencontre dans les réceptions. Elle ne sait pas très bien pourquoi on dit « prendre des r »

---

1. *Cf.* Lord Kinross : *Ataturk.*

plutôt que « prendre des x ou des z », mais elle trouve le mot très chic !

La sultane Papillon entre justement dans le salon. Vêtue d'une robe grise elle affiche un air éploré ; mais Selma remarque que ses yeux pétillent et que ses joues sont toutes roses, comme si le rôle de messagère, si mauvaises soient les nouvelles, l'émoustillait. Elle arrive du palais du Yildiz où elle a rendu visite à la première épouse de Sa Majesté.

— La cadine est extrêmement inquiète. Le nouveau gouverneur, Refet Bey, est venu cet après-midi pour signifier au padischah sa déposition. Sa Majesté lui a répondu que jamais il n'abdiquerait. Tout le monde se demande ce qui va se passer. Mustapha Kemal n'est pas homme à se laisser défier. Quels moyens de pression va-t-il employer ? Sa Majesté s'attend à tout... On lui a même laissé entendre que sa vie était menacée.

— Ils sont capables de l'assassiner et de nous assassiner tous, intervient Haïri Bey, l'air sombre. Les amis de Kemal, les bolcheviques, n'ont pas hésité, eux, à massacrer la famille impériale de Russie. Ces sauvages n'ont même pas eu pitié des enfants !

Selma n'en croit pas ses oreilles. Quoi, Rose d'or, le pacha pour lequel elle et sa famille ont tant prié ? Les assassiner ? Impossible ! A son grand soulagement sa mère est du même avis.

— La situation est assez grave sans qu'on ait à l'exagérer, déclare-t-elle, agacée. D'ailleurs, mon ami, laissez-moi vous dire que nos Turcs sont quand même plus civilisés que ces moujiks !

— Mais les listes civiles [1] vont être abolies, gémit la sultane Papillon, comment allons-nous vivre désormais ?

— Vous achèterez moins de dentelles, voilà tout ! réplique sèchement Hatidjé sultane. De toute façon, je crains que vous n'en ayez plus besoin...

Et pour couper court à d'autres commentaires, elle s'absorbe dans son ouvrage de broderie.

Le surlendemain, Tevfik Pacha, dernier grand vizir de l'empire, quitte la Sublime Porte pour aller rendre les sceaux de l'Etat au sultan, et Refet Bey prend en main l'administration de la ville. La police et la gendarmerie passent sous son autorité tandis que les divers ministères reçoivent l'ordre de cesser toute activité. Le

---

1. Budget alloué par le gouvernement aux membres de la famille impériale pour leurs dépenses personnelles.

gouvernement légal c'est désormais Ankara. Et pour plaire au peuple, qui n'aurait pas compris le mot « république », le nouveau régime est baptisé « monarchie de la nation »...

C'est quelques jours plus tard que sera tué Ali Kemal. L'éminent journaliste a fait campagne contre les kémalistes. Arrêté chez son barbier, il sera conduit à Izmir pour y être jugé, mais il n'en aura pas le temps : il sera lapidé par une foule déchaînée.

La nouvelle suscite l'indignation dans l'entourage du sultan. Parce que l'on considère Ali Kemal comme un honnête homme qui n'a fait que défendre ses idées, mais surtout parce que son lynchage est la preuve que, désormais, la police ne prend plus le risque de protéger de la colère populaire les membres de l'ancien régime. A l'intérieur de son palais, le souverain lui-même ne se sent plus en sécurité. La grande Assemblée nationale d'Ankara a décidé de le juger pour haute trahison, certains députés demandent pour « l'ami des Anglais » la peine capitale.

Beaucoup de serviteurs ont déjà fui ; même l'état-major personnel du sultan commence à l'abandonner. Jour après jour, le palais du Yildiz devient plus désert.

Mais le coup le plus rude pour le padischah sera sans doute le départ furtif de celui qui l'avait si mal conseillé, l'ex-grand vizir, damad Ferid. Quand on viendra le lui annoncer, le souverain aura un sourire amer.

— Ainsi, il n'a même pas eu le courage de me dire au revoir...

Et ses épaules s'affaisseront encore un peu plus.

Le vendredi suivant, Hatidjé sultane décide d'aller assister à la cérémonie du selamlik, à la mosquée Hamidié. Le padischah a fait savoir qu'il s'y rendrait, comme d'habitude, et dans le malheur elle tient à se montrer solidaire.

Tandis que, accompagnée de Selma engoncée dans son tcharchaf, elle s'apprête à monter dans le coupé vert sombre, marqué aux armes impériales, Mehmet le cocher, un grand moustachu originaire du Monténégro, ose faire remarquer qu'en ces temps troublés il serait peut-être plus indiqué de prendre un fiacre. Le foudroyant du regard, la sultane s'est retournée.

— Tu étais si fier il y a quelques semaines d'être cocher impérial, tu as peur maintenant ? Eh bien va ! Je ne te retiens pas. L'intendant te paiera tes gages.

L'homme tente de se justifier.

— Pardonnez, sultane, j'ai de jeunes enfants, je n'ai pas le droit d'en faire des orphelins.

La princesse s'est radoucie.

— C'est bien, Mehmet, rentre chez toi, mais auparavant envoie l'autre cocher.

L'homme rougit et se met à bredouiller de plus belle.

— C'est que, Altesse, il a une vieille mère dont il est le seul soutien. Il est déjà parti, hier.

Les yeux de Hatidjé lancent des éclairs.

— Sans me prévenir ?

— Il n'a pas osé. Il a eu honte, vous avez toujours été si bonne...

C'est donc ainsi que l'on reconnaît sa bonté ! A ce point cela devient comique !

— Je vois, nous n'avons plus de cocher. Heureusement que Zeynel est là. Il nous conduira.

Et rajustant d'un geste ample son voile sur sa chevelure, la sultane, plus majestueuse que jamais, monte dans le coupé.

La mosquée Hamidié n'est qu'à deux kilomètres de distance. L'usage veut que les dames assistent à la cérémonie depuis leur voiture arrêtée devant la cour. Lorsque Selma et sa mère arrivent, les portes du palais du Yildiz viennent de s'ouvrir. Le souverain apparaît dans un phaéton découvert, traîné par deux chevaux marchant au pas. Derrière, suivent à pied trois aides de camp, quatre secrétaires et quelques eunuques noirs ; pas un ministre, pas un dignitaire. Selma regarde, atterrée. Ça, un selamlik ? Elle se rappelle les grandioses cérémonies d'antan, lorsque les vizirs et les pachas chamarrés d'or et de médailles, les princes, les damads et les hauts fonctionnaires, trottinaient derrière le carrosse du sultan, au son triomphant de la *Marche impériale*. Aujourd'hui tout est gris et morne, comme un enterrement. Où est donc la fanfare ? Où sont les lanciers si beaux dans leur dolman bleu, et les différents corps d'armée faisant la haie, au garde-à-vous, et saluant le souverain de leur clameur tradition- nelle : « Qu'Allah accorde longue vie à notre padischah ! » ?

Il n'y a là que quelques soldats en faction qui gardent le silence.

Le sultan Vahiddedine en uniforme de général, sans aucune décoration, est descendu lentement de voiture, comme si se mouvoir lui demandait un immense effort. Il est si amaigri, il paraît si exténué que Selma se demande s'il est malade. Elle le reconnaît à peine : en quelques mois, il est devenu un vieillard.

Le regard perdu en lui-même, il se dirige vers la mosquée. C'est à cet instant que retentit l'appel du muezzin. Le sultan s'est arrêté : il écoute la voix qui convie les fidèles à la prière : « Au nom du commandeur de la Foi, du khalife des croyants... »

Pour la première fois depuis des siècles, le titre de souverain de l'Empire ottoman n'a pas été mentionné.

Ramenant son long cou entre ses épaules étroites, comme si soudain il avait froid, Vahiddedine pénètre dans la mosquée.

Dans le coupé qui les ramène chez elles, Selma et sa mère, frappées par la silhouette tragique du sultan déchu et l'infinie tristesse de la scène, restent silencieuses. Toute parole serait indécente.

Elles ne sont plus qu'à quelques centaines de mètres du palais quand, du bas-côté de la route, deux hommes surgissent. Surpris, les chevaux font un écart et Zeynel doit tirer de toutes ses forces sur les rênes pour les maîtriser. La voiture s'immobilise en grinçant. Tandis que l'un des hommes braque un revolver sur l'eunuque, l'autre, vêtu d'un pantalon déchiré et d'une veste militaire, s'approche de la fenêtre grillagée du coupé.

— Traîtresses ! Bientôt nous vous tuerons, lance-t-il à l'adresse de celles qui sont à l'intérieur et qu'il ne peut voir. Vive Mustapha Kemal !

Des badauds se sont attroupés et regardent la scène, éberlués, lorsque tout à coup une voix tonne :

— Arrière, chenapans !

Un homme d'une soixantaine d'années s'est avancé, un géant portant les larges culottes bouffantes et la veste courte des paysans d'Anatolie. Son visage est cramoisi de fureur.

— Porcs immondes ! Comment osez-vous vous attaquer à des femmes, et de la famille ottomane, à laquelle votre pays et votre Kemal doivent tout !... Demandez-leur pardon immédiatement ou je vous étripe !

La foule approuve et commence à entourer les deux hommes. Surpris, ces derniers, de toute évidence des nationalistes arrivés récemment dans la capitale, hésitent. Zeynel en profite pour fouetter puissamment ses chevaux et les lancer au galop.

Tout s'est passé si vite que Selma n'a même pas eu le temps d'avoir peur. Mais l'homme a prononcé un mot qui l'a frappée au cœur : traîtresses ! Cette expression de dédain et de haine, elle la connaît bien pour l'avoir entendue à propos des sujets ottomans qui avaient partie liée avec l'occupant. Mais elle, Selma, et sa famille, des traîtres ?... Qu'on ait pu leur cracher cette injure au visage la bouleverse.

Elle a levé les yeux vers sa mère. Celle-ci est figée dans une attitude hiératique, le regard lointain.

— Annedjim, pourquoi nous a-t-il appelées...

Elle est surprise du son de sa voix, rauque, tremblante comme un souffle qui meurt. Le mot n'arrive pas à franchir ses lèvres. Elle fait un effort.

— ... appelées « traîtresses » ?

La sultane a sursauté. Elle regarde sa fille d'un air si triste que celle-ci a honte, comme si demander le pourquoi de l'injure eût été la renouveler. Confuse, elle baisse les yeux ; alors la voix de sa mère lui parvient, très douce :

— Apprenez, Selma, que quand vous tombez il y a toujours des faibles pour hurler et vous donner des coups de pied. Mais sachez aussi que, quelles qu'aient pu être les faiblesses et les fautes de la famille ottomane, jamais elle n'a trahi. L'idée même en est absurde : la grandeur de la Turquie est la nôtre, la trahir serait nous trahir nous-mêmes.

De retour au palais, elles trouvent Haïri Bey en compagnie du général prince Osman Fouad. Au récit qu'elles leur font de l'incident, ils ont l'air préoccupé.

— Je m'y attendais, ce n'est que le début, grommelle Haïri Bey, tandis que le prince fronce les sourcils.

— Ma chère tante, permettez-moi de vous recommander plus de prudence. Il y a ces jours-ci quelques bagarres en ville, provoquées soit par les nationalistes qui veulent le départ immédiat des Anglais, soit par les Anglais qui cherchent un prétexte pour imposer la loi martiale. Ils sont inquiets des troubles suscités par les agents kémalistes et pensent même que le sultan est en danger. Sa Majesté a demandé au général Harrington, chef des forces britanniques encore présentes, que l'on renforce sa garde.

— Une protection anglaise ? s'exclame la sultane. N'y a-t-il donc plus de Turcs fidèles ?

— Comme vous le savez, ma tante, la police, l'armée et les fonctionnaires sont passés sous l'autorité kémaliste, certains par conviction, d'autres par peur.

La princesse ne l'écoute pas. Se retournant vers son époux, elle répète sa question en détachant chaque syllabe :

— N'y a-t-il plus de Turcs fidèles, Haïri ?

Le damad joue avec son chapelet d'ambre, la mine maussade. Depuis la dispute au cours de laquelle il a brisé sa canne, on l'a peu vu chez la sultane. Il reste dans ses appartements, à tenir de longs conciliabules avec ses amis, de hauts fonctionnaires qui, du fait de leurs liens avec la famille impériale, ont, en vingt-quatre heures, perdu positions et revenus. Il n'a aucune envie de discuter, mais, à la question directe de son épouse, il est bien obligé de répondre. Ce qu'il fait en examinant avec attention ses ongles manucurés.

— La situation est telle, sultane, que le mieux est actuellement de se plier, sinon ce sera la guerre civile. Le pays a vu assez de sang depuis douze ans... Je crois que même ceux qui doutent de Kemal lui sont reconnaissants d'avoir sauvé la Turquie et désirent éviter d'autres drames.

La princesse dévisage son mari avec un sourire où Selma croit lire du mépris.

XVI

Le vendredi suivant, il pleut dru·sur Istamboul et Selma pense que sa mère et elle n'iront certainement pas au selamlik. Il n'est pas question non plus d'aller se promener dans le parc, la journée promet d'être ennuyeuse. Elle bâille longuement, sans mettre la main devant sa bouche; il n'y a personne dans le hall et elle en profite avec délectation pour enfreindre les lois sacrées de la bienséance. Tout à coup Zeynel surgit, courant en direction des appartements de la sultane. Selma en reste stupéfaite, jamais elle n'a vu l'eunuque se comporter avec si peu de dignité. Cet exercice inhabituel fait tressauter en cadence son léger embonpoint et ses joues molles de vieux bébé. Partagée entre l'envie de rire et l'inquiétude, elle s'est levée d'un bond.

— Agha, que se passe-t-il? crie-t-elle.

Mais il n'a pas entendu. A son tour, elle se met à courir derrière la silhouette qui s'éloigne et elle arrive tout essoufflée, sur le seuil du boudoir au moment où Zeynel, chancelant, s'incline en un troisième temenah.

— Très respectée sultane...

Il halète et roule des yeux désespérés.

— Très respectée princesse...

Il ouvre la bouche, mais les sons se bloquent dans sa gorge; brusquement il éclate en sanglots.

La sultane fait signe qu'on lui apporte un fauteuil et qu'on lui bassine le visage d'eau fraîche parfumée de menthe; calmement, elle attend qu'il reprenne ses esprits. Cependant, quelques grandes kalfas, pressentant une nouvelle d'importance, pénètrent discrètement dans le boudoir, tandis que Selma, assise sur un petit tabouret de satin, se mord les lèvres d'impatience.

Au bout de quelques minutes, l'eunuque parvient à se maîtriser. Debout, les mains croisées sur le ventre, les yeux baissés, il murmure, tremblant encore de tous ses membres :

— Sa Majesté le sultan... s'est... enfuie !

Décomposée, Hatidjé sultane s'est dressée.

— Menteur ! Comment oses-tu ?

Elle ne peut achever sa phrase, à son tour elle étouffe. Les esclaves et les kalfas, pétrifiées, ne songent même pas à lui venir en aide. Une voix claire alors rompt le silence :

— Raconte, Agha, je t'en prie.

Selma, impavide au milieu de ces femmes prêtes à défaillir, veut savoir.

— Sa Majesté a quitté Istamboul ce matin, en compagnie de son fils le prince Ertogrul et de neuf membres de sa suite. Ils ont embarqué sur un cuirassé anglais, le *Malaya*, dit Zeynel.

Et il courbe la tête, tachant de larmes sa belle stambouline de drap noir.

« Quelle honte ! s'indigne Selma. Comment a-t-il pu nous faire cela ? Les marmitons avaient raison lorsqu'ils accusaient le sultan d'avoir peur. Quand j'avais rapporté leurs propos à Annedjim elle s'était fâchée, disant que les marmitons ne peuvent comprendre que des conduites de marmitons, pas celles d'un sultan. Pourtant ce sont eux qui avaient raison : le sultan s'est comporté comme un marmiton ! »

Elle tourne en rond dans sa chambre, donnant des coups de pied rageurs dans les meubles délicats.

« De quoi avons-nous l'air maintenant ? Que va-t-on penser ? Que nous sommes des lâches ? Plus jamais je ne sortirai de ma chambre ! »

Au bout d'un quart d'heure, sa rage épuisée, Selma est sortie sur la pointe des pieds. Le palais est silencieux, pourtant elle a l'impression d'entendre des chuchotements dans tous les coins — chuchotements qui cessent à son approche. Elle croise des groupes de kalfas qui font semblant de ne pas la voir. « *Elles n'osent même plus me regarder, elles ont honte pour moi !* »

Elle a envie de crier :

— Mais regardez-moi ! Je n'ai pas changé ! Moi, je n'aurais pas fui. Je suis la même, pourquoi rougissez-vous de moi ?

Elle n'en a pas le courage. Elle se raidit et se force à marcher posément, la tête haute, comme une princesse se doit de le faire, même si, intérieurement, elle se sent plus perdue que la dernière venue des petites esclaves. Sans les honneurs, et le respect que jusqu'alors elle trouvait si naturel qu'on lui témoigne, elle a l'impression d'être nue.

Le lendemain, les journaux d'Istamboul ne sont que détails et commentaires sur la « fuite ». Etendue sur le divan, tandis qu'une esclave lui masse la nuque, Hatidjé sultane a exigé que Zeynel lui lise chaque article, de la première à la dernière ligne. L'eunuque tente en bafouillant de sauter les mots hostiles, les phrases insultantes, mais la sultane n'est pas dupe. Elle le réprimande si vertement qu'il finit, à contrecœur, par obtempérer.

Presque tous les chroniqueurs, après s'être hautement scandalisés de cette « fuite indigne » sur un « bateau anglais », ce qui prouvait de manière irréfutable la collusion du padischah et des ennemis de la Turquie, écrivent que le souverain a emporté dans ses malles une quantité de joyaux appartenant au Trésor de l'Etat. Le gouverneur d'Istamboul a d'ailleurs fait sceller les portes du palais du Yildiz afin de procéder à l'inventaire exact de ce qui aurait disparu. Certains journalistes prétendent même que le sultan a pris avec lui les reliques du prophète Mohammed. Sans ces reliques, se lamentent-ils, la Turquie perd le droit d'introniser le khalife de l'Islam. Elle perd donc la prééminence que, depuis cinq siècles, elle détient sur le monde musulman.

Consternée, Selma regarde sa mère : le sultan n'a pu se conduire ainsi, n'est-ce pas ? Pourtant, les journaux ne peuvent tous se tromper, ni tous mentir... Elle se sent épuisée, son corps lui fait mal comme si on l'avait battue. Elle pense à quitter le boudoir pour ne plus rien entendre, elle n'a même pas la force de bouger. Elle ferme les yeux en priant très fort que cette journée n'existe pas, que tout cela ne soit qu'un mauvais rêve dont elle va s'éveiller en retrouvant tout à sa place, comme avant. Mais la voix de Zeynel, monotone, inexorable, continue à énumérer les méfaits attribués au fugitif, et Selma serre énergiquement poings et paupières pour résister à cette vrille qui s'enfonce de plus en plus profondément dans sa tête. Pourquoi, mais pourquoi donc Annedjim insiste-t-elle pour qu'on lui lise toutes ces choses affreuses ?

Soudain, le silence se fait. Selma, ouvrant les yeux, aperçoit Nessim Agha, l'eunuque noir préféré du sultan Vahiddedine, qui vient d'entrer. Pourquoi n'est-il pas parti avec son maître ? La sultane s'est redressée, une lueur d'espoir dans le regard.

— Béni soit Dieu qui t'envoie, Agha !

Et afin de marquer, dans un monde qui s'écroule, sa reconnaissance envers un vieux serviteur fidèle, elle le prie de s'asseoir. Mais il tient à rester debout : c'est justement dans le malheur, alors que la famille impériale se trouve en butte au mépris et aux calomnies, qu'il entend lui témoigner encore plus de respect. Hatidjé sultane n'insiste pas, lui sachant gré de sa délicatesse et aussi de la leçon involontaire qu'il lui donne : malgré son désarroi, elle se doit d'agir comme par le passé.

Les larmes aux yeux, l'eunuque raconte :

— C'est la veille de son départ que le maître m'a appelé. Il m'a confié son grand secret et m'a ordonné de préparer quelques valises. J'ai osé le regarder et j'ai vu que ses yeux étaient rouges. Il m'a dit : « Sois économe, prends peu de chose. » J'ai pris seulement sept costumes et, comme il me l'a ordonné, le grand uniforme qu'il portait le jour de son couronnement. Il a demandé à Omer Yaver Pacha de faire le compte de l'argent qu'il possédait et il m'a dit en riant, comme s'il pleurait : « Tu nous rejoindras dans quelques jours, mais sois prêt, mon Nessim, à de grandes souffrances, car Dieu m'est témoin que je n'ai pas assez de ressources pour faire vivre toute ma famille. Mais surtout donne-moi ta parole que personne ne le saura, car le peuple mesure notre honneur à notre argent. »

« Comme c'est bizarre, pense Selma, Annedjim dit toujours que l'honneur n'a rien à voir avec la richesse. » Les propos du sultan la laissent perplexe : et s'il avait raison ? Elle se souvient du regard humilié de l'officier russe et de sa petite fille chassés par le garçon de cuisine auquel ils demandaient du pain. Elle frissonne : est-ce là ce qui les attend ?

L'eunuque continue :

— Vous souvenez-vous, effendemiz, de l'écritoire en or et du porte-cigarettes incrusté de rubis que notre padischah avait l'habitude d'utiliser ? La veille de son départ, il a ordonné à Yaver Pacha de les remettre au trésor et de lui rapporter les reçus. Zekki Bey et le colonel Richard Maxwell, qui étaient là, s'en sont étonnés. Ils ont conseillé à Sa Majesté de prendre quelques objets précieux afin de pouvoir survivre à l'étranger. J'ai vu notre maître pâlir : « Je vous remercie de votre intérêt, a-t-il répondu au colonel sur un ton glacial, mais ce que j'ai sur moi est suffisant. Les biens qui se trouvent au palais appartiennent à l'Etat ! » Puis, se tournant vers Zekki Bey, il a laissé éclater sa colère : « Qui t'a autorisé à me parler ainsi ? Tu veux tacher la dynastie ottomane ? Sache que dans notre famille il n'y a jamais eu de voleur. Va-t'en ! » Le jour de son départ, il n'avait sur lui que 35 000 livres sterling en papier [1].

---

1. Mémoires de Nessim Agha.

— Parfaitement exact, je puis le confirmer.

Tout le monde s'est retourné. Sur le seuil vient d'apparaître le général prince Osman Fouad, accompagné d'un homme de haute taille, en uniforme d'officier. C'est ce dernier qui est intervenu de façon si peu protocolaire. Abasourdies, les kalfas se regardent : doivent-elles se retirer ? Mais la curiosité est plus forte que les convenances, elles se contentent de ramener leurs voiles sur leurs visages.

D'un geste machinal, la sultane a cherché sur le divan une mousseline afin de dissimuler aux yeux de l'étranger sa luxuriante chevelure. N'en trouvant pas, elle hausse imperceptiblement les épaules : après tout quelle importance ! Les événements sont trop graves pour se formaliser. D'ailleurs, il lui semble connaître l'homme qui, confus de son audace, se tient maintenant au fond de la salle, les yeux baissés. C'est Selma qui la tire de sa perplexité.

— Annedjim, rappelez-vous, c'est le rat du grenier !

L'adolescente a mis un moment à l'identifier, l'individu vigoureux qui accompagne son oncle n'ayant pas grand-chose de commun avec le fugitif auquel elles ont naguère donné asile. Elle l'a reconnu à ses yeux, d'un vert profond, bordés de longs cils noirs — des yeux de fille, avait-elle pensé à l'époque.

Le prince Fouad se confond en excuses.

— Veuillez pardonner, sultane, cette intrusion, mais le palais était désert, nous n'avons trouvé personne pour nous annoncer. Et mon ami, le colonel Karim, a sur le départ de Sa Majesté des détails si étonnants que j'ai tenu à ce qu'il vous en fasse part lui-même.

— Vous avez eu raison, mon neveu. Le colonel et moi sommes d'ailleurs de vieilles connaissances, sourit la sultane, s'amusant de la mine ébahie du prince.

Elle adore choquer, c'est sa discrète revanche sur les règles strictes de la société ottomane, règles qu'elle a toujours estimé nécessaire de suivre, mais essentiel de savoir enfreindre. Elle invite les deux hommes à s'asseoir et envoie une esclave chercher des sorbets. Au seuil de la mort, pense Selma, Annedjim fera servir des sorbets aux gens qui viendront lui rendre une dernière visite.

Elle-même trouve fort irritante cette loi sacrée de l'hospitalité qui, même dans les circonstances les plus dramatiques, prime toute autre considération. « Les rites, la lenteur sont comme des coussins de velours, nécessaires pour amortir les chocs », lui a dit un jour sa mère. L'adolescente rejette cette conception de l'existence : ce qu'elle veut, elle, de la vie, ce n'était pas son moelleux, mais bien plutôt les angles, les aiguillons qui la stimulent.

L'officier semble embarrassé.

— Bien que colonel de l'armée nationaliste et — il se racle la gorge — ne reniant rien du combat que nous avons mené, je voulais vous dire, sultane, que nous sommes nombreux à déplorer l'abolition de la monarchie. Depuis longtemps nous soupçonnions les intentions de Kemal Pacha, mais, entre le pays et la dynastie, nous devions choisir. Ce fut difficile car, en tant qu'officiers ottomans, nous avions juré fidélité au sultan. Certains d'entre nous ont démissionné. Moi, malgré les liens qui m'attachent à votre famille, j'ai décidé de rester. La Turquie a besoin de tous ses soldats.

On sent que le colonel Karim a préparé son discours avec soin, mais il n'en est pas à l'aise pour autant. Dans le boudoir, le silence s'appesantit. Les kalfas retiennent leur souffle, tandis que la sultane joue avec ses bagues. Soudain, elle relève la tête.

— Je suppose, colonel, que vous n'êtes pas venu me parler de vos états d'âme.

Selma sursaute. Jamais elle n'a vu sa mère aussi cinglante envers un subalterne. Mais peut-être ne considère-t-elle plus le colonel comme un subalterne mais comme un représentant du nouveau pouvoir ? Peut-être est-ce ce pouvoir qu'elle écrase de son mépris ?

Le colonel rougit, Selma pense qu'il va se lever et partir. Au lieu de quoi, il s'incline avec un sourire navré.

— En effet, sultane, c'est seulement le souvenir de votre bonté passée qui m'a incité à venir. Je vois que j'ai eu tort, que certaines choses, hélas ! sont inconciliables.

Hatidjé sultane se mord les lèvres. La blessure l'a rendue injuste. Mais maintenant que le mal est fait, elle ne va tout de même pas s'excuser ! Elle déclare simplement :

— Je vous écoute.

Et alors qu'elle a voulu, dans ces mots, mettre de la douceur, malgré elle ils sonnent comme un ordre impérial.

Diplomate, le prince Fuad reprend :

— Allons, mon ami, nous brûlons de vous entendre.

Surmontant son envie de partir, le colonel, résolument, se carre dans son fauteuil.

— Il se trouve que l'attaché naval du sultan est un de mes amis d'enfance. Ce matin il est arrivé chez moi, bouleversé. D'après ce qu'il m'a raconté, je puis vous affirmer que c'est Ankara qui a poussé le sultan à s'enfuir.

Dans l'assistance des murmures s'élèvent : cet homme se moque-t-il ? Sans y prendre garde le colonel poursuit :

— Depuis le refus de Sa Majesté d'abdiquer, le gouvernement kémaliste a tenté par tous les moyens de le terroriser. Ils ont fait courir le bruit que la foule pourrait le lyncher, ils ont même ordonné au gouverneur d'Istamboul, Refet Bey, qui a refusé, d'organiser des manifestations hostiles autour du palais. Ils voulaient pousser à bout ce vieillard épuisé par quatre années d'occupation, de menaces et de pressions de toute sorte... Ils y ont réussi. La fuite du sultan, pensez, quelle aubaine pour les kémalistes ! Plus besoin d'intenter un procès en haute trahison, qui leur aurait aliéné la plus grande partie de l'opinion ! En s'enfuyant, le souverain non seulement s'est déjugé aux yeux du peuple, mais il a entraîné l'opprobre sur toute la famille. Ce qui règle définitivement la question du sultanat, sans que les kémalistes aient besoin de se salir les mains [1].

— L'intérêt d'Ankara est clair, intervient la sultane, les yeux brillants, mais, quelles qu'aient été les pressions, jamais le padischah n'aurait dû fuir.

— Il nous a tous déshonorés ! renchérit le général prince.

C'est paradoxalement sa propre famille qui accable le padischah, et l'officier kémaliste qui le défend.

— En fuyant, le sultan a sans doute évité une guerre civile, fait-il remarquer. Refet Bey l'avait prévenu : « Si vous n'abdiquez pas, le sang va encore couler. » Peut-être aussi le padischah compte-t-il, en tant que commandeur des croyants, former une alliance des pays d'islam et revenir un jour ? En tout cas, il est parti persuadé qu'aucun membre de la famille ottomane n'accepterait de prendre sa place et de se contenter du seul titre de khalife.

— Vraiment ? Hatidjé sultane laisse échapper un sourire sceptique. Nous verrons cela très bientôt. Mais je crains que notre padischah ne se soit fait des illusions. Nos princes ne sont pas tous des héros !

---

1. Dans son livre *Ataturk*, Lord Kinross, principal biographe de Mustapha Kemal, raconte que le 17 novembre 1922, à 6 heures du matin, l'attaché naval, placé auprès du sultan pour l'espionner, l'a vu sortir du parc par une porte dérobée et s'embarquer dans une ambulance anglaise. Affolé, il a couru en pantoufles pendant un kilomètre et demi, avant de trouver un fiacre qui l'a emmené à toute allure au palais de la Sublime Porte, à quatre kilomètres de là. (L'ensemble du trajet n'a pu prendre plus d'une demi-heure.)

A la grande surprise de l'attaché, le gouverneur lui a dit d'aller se rendormir tandis que lui-même télégraphierait à Mustapha Kemal et se remettrait au lit également. On sait, d'autre part, par un télégramme envoyé de l'ambassade britannique à Londres, que le navire *Malaya* sur lequel embarqua le sultan ne prit le large qu'à 8 h 45.

Au vu du récit de Lord Kinross il apparaît donc évident que les kémalistes ont favorisé la fuite du sultan, en accord avec les Anglais. Entre le moment où le gouverneur a été prévenu et le départ du *Malaya*, deux heures et quart se sont écoulées sans que rien ait été fait pour rechercher le souverain.

Le lendemain, le prince héritier Abdul Mejid acceptera l'öffre du gouvernement kémaliste de devenir khalife à la place de Vahiddedine. Le 24 novembre 1922, il sera intronisé au palais de Topkapi devant les reliques sacrées du Prophète, et en présence d'une délégation venue d'Ankara.

XVII

Dans le grand mengal d'argent, depuis longtemps les cendres se sont éteintes. Les esclaves ne le rallumeront que ce soir, au moment d'aller se coucher. Car, en ce mois de janvier 1923, an 1 de l'indépendance, le charbon est rare. Dans les masures comme dans les palais, tout Istamboul grelotte.

Bien que la sultane s'oppose aux passe-droits, Haïri Bey a pris sur lui d'en parler aux quelques amis qui lui restent dans les ministères. En vain. Si autrefois on s'honorait de pouvoir rendre service à la famille impériale, aujourd'hui plus personne ne se risquerait à lui faire la moindre faveur.

Emmitouflée dans son caftan doublé de zibeline Selma est assise, immobile. Sur le tapis de soie de sa chambre, délicatement, elle a disposé ses trois tcharchafs, le rose, le vert et le turquoise. Rêveuse, elle s'attarde à les contempler : elle ne leur en veut même plus ; maintenant qu'elle a décidé de les sacrifier elle les trouverait presque jolis... dans leur genre !

Un pas léger, une mince fillette blonde est entrée et s'est glissée auprès de Selma. C'est Sekerbuli, sa meilleure amie depuis que Gulnar, la fantasque Tartare, a quitté le palais d'Ortaköy pour le palais impérial du Yildiz.

C'était il y a plusieurs mois, mais chaque fois que Selma y repense, elle en frémit de rage. Le départ de Gulnar s'était décidé en quelques heures, et elle ne l'avait appris que le lendemain... Les deux amies n'avaient même pas pu se dire au revoir. Aux questions indignées de l'adolescente, la sultane et les kalfas avaient opposé la même réponse : Gulnar avait eu la chance d'être remarquée par la première cadine, celle-ci avait exprimé le désir de la prendre parmi ses suivantes et avait promis de lui trouver un beau parti. Après tout

Gulnar avait presque quatorze ans, et elle était femme. Que pouvait-on lui souhaiter de mieux ?

— Oui, que peut-on nous souhaiter de mieux ? martèle Selma, sarcastique. Eh bien... ceci !

D'un geste solennel elle a brandi les ciseaux d'or.

— Le faut-il vraiment ? murmure Sekerbuli, effrayée.

— Il le faut !

Les hésitations de son amie ont balayé ses derniers doutes. Résolument elle se penche sur les trois tcharchafs. A grands coups de ciseaux, elle les transperce de part en part, elle les taillade : « Voilà pour toi, et pour toi, et pour toi ! Cela vous apprendra à oser me tenir prisonnière ! »

Enhardie, Sekerbuli s'est approchée pour lui venir en aide. Silencieuses, conscientes d'accomplir un nécessaire sacrilège, méthodiquement les deux adolescentes saccagent l'étoffe délicate.

Que c'est long ! Jamais elles n'auraient cru que cela prenne aussi longtemps...

— Dépêchons-nous, souffle Selma, quelqu'un pourrait entrer et nous empêcher de terminer.

Elles ont abandonné les ciseaux, maintenant c'est à quatre mains qu'elles déchirent, frénétiques et soudain rieuses, soulagées par l'irréparable, par l'impossible retour en arrière. Ah ! qu'il est doux le crissement des soies qu'on lacère ! Qu'il est émouvant ce bruit sec et acide de liberté ! A leurs pieds le sol est jonché de lambeaux multicolores, de banderoles de fête...

— A présent, il faut faire les paquets, dit Selma... Un pour Halidé Edib, l'autre pour Latifé Hanoum. Je crois qu'elles seront bien contentes !

Selma a toujours gardé une dévotion particulière pour Halidé Edib, cette frêle jeune femme qui, lors de la prise d'Izmir, avait galvanisé la foule en deuil. Elle conserve de la manifestation place du Sultan-Ahmet le souvenir d'un éblouissement. Elle avait neuf ans, elle a l'impression que ce jour-là elle est venue au monde.

Mais plus récemment c'est la sémillante Latifé, l'épouse de Mustapha Kemal, qui a accaparé l'attention des deux adolescentes. Elles suivent avec passion chacune de ses initiatives, relatées avec force détails dans les journaux féministes que mademoiselle Rose rapporte secrètement au palais.

Latifé Hanoum a résolu de « libérer ses sœurs », et elle montre l'exemple. Première femme à assister aux réunions de la Grande Assemblée, elle a scandalisé tout le monde en recevant les députés dans le bureau de son mari, attenant à l'hémicycle. Lui reproche-t-on de se mêler de politique ? Elle répond dans un éclat de rire que les femmes ont désormais le droit, et même le devoir, de participer aux destinées de leur pays.

— Mais les femmes ont toujours participé aux destinées du pays ! gronde Hatidjé sultane que le côté pédant de l'épouse du *Ghazi* [1] agace. Simplement, elles n'éprouvaient pas le besoin de le crier du haut des minarets ! Pendant des siècles nos grandes cadines, dissimulées derrière les moucharabieh, ont suivi les délibérations du *diwan* [2], et par leurs conseils au souverain ont souvent infléchi la politique de l'empire... En Orient, toute femme intelligente sait influencer les décisions de son mari, mais elle a la sagesse de ne pas s'en glorifier. Cette Latifé Hanoum agit comme les Occidentales qui ne se sentent exister que si partout elles se montrent et se font entendre. C'est ainsi que se conduisent les enfants et les peuples primitifs.

Selma secoue la tête, désemparée. Comment sa mère ne comprend-elle pas ? Que Latifé Hanoum soit vaniteuse, quelle importance ! L'essentiel c'est qu'elle bouscule les vieilles habitudes, qu'elle brise les barreaux, qu'elle fait entrer un peu d'air dans le monde clos des harems ! *N'étouffez-vous pas, Annedjim, autant que moi ? ou bien vous êtes-vous résignée ? Résignée... Non, ce mot s'accorde mal à la morgue impériale. Ne serait-ce pas plutôt qu'avec le temps Annedjim est devenue philosophe... ? Mais moi ! Moi je suis jeune, je veux vivre !*

Profondément l'adolescente inspire, elle se sent si forte, si évidemment faite pour un grand destin qu'elle en tremble, comme le pur-sang qui à l'aube frémit devant les prés qui s'étendent à perte de vue...

— Et qu'allons-nous écrire ? interroge Sekerbuli.

La voix de son amie ramène Selma sur terre. Oui, que vont-elles écrire à leurs héroïnes ? Qu'elles n'ont que douze ans mais qu'elles les attendent depuis très longtemps, qu'elles sont prêtes à tout pour les aider, qu'elles n'en peuvent plus de rester confinées dans l'enceinte du haremlik alors que la vie bouillonne autour d'elles, qu'elles veulent sortir, participer au combat, sinon... sinon elles mourront !

— Mourir ? s'étonne Sekerbuli.

— Certainement ! lui lance Selma, le regard sévère.

Ce qu'elle apprend depuis quelques mois par les conversations des marchandes qui continuent de venir au palais, ce qu'elle lit dans les journaux chipés à mademoiselle Rose, tout la met hors d'elle. Son pays est en train de se transformer, Istamboul est en train de vivre une révolution, et elle, Selma, est obligée de rester assise, à broder !

---

1. *Ghazi :* le Victorieux.
2. *Diwan :* Conseil des ministres.

Lorsque l'autre jour elle a émis l'idée d'aller étudier dans l'une de ces nouvelles écoles pour jeunes filles, créées par l'association de Halidé Edib, la sultane l'a foudroyée du regard. Elle a osé insister, arguant que le niveau d'études y était, paraît-il, fort bon, Annedjim n'a même pas daigné lui répondre. Mais Selma ne se décourage pas, elle est toujours arrivée à ses fins. Bientôt Halidé Edib et Latifé Hanoum viendront parler à sa mère; en attendant elle doit se préparer.

Avec Sekerbuli, elles ont lu et relu l'histoire de ces femmes intrépides qui se sont illustrées dans la lutte pour l'indépendance. Elles connaissent chaque détail de la vie de Munever Säimé, plus connue sous le nom de « Soldat Säimé », qui fut décorée pour son exceptionnelle bravoure; et les aventures de Makbulé, qui, le jour même de ses noces, partit dans les montagnes avec son époux rejoindre la guérilla, et les hauts faits de Rahmyié qui, à la tête d'un détachement de la 9e division, mena contre le quartier général français une offensive victorieuse où elle trouva la mort.

L'image traditionnelle de la fleur de harem, fragile et irresponsable, leur semble désormais désuète, battue en brèche par celle de ces héroïnes, inconnues ou célèbres, sans lesquelles, affirme Mustapha Kemal, la Turquie n'aurait pu gagner la guerre.

« La guerre est finie, mais la lutte continue », a dit Latifé Hanoum. De fait, chaque jour apporte son lot d'innovations, que Selma et Sekerbuli suivent avec enthousiasme. Plus encore que la bataille contre l'envahisseur grec, leur bataille, c'est celle-là.

Par une ordonnance le préfet de police a supprimé les rideaux et les volets de bois qui dans les tramways, les trains, les ferry-boats séparaient les femmes des hommes. A présent, une épouse a le droit, sans risquer une amende, de s'asseoir à côté de son mari. Il en va de même dans les restaurants et les théâtres. Pourtant peu de familles osent profiter de cette nouvelle licence, craignant d'être injuriées ou même molestées par les traditionalistes qui clament que tout ceci est contraire à l'islam.

Mais le véritable scandale a été le décret annonçant qu'à l'université d'Istamboul les cours, dorénavant, seraient mixtes. Jusqu'alors, les salles de classes étaient séparées par d'épais rideaux qui sauvegardaient la modestie des rares jeunes filles poursuivant des études supérieures. Désormais, les familles musulmanes se trouvent confrontées à un épineux problème : interrompre les études de leurs filles ou les condamner presque sûrement à ne jamais trouver de mari. Car les jeunes gens les plus progressistes, ceux-là mêmes qui défendent avec fougue et conviction la liberté de la femme, s'en remettent, lorsqu'il s'agit d'une chose aussi sérieuse que le mariage, au choix de leur mère. Et celle-ci, avec soin et amour, choisit une jeune fille traditionnelle dont aucun homme ne peut se vanter d'avoir aperçu le visage.

A l'horizon, le soleil a pâli. Il est déjà 5 heures, Sekerbuli s'est levée, elle doit rentrer chez sa mère. Restée seule, Selma contemple les chiffons multicolores soigneusement rassemblés en deux tas. Les ombres ont commencé à envahir la chambre. Aux belles résolutions de cet après-midi, insidieusement, se mêle l'incertitude...

— Que se passe-t-il, Djijim? Vous avez l'air bien chagrine!
— Oh, Baba!

Oubliant tout protocole, d'un bond Selma s'est jetée dans les bras de son père. Cela fait au moins une semaine qu'elle ne l'a pas vu.

Ces derniers temps, les visites du damad au haremlik se font de plus en plus rares. Autrefois, lorsque la fillette avait envie de lui parler, elle trouvait tous les prétextes pour se glisser dans les appartements de Haïri Bey. Mais depuis le jour fatidique de ses douze ans, elle n'a plus le droit de franchir la lourde porte qui sépare le domaine des femmes du reste du monde.

Elle avait eu beau tempêter, dire qu'elle voulait voir son Baba, kalfas et eunuques lui avaient opposé un refus désapprobateur : « Voyons, princesse, vous n'êtes plus une enfant! »

Plus une enfant! Qu'est-ce que cela voulait dire? Qu'elle était désormais trop grande pour avoir besoin de l'amour d'un père? Oh, bien sûr, il ne s'était jamais beaucoup occupé d'elle, mais le seul fait d'être assise à ses côtés pendant qu'il lisait ou discutait avec ses amis avait toujours paru à Selma un privilège infiniment précieux... Elle restait silencieuse à le contempler, il était si beau! Elle aimait tout en lui, même cette ironie qui la mettait en colère mais lui semblait le signe d'une sagesse supérieure, même cette indifférence où elle croyait reconnaître la marque de sa grandeur. Elle a besoin de sa présence : simplement le regarder lui donne du bonheur.

Dans un élan de confiance, elle lui a pris la main.

— Baba, je vous en prie, ne pourriez-vous demander à Annedjim...

La main s'est raidie, les yeux tout à l'heure rieurs se sont voilés; d'une voix glaciale il rétorque :

— Sachez, mademoiselle, que je ne suis pas votre messager!

Elle a l'impression de recevoir un bloc de marbre en pleine poitrine. Le souffle coupé, elle resserre les épaules, baisse la tête.

Pourquoi est-il si dur? Qu'a-t-elle dit? Et soudain elle comprend : quelle sotte elle fait! Elle le sait bien, pourtant, que depuis des semaines ses parents ne se parlent plus que par l'intermédiaire de Zeynel! Elle s'est même fâchée contre deux petites kalfas qui commentaient la situation à haute voix... Et voilà que maintenant c'est elle, la maladroite... Dire qu'il était de si belle humeur! Il était venu exprès pour la voir et elle a tout gâché...

La voix a repris, plus douce :

— Cependant, Selma, si vous avez quelque chose à dire à votre père, il est prêt à vous écouter.

Elle se tait. Si elle ouvre la bouche, elle va se mettre à sangloter, et il n'y a rien qu'il déteste comme les pleurs. Pourtant il faut qu'elle parle, sinon il pensera qu'elle lui en veut, ou qu'elle a pris le parti d'Annedjim... C'est faux, elle n'a pris le parti de personne, elle les aime tous les deux, mais de façon si différente qu'elle a l'impression qu'il y a deux Selma qui aiment... Elle a souvent réfléchi à ce phénomène : lorsque sa mère lui sourit, elle se sent capable de conquérir le monde; lorsque son père lui sourit, elle oublie le monde et elle fond de bonheur, doucement, comme une pâte de fruit sous la langue. Elle ne sait pas pourquoi, elle sait seulement qu'elle ne veut pas choisir entre ces deux sourires.

Avec effort elle a relevé la tête. Les yeux brillants, elle scrute le long visage si pâle, les lèvres fines, et les mille petits plis qui forment des étoiles au coin des paupières. Elle le regarde comme si elle voulait s'en imprégner tout entière, le garder en elle à jamais.

Il a sorti un cigare et cligné de l'œil, complice.

— Allons, Djijim, racontez-moi ce gros tourment.

— Baba, je veux aller à l'école!

— Je vois. Et, bien sûr, on vous a répondu que ce n'était pas un endroit fréquentable pour une princesse?

— Mais, Baba, tout le monde y va, insiste Selma sans relever l'allusion à la sultane. Soreya Aagoglu est même entrée à la faculté de droit, tous les journaux ont publié sa photo et Kemal Pacha l'a félicitée! Il dit que « l'avenir de la Turquie dépend de l'émancipation des femmes, et qu'un pays dont la moitié de la population reste enfermée est un pays à demi paralysé! ».

D'un geste familier, Haïri Bey caresse sa moustache.

— Hum!... C'est l'un des rares points sur lesquels ce bandit n'a sans doute pas tort!

Selma n'a garde de relever l'injure faite à son héros : l'important c'est que son père soit d'accord.

— Alors je peux y aller?

— Où?

— Voyons, Baba, à l'école !

Haïri Bey a haussé les épaules.

— Depuis quand, dites-moi, les pères décident-ils de l'éducation de leurs filles, surtout... surtout lorsque la mère est une sultane ? N'insistez pas, je ne puis rien pour vous.

— Oh si ! vous le pourriez si seulement vous le vouliez !

De dépit, Selma est devenue cramoisie.

— Je n'en peux plus, Baba ! Tout change dans notre pays, tout vit ! Il n'y a que nous qui continuons à dormir, comme si rien ne s'était passé. Je veux sortir de ce palais, SORTIR !

Une ombre de tristesse a effleuré le visage du damad.

— Calmez-vous, ma Selma, soupire-t-il, peut-être sortirez-vous beaucoup plus vite que vous ne l'imaginez... Et j'ai bien peur que vous ne le regrettiez...

Ni Latifé Hanoum ni Halidé Edib n'ont répondu aux messages glissés dans le panier d'une marchande complice. Selma et Sekerbuli ont perdu tout espoir. Quant aux tcharchafs, la sultane n'a même pas pris la peine de demander où ils étaient passés, elle a ordonné aux couturières d'en confectionner de nouveaux. Noirs.

Au palais d'Ortaköy la vie continue comme par le passé. Mais le train de maison s'est simplifié, car le nouveau gouverneur a aboli les listes princières et ne sert plus qu'une dérisoire allocation fixée par la Grande Assemblée. On n'en souffre guère, car les parents et les amis, qui ont perdu leurs charges, sont soumis aux mêmes difficultés ; on y trouve plutôt matière à plaisanteries. Comme dit avec ironie Hatidjé sultane : « Il est tout de même préférable d'être de nouveaux pauvres que de nouveaux riches ! »

Elle a dû se séparer de quelques servantes, mais restent les enfants de la maison, les esclaves qui depuis toujours font partie de la famille. La seule chose qui l'ait vraiment peinée, c'est d'avoir été forcée de supprimer « la soupe des pauvres ». Non par mesure d'économie — elle aurait sans hésiter fait servir à sa table un plat unique plutôt que de savoir qu'autour d'elle on souffrait de la faim —, mais le gouvernement voit d'un très mauvais œil ces gestes de générosité : les membres de la famille ottomane ne doivent plus se faire remarquer. Aussi la sultane a-t-elle donné ordre que l'on secoure en cachette tous ceux qui viennent frapper à sa porte. Et ils sont nombreux.

En cette année 1923, la situation, à Istamboul et dans toute la Turquie, est dramatique. Ruinée par dix années de guerre et d'occupation, la population n'en peut plus de misère. Le kilo de pain, qui avant la guerre coûtait 1 piastre, est passé à 9 piastres, la viande, de 6 à 80 piastres l'ocque. A ce prix, elle est exclusivement réservée à quelques privilégiés. Par centaines les gens meurent de faim et de froid.

Les difficultés sont aggravées par le chaos qui règne à Ankara, où le nouveau gouvernement s'est installé. Tous les pouvoirs, sis autrefois à Istamboul, sont désormais concentrés dans ce gros bourg du centre de l'Anatolie dont Mustapha Kemal veut faire la capitale. Il entend tourner le dos au passé et construire un pays moderne, à l'instar des grandes nations européennes. La France républicaine et laïque, qui depuis près d'un siècle influence l'intelligentzia turque, en sera le modèle.

« Républicaine et laïque... » C'est là où le bât blesse ! Car si, auréolé par la victoire, le général en chef, président de la Grande Assemblée, est actuellement tout-puissant, beaucoup de ses compagnons de lutte s'inquiètent de ses tendances « despotiques ». Ils n'oublient pas comment l'abolition du sultanat leur a été imposée alors que l'opinion publique attendait une monarchie constitutionnelle, Mustapha Kemal devenant Premier ministre.

En fait la Grande Assemblée tout entière, notamment les compagnons de la première heure, se méfie du ghazi. Pendant la guerre, ils se sont groupés autour de lui, reconnaissant son génie militaire ; mais maintenant qu'il faut constituer un gouvernement légal, les députés se soucient peu de mettre à sa tête un homme dont ils ont expérimenté, à leurs dépens, la violence et le manque de scrupules.

En ce printemps 1923, l'assassinat d'Ali Chukru Bey les a terrorisés. Ce député de Trébizonde, l'un des principaux leaders de l'opposition parlementaire, s'en prenait souvent à Kemal, il prônait notamment le rétablissement du khalife Abdul Medjid dans certaines de ses prérogatives temporelles. Un matin, il sera retrouvé étranglé. Très vite, on découvre que l'assassin est « Osman le boiteux », le chef de la garde personnelle du Ghazi. Mais, avant qu'il puisse s'expliquer, il sera tué dans une rencontre avec des gendarmes.

L'événement provoque un grand émoi, on accuse carrément Mustapha Kemal d'avoir fait supprimer un adversaire politique. Effrayés, les députés considèrent cela comme un avertissement.

Sentant l'opposition monter, même au sein de son groupe parlementaire, Kemal va s'employer à se constituer une base populaire solide. Les comités créés en 1919 à travers le pays pour mener la lutte nationaliste dépendent de lui, car il est général en chef de l'armée. Il va transformer cette organisation paramilitaire en parti politique, « le parti du peuple », qui aura sa branche dans chaque village. Pour ce, il entreprendra une tournée dans toute la Turquie :

« Le pays est rempli de traîtres, dit-il aux représentants des comités, soyez vigilants ! C'est à vous, le parti du peuple, de gouverner ! »

Pendant ce temps, à Istamboul, certains journalistes critiquant la nouvelle « dictature » se sont risqués à prédire le rétablissement prochain du sultanat. De retour à Ankara, Mustapha Kemal leur fera savoir que, s'ils continuent, ils s'exposent à être pendus. Il interdira tout discours public, il tentera même d'abolir l'immunité parlementaire, car il supporte mal l'opposition de députés qu'il considère comme des réactionnaires ou des imbéciles. Sur ce dernier point il échouera : les « imbéciles » ne vont quand même pas lui laisser scier la branche sur laquelle ils sont assis...

Excédé, le Premier ministre, Raouf Pacha, l'un de ses plus vieux amis, donne sa démission. Ses anciens compagnons, Rahmi, Adnan, Refet Bey, Ali Fuad, Karabekir, les hommes les plus éminents de la lutte nationaliste, s'éloignent de Kemal. Ce dernier voit sa majorité fondre à vue d'œil : on ne supporte plus sa brutalité ni son ton de maître d'école. Heureusement l'armée est avec lui, et le parti du peuple commence à étendre ses ramifications sur tout le pays.

Et surtout, surtout... la paix vient d'être signée !

En ce 24 juillet 1923, après huit longs mois de négociation, la conférence de Lausanne — qui réunissait Ismet Pacha[1], représentant de la Turquie, et les plénipotentiaires occidentaux — s'est terminée par un succès éclatant : la Turquie a perdu son empire, mais elle est désormais une nation libre, autonome. Et cela, le peuple sait qu'il le doit, d'abord, à Mustapha Kemal !

Selma se rappellera toujours le départ des dernières troupes d'occupation. Elle a accompagné sa mère au palais de Dolma Bahtché devant lequel doit avoir lieu la cérémonie militaire. Avec ses cousines et ses tantes, elles se pressent derrière les hautes fenêtres surplombant le square qui borde le Bosphore. Le soleil d'octobre joue sur les fontaines de marbre. Des deux côtés du fleuve la foule couvre les rives.

A 10 h 30 un détachement d'infanterie turc, précédé de l'orchestre de la Marine, prend place dans le square. Il porte haut le drapeau rouge frappé du croissant blanc et de l'étoile. Quelques minutes plus tard se présente le 66ᵉ de ligne français, arborant fièrement son drapeau déchiqueté dans les combats, puis viennent

---

1. Il prendra le nom d'Ismet Inonu quand le gouvernement turc demandera à chacun d'adopter un nom de famille.

les détachements italiens et anglais. Ils se rangent face aux Turcs. Sur le côté, le corps diplomatique, au grand complet, se tient debout, comme au garde-à-vous.

A 11 h 30 apparaissent les hauts-commissaires alliés, le général Pellé, le général Harrington, le marquis de Garroni, pâles dans leur uniforme chamarré d'or. D'un pas ferme, qui dissimule mal son émotion, le gouverneur d'Istamboul s'avance pour les accueillir.

Alors éclatent les fanfares. Tour à tour sont joués les hymnes anglais, français et italien. Enfin, solennel, s'élève l'hymne turc, tandis que l'immense drapeau rouge et blanc se déploie dans le vent. Lentement, les détachements alliés défilent pour le saluer, puis, très dignes, ils quittent la place blanche pour aller s'embarquer.

Les uns après les autres, chacun jouant son hymne national, les bâtiments de guerre s'éloignent de cette terre turque où voici cinq ans ils sont arrivés en maîtres. Muette, la foule les suivra des yeux jusqu'à ce qu'ils disparaissent, petits points gris sur les eaux bleues du Bosphore...

Dans l'embrasure d'une fenêtre du palais de Dolma Bahtché, une adolescente a saisi la main de sa mère : le visage baigné de larmes, elles se sourient.

Quelques jours plus tard, des coups de canon précipitent Selma au bas de son lit. C'est bien ce qu'elle craignait : « ils » ont fait semblant de partir, maintenant « ils » reviennent en force ! Pieds nus, elle bondit à la fenêtre, scrute l'horizon : pas un navire de guerre, seuls quelques caïques et de légers bateaux de pêche croisent sur le Bosphore, dans la transparente lumière du matin. Pourtant, la canonnade continue, régulière, inexorable. Selma sent l'indignation lui brûler le visage. Son caftan, vite ! Deux minutes plus tard, elle est dans la chambre de la sultane.

— Non, Djijim, ce ne sont pas les Anglais, ni les Français, ni les Italiens, et Dieu merci pas les Grecs ! C'est la République !

— La République ? Comme en France ? s'exclame Selma, regrettant tout à coup d'avoir si mal écouté les leçons de mademoiselle Rose.

La sultane esquisse une moue sceptique :

— Pour beaucoup de nos Turcs, la République c'est en effet la Liberté, l'Egalité et la Fraternité... J'ai bien peur, hélas ! que ce ne soit rien de tout cela. Je viens d'apprendre que Raouf Bey est furieux : la décision a été prise en quelques heures. Il n'a même pas été prévenu, pas plus qu'une centaine d'autres députés de l'opposition. Il clame partout que c'est un nouveau coup de force de Kemal, qui dans le même temps s'est fait élire président !

C'est également ce qu'écrira la presse d'Istamboul. Les titres des journaux ne sont pas tendres pour l'instigateur de ce que beaucoup considèrent comme un véritable coup d'Etat : « La République a été introduite en braquant un revolver contre la tempe de la nation ! » — « Une Constitution faite en quelques jours par Kemal et quelques béni-oui-oui, est-ce cela le nouvel Etat turc ? » — « Les pouvoirs donnés au ghazi sont plus grands que jamais n'en eut aucun sultan ! » On compare Mustapha Kemal à la « Sainte-Trinité » des chrétiens, à la fois Père, Fils et Saint-Esprit. Il cumule en effet tous les pouvoirs : président de la République, il est aussi chef du gouvernement et du parlement, chef des armées et chef du parti unique de la Turquie. Pour ceux qui rêvaient d'une monarchie constitutionnelle, comme pour ceux qui voulaient une démocratie à l'occidentale, c'est un choc. Ils savent que désormais rien ni personne ne pourra s'opposer aux décisions du ghazi.

Dans les rues, par contre, c'est l'enthousiasme. La population fête la nouvelle en musique, des retraites aux flambeaux s'organisent dans tous les quartiers. On ne sait pas ce que c'est qu'une « république » mais on en attend tout ! Les détenus de la prison centrale ont même manifesté aux cris de « Vive la République ! vive la justice ! » et ils ont demandé à être libérés sur-le-champ.

Pour Selma peu importe que la Turquie soit république ou monarchie puisque de toute façon, maintenant, c'est Mustapha Kemal le chef. En revanche, certaines décisions de celui que dans son cœur elle continue d'appeler « Rose d'or » commencent à l'irriter. Notamment cette lubie d'avoir proclamé Ankara capitale à la place de l'aristocratique Istamboul ! On en parlait depuis longtemps, mais personne n'y croyait : comment cette bourgade perdue sur l'aride plateau anatolien pourrait-elle remplacer la ville somptueuse, orgueil de l'empire ? Sertie à la pointe de deux continents, Istamboul était née d'un oracle d'Apollon treize siècles avant l'Hégire, pétrie de toutes les cultures, de toutes les civilisations, elle était devenue un carrefour unique au monde entre l'Orient et l'Occident. Mais pour un homme comme Mustapha Kemal, les questions sont un luxe, il leur préfère les réponses. Le 13 octobre 1923, Istamboul perd le statut millénaire qui a fait d'elle l'un des centres du monde.

C'est à cette époque que le père d'Ahmet décide de quitter sa place de secrétaire du damad — position très mal vue en ces temps de kémalisme triomphant — et d'accepter une nouvelle situation à

Ankara. Cela fait des mois que Selma n'a pas vu Ahmet, exactement depuis le jour de ses douze ans. Mais ils s'écrivent de longues lettres, que Zeynel a fini par accepter de transmettre — il ne sait rien refuser à sa petite sultane. Pourtant, lorsqu'elle est venue le prier de lui ménager une entrevue avec l'adolescent, il a haussé les sourcils.

— Tu es la couronne de ma tête, mais cela, tu sais très bien que je ne le peux pas !

— Agha, tu es le seul qui puisse m'aider ! Il part, il faut absolument que je le voie une dernière fois !

Elle a tellement pleuré que l'eunuque a cédé. Il l'aime tant, sa petite fille, et il a tant besoin qu'elle l'aime ! Un seul de ses sourires le comble... elle a le sourire de la sultane.

Les adieux se sont passés au pavillon du rossignol. Zeynel s'est mis en faction devant la porte. Il leur a accordé un quart d'heure.

Ahmet a mis son plus beau costume ; tout pâle, il regarde ses souliers.

« *Quelle idée j'ai eue de demander à le voir, il n'a même pas l'air content... Si j'avais su !... Il m'écrit de si belles lettres pourtant... Pourquoi ne dit-il rien ?... Tiens, voilà qu'il devient tout rouge maintenant... Le pauvre n'a jamais eu de suite dans les idées !... Je suis injuste... Il est malheureux... Mais moi aussi je suis malheureuse ! Je suis très malheureuse ! Après tout c'est lui qui me quitte !... Mon Dieu, je n'aurais jamais cru qu'un quart d'heure soit si long à passer... Parle-moi, Ahmet, parle-moi, sinon je vais éclater...* »

— Ahmet !

L'enfant a relevé la tête. Il pleure.

— Ahmet, je t'en prie, ne pleure pas, je te le défends !... D'abord, c'est à moi de pleurer !

— Toi ? Pourquoi toi ma princesse ?

— Parce que tu m'abandonnes !

« *Je n'aurais jamais dû dire cela. Comme il semble triste... Il se tait, il n'essaie même pas de se justifier... Comment le pourrait-il ? Ce serait accuser son père... C'est toujours ainsi, les adultes parlent sans arrêt de leurs principes, mais quand ça les arrange, ils les oublient ! Heureusement qu'Annedjim n'est pas comme cela... Ni Baba... évidemment !* »

— Ne sois pas triste, Ahmet, tu vas te faire beaucoup d'amis à Ankara... Tu m'oublieras...

— Moi, ma princesse, t'oublier... ?

Il la regarde d'un tel air de reproche qu'elle a honte, honte de cette douleur dont elle est la cause et qu'elle n'arrive pas à partager Pourtant, lorsqu'elle a appris son départ, elle a ressenti comme une pierre sur le cœur, et elle a pensé : c'est cela, l'amour. Elle a même rêvé qu'il lui proposerait de s'enfuir avec lui... Elle s'était dit que peut-être elle accepterait...

Au lieu de cela, il reste assis à pleurer... Il ne lui a même pas pris la main... Elle sent sa gorge se serrer, non parce que Ahmet va partir, mais parce que soudain elle comprend... qu'elle ne l'aime pas.

D'un geste elle a enlevé le ruban de velours bleu qui noue sa chevelure et le lui a tendu. Le visage d'Ahmet s'est illuminé, il a l'air si heureux qu'elle en a mal, elle a l'impression de mentir... Mais peut-elle lui dire que ce ruban n'est, après tout, qu'un ruban...? D'ailleurs, elle-même, qu'en sait-elle?

Quelques jours plus tard, Selma perdra aussi sa chère Gulfilis. Depuis le départ d'Ahmet, c'est sa dernière grande amie. Elle est arrivée un matin en larmes, serrant son bébé contre sa poitrine. Son mari, fonctionnaire aux Finances, doit rejoindre Ankara. Mais Gulfilis refuse de partir, elle est venue supplier sa « mère adoptive » de les garder, elle et son petit garçon.

Pendant des heures, la sultane s'emploiera à convaincre la jeune femme qu'elle doit suivre son époux; pendant des heures, Selma, assise auprès de Gulfilis, attendra de sa mère une improbable faiblesse. Jusqu'à ce qu'à l'horizon, le ciel se teinte de pourpre et d'or : il est temps pour Gulfilis de partir.

Afin de secouer toute cette tristesse, Selma a suggéré qu'une fête soit organisée pour la jolie Circassienne, une promenade en char à bœufs au-dessus d'Eyoub, avec toutes ses amies du haremlik, et un pique-nique dans la campagne surplombant la Corne d'Or.

Ce sont les derniers jours de l'automne, la lumière joue à travers les feuillages de cuivre et d'amarante qui bordent les étroits chemins de pierre. Les bœufs, le front peint au henné et les cornes enroulées de colliers de perles bleues destinées à chasser le mauvais œil, tirent les chariots aux couleurs vives, ornés de guirlandes et de bouquets de fleurs odorantes : on dirait les rustiques carrosses de quelque seigneur paysan d'autrefois.

A l'intérieur, derrière les rideaux de soie, les femmes, étendues sur d'épais coussins, bavardent et rient, comme au bon vieux temps. Seule la reine de la fête reste silencieuse, perdue au milieu de toute cette gaieté. Blottie contre elle, Selma a glissé sa main dans la sienne. Le regard de la jeune esclave lui serre le cœur. Elle a les yeux douloureux d'Ahmet, des yeux qui disent : « jamais plus », alors même que les lèvres murmurent « à bientôt »...

Cette journée dont la fillette s'était promis tant de plaisir se déroule comme un pèlerinage au champ des morts. Elle s'en veut d'avoir insisté, elle aurait souhaité garder de Gulfilis l'image de la légèreté, de l'insouciance; mais le charme est rompu. Malgré les plaisanteries et les promesses — dans un an Gulfilis viendra passer quelque temps à Istamboul, et lorsqu'elle sera grande, Selma ira sûrement à Ankara — elles se savent perdues l'une pour l'autre. Avec une irritante certitude, leurs larmes leur disent que jamais elles ne se reverront.

Dans son palais de Dolma Bahtché, le nouveau khalife, Abdul Medjid, mène une existence paisible. Cet homme de cinquante-cinq ans, aux manières affables, partage son temps entre la peinture, la musique et la théologie. Il ne cherche pas à jouer de rôle politique mais, très pieux, il prend avec le plus grand sérieux sa charge de Commandeur des Croyants, responsable de 350 millions de musulmans.

Il ne sort qu'une fois par semaine, pour la prière du selamlik, et il a tenu à restituer à cette cérémonie sa pompe d'autrefois. Aussi chaque vendredi se rend-il en grand équipage à la mosquée Sainte-Sophie ou dans quelque autre des principales mosquées de la ville. Escorté d'un peloton de hussards, il lui arrive de délaisser sa calèche pour chevaucher un magnifique destrier blanc. Sur son passage, la foule se presse et l'acclame. Il a fière allure, avec sa longue barbe neigeuse et ses yeux d'une étrange teinte violette.

Parfois le khalife traverse le Bosphore dans le caïque impérial blanc et or, et va prier à la grande mosquée d'Uskudar. A deux ou trois reprises, il a même endossé le manteau et le haut turban de Mehmet Fatih, son ancêtre, ce sultan de dix-huit ans qui en 1453 conquit Byzance.

Ces manifestations, et l'évidente popularité du khalife, irritent profondément le nouveau maître de la Turquie. D'autant qu'Abdul Medjid reçoit dans son palais ambassadeurs et dignitaires étrangers, ainsi que des hommes politiques turcs, notamment Raouf Pacha et Refet Bey, héros de la guerre d'indépendance, qui continuent à l'appeler « Majesté ». Refet lui a même offert un superbe étalon, ce que la presse d'Istamboul a relaté avec force détails, comme elle relate chacun des faits et gestes du khalife.

Sans le vouloir, Abdul Medjid attire comme un aimant les mécontents du pays. Et ils sont nombreux : ceux des grandes familles, les généraux à la retraite, les fonctionnaires révoqués, les anciens dignitaires du palais, et surtout le clergé !

Depuis sa victoire, Mustapha Kemal a en effet abandonné ses prétentions à la religiosité. Récemment, il a indigné tous les musulmans en mettant à la porte le cheikh ul Islam et en lui jetant un Coran dans le dos. On raconte qu'à Ankara les femmes sont obligées de sortir sans voiles et que bientôt il en sera de même dans tout le pays. Enfin, dernier scandale, le ghazi s'est fait élever une statue... ce qu'aucun sultan n'avait osé faire, car la représentation de la personne humaine est interdite par la religion, qui considère cela comme de l'idolâtrie.

Peu à peu, au nom de l'islam, l'opposition se regroupe. Dans les mosquées et sur les places publiques, les hodjas et les cheikhs se sont mis à prêcher contre ce « gouvernement de païens ». Pamphlets et caricatures sont distribués à partir de ces mêmes monastères qui, autrefois, aidaient Kemal dans sa lutte pour l'indépendance. Autant que son despotisme, on reproche au chef de l'Etat son immoralité. Excédé par la jalousie de Latifé Hanoum, il vient de divorcer et a repris ses habitudes de célibataire. Désormais, il passe ses nuits dans les bars, à jouer et à se saouler, et il s'affiche avec des prostituées.

Le suicide de Fikryé, en cet automne 1923, ne va pas rehausser son prestige. Cette jeune parente, autrefois follement amoureuse du beau général, est revenue à Ankara dès qu'elle a appris son divorce. De l'homme qu'elle adore, elle est prête à tout accepter. Sans ménagements, Kemal la jettera dehors. On la retrouvera le lendemain, morte dans un fossé : elle s'est tuée d'une balle de revolver.

A présent, non seulement les monarchistes et les cléricaux, mais aussi de nombreux démocrates, las de tous ces excès, regardent en direction du khalife. Après tout Abdul Medjid ferait un parfait souverain constitutionnel : c'est un homme sage et honnête, et il n'a pas assez de caractère pour entrer en conflit avec ses éventuels ministres.

Mustapha Kemal sent venir le danger. Jusqu'alors il n'a pas osé heurter de front le peuple en abolissant le khalifat, que dans l'intimité il qualifie de « tumeur moyenâgeuse ». Mais il sait qu'il ne sera le maître absolu que lorsqu'il l'aura fait disparaître.

C'est Abdul Medjid lui-même qui lui en fournira le prétexte, en demandant une augmentation de sa liste civile qui, dit-il, ne lui permet pas de maintenir dignement la fonction khalifale. Kemal répliquera vertement qu' « un khalife se doit de mener une vie modeste, et que le khalifat n'est qu'un reliquat de l'histoire dont rien ne justifie l'existence ».

Désormais les hostilités sont ouvertes. Sur l'instigation du ghazi, la presse officielle se déchaîne : « A quoi sert le khalifat ? clame-t-elle, c'est une fonction qui coûte cher à l'Etat et qui risque de servir de tremplin pour rétablir le sultanat ! » A quoi les journaux modérés objectent que « le khalifat est un trésor sans prix pour notre pays. Si nous l'abolissons, la Turquie, avec ses dix millions d'habitants, perdra toute importance dans le monde musulman, et du point de vue de l'Europe deviendra un petit Etat insignifiant ».

C'est le 5 décembre qu'éclate la bombe, sous forme d'une lettre de l'Agha Khan, publiée par trois journaux d'Istamboul. Le chef de la communauté ismaélienne proteste contre les vexations infligées au Commandeur des Croyants et demande que ce dernier soit maintenu « dans une position qui lui assure l'estime et la confiance de toutes les nations musulmanes ».

Le message est anodin, mais il a été posté de Londres : l'occasion est trop belle ! Mustapha Kemal crie au complot et dénonce l'Agha Khan comme un agent des puissances étrangères qui cherchent à diviser le peuple turc. Les directeurs des journaux qui ont osé publier la lettre sont arrêtés et traduits en justice. Une « loi sur la trahison » est votée, stipulant que ceux qui manifesteront contre la République ou en faveur de l'ancien régime seront punis de mort. Au commissaire des affaires religieuses, qui s'est risqué à parler en faveur du khalife, Kemal déclare que, s'il recommence, il risque la pendaison. Dans tout le pays, des officiers, des fonctionnaires, des religieux sont arrêtés. On croirait la Turquie au bord d'un putsch.

Dans son palais, Abdul Medjid se tait, laissant passer la tempête. Mais le ghazi est maintenant résolu à en finir. Il ordonne au gouverneur d'Istamboul d'interdire le cérémonial du selamlik. Si le khalife veut aller prier à la mosquée, il n'aura qu'à prendre une voiture de louage ; l'escorte de hussards est dissoute, le caïque impérial confisqué. Et les émoluments du prince sont réduits au point qu'il ne pourra garder ni secrétaires ni conseillers. A ses fidèles, qui malgré tout veulent rester, on recommandera « pour leur sécurité » de quitter le palais au plus vite.

Deux mois se passent. Mustapha Kemal est parti superviser les grandes manœuvres annuelles dans la région d'Izmir. Les proches du khalife reprennent espoir : ce n'était qu'une alerte. En réalité le ghazi est allé consulter les chefs militaires. Après plusieurs jours de discussions, il finira par les convaincre qu'il faut mettre fin au pouvoir religieux de la famille ottomane.

L'armée est avec lui, il peut frapper. La Grande Assemblée ? Il sait qu'il la tient en main. Comme d'habitude, de nombreux députés se rebelleront, mais n'oseront pas lui désobéir. Il a d'ailleurs pris ses précautions. Convoquant Raouf Pacha, son opposant le plus prestigieux, devant le comité central du parti du peuple, il l'a obligé à prêter serment à la République et à son président, sous peine d'être exclu du parlement et banni de Turquie... Sachant ce qui se prépare, et leur impuissance à l'éviter, Raouf Pacha et Refet Bey ont quitté Ankara.

Le 27 février 1924 a lieu l'ultime assaut. Dénonçant les intrigues des partisans de l'ancien régime, le groupe kémaliste exige l'abolition du khalifat. Et le 3 mars, après une semaine de protestations et d'empoignades, la Grande Assemblée d'Ankara finira par obtempérer : elle votera à main levée l'expulsion immédiate non seulement d'Abdul Medjid, mais des princes et des princesses de la famille ottomane.

— Nous devons tous être partis dans trois jours !

Le général prince Osman Fouad n'en peut plus d'indignation. Il s'est présenté ce matin à 9 heures dans les appartements de Hatidjé sultane ; il vient d'apprendre que le khalife, ses deux épouses et ses enfants ont été embarqués à l'aube sur l'Orient-Express, en direction de la Suisse.

— Le gouverneur et le préfet de police sont arrivés en pleine nuit, alors que le khalife lisait dans sa bibliothèque, m'a raconté son chambellan. Ils avaient même fait cerner le palais de peur qu'il ne s'enfuie ! Le khalife a été très digne, il a seulement demandé s'il pouvait disposer de quelques jours pour mettre de l'ordre dans ses affaires. Les bougres ont refusé ! Ils ont bien trop peur d'une réaction populaire, ils ont d'ailleurs interdit aux journaux de publier la nouvelle avant vingt-quatre heures. Il fallait que le prince parte au plus vite. A peine lui ont-ils laissé le temps de faire ses bagages...

» A 5 heures du matin, le personnel a été réuni dans le grand hall ; tout le monde pleurait. Le khalife était très ému. Il a serré quelques mains et a dit : " Je n'ai jamais fait de mal à ma nation et ne lui en ferai jamais. Au contraire, je prierai toujours Dieu pour son relèvement, jusqu'à ma mort et après. "

» Alors, le chef de la sécurité l'a poussé dans une voiture. Ils ne l'ont pas emmené à la station principale de Sirkedji, mais, afin d'éviter toute manifestation, dans une petite gare, à vingt-cinq kilomètres de la ville.

Selma écoute, bouche bée. Elle n'y comprend rien. Pendant des années, on a eu peur des troupes d'occupation : de la part des Anglais et des Grecs, on s'attendait à tout ! Et maintenant qu'on a gagné la guerre, ce sont les Turcs qui renvoient le khalife et veulent nous chasser... Ils sont devenus fous ! Certainement, c'est un malentendu ! Comme d'habitude, Annedjim va calmer l'oncle Fouad, elle va lui expliquer, elle va tout arranger... Des yeux, l'adolescente interroge sa mère, mais la sultane s'est caché le visage dans les mains, c'est à peine si Selma l'entend prononcer :

— L'exil ?... ce n'est pas possible...

Dans le boudoir fleuri de tubéreuses, le général prince tourne comme un lion prêt à bondir.

— Nous sommes déchus de notre nationalité, avec interdiction de ne jamais remettre les pieds dans notre pays. Nos biens sont confisqués, nous avons juste le droit d'emporter nos effets personnels. Ah! j'oubliais : le gouvernement, magnanime, nous octroie à chacun 1 000 livres-or [1], de quoi survivre pendant quelques mois! Voilà, ma chère tante, la situation : nous sommes bannis comme des criminels! Même et peut-être surtout ceux d'entre nous qui ont donné leur sang pour la Turquie!

Il a posé la main sur sa poitrine bardée de décorations gagnées sur les champs de bataille, ses lèvres tremblent. Selma a l'impression qu'il va pleurer. La tête lui tourne. Non, vraiment elle ne comprend pas... Partir? Pourquoi? Pour où? Combien de temps...? L'oncle Fouad a dit « pour toujours »...

— Qu'est-ce que ça veut dire « pour toujours »?

Sans le vouloir, elle a crié. Sa mère l'a regardée... Qu'elle est pâle..

— Annedjim!

Selma s'est jetée aux pieds de la sultane.

— Ce n'est pas vrai; dites-moi que ce n'est pas vrai!... Qu'est-ce qu'ils nous reprochent?... Je vous en prie, Annedjim, oncle Fouad, répondez-moi! Qu'est-ce qui se passe?

— Il se passe que Mustapha Kemal...

Selma s'est redressée, soulagée.

— Le pacha? Mais alors, rien n'est perdu! Il faut aller le voir, lui expliquer qu'on l'a trompé, que jamais nous n'avons agi contre lui! Rappelez-vous, Annedjim, vous disiez que c'était un grand patriote... Pendant la guerre, chaque soir vous nous faisiez prier pour sa victoire... Et l'officier que nous avons caché... Il faut aller à Ankara, et tout raconter au pacha. Je suis sûre qu'il comprendra!

Pourquoi sa mère détourne-t-elle la tête, pourquoi oncle Fouad hausse-t-il les épaules? Personne ne l'écoute.

— Sultane, rappelez-vous, nous n'avons que trois jours, dit le général prince.

Rapidement il s'incline et quitte le boudoir.

Un brouillard... Selma ne se souviendra que d'un brouillard de gémissements, d'affolements, de larmes, de petitesses et de dévouements, de fidélités inattendues, de trahisons...

Pendant trois jours elle a erré, refoulée de pièce en pièce par les servantes et les eunuques qui décrochent, plient, emballent et se

---

1. 1 000 livres-or correspondent à 350 000 nouveaux francs.

querellent. Pendant trois jours elle a tenté de fuir ce bruit, cette confusion, les lamentations des kalfas, et surtout mademoiselle Rose en larmes qui la poursuit pour la consoler. Dans ce tohu-bohu elle ne reconnaît plus son paisible palais de dentelle, elle n'est déjà plus chez elle : avant l'heure, le tumulte et les cris l'en ont chassée.

Elle a fini par s'enfermer dans sa chambre, et elle a regardé chacun de ces objets familiers qu'elle aime, pour en graver l'image en elle, ne pas les oublier. Mais elle n'arrive plus à les voir, ils sont devenus flous, comme si la vie les avait quittés... Aussi, lorsque deux servantes apportent la grande malle et la prient de choisir ce qu'elle veut emporter, elle jette au fond son livre de poésie et ses cahiers ; pour le reste, elle leur dit de choisir elles-mêmes. Et comme Haïri se plaint que sa malle est trop petite pour contenir ses habits et ses jouets, elle lui cède la moitié de la sienne.

De cette brume qui l'entoure, quelques images cependant surnagent, petits îlots de couleur : les couturières penchées sur les robes de sa mère et qui dans les ourlets cousent des bijoux ; elles disent que la sultane a le droit de les emporter, mais qu'on ne sait jamais, si un douanier faisait du zèle ! Il lui semble même avoir vu une émeraude disparaître dans une poche... Et puis Zeynel, le bon Zeynel, monté sur une caisse, houspillant tout le monde et agitant les bras comme un chef d'orchestre... Et, au milieu du brouhaha, la sultane qui passe, de nouveau souriante, et qui console et qui apaise.

— Ne craignez rien, mes enfants, ce n'est qu'une question de mois, le peuple nous rappellera...

Le peuple pour l'instant se tait. Le gouvernement a fait le nécessaire. Dans toutes les grandes villes, il a installé des tribunaux d'exception habilités à appliquer la peine capitale, et il a étendu « la loi de trahison » à tous ceux qui discuteraient l'expulsion du khalife et des princes.

Pendant trois jours les amies se sont succédé au palais d'Ortaköy, du moins celles qui ont osé braver la surveillance. Pendant trois jours, on s'est demandé : où aller ? Jamais auparavant une princesse ottomane n'est sortie de son pays, et parmi les « anciennes », rares celles qui sont sorties de leur palais.

On a d'abord parlé de la France, de Nice où le climat est presque aussi doux que celui d'Istamboul, où le ciel est, paraît-il, toujours bleu, où le Bosphore s'appelle « Méditerranée ». Mais, finalement, la sultane a choisi Beyrouth, « parce que c'est tout près, et que nous pourrons revenir plus vite ! ».

Selma se demande ce qu'en pense son père. Depuis la nouvelle de l'expulsion, elle ne l'a pas vu. Il doit être débordé, le pauvre, en train de trier tous ses livres, tous ses papiers... Elle a soudain très envie de lui parler, elle n'en peut plus de toutes ces femmes qui lui baisent les mains d'un air éploré.

A la porte du haremlik, il n'y a plus de gardes. Elle a couru dans le grand hall jusqu'aux appartements du bey. Le bureau est désert, son père n'est pas dans le salon, dans sa chambre les tiroirs sont ouverts... vides.

Comme une flèche, Selma a retraversé le hall, bousculant les kalfas. Elle s'est précipitée vers sa mère.

— Annedjim! Baba? Où est Baba?

Avec une douceur inhabituelle, la sultane lui a caressé les cheveux.

— Soyez courageuse, ma Selma. Les damads ont eu le droit de choisir... Votre père ne viendra pas.

Les mots ont résonné dans le vide... Un vide qui se creuse, glacial, à l'intérieur de sa poitrine, de son ventre, jusqu'au bout de ses doigts... « ne... viendra... pas ».

Elle ne comprend pas... Une pesanteur s'est emparée de tout son corps, tandis que sa tête flotte, légère... Elle ne comprend pas.

Il est parti sans même lui dire au revoir.

Il est 8 heures du matin et la lumière est transparente, en ce vendredi 7 mars 1924.

Dans le train qui les emmène loin d'Istamboul, Selma, blottie sur la banquette, regarde son pays qui la quitte... Les hautes forêts de pins défilent, et les rivières étincelantes, et les femmes en fichus blancs au milieu des champs de colza.

Devant ses yeux, il bruine.

DEUXIÈME PARTIE

LIBAN

I

Elle peut me gifler autant qu'elle veut je ne baisserai pas les yeux. Une plainte, et elle serait vengée, n'aurait plus besoin de frapper, pourrait pardonner. Je ne lui donnerai pas cette joie. Ce serait reconnaître qu'elle a raison...

Dans la cour de récréation, autour de la femme en noir et de l'adolescente aux boucles rousses, les élèves se pressent, silencieuses. Ce qui avait débuté comme un régal — enfin, on va la voir pleurer, la pimbêche! — est en train de se muer en drame. Mère Achilée frappe trop fort, elle va la casser, elle est si frêle... Pourquoi ne crie-t-elle pas, cette sotte? Ne sait-elle pas qu'il faut crier avant d'avoir mal? Les « mères » ont le cœur tendre, elles ne supportent pas les cris.

La religieuse s'est arrêtée, fatiguée. Selma redresse le menton, donne à son visage l'expression du mépris — martyre face à son tortionnaire.

— Vous me copierez la leçon cent fois!

— Non.

Parmi les élèves, c'est la stupéfaction : elle a du cran, la petite Turque!

Mère Achilée a pâli.

— Vous êtes le diable! Nous verrons ce qu'en dira la révérende mère!

Dans un envol de jupes et de manches, elle tourne le dos et se dirige vers le bureau de la supérieure.

Timidement, une adolescente brune s'approche de Selma. C'est Amal, la fille d'une grande famille druze, de ces féodaux qui pendant des siècles ont dominé la montagne libanaise. Son nom signifie « Espoir ».

— Vous allez être renvoyée, s'inquiète-t-elle. Que va dire votre maman?

— Elle me félicitera !

— ? ? ?

— Ma mère n'admettrait pas qu'on insulte notre famille. Ce soi-disant professeur d'histoire n'est qu'une menteuse !

Traiter une religieuse de menteuse ! Les élèves n'en croient pas leurs oreilles. Quelques-unes s'éloignent pour vite aller rapporter aux autres l'incroyable blasphème. On n'ose imaginer ce qui va se passer, mais on va certainement s'amuser.

Dans son bureau aux boiseries sombres, mère Marc regarde le crucifix, priant que le Seigneur l'inspire. C'est un cas de rébellion caractérisée, elle est obligée de sévir, mais peut-elle forcer cette petite à dire du mal des siens ? L'année précédente, elle avait été confrontée à un problème similaire après la leçon sur les croisades : il y avait dans la classe deux élèves musulmanes que leurs pères étaient venus rechercher sans un mot.

Les institutions comme celle que dirige mère Marc à Beyrouth — les Sœurs de Besançon — sont ouvertes aux enfants de toutes les religions ; leur but n'est pas de convertir les « brebis égarées », mais on n'y perd jamais l'espoir que la parole du Seigneur, comme la semence jetée au vent, un jour finira par germer.

A la porte, trois coups discrets. Une tignasse flamboyante au-dessus d'un col de dentelle blanche qui égaie le strict uniforme bleu marine, les yeux baissés, le front buté. La révérence, profonde.

— Vous pouvez vous relever, mademoiselle.

Mère Marc tapote le bureau de ses longs doigts ivoire.

— Vous me voyez dans l'indécision, mon enfant. Que feriez-vous à ma place ?

Elle n'a pas prévu le regard lourd de reproches, ni la réponse cinglante dans sa politesse.

— Je n'ai pas l'honneur d'être à votre place, révérende mère.

— « Ma » !

— Pardon ?

— « Ma » révérende mère !

— Oui, révérende mère.

Mère Marc choisit de mettre l'omission sur le compte d'une connaissance imparfaite de la langue française et poursuit d'une voix douce :

— Mère Achillée demande votre renvoi. Elle assure qu'il en va de la discipline de toute la classe.

Selma se tait. Elle pense à sa mère. Pauvre Annedjim ! Après Haïri, qui refuse d'aller en classe parce que ses camarades l'appellent

« Anesse » au lieu d' « Altesse », voilà qu'elle aussi va lui causer du souci... A l'idée de la peine de la sultane, elle faiblit.

— Révérende mère, que feriez-vous si on vous forçait à réciter — sa voix s'étouffe — que votre grand-père était fou... votre grand-oncle un monstre sanguinaire... votre autre grand-oncle un faible d'esprit, et le dernier un lâche [1] ?

Mère Marc regarde de nouveau le crucifix. Puis, les yeux brillants, elle se tourne vers l'adolescente.

— Notre Seigneur Jésus-Christ a été crucifié parce que ses contemporains voyaient en lui un imposteur. Les jugements des hommes, voyez-vous, reflètent leurs limites : il n'y a pas d'histoire, il n'y a que des points de vue. Le seul à connaître la vérité, c'est celui qui n'a pas de point de vue car il ne se situe nulle part. Il est partout. C'est Dieu.

Descendante d'une illustre famille de croisés qui se sont battus et ont donné leur vie pour la Vérité, mère Marc se trouble comme si elle venait de les trahir. Elle est soudain pressée d'en finir, et sa voix tremble un peu quand elle rend son verdict.

— Vous n'assisterez plus aux classes d'histoire, vous étudierez le programme seule... je pense qu'il n'est pas nécessaire que je signale cet incident à la sultane...

— Oh ! merci, ma révérende mère !

Impulsivement, Selma a baisé la main de la supérieure et l'a portée à son front, comme on le faisait à la cour ottomane.

Etonnée, la religieuse a murmuré :

— Allez en paix, mon enfant !

Et, sans y penser, selon la coutume musulmane, Selma a répondu :

— Et que la paix soit avec vous, ma mère !

Il a semblé à mère Marc que, de sa croix, le Christ souriait.

Comparée à la capitale ottomane, Beyrouth est une charmante ville de province d'environ cent mille habitants, ensoleillée de blanches maisons aux toits de tuiles rouges, entourées de jardins ombreux.

A l'ouest, dans le quartier de Ras Beyrouth où la sultane s'est installée, on peut du balcon apercevoir la mer, d'un bleu si vigoureux que Selma en a été d'abord choquée comme d'une indécence. Et puis, peu à peu, la fillette s'est rendu compte que tout Beyrouth était à

---

1. Dans l'ordre, les quatre derniers sultans de la Turquie : Mourad V, Abdul Hamid II, Reshat, Vahiddedine.

l'image de cette Méditerranée, rieuse et débordante de vie, à l'opposé d'Istamboul et de son Bosphore dont les changeantes transparences, imprégnées de rêves et de nostalgies, donnaient envie de pleurer de douceur.

La dame libanaise qui leur a loué leur nouvelle demeure « adore la Turquie et les Turcs ! » — comme tous les habitants du quartier, affirme-t-elle.

Fièrement, elle leur fait les honneurs de la petite maison embellie de figuiers et de plantes grasses, sans s'attarder sur les gouttières qui fuient et tachent les murs de larges plaques de moisi, ni sur les portes-fenêtres qui laissent passer le vent.

— C'est à Ras Beyrouth, explique-t-elle, que vivent les plus vieilles familles sunnites, celles qui, du temps des Ottomans, et jusqu'à l'arrivée des Français, étaient les maîtres de la ville. Quatre siècles durant... !

» Ici habitent les Ghandour, qui possédaient la régie des tabacs, et les Baltadji, qui contrôlaient le port... Là, les Daouk, les Beyhum, les Solh, tous extrêmement riches ! Ils parlent le turc aussi bien que l'arabe, et souvent même s'enorgueillissent d'avoir du sang turc, par une aïeule tcherkesse ou stambouliote.

Elle ajoute que cette haute société sunnite est au mieux avec les grandes familles grecques orthodoxes, une minorité puissante. On se reçoit presque chaque jour, pour jouer aux cartes, les messieurs au poker, les dames au pinacle [1]. Et, en fin d'après-midi, on se promène à cheval sur les collines environnantes, en particulier au printemps, lorsqu'elles embaument le thym et l'aubépine.

Poliment, la sultane hoche la tête, ce que son hôtesse prend pour une invitation à poursuivre. Elle s'empresse de préciser que ce sont les Sursok, les Trad et les Tuéni, propriétaires de banques, qui donnent les plus belles réceptions.

— Le Tout-Beyrouth chrétien et musulman s'y retrouve. Chrétiens de rite grec s'entend, car les maronites, excepté quelques familles installées dans la capitale depuis des générations, ils ne sont guère nombreux à Beyrouth. La plupart vivent encore dans la montagne, ce sont des paysans attachés à leur terre et à leur église.

» Contrairement aux autres Libanais, beaucoup de maronites ne se considèrent pas arabes, explique-t-elle, mais phéniciens, descendants directs du glorieux empire maritime qui régna des siècles sur les mers jusqu'à ce qu'il soit écrasé par Ptolémée, un lieutenant d'Alexandre le Grand.

---

1. Ancêtre de la canasta.

» Pour preuve de leur origine différente, ils avancent que jusqu'au XVIIᵉ siècle, ils ne parlaient pas un mot d'arabe, mais seulement l'araméen !

En fait le mandat français qui a retiré à Istamboul l'autorité sur la région, créé le Grand Liban et fait de Beyrouth une capitale va tout naturellement s'appuyer sur ces chrétiens maronites que depuis 1860 la France protège. D'autant que la plupart d'entre eux, éduqués par les missions installées au Liban, parlent parfaitement le français. En leur offrant de nombreux postes dans la nouvelle administration et des facilités pour établir des commerces, le mandat va peu à peu les encourager à rejoindre la ville. Ils deviendront sa base la plus loyale. Ces nouveaux citadins construiront leurs maisons principalement à Achrafieh, parce que le terrain y est quasi vierge, donc moins cher que l'ouest de Beyrouth, le bord de mer déjà peuplé de splendides demeures. Et puis, à Achrafieh, ils ne sont pas loin de la montagne où la plupart ont laissé de la famille et gardé une petite maison et un lopin de terre.

C'est donc pour des raisons d'ordre pratique et sentimental que les différents quartiers de Beyrouth vont se former en îlots culturels et religieux. Ilots extrêmement perméables : au cours des années, les familles maronites qui ont « réussi » viendront souvent s'établir dans le quartier chic des Arts et Métiers, en plein cœur de Ras Beyrouth. Tandis que sur la calme colline boisée d'Achrafieh s'élève depuis quelque cent ans « le quartier Sursok », le plus élégant de la ville. Dans leurs somptueuses maison du XIXᵉ, de style florentino-vénitien, la belle Linda Sursok, les fringants fils Bustros, les séduisants frères Tuéni continuent, sous le mandat français comme autrefois sous l'administration ottomane, à donner de brillantes soirées.

Oasis de calme entre mer et montagne, Beyrouth est une ville où avant tout on aime à se divertir. Et les Français, il faut le reconnaître, ont apporté à cette cité provinciale la vivacité, le brillant, l'air de Paris !

Mais si les communautés cohabitent dans la tolérance, il règne par contre un ostracisme social. Les anciennes familles, qui voient descendre de la montagne ces paysans que favorise le mandat et qui, en quelques années, deviennent des « parvenus » sans traditions ni manières, en sont exaspérées.

Le fossé se creuse entre vieux et nouveaux Beyrouthins. Pourtant l'administration française n'encourage pas seulement les maronites, elle a également besoin d'appuis solides dans la communauté musulmane. De la haute bourgeoisie sunnite elle sait ne guère pouvoir attendre d'enthousiasme, car, en créant le Liban, elle l'a frustrée du royaume arabe promis par l'Angleterre, au sein duquel

Syrie, Liban et Palestine devaient être enfin réunis. En outre pour
s'établir elle a dû mordre sur les privilèges économiques de ces riches
Sunnites. Les relations restent cependant correctes, parfois bonnes,
les Libanais ayant toujours été diplomates. Mais, entre eux, ils
accusent la France d'avoir compromis la richesse du pays, notamment en remplaçant la livre-or par une livre-papier tributaire du
franc. Et surtout, ils s'indignent de ce que presque tous les postes
d'autorité, dans la politique, la magistrature, l'armée, soient réservés
aux chrétiens. En revanche, il existe une moyenne bourgeoisie
musulmane sunnite, qui sous les Ottomans ne pouvait prétendre à
des charges importantes. Les Français vont s'appuyer sur certaines
de ces familles, ils les favoriseront et se gagneront leur dévouement.

C'est dans cette société beyrouthine, en pleine mutation sous
l'influence des nouveaux maîtres et « amis », qu'est arrivée la sultane
Hatidjé accompagnée de ses enfants, de Zeynel et de deux kalfas.

Ils remportent un beau succès de curiosité, et même de sympathie.
Après tout, Mourad V n'a jamais opprimé personne pour la bonne
raison qu'il n'a régné, le pauvre, que trois mois... Et sa malheureuse
fille ! Trente ans prisonnière, puis vingt ans entre un mari qui sans
doute la battait, un autre qui certainement la trompait, la guerre, la
révolution, et maintenant l'exil ! Toutes ces dames de la société en ont
le cœur serré, c'est à qui sera la première à rendre visite à la sultane.

Mais si elles s'attendent — et d'avance elles en ont l'œil qui brille
— à de pathétiques révélations, à des détails inédits sur la façon
scandaleuse dont la famille impériale a été traitée, ou plus simplement à quelques soupirs, un regard triste qui permettront de saisir la
main de la princesse et de lui jurer une amitié éternelle, elles seront
bien déçues.

Dans le salon aux tentures de soie jaune un peu passées, la sultane
les reçoit avec le sourire affable et la dignité réservée d'une
souveraine à qui ses sujets viennent rendre hommage. Aux questions
des visiteuses, qui, de formelles, deviennent, l'impatience aidant, de
plus en plus indiscrètes, elle répond avec un calme imperturbable.
Non, vraiment, elle n'a rien d'intéressant à leur raconter ; Kemal n'a
fait que ce qu'il estimait être son devoir ; des possibilités de contre-
révolution, de rétablissement du régime ? C'est la volonté d'Allah !
Qui pourrait être le nouveau khalife ? Justement elle voulait le leur
demander... Au lendemain du départ d'Abdul Medjid, les journaux
avaient annoncé la nomination de Hussein, roi du Hedjaz, par ses
propres fils. Maintenant ils parlent du roi Fouad d'Égypte, « mais
nous ne sommes pas en relations, je ne sais rien de plus que vous ».

Et les visiteuses s'en retournent perplexes, avec le vague sentiment d'avoir été jouées, contredit cependant par l'exquise courtoisie que leur a montrée la sultane. Certaines dames, parmi les plus huppées, l'ont invitée chez elles « l'après-midi qui vous conviendra, pour le thé ; j'aimerais vous présenter quelques amies ». D'un air navré, la sultane a décliné.

— C'est très aimable à vous, mais je ne sors plus... Par contre, si vous venez me voir, j'en serai toujours très heureuse.

Pendant quelques semaines le salon jaune ne désemplit pas, puis les visites vont s'espacer. Cette princesse que l'on disait si intelligente, dont on vantait la forte personnalité, n'a finalement rien à dire ! La haute société beyrouthine se lasse et va s'enticher ailleurs. Sauf quelques snobs de plus modeste niveau qui continuent parfois à venir, afin de pouvoir raconter à leurs relations éblouies que « leur amie, la sultane, était aujourd'hui un peu enrhumée » ou bien « qu'elle portait hier une robe de soie verte qui lui donnait une allure vraiment impériale ! ».

Dans le calme enfin retrouvé, la sultane rit silencieusement.

— Je leur ai donné une leçon à ces pécores qui voulaient se pavaner, une sultane à leur boutonnière ! M'inviter ! Vraiment, elles ne doutent de rien ! Est-ce qu'une princesse impériale, et de mon âge, se déplace ? Rappelez-vous ceci, Selma : ce n'est pas parce que nous n'avons plus d'argent que nous devons changer notre façon de nous comporter. Vous êtes princesse, ne l'oubliez jamais.

Selma laisse échapper un soupir... *Une princesse sans le sou, qu'est-ce que cela veut dire ? Je suis la risée de toute la classe, on m'appelle « l'Altesse aux bas reprisés ».*

Elle se contente de rétorquer :

— Il me serait difficile de l'oublier, Annedjim.

Hatidjé la regarde, étonnée.

— Y a-t-il quelque chose qui ne va pas ? L'école ?

— Oh non, Annedjim, l'école est très agréable.

A tout prix épargner sa mère. La sultane garde la tête haute mais, les mois passant, son regard autrefois si vif, si pénétrant, s'est voilé d'une expression douloureuse. Elle ne comprend pas, n'accepte pas le silence de son peuple.

Matin et soir, à la radio, elle tente de capter les nouvelles de Turquie. La suppression des écoles et des fondations religieuses, la fermeture des couvents l'ont indignée ; par contre elle a eu un mouvement de triomphe lorsqu'elle a entendu que l'on dévoilait les femmes de force, et que les hommes devaient abandonner le fez, symbole d'appartenance à l'islam, sous peine d'être pendus ! Cette fois-ci, sûrement, les Turcs allaient se révolter !

Mais cette fois-ci, comme les autres, les Turcs ont accepté... Jour après jour, le pli se creuse un peu plus au coin des lèvres de Hatidjé. En quittant son pays, elle était persuadée que très vite, fatigué des exactions de Kemal, le peuple les rappellerait. Cela fait près d'un an qu'ils sont exilés, et le peuple se tait.

Certes, les tribunaux d'exception sont omniprésents, l'opposition et les journaux sévèrement contrôlés, mais, se tourmente la sultane, les Turcs... dix millions de Turcs... est-il possible vraiment de les contrôler?

L'abandon de son époux lui a laissé un sentiment d'amertume, mais ce qui la ronge, c'est l'indifférence de son peuple.

Tel un preux chevalier, Selma s'est juré de protéger sa princesse. L'adoration qu'elle lui a toujours portée s'est muée ces derniers temps en une tendresse inquiète, comme si la découvrant fragile elle craignait qu'un nouveau malheur ne la brisât.

Aussi, l'école terminée, ne sort-elle jamais — où irait-elle? elle n'a pas d'amies — elle rentre directement à la maison, et là, assise sur un petit coussin aux pieds de la sultane, pendant des heures elle invente mille histoires pour tenter de distraire sa mère : jamais elle n'aura passé autant de temps auprès d'elle. Au palais d'Ortaköy, le cérémonial et la continuelle présence des kalfas rendaient toute intimité impossible. L'exil au moins les aura rapprochées, se dit-elle parfois pour se consoler. Mais elle sait qu'il n'en est rien, jamais la sultane ne lui a paru aussi lointaine.

Un jour que le professeur de mathématiques, malade, a annulé son cours, Selma est revenue une heure plus tôt. Sur le seuil, elle s'arrête interdite : elle a entendu des éclats de rire! Lentement, elle s'approche, et voit... Annedjim... Annedjim qui rit comme elle ne l'a pas vue rire depuis leur départ d'Istamboul! Et à ses pieds, assis sur son coussin à elle, Zeynel tout heureux qui pérore.

L'adolescente sent sa gorge se serrer, elle a le sentiment qu'on l'a trompée : sa mère qui ne lui montre plus qu'un visage mélancolique, pourquoi est-ce avec Zeynel qu'elle retrouve sa gaieté d'autrefois?

Toute pâle, elle s'avance. L'eunuque s'est levé, la sultane a cessé de rire.

— Qu'y a-t-il, Selma, êtes-vous malade?

... *Elle fait semblant de s'inquiéter, mais je pourrais bien mourir du moment que Zeynel est là...*

Haïri, que Selma n'avait pas vu, ricane.

— Elle est jalouse, c'est tout! Ne comprenez-vous pas, Annedjim, que mademoiselle ne peut supporter que vous vous intéressiez à quiconque, même à moi? Lorsque vous me souriez, elle en devient jaune comme un vieux coing!

Selma lance à son frère un regard vipérin. Elle avait sous-estimé les capacités d'observation de ce patapouf. Il paiera ! En attendant, sauver la situation.

— Jalouse ? Quelle idée ! Je ne suis pas jalouse ! Simplement, j'étais étonnée... et contente de vous entendre rire, Annedjim.

Elle sent que sa voix sonne faux. Pour couper court, elle prétexte qu'il lui faut ranger ses livres, et se retire dans sa chambre.

Inquiète, Hatidjé sultane l'y a rejointe.

— Qu'y a-t-il, Selma ?

Les larmes sont montées aux yeux de l'adolescente.

— Oh ! Annedjim, je vous aime tant, plus que tout, et j'ai besoin que vous m'aimiez...

— Plus que tout ? Mais, Selma, je vous aime, ainsi qu'Haïri, plus que tout !

Le ton est devenu glacial.

— Par contre, je ne supporte pas le chantage aux sentiments, pas plus de mes enfants que de n'importe qui. Quant à la passion, car c'est de cela que vous parlez, me semble-t-il, elle m'a toujours paru déplacée. Sauf la passion pour son pays !

Selma a baissé la tête... Comment sa mère, si bonne, peut-elle parfois se montrer si dure... ? *Baba disait que lorsqu'elle était en colère elle ne se rendait pas compte de sa cruauté... Baba... que j'adorais et qui m'avez abandonnée... Et Elle maintenant !* Selma se mord les lèvres : A tout prix cacher son désarroi... *Ah ! si je pouvais moins l'aimer, ne pas être si maladroite, si anxieuse de lui plaire, si je pouvais montrer de l'indifférence... Alors elle m'aimerait, j'en suis sûre. Mais on dirait que je lui pèse... Que de fois ne m'a-t-elle pas reproché de l'étouffer ?*

Selma respire profondément, elle ne se laissera pas noyer.

— Annedjim... Votre père, ne l'aimiez-vous pas passionnément ?

— Mon père... ?

Un sourire très doux illumine le visage de Hatidjé. Soudain, elle a l'air d'une toute jeune fille.

— Oui, je l'aimais passionnément... C'était un homme extraordinaire, l'un des rares êtres que l'on puisse adorer sans déchoir.

Selma la regarde en silence.

... C'est cela, Annedjim, exactement cela que je ressens pour vous, pourquoi le refusez-vous ?... Un jour, vous avez dit qu'être Dieu ce devait être l'enfer. Tout l'espoir, tout l'amour de l'humanité accrochés aux plis de votre robe, quel poids ! Un peu d'indifférence, s'il vous plaît, un peu d'air ! J'avais ri comme d'une plaisanterie. Je comprends maintenant à quel point vous étiez sincère...

Ah ! on est toujours en faute, ou parce qu'on n'aime pas assez, ou parce qu'on aime trop.

II

— Ils tuent les nôtres par centaines !

Dans un coin de la cour de récréation, Amal a attiré Selma. Son visage est encore plus pâle qu'à l'ordinaire.

— Dans le djebel, les Français ont mis le feu à des villages entiers, sans pitié pour les femmes et les enfants. Ils s'en repentiront : la vengeance des Druzes sera terrible !

Un ballon atterrit à leurs pieds, deux élèves se bousculent en riant pour s'en emparer. Ce sont les premiers jours de l'automne, le soleil est comme de la soie.

Selma a pris la main d'Amal. Chez les Sœurs de Besançon, la petite Druze est son unique amie, la seule à avoir osé briser l'isolement dans lequel on la tenait. L'adolescente a compris le désarroi de Selma ; elle est passée par là elle aussi, elle dont les religieuses disent : « Amal est jolie, intelligente, quel dommage que la pauvrette soit musulmane ! » Au début, elle ne voulait pas rester, elle pleurait tous les jours, mais son père n'avait pas cédé : au Liban, les meilleures écoles sont les écoles chrétiennes, et les bonnes familles musulmanes se font un point d'honneur d'y envoyer leurs filles.

— Amal, expliquez-moi, interroge doucement Selma, les autres Libanais ont accepté le mandat français, pourquoi les Druzes se battent-ils ?

— C'est une question d'honneur !

Les yeux bleus étincellent.

— Au début nous n'étions pas contre les Français, mais le haut-commissaire, le général Sarrail, a insulté nos chefs.

Au printemps de cette année 1925, une délégation était venue de Syrie pour discuter du statut de la communauté druze. Elle protestait contre les initiatives du gouverneur français Carbillet, qui bouleversaient les traditions ancestrales, et elle réclamait, ainsi que le prévoyait l'accord de 1921, un gouverneur druze.

Le haut-commissaire les avait reçus fraîchement, leur répondant qu'il approuvait pleinement les réformes de Carbillet, et que l'accord de 1921 était un document aujourd'hui dépassé. Par la suite, d'autres délégations s'étaient succédé à Beyrouth sans parvenir à rencontrer Sarrail. Pour ce « général de gauche », rationaliste et anticlérical, les Druzes sont des sauvages, tout comme les Noirs d'Afrique dont il a l'habitude. Il n'a pas de temps à perdre avec eux.

Un jour qu'il cherche à esquiver un groupe de notables escorté d'une centaine de cavaliers, il sort par une porte dérobée... et se trouve nez à nez avec eux dans les escaliers. Pour les Druzes, l'affront est intolérable ; ils jettent leurs keffiehs à terre ; entre eux et les Français, c'est désormais la guerre. Pour tout arranger, le haut-commissaire va ordonner à son délégué à Damas de convoquer les principaux chefs druzes sous prétexte d'examiner leurs revendications, et de les arrêter. Trois parmi les plus prestigieux tomberont dans le piège.

Cette fois, c'en est trop. Le 17 juillet, sous la direction du terrible sultan El Atrach, la révolte éclate. Envoyées pour la mater, plusieurs colonnes de soldats français seront décimées.

— Et ce n'est pas fini ! promet Amal en fronçant ses fins sourcils d'un air belliqueux. Des Druzes du chouf libanais ont rejoint les Druzes du djebel syrien. Ils sont à présent plus de cinquante mille !

— Vous voyez bien, ils vont gagner ! dit Selma, pourquoi donc êtes-vous inquiète ?

— Parce que, comme vous, le gouvernement français commence à penser que nous pourrions gagner, soupire Amal... Aussi a-t-il dépêché le général Gamelin à la tête d'une cavalerie circassienne, d'escadrons tunisiens et de sept bataillons de fantassins. Equipés de l'artillerie la plus moderne, ils bombardent nos villages jusqu'à les réduire en poussière. Nos Druzes se battent comme des lions. Mais que peuvent-ils faire avec leurs fusils contre des canons... ?

De son bras, Selma a entouré l'épaule de la jeune fille. Elle aussi se souvient... L'occupation, l'humiliation, la révolte, l'impuissance... et puis, la victoire ! Très fort, elle a serré son amie contre elle.

— Vous vaincrez, Amal, j'en suis sûre, comme nous, en Turquie, avons vaincu les armées étrangères !

Nous... Qui, nous... ? Des années ont passé, et Selma ne parvient toujours pas, jamais ne parviendra à réconcilier son esprit avec ce qui lui semble un aberrant paradoxe : la victoire de son pays et l'expulsion de sa famille. Quelque part l'histoire s'est fourvoyée...

— Le pire, reprend Amal, c'est que les Français sont certains d'être dans leur bon droit. Ils divisent notre territoire, notre peuple, mais ils prétendent qu'en réalité...

— Quelle réalité ? explose Selma. La réalité qui les oblige à vous tuer ? La réalité qui a forcé Mustapha Kemal à nous chasser ? Longtemps moi aussi j'ai cru qu'il y avait malentendu, qu'il fallait leur expliquer, j'en voulais à ma mère de se taire au lieu de clamer notre innocence. Comme j'étais sotte ! J'étais trop jeune pour comprendre... Ne souriez pas ! Je n'ai que quatorze ans, c'est vrai, mais ce n'est pas ainsi que l'on compte.

» J'ai vieilli lorsque j'ai découvert que la bonne foi ne sert à rien, que la question n'est pas : " Qu'est-ce qui est vrai ? " mais " Qui est le plus fort ? " De ce moment j'ai cessé de gémir et je me suis juré qu'un jour ce serait moi la plus forte.

— Alors, on complote ?

Moqueuses, deux élèves se sont approchées : ce sont les inséparables Marie-Laure et Marie-Agnès, jolies, hautaines, filles d'officiers supérieurs de l'armée française.

Toutes griffes dehors, Amal s'est dressée.

— Quelle perspicacité ! Nous discutions en effet du moyen le plus efficace de vous chasser du Liban.

Marie-Laure la regarde avec condescendance.

— Oh ! oh ! calmez-vous, ma petite ! Après tout, sans nous, votre pays serait encore une province esclave des Ottomans !

— Arrêtez donc vos histoires, s'interpose Marie-Agnès, on nous écoute. Si les mères apprennent que nous parlons politique, nous risquons d'être toutes renvoyées.

— C'est trop facile, proteste Selma d'un ton sec, de fuir maintenant que vous nous avez insultées !

— Tiens ! la princesse veut réparation ! ironise Marie-Laure. Parfait ! Je propose que nous réglions le conflit sur le terrain de gymnastique, et je vous laisse le choix des armes : la course ou le saut.

— Le saut-parachute.

Marie-Laure la dépasse d'au moins 10 centimètres, et Selma sait qu'à la course elle n'aurait aucune chance.

Le terrain de gymnastique est un peu à l'écart des bâtiments principaux, afin que les élèves puissent s'exercer en toute tranquillité. Sur le côté droit, un large bac de sable et un échafaudage sur lequel on peut fixer les poutrelles métalliques à la hauteur désirée.

— Nous commençons à 2 mètres ? propose Marie-Laure.

— Très bien.

— Alors à vous, puisque vous vous estimez l'insultée !

Les deux adolescentes se défient du regard. Elles ont complètement oublié Amal, qui pourtant est la cause de la bagarre. Cause ou prétexte ? Depuis longtemps Marie-Laure et Selma brûlent de s'affronter. Elles se ressemblent, orgueilleuses, passionnées, intolérantes. En d'autres circonstances elles auraient pu être amies. Elles se haïssent.

Autour d'elles, des élèves se sont rassemblées, attentives.

Deux d'entre elles se portent volontaires pour remonter la poutrelle, de 20 en 20 centimètres — on a peu de temps avant la fin de la récréation —, deux autres feront le guet.

Premier saut, en souplesse, c'est un jeu d'enfant.

— 2,20 mètres ! annonce l'élève qui tient le rôle d'arbitre.

Selma s'élance, légère, Marie-Laure la suit, jambes musclées, puissantes.

— 2,40 mètres !

Cela commence à devenir sérieux. L'une après l'autre elles sautent, ramassées sur elles-mêmes, concentrées.

— 2,60 mètres ! annonce l'arbitre.

Debout sur la poutrelle, Selma perçoit un murmure. Parmi les adolescentes rassemblées là, elle distingue le petit visage d'Amal. Elle lui fait un signe de la main, pour la rassurer. Elle est un peu nerveuse, jamais elle n'a sauté d'aussi haut. Mais avec tout ce sable, pas de problème. Elle plie les genoux, une fois, deux fois, hop !... Gagné !

Elle a juste le temps de se relever que Marie-Laure atterrit derrière elle. Leurs regards se croisent, hésitent un instant, puis se détournent.

2,80 mètres.

Lentement Selma gravit les échelons, un curieux tremblement dans la poitrine. En bas, c'est le silence : vingt paires d'yeux la fixent. Il n'est pas question de reculer.

Elle prend une inspiration profonde : allons-y !

A peine s'est-elle élancée qu'elle sait. Comme dédoublée — elle enregistre le craquement, la brûlure en coup de fouet, l'intolérable douleur, et en même temps une sorte de soulagement : c'est fini, elle n'a plus besoin d'avoir peur.

Autour d'elle des cris, tout tourne, non elle ne va pas vomir, elle...

Où est-elle, que s'est-il passé ? Pourquoi mère Jeanne lui bassine-t-elle le visage d'eau glacée. Pourquoi cet air affolé ?

Une douleur à la jambe droite la rappelle à la réalité.

— Ne bougez pas, mon petit, l'ambulance arrive. Mais quelle

imprudence, vous auriez pu vous tuer ! Pourquoi avoir sauté de si haut ?

Selma esquisse une grimace.

— Je m'exerçais... pour les Jeux olympiques.

D'inquiets, les visages des élèves s'éclairent, des rires fusent. C'est plus que Marie-Laure n'en peut supporter :

— C'est ma faute, ma mère, c'est moi qui...

— C'est vous qui m'avez donné le goût du sport, l'interrompt vivement Selma, mais j'aurais dû me rendre compte que je n'étais pas de taille à me mesurer à vous.

— Ma pauvre enfant, voyez où peut mener l'orgueil, soupire mère Jeanne.

Enfin voici l'ambulance. Avec mille précautions on installe la blessée, toute la classe se presse pour lui dire au revoir, Amal sanglote, à ses côtés Marie-Laure se tient très pâle.

— A bientôt, Selma, revenez-nous vite.

Elles se regardent, timidement se sourient. Selma se surprend à être heureuse de s'être cassé la jambe.

C'est une mauvaise fracture. Le docteur a prescrit six semaines de complète immobilité à la maison. Chaque jour après la classe, Amal vient voir la blessée. L'amitié qu'elle lui portait s'est muée en passion.

— Jamais je n'oublierai ce que vous avez fait pour moi. A l'école, on ne parle que de votre courage, et surtout on vous est reconnaissante de n'avoir rien dit. Vous leur avez donné une belle leçon !

Elle serre Selma dans ses bras, tendrement arrange une boucle sur le front mouillé de sueur, sème de petits baisers sur ses mains. Les cahiers étalés sur le lit — Selma est censée continuer à étudier et Amal lui résumer les cours de la journée —, elles n'en finissent pas de se raconter.

Amal a perdu sa mère à l'âge de deux ans, elle n'en a aucun souvenir. Elle a été élevée par sa tante, une cousine de Sit Nazira, la souveraine des Druzes.

— Je n'ai vu Sit Nazira qu'une fois, dans son palais de Moukhtara, au cœur de la montagne du Chouf, mais je m'en souviendrai toujours... Assise sur un divan bas, vêtue d'une simple robe noire, les cheveux recouverts d'un voile blanc comme les paysannes de chez nous, elle avait l'air d'une reine.

Amal se rappelle qu'il y avait là une vingtaine de chefs de clans, venus consulter leur châtelaine. Par respect, ils avaient déposé leurs fusils et leurs cartouchières qui formaient un gros tas à l'entrée du salon. Elle revoit leurs visages rudes, burinés, de ces visages d'hommes qu'on ne rencontre plus dans les villes. Pourtant, devant cette femme frêle, ils semblaient intimidés comme des enfants.

— Sit Nazira leur parla longuement, puis, à chacun tour à tour, elle posa la même question, en les fixant de ses yeux clairs. Les uns après les autres, ils acquiescèrent et vinrent, signe ultime d'allégeance, se prosterner et baiser le bas de sa robe. Ce qui me frappa, c'est que pas un instant elle n'avait élevé la voix ni fait un geste.

— Elle me fait penser à ma mère, murmure Selma, rêveuse, ou plutôt à ce qu'était ma mère. Pauvre Annedjim ! Depuis l'exil, elle a bien changé...

— Et votre père ?

Les yeux de Selma virent au gris foncé.

— Je n'ai plus de père.

— Pardonnez-moi, se désole Amal, je ne savais pas...

— Personne ne le sait, sauf moi.

C'est juchée sur ses béquilles que deux mois plus tard Selma fait sa rentrée en classe. Elle est accueillie avec chaleur ; des élèves qui ne lui avaient jamais adressé la parole s'empressent autour d'elle.

Du fond de la cour, Marie-Laure s'avance, nonchalante.

— Je suis heureuse de vous revoir, dit-elle.

Phrase banale, mais personne ne s'y méprend : venant du chef de file franco-maronite, elle scelle la réconciliation.

Pour Selma la journée passe comme une fête, même les religieuses sont aux petits soins.

Le soir, Marie-Laure lui propose de la raccompagner. Comme la plupart des élèves françaises, elle dispose d'une voiture avec chauffeur qui l'attend à la sortie de l'école. Selma serait tentée d'accepter, lorsqu'elle surprend le regard triste d'Amal.

— C'est gentil, merci, mais j'ai envie de prendre l'air. Et Amal a offert de porter mes livres.

Pas dupe, Marie-Laure hausse les épaules.

— Dommage, je pensais que nous avions des choses à nous dire ! Mais, vous avez raison, ajoute-t-elle d'un ton détaché qui cache mal sa déception, la fidélité avant tout !

Selma la regarde s'éloigner, le cœur serré d'avoir repoussé la main tendue, l'impression d'avoir failli. Elle a beau se raisonner, tenter de se justifier — pouvait-elle abandonner Amal qui dans les pires moments est restée à ses côtés ? —, la joie de cette journée est retombée. Même le soleil a perdu de sa chaleur.

Et lorsque, à ses côtés, la jeune Druze ironise — « Tiens, tiens, la belle indifférente serait-elle jalouse ? », elle laisse éclater son irritation.

— Ah ! je vous en prie, gardez pour vous vos commentaires !

Mais aussitôt, devant le petit visage blessé, elle se repent : « A elle aussi je fais mal. Qu'est-ce qui m'arrive ? Pourquoi l'amitié est-elle si exclusive ? Pourquoi faut-il à tout prix choisir son camp ? »

Quelques jours plus tard, en plein cours de littérature, alors que mère Térésina s'évertue à expliquer aux élèves la morale cornélienne opposée à l'amoralité des personnages raciniens victimes de leurs passions, la porte de la classe s'ouvre pour laisser paraître la mère supérieure, accompagnée d'un monsieur fort distingué, portant tarbouche [1] et canne à pommeau d'argent.

Au premier coup de claquoir de mère Térésina, toutes les élèves se sont levées ; au deuxième coup de claquoir, elles esquissent, tant bien que mal, dans l'espace étroit que laissent les bureaux, une petite génuflexion qui se veut révérence, tandis qu'à travers leurs cils à demi baissés elles examinent l'étranger.

— Veuillez nous excuser d'interrompre le cours, ma mère, susurre mère Marc de sa voix mélodieuse, mais Son Excellence le damad Ahmet Nami Bey, gouverneur de Syrie, nous fait l'insigne honneur de visiter notre établissement. Sa nièce est d'ailleurs dans votre classe. Venez saluer votre oncle, Selma.

Rougissante, l'adolescente s'approche, et sur ses béquilles ébauche une maladroite courbette interrompue par un grand rire du gouverneur.

— Vous étiez moins timide petite fille ! Allons, ma nièce, pas tant de manières, ou vous allez vous casser l'autre jambe !

Paternel, il lui pince la joue.

— Voyons, racontez-moi ce qui vous est arrivé ?

Selma voudrait disparaître sous terre. C'est bien le moment de se faire remarquer alors qu'elle commençait à être acceptée. Elle bafouille :

— Ce n'est rien, Excellence, j'ai sauté d'un peu haut.

— Un concours ?

— En quelque sorte...

— Bravo ! s'écrie le gouverneur, ajoutant malicieusement à l'intention des religieuses, je reconnais bien là le sang ottoman. Continuez, ma nièce !

---

1. Au Liban, on appelait le fez : tarbouche

Selma est cramoisie. Pour ajouter à sa confusion, deux photographes qui suivent partout Son Excellence se mettent à les mitrailler tandis que le damad prend la pose, une main protectrice sur l'épaule de la jeune fille. Elle en pleurerait de rage. Tous ses efforts réduits à néant : demain, quoi qu'elle fasse, ses compagnes vont encore la traiter de pimbêche.

Mais le lendemain, à sa grande surprise, les élèves semblent plutôt impressionnées. Le journal du matin, *L'Orient*, a publié dans sa rubrique mondaine la photo de Selma et du gouverneur, avec pour légende : « L'intrépide petite princesse. » Les parents ont interrogé leurs filles, intrigués par la nièce de cet homme sur qui reposent aujourd'hui tant d'espoirs. Le damad vient en effet d'être nommé gouverneur de Syrie par le nouveau haut-commissaire français, Henri de Jouvenel. Ce dernier estime que, en sa qualité d'Ottoman, proche des chefs druzes, mais également ami de la France, Ahmet Nami Bey est le mieux placé pour négocier une solution à cette désastreuse guerre du djebel.

Autour des tables du petit déjeuner, les conversations ont été animées. « Pourquoi n'inviteriez-vous pas cette petite ? a demandé plus d'un père à sa fille. C'est une relation à ne pas négliger ! » Cependant que les mères ont approuvé : « Elle est musulmane, mais après tout elle est princesse... »

En l'espace d'une semaine, Selma, qui depuis un an entendait ses compagnes parler de leurs sorties et de leurs réceptions sans jamais y avoir été conviée, va recevoir une demi-douzaine d'invitations. Poliment elle remercie ; elle a envie de les insulter, elle se contente de répondre qu'elle demandera à sa mère.

De loin, Marie-Laure lui fait un petit signe, l'air de dire : « Ne prenez pas cela tellement à cœur ! » Elle au moins s'est abstenue. Selma lui en est reconnaissante.

Et moi ? Moi, je n'existe pas ? Je ne suis donc rien à leurs yeux, qu'un titre ? Dire qu'un moment j'ai cru avoir gagné leur sympathie ! Comme j'étais sotte !

A coups de béquille rageurs, Selma fait voler les cailloux du chemin, elle ne prête pas attention à Amal qui lui a pris le bras, bouleversée de voir, pour la première fois, des larmes dans les yeux de son amie.

— Ne soyez pas triste, vous leur faites trop d'honneur !

— Je sais, elles n'en valent pas la peine. Mais, Amal, c'est plus fort que moi, j'ai besoin qu'on m'aime...

— Moi je vous aime, Selma, dit timidement la jeune fille. Je sais que ce n'est pas grand-chose.

— Mais si, Amal, c'est beaucoup et je l'apprécie !

Selma s'efforce de sourire, sa bouche tremblante s'affaisse en une pitoyable grimace, elle étreint la main de sa compagne... *C'est vrai, Amal, tu m'aimes, mais pourquoi... ? Parce que dans cette classe je suis comme toi, un canard boiteux parmi les cygnes ?... Parce que nous sommes musulmanes face aux chrétiennes qui nous méprisent ?*

A travers les larmes qu'elle n'essaie plus de retenir, elle revoit le blanc palais d'Ortaköy où une « petite sultane » espiègle et décidée commandait l'admiration et l'adoration des autres enfants. Comme cela semble loin... *Gulfilis, et toi Ahmet, vous souvenez-vous de votre Selma ? Vous m'aimiez, et cela me semblait naturel... Maintenant il ne me reste plus personne... Même Baba... Non ! A lui je ne veux plus penser.* Elle secoue la tête, d'un revers de la main essuie ses yeux. Qu'est-ce qu'elle raconte ? *Il me reste la plus importante, Annedjim... Annedjim m'aime, elle !... Bien sûr... Je suis sa fille... Sinon, est-ce qu'elle m'aimerait ? Est-ce qu'elle m'aimerait pour moi-même ?*

Dans les semaines qui suivent, les cartons d'invitation vont affluer, mais au grand étonnement de sa mère Selma refusera même de les regarder. Elle prétend que l'ennuient ces réunions où chacune n'est préoccupée que d'être la mieux habillée, et où le principal sujet de conversation est de dire du mal des absentes.

La sultane n'insistera pas. A l'air buté de sa fille, elle devine une blessure, mais elle sait que Selma ne parlera que lorsqu'elle le décidera. « Elle qui était si confiante, pense-t-elle, comme elle est devenue secrète ! Je me dis parfois que c'est ma faute, je leur consacre si peu d'attention, à elle et à Haïri... Je n'en ai plus le courage... Ni l'envie... D'ailleurs, que leur dirais-je ? J'ai beau chercher en moi, je ne rencontre que le silence... »

Assise entre Zeynel et les kalfas, Selma détaille les arabesques du tapis, on dirait qu'elles dansent ! Elle a entendu Marie-Agnès dire qu'à ces goûters un professeur venait leur enseigner le charleston. Elle imagine les rires, la musique, elle en a des fourmis dans les jambes... Mais à quoi bon rêver ? Elle n'ira pas.

D'ailleurs elle n'a même pas une robe convenable à se mettre, et puis ces invitations, il faudrait bien les rendre, où trouverait-on l'argent ?

La famille vit déjà sur un budget minuscule. Tous les deux ou trois mois, par l'intermédiaire du cousin de Memjian Agha, un petit bijoutier arménien qui a passé sa jeunesse à Istamboul et qui leur est dévoué, la sultane vend un bijou que les dames de la société maronite, nouvellement enrichies, s'arracheront. Moins pour la beauté des pierres que par orgueil de pouvoir arborer les dépouilles de cette famille ottomane dont pendant quatre siècles on a subi la domination.

Mais la réserve de bijoux n'est pas inépuisable, et il arrive que la sultane prenne un ton sévère et parle économies, ce qui, à la maison, les fait tous sourire car la princesse n'a aucune notion de l'argent. Elle a toujours refusé de vérifier un compte — « Me prenez-vous pour une marchande ? » — ou de manier ces « billets dégoûtants ».

C'est Zeynel qui a pris en main les finances de la maison. Il est désormais le seul homme de la famille, car à seize ans Haïri n'est encore qu'un gros garçon boudeur. Ravie d'être débarrassée de cette tâche « insupportable », la sultane lui laisse toute liberté ; jamais elle ne fera une remarque ou ne semblera noter qu'à table le menu est souvent maigre. Elle plane bien au-dessus de ces détails.

Par contre, elle ne sait pas refuser aux pauvres qui frappent à sa porte. Sa générosité est connue de tout le quartier.

Personne ne songerait à lui faire observer que les temps ont changé, et qu'elle devrait être moins prodigue. Surtout pas Selma. Autour d'elle, elle a toujours vu donner, aux amis, aux domestiques, aux esclaves, aux miséreux. On donnait, c'était naturel, cela faisait partie de l'ordre des choses.

Aujourd'hui, il n'y a plus d'argent, est-ce une raison pour changer ? Pas plus que sa mère elle n'est capable de résister à des yeux qui implorent. Cela la rend tellement heureuse de faire plaisir.

Un jour, agacée de la voir vider son porte-monnaie chaque fois qu'un mendiant lui tend la main, une élève s'est exclamée :

— Mais arrêtez donc de faire la princesse !

Sur le moment Selma en est restée stupéfaite. Par la suite elle s'est demandé si en effet elle donnait pour se garder l'illusion d'une supériorité, d'un statut qu'elle n'avait plus. La question l'a quelque temps tourmentée, et puis elle a fini par se dire qu'elle ne faisait qu'obéir à son instinct : comme le rôle du soldat est de combattre celui du médecin de soigner, il est de la nature du prince, pensait-elle d'être princier.

Un Barbarin[1] est venu porter la missive. Fier du bel uniforme rouge qui met en valeur sa peau sombre, il se tient bien droit à l'entrée du salon, tandis que la sultane décachette l'enveloppe ornée d'une épaisse couronne dorée.

« C'est vrai que, grâce aux Anglais, le " Khedive " a désormais le titre de " Roi d'Egypte ", songe-t-elle, amusée ; s'il continue à être aussi docile, peut-être parviendra-t-il un jour à se faire nommer

1. Domestique noir, en général soudanais.

empereur ! » L'indulgence ironique avec laquelle elle accueille généralement les petites vanités de ses semblables se teinte aujourd'hui
d'un certain désenchantement : elle n'est pas près d'oublier que, au
printemps 1924, le pusillanime souverain a refusé d'accueillir la
famille ottomane en exil.

L'écriture haute et appuyée dénote une personne consciente de son
importance. C'est une nièce du roi Fouad, la princesse Zubeyda, qui,
de passage à Beyrouth, sollicite « le plaisir » d'un entretien avec la
sultane.

« Le plaisir ? Lorsque nous étions leurs suzerains, il n'y a pas si
longtemps, douze ans, ils sollicitaient " l'honneur " d'être reçus !
Allons, nous l'accueillerons dignement, mais il n'est pas sûr qu'elle y
trouve... plaisir ! »

Avec un sourire malicieux, la sultane prend l'une de ses dernières
feuilles de parchemin aux armes de l'empire et trace quelques lignes
conviant la princesse pour le lendemain, à l'heure du thé.

Le lourd collier d'émeraudes étincelle, au centre un diamant gros
comme un œuf de caille s'irise de feux de toutes couleurs.

Sur le seuil la princesse Zubeyda s'est arrêtée, éblouie, elle ne peut
détacher ses yeux du cou de la sultane.

— Entrez, ma chère, je vous en prie.

Immédiatement, Zubeyda a reconnu le ton impérial où exquise
politesse et hauteur se mêlent avec le plus grand naturel, ce ton qui,
lorsqu'elle était jeune fille, la pétrifiait d'admiration et de rancœur, et
que jamais, malgré tous ses efforts, elle n'est parvenue à imiter.

Dans la bergère au fond du salon, la silhouette sombre attend,
immobile.

Vite, la princesse se ressaisit et s'incline gracieusement en un
profond temenah, main sur le cœur, les lèvres puis le front.
Lorsqu'elle se relève, elle croise un regard froid, interrogateur. A
l'évidence, son hôtesse s'attend aux trois temenahs, comme l'exigeait
l'étiquette à la cour ottomane. Dans le salon exigu de sa modeste
maison beyrouthine, plus que jamais elle reste « la sultane ». A
grand-peine, la jeune femme s'exécute, mesurant ses révérences dans
l'espace à présent trop restreint, le visage empourpré de s'être, dès
l'abord, silencieusement mais clairement fait remettre à sa place.

Enfin la sultane lui sourit et lui désigne aimablement un petit
fauteuil à côté d'elle. On ne s'en aperçoit qu'assise : plus bas que la
bergère, il oblige l'invitée à tendre le cou pour parler à son hôtesse : le
principe du trône et des tabourets de duchesses...

De plus en plus mal à l'aise, la princesse se demande si elle doit s'estimer insultée et le montrer, lorsque, du ton le plus doux du monde, la sultane la remercie d'avoir distrait de son temps précieux pour visiter une pauvre exilée. Se moque-t-elle ? Mais le moyen de prendre une attitude revêche devant ces yeux de porcelaine et ces paroles de miel... ?

L'heure qui suivra sera l'une des plus longues que Zubeyda ait jamais endurées. Elle qui venait, auréolée de sa richesse et de sa puissance, constater le malheur d'une famille qu'elle a toujours jalousée, elle qui venait plaindre, compatir et même offrir, avec tact, une petite somme bien empaquetée au fond de son sac, elle est reçue avec encore plus de noblesse, et de morgue dissimulée, que du temps où cette famille régnait.

Tous ces commérages sur leur pauvreté — on parlait presque de misère ! — comment s'y est-elle laissé prendre ? La maison n'est pas grande, certes, mais les bijoux de la sultane, l'opulence de la réception, où se succèdent sorbets et pâtisseries servis dans un somptueux service de vermeil par trois serviteurs stylés, n'indiquent pas la gêne. Comment fait-elle ? Question suprêmement irritante, et qu'il est impossible de poser.

Dès que la décence le permettra, la princesse se confondra en remerciements et prendra congé, sans oublier cette fois les temenahs — trois, accomplis à reculons, devant la sultane, qui, assise toute droite dans la bergère, lui sourit dans sa souveraine bonté.

Ce que l'infortunée Zubeyda n'entendra pas, ce qu'elle est loin d'imaginer, c'est, dès son départ, l'immense éclat de rire de Hatidjé sultane.

— La mijaurée n'en croyait pas ses yeux ! Je pense lui avoir donné une bonne leçon. Nous n'aurons plus de sitôt ce genre de visite. Allons, mes enfants, venez, ces pâtisseries sont délicieuses !

Ravis du tour joué et de la gaieté de la sultane, Selma, Haïri, Zeynel et les deux kalfas encore déguisées en femmes de chambre s'attablent. Un petit homme les suit, que Hatidjé fait asseoir à sa droite, et dont elle emplit elle-même l'assiette. C'est son fidèle bijoutier arménien. Il repartira une heure plus tard avec, dans son gros sac de cuir, le somptueux collier et les plats de vermeil prêtés pour cette occasion exceptionnelle.

III

« Une lettre pour moi ? » Etonnée Selma regarde le timbre d'Irak. Qui donc peut lui écrire ? Elle ne connaît personne là-bas.

Le facteur, qui d'habitude dépose le courrier dans la boîte verte dont Zeynel a la clé, a arrêté la jeune fille alors qu'elle sortait pour aller en classe.

— Il y a une surtaxe de dix piastres à payer. Voilà, signez là, merci mademoiselle.

Et il est reparti sur sa bicyclette en sifflotant dans la lumière dorée de ce matin de mai.

Selma soupèse l'enveloppe avec curiosité, la haute écriture fine lui semble familière, et pourtant... Résolument, elle l'enfouit dans sa poche : elle est déjà en retard pour la composition de géométrie.

Elle presse le pas ; dès qu'elle a tourné le coin de la rue et que les kalfas, derrière les fenêtres, ne peuvent plus la voir, elle se met à courir : vite, plus que dix minutes avant que la cloche ne sonne.

Le problème était facile. A la sortie les élèves échangent leurs réponses. Mais aujourd'hui Selma n'a aucune patience pour les triangles isocèles et les parallélépipèdes rectangles.

— Excusez-moi, on m'attend.

Sans explication, elle plante là Amal qui veut vérifier ses solutions.

« On m'attend. » Pourquoi a-t-elle dit cela, elle qui déteste mentir ? Qui l'attend sinon ce bout de papier au fond de sa poche ?

Au lieu de prendre le chemin de la maison, elle s'est dirigée vers la corniche, le long de la mer. Elle marche lentement, savourant le soleil, elle a tout son temps. Souriante, elle refuse les offres des petits marchands de glaces et de limonade qui font fortune en cette saison.

Elle est arrivée non loin du vieil hôtel Bassoul. Là, dans un renfoncement, elle connaît un coin tranquille.

Assise sur le banc de bois, elle joue avec la lettre. C'est toujours le meilleur moment, avant. On peut imaginer le Prince Charmant qui vous a aperçue de loin et vous déclare sa passion, mais lorsqu'on ouvre, invariablement c'est une cousine qui vous raconte sa vie insipide ou une tante qui gentiment vous reproche de ne pas lui donner de vos nouvelles. Les cousins, eux, n'écrivent jamais.

Selma déchire l'enveloppe.

Bagdad, 1er mai 1926

« Ma chère petite fille,

« Je vous envoie ce mot un peu comme on jette une bouteille à la mer, car, depuis deux ans, je vous ai écrit maintes fois, en vain. Mes lettres se sont-elles égarées ou n'avez-vous pas voulu me répondre?

» Votre père est bien malheureux, vous savez, d'avoir perdu sa jolie Selma. C'est de ma faute, bien sûr : j'ai choisi mon pays, croyant qu'il avait besoin de moi. Quelle vanité...

» Depuis, pas un jour ne se passe sans que je ne regrette ma décision. Pouvez-vous comprendre... et pardonner? Je me sens si seul, j'aurais tant aimé vous voir grandir. Vous étiez une ravissante enfant, vous devez être une belle jeune fille maintenant.

» J'ai pensé que, peut-être, vous aussi aimeriez revoir votre vieux père, après si longtemps. Je suis actuellement consul à Bagdad. C'est une ville admirable, vous plairait-il de la connaître? Si oui, faites-le-moi savoir, je vous envoie immédiatement le passage pour vous et votre kalfa. Vous pourrez rester quelques mois, ou davantage si vous le désirez : rien ne pourrait me rendre plus heureux.

» J'attends votre réponse avec impatience...

Votre père qui vous aime.

P.S. : Bien sûr, je désire aussi voir Haïri, mais il faut d'abord qu'il termine ses études. Je vous charge de transmettre mes hommages à la sultane. Qu'Allah la garde! »

Mon père... ! mon père?

Selma est abasourdie de rancune, de bonheur... *Pourquoi me faites-vous cela? Que vous ai-je fait, moi? Vous m'abandonnez puis voulez me reprendre, vous m'aimez, ne m'aimez plus, vous m'aimez de nouveau... Que suis-je donc pour vous ?*

Petite silhouette sur le banc étreint la lettre, courbée sous des sanglots amers et délicieux... *Je vous ai tant aimé et si fort haï de ne plus m'aimer !*

Le visage s'est crispé, bouche ouverte en un cri muet, en un silence étouffant.

Un passant ralentit, curieux de cette jeune fille dont le désespoir éclate avec une telle violence. Elle ne le voit pas ; seule existe cette présence dans sa main.

... « *Je vous ai manqué ?* » — *Et moi ? Vous êtes-vous demandé comment* « *votre petite fille chérie* » *supportait votre trahison ? Car vous m'avez trahie. Depuis longtemps vous rêviez de disparaître, je le sentais. Vos absences étaient de plus en plus fréquentes, à la maison tout vous pesait, vous vouliez recouvrer votre liberté. L'ordre d'exil n'a été pour vous qu'un prétexte.*

Mon père...

Je vous en ai voulu surtout d'être parti sans m'avoir embrassée...

Si vous aviez parlé tout aurait été tellement plus facile.

Pensiez-vous que je ne comprendrais pas ? Me connaissiez-vous si mal ? A treize ans, on n'est plus une enfant, on sait les choses souvent mieux que les adultes qui s'aveuglent pour se protéger.

Moi, je n'avais pas de cuirasse, je voulais sentir avec mes nerfs, creuser à travers les mensonges, les faux-fuyants, pour tenter d'atteindre... quoi ? je ne sais pas. Je sais seulement que c'est cela, vivre. Qu'il n'y a pas d'autre chemin.

C'est dur, il y faut de la force... Et je suis forte quand je me sens aimée. Vous m'avez pris ma force lorsque, sans rien me dire, vous m'avez abandonnée...

J'ai eu si mal, Baba, si vous saviez...

Sans s'en rendre compte, Selma a crié. Le soleil tournoie à travers ses larmes, elle ressent soudain une fatigue intense, une envie de rentrer dans la terre, de s'y enfouir au plus profond, tranquille.

Combien de temps est-elle restée sur ce banc ? La mer a commencé à rougir lorsqu'elle se décide à rentrer à la maison.

Des exclamations affolées l'accueillent : « Où étiez-vous ? Qu'est-il arrivé ? Etes-vous blessée ? » Les deux kalfas tournent autour d'elle comme autour du poussin enfin retrouvé. Dans le salon, Zeynel qui tente pour la énième fois de joindre le commissariat de police reste bouche bée, récepteur en l'air, tandis qu'Haïri éclate de rire.

— Je vous l'avais dit, elle se promenait ! C'était bien la peine de faire tant d'histoires !

Au regard étrange de sa fille, la sultane a compris que quelque chose de grave vient de se passer.

— Qu'y a-t-il, Selma?

La jeune fille ne l'entend pas, elle s'est tournée vers Zeynel, le fixe durement.

— Qui a pris les lettres que mon père m'a envoyées pendant deux ans?

Un silence scandalisé : c'est la première fois depuis l'exil que quelqu'un ose évoquer Haïri Raouf Bey en présence de la sultane. Mais Selma n'en est plus à s'inquiéter des convenances ; furieuse, elle martèle sa question :

— Qui a pris les lettres de mon père? Qui?

Glaciale, la sultane l'interrompt.

— Reprenez-vous, princesse, et cessez d'accuser Zeynel. C'est moi qui ai pris les lettres et les ai fait détruire.

Atterrée, Selma regarde sa mère.

— Vous, Annedjim? Mais pourquoi? Vous saviez pourtant combien je souffrais de son silence!

— Vous auriez souffert encore beaucoup plus!

La sultane s'est radoucie, elle a pris les mains de Selma.

— Vous auriez été déchirée, ma petite fille, vous vous seriez posé mille questions. J'ai pensé qu'il était mieux pour vous que la séparation, puisque séparation il y avait, soit nette. Au début, ce fut dur, je le sais, mais peu à peu vous vous êtes résignée à l'inévitable, vous avez commencé à oublier.

— Oublier? Oh, Annedjim, comment avez-vous pu croire que je pourrais oublier mon père?

La sultane hésite.

— J'ai agi pour votre bien, et... je persiste à croire que j'ai eu raison : regardez dans quel état vous êtes à présent!

... Par votre faute, à cause de votre aveuglement! Les yeux de Selma flamboient, elle serre les lèvres. Ne pas dire les paroles irréparables... S'enfuir... La porte lui semble infiniment loin... Atteindre sa chambre... Tourner la clé... Personne, ne plus voir personne... Elle s'écroule sur le plancher.

— *« Tu tueras ton père et ta mère! » Que disait mère Barnabé, que c'était le 6ᵉ ou le 7ᵉ commandement?*

— *Vous avez vraiment la tête comme une passoire.*

— *Oui, mère Achillée.*

Mais quand grand-père viendra
Il vous pendra par les pieds
Ça vous apprendra

A raconter partout
Que le sultan est fou.

... Comme j'ai froid...

Froid le matin,
Comme un lutin,
Chaud le soir,
Etranglée dans l'armoire.

... Que de monde ! Qui sont ces femmes en blanc qui pleurent ? Et ce trou qui s'agrandit sans cesse, est-ce que... ? NON *! Ne m'enterrez pas, je ne suis pas morte, arrêtez !*

— *La pauvre, elle ne se rend même pas compte qu'elle est morte.*

— *Mais je ne suis pas morte !*

— *Et voilà la folie qui la gagne, en plus ! Quelle peine elle doit faire à son admirable mère ! Elle n'a jamais été raisonnable.*

— *Son père en est d'ailleurs mort de chagrin : c'est elle qui l'a tué.*

— *C'est faux ! Mon père m'aime ! Je suis « sa petite chérie ».*

... Toute la classe éclate de rire. Toi aussi, Amal, tu es avec elles ? Qu'est-ce qu'elles chantent maintenant ? « God save the Queen » ? Ça c'est plus gentil ! Comment ? Ce n'est pas pour moi ? Je ne suis pas reine ? Mais si je suis la reine puisque mon père est le roi. Ma mère ? Pauvre maman, elle est morte toute petite ; ce n'est pas moi qui l'ai tuée.

— Je vous en prie, docteur, dites-moi la vérité, guérira-t-elle ?

Hatidjé sultane est livide. Depuis une semaine, elle veille Selma refusant de la laisser un instant, comme si seule sa présence pouvait empêcher le mal d'empirer.

— Je ne sais, sultane. Un choc sur un terrain certainement déjà fragile. Y a-t-il des antécédents dans la famille ?

— Pas exactement, mais mon père avait... des accès de mélancolie.

— Pardonnez-moi, sultane, je dois savoir la vérité : votre père avait-il également des crises de délire ?

— Je l'ignore, docteur — Hatidjé sultane a l'impression qu'elle va défaillir — j'étais très jeune ; lorsque mon père allait mal, on nous éloignait. Par la suite il s'est guéri.

Le docteur s'est redressé, torse bombé, pouce dans le gilet.

— Donc, vous n'avez jamais su si votre père avait eu, ou non, des accès de folie, et votre fille, à votre avis, ne le sait pas non plus. Cela explique tout !

— Je ne comprends pas...

Il rajuste son lorgnon d'un air avantageux.

— Je ne pense pas que vous ayez pu entendre parler du docteur Freud. C'est un psychiatre autrichien dont les théories ont révolutionné le domaine des maladies mentales. Je les ai étudiées, les ai comparées avec mes propres observations, et en ai tiré certaines conclusions pratiques dont je suis, je l'avoue, assez content.

Il enfle la voix, détache avec soin chaque syllabe :

— D'après le docteur Freud et moi-même, je crois que l'on peut dire que votre enfant est confrontée à un problème qu'elle ne sait comment résoudre. C'est un cas banal et chacun s'en tire à sa façon, en s'étourdissant dans le plaisir, le travail, l'alcool, que sais-je ! Mais certains êtres, peut-être plus sensibles, choisissent de fuir dans la folie.

— Choisissent ?

— Oui, princesse, on peut dire qu'il s'agit d'un choix, même s'il n'est pas vraiment conscient. Les divers degrés de la conscience, c'est là toute l'astuce du docteur Freud ! Un vrai régal de l'esprit, n'est-ce pas ?

— Mais... ma fille ?...

Perdu dans son discours, le médecin n'entend pas la sultane.

— Je disais donc : pourquoi ce choix, et non un autre, plus « raisonnable » ? Eh bien, il peut y avoir multiples motifs, et parfois l'influence de quelqu'un qu'on admire et auquel on s'identifie. Voilà pourquoi je vous ai demandé si votre fille savait que son grand-père avait, peut-être, eu des accès de folie. Si oui, comme c'est vraisemblable — avec les domestiques rien ne reste secret — on peut espérer que l'identification ne durera pas. Car elle n'est pas solide, basée seulement sur un « peut-être ». Si les tensions s'affaiblissent, moi, docteur Oukhan, je puis vous affirmer que cette identification malsaine disparaîtra d'elle-même.

Sa voix s'est faite grave.

— Mais vous avez un rôle à jouer, sultane.

— Je ferai tout, docteur, dites-moi...

— Surtout ne faites rien ! Allez vous reposer, laissez les autres s'occuper de votre fille. Car même dans son état, et peut-être surtout dans son état, elle perçoit votre anxiété et cela renforce son sentiment de culpabilité à votre égard. Elle ne sait comment vous plaire sans trahir son père, et vice versa. Aussi se réfugie-t-elle de plus en plus dans l'irréalité. Ma prescription : laissez votre enfant tranquille.

— Vous suggérez que ma présence à son chevet lui est néfaste ?

— Je ne le suggère pas, je l'affirme. Mes hommages, sultane.

— Ce médecin est un âne et qui plus est un malotru ! Comment l'amour d'une mère peut-il nuire à sa fille ?

Exaspérée, la sultane arpente son salon.

— Quand je pense qu'on le tient pour le meilleur psychiatre en ville !... Que faire maintenant ?

— Si je puis me permettre, sultane, risque Zeynel sans oser regarder sa maîtresse, suivre son avis. Je ne crois pas une seconde à son galimatias, mais vous-même avez besoin de repos, vous semblez très lasse. N'ayez crainte je veillerai sur la princesse et vous préviendrai à la moindre alerte.

« Tu vas expier ! » Les ombres sans forme sont sorties des murs blancs, elles entourent Selma.

— *Mais qu'est-ce que j'ai fait ?*

— *Ha, ha, ha ! elle demande ce qu'elle a fait !*

... Quel rire idiot !... Surtout ne pas les mettre en colère.

— *Je vous jure, elle a pris sa voix la plus douce, je ne le sais pas.*

— *Tu ne le sauras jamais, c'est ça la punition : savoir que tu as commis un crime horrible mais ignorer lequel.*

— *Je ne comprends pas...*

— *C'est pourtant simple : si tu connais ta faute et qu'on te punit, la punition devient le moyen de te racheter. Par un calcul d'épicier tu mets en balance le mal que tu as causé et celui que tu endures, et au bout d'un certain temps tu estimes que tu es quitte. C'est trop facile : grâce à la punition, pas d'angoisses, un bon petit monde bien ordonné ! Eh bien ! nous ne te punirons pas : tu mérites l'enfer et l'enfer c'est l'absence de punition.*

— *Non, s'il vous plaît, pas ça ! supplie Selma terrorisée.*

Elle essaie de saisir un morceau d'ombre, mais malgré tous ses efforts, ne parvient pas à bouger.

— *Je veux mourir, gémit-elle.*

— *Qu'est-ce qu'on vient de t'expliquer ?*

Les voix s'allongent en un sifflement irrité.

Dans notre monde, le vrai, pas ton bout de chambre ni ton bout de pays, on ne meurt pas. Il n'y a ni mort, ni vie, ni vrai, ni faux, ni début ni fin. Et ce que tu as fait, après tout, n'a aucune importance, car dans ce monde il n'y a rien de bon ni de mauvais, rien de juste ni d'injuste. C'est un monde infini, donc sans règles.

— *Mais alors, interrompt Selma, si ce que j'ai fait n'a aucune importance, vous pouvez me pardonner ?*

— *C'est vraiment une idée fixe ! Sache que même si nous le voulions nous ne le pourrions pas. Nous avons le privilège, vois-tu, d'être totalement libres, et cette liberté nous empêche de prendre la moindre décision. Nous sommes comme des balances sur lesquelles rien ne pèse.*

Fâchée Selma se rencogne dans son oreiller.

— *Tout ça ne veut rien dire ! proteste-t-elle.*

— *Peut-être, mais connais-tu, toi, des paroles qui aient jamais voulu dire quelque chose ? Comment vos misérables mots forgés par des esprits limités pourraient-ils appréhender la réalité ? N'y songez pas, continuez à vous divertir, et n'essayez pas de sortir de votre boîte à trois dimensions. Ceux qui l'ont tenté, nous n'avons même pas eu besoin d'intervenir, leurs propres frères les ont enfermés derrière des barreaux en les déclarant fous, lorsqu'ils ne les ont pas brûlés ou crucifiés.*

» Crois-moi, il vaut mieux rester tranquille dans ton coin. Il est ennuyeux, limité ? C'est vrai. Mais tu sais l'infini est bien monotone aussi, des espaces interminables, pas un mur pour s'appuyer, pas une porte qui ferme, et puis on meurt de froid, jamais une couverture qui borde, rien qui limite rien, à la fin c'est épuisant !

« ... Enfin elle s'est endormie. Comme elle est rouge et moite, ma pauvre petite fille !... » Délicatement, Zeynel a tiré le drap pour recouvrir Selma, protéger son corps mince, non d'une improbable fraîcheur mais des influences mauvaises qu'il sent rôder. Lorsque tout à l'heure elle criait, se débattait contre des fantômes, l'eunuque a pris son Coran de la main droite, ouvert grandes les lumières et inspecté tous les placards. On a beau dire de nos jours que les revenants sont des inventions de bonnes femmes, lui Zeynel se rappelle bien que dans son village, en Albanie, on n'allait jamais se coucher sans laisser devant la porte du pain et quelques fruits, afin que les esprits poussés par la faim n'aient pas la mauvaise idée d'entrer. Et généralement le matin il ne restait plus rien.

De son index potelé il effleure la joue de l'adolescente et tremble de son audace. Si quelqu'un le surprenait comment expliquerait-il cet irrespect ? Moment d'absence, ou désir sénile de contact avec une peau fraîche ? Même sous la torture, la vérité ne devra jamais être dite !... Secret terrible et délicieux qui le ronge et l'enchante, qui dans la pire adversité le fait se redresser, comme un roi, comme un dieu, comme un homme !

— Baba !

Selma s'est dressée en hurlant, les yeux blancs d'épouvante.

— Ne me tue pas ! Eloigne ce poignard, je suis ta petite fille. Tu ne me reconnais pas ? Regarde ! J'enlève cette peau !

Frénétiquement, elle se griffe le visage, repoussant avec force l'eunuque qui tente de la maîtriser.

— Regarde, c'est moi ! Ne reconnais-tu pas ton petit bébé ? ton tout petit bébé...

Elle s'est recroquevillée, genoux sous le menton, bras serrés autour des épaules.

— Est-ce que tu me vois encore ? Je me rétrécis si vite, bientôt je ne serai plus qu'un coquillage rose que tu pourras emporter dans ta poche. Je ne te gênerai pas, je te le promets. Seulement, de temps en temps, dis... tu me caresseras ?

— Oui, ma petite fille, je te caresserai, n'aie pas peur...

Avec une délicatesse infinie, Zeynel a posé sa main sur le front de l'adolescente qui gémit.

— Ils m'enfoncent des clous dans la tête pour m'empêcher de penser. Baba, ne m'abandonne pas !

— Je suis là, Djijim, calme-toi, jamais je ne t'abandonnerai.

Tremblante, elle se blottit dans ses bras.

— Je t'aime tant, je n'aime que toi !

Ses gros yeux embués d'émotion il la serre sur sa poitrine, tendrement la berce :

— Et moi, si tu savais combien je t'aime, comme jamais avant moi père n'a aimé son enfant.

Père... lui dont en cachette les servantes se moquent... L'a-t-il rêvée, l'a-t-il vécue, cette nuit bénie... voici seize ans ?

Sa sultane dormait dans un grand lit entouré de rideaux de brume. Un vent très fort s'était levé et irrésistiblement l'avait aspiré vers Elle, sa maîtresse, sa reine. Un Zeynel inconnu, plus libre et plus lui-même que jamais il ne le fut, avait posé ses lèvres sur le front blanc. Il avait ressenti comme un éblouissement. Après... il ne se souvenait de rien.

Neuf mois plus tard, Selma naissait. Tout le monde s'était extasié sur sa ressemblance avec Haïri Bey. Zeynel s'était tu. Mais dans tout son corps il avait éprouvé un appel envers ce petit être, un déchirement de sa chair, une reconnaissance.

Longtemps il avait repoussé ces folles imaginations, mais elles s'imposaient de plus en plus souvent à lui, ces dernières années surtout, depuis que l'exil avait fait d'eux... une famille.

Et aujourd'hui c'est elle, sa petite fille, qui crie vers lui. Bouleversé, il s'est légèrement détaché d'elle pour mieux la contempler.

— Ma Selma !... Tu es mon miracle, tu es mon aurore, incroyable don des dieux, une larme versée par Allah sur ma détresse...

Elle l'écoute avec ravissement.

— Encore, Baba ! Dis-moi de jolies choses...

— Pauvre petite fleur, un seul rayon de soleil et te voilà toute épanouie... Là, repose-toi contre l'épaule de ton Baba. Est-ce que tu comprends, maintenant ?

— Oui, murmure-t-elle, les yeux mi-clos.

— Quelle souffrance, mais que pouvais-je te dire ? Jamais tu ne m'aurais cru. Il fallait que tu découvres, seule, notre secret.

— Notre secret...

Elle se pelotonne plus encore, soupire d'aise.

— Promets-moi de ne rien dire, ils nous prendraient pour fous !
Les mécréants, croient-ils quelque chose d'impossible au Tout-
Puissant ?

D'indignation, l'eunuque s'est redressé. Evoquer cette impiété lui
fait bouillir le sang. Selma ouvre les yeux, étonnée : comme il est
rouge soudain, pourquoi parle-t-il si fort ?

— Ils nous disent déments. Mais gardez-la, votre sagesse, vers de
terre aveugles qui craignez tout égarement !

Il a saisi les mains de Selma.

— Mon enfant, bénis avec moi la folie ; elle est la voie royale ver
l'infini, vers le point ultime où tout est confondu, où tout est clair...
Remercions Dieu de nous aider à trébucher, louons-le pour cette
goutte de mercure qui tourbillonne dans nos têtes carrées. Qu'elle se
multiplie, qu'elle éclate en mille phosphorescences !... Eblouis la
Lumière, ô Miséricordieux !

— Quel drôle de rêve j'ai fait, Zeynel, si tu savais...

Toute rose, Selma s'étire et bâille avec volupté.

— Quelle heure est-il ? Je meurs de faim. Fait-il beau temps ?
Bonjour, Leila Hanoum, puis-je avoir de la confiture de fraises ?

— De la conf...

Les yeux écarquillés, la kalfa en bégaie.

— Vous me reconnaissez, princesse ?

— Si je vous reconnais ?... Mais, Leila Hanoum, vous sentez-vous
bien ? s'inquiète Selma.

— Allah ! Allah !

Tremblante d'émotion, la kalfa s'est précipitée hors de la chambre.

— Sultane ! La princesse... La princesse est guérie !

— Qu'est-ce qui lui prend ? Ai-je été si malade ? Qu'est-ce que
j'ai eu, Zeynel ?

— Heu... Pas grand-chose, juste un petit... une petite enfin, une
sorte de grippe, voilà.

— Mon pauvre Zeynel, que tu mens mal ! Pour un homme de
cour c'est une honte !

— Annedjim, pourquoi me regardez-vous ainsi ?

La sultane vient d'entrer dans la chambre.

— Dites-moi, que s'est-il passé ?

Pourquoi sa mère la serre-t-elle dans ses bras avec cette tendresse inhabituelle ?

— Une sorte de fièvre, ma Selma, c'est tout.

La fillette se tait. Pour que la sultane dissimule, ce doit être grave. De toutes ses forces, elle tente de se souvenir : rien, elle ne se souvient de rien... Sauf de ce rêve où Zeynel disait... Que disait-il, déjà ?

Ce n'est que deux mois plus tard que Selma se décidera à répondre à son père. Elle lui dira ne pouvoir se rendre à Bagdad — ses études... — mais pourquoi lui ne viendrait-il pas à Beyrouth la voir ? « Cela me ferait plaisir », écrit-elle. Plaisir... Est-ce le mot qui convient pour qualifier ce tremblement du cœur, ces larmes ? Les autres mots, elle ne les écrira pas... Ce « plaisir » des cartons d'invitation gravés par centaines a ce qu'il faut d'impersonnel et d'ambigu. Son père y verra ce qu'il désire y voir

Après quelques semaines, sa lettre lui reviendra d'Irak, accompagnée d'un mot de l'ambassadeur : Haïri Bey a démissionné de son poste et a quitté le pays. Il n'est pas repassé par Istamboul. On ignore sa nouvelle adresse.

Anéantie Selma fixe les signes noirs sur l'élégant papier de vélin ivoire... Trop tard... Elle a écrit trop tard... Il est parti, il a cru qu'elle ne voulait plus le voir [1] . De nouveau elle l'a perdu, et cette fois c'est de sa faute.

Elle n'a pas envie de pleurer. Elle a seulement froid.

IV

De la plage de Minet El Hosn, sur un rocher en surplomb de la mer, on peut en toute tranquillité observer le port de Beyrouth.

Chaque jeudi, le *Pierre Loti,* en provenance d'Istamboul, y déverse sa cargaison de passagers et, quelques heures plus tard, ayant fait son plein de marchandises et de voyageurs, le grand paquebot blanc repart vers la capitale. Il emporte les rêves d'une adolescente adossée à la paroi de pierre qui le suivra du regard, intensément, jusqu'à ce qu'il disparaisse à l'horizon.

Les premiers temps Selma descendait jusqu'au port, et là, mêlée à la foule, elle se laissait bousculer et bercer, les yeux fermés, essayant de retrouver les bruits et les odeurs de son pays. Et puis, lorsqu'elle s'en était imprégnée tout entière, alors, mais alors seulement, elle s'autorisait à regarder. Tous ces visages, il lui semblait les reconnaî-tre ; avec ferveur elle les scrutait, un à un, tentant de capter dans les regards des images qui lui parleraient de sa ville, de retrouver dans un sourire la splendeur nostalgique des couchers de soleil sur la Corne d'Or. Elle se retenait à grand-peine de demander : « Est-on heureux à Istamboul ? », ou de quémander un morceau de ce pain de sésame dépassant d'un panier, la chaleur d'un accent, une rose fanée...

Ces voyageurs, auréolés de ses chimères, elle les contemplait avec des yeux de pauvresse, et ils la dépassaient, étonnés et réprobateurs.

Par la suite, elle a préféré se réfugier sur les rochers de cette plage déserte. Loin de la foule qui garde son mystère et de ce monstre aux flancs accueillants et paisibles, elle retrouve mieux son rêve. Pendant des mois, elle reviendra comme en pèlerinage, elle ne veut pas oublier : elle n'en a pas le droit...

Jusqu'au jour où insensiblement le *Pierre Loti* perdra son charme, deviendra un paquebot comme les autres, dont les passagers auront pour Selma le visage banal et satisfait des voyageurs arrivant de n'importe quel coin du monde. Pendant quelques semaines elle s'efforcera de retrouver cette émotion, cette souffrance qui la rassurent, la relient à la Selma d'autrefois. En vain. Elle a le sentiment d'avoir vraiment tout perdu maintenant qu'elle a perdu même son chagrin.

Ce n'est que plus tard, longtemps après qu'elle aura désappris le chemin du port, que Selma se demandera si elle venait là pour nourrir sa peine ou pour au contraire l'user, et peu à peu s'en libérer.

Personne chez elle n'a soupçonné ces promenades hebdomadaires. Le jeudi est jour de congé et Selma prétend le passer chez Amal. Une kalfa l'y accompagne le matin et ne vient la rechercher qu'en fin d'après-midi.

Dans l'imposante demeure située au cœur du quartier druze, Amal vit seule avec son frère Marwan, de trois ans son aîné. Ils étaient encore enfants lorsque leur mère a été emportée par une angine de poitrine. Quelques années plus tard leur père mourait d'une chute de cheval. Une tante est alors venue s'installer dans la grande maison de la rue Mar-Elias pour s'occuper des deux orphelins. Très stricte, elle les a élevés « à l'ancienne ». A l'école, personne ne sait mieux qu'Amal plonger en une profonde révérence ou légèrement rosir lorsqu'un adulte lui adresse la parole. Mais la tante est âgée, et ses siestes, qui se prolongent jusqu'en début de soirée, laissent à ses pupilles une certaine liberté.

Enfant solitaire, Amal comprend le besoin de Selma d'être seule. Jamais elle ne l'a interrogée sur ses promenades mystérieuses ; simplement, elle lui prend la main lorsque parfois son amie revient les yeux rouges, les paupières gonflées, et sans un mot elle l'embrasse. Parce qu'Amal ne lui demande rien, Selma peu à peu va se confier. Elle lui parlera de son père, qui n'est pas mort comme elle l'a laissé croire, mais qui, depuis qu'il a quitté l'Irak, se manifeste tous les quelques mois par une carte postée de l'autre bout du monde.

— La première venait du Brésil, la seconde du Venezuela, hier j'en ai reçu une du Mexique. Je ne peux même pas lui répondre, je n'ai pas son adresse. Il promet de me la donner lorsqu'il sera installé ; pour le moment il voyage sans arrêt, pour ses affaires. Il dit que l'Amérique du Sud est un continent extraordinaire où les audacieux font fortune, que bientôt il m'enverra chercher, qu'il veut me donner de nouveau une vie de princesse... Il ne me demande jamais ce que moi je veux.

Ce qu'elle veut, le sait-elle elle-même ? Tout lui semble tellement irréel, ces lettres qui n'attendent pas de réponse, ce père insaisissable, ces projets grandioses, ces promesses...

— Parfois, je voudrais qu'il arrête de m'écrire, pour ne plus espérer et sans cesse désespérer... Mais s'il n'écrivait plus, je crois que...

D'une voix à peine audible elle a ajouté :

— Voyez-vous, Amal, je l'aime... Et pourtant je sais que demain, de nouveau, il serait capable de m'abandonner... Alors je me surprends à le haïr, à souhaiter sa mort.

Avec violence, elle a pris sa tête dans ses mains.

— Je ne peux pas supporter qu'il ne m'aime pas ! Je ne sais plus où j'en suis, je ne sais plus ce que je pense !

Un bras a entouré ses épaules, des lèvres fraîches se sont posées sur son front. Tout l'après-midi, dans le divan profond, elles sont restées enlacées. Amal n'a rien dit ; d'instinct, elle sait que les paroles ne feraient qu'irriter la blessure et que, devant cette douleur, tout encouragement serait indécent, tout conseil insultant. Ce dont son amie a besoin, ce qu'elle lui donnera, c'est son amour.

Lorsque, en début de soirée, une kalfa viendra rechercher la princesse, elle ne s'apercevra de rien. Selma est détendue, apaisée. La tendresse d'Amal lui a rendu sa force.

Un fiacre attend devant la grille du petit jardin. Qui donc est venu voir la sultane ? Elle reçoit si peu de visites depuis qu'elle a découragé le snobisme des dames de la société beyrouthine ! Selma est fière que sa mère ait refusé de se prêter à ce jeu mais elle se demande parfois si elle ne le paie pas très cher. Elle est si seule...

Elle dont le palais d'Ortaköy ne désemplissait pas, qui partageait son temps entre ses œuvres charitables, les discussions politiques, les conseils de famille, ses amies et ses réceptions, elle qui régnait sur une armée d'esclaves et de servantes et s'occupait personnellement de régler les problèmes de chacun, depuis deux ans se trouve confinée dans cette maison avec pour seule compagnie deux kalfas, aussi tristes que dévouées, et un eunuque... Oh bien sûr, Zeynel est beaucoup plus qu'un eunuque, il est devenu l'intendant, le secrétaire, le conseiller pour tout ce qui concerne la vie quotidienne ; mais un ami, un confident ?... Selma connaît sa mère, elle sait que, même désespérée, jamais elle ne se laissera aller... devant un inférieur. Il s'agit, non pas d'orgueil — la sultane estime Zeynel bien plus qu'elle n'estime la plupart des princes de sa famille — mais d'un système de valeurs tellement enraciné qu'aucun cataclysme ne saurait l'ébranler : on ne demande pas de l'aide à ceux que par tradition l'on est censé protéger ; avec eux on peut partager ses joies, jamais ses peines.

Dans le salon est assise une personne majestueuse, aux cheveux noirs : c'est Naïlé sultane, fille du sultan Abdul Hamid. A Istamboul, les deux familles ne se fréquentaient guère, mais l'exil les a rapprochées. Ils sont si peu nombreux à Beyrouth ! La plupart des princes et des princesses ont suivi le khalife à Nice où s'est reconstituée une petite cour. C'est là que sont allés l'oncle Fouad — « au pays des jolies femmes », avait-il déclaré, dissimulant d'une pirouette sa détresse — et la sultane Papillon, qui avait toujours rêvé de connaître la Côte d'Azur. Souvent, Selma pense à cette tante, si gaie, si élégante, qui poussait le raffinement jusqu'à assortir l'intérieur de ses phaétons à la couleur de ses robes. Que devient-elle ? Est-elle heureuse en France ? L'adolescente n'arrive pas à imaginer sa vie là-bas, Fehimé sultane donne si rarement de ses nouvelles. Fatma sultane, en revanche, écrit régulièrement. Installée à Sofia avec son mari et ses trois enfants, elle mène une existence paisible, illuminée par la présence d'un grand maître derviche chez lequel elle se rend plusieurs fois par semaine, en compagnie de Refik Bey. « Nous avançons dans la Voie, écrit-elle, de plus en plus je comprends que le reste a bien peu d'importance... »

Le « reste » — l'exil, le retour possible — c'est ce dont s'entretiennent Hatidjé sultane et sa cousine la princesse Naïlé. Les nouvelles d'Istamboul sont mauvaises. Prétextant un complot contre sa vie, Mustapha Kemal a fait arrêter ses principaux opposants. Après un procès dérisoire, au cours duquel le juge, « Ali le Chauve », a déclaré aux journalistes que de toute façon les accusés étaient coupables et les potences déjà dressées, les exécutions ont eu lieu ce matin, 27 août 1926. C'est la radio de Londres qui a donné la nouvelle, précisant que le pays reste calme : les « tribunaux de l'indépendance » fonctionnent dans toutes les villes.

— Mais alors, s'indigne Hatidjé sultane, de tous ces héros qui se sont battus pour l'indépendance de la Turquie, il ne reste personne ?

— Il reste en tout cas le Premier ministre Ismet Inonu. On l'a surnommé « le martinet du Ghazi » tant il est dur pour ceux qui dévient de la ligne. La plupart des autres, Raouf Pacha, Rahmi, le docteur Adnan, Halideh Edib, se sont exilés voici quelques mois. Lorsque Kemal a dissous les partis politiques, ils ont compris qu'il n'y avait plus rien à faire, et qu'eux-mêmes étaient en danger.

— Pauvre Turquie ! soupire la sultane. Quand je pense que ce gouvernement est allé jusqu'à changer le nom d'Allah et que dans les mosquées l'on doit désormais prier « Tanri », un nom soi-disant plus turc !... Longtemps, j'ai attendu une réaction de notre peuple mais je vois bien maintenant qu'il est totalement ligoté...

Sa voix s'est cassée.

— J'en arrive à me demander si nous pourrons jamais rentrer chez nous...

C'est la première fois que la sultane avoue ses doutes. Bouleversée, Selma s'est approchée, elle a baisé la main de sa tante et s'est assise sur le coussin à côté de sa mère.

— Annedjim ! Bien sûr que nous rentrerons ! A Istamboul, tout le monde est mécontent, les étudiants et les lettrés, les religieux et surtout les commerçants ! Rappelez-vous ce qu'écrit Memjian Agha à son cousin : le bazar entier est hostile au nouveau régime, et lorsque le bazar commence à bouger, les dirigeants sont en danger. Nous serons bientôt en Turquie, Annedjim, vous verrez !

Dans son regard l'adolescente a mis toute la conviction dont elle est capable : il ne faut pas que sa mère perde espoir. Avec tendresse, la sultane a caressé la chevelure rousse.

— Vous avez raison, enfant, j'ai parfois des accès de mélancolie, il ne faut pas y prêter attention.

Selma sent son cœur se serrer : sa mère acquiesce pour ne pas l'attrister, elles se jouent la comédie l'une l'autre, mais au fond toutes les deux savent... savent ?... d'indignation elle s'est redressée — que savent-elles ? Rien ! Elles sont tout simplement en train d'accepter la défaite. Eh bien elle, Selma, refuse ! « Il faut lutter, disait autrefois Annedjim, tout est toujours possible. »

En proie à une intense excitation elle s'est levée, elle éprouve tout à coup un violent besoin de se battre, une chaleur à l'intérieur de la poitrine qui, si elle ne l'exprime pas, va l'étouffer. Et si elle rejoignait Halideh Edib et Raouf Pacha ? S'ils tentaient de rentrer en Turquie sous une fausse identité ? Si, ensemble, avec les milliers de mécontents, ils organisaient l'opposition au régime ? Tout est possible !...

Jusque tard dans la nuit, Selma échafaude des plans de bataille. Assise à son petit bureau, elle noircit page après page son journal intime. Que de fois ne lui a-t-on répété que, pour arriver, il suffit de vouloir ! Elle veut rentrer à Istamboul, elle le veut plus que tout, elle refuse de se résigner !

Par la fenêtre ouverte lui parvient l'odeur grisante du jasmin, elle le respire à pleins poumons, respire la nuit chaude, se laisse caresser par le frémissement d'un zéphyr, et tout entière pénétrer par le bruissement des grillons. Son corps se dissout insensiblement dans l'obscurité bleue, elle est en train de devenir immense... Lentement elle a rejoint les myriades d'étoiles, joue avec elles, est jouée par elles, fondue dans leur scintillement, vibrante, heureuse ; elle n'est plus séparée, elle n'est plus qu'un avec cette beauté...

C'est seulement à l'aube qu'elle finira par s'endormir, apaisée, comblée.

Les jours suivants, Selma les vivra dans un rêve. Les problèmes quotidiens lui paraissent dérisoires, maintenant qu'elle « sait » ! En classe, à la maison, on s'étonne de la voir si gaie ; elle qui se cabrait à la moindre remarque n'est plus que tolérance, elle dont l'impatience faisait voler en éclats toutes les règles semble avoir devant elle l'éternité. Même Amal ne parviendra pas à deviner ce que cache ce sourire d'une douceur inhabituelle ; c'est comme si son amie n'était plus là.

Puis un matin, sans que rien l'ait laissé prévoir, Selma s'est réveillée épuisée, découragée. Elle a regardé sa chambre, banalement meublée, et elle a pensé : « La réalité, c'est ça ! » D'un coup, le désespoir l'a prise, elle s'est rejetée sur son oreiller et s'est mise à sangloter. Oh, comme elle déteste le Liban ! Toujours cette mer bleue, ce soleil obstiné, cette gaieté ! Comme elle déteste tous ces gens qui l'accueillent « chez eux », tous ceux qui peuvent dire « les nôtres, notre pays, notre patrie » sans avoir envie de pleurer, tous ceux qui appartiennent... Jamais elle ne retrouvera Istamboul, elle n'appartiendra plus jamais... Tous ces jours, elle s'est menti : on ne peut lutter que lorsqu'on a une terre sur laquelle se battre pied à pied, une terre pour y tomber et d'où se relever. Mais lorsque ce qui vous entoure n'éveille en vous aucun écho, lorsque vos mains ne peuvent rien saisir qui soit vôtre, lorsque vos paroles sont condamnées à n'être que du bruit... Comment se battre ? Contre quoi ? Contre qui ?

Elle s'était bercée d'illusions : pour l'exilé, les rêves ne sont pas des projets, ce ne sont que des fuites. Et dire qu'elle se croyait courageuse, qu'elle méprisait ceux qui s'accommodaient de la « réalité »... Le vrai courage, serait-ce, comme ils le prétendent, d'accepter ? Elle ne sait plus, elle ne comprend d'ailleurs plus à quoi cela sert, le courage, et pourquoi il faut sourire lorsqu'on a envie de crier. Tout ce qu'elle sait, c'est que même les animaux ont leur tanière, leur territoire, sans quoi ils meurent.

— Mais qui a volé le sourire de ma jolie cousine ?

Son Altesse Impériale le prince Orhan, petit-fils du sultan Abdul Hamid, vient d'arriver au volant d'une splendide Delahaye blanche. Il fait « taxi », une façon d'être au service de tout le monde et donc de personne. Petit et maigre, il est d'une force herculéenne et d'un caractère vif ; il n'hésite pas, lorsqu'un client adopte un ton qui lui déplaît, à le prendre au collet et à le sortir de sa voiture. Certains se sont retrouvés ainsi, plantés sur le pavé, sans comprendre ce qui leur arrivait : simplement, Son Altesse s'était sentie insultée.

Selma l'adore, il est drôle et tellement peu conventionnel, tout à l'opposé de son cousin Haïri qui, à dix-huit ans, ne porte que des costumes sombres et des cols durs, même en plein été. Orhan, lui, a vingt ans et ne prend rien au sérieux. Il refuse de parler de la Turquie et se moque des humeurs de sa petite cousine.

— C'est ton sang slave ! Toutes ces belles Ukrainiennes et Tcherkesses, dont nos ancêtres ont garni leurs harems, nous ont transmis un grain ! Allons, princesse, profite **de** ta liberté ! Tu sais bien qu'à Istamboul tu serais enfermée ! Va vite te faire belle, je t'emmène te promener.

Ils montent en riant dans la voiture blanche, sous le regard indulgent de la sultane : sa petite fille a besoin de se distraire et avec Orhan elle est sous bonne garde.

Ils ont pris la route de Damas, qui grimpe en serpentant à travers les jacarandas aux fleurs violettes, les flamboyants et les genévriers. De sa voix la plus enjôleuse Selma a demandé que l'on aille très vite et très loin. Elle sait qu'Orhan préférerait s'arrêter à Aley, la station estivale élégante, à quelque 20 kilomètres de Beyrouth, mais elle sait aussi que lorsqu'elle lui sourit en faisant battre ses longs cils, il ne peut rien lui refuser. Soupirant d'aise, elle a baissé la vitre et offre son visage au vent. A mesure que l'on monte, l'air se rafraîchit, la lumière devient limpide, les pins parasols et les cyprès laissent place à de majestueux sapins et à des caroubiers au tronc lisse et aux feuilles vert bronze si satinées qu'on a envie de s'y caresser.

Ils ont dépassé Bhamdoun ; devant eux se dresse la chaîne du Liban, légèrement bleutée de brume et, se détachant dans un rayon de soleil, la cime neigeuse du Sannine.

Selma a sauté de voiture, elle court dans le sentier au milieu des herbes hautes et des buissons de genêts, la tête renversée vers le ciel, les bras ouverts comme pour embrasser toute cette splendeur, l'absorber, la faire sienne, elle court, elle ne veut plus s'arrêter. Elle entend dans le lointain Orhan qui l'appelle, mais elle ne se retournera pas, elle veut être seule avec cette nature qui la rend à elle-même, lui est plus familière que l'amie la plus chère, cette nature à laquelle elle s'abandonne sans crainte d'être abandonnée, et que par tous ses pores elle sent entrer en elle, lui redonner force, intensité.

Elle s'est jetée dans l'herbe, avidement elle en respire l'odeur humide, la tête lui tourne ; dans ses jambes, dans son ventre montent les vibrations chaudes de la terre, elle a l'impression de s'y fondre. Elle n'est plus Selma, elle est bien davantage, elle est ce brin d'herbe, et ces feuilles, et cette branche qui s'étire pour atteindre un nuage, elle est cet arbre qui plonge ses racines jusque dans l'antre obscur et mystérieux de sa naissance, elle est le bruissement de la source et son eau transparente qui fuit et toujours reste là ; elle est la caresse du soleil et le tournoiement du vent, elle n'est plus Selma, elle est, tout simplement.

Sur le chemin du retour, la jeune fille ne dira pas un mot. Elle tente de protéger sa joie, flamme fragile. La croyant triste, Orhan s'ingénie à la distraire, lui raconte mille histoires qu'elle n'entend pas. Elle aimerait qu'il se taise... Mais comment lui expliquer que le silence peut être le plus chaleureux des compagnons, le plus attentif, le plus généreux, et que dans le mot « solitude » elle, elle voit « soleil ».

Par la suite lorsque Selma évoquera cette période de son adolescence, elle se dira que c'est ce lien profond avec la nature qui l'a protégée du désespoir, l'a rendue à elle-même. Sans ses longues échappées dans cet univers magique elle n'aurait pas supporté la séparation d'avec tout ce qu'elle aimait, et sans doute n'aurait-elle pu résister à la mélancolie lancinante qui insensiblement envahissait la demeure de la rue Roustem-Pacha.

Tristesse. La sultane décline un peu plus chaque jour. La réélection de Mustapha Kemal à la présidence de la République, en novembre 1927, lui a causé un choc dont elle ne se remet pas. Désormais, elle est bien obligée d'admettre que le peuple turc ne se battra pas pour le retour de la famille ottomane... Son état de santé s'en est aggravé. Le médecin a diagnostiqué une maladie de cœur. « C'est en effet du cœur qu'il s'agit, docteur », a-t-elle souri ; pour rassurer Zeynel et les kalfas, elle accepte d'absorber chaque jour les pilules et les gouttes dont les flacons sont rangés en bataille sur sa table de nuit.

Plus que la maladie c'est cette docilité insolite qui inquiète Selma : elle sent bien qu'elle n'est pas due à l'espoir de guérir, mais à une indifférence profonde, une démission. L'adolescente souffre pour sa mère, et, en même temps, lui en veut de ne plus lutter. Celle que l'on appelait « Jehangir », « Conquérante du monde », tant était inflexible sa force dans l'adversité, n'a pas le droit de se laisser aller, pas le droit de se renier ! Elle ne peut se montrer faible comme une quelconque mortelle, elle doit continuer à être « la Sultane ». Si l'idole commence à se fissurer, autour d'elle le monde entier s'écroule.

Aujourd'hui, 30 juin 1928, c'est le jour de la sortie des classes. Les grandes élèves, celles qui vont quitter définitivement l'institut de Besançon, sont rassemblées dans la cour, par petits groupes, avec les mères. Les yeux brillent d'excitation de quitter l'école pour enfin « entrer dans le monde », mais aussi d'émotion... On était bien, ici, entourées, choyées, parfois réprimandées mais toujours protégées. Les religieuses étaient bonnes, même les plus sévères, on est presque tristes de les abandonner. Punitions, injustices, pleurs, tout est oublié. On promet de revenir souvent, on remercie, on ne sait pas très bien quoi dire, on se sent un peu ingrates d'être tellement heureuses de partir. Mais les mères semblent comprendre, elles nous regardent tout attendries, elles disent qu'elles sont fières de nous, que nous sommes désormais des jeunes filles accomplies... Jamais durant toutes ces années nous ne les avons senties aussi proches.

Avoir dix-sept ans et commencer à vivre !

Certaines élèves vont quitter le Liban. Marie-Agnès retourne en France ; quant à Marie-Laure, elle part pour Buenos Aires, où son père est nommé attaché militaire.

— Buenos Aires ?

— N'est-ce pas extraordinaire ? Il paraît que c'est une ville toute blanche et follement gaie !

— Oui, il paraît...

C'est de Buenos Aires que Selma a reçu la dernière lettre de son père, il y a plus d'un an. Il lui annonçait qu'il avait découvert un pays de rêve et qu'il avait décidé de mettre un terme à sa vie d'errance. Il cherchait une belle maison pour sa jolie princesse, il lui écrirait dès qu'il serait installé. Depuis, elle n'avait plus eu de nouvelles. Etait-il malade ? Lui était-il arrivé malheur ?... Selma s'était perdue en conjectures, elle s'était même demandé si... Non, cela n'était pas possible ! Alors, comment le retrouver ? Elle ne pouvait pas demander conseil à sa mère, mais à qui d'autre en parler ?

Et voilà que Marie-Laure part pour cette ville que depuis des mois Selma parcourt en pensée : elle va pouvoir l'aider. Depuis l'affrontement au « saut parachute » les deux adolescentes sont devenues amies. Non pas amies intimes, comme avec Amal — elles ne se sont jamais fait de confidences — mais elles sont liées par un

réel sentiment d'estime. Un peu comme des compagnons d'armes, **pour** qui bravoure et loyauté sont plus essentielles que la douceur de l'amour.

Selma va entraîner Marie-Laure dans un coin de la cour et lui expliquer, dès qu'elle aura fini de parler avec mère Achilée. Un peu en retrait, elle regarde le blond visage aux yeux pâles, le front lisse, la bouche hautaine, elle l'imagine tel un preux chevalier qui va traverser l'océan et lui ramener son père... Elle va tout lui expliquer, lui raconter...

Lui raconter quoi?... Que son père l'a abandonnée? Qu'il est à Buenos Aires, mais qu'il n'a jamais envoyé son adresse? Qu'il n'écrit plus?... Dans son esprit les mots se figent, elle voit déjà l'impercepti-ble pincement des lèvres, pas la pitié, non — de Marie-Laure elle n'attend pas cette injure — mais l'incompréhension devant ce qui semble un appel à l'aide, la déception devant cette fragilité, cette impudeur. La Selma secrète et courageuse que Marie-Laure respec-tait, la Selma dure comme le diamant en laquelle elle croyait se reconnaître, ne serait donc qu'une victime?

Selma ne parlera pas, moins par fierté que parce qu'elle sait que cela ne servirait à rien : Marie-Laure a la force de ceux qui n'ont jamais connu le malheur, elle ne supporte pas la faiblesse.

Par la suite, Selma se demandera souvent si elle a eu raison de se taire. Marie-Laure était peut-être sa dernière chance...

Jamais plus elle n'entendra parler de son père.

Il y a peu de distractions à Beyrouth lorsqu'on a dix-sept ans, que l'on est princesse, et pauvre. Avec impatience Selma avait attendu la fin de l'école, des stricts emplois du temps, des uniformes et des carnets de notes ; avec enthousiasme elle avait imaginé tout ce qu'elle ferait lorsque enfin elle serait libre et que commencerait la vie, la vraie. Et maintenant que devant elle s'ouvre l'horizon infini du temps, elle reste à le savourer, attentive à son écoulement immobile, à ce vide riche de tous les possibles. Elle découvre avec étonnement que le divertissement qu'elle préfère, c'est finalement ne rien faire. Ne rien faire pour vivre plus, vivre la vie dans sa nudité, dépouillée des activités qui l'encombrent et la travestissent, être présente totalement à la vibration du monde, et dans chaque seconde goûter l'éternité.

Du fauteuil où elle passe désormais la plus grande partie de ses journées, la sultane observe Selma. Elle s'inquiète de cette noncha-lance chez cette enfant autrefois si vive : aurait-elle hérité, comme son frère, du tempérament paresseux de leur père?... Il lui est suffisam-ment pénible de devoir admettre, avec sa lucidité coutumière, qu'Haïri est un incapable, sa fille ne peut aussi la décevoir. Elle a reporté sur elle tous ses espoirs, elle ne doit pas faillir. Aussi la sultane insiste-t-elle pour que Selma s'occupe.

— Il faut travailler votre anglais et votre italien, votre accent est déplorable. J'ai aussi demandé à Leila Hanoum de vous enseigner de nouveaux points de broderie. Quant à la calligraphie arabe, pour laquelle vous étiez douée, je constate que vous la négligez... Voyons, Selma, vous êtes belle, intelligente, vous êtes princesse : un avenir brillant vous attend. Il faut le préparer, il ne faut pas que vous restiez oisive !

Si elle osait Selma se boucherait les oreilles, elle ne supporte plus ces perpétuels : « Il faut, il ne faut pas. » Elle a l'impression qu'on essaie de lui voler sa vie. Déjà quand elle était petite et que mademoiselle Rose lui faisait répéter ses leçons de français : « Toi tu es (ceci, cela...) », elle entendait : « Toi tuée. » Toi tu es, on te définit, te limite, t'épingle, fini de voleter mon beau papillon, finie la liberté. Toi tu es, toi tuée.

Comment sa mère la comprend-elle si mal ? N'a-t-elle pas été jeune elle aussi ?

Heureusement, les fréquentes visites d'Amal et de son frère Marwan font diversion. La sultane s'est prise d'affection pour les deux jeunes gens : ils sont si délicieusement bien élevés ! Dans cette ville étrangère elle ne pourrait souhaiter meilleure compagnie pour sa fille. Elle a tellement confiance en Marwan, qui à vingt ans montre une maturité d'homme, qu'elle n'exige même plus que Zeynel leur serve de chaperon quand, l'après-midi, ils vont se promener en ville. Elle entend que Selma sorte un peu, elle s'inquiète de sa sensibilité exacerbée, de ses silences, de son penchant à s'évader hors de la réalité. Longtemps Hatidjé sultane a refusé de se l'avouer, pourtant il lui faut bien finir par l'admettre : plus que son époux Haïri Bey, la jeune fille lui rappelle le sultan Mourad, son père. Lorsqu'elle la voit perdue à son piano des heures entières, lorsqu'elle la sent passer tour à tour de l'exaltation au désespoir, elle reconnaît avec un petit pincement au cœur ce mélange de force et de fragilité qui, s'il ne trouve un terrain où s'exercer, une cause à laquelle se donner, peut un jour... basculer.

C'est pourquoi elle ne s'est pas opposée à la passion que Selma commence à éprouver pour le cinéma. Elle se dit que l'imagination de sa fille trouvera plus sainement à se nourrir dans ces belles histoires romantiques que dans la solitude d'une maison où tout lui parle du passé. Le septième art est en train de prendre son envol. Une grande compagnie hollywoodienne, la Warner Bros, vient de réussir un exploit extraordinaire en produisant un film sonore, *Le Chanteur de jazz*, où les acteurs parlent !

Selma et Amal vont prendre l'habitude d'aller au cinéma chaque vendredi à 15 heures, à la séance réservée aux femmes. Dans son cabriolet Chenard et Walcker portant le célèbre aigle doré, Marwan les accompagne jusqu'à la porte, puis vient les rechercher.

Mais, lors des projections, les incidents techniques sont fréquents et il arrive que les jeunes filles, lasses d'attendre dans une salle sombre, préfèrent aller flâner au soleil.

Ce quartier de la vieille ville où sont rassemblés tous les cinémas est à lui seul une aventure. Il se déploie à partir de la place des Canons, appelée aussi place des Martyrs depuis qu'en 1915 le gouverneur turc, Djemal Pacha, y fit pendre onze opposants nationalistes. C'est l'endroit le plus animé de Beyrouth, le coin des cafés arabes où, attablés pendant des journées entières, des hommes portant tarbouche jouent gravement au trictrac en fumant le narguilé. C'est aussi le coin des restaurants et des boîtes de nuit, ces lieux de perdition où, racontent les dames musulmanes de Ras Beyrouth, des femmes dansent nues. Le cœur battant Selma prend la main d'Amal : côtoyer ces endroits, c'est déjà goûter au fruit défendu. Elles ont l'impression que tout le monde les regarde, et elles s'efforcent de prendre un air dégagé en traversant lentement la place en direction du *Grand Restaurant français*. « C'est un cabaret très gai », a dit Orhan qui y est allé une fois. Toute la société cosmopolite de Beyrouth s'y retrouve ; après le spectacle, donné le plus souvent par une troupe venant de Paris, on danse sur la terrasse, face à la mer, jusqu'à 5 ou 6 heures du matin. Selma jette avec envie un coup d'œil sur l'affiche qui annonce en larges lettres rouges :

« Mademoiselle Nini Rocambole, dans sa danse rocambolesque ! »

— Comme ce doit être amusant ! soupire-t-elle.

Jamais, hélas, elle ne pourra aller dans ce genre de lieux : ce ne serait pas convenable pour une jeune fille, surtout musulmane !

Un jour qu'elles se promènent ainsi, elles se dirigent vers le Petit-Sérail, un long bâtiment de pierre ocre aux portes et fenêtres en arcades. C'est le siège du gouvernement libanais, mais excepté quelques *chaouchs* [1] qui somnolent, il est, comme d'habitude, presque désert. Qui voudrait y perdre son temps lorsqu'il est notoire que tout se décide sur la colline qui domine la ville, au Grand-Sérail, là où sont aménagés les bureaux du haut-commissaire Henri Ponsot ?

A voir déambuler seules deux si jolies filles, un groupe de militaires français, tout émoustillés, s'est mis à les suivre. Rougissantes, elles pressent le pas, feignant de ne pas comprendre leurs compliments un

---

1. *Chaouch* : huissier.

peu lestes. Ce n'est que dans le bazar qu'elles parviendront à les semer, dans le fouillis inextricable des ruelles du « souk el-Franj ». On appelle ainsi le souk franc, ou souk des étrangers ; c'est le paradis des légumes et des fleurs, mais aussi des marchandises venues d'Europe ; il est très fréquenté par les dames de la bourgeoisie libanaise qui viennent y faire leurs courses, suivies d'un gamin portant une hotte sur le dos. Mais les jeunes filles lui préfèrent le souk aux bijoux : là, assis dans leur échoppe, de petits artisans aux doigts légers entremêlent des fils d'or et d'argent. Elles aiment aussi se promener juste à côté dans le souk Tawilé où règnent les tailleurs, les chausseurs arméniens qui n'ont pas leurs pareils pour copier les derniers modèles de Paris et les marchands de « curios » qui proposent toutes sortes de babioles inutiles et « authentiques ! ».

Le soleil commence à décliner. C'est l'heure où les femmes sortent faire leurs achats ou simplement respirer la première fraîcheur. Le marchand d'eau parfumée à la fleur d'oranger et le petit vendeur d'épingles vantent leur marchandise, la ville a un air de fête, une fête quotidienne. Il fait doux.

Perdue dans la foule, Selma, aux côtés d'Amal, savoure sa liberté : elle a oublié Istamboul.

La famille d'Amal et de Marwan est l'une des plus anciennes du Liban. Elle domine encore une grande partie du chouf. Aussi les deux orphelins sont-ils accueillis à bras ouverts dans les cercles les plus brillants de Beyrouth. Amal, qui vient d'avoir dix-huit ans, a commencé à sortir et voudrait bien emmener Selma avec elle ; son amie est si belle... il suffirait qu'on la voie, les invitations pleuvraient de toutes parts ! Mais comment convaincre la sultane qu'à Beyrouth une princesse ottomane peut sans déchoir fréquenter certaines familles très anciennes ?

L'occasion lui en sera fournie par un thé dansant que donne Linda Sursok dans son palais d'Achrafieh. Les deux jeunes filles en ont longuement discuté : un thé dansant, pour commencer, c'est une bonne idée, moins choquante qu'un bal que la sultane refuserait à coup sûr. Et puis Linda Sursok est presque une parente, tout au moins insiste-t-elle pour que Marwan et Amal l'appellent « tante » : on pourrait présenter ce thé comme une réunion de famille !

Lorsque le carton d'invitation arrivera, Amal se trouvera, comme par hasard, chez son amie.

— Mais qui donc sont ces Sursok ? demande la sultane d'un ton dédaigneux, des commerçants si je ne me trompe ?

— Oh non, Altesse ! réplique Amal gentiment, c'est l'une des plus grandes familles de Beyrouth, ils sont installés ici depuis des siècles, ils possèdent des banques, de grosses affaires de...

— C'est bien ce que je disais, ce sont des commerçants ! a coupé sèchement la sultane.

Heureusement madame Ghazavi se trouve là. C'est une Libanaise née à Istamboul et mariée à un haut fonctionnaire. Patiemment, elle explique que les Sursok sont « ce qui se fait de mieux au Liban » :

— Des Grecs orthodoxes, bien sûr, mais aussi raffinés que la meilleure bourgeoisie sunnite. Dans leurs salons, on ne rencontre que la crème de la société beyrouthine. Si la princesse Selma doit un jour sortir dans le monde, il ne saurait y avoir pour elle endroit plus convenable que le palais Sursok. Mais, bien sûr, si Votre Altesse estime qu'elle doit rester à la maison...

Pour ce plaidoyer, Selma embrasserait volontiers madame Ghazavi. Elle se contente de feuilleter une revue, l'air indifférent, comme si cette discussion ne la concernait pas.

Hatidjé sultane hésite : madame Ghazavi connaît parfaitement le petit monde libanais et ses conseils se sont toujours révélés précieux ; mais c'est surtout sa dernière remarque qui a ébranlé la sultane, car elle rejoint le souci qui depuis quelque temps l'habite, et parfois même l'empêche de dormir : que va devenir Selma ?

Tant qu'elle était à l'école, occupée à ses études, la question ne se posait pas. Mais maintenant ? Maintenant que l'exil se prolonge et que le retour en Turquie paraît une chimère, que va devenir sa fille ?

Il faudrait lui trouver un mari. Musulman, bien sûr, riche, et au moins prince. Trois conditions impossibles à réunir dans ce Beyrouth où même les grandes familles sunnites ne sauraient prétendre à une alliance avec la famille ottomane. Peut-être que du côté de la famille royale égyptienne, ou des principautés indiennes... ?

En attendant, madame Ghazavi a raison, Selma ne doit pas rester enfermée, elle doit apprendre dès maintenant à tenir son rôle dans la société. Tout le savoir que la sultane peut lui transmettre ne suffit pas, il faut que sa fille se confronte à la réalité. Au palais d'Ortaköy, qui était à lui seul un petite cour, Selma aurait tout naturellement acquis l'expérience des relations humaines et la lucidité nécessaires aux princes. Mais dans la solitude de la maison de Ras Beyrouth, entre Zeynel et les deux kalfas, que peut-elle comprendre du monde où elle sera un jour appelée à vivre ?

Affable, la sultane s'est tournée vers Amal.

— Revenez demain, enfant, je vous donnerai ma réponse.

En fait, elle a pris sa décision : Selma ira chez ces Sursok. Mais un problème délicat demeure : que portera-t-elle ? Il n'y a pas d'argent pour lui acheter la robe qui conviendrait. Pourtant, parmi ces

Libanaises couvertes de bijoux et habillées par les grands couturiers parisiens, il faut que sa fille tienne son rang ! Madame Ghazavi, décidément femme de ressource, a une idée.

— Si je puis me permettre, Altesse, pourquoi est-ce que Leila Hanoum, qui a des doigts de fée, n'arrangerait pas une de vos anciennes robes de cour ? Ce sont des brochés somptueux qui sont en train de s'abîmer dans vos armoires.

On trouve la suggestion ingénieuse. Parmi les dizaines de toilettes plus splendides les unes que les autres, Selma choisira une soie aiguemarine qui fait ressortir la couleur de ses yeux.

Sur ces entrefaites arrive Souren Agha, que l'on met au courant de la situation. L'Arménien est devenu un ami de la famille depuis qu'un jour il a suggéré, contre son intérêt, que plutôt que de dépenser au fur et à mesure l'argent des bijoux qu'elle lui vendait, la sultane achète des titres, afin d'avoir une petite rente. Il s'est même offert à conseiller Zeynel dans cette délicate opération. Son dévouement et sa fidélité lui ont gagné la confiance de toute la maisonnée.

Cet après-midi, il semble préoccupé et marche de long en large en regardant les kalfas s'affairer sur la robe de soie. On dirait qu'il veut parler mais qu'il n'ose pas. Finalement, rougissant, il risque :

— Pardonnez mon audace, sultane, mais la princesse Selma est si belle, il faut qu'elle soit la plus belle ! Accepterait-elle de choisir, parmi les parures dont je dispose, celle qui lui conviendra le mieux ? Tout ce que j'ai est à elle, aussi souvent qu'elle le désirera. Ce serait pour moi un très grand honneur !

Emue, la sultane a souri au petit homme et lui a tendu sa main qu'en trébuchant il saisit et baise avec ferveur.

V

— Mademoiselle Amal El Darouzi ! Mademoiselle Selma Raouf ! Monsieur Marwan El Darouzi !

Raidi dans son habit noir, l'aboyeur a jeté un coup d'œil intrigué à la jeune personne qui accompagne les Darouzi. Il ne l'a jamais vue aux « mercredis » de Linda Sursok. Ce n'est pas pour l'étonner — la maison est hospitalière et chaque semaine accueille de nouveaux amis d'amis — mais lui qui, depuis trente-deux ans dans le métier, s'enorgueillit de deviner à coup sûr la parvenue sous les habits de duchesse ou la duchesse fagotée, pour se rajeunir, en midinette, cette fois hésite : la créature sait marcher, là-dessus aucun doute, elle a même dans le port de tête une insolence qui laisse deviner le sang bleu, mais cette robe aux ruchés extravagants vient tout droit de chez une petite couturière de Bab-e-Driss et jure avec ce collier de saphirs, du plus mauvais goût pour l'après-midi !

Déjà l'hôtesse s'est précipitée.

— Amal ! Marwan ! Mes chéris, quelle joie de vous voir ! Et votre amie, mademoiselle... Raouf ? Soyez la bienvenue ! Amenée par ces chers petits, vous êtes ici chez vous. Leur mère était ma plus chère compagne, ma sœur...

Un soupir, un mouvement de la célèbre chevelure rouge dont les boucles s'échappent du non moins célèbre turban de lamé... A quarante ans, Linda Sursok est l'une des femmes les plus séduisantes de Beyrouth, moins par sa beauté que par son esprit, son charme et une joie de vivre que les mauvaises langues disent avoir décuplé depuis que la pauvre s'est retrouvée veuve à vingt-quatre ans Chacun s'accorde à lui reconnaître un grand cœur, son salon est le plus couru de la ville.

— Excusez-moi, je vous laisse, voici Son Eminence l'archevêque !

Froufroutante elle se précipite pour baiser la première l'anneau qui étincelle à la main parfumée.

— Vous lui avez plu, dit Marwan. D'ailleurs, ajoute-t-il avec un petit rire, elle adore les Turcs !

Selma ne comprend pas le regard assassin qu'Amal décoche à son frère. Ce n'est que beaucoup plus tard, lorsqu'elle sera elle-même lancée dans la société beyrouthine, qu'elle apprendra que la flamboyante Linda a été l'amie intime de Djemal Pacha, le gouverneur ottoman chargé de faire régner l'ordre au Liban pendant la guerre.

Dans les salons en enfilade, ornés de massifs de gardénias rose pâle, se presse une foule élégante. Au bout, un précieux salon mauresque, où chante le jet d'eau d'un bassin de marbre, offre une oasis de fraîcheur. Les domestiques ont ouvert les baies vitrées qui donnent sur un vaste parc d'où monte le parfum des orangers, du jasmin d'Arabie et des mimosas.

Marwan a entraîné les deux jeunes filles sur la terrasse. C'est un point d'observation idéal pour, sans être importunés, s'amuser du spectacle que donne cette assistance bigarrée. S'improvisant le mentor de Selma, il lui désigne les notoriétés :

— Ce monsieur sémillant, avec un œillet blanc à la boutonnière, c'est Nicolas Bustros, grande famille grecque orthodoxe également, qui rivalise avec les Sursok pour le luxe de ses réceptions... A côté, la marquise Jean de Freige, noblesse pontificale, que les mauvaises langues surnomment « Marquise de fraîche date ». Plus loin ce petit monsieur, vous voyez, celui qui a une tache de vin sur la mâchoire, c'est Henri Pharaon, le président du Club littéraire. Il n'a l'air de rien, mais ne vous y trompez pas, il possède la plus fabuleuse collection d'objets d'art de tout le Liban, et sans doute de Syrie ! Il achète de vieux palais à Damas et à Alep, en fait démonter boiseries et cheminées pour les faire remonter dans ses salons. Sa maison, près du Grand-Sérail, est une véritable caverne d'Ali Baba. Y être invité est une faveur, car il reçoit peu. Par contre, on le rencontre chaque jeudi à l'hippodrome. Il possède un haras de deux cents chevaux, et aime à surveiller leur entraînement depuis un mirador recouvert d'une tonnelle de verdure où il déguste de petits cafés en compagnie de ses amis. On dit que c'est là que se fait la politique libanaise...

Tiens ! L'émira Chehab vient d'arriver, elle appartient à la plus ancienne famille princière de la montagne ; et voici la belle Lucile Trad, accompagnée de Jean Tuéni, ce vieux monsieur très distingué : il a été ambassadeur de l'Empire ottoman auprès du tsar, et est un ami personnel d'Edouard VII. Là à gauche, voyez-vous cet homme aux cheveux roux ? C'est Nicolas Sursok, une de nos figures les plus originales, dont le peintre Van Dongen a absolument tenu à faire le portrait... Cela dit, il est un peu ours et vous n'avez rien à craindre ; il n'aime pas les jeunes filles !

Ils rient sans remarquer que, depuis quelques minutes, deux hommes, accoudés de l'autre côté de la terrasse, les dévisagent avec intérêt.

— Je te dis qu'elle est française ! Regarde cette taille de guêpe et ce teint blanc, une pure merveille !

— Tu n'y connais rien, Octave ! Ces yeux langoureux, cette bouche pulpeuse, à la fois innocente et sensuelle, ne peuvent appartenir qu'à une Orientale.

— Eh bien, parions, Alexis ! Mais plus que sur les origines de la belle, parions sur celui d'entre nous qui saura remporter ses faveurs.

— Je n'en attendais pas moins d'un officier français. Toujours prêt à l'assaut, n'est-ce pas ? Mais attention ! J'ai observé sa main, elle n'est pas mariée, et je te préviens que chez nous les jeunes filles... Cependant, peut-être serait-elle flattée de l'attention de deux des représentants les plus illustres du Cercle... Tu as raison, Octave, allons tenter notre chance !

Très à l'aise, ils se sont approchés.

— Alors, mon vieux Marwan !

Familièrement ils tapent sur l'épaule du jeune homme et s'inclinent devant sa sœur. Un soupçon d'hésitation devant Selma.

— Mademoiselle ?

— Mademoiselle Raouf, s'empresse Amal. Selma, je te présente le petit cousin de notre hôtesse, Alexis, et le capitaine Octave de Verprès.

La conversation s'engage, animée. Les nouveaux venus ont de l'esprit et, ce qui ne gâche rien, belle mine. Leurs regards admiratifs rendent Selma toute légère. Dire qu'elle avait hésité à venir, par timidité et crainte de s'ennuyer ! On parle de tout et de rien. Discrètement, Alexis interroge Selma :

— Ah ! Vous êtes installée à Beyrouth ! Votre père y est diplomate sans doute ?... non ? Il est... décédé ?

Il prend un air navré.

— Veuillez m'excuser. Madame votre mère doit se sentir bien seule, je suis sûr que ma mère serait ravie de la convier à un thé. Elle ne sort pas ? Elle est malade ? Quelle tristesse ! Ainsi, vous êtes une jolie fleur solitaire...

Selma rougit, jamais aucun homme ne lui a parlé de la sorte. En fait, elle n'a jamais eu l'occasion de parler à un homme, sauf aux frères de ses amies, qui la considèrent comme une sœur. Son cœur bat un peu plus vite : est-ce cela qu'on appelle flirter ?

C'est le moment que choisit Marwan, inconscient de ce qui est en train de se passer, pour se rappeler qu'il n'est pas encore allé rendre ses respects à tante Emilie.

— Voyez, Selma, cette charmante vieille dame, dans le coin du salon, auprès de laquelle tout le monde s'empresse. C'est la doyenne du clan Sursok. Elle adore raconter comment, jeune fille, elle dansait avec Napoléon III ! Si Amal et moi n'allons pas l'embrasser, elle considérera cela comme un crime de lèse-majesté. Je vous laisse sous bonne garde. Excusez-nous un instant.

— Ce Marwan est vraiment un gentleman, sourit Alexis en le regardant s'éloigner.

— Oui, vraiment, dit Selma sans saisir l'allusion, ce qui amuse beaucoup Octave.

— Ne trouvez-vous pas, mademoiselle, que cette soirée traîne en longueur, risque Alexis, il n'y a même pas de bonne musique. Aimez-vous danser ?

— Beaucoup, répond Selma qui se ferait hacher menu plutôt que d'avouer qu'elle n'a jamais dansé qu'avec ses compagnes de classe.

— Alors je propose quelque chose de beaucoup plus amusant que cette réception guindée. Nous allons organiser une petite fête chez moi, avec quelques amis et des jeunes femmes charmantes. J'ai tous les derniers disques de Paris. Je vous garantis que vous ne vous ennuierez pas une seconde.

Selma s'empourpre, maudit sa vanité : qu'avait-elle besoin de raconter qu'elle dansait ? Que dirait sa mère si elle l'apprenait ! Il n'est pas question qu'elle y aille.

— Mais, bafouille-t-elle, je ne sais si Marwan et Amal...

Octave cligne de l'œil.

— Oh ! Ils sont si vieux jeu, vous n'avez pas besoin de le leur dire. Nous proposerons de vous raccompagner, car votre maison est sur notre chemin, et le tour sera joué !

Alexis sent bien qu'ils vont un peu vite, mais le temps presse, Marwan va revenir d'un instant à l'autre. Il décide de frapper un grand coup.

— Ne me dites pas que vous n'avez pas confiance ! murmure-t-il l'air blessé.

Au fond il n'est pas fâché qu'elle se fasse prier, il n'aime pas les conquêtes faciles. Mais il ne faudrait pas non plus qu'elle fasse la mijaurée. Il a l'habitude des femmes, et celle-ci, avec des yeux et des lèvres pareils, si elle est encore vierge, en tout cas n'est pas innocente ! Pour comble de chance, la mère est impotente et il n'y a pas de père à qui rendre des comptes : on joue sur du velours.

— Allons, ma belle enfant, est-ce que nous vous déplaisons tant ?

Octave de Verprès s'est rapproché de la jeune fille et, d'un geste qui plus d'une fois a fait ses preuves, passe un bras câlin autour de sa taille.

— Lâchez-moi !

D'un bond, Selma s'est dégagée tremblante d'indignation.

— Espèce de dégoûtant !

C'était donc cela, leur gentillesse, leur galanterie ! Comment n'a-t-elle pas compris plus tôt ? Mais comment aussi aurait-elle pu soupçonner qu'ils la prenaient pour... pour une fille !

Elle se sent salie, humiliée, elle a envie de pleurer.

— Ça, par exemple ! Mais que faites-vous ici, princesse ?

Sur la terrasse une haute silhouette s'est avancée et Selma reconnaît avec stupéfaction sa tante, Naïlé sultane. Elle qui sort si rarement, par quel miracle se trouve-t-elle chez les Sursok ? La jeune fille ignore que la sultane a bien connu tante Emilie à Istamboul, et qu'elle a voulu l'honorer, une fois n'est pas coutume, en assistant à cette soirée. Affolée — qu'a-t-elle deviné ? —, Selma plonge en une profonde révérence et baise la main tendue, cependant que les deux jeunes gens, ébahis, s'inclinent :

— Altesse...

L'œil soupçonneux, elle les considère, puis d'un ton sec :

— Je vous enlève ma nièce, messieurs, il y a longtemps que je ne l'ai vue...

Et, prenant Selma par le bras, elle l'entraîne d'autorité.

— Etes-vous devenue folle, ma petite ? Seule sur une terrasse à peine éclairée avec deux hommes, qui n'ont, je puis vous le dire, pas bonne réputation ! Si votre honneur vous est indifférent, celui de notre famille, à moi, me tient à cœur ! Vous allez me promettre de vous comporter à l'avenir avec plus de dignité. Sinon je me verrai dans l'obligation d'en avertir votre pauvre mère et de lui conseiller de vous confiner dans votre chambre jusqu'à ce que l'on vous trouve un mari !

— Mais enfin, Selma, pourquoi nous mettre dans ces situations impossibles ? s'indigne Amal dans la voiture qui les ramène à la maison, pourquoi insister que l'on vous présente comme mademoiselle Raouf ? Tante Linda était furieuse, quant à Alexis il m'a fait une scène en me reprochant de l'avoir ridiculisé. Enfin, expliquez-vous, pourquoi teniez-vous à passer incognito ?

Blottie sur un coin de la banquette, Selma regarde devant elle, les yeux durs. Elle aspire au silence, mais Amal insiste, elle se décide à répondre.

— Avez-vous entendu parler, Amal, de Haroun Al Rachid, qui fut khalife de Bagdad au VIIIᵉ siècle ? Il aimait se déguiser en homme ordinaire et se promener la nuit dans sa capitale. On dit qu'il y allait pour s'informer de l'humeur du peuple envers son gouvernement. Moi, je crois qu'il allait surtout à la recherche de lui-même. Il rencontrait d'autres hommes sans que les relations soient faussées par l'intérêt, la flatterie, la crainte. Il se faisait des amis qui appréciaient ses qualités, des ennemis qui sans prendre de gants lui jetaient à la tête ses travers, et beaucoup d'indifférents qu'il n'intéressait pas car ils ne lui trouvaient rien de remarquable. Dans les yeux de ces gens qui ne le connaissaient pas, il apprenait à se connaître, il trouvait enfin le miroir qui lui avait toujours été refusé... Ce soir, Amal, moi aussi j'ai beaucoup appris.

Après cette cuisante expérience, Selma s'est enfermée chez elle. Elle en veut à la terre entière de ne pas l'aimer, ce en quoi elle se méprend : on ne l'aime peut-être pas mais déjà on l'adore. Le bruit s'est vite répandu de l'existence de cette jeune princesse aux longs yeux d'émeraude, aussi farouche que hautaine, et chaque jour arrivent des cartons d'invitation gravés de noms prestigieux. Dans cette société minuscule où tout le monde se connaît jusqu'à la nausée, un nouveau visage est une distraction inappréciable.

La jeune fille s'était juré de refuser toute sortie, mais après quelque temps, du bout des lèvres, elle finira par accepter : elle vient d'avoir dix-huit ans et a décidé de s'amuser. Pendant les quelques semaines de retraite qu'elle s'est octroyées, elle a aiguisé ses griffes. Dans son journal elle note — pour s'en persuader — que le temps de l'enfance est terminé.

Pour bien marquer son passage dans le monde des adultes, elle a pris secrètement rendez-vous chez le coiffeur. Là, avec d'autant plus d'autorité qu'elle craint de se reprendre, elle ordonne au brave homme désolé de couper court sa luxuriante chevelure, « à la garçonne », selon la nouvelle mode de Paris. En quelques coups de ciseaux, la jeune fille romantique se trouve transformée en guerrière au casque cuivré, troublant mélange de fragilité et d'intransigeance, avec ce rien d'ambiguïté qu'exalte l'air du temps et qui désespère tous ceux qui font profession d'aimer « la femme ».

Lorsqu'elle rentre à la maison elle est accueillie par des exclamations horrifiées. Mais elle n'a cure des remontrances de sa mère, ni des critiques de ses amies jalouses de son audace, encore moins de la déconvenue de ses admirateurs. Elle ne regrette rien. Inconsciemment, elle conjure l'image mythique, qui souvent inspira les peintres, de la belle esclave qu'un homme puissant traîne par sa longue chevelure.

Maintenant, elle est prête à affronter le monde.

En quelques mois, Selma va se tailler une place enviée dans la haute société beyrouthine. Non que de toutes ces femmes elle soit la plus belle — les envieuses critiquent son nez un peu long ou son menton triangulaire — mais les hommes ne remarquent pas ces détails. Unanimes, ils sont sous le charme de son sourire à la fois enfantin et provocant, de sa grâce un peu gauche, de son abord légèrement distant, qui hésite entre timidité et insolence.

Elle a pris le parti de jouer de son titre ; c'est sa façon à elle, qui ne peut rendre les invitations, de payer ces benêts : d'avoir une altesse à leur table, ils en étouffent d'aise. Parfois, l'idée l'effleure qu'à se conduire ainsi elle-même se rabaisse, mais elle chasse vite ces pensées importunes : après tout, a-t-elle le choix ? Et elle rabroue vertement Amal lorsque, l'air soucieux, celle-ci remarque :

— Comme vous avez changé, Selma ! Etes-vous heureuse ?

Bien sûr qu'elle est heureuse ! chaque jour elle éprouve un peu plus son pouvoir. Elle adore séduire : jamais elle n'aurait cru que ce fût aussi grisant !

La sultane, qui d'abord l'avait poussée à sortir, commence à s'inquiéter, car elle ne voit décidément, dans cette jeunesse dorée de Beyrouth aucun parti qui puisse lui convenir. Quel scandale si sa fille allait s'éprendre d'un chrétien ou d'un quelconque sunnite !

— Vraiment, s'enquiert-elle lorsque Selma lui raconte ses bals, parmi tous ces jeunes gens aucun ne vous intéresse ?

En riant, Selma la rassure.

— Ne craignez rien, Annedjim, j'ai un cœur de pierre !

Elle ne lui dira pas qu'elle s'est juré de ne jamais aimer pour ne plus jamais souffrir. Derrière le masque indifférent de la princesse se cache l'adolescente de treize ans abandonnée par l'homme de sa vie, et qui pleure.

Dans le voisinage, on critique la sultane de laisser tant de liberté à sa fille. Pour ces familles de la petite bourgeoisie sunnite, dont les femmes dissimulent encore leur visage derrière un voile noir, la rapide évolution des mœurs amenée par les Français menace la vertu des filles, l'équilibre des rapports ancestraux, et en fin de compte l'ensemble de la société.

Ce ne serait d'ailleurs pas la première fois, disent certaines, que les

Européens poussent à la corruption les peuples qu'ils gouvernent, afin de les affaiblir et de les dominer plus aisément. Si on leur rétorque que les Français vivent comme ils l'entendent et ne contraignent personne, elles répondent que sur de jeunes esprits, l'exemple est une contrainte insidieuse.

Ces femmes en veulent à la sultane qui, de par sa position, devrait, estiment-elles, être la première à sauvegarder les traditions. « Si sa maladie de cœur l'empêche de surveiller sa fille, pourquoi ne vous en charge-t-elle pas ? » a même demandé l'une de ces dames à Zeynel, se retenant tout juste d'ajouter : « Après tout, si l'on vous a fait eunuque, ce n'est pas pour rien ! »

— La sultane sait ce qu'elle a à faire ! a répondu sèchement Zeynel, et il a tourné le dos à l'impudente.

En fait, il trouve lui aussi que Selma devient par trop indépendante. Evidemment, elle ne sort qu'escortée d'Haïri, qui prend très au sérieux son rôle de chaperon, ou bien avec ses « frère et sœur adoptifs », Marwan et Amal. Rien ne peut lui arriver. Au début, il l'a lui-même accompagnée à quelques-uns de ces bals. Sanglé dans sa sévère stambouline il restait debout devant la porte du salon, à côté des valets de pied, à regarder les couples évoluer. Mais outre que la situation était humiliante — il n'est pas un domestique —, il a vite compris que sa présence était inutile. Les jeunes filles étaient surveillées de près par leurs mères qui, assises autour de la piste de danse, échangeaient les derniers potins, sans perdre de vue un instant leur précieuse progéniture.

Mais c'est le principe de ces soirées que Zeynel réprouve. Il ne comprend pas, n'accepte pas ces danses occidentales, ce corps à corps public entre des hommes et des femmes. Tout son sang se révulse à l'idée que des mains masculines osent se poser sur le bras, la taille de sa princesse. Elle est si pure, elle ne se rend pas compte de ce qui, sous le vernis de la bonne éducation, couve dans l'esprit de tous ces mâles. Lui, il le sait.

Bien sûr il veut que Selma soit la plus belle, la plus fêtée, mais aussi la plus honorée, la plus respectée, et lorsqu'il voit ces gandins lui tourner autour, il en est à la fois flatté et ulcéré. Il aime qu'on l'admire, il ne supporte pas qu'on l'approche. En pensée, il la voit comme ces statuettes délicates de la Vierge Marie que les chrétiens mettent sous globe, et qu'ils adorent. Sa petite fille... Il se doit de la protéger, même contre son gré. Il lui parlera.

Dès les premiers mots de l'eunuque, Selma l'a regardé, suffoquée. Mais très vite l'indignation l'a emporté sur la stupeur : de quel droit lui parle-t-il ainsi ? Elle n'a jamais accepté de remontrances que de sa mère, et parfois, — il y a bien longtemps — de son père. Mais de

Zeynel !... Ses nouvelles responsabilités et la confiance de la sultane lui auront fait perdre toute mesure... Il oublie ce qu'il est, il oublie qui elle est !

Elle ne lui répondra pas, ne lui expliquera pas que ses allures décontractées sont une façon de se défendre, de cacher sa trop grande sensibilité, elle ne s'abaissera pas à justifier sa conduite. Le fait qu'il s'arroge la permission de la juger l'a mise hors d'elle ; elle le ressent comme une insulte et, plus douloureusement, comme un manque de loyauté de la part d'un vieux serviteur censé lui prodiguer sans réserve son admiration et son dévouement.

D'un geste de défi, elle a enfilé son manteau, planté sa cloche de feutre vert sur sa tête, puis est sortie en claquant la porte.

— Qu'y a-t-il, Agha ?

Du petit salon où elle passe ses après-midi, la sultane a perçu des bruits inhabituels dans cette calme maison où tout est feutré, les pas et les respirations elles-mêmes. A la mine défaite de Zeynel elle pressent un drame, mais l'eunuque hésite, elle devra lui ordonner de parler.

Alors Zeynel raconte d'un trait les critiques des voisines, les bavardages, les allusions perfides et aussi ses doutes : une princesse ottomane peut-elle mener la vie d'une quelconque jeune fille de la société libanaise ? Ne doit-elle pas garder ses distances et refuser de se mêler à ce monde qui n'est pas « son monde » ? De voir Selma rire et danser avec des jeunes gens qui, si l'histoire avait suivi son cours normal, n'auraient jamais eu l'honneur de l'apercevoir, cela, il l'avoue, l'indigne.

Il s'attend à être approuvé, ou du moins compris par la sultane. Lorsqu'on est pauvre l'orgueil n'est-il pas la seule chose qui reste ? Il n'a pas prévu le regard courroucé, le ton cinglant.

— Tu n'y entends rien ! Quant aux voisines je n'ai que faire de leurs commérages et je n'imaginais pas, je l'avoue, que tu leur prêtes une oreille aussi complaisante !

Zeynel a blêmi ; aussitôt la sultane s'est radoucie.

— Mon pauvre Zeynel, tu m'as pourtant connue prisonnière au palais de Tchéragan... tu ne te souviens pas combien j'étais malheureuse ? A en mourir ! Lorsqu'on a comme moi passé sa jeunesse enfermée, on sait la valeur de la liberté. A Ortaköy j'étais libre, même si je ne sortais guère. Je veux que Selma aussi se sente libre, et tu dois comprendre que la liberté à Beyrouth n'est pas celle d'Istamboul. Si ma fille peut se distraire, tant qu'elle ne dépasse pas certaines limites — et pour cela je lui fais confiance — je suis ravie qu'elle le fasse.

Hatidjé sultane ne mentionnera pas l'autre raison de sa tolérance, une raison qui tient directement à sa maladie. Elle sait qu'elle peut vivre encore vingt ans mais aussi qu'une crise peut l'emporter d'un jour à l'autre. Si son enfant reste une oie blanche, comme toutes ces jeunes filles trop protégées, si elle ne connaît rien du monde, que deviendra-t-elle alors ? Les drames traversés depuis l'enfance, ses deux divorces, l'effondrement de l'empire, la ruine, l'exil ont débarrassé la sultane de bien des préjugés. Il ne lui déplaît pas que Selma s'aguerrisse : si un jour elle se retrouvait seule, elle doit pouvoir faire face.

VI

— *Veladetin tedrik ederrim !* Béni soit le jour de ta naissance ! Que longtemps fleurissent les roses de tes joues, que les parfums du paradis emplissent tes narines, que ta vie ne soit que miel et lait !

Dans le salon jaune que les kalfas ont orné de bouquets d'hibiscus et de daturas, la famille est réunie pour fêter les vingt ans de Selma. Sur la table de bois doré on a disposé les cadeaux, soigneusement enveloppés de papier glacé. De la part de Nervin et de Leila Hanoum, de fins mouchoirs de batiste qu'elles ont brodés au chiffre de Selma, surmonté d'une couronne. De Zeynel, un flacon de « Crêpe de Chine » de Millot, le parfum qu'elle préfère — cher Zeynel ! Il a dû se priver de cigarettes pendant des semaines pour pouvoir le lui acheter... Haïri, toujours pratique, a offert à sa sœur une boîte de fruits confits dont tout le monde pourra profiter. Quant à la sultane... Sur un fauteuil est disposé son long manteau de zibeline, une merveille dont Selma se souvient l'avoir vue se parer autrefois, lorsqu'elle se rendait à des réceptions au palais de Dolma Bahtché.

— Mais Annedjim, a-t-elle protesté, pourquoi... ?

— Je n'en ai plus l'usage, ma chérie, je serai heureuse que vous le portiez. De toute façon, a-t-elle ajouté en riant pour couper court aux remerciements, j'ai toujours pensé que c'est faire injure à une belle fourrure que de lui offrir un visage ridé, par contre au contact d'un teint frais elle revit !

Nervin Hanoum a allumé les vingt bougies du gros gâteau au chocolat. Elle s'est levée à l'aube pour le confectionner, elle sait combien sa princesse est gourmande : pour son anniversaire, elle n'allait pas lui offrir un gâteau de la veille !

Rêveuse Selma contemple les flammes qui dansent, et peu à peu elle les voit se transformer, grandir, se multiplier ; ce sont maintenant des centaines de flammes qui scintillent sur les lustres de cristal du palais d'Ortaköy. Pour les anniversaires de son enfance on les allumait tous, en son honneur. Chaque détail lui revient de ces fêtes somptueuses : l'orchestre féminin qui la réveillait en musique et, tandis que les esclaves la faisaient belle, continuait à jouer les airs qu'elle aimait ; les douze petites kalfas qui venaient la chercher, vêtues de robes neuves offertes par la sultane, et l'escortaient jusqu'au salon des Glaces où l'attendaient son père et sa mère ainsi que tout le personnel du haremlik. A l'entrée de Selma, l'orchestre entamait l'air de l'anniversaire — chaque année on en composait un nouveau — et les kalfas lançaient au-dessus d'elle une pluie de minuscules fleurs de jasmin qui parfumaient toute la pièce.

Alors commençait la distribution des cadeaux, les cadeaux que Selma avait choisis avec la sultane pour chacune des esclaves et des dames du palais. Car, en Orient, on sait qu'il y a encore plus de bonheur à donner qu'à recevoir, et qu'un anniversaire doit être jour de fête pour tous ceux qui vous entourent. Enfin, lorsque, au milieu des exclamations de joie, la distribution était terminée, deux esclaves faisaient cérémonieusement glisser la tenture de soie qui dissimulait une montagne de paquets de formes et de couleurs variées.

Il fallait bien à Selma deux ou trois heures pour tout ouvrir, tout regarder. Il y avait là les petits présents offerts par les kalfas, les suivantes et même les jeunes esclaves, il y avait les « paquets-farces » de Haïri, et les magnifiques cadeaux de la sultane et de Raouf Bey. Selma se souvient tout particulièrement de son treizième anniversaire, le dernier... Son père avait fait venir de Paris, de chez le grand bijoutier Cartier, une pendulette si extraordinaire que la fillette n'avait d'abord pas compris de quoi il s'agissait. Le cadran était en cristal entouré de perles et de diamants ; de diamants aussi étaient les aiguilles ; et le balancier d'or, suspendu entre deux colonnettes de quartz rose, se reflétait dans un socle de cristal de roche.

Au moment de quitter Istamboul, Selma, le cœur serré, avait donné la pendulette à Gulfilis : d'un père qui ne l'aimait plus elle ne voulait rien garder. Comme elle regrette aujourd'hui ce bijou délicat qui lui parlait du raffinement de celui qu'elle ne peut oublier... Pour ses vingt ans, que lui aurait-il offert ?

A travers les flammes qui vacillent Selma se voit vêtue d'une longue robe à traîne, le front ceint d'un diadème. Des gerbes et des fleurs de feu embrasent le parc de son palais de dentelle, des orchestres dissimulés dans les buissons jouent des valses romantiques. Elle marche le visage offert à la brise du Bosphore et autour d'elle des femmes, vêtues de caftans brodés d'or, s'empressent et rient de son bonheur...

La cire commence à couler sur le gâteau de chocolat. D'un souffle décidé, Selma éteint les bougies d'un coup ; les kalfas applaudissent : cela signifie, prédisent-elles, que la princesse va se marier dans l'année.

Se marier ? Avec qui ?... Selma sait que sa mère a repris une correspondance avec quelques familles princières, jadis vassales de l'empire, elle devine qu'elle en est l'objet mais feint de ne pas s'y intéresser. D'ailleurs elle se trouve trop jeune pour se marier, elle commence à découvrir le plaisir d'être courtisée, elle n'a pas envie d'y mettre fin si vite !

Pourtant, il y a quelques mois, lorsque le prince Umberto d'Italie a épousé la princesse Marie-José de Belgique, et que dix souverains et soixante princesses du sang les ont escortés jusqu'à l'autel, Selma n'a pu s'empêcher d'avoir un mouvement d'envie : jamais elle ne fera un mariage aussi prestigieux, alors qu'elle est aussi noble et bien plus belle que cette Marie-José ! Mais, dans sa corbeille de noces, elle n'a rien d'autre à apporter qu'elle-même...

En ce printemps 1931, grèves et manifestations paralysent la ville de Beyrouth. Sous des prétextes parfois futiles — comme l'agitation étudiante pour des places de cinéma moins chères —, la rue se heurte aux forces de police. Un boycott des tramways et de l'électricité, organisé par un comité de marchands, d'étudiants et de notables, durera jusqu'à la fin juin. En signe de solidarité, le Parlement lui-même tiendra quelques séances à la lueur des chandelles. Le gouvernement, nommé et contrôlé par le haut-commissaire français, sera obligé de céder et de demander à la société concessionnaire de baisser ses prix. C'est une compagnie étrangère — franco-belge —, comme la plupart des instances qui, depuis le mandat, contrôlent la vie économique du Liban. Et ce sont ces monopoles étrangers qu'en réalité les Libanais remettent en cause. Ils accusent la France de n'être là que pour lever des impôts, très lourds, afin de « nourrir une armée de fonctionnaires incapables », d'exporter son inflation dans la mesure où la livre libanaise est alignée sur le franc, et de ne même pas respecter la constitution qu'en 1926 elle a accordée au pays. Le haut-commissaire Henri Ponsot, qui a remplacé Henri de Jouvenel, a en effet supprimé le Sénat, renforcé le pouvoir de l'exécutif aux dépens de celui du Parlement, et il a quasiment imposé la réélection à la présidence de son protégé Charles Debbas.

Marwan, qui étudie le droit à l'université américaine, revient chaque jour à la maison très excité. Même ses amis maronites commencent à renâcler contre la mise en tutelle de leur pays. A mi-voix, il parle à sa sœur et à Selma d'un certain Antoun Saadeh, un chrétien libanais d'une trentaine d'années, élevé entre le Brésil et l'Allemagne, qui vient de rentrer à Beyrouth. Il a fondé à l'université une société secrète où se retrouvent des jeunes de toutes confessions : ils veulent se débarrasser des Français et recréer la grande nation syrienne qui inclut, disent-ils, le Liban et la Palestine : une Syrie unie qui animerait le monde arabe et résisterait à toute interférence étrangère.

La revendication d'indépendance, le scandale de l'occupation, même diplomatiquement baptisée mandat, Selma a vécu cela en Turquie et elle en a suffisamment souffert pour comprendre l'exaspération de ses amis. Chacun se passionne actuellement pour la politique : l'année prochaine, lors des élections, tout pourrait basculer.

La plupart des présidentiables sont des maronites. Parmi les plus prestigieux, Emile Eddé, un petit homme de quarante-sept ans, connu pour son intégrité et ses sympathies pro-françaises, et Bechara El Khoury, un avocat brillant, plus ouvert au monde arabe, et qui critique sérieusement le mandat. En face d'eux, pour la première fois, se dresse un musulman, le cheikh Mohammed El Jisr, président de la Chambre. C'est un bel homme à la barbe blanche, respecté par ses pairs, musulmans comme chrétiens. Ancien député ottoman et vice-gouverneur de Beyrouth il a, pendant la guerre, rendu de grands services à la communauté maronite et sauvé son patriarche de l'exil. Aussi est-il soutenu non seulement par les chiites, les sunnites et les Druzes, mais aussi par beaucoup de Grecs orthodoxes et de maronites. Face au clan chrétien divisé il a de grandes chances de l'emporter.

Un musulman à la tête du Liban ! Pour de nombreux chrétiens libanais, et pour la France qui leur a taillé un pays sur mesure afin d'avoir au Moyen-Orient un allié sûr, c'est impensable, cela risquerait de précipiter le Liban dans l'orbite syrienne et arabe !

Tellement impensable que, un an plus tard, en mai 1932, le haut-commissaire Henri Ponsot, voyant l'assemblée prête à élire le cheikh El Jisr — que même Emile Eddé, pour des raisons de stratégie électorale, a décidé de soutenir —, préférera suspendre la Constitution, trois jours avant les élections. Pendant vingt mois il maintiendra au pouvoir le président Charles Debbas, qui gouvernera par décrets-lois préalablement mis au point au Grand-Sérail.

Mais, en cet été 1931, on ne prévoit pas un tel coup de force. Au contraire, encouragés par le succès des grèves, on remet en question les pouvoirs abusifs du mandat.

Selma passe des heures à discuter avec Marwan et Amal. Elle

s'indigne de l'attitude des Français et s'enthousiasme pour le cheikh El Jisr, un ami de la sultane qu'il s'efforce d'aider depuis qu'elle est en exil : il n'a jamais oublié la nuit passée naguère au palais de Dolma Bahtché, alors qu'âgé de quatre ans, il accompagnait son père, invité par le sultan Abdul Hamid. Selma se range dans le camp des partisans les plus acharnés du cheikh. Jusqu'au jour où son cousin Orhan, venu avec Haïri rue Mar-Elias, l'a vertement remise à sa place.

— Tout cela ne te concerne pas, princesse, tu ne dois pas t'en mêler !

Sur le chemin du retour il l'a longuement chapitrée.

— Selma, as-tu perdu la tête ? Veux-tu qu'on nous chasse tous une fois de plus ? Où irions-nous ? Je t'en prie, plus de discrétion, rappelle-toi que nous ne sommes pas chez nous !

Comme si elle pouvait l'oublier ! Mais elle doit reconnaître qu'Orkhan a raison, les membres de la famille ottomane sont encore perçus comme les anciens maîtres, ils ne peuvent se permettre de prendre parti. « Même entre amis tu dois te montrer neutre, a précisé Orhan, car rien ne reste jamais secret. »

Selma sait que c'est la seule attitude raisonnable, mais elle a du mal à l'accepter. De sa mère la sultane et de toute sa lignée, elle a hérité la passion politique, le besoin de se battre pour une grande cause. Cette passion, reconnue dès l'âge de neuf ans alors que, sur la place du Sultan-Ahmet, avec la foule en larmes, elle se promettait de sauver la Turquie, elle ne sait plus qu'en faire, maintenant qu'elle n'a plus de pays, qu'elle n'est qu'une invitée...

Lui restent les mondanités, les dîners et les bals où il lui plaît de briller. Et, dans la journée, le cinéma. Car elle déteste jouer aux cartes ou retrouver ses amies pour prendre le thé et alimenter les ragots, et elle n'a pas assez d'argent pour passer son temps chez la couturière ou chez le coiffeur. Sans les séances au Rialto ou au Majestic les après-midi seraient longs.

Depuis dix ans, Hollywood s'est imposé comme la capitale du « septième art ». Dans un article du *Réveil*, l'un des deux grands journaux du Liban, Winston Churchill, qui a momentanément délaissé la politique et visite les Etats-Unis, décrit cette ville nouvelle comme « un carnaval au pays des fées » : « Les studios couvrent des milliers d'acres, qui abritent des milliers d'acteurs et de spécialistes très bien payés. Des armées d'ouvriers construisent avec célérité des rues de Chine, de Londres, ou des Indes. On tourne vingt films à la fois. La jeunesse et la beauté sont reines. »

En tout cas, impériales en sont les vedettes, qui imposent les canons de la mode féminine au monde entier, et dont les apparitions à l'écran font se pâmer les foules. Jamais jusqu'à ce jour aucune souveraine, aussi populaire soit-elle, n'était parvenue au degré de célébrité de « l'Ange bleu » ou de « la Divine »...

Selma va voir et revoir chacun de leurs films. Marlène la choque et la séduit. Dans le personnage de « Lola », sa voix rauque, sa sensualité trouble, lorsqu'elle chante « Je suis pleine d'amour de la tête aux pieds » ont été pour la jeune fille une véritable découverte : peut-on réellement rendre à ce point les hommes fous ? Mais elle la trouve encore plus belle dans *Morroco*, quand en smoking et haut-de-forme, elle envoûte le légionnaire Gary Cooper. Ou lorsque, en Mata-Hari, tour à tour aviatrice en uniforme et femme fatale, d'un dernier geste, elle rectifie le rouge de ses belles lèvres à la lame de l'épée de l'officier chargé de la faire exécuter.

Pourtant, c'est Garbo qui la fascine le plus. Elle rêve de lui ressembler. Elle s'est épilé les sourcils et se coiffe désormais comme elle. Et pendant des heures, face au miroir, elle s'applique à imiter ses gestes un peu brusques, sa démarche déliée, son expression indifférente, sous laquelle se devine une flamme dans laquelle Selma reconnaît sa propre passion. Selon qu'elle vient de voir *Love*, où son héroïne personnifie Anna Karénine, *la Courtisane*, ou *Mata-Hari*, elle sera tour à tour fragile et romantique, voluptueuse ou intrépide, sous le regard ahuri de Zeynel et des deux kalfas qui ne comprennent rien à ces sautes d'humeur.

Un soir, lors d'une réception chez les Trad, une des familles de banquiers les plus en vue de Beyrouth, Selma remarque un homme, d'une cinquantaine d'années, qui de tout le dîner ne cessera de la regarder. Au moment de passer au salon pour le café, il s'approche d'elle.

— On a oublié de nous présenter... Je suis Richard Murphy, directeur artistique de la Metro Goldwin Mayer, et pour quelques semaines dans votre beau pays. Excusez mon indiscrétion mais je vous observe depuis le début de la soirée : seriez-vous actrice ?

Flattée, Selma égrène un rire léger.

— En ai-je l'air ?

— Vous êtes belle, c'est indéniable, mais ce n'est pas le plus important. Vous avez une « présence », et cela, c'est extrêmement rare. Avez-vous jamais songé à faire du cinéma ?

— J'en serais bien incapable...

— Allons, ne soyez pas modeste ! Bouger devant une caméra, c'est un métier, cela s'apprend. Mais ce qui manque à Hollywood, ce sont justement des jeunes femmes comme vous : de la vivacité, de la grâce,

et surtout de la classe ! Je vais vous dire une chose que je dis
rarement : vous avez l'étoffe d'une star. Comment vous appelez-
vous ?

— Selma...

— Magnifique ! Dans un an ce nom sera connu du monde entier !
Car, mademoiselle Selma, je vais vous mener vers la gloire. M'y
autorisez-vous ?

Richard Murphy ne dit pas qu'il s'est renseigné, qu'il sait
parfaitement qui est Selma et que c'est justement cela qui l'intéresse.
Car, si la jeune fille est jolie, elle fera sans doute une piètre actrice...
L'important, c'est qu'elle est princesse ! Une princesse à Hollywood !... Il voit déjà les titres des journaux. Les Américains raffolent
de tout ce qui a un parfum d'aristocratie. Avec une petite fille de
sultan, même si ses films sont des navets, la MGM va enfoncer la
Columbia, la Warner et la Fox !

Mais le morceau ne sera pas facile à emporter. Jamais la sultane,
dont on lui a décrit le caractère rigide, ne permettra à sa fille de se
lancer dans une carrière qu'elle doit considérer comme l'équivalent
d'une carrière de courtisane. Et en plus à l'autre bout du monde, à
Hollywood, ce lieu de perdition ! Richard Murphy sourit intérieurement : « Et si on emmenait la mère avec la fille pour lui permettre de
la surveiller ?... Une vieille sultane voilée à Hollywood ? Le coup
serait génial !... mais ne rêvons pas : c'est la petite qu'il faut
convaincre, séduire, affoler de perspectives de gloire, au point qu'elle
soit capable, si nécessaire, de se passer de la permission de sa mère.
Elle est majeure après tout ! La chance lui tend les bras, c'est toute sa
vie qui est en jeu !

C'est ce dont Richard Murphy va s'employer à persuader Selma. Il
séjourne chez les Trad et l'invitera chaque jour à y prendre le thé. Il
ne faut pas lui laisser le temps de se ressaisir. Il connaît la tactique
avec ces jeunes filles ambitieuses et naïves. Jamais encore il n'a connu
d'échec.

— Selma, je pense que vous êtes devenue complètement folle !

Toute droite dans son fauteuil, la sultane, sourcils froncés, regarde
sa fille comme si elle tentait de saisir le personnage étrange qui lui
parle.

Pour la troisième fois, Selma reprend son explication.

— Annedjim, je vous en prie, essayez de comprendre : la MGM
est la plus grande compagnie de cinéma au monde, ils veulent
absolument m'engager, ils me font un contrat en or ! Cinq films par
an et dans chacun le premier rôle ! Et savez-vous combien ils

m'offrent ? 100 000 dollars par an ! Imaginez, Annedjim, nous pourrions nous racheter un palais et vous seriez tranquille jusqu'à la fin de vos jours !

— Vous êtes une enfant. Vous n'imaginez pas l'immoralité, la corruption de ce milieu d'acteurs...

— Oh, mais je sais me faire respecter ! s'exclame Selma en relevant fièrement le menton. J'ai d'ailleurs spécifié qu'il n'était pas question de me faire tourner de scènes osées : ils ont accepté.

— Des scènes osées !... Ils ont accepté !... C'est bien bon de leur part. Vraiment j'ai l'impression que maintenant c'est moi qui deviens folle ! Je ne discuterai pas un instant de plus de ce projet insensé.

Les larmes montent aux yeux de Selma, qu'elle n'essaie même pas de retenir. Elle s'est levée et arpente la pièce en longues enjambées coléreuses.

— Je commence à en avoir assez de l'existence que je mène ! des thés dansants, des dîners, des bals et encore des bals... Cela fait déjà quatre ans que j'ai quitté l'école, j'ai vingt et un ans, le temps passe et je n'ai encore rien fait de ma vie !

Dans cette explosion de véhémence juvénile, la sultane sent une amertume, un désespoir qui la touchent ; elle pensait bien aussi que sa fille ne pourrait se contenter longtemps de ces mondanités.

— Allons, ma Selma, dit-elle d'une voix qui se fait affectueuse, ne prenez pas les choses au tragique... Vous avez en effet trop de personnalité pour continuer à vivre ainsi... Il faut vous marier.

Selma s'est arrêtée.

— Et où est le Prince Charmant ? demande-t-elle d'un ton persifleur.

— J'ai pensé, répond la sultane sans se départir de son calme, qu'il vous faudrait un roi.

Eberluée, Selma la regarde : ce n'est pourtant pas dans les habitudes de sa mère de plaisanter !

— Un roi ? Mais...

Sans paraître remarquer la surprise de sa fille, la sultane poursuit d'un ton égal :

— Grâce au ciel, il y en a encore quelques-uns sur cette planète. Celui auquel j'ai pensé pour vous est le roi Zog d'Albanie. Depuis quelque temps, j'ai fait établir des contacts, très discrets, évidemment. Vous savez que sa sœur vient d'épouser votre oncle, le prince Abid, le plus jeune fils du sultan Abdul Hamid. Cela facilite les négociations... Je ne vous cache pas que le roi Zog n'est pas un grand monarque, il ne règne que sur un million de sujets environ. Mais il est encore jeune, il est beau, il a, paraît-il, de très bonnes manières, et on ne lui connaît aucun vice rédhibitoire. En outre il parle le turc couramment, ayant fait ses études à Istamboul, et il professe le plus grand respect pour notre famille.

» Certains prétendent que le roi Zog, de son vrai nom Ahmed Zoglou, est un parvenu. Sa famille est de très petite noblesse et c'est par une sorte de coup d'Etat qu'il s'est fait couronner. Mais au moins il a rétabli l'ordre dans ce pauvre pays qui depuis son indépendance, en 1913, était déchiré entre différentes factions. C'est en tout cas un homme courageux ! On insinue qu'il n'est pas très intelligent, mais après tout cela vaut mieux : vous n'en aurez que plus d'ascendant sur lui.

» Qu'en dites-vous ? Cela vous plairait-il d'être reine ?

« Quel rôle ! » Toute la nuit Selma s'est tournée et retournée dans son lit, trop excitée pour trouver le sommeil. Les lumières d'Hollywood lui apparaissent soudain clinquantes et dérisoires : elle sera reine, et pas une reine de celluloïd ! Dès demain, elle préviendra le producteur de la Metro Goldwin Mayer qu'elle ne veut plus signer le contrat, qu'elle a mieux à faire ! Elle imagine sa stupéfaction : il va ouvrir une bouche aussi grande que le lion dont la compagnie a fait son emblème et lui poser mille questions. Evidemment, elle ne pourra rien dire.

Pendant les semaines qui vont suivre, Selma se plongera dans tous les livres, toutes les revues qui parlent de l'Albanie. Avec Amal, la seule qu'elle ait mis dans la confidence, elles vont faire une véritable razzia dans les librairies et les bibliothèques de la ville. Et pendant des après-midi entiers, étendues en combinaison sur le grand lit d'Amal, elles vont lire, discuter, se passionner. Ce qu'elles découvrent n'est pourtant pas tout rose. Le petit royaume montagnard est certes d'une grande beauté ; ses habitants, des paysans rudes et honnêtes, ont su conserver leurs coutumes ancestrales et ont gardé un admirable code de l'honneur. Mais si le calme règne dans ce pays longtemps en proie à des rivalités intestines entre grandes familles féodales, c'est, écrivent certains journaux, que le roi Zog n'hésite pas à faire supprimer ceux qui le gênent. D'autres, qui s'extasient sur la générosité du souverain, expliquent que pour faire des cadeaux à ses amis et à sa famille, il confond quelque peu sa caisse personnelle et celle de l'Etat.

Selma n'en croit pas un mot. Des puissants ne dit-on pas toujours les pires choses ? L'expérience des calomnies répandues sur sa propre famille lors de leurs dernières années en Turquie — n'écrivait-on pas que le sultan avait emporté une partie du trésor ainsi que les reliques du Prophète ? — lui ont appris que des faits présentés comme indubitables sont souvent de pures inventions.

En revanche, elle note avec attention les chiffres et les détails qui disent la pauvreté et l'état d'arriération du pays. Il faudra construire des hôpitaux, des écoles. Déjà elle imagine le sourire confiant des femmes et des enfants auxquels elle a décidé de se consacrer. Elle sait que sa tâche ne sera pas facile, qu'il lui faudra secouer les habitudes, se heurter à des positions acquises, mais elle se battra. Elle se sent forte soudain de l'amour de tout un peuple.

Impulsivement, elle a entouré de son bras la taille de son amie.

— Vous ne m'oublierez pas ? Vous viendrez souvent me voir, n'est-ce pas ?

Amal l'embrasse tendrement.

— Je viendrai, c'est promis.

Elle partage le bonheur de Selma, mais aussi son appréhension devant cet avenir que, malgré leurs lectures et les renseignements qu'elles essaient de glaner çà et là, elles ne parviennent pas à imaginer.

En fille de la montagne druze, Amal connaît les montagnards et sait qu'ils ne sont pas gens faciles. Selma, elle, est une citadine, habituée à la douceur des villes que baigne la mer, au rythme lent et aux manières policées de l'Orient. Comment réagira-t-elle à une rudesse qui lui est foncièrement étrangère ? Pensive, elle caresse les boucles rousses et les épaules au grain plus fin que le satin. Elle se demande si la sultane a fait le meilleur choix, si cet avenir brillant apportera le bonheur à celle qu'elle aime plus qu'une sœur. Mais elle ne dira rien. Si le destin de Selma est d'être reine, il doit s'accomplir

Chaque soir désormais, lorsque Selma rentre à la maison, elle s'enferme avec Zeynel. Pendant des heures, ils parlent de « leur pays », de ses forêts immenses, de ses cascades, de ses jolis villages de pierres blanches perchés à flanc de montagne, et des longues soirées au coin du feu où l'on se raconte les légendes de preux chevaliers protégés par les fées, de la chevrette merveilleuse que le fils du roi épousa, car sous sa fourrure et ses cornes se dissimulait « la Belle de la terre », et l'histoire de « l'Ours repenti » et celle du « Poulain magicien »...

Zeynel avait treize ans lorsque, de son village d'Albanie, les soldats du sultan l'avaient emmené vers la capitale de l'empire. Il a tenté d'oublier, il y a partiellement réussi. Mais aujourd'hui chaque détail lui revient, c'était hier...

Pour l'eunuque, ce mariage est un signe du ciel. Il lui confirme la folle certitude que cette nuit-là, à Istamboul, dans le palais d'Orta-köy, la sultane... et lui...

Ainsi sa petite fille retourne aux sources de son sang. Elle l'ignore, mais c'est tout son être qui la pousse vers ce pays inconnu, d'où elle vient. Et lui, le petit paysan qui courait pieds nus dans la montagne, lui qui avait souvent froid et toujours faim, lui qui jamais n'aurait osé lever la tête devant le *mukhtar*, le chef du village, lui, Zeynel, va devenir le beau-père de son roi !

La joie, la fierté l'étouffent, il a envie de chanter. Et pour son enfant qui va devenir sa reine, du fond de sa mémoire renaissent des bribes d'anciennes comptines. De sa voix fluette, il égrène les mots autrefois fredonnés par sa mère.

> *Je veux venir chez toi, petite brebis aux yeux bordés de noir,*
> *Je veux venir chez toi, rondelette,*
> *M'asseoir sur une chaise, petite brebis,*
> *Boire du vin, rondelette,*
> *Dans un verre rose, petite brebis,*
> *Pour que tu sois heureuse une fois et pour la vie, petite brebis,*
> *Une fois et pour la vie, rondelette.*

— Encore, Agha, encore !

De voir Selma suspendue à ses lèvres, il s'émerveille qu'elle trouve belles ces bribes de chanson sans suite, et il se dit qu'au fond de son cœur elle les reconnaît siennes.

Deux mois ont passé. Les nouvelles d'Albanie se font attendre. Après avoir donné un accord de principe, la sultane se refuse à relancer ses correspondants. Ces tractations sont par nature délicates, il y faut du temps, il serait d'un effet désastreux de sembler pressé.

Un jour enfin arrive la lettre tant espérée, scellée du cachet aux armes royales. Elle émane du secrétaire personnel du souverain, un homme très distingué que la sultane a connu lorsqu'il était en poste à Istamboul. Après les compliments d'usage et tous les vœux pour la santé et la prospérité de la famille impériale, il écrit :

« Vous n'ignorez pas, sultane, qu'à la suite du mariage de la sœur de Sa Majesté et de Son Altesse le prince Abid, le président Mustapha Kemal a décidé de rompre les relations avec l'Albanie. Or le roi, pour de multiples raisons que vous comprendrez, se doit de rétablir les liens avec la Turquie. Epouser une princesse ottomane compromettrait définitivement l'entente nécessaire entre nos deux pays.

» Aussi est-ce avec une grande tristesse que Sa Majesté doit renoncer à ce projet qui lui tenait profondément à cœur. Mais les souhaits personnels d'un souverain doivent s'effacer devant la raison d'Etat.

» Veuillez croire, sultane, ... »

Très pâle, la sultane a tendu la lettre à Selma, qui la lit, éclate de rire et posément la déchire.

VII

Des bataillons de nuages de lumière et de cendre montent vers l'ouest en rangs serrés. C'est le crépuscule. Eperdus, les oiseaux tourbillonnent dans le ciel à la poursuite du soleil. La terre respire, enfin débarrassée du piétinement de l'homme; de ses profondeurs, elle laisse affleurer la sève, elle embaume.

Accoudée au balcon de sa chambre, Selma écoute le chant du muezzin, scandé par les cloches de l'église Saint-Louis-des-Français, proche de la mosquée, qui sonnent l'angélus. Elle doit s'habiller pour sortir. Ce soir, les Tabet, une des plus riches familles maronites du Liban, donnent un dîner en l'honneur du nouveau haut-commissaire, le comte Damien de Martel. On dit que celui-ci est un diplomate éprouvé, à l'intelligence aiguë et cynique, mais qui ne manque pas de charme, et l'on compte sur lui pour rétablir la constitution suspendue par son prédécesseur et procéder à des élections présidentielles.

A ce dîner sera présente la crème de la société beyrouthine, tant du monde politique que du monde des affaires — qui sont d'ailleurs les mêmes. Il y aura Emile Eddé et son rival et ami Bechara el-Khoury, ainsi que l'émir Fouad Arslan, député druze, et Ryadh el-Solh, député sunnite, tous deux critiques acerbes du mandat, et tous deux amoureux fous de la belle Youmna el-Khoury, sœur du candidat à la présidence. Le séduisant Camille Chamoun, jeune loup de la politique, sera là également. On prétend qu'il n'y a pas dans tout le Proche-Orient un homme aussi beau que lui, et qu'en épousant la fille de Nicolas Tabet, il a brisé bien des cœurs.

Pour orner la soirée, les maîtres de maison ont invité les plus jolies fleurs de la ville : Yvonne Bustros et Maud Farjallah, et Nejla Hamdam, une Druze intense aux yeux très noirs, et Isabelita, l'ex-amie du roi d'Espagne Alphonse XIII, devenue l'épouse pétulante de

Robert Sabbagh. Et tant d'autres... Lorsque Beyrouth veut séduire, sa générosité n'a pas de limites. A profusion elle offre à l'élu ses plus beaux joyaux, elle l'éblouit par sa gaieté, le charme par son intelligence chatoyante et souvent subtile, l'affole en l'entourant d'un réseau de mille amitiés aussi soudaines qu'éternelles — ou éphémères, ce qui est la même chose, car en vrais Orientaux, les Libanais savent bien que l'éternité réside dans l'instant.

Ce soir, l'élu autour duquel Beyrouth veut tisser sa toile brillante, c'est son nouveau maître, et Selma a été invitée pour être l'un des éléments de cette construction arachnéenne destinée à l'envelopper, et si possible à l'absorber.

Elle s'en amuse, alors qu'il y a deux ans elle se serait rebellée, refusant de jouer les utilités, voulant qu'on l'invite et qu'on l'aime pour elle-même ! « Elle-même »... Elle ne sait plus aujourd'hui ce que cela veut dire ; tant de miroirs se sont brisés... Le miroir de lumières multicolores et de strass où se reflétait l'éblouissante silhouette de la reine d'Hollywood, le miroir aux ors un peu passés qui lui renvoyait le visage doux et grave d'une jeune reine d'Albanie, et même les miroirs du palais d'Ortaköy où une intrépide petite sultane arrangeait ses boucles avant de se lancer à la conquête du monde.

D'un geste brusque, Selma a rejeté ses cheveux en arrière : elle a vingt-deux ans, elle n'est plus l'adolescente qui gémissait à la recherche de sa vérité, et qui, lorsqu'elle croyait, derrière la princesse ottomane, avoir débusqué Selma, commençait à se demander ce qu'il y avait derrière cette Selma ! C'est comme le jeu de la poupée russe : en la dévissant, on en découvre une autre à l'intérieur, puis une autre, et ainsi de suite : on ne trouve que des enveloppes, jamais la poupée originelle. Mais existe-t-il seulement une poupée originelle ? Et qui peut dire s'il y a une vraie Selma en dehors des rôles qu'elle se choisit ? Elle, en tout cas, en est bien incapable et refuse de continuer à s'épuiser dans cette quête insensée.

Elle est jeune, elle est l'une des femmes les plus fêtées de Beyrouth, elle ne veut plus penser — Nervin Hanoum dit d'ailleurs que cela donne des rides —, elle veut s'amuser, voilà tout.

— Mon Dieu, Selma, vous n'êtes pas encore prête ? Il est 9 heures !

Amal est entrée dans la chambre, ravissante dans sa robe très ajustée, la dernière mode lancée par le grand couturier parisien Lucien Lelong.

— J'ai frappé, et comme vous ne répondiez pas, je suis entrée. Que se passe-t-il ? Etes-vous malade ? Vous savez que nous devons tous être chez les Tabet à 9 h 30, avant l'arrivée du haut-commissaire !

— Et au garde-à-vous, j'imagine ! lance Selma. Non, Amal, je ne suis pas malade... Mais ce soir j'ai envie d'être en retard.

Devant l'air réprobateur de la jeune fille, elle persifle :

— Pur dévouement, notez bien : ces braves gens n'ont rien à se dire, je leur offre une occasion de jaser. Croyez-vous que je ne serai pas réinvitée ?

Il y a tant d'insolence dans son regard, de défi dans sa voix qu'Amal préfère ne pas répondre. Elle ne reconnaît plus son amie dans cette étrangère arrogante. Elle qui était si sensible, presque fragile, s'est durcie depuis le double échec du mariage albanais et d'une possible carrière à Hollywood. De ces projets grandioses, elle ne parle plus qu'en se moquant, bien trop orgueilleuse pour laisser percer sa déception. Comme si elle s'en voulait d'avoir rêvé, et en voulait à Amal d'avoir été témoin de ses rêves. On dirait qu'elle a résolu de ne plus jamais se laisser prendre en flagrant délit de candeur, mais de provoquer et de rejeter afin de ne plus donner aux autres la moindre chance de la repousser.

Elle en est devenue d'autant plus populaire dans ce petit monde où tout — l'amour, l'argent, la réussite —, tout lasse à force d'être facile. Autour de Selma, les hommes s'observent : lequel d'entre eux remportera les faveurs de la cruelle ? Sa froideur est légendaire, personne jamais n'a pu se vanter de lui avoir volé un baiser ni même de lui avoir tenu la main. Au fond, ils lui en savent gré, car ils sont persuadés que son indifférence n'est que tactique destinée à les séduire : la victoire n'en sera que plus belle.

« Ils se trompent tous, pense Amal en examinant le visage fermé, elle est devenue vraiment indifférente... Même lorsqu'elle s'amuse, j'ai l'impression que c'est par devoir. »

On frappe à la porte, ce sont Haïri et Marwan qui viennent aux nouvelles. Selma remarque avec ironie qu'Haïri s'est mis sur son trente et un — smoking de chantoung crème et œillet rouge à la boutonnière — afin d'impressionner Amal.

« Je suis amoureux ! a-t-il confié à sa sœur quelques jours auparavant, croyez-vous qu'il lui plairait de devenir princesse ?

— Je crois que c'est le dernier de ses soucis », a répondu Selma, ce qu'Haïri a pris bien sûr pour de la pure méchanceté.

Il a donc décidé de commencer sa cour. Depuis une semaine, il envoie chaque jour rue Mar-Elias une gerbe de roses rouges ; ce soir il s'attend à être récompensé d'un sourire, il en profitera pour demander à la jeune fille de lui réserver toutes ses valses, car après dîner on doit danser.

Amal n'a pas souri, ce qu'Haïri a mis sur le compte d'une charmante timidité. Et lorsque, plus tard, Marwan le prendra à part pour lui expliquer que sa sœur déteste les roses, dont le parfum lui donne la migraine, il va s'émouvoir d'une telle délicatesse et se sentir encore plus épris.

En attendant, il s'indigne contre Selma « qui fait exprès d'être en retard pour se faire remarquer ! »

— Mais partez donc, je vous rejoindrai ! a-t-elle rétorqué avec impatience. Zeynel m'accompagnera en *arraba* [1].

Marwan hésite, il n'aime pas cette lueur dans les yeux de Selma, et encore moins son nouveau rire, trop appuyé ou trop bref. Il avait l'intention ce soir de lui parler, mais peut-être vaut-il mieux lui envoyer d'abord un « ambassadeur ». De sa poche, il a sorti un mince paquet.

— Je vous ai apporté un livre de Fariduddin Attar, le plus grand poète mystique druze. Si vous décidez de ne pas venir, il vous tiendra compagnie.

« Les oiseaux du monde entier, raconte le livre, se sont rassemblés pour se mettre en quête de leur roi, le Simurgh, depuis longtemps disparu. Personne ne sait où il réside, sauf un très vieil oiseau. Mais il ne peut le trouver seul, car le chemin est semé d'embûches, il faut qu'ils partent tous. Le Simurgh demeure en effet dans le Qaf, une chaîne de montagnes qui entoure la terre, et pour y arriver il faut traverser des rideaux de feu, nager dans des torrents déchaînés, combattre des armées de dragons féroces.

« Ils sont partis des milliers, mais au cours du voyage, qui durera des années, la plupart périront. Seuls trente oiseaux, les plus sages, atteindront, après bien des difficultés, la cour du Simurgh dans les montagnes du Qaf. Là, éblouis, ils découvrent des milliers de soleils, de lunes et d'étoiles. Et dans le reflet de chacun de ces astres ils se voient et voient le Simurgh. Et ils ne savent plus s'ils sont encore eux-mêmes ou s'ils sont devenus le Simurgh. Jusqu'à ce qu'enfin ils comprennent qu'ils sont le Simurgh et que le Simurgh c'est eux, qu'ils sont un seul et même être. Et que leur roi, le dieu qu'ils étaient allés chercher si loin, était en eux... »

Selma a laissé tomber le livre.

... Dans un tékké des environs d'Istamboul, une petite fille baise la paume ouverte d'un vieux cheikh... soudain la lumière l'aveugle, elle sent que si elle garde les yeux ouverts elle va s'y dissoudre, elle ne veut pas, elle a peur... Elle ferme les yeux, et les choses, dans leur ordre banal et rassurant, reprennent leur place.

Selma a toujours gardé au cœur le regret de cet éblouissement et

---

1. *Arraba :* sorte de calèche découverte.

la honte de sa peur. Une honte dont paradoxalement elle est fière, qu'elle nourrit et caresse, car avoir honte c'est bien la preuve d'une supériorité de l'âme qui sans cesse cherche à se dépasser.

Depuis longtemps elle est habitée par la recherche de l'unité ; mais elle s'est toujours arrêtée sur le seuil. Elle craint d'y mettre le doigt et d'être prise tout entière, elle sent que dans la quête de l'absolu on ne peut fixer de limites, et que l'on risque de s'y perdre, comme ces milliers d'oiseaux du Simurgh morts avant d'avoir atteint la lumière.

Mais à se réfugier dans la stricte pratique religieuse, ne risque-t-on pas d'oublier la féconde insécurité ? Marwan, qui est un *akkal*, dans la hiérarchie druze un initié, lui a déclaré un jour que religion et morale étaient les plus sûrs moyens de ne jamais trouver Dieu. « Commandements et interdits, disait-il, sont de hautes murailles qu'on élève pour atteindre le ciel, mais plus elles s'élèvent plus le ciel se rétrécit, et bientôt on n'en perçoit plus qu'un carré bleu minable, qui n'a plus rien du ciel, qui n'est qu'un carré bleu. Ils nous parlent d'escaliers de marbre et de trône d'or, un monde aussi mort que leur morale. Ils ne comprennent pas que le ciel c'est la vie dans sa multiplicité infinie ; comment la voie vers l'infini pourrait-elle être cernée de murailles ? »

Selma sent le vertige qui la prend. Pourquoi Marwan lui a-t-il apporté ce livre ? Elle était tranquille, elle se grisait d'être entourée, adulée — pourquoi Marwan a-t-il tout gâché ? Ne peut-il la laisser vivre, comme tout le monde, être heureuse ?

Heureuse... Le mot s'est figé devant elle, vulgaire, presque obscène... Vraiment elle s'étonnera toujours ! Elle est capable de se raconter n'importe quoi ! Elle n'est quand même pas encore tombée si bas qu'elle puisse se contenter de ce bonheur-là !

Dans les palais d'Istamboul elle en a vu de ces femmes au regard vide d'inquiétude ; ce sont les mêmes que les élégantes des salons de Beyrouth. Est-ce cela qu'elle est en train de devenir ?... Elle frissonne. Les paroles du maître soufi Djalâl Al-Dîn Al-Rûmi lui reviennent en mémoire : « Que jamais je ne te perde, bienheureuse douleur plus précieuse que l'eau, brûlure de l'âme sans laquelle nous ne serions que du bois mort ! »

Selma est descendue dans le petit jardin. La nuit est attentive, les étoiles ne lui sont plus étrangères, elle a l'impression de revenir à elle, après une longue absence.

L'arraba descend gaiement l'avenue, le cocher fait claquer sa langue et excite le cheval du bout de son fouet. Il n'est pas peu fier d'avoir à son bord deux si jolies dames : tous les passants le regardent !

C'est Amal qui en a eu l'idée. Il y a quelques semaines, elle a entendu parler de cette femme aux pouvoirs étonnants, une nouvelle pythie, murmure-t-on, une envoyée de Dieu, ou peut-être du diable. Elles ont décidé d'aller la voir, sans rien dire à Marwan, qui se serait fâché.

Dans la maison aux volets clos, un adolescent maigre les a fait entrer et sans un mot les a guidées jusqu'à une chambre sombre où des cassolettes d'encens livrent un combat perdu d'avance aux odeurs aigres et douceâtres d'haleines et de sueurs mêlées.

Large, la croupe à l'aise sur le lit haut autour duquel les fidèles se pressent, une vieille est assise. Goutte à goutte elle distille le philtre, rédempteur et mortifère, de ses discours, de ses silences. Quelques paroles, le miel après l'acide, tombent de ses lèvres minces, tandis que ses yeux brûlants vrillent les regards, trouent les poitrines pour atteindre les cœurs.

Dans l'ombre, près de la porte, les deux jeunes filles se sont arrêtées. Mais la vieille les a vues, d'instinct elle a senti des proies de choix. De sa main grasse, elle leur fait signe d'approcher, d'entrer dans le cercle des élus qui entourent le lit. Mais elles refusent, les rebelles !

La vieille a souri. C'est ainsi qu'elle les aime, impudentes et présomptueuses, comme des enfants nus qui se dressent dans la lumière. Ce sont eux dont elle est friande, ces enfants inconscients qui se croient aimés de Dieu, ce sont eux qui lui donnent vie. Elle n'a pas un regard pour le peuple d'esclaves prosternés qui l'entourent : elle a dévoré jusqu'à leurs entrailles ; ils sont devenus ses mille tentacules, ils vont de par la ville distiller sa parole, et lui ramènent de nouvelles proies assoiffées de l'entendre, elle, l'inspirée.

Mais sur les rives du lit certains hésitent : cette vieille qui trône, effrayante et magnifique, quels esprits la dominent, divins ou diaboliques ? Et peu à peu l'idée s'impose, qu'après tout ces esprits ce sont les mêmes et que Dieu est la lumière débarrassée de toutes les scories dont la chaude pourriture donne naissance au diable. Et les plus courageux, ou les plus inconscients, s'embarqueront pour le voyage sans retour, où leur seule certitude est qu'ils se consumeront à l'infini — dans les flammes de l'enfer ou dans celles de l'amour divin...

Ceux qui encore et toujours tergiversent, ne se débarrasseront plus du tiède et écœurant malaise de se savoir incapables d'atteindre l'Ultime, bonheur ou malheur, qu'importe. Mais à tous, qu'ils aient franchi la première porte de la peur ou qu'ils n'aient pas osé, la vieille offre le même présent royal : l'inquiétude, à jamais.

Sur le seuil de la chambre la jeune fille rousse a détourné les yeux. « Partons, souffle-t-elle à son amie, la lumière est noire. »

La vieille a-t-elle entendu ? Sur le lit elle s'est redressée, et de sa bouche sombre l'imprécation jaillit :

— Tu baisseras la tête, toi l'orgueilleuse ! Dans deux nuits, souviens-toi, dans deux nuits je viendrai chez toi !

Depuis longtemps Selma ne s'est autant amusée. Le bal costumé chez Jean Tuéni a pour thème « les Indes galantes », d'après l'opéra de Rameau. Elle s'est déguisée en maharadjah, jodhpurs de satin blanc et turban à aigrette — celle-ci arrachée au plumeau de Nervin Hanoum — avec autour du cou six rangs de perles fines prêtées par Souren Agha. Sous le loup noir, de rigueur, personne ne l'a reconnue. Et lorsque, en fin de soirée, on a levé les masques, une fois de plus elle les a tous surpris.

Pourtant, elle avait bien failli se décommander au dernier moment. Les menaces de la sorcière la tourmentaient, elle avait tenté en vain de les chasser de son esprit, mais elles revenaient sans cesse. Toute la journée, Amal avait déployé des trésors de persuasion pour la convaincre que cette vieille ne tenait son pouvoir que de la soumission de son entourage : sentant Selma rebelle, elle avait dit n'importe quoi pour l'effrayer.

— Réfléchissez ! Devant son troupeau bêlant elle ne pouvait accepter d'être défiée ! Mais comment viendrait-elle chez vous ? Elle est de toute façon bien trop grosse pour se déplacer.

Et comme Selma hésitait, lui racontant qu'en Turquie certaines femmes avaient des pouvoirs maléfiques, la douce Amal s'était emportée.

— Vraiment, vous me décevez ! Vous êtes aussi crédule que les paysannes de nos villages.

Finalement Marwan, mis au courant de l'aventure, était parvenu à persuader Selma que justement il valait mieux qu'elle ne soit pas chez elle. Et surtout qu'elle n'oublie pas de prévenir Zeynel et les kalfas de n'ouvrir sous aucun prétexte !

L'orchestre a entamé un dernier air de tango, il est 4 heures, la plupart des invités sont déjà partis. Dans les candélabres d'argent, les bougies achèvent de se consumer et jettent des ombres dansantes sur les tapisseries qui semblent s'animer. Au bras du bel Ibrahim Sursok

Selma se laisse guider. C'est le meilleur moment, lorsqu'ils ne sont plus qu'un petit cercle d'amis et qu'une nouvelle soirée, plus intime, commence.

Moussa de Freige a sorti son violon pour accompagner Henri Pharaon ; celui-ci possède une belle voix de baryton et chante les romances à la mode. Gabriel Tabet racontera des histoires drôles, et Isabelita, qui a apporté ses castagnettes et sa robe rouge à volants, dansera le flamenco.

Lorsque le jour commencera à poindre et que les domestiques auront servi un bon café brûlant, à regret on décidera de se séparer. Jamais Selma n'est rentrée si tard ; c'est d'habitude vers 2 heures qu'Haïri donne le signal du départ. Mais cette nuit, de connivence avec Selma, Amal lui a accordé plusieurs danses, et il en a oublié tous ses principes.

Devant la grille stationne une 5 CV noire. La porte de la maison est grande ouverte. D'un bond, Selma a traversé le hall. Toutes les lumières sont allumées mais il n'y a personne. Quatre à quatre elle grimpe les escaliers et s'immobilise devant la chambre de sa mère : il est arrivé un malheur, elle le savait... La sorcière...

Tremblante, elle pousse la porte. La pièce est plongée dans la pénombre, Selma ne voit tout d'abord qu'un large dos vêtu d'une redingote grise, puis peu à peu elle distingue Zeynel et les deux kalfas qui, le doigt sur les lèvres, lui font signe de se taire. Lentement elle s'avance, des yeux cherche sa mère, cependant que la redingote grise s'est retournée, et qu'un monocle désapprobateur dévisage cet étrange éphèbe enturbanné. Selma ne le voit pas, elle s'approche, et soudain, elle aperçoit une forme étendue à même le sol, rigide... morte !

Elle a hurlé « Annedjim ! » et s'est précipitée, mais avant qu'elle ait pu atteindre sa mère, une poigne vigoureuse l'a saisie.

— Du calme ! Ce n'est pas le moment de faire des simagrées !

Et, la poussant sans ménagement dans les bras de Zeynel, le médecin s'est agenouillé et gravement a repris son auscultation. Au bout de quelques heures ou de quelques minutes, elle serait bien incapable de le dire, il s'est relevé et a demandé qu'on apporte des couvertures.

— Pour l'instant, il est impossible de la déplacer, mais il faut qu'elle ait chaud.

... Qu'elle ait chaud ?... Mais alors...

Posément, Haïri s'est approché, et pour la première fois de sa vie Selma l'a admiré lorsqu'il a énoncé d'une voix posée .

— Je suis son fils, docteur, dites-moi la vérité.

Le médecin l'a regardé et a hoché la tête.

— Votre mère a eu une attaque très sérieuse, jeune homme. Par chance le cœur a tenu. Elle vivra, mais...

— Mais ?

— Je crains qu'elle ne reste paralysée.

Devant le piano Selma est assise, immobile. Elle a joué tout à l'heure les impromptus de Schubert, le deuxième et le cinquième, ceux qu'Annedjim préfère, et aussi les variations de Liszt sur un thème de Haydn. Clouée dans le fauteuil roulant dont elle ne bouge plus sinon pour être transportée dans les bras de Zeynel jusqu'à son lit, la sultane l'a écoutée, les yeux mi-clos, dans une attitude de pure félicité.

Cela fait six mois qu'elle est paralysée des jambes, et pas une fois Selma ne l'a entendue se plaindre, pas une fois elle ne l'a sentie impatiente ni abattue. Au contraire. Pour la première fois depuis l'exil — onze ans déjà — sa mère lui semblerait presque joyeuse, comme apaisée.

Et pourtant... Devant cette femme vieillie et dépendante, Selma douloureusement évoque « la Sultane ». Elle la revoit, princesse éblouissante dans sa robe à traîne brodée de zibeline, la poitrine barrée du grand cordon impérial ; souveraine glaciale et magnifique refusant aux policiers l'entrée de son palais et mettant en jeu sa vie pour un inconnu ; déesse miséricordieuse à l'humaine faiblesse mais qui ne comprenait que l'honneur. Ah, elle n'était pas douce, mais comme elle était admirable !...

Depuis six mois, Selma ne sort plus, n'a plus envie de sortir. Au début, elle a cru que c'était pour tenir compagnie à sa mère, puis elle a soupçonné que c'était pour se racheter : elle sait bien qu'une maladie de cœur prédispose aux attaques, mais au fond, elle reste convaincue que c'est la sorcière qui s'est vengée.

Et surtout, elle s'inquiète. Le médecin les a prévenus qu'une seconde attaque « pourrait être fatale ». Lentement, l'idée inconcevable, révoltante, a fait son chemin, et la jeune fille a fini par comprendre, atterrée, que sa mère était mortelle, et que ce roc qui l'avait portée, qui était l'élément immuable de sa vie, pouvait céder et la laisser vacillante au bord du gouffre. Jamais cette pensée ne l'avait effleurée. Jusqu'ici la mort, c'était toujours la mort des autres. Mais la mort de sa mère ?... C'est comme si devait mourir la meilleure partie d'elle-même.

Les premiers temps, lorsque s'était répandue la nouvelle de la maladie de la sultane, ses amies lui avaient écrit et certaines étaient venues la voir. Au bout d'un mois, période de répit accordée à sa tristesse, on l'avait réinvitée de nouveau. Mais comme elle ne répondait pas, on s'était lassé.

Seuls Marwan et Amal continuent de fréquenter régulièrement la maison de la rue Roustem-Pacha. Ils s'inquiètent de voir Selma se renfermer sur elle-même et passer des après-midi entiers à composer des sonatines et des ballades mélancoliques. Un jour, la sultane a pris Marwan à part.

— Il faut absolument qu'elle sorte ! Je vous en prie, trouvez un moyen, sinon elle va tomber malade. Et deux malades dans cette maison c'est trop, a-t-elle ajouté en riant, je tiens à garder mon privilège !

La saison des bals en plein air vient justement de commencer. C'est le printemps. Dans les belles propriétés du quartier Sursok des armées de jardiniers s'affairent à soigner les massifs d'hortensias importés d'Europe et à tailler les haies de lauriers-roses et d'aubépines.

Mais le bal le plus original, le plus amusant est sans doute le bal de l'Amirauté, qui a lieu chaque année sur la *Jeanne d'Arc*, le bateau-école français. Les invités sont triés sur le volet. Amal et Marwan sont sur la liste des élus : la guerre franco-druze est un lointain souvenir ; depuis 1930, le djebel a obtenu une constitution autonome, et au Liban comme en Syrie le mandat français est particulièrement attentif à ne pas mécontenter les seigneurs de la montagne.

Marwan s'est arrangé pour faire convier Selma à la soirée sur le bateau-école. Il a prévu son refus mais feint de s'indigner :

— Vous ne pouvez pas me faire cela ! C'est un dîner assis, toutes les places sont réservées depuis un mois.

— Un bal sur l'eau, c'est une tout autre atmosphère, a insisté Amal, c'est comme une croisière. Et puis je veux que vous rencontriez mon cousin Wahid qui pour une fois a consenti à descendre de ses montagnes. C'est également un parent éloigné de Sit Nazira. Vous verrez, il est très original mais charmant !

Selma s'est finalement laissé convaincre.

VIII

Dans le port obscur éclairé de quelques rares lampadaires la *Jeanne d'Arc* se détache comme un arbre de Noël tendu de guirlandes de lumière. Sur le pont se tient l'amiral, entouré de ses officiers en uniforme de gala ; un peu en retrait l'orchestre « Marine Levant » joue l'ouverture de *La vie parisienne* d'Offenbach.

Poussant des petits cris effrayés et ravis, les dames en talons hauts et longues robes s'aventurent sur l'étroite passerelle, suivies de leurs compagnons attentifs. Très homme du monde l'amiral les accueille, a pour chacun un mot aimable. Il est satisfait : la soirée va être un succès : sur 300 mètres carrés, il a réuni tout ce qui compte à Beyrouth. De jeunes cadets s'empressent pour guider les invités jusqu'à leur place.

La table des Darouzi se trouve assez éloignée de l'orchestre. Ils sont en retard. Tout le monde est déjà assis autour des nappes damassées qui disparaissent sous une profusion de roses, d'argenterie et de porcelaine de Limoges. Des exclamations les accueillent :

— On ne vous attendait plus !

— Cette chère Amal ! Une heure seulement de retard, vous êtes en progrès ! laisse tomber un jeune homme dégingandé.

— Wahid, je suis sûre que vous me pardonnerez lorsque vous verrez qui je vous amène. Selma, je vous présente mon cousin. Rassurez-vous, il n'est pas aussi désagréable qu'il en a l'air.

Avec une nonchalance empressée, la longue silhouette se déploie, s'incline et s'exclame d'un ton théâtral qui fait se retourner les dîneurs des tables voisines :

— Ah, princesse ! Si mes ancêtres avaient pu vous rêver, des siècles de guerre auraient été épargnés à nos deux familles. Ces farouches guerriers se seraient rendus immédiatement.

Le regard des yeux bleus, mi-subjugué mi-moqueur, enveloppe Selma. D'autorité, Wahid va faire changer l'ordonnance de la table afin de placer la jeune fille à sa droite. Négligeant les autres convives, il ne regarde qu'elle, la presse de questions sur sa vie, ses activités, ses goûts. Il semble totalement séduit et paraît ne pas remarquer la gêne de son invitée qui ne sait comment tempérer une cour si peu discrète.

Le supplice de Selma ne durera qu'un quart d'heure. Comme si, tout à coup, sa curiosité était rassasiée et son intérêt lassé, Wahid Bey va brusquement lui tourner le dos et rejoindre ses amis dans une discussion politique passionnée.

Le voisin de droite de Selma, un petit homme mince, très distingué, s'empresse de profiter de la chance qu'on lui laisse. Il n'a pas saisi le nom de cette charmante jeune fille ; qu'importe ! Il se renseignera plus tard.

— Permettez-moi de me présenter : Charles Corm, poète. Aimez-vous la poésie, mademoiselle ?

— Beaucoup, sourit Selma, soulagée de retrouver, après l'ouragan druze, la douceur et le bon ton beyrouthins.

— On m'appelle « le chantre de la Phénicie ». Avez-vous lu mon dernier recueil *La Montagne inspirée* ? Il vient d'avoir l'honneur du prix Edgar Allan Poe.

— J'en ai entendu parler, répond Selma, courtoise.

— Vous plairait-il que je vous en récitasse quelques strophes ?

— Certainement ! dit Selma en s'émerveillant de l'incommensurable vanité des auteurs.

Le poète toussote pour assurer sa voix, puis, les yeux perdus à l'horizon des nappes blanches, commence à déclamer :

> *Ah dites-nous comment*
> *Comment nos paysans, près deux mille années*
> *Ont maintenu la croix au milieu des turbans*
> *Depuis la mer de Chine aux Méditerranées*
> *Dans notre seul Liban*
>
> *Mon frère musulman, comprenez ma franchise*
> *Je suis le vrai Liban, sincère et pratiquant ;*
> *D'autant plus libanais que ma foi symbolise*
> *Le cœur du pélican...*

Selma sursaute. Ce monsieur si poli serait-il un provocateur ? Mais devant le candide regard de myope, elle se retient de rire : tout simplement il n'a pas compris qui elle est.

Emporté par le rythme de ses vers, le poète balance la tête, sa voix prend de l'ampleur :

> *Langue des Phéniciens, ma langue libanaise*
> *Dont la lettre est sans voix sous les caveaux plombés*
> *Langue de l'âge d'or, toi qui fus la genèse*
> *De tous les alphabets*
>
> *Langue de mon pays, donnez-nous confiance*
> *Faites-nous croire encore en nous et nos aïeux*
> *Gardez-nous notre rang, gardez notre audience*
> *A la table des dieux !*

Selma se souvient que dans sa classe certaines élèves maronites refusaient d'être assimilées à des Arabes. Elles se disaient phéniciennes, descendantes de ce peuple qui régna sur la Méditerranée, et dont la civilisation brillante s'éteignit il y a deux mille ans. Elle a soudain envie de se divertir et de venger les « turbans ».

— Mais monsieur, les Phéniciens n'étaient ni chrétiens ni musulmans, que je sache !

En rougissant le poète tente d'expliquer à cette jeune ignorante que « les chrétiens sont restés fidèles à leurs origines ; si le Liban a été, hélas, arabisé, les vrais Libanais, eux... » Selma détourne la tête et croise le regard de Wahid qui lui lance un coup d'œil complice. Ainsi il l'écoutait, son indifférence était feinte ! La jeune fille sent son cœur battre, absurdement. Cet homme se conduit comme un goujat et, au premier sourire, elle est prête à lui pardonner ! Qu'est-ce donc qui la séduit dans ce grand Pierrot lunaire ? Son côté insaisissable ? Son air de se moquer de tout ?

Le dîner se termine. Les serveurs glissent entre les tables, proposant café et liqueurs. L'orchestre « Marine Levant », qui jusque-là avait joué en sourdine, attaque allègrement un air de tango grec.

Les premiers couples se sont élancés sur la piste. Selma les regarde avec curiosité. Elle aimerait bien essayer mais elle a promis à sa mère de ne pas s'exhiber dans ces « déhanchements de sauvages ». La sultane ne lui concède que les valses, ce qui constitue un sujet de plaisanteries pour les amies de la jeune fille qui remarquent qu'elle n'a droit qu'aux danses « qui font tourner la tête ».

L'orchestre joue maintenant une valse de Strauss. Selma bat la mesure du pied, tout en jetant de rapides coups d'œil vers son voisin. L'invitera-t-il ? Il ne la regarde même pas, il s'est replongé dans la discussion avec ses amis.

— Me ferez-vous l'honneur, princesse?

Devant elle, un officier français s'est incliné. Dans son uniforme blanc, il a grande allure, mince, bronzé, le sourire enjôleur.

— Vous ne me reconnaissez pas, mais nous avons été présentés chez les Bustros : Georges Buis, capitaine de cavalerie.

Il n'est pas d'usage d'accepter l'invitation d'une personne étrangère au groupe. Tant pis! Elle a trop envie de danser... et surtout de montrer à ce Wahid qu'elle n'a cure de ses sautes d'humeur.

Avec délices, Selma se laisse entraîner au rythme lent de la musique. L'orchestre jouera trois valses de suite. Elle sait que l'on va jaser, mais elle dansera jusqu'au bout avec le bel officier.

A peine est-elle revenue à sa table, légèrement étourdie, que Wahid se retourne, comme mû par un ressort.

— C'est étonnant de voir une jeune fille musulmane, et plus encore une princesse ottomane, danser avec un officier français. J'aime cette largeur d'esprit, cette noblesse dans l'oubli!

Selma rougit. Stupéfaits les autres convives regardent Wahid. Décomposé, Marwan tente de sauver la situation.

— Ah! Wahid Bey moraliste! C'est votre dernière trouvaille? Je connaissais votre sens de l'humour, mais pas à ce point!

— Ce n'est pas de l'humour, laisse tomber Wahid, glacial.

Marwan serre les dents. Il n'insultera pas son ami, la solidarité de clan le lui interdit, mais il ne peut accepter que l'on bafoue son invitée.

— Selma, ma chère, me feriez-vous l'immense plaisir de m'accorder cette danse?

Comme un automate, elle se lève. L'œil mauvais, Wahid les regarde s'éloigner.

A la table, les conversations ont repris, flots de paroles pour masquer la gêne. Silencieux, Wahid s'est mis à boire. Il doit en être à son quatrième ou cinquième cognac lorsque soudain il abat son verre sur la table, si violemment qu'il le brise.

— Garçon, ce cognac est infâme. Apportez-en un autre!

Eberlué, le serveur s'est approché.

— Mais, mon Bey, c'est un très vieux cognac, et le seul que nous ayons.

— Le seul qu'on daigne nous offrir! Sans doute nos maîtres nous estiment-ils trop peu civilisés, nous autres Libanais, pour savoir faire la différence!

Il a élevé la voix. Tous les yeux à présent sont tournés vers lui.

— Un mauvais cognac, un gouvernement de fantoches, une Constitution pour la frime, c'est bien suffisant pour des primitifs! Ils n'auraient quand même pas la prétention de se gouverner eux-mêmes!... Eh bien, moi, je vous dis, messieurs, que nous en avons assez, que nous voulons que vous foutiez le camp! Et vite! car nous ne vous le demanderons pas toujours aussi aimablement!

Le silence s'est abattu sur la salle. Comme par un fait exprès l'orchestre vient de cesser de jouer. Personne n'ose bouger. Alors, se renversant sur sa chaise avec un grand rire, le jeune chef druze lève haut son verre.

— Je bois à la liberté, à l'indépendance du Liban!

— Mon Dieu, murmure Selma à Marwan qui la raccompagne à la table, il est complètement ivre!

— Oh non! il n'est jamais ivre. Je ne connais personne qui tienne l'alcool aussi bien que Wahid. Plus il boit, plus il devient lucide, et cynique. Ce qu'il vient de dire, nous le pensons tous, excepté quelques familles qui doivent leur ascension sociale au mandat. Avant la guerre, la France nous avait promis l'indépendance. Et que fait-elle? Elle impose des frontières artificielles entre le Liban et la Syrie, alors que, depuis des siècles, ces deux régions formaient une unité politique, économique et financière, et elle nous met sous tutelle! Evidemment, c'est une tutelle assez bon enfant, mais seulement parce que nous autres Libanais sommes pacifiques et préférons obtenir les choses en discutant plutôt qu'en nous battant. Mais cela fait quinze ans maintenant que nous discutons sans rien obtenir. Même chez les maronites on commence à en avoir assez.

— Cependant... Tenir un tel discours sur un bateau français!

— Ça, c'est du Wahid tout pur. Il adore provoquer. Il s'amuse d'autant plus qu'il sait qu'on feindra de le croire ivre pour éviter d'avoir à le jeter dehors. Tant qu'il ne s'agit que d'incartades verbales, les Français se garderont bien de porter la main sur un chef druze. Ils ne sont pas prêts d'oublier la sanglante guerre du djebel! Pourtant, je pensais que ce soir Wahid se tiendrait tranquille... Je crois bien, sourit-il en regardant Selma malicieusement, que nous vous devons ce petit éclat.

— Vous plaisantez?

— Pas le moins du monde. En dansant avec cet officier français vous avez mis Wahid hors de lui. Sous ses allures modernes et décontractées, il reste un grand féodal, plus attaché qu'il ne le croit à ses traditions et à un code de l'honneur séculaire. Son éducation sophistiquée et ses lectures éclectiques n'y ont rien changé.

Le lendemain matin, on sonne à la porte de la maison de Ras Beyrouth. Un homme barbu, le fusil en bandoulière, se tient sur le seuil, disparaissant à moitié sous une énorme gerbe de glaïeuls rouges.

— Le chef m'a dit de porter ça à la princesse, dit-il à Zeynel interdit devant ce tableau insolite.

— Quel chef ?

— Ben... le chef ! Wahid Bey ! rétorque l'homme l'air mécontent. Et se débarrassant de son fardeau dans les bras de l'eunuque, il rajuste sa cartouchière, claque des talons et s'éloigne avec dignité.

Après avoir terminé leurs emplettes au grand magasin *Béranger*, la vitrine de Paris, Amal et Selma se reposent en dégustant un sorbet à la *Pâtisserie suisse*, le seul salon de thé de Beyrouth où une dame puisse se montrer.

— Comme votre cousin est bizarre ! dit Selma qui depuis le début de l'après-midi brûle de mettre la conversation sur Wahid.

— Vous savez, sourit Amal, il y a de tout chez nous. Certains vous diront que Wahid est fou, moi je crois qu'il cache son jeu et qu'il est de loin le plus intelligent de toute la famille. Il appartient à une branche qui prétend être la branche légitime, évincée il y a un siècle et demi à la suite d'intrigues et d'assassinats, pratiques quotidiennes dans nos tribus. Il a toujours ses partisans, peu nombreux mais totalement dévoués. Ils vénéraient son père, Hamza Bey, un héros de la cause arabe, tué quand Wahid n'avait pas dix ans, et ils espéraient, lorsque Fouad Bey, l'époux de Sit Nazira fut à son tour assassiné, que le titre reviendrait à Wahid. Mais Sit Nazira et son fils Kamal, alors un bébé, commandaient la loyauté de la majorité du clan. En outre ils étaient, et sont toujours, fermement soutenus par la France.

» Mais sait-on jamais ? Les situations parfois se retournent vite. S'il arrivait quelque chose à Kamal, Wahid pourrait devenir le *zaïm*, le chef. Aussi tout le monde, et d'abord les Français, prennent-ils soin de le ménager...

Dans les semaines qui suivront, Selma sortira beaucoup : sans se l'avouer, elle veut revoir Wahid. De fait, il n'y aura pas un dîner, pas une réception où elle ne se heurtera au jeune bey. Chaque fois, il la saluera avec une politesse extrême, un rien appuyée, mais jamais il n'essaiera de renouer la conversation personnelle qu'ils avaient eue lors de leur première rencontre.

Il est d'ailleurs accaparé par les dames, que son indifférence attire irrésistiblement. Si certaines le déclarent plutôt laid, avec son grand front prématurément dégarni, son nez d'aigle et ses yeux bleus étrangement fixes, toutes s'accordent à lui reconnaître un charme ravageur. Elles s'émeuvent de ce sourire d'adolescent timide, de ce regard étonné et ravi au moindre mot aimable, comme s'il n'osait croire qu'on puisse avoir de l'amitié pour lui. Mais si, conquise, l'une d'elles se laisse aller à se montrer un peu familière, le sourire se fait ironique et une remarque cinglante remet l'indiscrète à sa place.

Parfois, Selma sent peser sur elle son regard. Comme toute femme qui veut séduire, elle redouble alors de coquetterie envers les jeunes gens qui l'entourent, lesquels n'osent croire à leur bonheur.

Un soir enfin Wahid s'est approché et, d'une voix qu'il s'efforce de rendre lugubre, lui a demandé :

— Princesse, pourquoi me fuyez-vous ? Est-ce que vous m'en voulez encore ? N'avez-vous pas deviné que ma grossièreté, le soir du bal de l'Amirauté, n'était due qu'à une effroyable jalousie ?

Une fois de plus, le sourire ironique dément le sérieux des paroles. Pourtant, le regard est anxieux. Avec étonnement Selma réalise que ce grand garçon insolent est un timide, que c'est pas pudeur qu'il semble toujours se gausser lorsqu'il est sincère.

Elle ne peut résister à une petite vengeance.

— Vous en vouloir ? De quoi ? La soirée de l'Amirauté ? Il y a si longtemps... Je l'avais complètement oubliée !

— Alors, vous ne me refuserez pas cette valse ?

Plaisante-t-il ? Ils se regardent, éclatent de rire. Il l'entraîne sur la piste... Dieu, qu'il danse mal !

IX

L'été est arrivé et la chaleur entraîne l'exode en masse hors d'une ville devenue étouffante. Tous ceux qui le peuvent vont s'installer pour quatre mois à la montagne, dans les grands hôtels de Sofar, d'Alley et de Bikfaya, ou dans les luxueuses propriétés entourées de jardins en terrasses. Le gouvernement lui-même se déplace.

Amal a invité Selma à Ras el-Metn, dans l'antique demeure familiale qui surplombe la vallée. Abandonné au siècle dernier lorsque le grand-père de la jeune fille, le premier à avoir fait des études, choisit de s'installer à Beyrouth, ce palais austère où se décida une partie de l'histoire du peuple druze n'est plus qu'une résidence d'été.

On mène une vie de mondanités champêtres, encore plus animée que dans la capitale, car ici il n'y a rien à faire qu'à organiser son plaisir. On se reçoit entre voisins, « en toute simplicité ». Dans la journée on se promène en arraba sur les étroites routes de montagne et l'on se retrouve pour de gargantuesques pique-niques au pied d'une source cristalline ou dans l'une de ces auberges campagnardes qu'on loue en entier pour n'être pas dérangés. Ou bien, si on a l'esprit sportif ou l'âme aventureuse, on part à cheval pour toute la journée.

Mais chaque soir, c'est la règle, on se retrouve. Partout il y a des fêtes. Comme on ne veut vexer personne, on n'hésite pas à parcourir des dizaines de kilomètres de routes sinueuses pour aller de l'une à l'autre. L'on danse jusqu'à l'aube et lorsque le jour commence à se lever, les domestiques disposent dans chaque pièce des matelas de coton. Car à la campagne point de formalités : les maisons sont assez grandes pour accommoder tous les invités. Ils ne repartiront que tard dans la journée, bien reposés, après un plantureux petit déjeuner d'ortolans grillés, de *foul* et de *homos* [1].

Le palais de Wahid est proche de Ras el-Metn, mais peu de Libanais ont eu l'occasion d'y pénétrer. Sa mère, qui réside là toute l'année, mène une vie très retirée. On dit que seuls sont admis les paysans druzes des alentours et quelques cheikhs loyaux à la famille.

A la grande surprise de Selma, le jeune bey, qui passe chez Amal et Marwan presque toutes ses journées, ne les a jamais invités.

— C'est parce que nous ne portons pas le voile, se moque Amal, il craint que nous ne choquions ses fidèles.

Elle a l'air de plaisanter, mais Selma a l'impression qu'elle dit la vérité. En tout cas, on n'a jamais tant vu Wahid à Ras el-Metn. Vient-il pour Selma, comme l'affirme Marwan ? Mais alors, quelle étrange façon de faire sa cour ! C'est à peine s'il adresse la parole à la jeune fille. Occupé la plupart du temps à des tournois de tir, ou absorbé dans d'interminables discussions politiques il semble de loin préférer la compagnie masculine. Mais il suffit qu'un homme s'empresse autour de Selma plus longtemps que ne l'exigerait la simple courtoisie, pour qu'il apparaisse, et sans remarquer les regards furibonds qu'on lui lance, se mêle à la conversation. Parfois même, l'air préoccupé, il l'interrompt carrément :

— Excusez-moi, mon cher, dit-il. Selma, j'ai à vous parler. Et d'autorité il la prend par le bras et l'emmène.

La première fois qu'il l'a ainsi « enlevée », elle s'est rebiffée.

— Mais Wahid, qu'est-ce qui vous prend ? Vous agissez comme si j'étais votre propriété !

Il l'a regardée.

— Cela vous déplairait-il tellement de l'être ?

Comme elle restait sans voix, tendrement il lui a pris la main et l'a baisée au creux de la paume. Un frisson l'a parcourue, elle n'avait jamais rien ressenti de pareil. Elle a fermé les yeux et elle a pensé : « Oui, je serai tienne. »

— Selma, a-t-il ajouté très bas, il faut que vous sachiez combien vous êtes importante pour moi. Ne flirtez pas avec ces imbéciles !

Et il est parti brusquement retrouver ses amis.

— Faites attention, Selma, la prévient Amal qui s'inquiète de voir son amie de jour en jour plus distraite, Wahid n'a jamais su ce qu'il voulait. Je ne voudrais pas que vous souffriez.

---

1. Préparations, l'une de fèves, l'autre de pois chiches et d'huile de sésame.

Mais une femme amoureuse se croit toujours l'exception et Selma, pour la première fois, est amoureuse. La carapace que ces dernières années elle s'était forgée, regardant autour d'elle avec une pitié un peu dédaigneuse les ravages qu'opérait l'amour, s'est déchirée d'un coup. Elle a l'impression de se retrouver nue, et elle s'étonne d'en être aussi heureuse.

De son côté, Wahid semble s'apprivoiser. Désormais, lorsqu'il la regarde, il oublie son sourire ironique ; ses yeux ne sont que tendresse. Souvent elle l'accompagne dans de longues promenades, indifférente aux inévitables ragots. Il lui parle de son enfance, de son père qui, même mort, l'a longtemps empêché de vivre.

— Je ne souhaite à personne d'être le fils d'un héros. Pas un jour sans que quelqu'un de bien intentionné s'exclame : « Ah votre père, quel homme ! » et me jaugeant se dise : « Celui-là ne lui arrive pas à la ceinture ! »

D'un geste familier il passe ses doigts minces dans ses cheveux.

— J'ai mis longtemps à me débarrasser de son fantôme ; parfois je ne suis pas sûr d'y être tout à fait parvenu.

Dans ces moments il semble si perdu que le cœur de Selma se serre. Elle lui prend la main, plonge ses yeux dans les siens.

— Wahid, je sais que vous accomplirez de grandes choses. L'important, c'est que vous ayez confiance en vous.

Il lui sourit, reconnaissant.

— Vous êtes si différente des autres femmes, vous avez l'air fragile et vous êtes si forte...

Selma veut protester, mais il ne lui en laisse pas le temps.

— Je sais que vous êtes forte, c'est ainsi que je vous aime.

Il la veut tout d'une pièce, sans hésitations ni craintes, alors qu'elle souhaiterait enfin se montrer telle qu'elle est, débarrassée de son personnage de princesse insolente, sûre d'elle. Mais chaque fois qu'elle commence à lui confier ce qui en elle est le plus tendre, le plus sincère, il se dérobe. Comme s'il avait peur. Comme s'il voulait qu'elle soit un roc sans fissure, afin de pouvoir rêver qu'un tel roc existe et qu'il peut, lui aussi, le devenir un jour...

Alors elle se tait et l'écoute, étonnée de se sentir cette nouvelle patience de femme — force ou faiblesse ?

— Vous a-t-il au moins parlé mariage ?

Dieu, qu'Amal est énervante avec ses questions !

— Si vous tenez à le savoir, il n'a pas prononcé le mot, mais tous ses propos, son attitude vont dans ce sens.

— Vous savez que les Druzes ne se marient qu'entre eux, sauf de rares exceptions. La mère de Wahid est très conservatrice, elle n'acceptera pas une étrangère. D'autant qu'elle tient à consolider la légitimité de son fils et de sa descendance dans l'éventualité où, un jour, son clan aurait une chance de reprendre le pouvoir.

— Voyons, Amal, Wahid est l'homme le plus indépendant que j'aie rencontré à ce jour. Croyez-vous vraiment qu'il se laisse dicter ses décisions par sa mère ?

Amal secoue la tête, découragée.

— Ou l'amour vous aveugle, ou décidément vous ne comprenez rien à nos hommes !...

Cette discussion a laissé à Selma une impression désagréable. Pourquoi sa meilleure amie ne cesse-t-elle de la mettre en garde au lieu de se réjouir de son bonheur ? Pourquoi doute-t-elle que Wahid puisse l'aimer ? Serait-elle jalouse ? Amal connaît le jeune bey depuis l'enfance — il n'a que quatre ans de plus qu'elle — avec son frère Marwan ils ont partagé les mêmes jeux. Sans doute éprouve-t-elle envers lui un sentiment inconscient de propriété.

Elle ne peut s'empêcher d'en parler à Wahid. Sur le ton de la plaisanterie, elle lui rapporte la conversation et lui fait part de ses doutes.

— Jalouse ? Mais bien sûr qu'elle est jalouse ! s'exclame-t-il, sarcastique, mais je crois que vous vous méprenez sur l'objet de sa jalousie. Ce n'est pas de moi qu'elle est amoureuse, ma chère, c'est de vous !

Il l'aurait giflée que Selma n'aurait ressenti un tel choc. Elle le regarde, abasourdie, le rouge lui monte au visage : comment peut-il insinuer de pareilles horreurs ? Elle aime Amal et Amal l'aime. D'un amour transparent qu'elle ne lui permet pas de salir !

Elle s'est écartée, pleine de ressentiment.

— On dirait que cela vous amuse de tout détruire !

— Ah non ! s'indigne Wahid, vous n'allez pas vous aussi me reprocher ma franchise ! Ce que justement j'aime en vous c'est que vous êtes capable d'affronter la réalité, que vous êtes...

— Que je suis forte ? Oui, je sais. Eh bien, j'en ai assez d'être forte ! J'ai besoin, moi aussi, de délicatesse et non que sous prétexte de franchise on piétine ce qui m'est cher.

Elle lui a tourné le dos. Elle ne restera pas une seconde de plus avec cet homme ! Elle veut rentrer. Mais où aller ? Elle n'a pas envie de voir Amal, elle n'a envie de voir personne, elle a besoin d'être seule.

Selma quitte Ras el-Metn le lendemain sans avoir revu Wahid. Elle doit au moins cela à Amal que, l'éclair d'un instant, elle a failli trahir. Elle veut oublier les propos révoltants par lesquels le Druze s'est dévoilé bien plus qu'il n'a terni son amie. Elle le savait égoïste, mais elle ne l'imaginait pas capable de mesquines calomnies. Toute la nuit elle a pleuré de rage, de déception. Maintenant c'est décidé : elle ne le reverra plus.

Pourtant, en embrassant Amal au moment de partir, Selma a ressenti une gêne. Elle l'a serrée dans ses bras avec l'impression insupportable de lui mentir. Et lorsque Amal a levé vers elle un visage inquiet elle s'est mordu les lèvres pour ne pas crier : « Mais cessez donc de m'aimer ! »

Pour une phrase, qui jamais n'aurait dû être dite, les a-t-elle perdus tous les deux ?

Selma n'est pas rentrée à Beyrouth depuis trois jours que l'homme au fusil en bandoulière se présente avec un message :

« Je ne peux supporter d'être séparé de vous. J'ai dit n'importe quoi. Pourrez-vous me pardonner ? Je vous attendrai au salon de thé de l'hôtel Saint-Georges cet après-midi à partir de 4 heures. Je vous en supplie, venez !

Votre Wahid »

Qu'est-ce qu'il croit ? Qu'il peut se permettre n'importe quoi et qu'il suffit de dire « pardon » pour qu'elle accoure ? C'est trop facile ! Elle n'ira certainement pas ! Entre eux c'est une histoire terminée. Ter-mi-née. D'ailleurs, elle ne ressent plus rien envers lui, elle ne comprend même pas comment elle a pu le trouver séduisant !

Toute la journée Selma va s'occuper dans la maison, elle chantonne, il y a longtemps qu'on ne l'a vue si joyeuse. Le sourire aux lèvres, elle imagine Wahid en train de l'attendre : il va être malheureux, désespéré, il va l'accabler de lettres et de fleurs. Elle ne lui répondra pas. A présent elle le connaît, elle ne se laissera plus abuser !

A 4 h 5, vêtue d'un tailleur de chantoung vert qui met en valeur son teint, Selma pousse la porte de l'hôtel Saint-Georges.

Ils ont cru se perdre, jamais ils ne seront aussi proches. Wahid ne se laisse plus aller à ses longs monologues ; pour la première fois il écoute Selma, et heureuse elle s'abandonne.

Ils se voient chaque jour : elle dit à sa mère qu'elle va chez Amal. Pendant des heures, ils marchent sur la plage de sable rouge, puis se reposent dans l'un de ces petits bistrots sur pilotis où l'on sert des mézzés et des poivrons grillés. Ou bien ils montent sur la colline du Grand-Sérail d'où l'on aperçoit tout Beyrouth, et de là, abandonnant la voiture, redescendent par le tramway brinquebalant qui dévale avec un bruit d'enfer jusqu'à la place des Canons. Ils aiment à déambuler dans les rues étroites de la vieille ville, où ils sont sûrs de ne rencontrer aucun visage connu, ils échangent mille confidences, échafaudent mille projets.

Un jour qu'ils reviennent par l'avenue Weygand, une nuée de burnous noirs survenant au galop les oblige à s'effacer. Ce sont les spahis du haut-commissaire montés sur leurs petits chevaux arabes ; ils sont une trentaine, qui escortent la voiture officielle dans tous ses déplacements. Wahid n'a pu retenir un juron, et il a ajouté à mi-voix :

— Les imbéciles ! Ils ne se doutent pas que bientôt nous serons débarrassés d'eux !

Le ton est celui de l'évidence. Surprise, Selma l'interroge du regard. Il la considère longuement en plissant les yeux.

— Si vous me donnez votre parole de vous taire, demain soir je vous emmène avec moi, dit-il enfin. Vous comprendrez.

Le bar de l'aéroclub — fauteuils de cuir et boiseries sombres — est le lieu d'élection de tous les conspirateurs de la ville. On évite le Saint-Georges depuis que le bruit a couru que Pierre, le meilleur barman de la capitale, était payé par tous les services secrets du Moyen-Orient, dont Beyrouth est le quartier général.

L'arrivée de Wahid, accompagné de Selma, fait sensation. Car ce soir la réunion est exceptionnelle : les représentants de divers groupes opposés au mandat ont projeté de discuter d'une action commune. On se regarde, indécis : est-il prudent d'accueillir une étrangère ? Mais comment renvoyer une personne aussi charmante ? Au Liban, on a la galanterie chevillée au cœur : après tout, si Wahid Bey a jugé bon de l'emmener, ce serait lui faire une grave injure que de se méfier ! On s'écarte donc pour laisser à la jeune fille la place d'honneur, et, autour d'une fine champagne, la discussion s'engage.

A voix basse, Wahid désigne à Selma les personnalités présentes.

— Cet homme aux cheveux bouclés est un franc-maçon, envoyé par sa loge qui récemment a pris clairement position contre le mandat. A côté de lui, venu en observateur, Gebran Tuéni, le directeur de *Al Nahar*, le premier journal libanais antimandat. Il connaît à fond le monde politique français, son avis peut nous être précieux. En face, cet homme au visage énergique, c'est le fameux

Antoun Saadeh, le fondateur du parti populaire syrien qui réclame une Grande Syrie incluant le Liban et la Palestine ; sa thèse d'une Syrie naturelle remontant à la plus haute antiquité de Canaan s'appuie paradoxalement sur les écrits d'un jésuite belge, le père Lammens. A sa droite, deux tenants du panarabisme, pour lesquels la Grande Syrie n'est qu'une étape vers l'unité de tout le monde arabe...

Impressionnée, Selma scrute les visages de ces héros qui, demain peut-être, donneront leur vie pour « libérer leur pays de la griffe étrangère ». Elle les avait imaginés moins hommes du monde ! Leurs chemises — col empesé blanc sur plastron de couleur — venues tout droit de chez Sulka à Paris, leurs costumes trois-pièces d'une élégance raffinée l'étonnent. Elle les aurait aimés d'allure plus révolutionnaire. Mais c'est une idée puérile ! Après tout, les conspirateurs ne doivent surtout pas avoir l'air de conspirer. Il n'empêche que l'élégance de l'endroit, l'atmosphère feutrée, les gros cigares lui semblent détonner avec les positions radicales qui sont en train d'être prises. Elle trouve que seul Antoun Saadeh a le regard hanté d'un homme prêt à tout sacrifier pour ses idées. En lui elle aurait confiance. Et en Wahid bien sûr. Celui-ci vient de prendre la parole au nom de ses Druzes :

— Nous sommes en contact constant avec nos frères de Syrie, nous avons des armes. Pourtant, beaucoup de nos paysans hésitent. Ils craignent, si le grand royaume arabe de Syrie voit le jour, de devenir une minorité sans voix ni droits noyée dans l'océan musulman sunnite. Ils n'ont pas oublié qu'après tout c'est le mandat français qui a donné à la religion druze un statut officiel. Sit Nazira se charge de le leur rappeler !

» Néanmoins ils veulent l'indépendance. L'important c'est donc d'unir toutes nos forces contre la présence française : la population est exaspérée, la situation est mûre.

Les grèves de ce printemps 1935 ont en effet été très dures. La dépression économique et l'inflation, venues d'Europe, ont vidé les bourses et donné des arguments aux politiciens. A Zahlé, la grève des bouchers, lancée en réponse à l'imposition d'une nouvelle taxe sur la viande, s'est terminée par des émeutes : les manifestants ont envahi les bureaux du gouvernement, la police est intervenue et a tiré, faisant de nombreux blessés. A Beyrouth, la grève des taxis s'est prolongée plusieurs semaines, à l'instigation, murmure-t-on, de groupes communistes. Elle a été relayée par la grève des avocats protestant contre l'ouverture du barreau libanais aux avocats français.

Mais c'est l'affaire de la régie des tabacs qui a le plus mécontenté la bourgeoisie, qu'elle soit musulmane ou chrétienne. La concession de la régie, confisquée par la France en 1920, venant à expiration cette année, les milieux d'affaires libanais insistaient pour qu'elle leur soit rendue. Un boycottage des tabacs avait même été organisé. Impavide, le haut-commissaire a de nouveau accordé la concession à un groupe français, et pour vingt-cinq ans !

Dans le bar aux lumières tamisées, les conspirateurs se frottent les mains : l'irritation contre le mandat tourne à l'aigre, il suffit de l'organiser.

La suite de la discussion — qui convoquer ? où se réunir ? quelle nouvelles formes d'action lancer ? — Selma ne l'écoutera que d'une oreille distraite. Admirative, elle regarde Wahid qui, avec Antoun Saadeh, a pris la direction des opérations. Elle comprend maintenant pourquoi elle l'aime.

Et lorsque, la raccompagnant en voiture, il lui dira de sa voix grave : « La lutte sera dure, êtes-vous prête à vous battre avec moi ? », elle mettra avec ferveur sa main dans la sienne.

Il est presque minuit lorsque, sur la pointe des pieds, Selma pénètre dans la maison. Sa mère l'attend au salon. Glaciale, elle s'enquiert de la santé d'Amal, mais avant que la jeune fille n'ait eu le temps de répondre, elle l'interrompt :

— Epargnez-moi vos mensonges. C'est la seconde fois que l'on me signale vous avoir vue seule avec ce Druze. Qu'y a-t-il entre vous ?

Selma ne peut plus biaiser. Au fond elle en est soulagée : elle n'en pouvait plus de dissimuler.

— Il y a, Annedjim, que nous nous aimons.

La sultane hausse les sourcils avec impatience.

— Ce n'est pas ma question. Veut-il vous épouser ?

— Bien sûr...

Elle a eu une seconde d'hésitation. Wahid n'a jamais fait de demande formelle, mais c'est évident qu'il veut l'épouser !

— Alors, pourquoi sa mère n'est-elle pas venue m'en parler ?

— Elle habite très loin, à Aïn Zalta, un village de la montagne, et je crois que sa santé ne lui permet pas de voyager.

— Parfait. Demain vous m'amènerez ce jeune homme, à l'heure du thé.

— Mais, Annedjim...

— Il n'y a pas de mais. Vous obéissez ou vous ne sortirez plus de la maison qu'accompagnée de Zeynel ou d'une kalfa. Et estimez-vous heureuse que je consente à recevoir ce garçon, c'est bien parce que vous vous êtes compromise. Allah m'est témoin que j'avais rêvé d'une

autre union pour ma fille unique! Quand je pense... un Druze!
Même pas un musulman!

— Mais Annedjim, les Druzes sont musulmans!

— C'est ce qu'ils prétendent. Mais ils n'observent pas les cinq
piliers de l'islam, et ils croient à la réincarnation, comme les
hindous! Allons, disparaissez ou je vais me mettre en colère!

L'entrevue sera catastrophique. Wahid est sincère dans son projet
d'épouser Selma mais il ne supporte pas qu'on le mette au pied du
mur. Aux questions de la sultane sur sa vie, ses projets, il répond de
façon évasive, par monosyllabes, au point d'en paraître grossier. A
aucun moment le nom de Selma n'est mentionné. Machinalement il
caresse le chat persan venu ronronner contre sa jambe. La sultane
se mord les lèvres, elle a le plus grand mal à contenir son irritation.

Elle l'a jugé au premier coup d'œil : un irresponsable, un rêveur!
Lui déteste ces femmes autoritaires et se demande si, chez Selma, ce
qui semble aujourd'hui du caractère, n'est pas un signe avant-
coureur... Et puis, décidément, cette maison le met mal à l'aise. Il
ne s'attendait pas au luxe — il sait bien qu'elles ont tout perdu —
mais au moins à trouver quelques objets précieux, témoignage de
leur grandeur passée : de vieux portraits, une belle argenterie, qui
seraient en quelque sorte une carte de visite. Il n'avait pas imaginé
cet intérieur médiocre de bourgeoise, il n'avait pas rêvé sa princesse
dans ce décor... Projetant la banalité de l'endroit sur ses habitantes
il a le vague sentiment d'avoir été trompé. Dès que la politesse le lui
permettra il prendra congé.

A Selma qui l'accompagne jusqu'à la porte, il annonce qu'il part
le lendemain pour la montagne : des décisions importantes... sa
présence est nécessaire. Elle s'étonne : pourquoi ne lui en avoir rien
dit plus tôt?

— Je viens de l'apprendre... Un message reçu ce matin...
Voyons, ne soyez pas triste, le Chouf, ce n'est pas le bout du
monde!

— Et quand revenez-vous?

— Je l'ignore. Dans trois ou quatre semaines sans doute. Je vous
ferai signe dès mon retour.

Selma a l'impression qu'il ment.

— Wahid, je vous en prie, dites-moi la vérité : est-ce que vous ne
m'aimez plus?

Il rit, de nouveau charmant, un rien moqueur.

— Vous avez trop d'imagination, ma chère, ne savez-vous pas
combien vous m'êtes précieuse?

Il lui a pris la main et en un geste devenu familier a déposé un léger baiser au creux de sa paume.

— A très bientôt, petite princesse!

Debout sur le seuil, elle le regarde partir, le suit des yeux, jusqu'au bout de la rue.

Il ne s'est pas retourné.

Un mois se passe, Selma n'a aucune nouvelle. Elle sait que Wahid déteste écrire, pourtant elle commence à s'inquiéter : il est peut-être malade, ou blessé? Dans ces montagnes on a la détente facile, et Wahid gêne beaucoup de monde.

A moins... A moins que sa mère ne l'ait repris en main, qu'elle ne l'ait convaincu qu'il se devait d'abord à sa tribu, et qu'elle ne lui ait trouvé une fiancée druze...

Un soir, au cours d'un dîner où elle a retrouvé avec plaisir Marwan et Amal qu'elle a un peu négligés ces derniers temps, Selma écoute, amusée, les derniers potins de la capitale. Lorsque le nom de Wahid la fait sursauter. Une femme blonde, qu'elle n'a jamais vue, parle d'une voix haut perchée.

— Connaissez-vous la nouvelle? Il se marie!

Elle se tait un instant, savourant son effet. Les conversations se sont interrompues.

— Et vous ne devinerez jamais avec qui : une jeune milliardaire américaine, la fille du président d'Air Am, une grande compagnie aérienne. Lui qui avait besoin d'argent pour se lancer dans la politique, il faut avouer qu'il s'est bien débrouillé!

Wahid?... Une Américaine?... Selma a l'impression que son cœur se décroche. En face d'elle Marwan la fixe, implorant, impérieux.

Ne crains rien, Marwan, je sais qu'on me regarde, je ne me donnerai pas en spectacle. D'ailleurs tout ceci est impossible, cette femme doit se tromper, c'est encore une plaisanterie de Wahid, il adore lancer de fausses nouvelles pour faire jaser... Mais... Elle dit l'avoir vu. Il est à Beyrouth et il ne m'a pas téléphoné... Wahid, mon Wahid!...

Selma ferme les yeux, la tête lui tourne, elle n'arrive pas à rassembler ses idées, elle a soudain la certitude que ce que raconte cette femme est vrai.

Marwan et Amal l'ont raccompagnée, silencieux. Que peuvent-ils dire? Il n'y a vraiment rien à dire.

Le lendemain, Selma a attendu toute la journée assise auprès du téléphone. Il va l'appeler... Il est impossible qu'il ne l'appelle pas, ne serait-ce que pour s'expliquer... Il n'y a eu qu'un coup de téléphone d'Amal : atterrée elle confirmait la nouvelle. « Merci », a répondu Selma sans bien savoir de quoi elle remerciait son amie, et d'un pas de somnambule elle a traversé le couloir et est rentrée dans sa chambre.

Etendue sur son lit, les yeux grands ouverts, elle a la sensation de flotter. Elle n'a pas mal, simplement elle se demande pourquoi il a fait cela. Elle aurait pu comprendre qu'il épouse une Druze que des motifs politiques lui auraient imposée. Mais cette Américaine... Cette milliardaire... Serait-il un vulgaire coureur de dot ? En ce cas, qu'attendait-il d'elle ? Elle se rappelle chacune de ses paroles, et surtout ses silences, les moindres détails de ces mois passés ensemble, jour après jour. Sur le moment, il était sincère, elle le sait. Est-il possible qu'à peine éloigné d'elle il l'ait oubliée ? Ou bien a-t-il sacrifié leur amour parce qu'il avait besoin d'argent pour mener sa lutte ?

S'il était venu lui expliquer cela, sans doute l'aurait-elle cru, et aurait-elle accepté... Elle aurait pu tout comprendre, mais pas ce silence, cette lâcheté. Pas qu'il l'abandonne sans rien dire.

Une douleur l'a prise qui lui semble familière, comme celle d'une blessure ancienne, une blessure dont on savait qu'elle se rouvrirait un jour ; on l'attendait avec une curiosité morbide, une résignation tranquille.

Le visage de Wahid s'est estompé... Haïri Bey regarde Selma avec une indifférence amusée.

— Pourquoi toujours accuser les autres ? Si on t'abandonne, c'est sans doute de ta faute !

Sans doute... mais elle a beau chercher, elle ne comprend pas quelle faute elle a commise, et pourquoi Wahid l'a abandonnée, comme avant lui l'avait abandonnée son père.

De quoi est-elle coupable ? Quelle loi a-t-elle transgressée ? De son poing serré, elle se tape le front : il y a bien une raison, il y a toujours une raison, ou alors c'est le monde qui est fou, sans repères ni lois. Cela elle ne peut, ne veut l'envisager. Elle préfère se rendre à cette évidence confuse mais rassurante : c'est elle qui a tort.

De son fauteuil, la sultane observe sa fille avec inquiétude. Depuis plusieurs jours, celle-ci refuse de s'alimenter. Elle reste enfermée dans sa chambre ou erre dans les couloirs, les yeux vides. Il faut intervenir avant qu'elle ne se rende vraiment malade.

— Selma, lui déclare-t-elle un matin que la jeune fille lui semble moins absente, ne croyez pas que ce jeune homme vous ait menti : il était amoureux, c'est évident. C'est pourquoi je l'admire d'avoir eu la sagesse de rompre. »

D'un air de reproche, Selma lève les yeux vers sa mère.

— Annedjim, je n'ai pas le cœur à plaisanter.

— Je vous répète qu'il vous aimait. Mais il n'était pas assez sûr de lui pour s'encombrer d'une femme de votre trempe. Il lui faut une épouse docile, qui ne pose aucune question s'il disparaît huit jours pour une mission secrète, une chasse avec des amis, ou une maîtresse ; et qui à son retour l'accueille en souriant. Vous n'auriez pas tenu un mois dans ce rôle d'épouse complaisante. Les femmes de notre famille ont toujours été des juments rétives.

Tout en parlant, Hatidjé regarde sa fille : le visage fermé celle-ci fixe le bout de ses doigts. Même au prix d'un demi-mensonge, il faut que Selma reprenne confiance en elle. La sultane poursuit :

— Ce jeune homme a eu peur. S'il vous a « abandonnée », comme vous vous plaisez à le dire, ce n'est pas qu'il ne vous aimait plus, c'est au contraire qu'il vous aimait trop !

X

En ce printemps 1936, le Front populaire vient de gagner les élections en France et a formé un gouvernement sous la présidence de Léon Blum. A Beyrouth, d'où l'on suit les événements avec intérêt, on se demande si, de cette nouvelle équipe « socialiste », on pourra enfin obtenir l'indépendance.

Un premier pas a été franchi : depuis le 20 janvier le pays a un vrai président, Emile Eddé, le premier depuis dix ans à avoir été élu. Le haut-commissaire, Damien de Martel, qui en 1934 avait rétabli la Constitution à sa façon, nommant lui-même le chef de l'Etat et réduisant le Parlement à une chambre d'enregistrement, a été contraint, devant le mécontentement général, d'autoriser des élections.

Mais cela ne suffit plus aux Libanais. Désormais, ils se sentent prêts à se diriger eux-mêmes, et ils acceptent mal les restrictions imposées par le mandat. En février 1936 le patriarche maronite, monseigneur Arida, a décidé de réunir un congrès de prélats ; ils ont mis au point un manifeste à l'intention du haut-commissaire. Ils exigent l'indépendance effective du Liban, et, durant la période intermédiaire, l'établissement d'une nouvelle constitution qui garantisse les libertés de presse, de réunion et de formation de partis politiques.

Même le président Emile Eddé, pourtant favorable au mandat — il estime que le pays, divisé entre nationalistes libanais et nationalistes arabes revendiquant l'unité avec la Syrie, n'est pas encore assez stable pour se passer de la présence française —, se heurte à l'autoritarisme du comte de Martel.

— En réalité, se moque Amal, s'ils se détestent, c'est à cause de Raïska !

Raïska de Kerchove, l'épouse du consul de Belgique, est une splendide Russe blanche dont le comte est tombé éperdument amoureux. Le petit milieu politico-mondain, au courant de cette passion, en suit avec avidité les épisodes à rebondissements multiples. Car Raïska est fantasque et souvent ferme sa porte au comte, qui se désespère. Seuls le mari, le gentil « Robertito », et la très digne et très laide comtesse de Martel semblent ignorer l'affaire.

Or, Emile Eddé a gravement offensé Raïska ! Celle-ci, dit-on, s'est énormément dépensée pour pousser sa candidature, notamment auprès du comte de Martel. Et, scandale ! l'ingrat ne l'a pas invitée au déjeuner que, le lendemain de son élection, il a offert au Tout-Beyrouth ! Ce sont des choses qu'on ne pardonne pas, et l'on chuchote que le haut-commissaire s'est estimé insulté autant que sa belle amante.

Selma connaît bien Raïska ; c'est même à un dîner chez elle que, récemment, elle a revu Wahid, pour la première fois. Non que, dans son chagrin, elle se soit cloîtrée : au contraire, par défi, elle a été de tous les bals. Et les bonnes amies qui s'apprêtaient à lui glisser quelques paroles de réconfort en ont été pour leurs frais : jamais la jeune fille n'avait semblé aussi épanouie !

Ce soir-là, alors que, en retard comme d'habitude, elle pénétrait dans le salon des Kerchove, elle avait aperçu, accoudée à la cheminée, la haute silhouette familière ; elle avait eu l'impression que son cœur cessait de battre. Raïska, qui conversait avec Wahid, l'avait accueillie en disant, étourdiment peut-être :

— Je crois que vous vous connaissez.

Autour d'eux, tout le monde s'était arrêté de parler. Au prix d'un immense effort, Selma avait souri et tendu la main à Wahid.

— Toutes mes félicitations, avait-elle dit en maîtrisant le tremblement de sa voix, j'ai appris que vous vous étiez marié !

Il avait pâli et bafouillé un remerciement, sans même oser la regarder. Et soudain, elle l'avait trouvé lâche, sans envergure. Alors, rieuse, elle s'était retournée vers son cavalier qui lui offrait son bras pour l'accompagner à la salle à manger, et de bonheur tout neuf, léger comme un duvet de cygne, elle s'était dit que la vie était belle.

Amal est arrivée cet après-midi porteuse d'une grande nouvelle : elle va se fiancer avec l'un de ses cousins el-Atrach, membre de la plus puissante famille druze de Syrie. Ils ne se sont vus que deux fois, il y a des années ; elle se souvient d'un grand garçon aux épaules larges et au bon sourire, de dix-huit ans son aîné. « Courageux comme un lion et franc comme de l'or », a jugé sa tante, qui a tenu à arranger le mariage « avant de mourir ». Non qu'elle soit malade, « mais à mon âge, dit-elle d'un air résolu, il faut être prête ». Ils habiteront Damas, le joyau du Moyen-Orient, cœur du monde arabe et vivant témoignage de la splendeur des khalifes omeyyades.

— De toute façon, il faut bien finir par se marier, a conclu Amal avec un petit sourire.

Mais aussitôt elle s'est reprise et, fronçant les sourcils, a regardé son amie.

— Et vous, Selma ?

— Moi ?... Voyons, Amal, le monde m'est ouvert !... Je me dis parfois que je pourrais être coureur automobile, ou que je devrais partir soigner les lépreux... L'ennui c'est que j'ai peur de la vitesse et que la maladie me fait horreur... Reine ? J'ai essayé, cela n'a pas marché... Star ? Non plus... Amoureuse ? Encore moins !... Si vous avez une autre idée, je suis prête à essayer.

Elle dit n'importe quoi pour cacher son désarroi. Elle en veut à Amal de la quitter. Au fond, ce mariage l'oblige à faire face à une réalité que jusqu'alors elle a fuie : elle a déjà vingt-cinq ans et, du groupe d'amies de son âge, elle reste la seule célibataire. Non qu'elle ait envie de se marier. Elle a été suffisamment échaudée... Orgueil ou peur de souffrir, elle n'a aucune envie de risquer un troisième échec. Quant à aliéner sa liberté simplement « pour faire une fin », comme dit Amal, cela elle n'est pas prête à l'accepter.

Pourtant, elle ne peut continuer à vivre ainsi... Quand elle considère ces dernières années, elle a l'impression d'avoir tourné en rond, de s'être étourdie de réceptions et de mille futilités, faute de mieux. Elle a de plus en plus envie de quitter Beyrouth : sous ses airs de capitale, c'est un village dont elle a épuisé les promesses.

Si seulement elle avait de l'argent... Elle pourrait voyager, aller à Paris, à New York, à Hollywood ! Pas seule, évidemment, Zeynel l'accompagnerait. Hélas, leur situation financière n'est plus seulement précaire, elle est en train de devenir dramatique : la vie ne cesse de renchérir et, malgré les placements judicieux de Souren Agha, de mois en mois leurs rentes s'amenuisent.

Selma s'est parfois prise à imaginer qu'elle pourrait... travailler ! Quelques femmes de la bourgeoisie, dit-on, travaillent ; elle n'en connaît pas, mais elle en a entendu parler. Si elle proposait à la sultane... Elle n'ose même pas imaginer sa réaction. Et puis, de toute façon, que sait-elle faire ?

— Croyez-vous que l'on m'engagerait comme femme de chambre ? a-t-elle demandé d'un ton provocant, je sais broder, composer de magnifiques bouquets...

Amal s'est levée et a pris Selma dans ses bras.

— Chérie, ne soyez pas amère ! Il y a ici une dizaine d'hommes au moins qui ne demanderaient qu'à vous épouser. N'y en a-t-il aucun qui vous plaise ?

— Aucun.

Et, pour atténuer ce que sa réponse pourrait avoir de prétentieux, elle a ajouté :

— En réalité j'étouffe à Beyrouth, j'ai envie de partir à l'autre bout du monde, en Amérique par exemple puisque je ne peux retourner à Istamboul.

Les yeux brillants, elle regarde son amie.

— J'ai envie de changer, Amal. Ici la vie est trop douce. Vous souvenez-vous combien j'étais idéaliste, ambitieuse ? Je ne suis plus qu'une mondaine, je commence à me détester...

— Pardonnez ma question, risque Amal en feignant de s'intéresser à la boucle de sa chaussure, mais... serait-ce à cause de Wahid ?

Selma a éclaté de rire.

— Mais non, quelle idée ! Wahid est tombé de moi comme un vêtement usé, au point que je me demande si c'est lui que j'aimais ou bien la lutte que j'imaginais pouvoir mener à ses côtés. Non, voyez-vous, je ne suis pas une sentimentale... Mais un homme qui m'offrirait de partager avec lui un grand projet, je le suivrais jusqu'au bout du monde... Pas l'homme, le projet !

Amal sourit.

— Je vous adore. Vous êtes la personne la plus romantique que j'aie jamais rencontrée !

Et, sans laisser à Selma le temps de se fâcher, elle a posé un baiser sur sa joue et s'est éclipsée.

Aujourd'hui, Marwan est venu dans son cabriolet rouge pour emmener Selma faire des courses en ville. Depuis quelques semaines, elle n'a plus son chauffeur attitré : Orhan s'est embarqué... pour l'Albanie ! En effet, le mouvement d'humeur de Mustapha Kemal a fait long feu et les relations avec la Turquie sont rétablies ; aussi le prince Abid, le beau-frère du roi, a-t-il pensé à son neveu qui, plutôt que de conduire un taxi à Beyrouth, ferait un parfait aide de camp pour Sa Majesté Zog Ier.

Avec nostalgie Selma a vu partir son cousin préféré pour cette Albanie dont elle a tant rêvé. Elle est allée chercher les livres et les revues qu'elle avait compulsés avec un enthousiasme de néophyte, il y a quatre ans déjà, et qu'elle n'a jamais eu le cœur de jeter.

— Cela débarrassera mes tiroirs, avait-elle dit en s'efforçant de prendre un ton détaché, cependant que Zeynel, qui ne s'était jamais remis de ce mariage raté, appelait une fois de plus les foudres d'Allah sur le tyran qui avait empêché sa petite fille d'accomplir son destin de reine.

Mais par ce bel après-midi d'automne, l'Albanie lui semble très loin. A peine ont-ils tourné le coin de la rue que Selma a enlevé son chapeau et a renversé la tête sur le dossier de cuir. Comme elle aime sentir le vent ébouriffer ses boucles ! Comme elle est bien avec Marwan ! Lui au moins n'est pas à cheval sur les principes ; Haïri, s'il la voyait sortir « en cheveux », lui ferait une scène et irait immédiatement le rapporter à la sultane.

— J'ai toujours rêvé d'avoir un frère comme vous, soupire-t-elle, le mien n'a jamais un geste envers sa sœur.

— Vous êtes injuste, proteste Marwan, est-ce que vous réalisez à quel point vous le bousculez ?

— Moi, je le bouscule ? s'indigne Selma. Est-ce ma faute s'il est plus lent qu'un escargot ?

Marwan sourit. Il ne discutera pas, il sait qu'il est impossible de faire admettre au vif-argent qu'un mollusque a ses qualités. Lui-même n'a pas beaucoup de sympathie pour Haïri, mais, l'autre soir, lorsque, à l'annonce des fiançailles d'Amal, il l'a vu se draper dans une dignité qui dissimulait mal sa peine, il a eu pitié.

Ils ont fait leurs courses à Bab-e-Driss, dans le centre ville ; puis Marwan a proposé d'aller chez *Ajami*, où l'on déguste les meilleurs sorbets de Beyrouth. En passant par la place des Canons, ils ont été arrêtés par une manifestation : une cinquantaine de jeunes gens, vêtus de shorts et de chemises bleu foncé, défilent, l'allure martiale.

— Allons voir ! propose Selma.

Descendant de voiture, ils se mêlent aux badauds qui regardent en échangeant des commentaires ironiques.

— Encore les milices du fils Gemayel ! Décidément, depuis qu'il est allé aux Jeux olympiques de Berlin, il ne se tient plus !

— Savez-vous comment il les appelle ? les phalanges ! Le Führer est son héros. Il prétend que son association est uniquement sportive et à but social, mais en réalité, il veut organiser les jeunes Libanais sur le mode des Jeunesses hitlériennes, une jeunesse pure et dure, ultranationaliste.

— Qu'est-ce que ça veut dire ? Nous sommes tous nationalistes !

— Détrompez-vous ! D'après ces jeunes gens ceux qui veulent l'unité avec la Syrie, c'est-à-dire la moitié de la population, sont de mauvais Libanais. C'est pourquoi ils recrutent presque exclusivement en milieu maronite, bien qu'ils aient réussi à attirer quelques musulmans de service.

— Ridicule ! Il ferait mieux d'aider son père à la pharmacie.

— La pharmacie ?

— Celle qui se trouve juste en face, à l'entrée du quartier réservé. C'est même à cause de sa situation... privilégiée qu'on a surnommé le père Gemayel « le roi de la capote anglaise » !

Tout le monde s'esclaffe.

— Qu'est-ce qu'ils disent ? demande Selma à Marwan.

— Rien. Venez.

Il l'entraîne rapidement, l'air préoccupé.

Rue Roustem-Pacha, la sultane les attend avec impatience. Mais au grand étonnement de Selma, qui trouve parfois que le sens de l'hospitalité de sa mère confine à la manie, celle-ci n'invite pas Marwan à rester pour le thé. Après quelques minutes de conversation polie, le jeune homme prend congé.

A peine la porte s'est-elle refermée que la sultane a appelé sa fille et, d'une voix inhabituellement guillerette, lui annonce qu'elle veut lui parler de choses sérieuses. Ce genre d'introduction met habituellement Selma sur ses gardes, mais aujourd'hui Annedjim semble d'excellente humeur.

— Vous devez penser, ma petite fille, que votre mère s'occupe bien mal de votre avenir... Non, ne m'interrompez pas ! Toutes vos amies sont déjà mariées, Amal elle-même est sur le point de vous quitter... En réalité, j'ai reçu ces dernières années plusieurs demandes dont je ne vous ai même pas fait part car je refusais de me contenter pour vous d'un quelconque aristocrate. Je voulais un mari digne de votre naissance et de votre beauté. J'ai cherché longtemps, et aujourd'hui peut-être...

Elle laisse sa phrase en suspens, comme l'acteur qui entend ménager ses effets, puis, devant le silence de Selma, reprend avec quelque emphase :

— Peut-être l'ai-je enfin trouvé !

Elle attend une question, tout au moins un signe de curiosité, mais Selma continue à se taire. Décidément, sa fille l'étonnera toujours, un jour de feu, l'autre de glace, imprévisible ! Légèrement dépitée, elle insiste :

— Eh bien ? Qu'en dites-vous ?

— Annedjim, soupire Selma, faut-il vraiment que je me marie ?

— Quelle question ! Mais bien sûr qu'il le faut, à moins que vous ne préfériez rester vieille fille ? Et ne me dites pas que vous pleurez encore ce jeune Druze ! Allons, Selma, un peu de sérieux ! Vous n'êtes plus à l'âge des états d'âme, vous devez construire votre vie, et vous savez très bien que pour une femme cela passe par le mariage.

De son réticule, elle sort une longue enveloppe bleue.

— Voici la lettre, je pense qu'elle vous intéressera. Elle est de Son Excellence le maulana[1] Chaukat Ali, fondateur du mouvement indien en faveur du khalifat. C'est lui, vous vous en souvenez, qui servit d'intermédiaire pour le mariage de vos cousines, Niloufer et Duruchehvar, avec les fils du nizam[2] de Hyderabad, le plus grand Etat des Indes. Le maulana est discret et totalement dévoué à notre famille. Aussi ai-je pris contact avec lui, il y a de cela un an. Je lui avais même envoyé votre photo, mais comme j'étais sans nouvelles, je l'avais presque oublié. Et voici que ce matin j'ai reçu sa réponse. Aimeriez-vous en connaître la teneur ?

— Bien sûr, Annedjim, répond Selma d'un ton si peu convaincu que sa mère lui lance un coup d'œil indigné.

Mais la sultane se retiendra de faire un commentaire qui risquerait de la braquer : l'important c'est qu'elle écoute. Ensuite, il faudra la convaincre de rencontrer le jeune homme ; dans l'état d'esprit où elle se trouve, ce ne sera pas une entreprise facile !

— Son Excellence me parle d'un rajah de trente ans, beau, riche évidemment, mais aussi cultivé et moderne. Il a passé la moitié de sa vie en Angleterre, à Eton puis à l'université de Cambridge. Il se nomme Amir et règne sur l'Etat de Badalpour, non loin de la frontière népalaise. Mais il réside la plupart du temps dans son palais de Lucknow, l'une des villes les plus importantes des Indes. Son Excellence précise qu'il est d'une famille illustre, qui descend en droite ligne de Hazrat Hussein, le petit-fils du Prophète. Ses ancêtres sont parmi les premiers conquérants arabes arrivés aux Indes au XIe siècle.

» Que vous dire de plus sinon qu'il a vu votre photo et qu'il a été séduit ; il a envoyé une demande en mariage en bonne et due forme. J'ai naturellement répondu qu'il fallait que vous vous rencontriez. Actuellement, il est pris par sa campagne électorale car, pour la première fois depuis que les Indes sont colonie anglaise, des élections ont été autorisées. Elles doivent avoir lieu à la fin de l'année. Il viendra à Beyrouth aussitôt après.

— Ce n'est pas la peine, dit Selma d'un ton ferme.

— Je vous en prie, soyez raisonnable, acceptez au moins de le voir. Nous n'en parlerons à personne, de façon que s'il vous déplaisait, vous puissiez dire non en toute liberté. Mais peut-être vous plaira-t-il ? Il n'est pas fréquent de trouver tant d'atouts réunis en un seul

---

1. Maulana : personnalité religieuse de l'Inde musulmane.
2. Nizam : grand maharadjah.

homme. La plupart de ces princes indiens ont des mentalités extrêmement arriérées, tandis que celui-ci, élevé en Europe...

— Annedjim, vous m'avez mal comprise. J'ai dit que ce n'était pas la peine qu'il vienne : je suis prête à l'épouser.

Rien ne fera revenir Selma sur sa décision, ni les remontrances de la sultane, inquiète de cette résolution subite, ni les prières de Zeynel ni les pleurs des kalfas. Elle reste de marbre et s'étonne d'autant plus de leur anxiété que les femmes de la famille ont toujours fait des mariages arrangés, et que les rares exceptions n'ont pas été — n'est-ce pas ? — de francs succès...

La sultane ne relève pas cette dernière impertinence, elle sent que sa fille est à bout : pour obtenir qu'elle modifie sa position, il est préférable de ne pas la contrer. Elle qui de sa vie n'a jamais rien demandé deux fois, pendant des jours déploiera des trésors de patience pour tenter de la convaincre.

— Réfléchissez Selma, je ne vous ai parlé du rajah que pour vous sortir de votre mélancolie, vous prouver qu'il existe des hommes dignes d'intérêt... Non pour que vous vous précipitiez les yeux fermés dans un mariage à l'autre bout du monde, dans un pays dont vous ne connaissez encore rien.

— J'ai réfléchi, Annedjim. Si je reste à Beyrouth, je vais devenir folle. J'ai besoin de changer de vie. Comme vous me le disiez à propos de Wahid : il ne faut pas confondre l'amour et le mariage. Or tout ce que vous me rapportez de ce rajah me semble convaincant. Pourquoi tergiverser ?

Hatidjé sultane écoute, atterrée. Elle connaît la nature passionnée de sa fille, son excessive sensibilité et sa fâcheuse propension à se jeter d'un extrême à l'autre sans se soucier des conséquences. Elle craint que, sur un mouvement d'humeur, elle ne gâche sa vie. Mais à la froide logique de son raisonnement, qui reprend point par point les arguments qu'elle-même a développés, que peut-elle opposer ?

— Eh bien soit ! finit-elle par admettre. Puisque c'est votre choix... A vingt-cinq ans, vous devez savoir ce que vous faites. Mais au moins, pendant ces quelques mois où le rajah est retenu aux Indes, écrivez-vous, apprenez à vous connaître. Nous n'ébruiterons pas le projet. Mais souvenez-vous d'une chose, Selma : lorsque vous serez mariée vous ne pourrez plus revenir en arrière. Vous aurez donné votre parole en toute liberté, il faudra la tenir. Même si vous vous apercevez que vous vous êtes trompée.

Le rajah écrit chaque quinzaine, avec une régularité que Selma estime manquer de naturel mais que la sultane juge de bon augure. C'est une sorte de journal de bord où dominent les événements politiques qui agitent une Inde en proie à la fièvre de l'indépendance. On le sent avant tout préoccupé de faire comprendre à la jeune fille les immenses problèmes de son pays, les difficultés et les joies que lui procure sa charge à la tête de son Etat et, surtout, l'espoir qu'il caresse, avec quelques-uns de ses amis, éduqués comme lui à l'étranger, de faire reculer peu à peu l'obscurantisme, les préjugés et d'édifier un jour une nation moderne.

De ses goûts, de sa vie personnelle, il ne parle guère. Comme si, face aux enjeux dans lesquels se débat son pays, c'étaient choses secondaires. Selma, qui, au début, lisait ses lettres avec une curiosité plutôt sceptique, commence à s'intéresser à cet univers étrange qu'il lui dépeint avec tant de passion ; et elle se prend à rêver au rôle qu'elle pourrait jouer à ses côtés.

Elle lui est reconnaissante de ne pas se montrer sentimental. Dans un mariage arrangé pour questions de convenances, ce serait déplacé. Elle ne se fait pas d'illusions sur le « coup de foudre » qu'il aurait éprouvé en voyant son portrait. Ce qui l'a séduit c'est sans doute avant tout l'idée d'épouser une princesse ottomane. Pour les musulmans des Indes, la famille impériale, même déchue, est toujours la famille du khalife, le représentant d'Allah sur terre, et pour qui veut se lancer dans la politique, s'allier à une telle famille n'est pas un atout négligeable. De son côté, il doit savoir que sa position et sa fortune ont été, pour la jeune fille, déterminantes.

Avec une ironie mêlée d'un peu d'irritation, Selma se remémore les principes dans lesquels l'ont élevée aussi bien sa famille que les Sœurs de Besançon : « Perdre sa fortune, sa position, n'est rien tant que l'on conserve l'honneur. » Jusqu'à ces derniers mois, elle voulait y croire... Elle doit au moins cela à Wahid : lui avoir fait reprendre contact — durement — avec la réalité.

L'hiver s'est passé tranquillement. Selma prépare son départ. Malgré les conseils de sa mère, elle a fait savoir, par des confidences à quelques amies qui se sont empressées de le répéter, qu'elle s'était fiancée à un rajah. Les Indes, leurs princes et leurs richesses fabuleuses font rêver. On ne la plaint plus, on l'envie. Elle a même reçu une lettre de Wahid qui la félicitait. Il ajoutait : « J'espère que vous m'avez pardonné. Vous n'imaginez pas combien cette décision, dictée par la nécessité, me fut dure. Vous êtes la seule femme que j'aie jamais aimée. Je ne me remets pas du malheur de vous avoir perdue. »

Il n'avait pas changé : encore une fois, il ne parlait que de lui... Lentement, elle a brûlé la lettre, avec un peu de tristesse et beaucoup de mépris.

Bien que le mariage dût se faire aux Indes à cause de la position publique du rajah, la sultane avait compté qu'au moins il viendrait à Beyrouth chercher sa fiancée. Mais, dans de longues lettres désolées, il avait expliqué que la situation politique, particulièrement délicate, lui interdisait de quitter son pays pendant plusieurs mois encore. Le mariage était prévu pour avril, fallait-il le retarder ?

Selma a refusé tout net, malgré l'insistance de sa mère qui s'effraie de la laisser se jeter dans une telle aventure sans même avoir vu l'homme auquel elle va lier sa vie. Mais elle veut s'interdire toute chance de se reprendre. Puisque le rajah ne peut venir elle partira seule avec Zeynel et madame Ghazavi, qui s'est proposée pour lui servir de dame de compagnie. La sultane sent que sa petite fille a peur, autant qu'elle, de ce monde lointain où elle a décidé de vivre, mais que désormais rien ni personne ne la fera changer d'avis.

Les derniers jours se passeront dans la fièvre des ultimes préparatifs, grâce auxquels on n'aura pas le loisir de s'attendrir. Pourtant, au moment du départ, lorsque Selma entrera dans le salon pour lui faire ses adieux, la sultane ne pourra retenir ses larmes : elle est âgée, malade, reverra-t-elle jamais son enfant ?...

Très fort, elle serre Selma dans ses bras.

— Ma chérie, êtes-vous absolument sûre ?...

— Oh Annedjim !

Selma enfouit sa tête contre l'épaule de sa mère et, tremblante, reste là à respirer le léger parfum de tubéreuse qui a accompagné toute son enfance.

— Annedjim, vous savez bien qu'il le faut... Que je n'ai pas d'autre solution.

Elle s'est redressée. Longuement les deux femmes se regardent, si intensément que s'abolissent les années et qu'elles sont de nouveau, comme aux premiers temps, l'une en l'autre confondues, dans une tiède plénitude.

— Ma petite fille...

Selma ferme les yeux. Surtout ne pas se laisser attendrir.

Doucement elle desserre l'étreinte, avec passion elle baise les belles mains de sa mère.

— Je reviendrai, Annedjim, n'ayez crainte. Attendez-moi !

Et elle est partie très vite, comme si elle s'enfuyait.

TROISIÈME PARTIE

LES INDES

— Mais où donc est le train du maharadjah ?

Il semble à Selma qu'elle marche depuis des heures dans cette puanteur ensoleillée, ce charivari de couleurs et de cris, au milieu de cet extravagant tohu-bohu qui à chaque instant menace de l'emporter, n'était le ferme rempart, autour d'elle, d'une dizaine de gardes immenses et moustachus, qui ne ménagent ni le fouet ni le bâton pour lui frayer un passage. On est en mars, il fait chaud et la gare de Bombay ressemble plus à un carrousel en folie qu'à la première station de chemins de fer du très puissant et très digne Empire britannique. Sous les hautes voûtes gothiques, entre les chapiteaux de grès et les colonnes victoriennes sculptées de fleurs, une foule bruyante se presse, sourde aux sollicitations nasillardes des petits vendeurs de pois chiches, indifférente à l'odeur écœurante des guirlandes de jasmin mêlée aux relents de sueur et d'urine.

Selma étouffe, mais pour rien au monde elle ne voudrait être ailleurs : ainsi, voilà sa nouvelle patrie ! Très loin des salons de marbre blanc et des fontaines de l'hôtel Taj Mahal où on l'a emmenée se reposer dès sa descente du paquebot, c'est maintenant, qu'elle prend véritablement pied aux Indes. Les yeux écarquillés, elle tente d'enregistrer le défilé d'images qui s'entrechoquent sous le soleil dans une violente cacophonie de couleurs : écarlate des larges turbans des porteurs disparaissant sous d'instables pyramides de bagages ; safran somptueux des robes de « renonçants » ; rouge et or des saris de jeunes mariées ; grisaille des nuées de mendiants qui se pressent autour des taches blanches que forment les *kurtahs*[1] immaculées des voyageurs de première classe.

Elle a l'impression qu'elle va éclater d'un trop-plein de beauté, de laideur... Elle ne distingue plus devant cette misère portée avec superbe et cette multitude à la fois bon enfant et cruelle : n'a-t-elle pas vu tout à l'heure un vieillard tomber et la foule impavide continuer d'avancer, comme mue par le rêve d'un aveugle ?

Qu'y a-t-il derrière ces fronts sombres, ces yeux intenses qui la dévisagent ? Troublée, elle s'est tournée vers Rashid Khan, l'homme de confiance du rajah, venu l'accueillir à son arrivée de Beyrouth. A sa question muette — comment formuler une interrogation aussi absolue ? —, il a souri, rassurant.

— Ne craignez rien, Altesse. Pour tout nouveau venu les Indes sont un choc. Vous vous habituerez.

Puis, comme pour lui-même :

— Pour autant que l'on puisse s'habituer à l'inexplicable...

Tout au bout du quai, gardé par des hommes en armes arborant l'uniforme indigo au blason de l'Etat de Badalpour, un wagon privé les attend que des grappes humaines essaient en vain de prendre d'assaut.

Selma a réprimé un mouvement de surprise : elle s'attendait à un train entier, comme celui de ses cousines Niloufer et Duruchehvar, les épouses des princes de Hyderabad. Elle ne s'étonne plus que Rashid Khan ait annoncé trois jours et deux nuits de voyage pour parcourir les trois mille kilomètres qui séparent Bombay de Lucknow : ce tortillard, pompeusement dénommé express, doit s'arrêter à chaque village !

Confusément, elle a le sentiment d'une insulte, comme la veille lorsque à son arrivée elle a constaté l'absence du rajah.

Elle regarde son compagnon qui, à cent lieues de se douter de l'orage qui couve, lui sourit benoîtement. Sa placidité l'inquiète encore plus : à l'évidence, pour le secrétaire du rajah, tout est normal.

Se serait-elle fourvoyée ? Elle s'imaginait être reçue comme une reine — son fiancé n'est-il pas le souverain d'un Etat presque aussi étendu que le Liban ? L'envoyé à Beyrouth du maulana Chaukat Ali l'avait longuement entretenue de la richesse fabuleuse des princes indiens, des multiples palais, des coffres regorgeant de pierres précieuses... Ces descriptions qui lui rappelaient les fastes de son enfance l'avaient fait rêver et avaient conforté sa décision.

Et voilà que tout se volatilise dans la poussière de cette gare, au

---

1. *Kurtah :* longue chemise de mousseline.

pied de ce wagon brinquebalant, dérisoire carrosse censé l'emmener vers la gloire...

A l'intérieur de la voiture on s'agite. Des serviteurs enturbannés se sont précipités en haut du marchepied, impatients d'apercevoir leur nouvelle *rani*[1] ; derrière eux fusent des voix aiguës de femmes, à peine étouffées par les épais voiles noirs qui les dissimulent.

— Ce sont vos suivantes, Altesse. Le rajah a tenu à ce qu'elles viennent pour vous tenir compagnie. Mais elles n'ont pas le droit de sortir. Montons, je vous en prie, c'est bientôt le départ.

Dans la pénombre du compartiment, tandis que le train s'ébranle, Selma respire. L'endroit est confortable : boiseries d'acajou éclairées par des cuivres étincelants et des luminaires de cristal. Certes, les banquettes de velours et les lourds rideaux de soie semblent faits davantage pour la brumeuse Angleterre que pour ce climat torride ; mais ici, tout équipement vient de la métropole, qui expédie généreusement vers ses colonies ce qu'elle juge démodé.

En face de la jeune fille, assises en tailleur sur un drap blanc déroulé à même le sol, se tiennent une demi-douzaine de femmes. Elles la dévisagent et, dans une langue un peu rauque, échangent leurs commentaires. Débarrassées de leur *burkah*, cette tente noire qui les fait ressembler à des corbeaux, elles sont apparues dans des robes multicolores, la gorge, les oreilles, les bras couverts d'or. L'air étonné, désapprobateur, elles désignent les mains nues de leur maîtresse, son cou orné d'un simple rang de perles. Selma sourit, un peu vexée : comment expliquer à ces indiscrètes que, chez elle, une telle accumulation... Elles ne lui en laisseront pas le loisir : en un tournemain elles ont enlevé qui ses bracelets, qui ses anneaux d'or, et la voici parée comme une idole. Ravies, elles battent des mains.

— *Rupsurat, baot rupsurat !* — belle, très belle !

C'est le seul mot d'*urdu*[2] que Selma comprenne, pour l'avoir entendu répéter cent fois sur son passage depuis son arrivée. Ce compliment ne tempère pas son irritation de sentir que l'on joue avec elle comme avec une poupée, mais les suivantes le font avec tant d'ingénuité qu'elle prend finalement le parti d'en rire avec elles.

Si la sultane sa mère la voyait ! Et ses kalfas ! Quelle différence avec ces fières dames d'honneur de la cour ottomane qui, même si elles vous connaissaient depuis l'enfance, n'auraient jamais osé prendre de telles libertés ! Pourtant ses nouvelles compagnes ne sont pas

1. *Rani* : épouse du rajah.
2. *Urdu* : langue parlée dans la moitié nord des Indes. Elle est composée pour un tiers de persan, un tiers de turc et un tiers d'arabe.

satisfaites : le tailleur de soie blanche de Selma, un modèle parisien du dernier chic, leur paraît de mauvais augure : le blanc n'est-il pas la couleur des veuves ? La plus jeune, une adolescente aux joues rondes, s'est levée ; d'une malle, elle extirpe une longue robe fuchsia brodée d'argent. Un murmure d'approbation salue son initiative : voilà un vêtement digne d'une future mariée ! Malgré les protestations de Selma, qu'elles prennent pour de la timidité, elles s'apprêtent à la déshabiller, lorsqu'on frappe à la porte. En un clin d'œil, l'essaim de fleurs multicolores s'est envolé vers ses burkahs et redevient corbeaux.

Sur le seuil du compartiment, Rashid Khan s'est arrêté ; dans ses yeux une lueur d'admiration, vite voilée. Respectueusement, il s'enquiert :

— Désirez-vous quelque chose, Altesse ? Votre suivante, madame Ghazavi, et Zeynel Agha se reposent à côté. Ils voudraient savoir si vous avez besoin d'eux ?

— Merci, Khan sahab.

L'allure du secrétaire du rajah dénote son origine aristocratique, et Selma, rompue dès l'enfance aux jeux de cour, n'aurait garde de le traiter en simple employé.

— Je ne souhaite, si cela est possible, qu'un peu de tranquillité.

Les extravagances de ses dames de compagnie l'ont épuisée. Elle aspire à se retrouver seule, mais comment le leur signifier sans les froisser ? Rashid Khan sourit.

— Je vais leur expliquer que vous voulez dormir.

Et malgré le refus indigné des suivantes — il est impensable que leur rani reste seule comme n'importe quelle malheureuse ; si elle dort, elles doivent être là pour veiller sur son sommeil —, il les met courtoisement à la porte.

De tout son long Selma s'étire ; débarrassée des lourdes boucles d'oreilles et du collier qui faisait ployer sa nuque, elle secoue ses boucles rousses et offre son front moite au ventilateur cacochyme.

Par les fenêtres défilent les champs brûlés de soleil où des paysans à demi nus poussent derrière un bœuf efflanqué le soc d'un araire préhistorique. Dans les villages aux toits de chaume, des femmes minces et noires sont accroupies, occupées à façonner de larges galettes qu'elles plaquent aux murs pour les faire sécher, puis qu'elles transportent dans de profonds paniers, en équilibre sur leur tête. Drapées dans des saris de couleurs éclatantes, fines et droites, elles avancent, le port altier, et Selma songe que bien des reines pourraient envier leur démarche. Plus loin, à côté de vaches blanches aux longues cornes maquillées de rouge, d'énormes buffles noirs pataugent dans une mare : on croirait les ennuques du palais de Dolma Bahtché montant la garde autour des fleurs neigeuses du harem...

« *Istamboul, ma belle, te reverrai-je jamais ? A Beyrouth j'étais proche de toi, la nuit je rêvais que je te revenais ; aujourd'hui je m'éloigne, je pars vivre dans un monde étranger, comme si j'avais désespéré de te retrouver...* »

Derrière la vitre les champs et les rizières s'estompent. D'autres paysages, d'autres villages se sont mis à défiler, qu'une petite fille rousse contemple, blottie dans l'encoignure d'un autre train, celui qui, treize années auparavant, traversait la Turquie pour l'emmener en exil...

Brusquement, Selma s'est redressée. Elle ne gémira pas éternellement comme les vieilles princesses ses tantes ! Elle est jeune, séduisante, elle a plus de force que tous ses cousins réunis, qui passent leur temps à boire et à spéculer sur une improbable révolution. Elle gagnera ! Quoi ? Ce n'est pas clair. Elle sait seulement qu'elle doit retrouver sa place. Personne ne l'a forcée à quitter l'émolliente douceur du Liban. C'est elle qui a décidé qu'il lui fallait reprendre racine, se reconstituer un pays, un royaume où elle serait souveraine, où elle serait aimée.

Elle ne croit plus à l'amour d'un homme — jamais elle ne s'est remise de la trahison de son père, et l'abandon de Wahid n'a fait que raviver la cicatrice —, elle veut être aimée de tout un peuple. C'est cela être reine, non pas comme l'imaginent les naïfs, être entourée de richesses et d'honneurs : c'est être entourée d'amour.

— Le faste n'est utile, disait la sultane, que par ce qu'il apporte de beauté et de rêve aux miséreux ; comme si une bonne fée se penchait sur leur souffrance, plutôt qu'un terne fonctionnaire ou une dame de charité au visage si morne que ceux qu'elle prétend aider ont envie de la consoler ! Mais les pauvres ne se rendent pas compte du cadeau inestimable qu'ils font aux princes : ils ont besoin de nous ! Ils nous donnent le sentiment d'être nécessaires !

Malgré la chaleur, Selma frissonne : comment l'accueillera le peuple de Badalpour ?

Le train aborde les Ghats, cette chaîne de collines qui traverse les Indes d'ouest en est. L'herbe devient plus verte ; des troupeaux de moutons et de chèvres paissent, gardés par un berger au turban de pourpre. Au loin, perdu au milieu des champs, un petit temple de pierre blanche, entouré de fanions ondulant au gré du vent, flotte comme un mirage.

C'est l'heure qui précède le crépuscule — calme et douceur, recueillement. Selma a approché son visage des barreaux de fer qui protègent la fenêtre. Avec avidité elle respire la première fraîcheur. Elle savoure chaque instant, chaque impression nouvelle, s'interdisant de penser au visage qui l'attend au bout de ce voyage.

La déception ressentie dès son arrivée, quand elle a constaté l'absence d'Amir, ne s'est pas dissipée. N'a-t-il pas hâte, lui aussi, de la rencontrer, ou bien lui suffit-il qu'elle soit sultane ? Ce mariage n'est-il qu'un marché ?

« *Après tout, que puis-je lui reprocher ? J'épouse bien son argent, moi !* » Nerveusement elle mordille ses boucles. Elle a envie de pleurer. « *C'est absurde, nous ne nous sommes jamais rencontrés, nous n'allons quand même pas nous jouer la comédie de l'amour !* » Mais elle a beau se raisonner, elle ne peut réprimer les sanglots qui l'étouffent : elle se sent tellement seule... A quoi sert de se mentir, d'afficher des airs cyniques ? Au fond, elle est une incorrigible romantique...

Elle a rêvé de ce rajah brillant et courageux, elle a vibré lorsque, dans ses lettres, il lui parlait de ses projets de réformes et des ambitions qu'il nourrissait pour son pays. Et puis — pourquoi se le cacher ? — elle a été séduite par sa beauté.

D'un écrin de velours elle a sorti un médaillon. Gravement, elle le scrute : les yeux sombres n'en finissent plus de s'étirer vers les tempes, le nez fin est légèrement busqué, les lèvres pleines semblent douces au-dessus de cette drôle de petite fossette... Lorsqu'il y a deux mois un messager de Badalpour lui a remis ce portrait elle a été parcourue d'un frisson de plaisir. Elle qui se voulait froide et calculatrice, elle sait bien que le charme étrange de ce visage de dieu oriental a achevé de la convaincre.

Pourquoi s'est-il contenté d'envoyer son secrétaire ?

Pauvre Rashid Khan ! Il était si gentil, si drôle. Encombré d'un énorme bouquet, il lui avait débité d'un trait une phrase de bienvenue en turc, manifestement apprise par cœur. Mais au lieu de ses « hommages respectueux », c'était son cœur brûlant qu'il avait déposé aux pieds de Selma. A l'expression stupéfaite de la jeune fille, il avait immédiatement réalisé que ses amis lui avaient joué un tour et il avait tellement rougi qu'elle s'était mise à rire. La glace était rompue : dès ce moment ils étaient devenus amis.

Ce souvenir a rendu à Selma sa bonne humeur. Ce mariage sera une réussite : n'ont-ils pas tout pour être heureux ?

Soixante heures de voyage... Journées étouffantes et nuits glacées, des dizaines de gares, toutes semblables avec leurs foules bigarrées, leurs petits vendeurs de thé et de beignets et, surtout, les mendiants qui, à travers les barreaux, agrippent la manche de Selma et la fixent de leur regard ardent. Et elle, la gorge serrée, interroge ces yeux hallucinés venus d'un monde qu'elle ignore. Regards de fous ou de sages, qui pourrait le dire ? Pour s'arracher à la fascination qui la prend, elle glisse quelques pièces dans les mains tendues. Mais eux continuent à contempler la déesse blanche et dorée, surgie d'un *nirvāna*[1] supérieur, et ils restent là, immobiles, longtemps après qu'elle a disparu à l'horizon...

— Nous arrivons à Lucknow dans deux heures.

La haute silhouette de Rashid Khan s'encadrant dans l'embrasure de la porte fait sursauter Selma. Le voyage a été si long qu'elle en a perdu toute notion de temps. « *Lucknow, déjà ?* » Son cœur s'est mis à battre très fort. Du regard elle implore le secrétaire du rajah ; ému par le petit visage angoissé, encore une fois il la rassure.

— Tout se passera bien, vous verrez.

Qu'il est bon ! Elle le gratifie de son sourire le plus séduisant, pour le remercier mais aussi pour voir briller dans ses yeux cette petite flamme qui lui dit qu'elle est ravissante et qu'elle saura charmer.

— Soyez gentil d'aller vite appeler madame Ghazavi.

Dehors les premiers rayons de soleil font frissonner les champs de blé. Il n'est plus temps de rêver, elle n'a que deux heures pour se préparer : elle veut éblouir son prince charmant. Rarement Selma aura mis aussi longtemps à se faire coiffer, maquiller et pourtant, malgré les efforts de sa dame de compagnie, elle se trouve affreuse ! Rarement aura-t-elle autant hésité devant les multiples robes déployées, pour finalement s'exclamer :

— Mais où ai-je la tête, c'est un sari que je dois porter !

Un sari, bien sûr, le costume national de sa nouvelle patrie : pour faire honneur au fiancé qui l'attend à la gare avec toute sa suite, et pour montrer aux journalistes et à la foule de curieux rassemblés que désormais elle est indienne...

Le train est entré en gare. Dehors, le tumulte et les cris habituels. Impatiente, Selma tend l'oreille. Elle a du mal à rester assise dans ce compartiment dont Rashid Khan a eu l'idée bizarre de baisser tous les stores. Soudain un brouhaha dans le wagon. Amir ? Elle a l'impression que son cœur s'arrête. Ce n'est que Rashid.

— Encore un moment, Altesse, on prépare le *purdah*[2].

— Le quoi ?

L'air gêné il ne répond pas. A côté d'elle, madame Ghazavi marmonne que tout cela n'est pas normal. Agacée, Selma la fait taire.

---

1. *Nirvāna* : le ciel des hindous.
2. *Purdah* : tenture qui sépare les femmes des hommes. Par extension le purdah signifie le fait d'être cloîtré.

Depuis son arrivée aux Indes, la Libanaise n'a cessé de se plaindre, froissée sans doute qu'on ne lui prête pas assez d'attention.

Mais voici que réapparaissent ses dames de compagnie indiennes ; ici elles reprennent leurs droits que pendant ce voyage on leur a honteusement contestés. Le visage empreint de la redoutable bienveillance des nonnes accueillant en leur sein la novice, elles tendent à Selma une longue cagoule noire, semblable à celle qui de la tête aux pieds les dissimule. Comme la jeune femme interloquée les interroge du regard, résolument elles l'entourent.

— Non !!!

Strident, le cri a fusé. De l'autre bout du wagon Rashid Khan s'est précipité. Dans un coin du compartiment, tremblante d'indignation, Selma tente de mettre en pièces le voile noir ; en face d'elle, les femmes abasourdies se concertent sur la conduite à tenir. Le secrétaire du rajah a du mal à garder son sang-froid : le voyage s'était bien passé et ces idiotes sont en train de tout gâcher ! Que va penser le palais si la fiancée arrive en larmes !

D'une voix coupante, lui en général si courtois, il leur intime l'ordre de sortir. Après un semblant de rébellion, ulcérées, elles finiront par obéir, non sans protester bien haut qu'on les empêche, une fois de plus, de faire leur devoir. Alors, seul avec Selma, il la réconforte.

— Ce n'est rien, Altesse, je vous en supplie, calmez-vous ; vous n'aurez pas besoin de porter ce *burkah*[1]. Vous sentez-vous assez bien pour descendre ? Tout est prêt pour vous recevoir.

De la porte du wagon, deux longs draps de couleur sont tendus ; au bout de ce couloir une automobile attend. Ainsi, la princesse pourra traverser la gare sans être vue.

Stupéfaite, c'est à peine si Selma voit Rashid Khan s'incliner.

— Au revoir, Altesse, qu'Allah vous garde.

Lorsqu'elle se retourne, il a disparu. A sa place, une petite dame grassouillette qui se présente — Bégum Nusrat — couvre ses mains de baisers.

— *Hozour*, Votre Honneur, c'est le plus beau jour de ma vie, balbutie dans un anglais approximatif cet encombrant personnage, dont Selma croit comprendre qu'elle est l'épouse du gouverneur de l'Etat de Badalpour.

---

1. *Burkah* : longue cagoule noire descendant jusqu'aux pieds, avec au niveau des yeux un petit grillage. C'est la tenue que les femmes musulmanes des Indes devaient porter si elles sortaient Beaucoup la portent encore aujourd'hui.

Une question lui brûle les lèvres. Elle sait qu'elle devrait se taire, mais elle n'y tient plus.

— Où est le rajah ?

— Comment, Hozour ! La petite dame semble extrêmement choquée — Voyons, vous ne pouvez le voir avant le mariage ! Mais rassurez-vous, s'empresse-t-elle d'ajouter devant l'air désappointé de la jeune fille, les cérémonies auront lieu très vite, dans une semaine exactement. En attendant, vous vivrez au palais, chez la sœur aînée de notre maître, Rani Aziza.

Assise désemparée dans un coin de l'énorme Isota Fraschini, Selma ne parvient plus à contrôler sa déception. De la luxueuse automobile blanche aux pare-chocs et aux phares recouverts d'or, elle a surtout remarqué les rideaux voilant les fenêtres, comme dans les phaétons de son enfance, à Istamboul. Peu à peu elle sent la colère monter : ce qu'elle refusait à douze ans, elle devrait l'accepter maintenant, après toutes ces années de liberté ? Il n'en est pas question ! Mais tout ceci n'est sans doute qu'une fausse alerte : elle a bien vu ses cousines, Niloufer et Duruchehvar, photographiées chaque jour dans la presse en train d'inaugurer des expositions, de présider des dîners. Elle n'a pas rêvé ! Elle tente de se rassurer, d'endiguer la panique qui commence à l'envahir, mais elle a du mal à respirer. Elle ne peut s'empêcher d'évoquer le regard de pitié de Rashid Khan, et son silence embarrassé à certaines de ses questions... Pour la première fois depuis son arrivée aux Indes, elle a le sentiment d'une terrible méprise...

La voiture a ralenti. A travers les rideaux qu'elle écarte, sans tenir compte des remontrances de sa compagne, Selma aperçoit Kaisar-bagh, le « jardin du roi ». C'est un immense quadrilatère de pelouses et de massifs fleuris — plus grand, dit-on, que le Louvre et les Tuileries réunis —, autour duquel s'élèvent les palais princiers.

Kaisarbagh... issu du rêve de Wajid Ali Shah, le dernier roi d'Oudh, un musicien-poète, que les Anglais déposèrent, en 1856, sans qu'il comprenne pourquoi. Epris d'arts bien plus que de politique, il avait voulu faire de sa capitale la huitième merveille du monde, et de Kaisarbagh, son Versailles. Pour lui et ses quatre cents femmes, il avait fait édifier cette suite de grands trianons de pierre ocre, égayés de balcons et d'arches festonnés, et ornés à profusion de motifs de stuc blanc, jaune paille ou terre de Sienne, du plus pur rococo.

Ce devrait être le comble du mauvais goût, songe Selma, et c'est au contraire ravissant ! Délicat et raffiné, à l'image de cette société qui, plutôt que de lutter, s'était laissé peu à peu dominer par les hommes en veste rouge, les barbares venus de l'Ouest.

Le palais de Badalpour où se rend Selma est l'un de ces trianons baroques.

— C'est, explique Bégum Nusrat, la résidence citadine du rajah, son pied-à-terre à Lucknow, aujourd'hui centre administratif britannique, dont dépendent une cinquantaine d'Etats. A côté de nous réside le nawab de Dalior, qui possède la plus belle écurie de la ville, plus loin, le rajah de Dilwani, réputé pour organiser d'extraordinaires combats de cailles ; en face, le maharadjah de Mahdabad, grand amateur de poésie classique.

A citer les noms de ces importants personnages, Bégum Nusrat se délecte, comme si respirer le même air qu'eux et connaître leurs habitudes faisaient d'elle un membre de la famille.

Grâce au ciel, la voiture s'est arrêtée. Selma n'en pouvait plus de cet incessant bavardage — au seuil de sa nouvelle vie, elle éprouve le besoin de se recueillir. Devant elle sont redéployées les tentures de couleur et, tout au bout, dans un trou de lumière, devant une porte massive, deux eunuques noirs prosternés balaient le sol de leur turban.

Les eunuques de son enfance !... Selma a soudain l'impression d'être revenue quinze ans en arrière. N'étaient-ce les larges *shalvars*[1] et les kurtahs indigo qui remplacent les sévères stamboulines noires, elle pourrait se croire à Dolma Bahtché... Mais aussitôt gravi l'imposant escalier de pierre, la sensation de familiarité se dissipe. Les Indes de nouveau s'imposent avec ces balcons sculptés comme de la dentelle, ces vérandas ouvrant sur les cours intérieures où chantent des fontaines, et surtout ces nuées de femmes qui s'agglutinent pour baiser les mains de la nouvelle rani, ou humblement saisir le bas de son sari, cependant que des enfants demi-nus la fixent de leurs énormes yeux noirs bordés de khôl. Impatiente, Bégum Nusrat les bouscule : il faut se hâter, Rani Aziza nous attend.

Rani Aziza... Selma voudrait des détails sur sa future belle-sœur ; Bégum Nusrat ne demande qu'à étaler son savoir.

— La rani est la demi-sœur du rajah, ils sont de mères différentes. Elle a quinze ans de plus que son frère, et lorsque, tout petit, il a perdu ses parents dans un accident mystérieux, elle lui a servi de mère. C'est une grande dame, elle a autant d'intelligence qu'un homme ! A l'âge de quatorze ans, quand notre prince a failli mourir empoisonné, vraisemblablement par son oncle qui, jusqu'à sa majorité, avait la charge de l'Etat, Rani Aziza a décidé de l'envoyer étudier en Angleterre, et elle a pris en main les affaires du palais. Les

---

1. *Shalvars :* pantalons longs bouffants.

intendants la craignent bien plus que le vieux rajah qui de sa vie n'avait demandé un compte, estimant cela indigne de lui.

Bégum Nusrat baisse la voix.

— Ils espèrent d'ailleurs que notre jeune maître sera moins exigeant. Le pauvre vient à peine de rentrer après douze ans d'absence, et ces gredins projettent déjà de le gruger ! Heureusement que la rani est là !

« *Et moi, je ne compterais pour rien !* » Sans la connaître, Selma a l'intuition qu'elle n'aimera guère Rani Aziza.

Elles ont marché plus d'un quart d'heure lorsque enfin elles pénètrent dans une chambre au plafond haut : une douzaine de femmes, assises par terre, papotent tout en coupant des noix de bétel avec de petits sécateurs d'argent. L'arrivée de Selma déchaîne une cascade d'exclamations ravies ; elles l'entourent, la serrent dans leurs bras, s'extasient sur sa beauté. A la fois abasourdie et rassérénée par la chaleur de l'accueil, la jeune fille se laisse entraîner par le groupe rieur ; on pousse une dernière portière de soie et on l'introduit dans une vaste salle ornée de mosaïques de nacre et de miroirs en forme d'oiseaux ou de fleurs. Assises sur des lits de corde aux pieds d'argent, des femmes discutent en mâchant le *pân*, la friandise nationale à base de noix de bétel et de feuilles amères, ou s'étourdissent en aspirant un tabac parfumé à travers le long tuyau de leur *hookah*[1] de cristal. Tout au fond, sur un lit surélevé dont les pieds d'or brillent dans la pénombre, une femme repose parmi les coussins, tandis que derrière elle deux esclaves balancent de larges éventails en plumes de paon.

A son visage impérieux, Selma a immédiatement reconnu la rani. Elle est encore belle : traits aigus, yeux profonds, bouche hautaine que ne dément pas le sourire.

— Venez vous asseoir à côté de moi, mon enfant.

La voix est mélodieuse mais l'étreinte glacée. Dans un anglais à l'accent étrange, elle s'enquiert du voyage, tout en examinant la jeune fille de la tête aux pieds.

— Vous êtes bien jolie, finit-elle par déclarer. Mais — le ton monte, comme pour être perçu de toutes — il faudra que vous appreniez à porter la *gharara*[2]. Le sari est la robe des hindoues[3] : ici, nous sommes des musulmanes.

---

1. *Hookah :* mot urdu pour narguilé.

2. *Gharara :* jupe longue et très ample des musulmanes des Indes.

3. Hindou : désigne l'appartenance à la religion Hindoue ; il y a chez les Indiens des Hindous, des musulmans, etc.

Selma est devenue pivoine : lui rappeler qu'elle est musulmane, à elle, petite-fille de khalife ! Une gifle ne l'aurait pas plus humiliée.

Les regards des deux femmes se croisent : dès cet instant elles se savent ennemies.

On a apporté des gâteaux d'amande et de miel et un thé sirupeux. « Pour adoucir l'acidité de la réception, sans doute », pense Selma en y trempant ses lèvres. Distraitement, elle répond aux quelques questions polies sur la santé de la sultane sa mère et sur sa vie à Beyrouth. Puis, la conversation traînant en longueur, elle risque :

— Pardonnez-moi, mais je suis fatiguée du voyage. Puis-je me retirer dans ma chambre ?

Un haussement de sourcils accueille la demande.

— Mais votre chambre est ici, mon enfant ; pendant cette semaine vous habiterez avec moi. Qu'avez-vous ? N'est-ce pas assez grand ?

Des servantes apportent une gharara vert émeraude, dispensant Selma de répondre.

— Tenez, allez vous changer, cette couleur vous siéra à merveille. De plus, c'est la couleur de l'islam...

— Je sais, coupe la jeune fille, ulcérée.

— Alors vous savez aussi sans doute que notre famille descend directement du Prophète, par son petit-fils Hussein. Nous sommes chiites. Vous, bien sûr, êtes sunnite — elle laisse échapper un soupir étudié — mais après tout, nous sommes tous des musulmans !

« La vipère... Que veut-elle prouver ? Que je ne suis qu'une étrangère, et qu'ici elle reste la maîtresse ? »

Mais l'humeur de Selma ne va pas résister longtemps au plaisir du bain. Dans les aiguières d'argent l'eau chaude et parfumée, et les mousses de couleurs tendres, les huiles ambrées dans des flacons de cristal : tout le cérémonial de son enfance. Quel délice après la banale salle de bains de sa maison de Beyrouth. Les yeux clos, oubliant jusqu'à l'endroit où elle se trouve, elle s'abandonne aux mains expertes des esclaves. Epilée, massée, coiffée, maquillée, elle n'est pas mécontente de l'image que lui renvoie le miroir, sauf que... ces boucles ! Où donc est madame Ghazavi ?

— Ne vous inquiétez pas, la rassure la rani, lorsque Selma s'enquiert de sa suivante. On l'a emmenée se reposer. Elle habite de l'autre côté du hall, après la deuxième cour des femmes.

— Comment, mais c'est ma dame de compagnie ! Elle doit rester avec moi !

— N'avez-vous pas assez de servantes ? Vous pouvez en avoir dix, vingt, autant que vous le désirez. Si elles ne vous plaisent pas nous les renverrons et vous en donnerons d'autres.

Selma est au bord des larmes. Madame Ghazavi et Zeynel sont ses seuls liens avec le passé, sans eux elle se sent perdue. Mais elle se ferait tuer sur place plutôt que d'avouer sa faiblesse. Un sourire effleure les lèvres minces de la rani.

— N'êtes-vous pas bien avec nous ? Nous sommes votre famille désormais : il faut oublier le reste.

Selma se tait. L'adversaire a marqué un point. Pourra-t-elle supporter de passer huit jours aux côtés de cette femme, sous son œil perspicace et malveillant ? Tenir huit jours. Ensuite, Amir sera là, elle lui expliquera, il l'aidera. En attendant, peut-être que Rashid Khan... Bien sûr ! Voilà la solution ! Comment n'y a-t-elle pas pensé plus tôt ?

Elle se redresse et, d'une voix qui se veut assurée, interroge :

— Peut-on faire savoir à Rashid Khan que j'aimerais lui parler ?

— A qui... ? Sachez, princesse, que si le secrétaire de mon frère est allé vous chercher à Bombay, c'est qu'il fallait bien un homme pour vous escorter. Mais désormais il n'est plus question pour vous de le revoir. Les hommes ne peuvent entrer dans le *zenana* [1]... et les femmes n'en sortent jamais...

Prétextant un malaise, Selma est descendue dans le jardin. Elle a retiré l'écharpe qui modestement voile sa gorge, elle étouffe. Prisonnière, elle est prisonnière ! Comme une aveugle elle s'est jetée dans le piège... Mais il est temps encore d'en sortir. Elle va reprendre sa parole. Ils ne pourront quand même pas la garder de force ! Assise dans l'herbe, elle tente de retrouver son souffle, lorsqu'elle sent une main se poser sur la sienne

— Ne craignez rien, Hozour, la rani n'est pas si mauvaise. Elle veut seulement que les traditions soient maintenues ; sinon c'est toute la société qui s'écroule.

La femme du gouverneur l'a rejointe, un joli regard dans son visage rond.

— Prenez patience, une semaine seulement. Votre futur époux est un homme moderne, presque un Anglais ! Avec lui vous aurez une vie libre, vous serez la maîtresse, Rani Aziza n'aura plus rien à dire. Elle le sait bien, c'est pour cela qu'elle est amère. Une semaine, Hozour... Certainement vous pouvez faire cet effort ?

---

1. *Zenana :* appartements des femmes.

Elle a raison, je ne vais pas me laisser évincer par cette femme. Vaillamment, Selma esquisse un sourire, mais la tension de cette journée a été trop forte. Sur ses lèvres le sourire tremble... Oubliant sa dignité de princesse impériale, elle se met à pleurer.

II

Cent fois, au cours de la semaine qui précède le mariage, Selma est sur le point de tout abandonner. Ce qui la retient — peut-être plus encore que la pensée d'Amir — c'est l'impression que la rani joue avec elle, qu'elle tente de la pousser à bout, justement pour qu'elle parte.

De toute évidence elle la déteste. Elle a décidé de s'en ouvrir à Bégum Nusrat. Excepté la rani, c'est la seule ici à parler anglais et, sous ses apparences vaniteuses et futiles, Selma a découvert du discernement et un solide bon sens.

La femme du gouverneur hésite : parler, c'est choisir son camp. Parce qu'elle a été la première à accueillir la jeune fille, elle la considère comme sa protégée; mais la rani est puissante et ne pardonne rien. De la décision que prendra Bégum Nusrat en cet instant dépendent sa position future et celle de son mari. La princesse sera-t-elle assez habile pour supplanter la rani ? Une épouse n'est-elle pas plus influente qu'une sœur ? Bégum Nusrat déteste prendre des risques; pourtant, devant l'insistance de Selma, elle comprend qu'il lui faut s'y résoudre.

— C'est sans doute à cause de Parvin, soupire-t-elle.

— Parvin ?

— La nièce de Rani Aziza, par sa mère. La rani l'a élevée au palais, comme sa propre fille. Je me suis souvent demandé si elle était mue par un sentiment maternel — après tout, elle a renoncé à se marier pour se consacrer à son frère et s'occuper de la bonne marche du palais —, ou bien si Parvin n'était qu'un instrument docile qu'elle polissait pour s'en servir un jour.

Devant l'air intrigué de Selma, elle précise :

— Eh bien oui ! Tout le monde ici savait que Parvin était destinée à épouser le rajah et c'était, de l'avis général, un choix judicieux. La jeune fille est jolie, cultivée et également de famille princière. Elevée dans ce palais, elle en connaît les hiérarchies et les coutumes. Il n'y aurait pas eu les problèmes qui se posent immanquablement avec une épouse venue d'une autre maison ou, pire, d'une autre ville. Et surtout, la rani savait qu'à travers cette nièce qui lui devait tout, elle conserverait son pouvoir. Mais voilà...

Bégum Nusrat hésite, elle craint de blesser Selma, mais puisque celle-ci veut savoir...

— Voilà que survient le maulana Chaukat Ali. Oh, je ne dis pas, le fondateur du mouvement pour le khalifat est un homme remarquable, mais son intervention bouleverse tous les plans. Parce qu'il rêve de renforcer les liens de la communauté indienne musulmane avec les khalifes ottomans, il se met en tête de vous marier avec notre rajah, qu'il considère comme l'un des espoirs politiques de sa génération. C'est sans doute un grand honneur pour la maison de Badalpour, mais pour Rani Aziza c'est une calamité. Non seulement sa nièce est évincée, mais la nouvelle rani de Badalpour sera une étrangère qu'elle ne pourra ni contrôler ni écraser, comme elle l'aurait fait si le rajah s'était amouraché d'une quelconque petite Anglaise. Avec votre **titre**, l'ascendant de votre famille et... votre caractère autoritaire que, **malgré** votre grande courtoisie, vous n'arrivez pas à dissimuler, elle **sait** que vous pourriez très vite lui ravir sa place.

Selma sent sa gorge se serrer; elle qui se croyait attendue, bienvenue, elle comprend soudain à quel point elle dérange... Non seulement la rani, mais toute cette petite société qui rêve et vit selon des lois inchangées depuis des siècles. A nouveau, cette vieille sensation d'être rejetée... Sera-t-elle toujours, partout, l'étrangère?

Heureusement, Zeynel et madame Ghazavi sont là pour la distraire. Ils ont réapparu le lendemain de l'arrivée, sur l'intervention semble-t-il de Rashid Khan. Comment ce dernier a-t-il su que Selma les avait demandés? Comment tout se sait-il dans cet immense palais?

Tous trois passent désormais le plus clair de leur temps dans un coin de la grande salle, à discuter en turc et à rire, ce qui irrite fort la rani qui a le sentiment qu'ils la narguent. Par l'intermédiaire de Zeynel, Rashid Khan a tenté de raisonner la jeune fille :

— Aux Indes, tout réside dans la patience, la tolérance. Se rebeller ne sert à rien : montrez-vous plus habile que l'adversaire.

— Pour quelle raison dissimulerais-je? J'ai l'habitude de combattre ouvertement, comme les Turcs l'ont toujours fait!

L'eunuque a sursauté.

— Vous voulez dire comme les puissants, comme tous ceux qui

peuvent exiger parce qu'ils sont les plus forts, alors que pour survivre, les faibles doivent se montrer subtils, souples, parfois malhonnêtes. C'est moins glorieux mais ils n'ont pas le choix. Et je ne suis pas sûr que vous, princesse, ce choix vous l'ayez encore !

Selma croit percevoir de la satisfaction dans le ton du vieux serviteur. Mais non ! Que va-t-elle imaginer là ? Ce brave Zeynel est simplement excédé, lui aussi, par l'atmosphère hostile entretenue par la rani.

Pourtant cette dernière fait grandement les choses, et Selma, absorbée par le choix difficile entre les somptueuses parures apportées par les plus grands joailliers de la ville, en oublie sa rancœur. Au Liban elle avait vu disparaître un à un les bijoux qu'elle avait admirés sur sa mère aux beaux jours de l'empire, elle avait pensé que jamais elle n'en posséderait d'aussi beaux. Et voilà que le conte de fées recommence, que s'ouvrent pour elle les écrins au creux desquels des rivières de diamants bleus, des perles, des émeraudes très pures attendent son bon plaisir.

Elle va de l'un à l'autre, essayant tour à tour colliers et pendentifs, incapable de fixer son choix. Heureusement, madame Ghazavi est là pour la conseiller. Esprit pratique, la dame de compagnie va jeter son dévolu sur les parures les plus riches, les pierres les plus belles, écartant les pièces plus simples que Selma, par goût et par discrétion, serait tentée de choisir.

— Ne faites pas l'enfant, princesse, chuchote-t-elle sévèrement. Les bijoux sont pour une femme sa seule sécurité. Vous devriez pourtant le savoir.

En soupirant, Selma se résigne à devoir porter autour du cou et des poignets son compte en banque plutôt que les petites merveilles ciselées qui lui auraient tellement mieux convenu.

— Ne voulez-vous vraiment rien d'autre ? susurre la rani, tandis que les écrins s'empilent.

Insensible au ton railleur, madame Ghazavi hésite, mais la jeune fille s'est cabrée.

— Je n'ai aucun besoin de ces bijoux, vous pouvez tous les reprendre !

— Calmez-vous, ma petite. Que vous jugiez en avoir besoin ou non, vous les porterez. Je ne veux pas que la femme de mon frère ait l'air d'une pauvresse.

Selma est hors d'elle.

— En ce cas, dites à votre frère de se chercher une autre épouse. Je ne supporterai pas plus longtemps vos remarques fielleuses.

Et se tournant vers Zeynel :

— Préviens immédiatement Rashid Khan : je veux une place dans le premier bateau en partance pour Beyrouth. En attendant, qu'il me trouve une chambre d'hôtel !

Au contentement à peine dissimulé de la rani, elle se rend compte qu'elle ne pouvait lui faire plus grand plaisir. Dans cette guerre des nerfs, elle a craqué. Mais cela lui est égal : elle n'a plus qu'un désir, fuir, retrouver Beyrouth, la simplicité et la dignité de la maison maternelle. A ces jeux de pouvoir et d'argent elle n'est pas de taille.

Le lendemain on apprendra que Rani Aziza est souffrante, qu'on l'a installée à l'autre bout du zenana, et qu'elle ne désire voir personne. Selma ne saura jamais exactement ce qui s'est passé, sinon que le rajah s'est mis en colère et que, pour la première fois, sa sœur aînée a dû céder.

La révolte de Selma fit plus pour son prestige que les trésors d'amabilité qu'elle avait jusqu'alors dépensés. Les femmes, qui ne reconnaissaient que la rani et adoptaient aveuglément ses sympathies et ses haines, commencèrent, contrairement aux traditions qui veulent qu'une jeune épousée n'ait aucune voix au chapitre, à la considérer comme leur nouvelle maîtresse.

Les marchands de brocarts, de soies et de dentelles ont succédé aux joailliers. Dans le salon, tout ce petit monde s'affaire à tailler, coudre et broder. Il faut que dans cinq jours le trousseau de la mariée, qui habituellement se prépare des années à l'avance, soit terminé ; que soient prêtes les ghararas à traîne, les *Chikan Kurtahs,* ces tuniques en linon si fin qu'elles passent au travers d'un anneau ; prêts les *rupurtahs,* étoles chamarrées d'or et de perles, qui dissimulent les formes.

Jamais ces femmes, d'ordinaire si indolentes, n'ont déployé une telle activité. Elles ont requis parentes et voisines, le zenana tout entier s'est transformé en ouvroir. Il ne faut pas moins d'une centaine d'ensembles pour un trousseau de base, mais pour cette princesse de rêve, dont elles ne se lassent pas de louer la beauté, trois cents suffiront-ils ? Avec une moue dédaigneuse, les femmes les plus âgées racontent que la grand-mère de l'actuel rajah n'avait jamais porté deux fois la même toilette, et que pourtant, lorsqu'elle mourut après vingt ans de vie conjugale, des dizaines de malles de son trousseau n'avaient même pas été ouvertes : trois cents ghararas, c'est une misère !

Les discussions vont bon train : aurait-il fallu retarder le mariage pour traiter comme elle le mérite notre future rani ? Une sultane, petite-fille de khalife, nous fait l'honneur d'entrer dans la famille, et on lui offre un trousseau de pauvresse ! Que faire ? Le rajah se refuse à attendre un jour de plus, il est devenu aussi impatient qu'un « Ingrese [1]. » On se plaint, mais en même temps on étouffe de fierté : cette alliance place la maison de Badalpour au niveau de celle du nizam [2] de Hyderabad, le souverain le plus riche et le plus puissant du pays. Pas une femme qui ne connaisse dans ses moindres détails la vie des princesses Niloufer et Duruchehvar ; bientôt on saura tout sur la princesse Selma.

En effet, depuis deux siècles que la dynastie moghole a été chassée de Delhi par l'armée britannique, les musulmans des Indes considèrent la famille ottomane comme *leur* famille royale. La grandeur de l'empire, turc comme le sultanat moghol, les a longtemps consolés des humiliations subies chez eux. Et lorsqu'en 1921, en Turquie, le khalifat a été menacé, aux Indes les masses musulmanes se sont révoltées contre l'occupant britannique, dans un mouvement d'une violence sans précédent. Soutenu par Gandhi et rejoint par les hindous, ce mouvement a marqué le début des grandes manifestations pour l'indépendance.

Seule une jeune fille reste à l'écart de toute cette agitation. Potelée, la peau laiteuse, la chevelure noire bien huilée tombant jusqu'au creux des reins, elle est ce qu'il est convenu d'appeler ici une beauté, malgré son nez un peu rond et son menton lourd. Selma a mis quelque temps à comprendre qu'ici le principal critère esthétique est la blancheur de la peau, et que la femme aux traits les plus fins, si elle a le teint foncé, sera considérée comme un laideron. Extrême attention portée à la couleur, qui révèle, lui a-t-on expliqué, la noblesse ou la vulgarité des origines plus sûrement que n'importe quel arbre généalogique. Car si les conquérants des Indes — aryens, arabes, monghols — étaient tous blancs, les peuples aborigènes qu'ils soumirent avaient la peau sombre. D'où l'équation bien ancrée dans les consciences : blanc = race des maîtres ; noir = race des esclaves.

Sous le regard de Selma, la jeune fille a détourné ostensiblement la tête.

« Est-ce que ?... Oui, bien sûr, ce doit être Parvin. Ces derniers jours, je me suis étonnée que, contrairement aux autres, pas une fois elle ne m'ait adressé la parole. Pauvre petite ! Elevée dans l'idée d'épouser le beau rajah, sans doute en était-elle amoureuse... Et voilà qu'une nouvelle venue, qui n'a sur elle que l'avantage injuste de la naissance, la frustre de son rêve !

---

1. Ingrese : Anglais.
2. *Nizam* : souverain. Il n'y avait aux Indes qu'un nizam, celui de Hyderabad.

Que va-t-elle devenir ? Promise à un homme, puis dédaignée, qui voudra d'elle maintenant ? Quelle famille convenable se risquerait à la demander en mariage alors qu'elle a été, comme ils disent, " souillée " par le désir d'un autre ? Dans leur esprit étroit, elle n'est plus totalement vierge ! »

En vain Selma tentera de se rapprocher de la jeune fille, de lui sourire, d'amorcer un début de conversation ; elle n'obtiendra pas un regard : la pitié n'est pas du goût de Parvin. Selma finira par renoncer, avec la bonne conscience des gens comblés qui s'irritent de ce que l'on n'apprécie pas leur bienveillance.

Elle a bien d'autres soucis en tête. En flânant dans les couloirs, elle s'est rendu compte avec horreur que l'on préparait la chambre de ses noces au centre du zenana, juste à côté de la chambre de la rani. Ainsi cette dernière pourra contrôler à sa guise tous les mouvements des jeunes mariés.

— Est-ce la rani que j'épouse ou est-ce le rajah ? explose-t-elle un matin en se tournant vers la femme du gouverneur. N'y a-t-il dans ce pays aucune vie privée ? En Turquie, lorsqu'une sultane se mariait, elle avait son palais, ses domestiques, elle était indépendante !

— Je vous en prie, Hozour, ce sont des détails, tout va s'arranger. Grâce au ciel, vous n'avez qu'une belle-sœur ; si vous aviez eu une belle-mère, même le mari le plus aimant n'aurait rien pu contre sa volonté... Mais pourquoi donc voulez-vous être seule ? Y a-t-il dans la vie rien de plus triste ? Ici, lorsque nous avons un problème, notre famille est là pour nous aider, le résoudre pour nous...

— Ah non ! Au moins laissez-moi mes problèmes ! s'écrie Selma ulcérée.

La bégum juge préférable de s'éclipser.

Le massage est souverain pour les maux de l'esprit comme pour ceux du corps. Selma s'en convainc une fois de plus. Sous les mains souples et douces, ses soucis s'envolent, dérisoires. Avec volupté, elle se laisse enduire d'une épaisse pâte jaune odorante, faite de grains de moutarde macérés dans du lait, de tumeric et de six autres épices finement broyées, de poudre de bois de santal et de parfums rares. De la pointe des pieds à la racine des cheveux on la frotte vigoureusement, afin que chaque millimètre de sa peau devienne pur satin et que de tous ses pores s'exhale une céleste senteur. Pendant cinq jours elle n'aura pas le droit de se laver ; ses protestations ont été vaines : il faut, lui a-t-on expliqué, laisser l'onguent miraculeux, réservé exclusivement aux nouvelles épousées, pénétrer les chairs et purifier le sang. Au matin du mariage, lorsque enfin elle pourra prendre un bain, elle en ressortira éblouissante comme le papillon qui, après une lente maturation, naît de sa chrysalide.

Assise en tailleur sur le lit aux pieds d'or, à côté de rani Aziza revenue ce matin souriante — « Quelle joie de revoir ma jolie princesse ! » — Selma se retranche dans ses songes. Comment supporter autrement les longues journées qui la séparent de ses noces, et, surtout, les regards curieux et les commentaires des femmes qui viennent lui rendre visite ? Tout ce que Lucknow compte de personnes importantes défile pour examiner la jeune sultane qui, des heures durant, restera assise, immobile, les yeux baissés. Au début elle a pensé devenir folle, et puis, ainsi qu'elle le faisait lors des longues cérémonies au palais de Dolma Bahtché, elle a commencé à se raconter des histoires. Ou plus exactement son histoire, car à côté de ce qu'elle est en train de vivre toute autre lui semblerait fade. Elle ne se lasse pas d'évoquer le moment où, pour la première fois, Amir et elle se rencontreront : il la prendra dans ses bras et l'embrassera si longuement qu'elle se sentira défaillir. Ses yeux seront comme des océans sombres, et sa voix un peu rauque lorsqu'il lui dira qu'il l'aime...

« Rani Bitia[1] est arrivée ! »

Le salon retentit de clameurs joyeuses. Que se passe-t-il encore ? Perdue dans son rêve, blottie contre l'épaule d'Amir qui lui caresse les cheveux, Selma ferme les yeux, s'accroche obstinément à l'image lumineuse ; elle sent à peine une main légère se poser sur son bras et une voix prononcer dans un anglais très pur :

— Regardez-moi, *Apa*[2], je suis Zahra, votre petite sœur.

Agenouillée devant elle, une mince jeune fille lui sourit. Selma a tressailli : c'est vrai on lui avait parlé d'une sœur du rajah, de dix ans sa cadette, actuellement retenue à Badalpour auprès d'une grand-mère souffrante. Elle examine le visage racé, les yeux pensifs. Qu'elle est jolie ! Comme elle ressemble au portrait d'Amir ! De son côté, Zahra ne cache pas son admiration.

— Vous êtes belle !

D'enthousiasme, elle couvre les mains de Selma de baisers. La jeune femme en reste un peu interloquée, mais peu à peu, à la chaleur qui l'envahit, au sentiment de bien-être qui remplace la

1. Bitia : la jeune fille de la maison.
2. *Apa :* sœur aînée.

tension de ces derniers temps, elle devine que dans ce monde étranger elle a enfin trouvé une amie.

Pendant les jours qui suivront, Zahra, par son charme, sa gaieté, aplanira pour Selma maintes difficultés. Elevée par une institutrice anglaise — Amir l'a exigé, en dépit des traditions qui veulent qu'une éducation trop poussée fasse le malheur des filles —, elle est férue de littérature étrangère. Elle a lu Keats, Byron, Stendhal et tout Balzac et, bien qu'elle ne soit jamais sortie du zenana, sauf dans une voiture fermée l'emmenant vers un autre zenana, elle semble connaître la vie.

Immédiatement elle a perçu l'irritation de Selma confinée au milieu de ces femmes, et a obtenu de haute lutte qu'elles aillent se promener toutes les deux dans les jardins intérieurs, sans la compagnie bavarde des suivantes. Seul un eunuque les suit, à distance respectueuse. Débarrassée de ses voiles de mousseline, censés, même dans cet endroit désert, dissimuler sa chevelure, Selma se sent revivre.

Dans son désarroi, elle a songé à se confier à cette adolescente étonnamment mûre, à lui parler d'Amir, de ses craintes, de ses espoirs, mais elle s'est vite aperçue que l'expérience de Zahra, toute livresque, recouvre en fait une totale innocence. La jeune fille voue un culte à son frère et elle est persuadée que Selma doit être la femme la plus heureuse au monde à l'idée de l'épouser. Elle ne comprendrait pas la moindre restriction, elle en serait blessée. Selma ne sera pas égoïste au point de troubler la paix de cette enfant ; elle gardera pour elle ses appréhensions.

Ce matin, Selma a été réveillée aux aurores par des rires de jeunes filles. Il fait encore frais et le jasmin, le long de la véranda, embaume. Pourquoi se sent-elle triste ? La journée est belle !

— Apa, réveillez-vous, donnez-nous vos mains et vos pieds afin que nous y dessinions avec le henné tous les signes du bonheur. Ouvrez les yeux, voyons, sur le jour le plus heureux de votre vie !

Joyeuses, elles s'affairent autour du lit, fredonnant les chansons d'amour qui, traditionnellement, accompagnent la toilette de la mariée. Tandis qu'avec minutie elles tracent sur ses paumes les arabesques rouges, Selma les regarde comme si elle assistait à un spectacle qui ne la concernait pas... Plus elle s'efforce de s'intéresser à la fête dont elle est l'héroïne, plus un sentiment d'irréalité la gagne.

Comme dans un rêve, elle voit Rani Aziza approcher, attacher à son poignet un fin bracelet de tissu et lentement prononcer la formule que les siècles ont consacrée :

— Je te donne ce bracelet. Il contient du riz qui t'apportera la prospérité, de l'herbe verte qui assurera ta fertilité, et un anneau de fer, gage de ta fidélité.

Emues, les femmes se sont tues : elles se souviennent...

Soudain retentissent de grands coups frappés à la porte de bronze qui sépare le zenana des appartements des hommes. Avec des cris de joie les jeunes filles se précipitent, une rose à la main : c'est le fiancé, il tente d'entrer pour ravir la belle, elles sont chargées de le repousser en le frappant impitoyablement avec les fleurs. Après une ou deux tentatives infructueuses il battra en retraite sous les quolibets et rejoindra ses parents et connaissances, réunis dans l'*immambara* familial, sanctuaire de marbre et de mosaïques, attenant au palais, où doit être célébrée la cérémonie religieuse.

On a laissé Selma toute seule dans une chambre située au-dessus du salon des femmes. C'est là qu'habituellement la fiancée, entourée de ses meilleures amies, évoque ses souvenirs d'adolescence et verse quelques larmes sur la vie qu'elle va quitter. Mais les amies de Selma sont loin et... elle n'aime plus pleurer.

En bas, les invitées arrivent. De la chambre on les entend s'exclamer devant la magnificence des cadeaux exposés dans chacun des cinq salons. La coutume veut en effet que tout le monde puisse juger de la générosité de la belle-famille envers la jeune épousée. Bijoux, argenterie, cristaux et soieries s'entassent, monuments de vanité. L'œil indifférent, les femmes évaluent, soupèsent ; les cérémonies d'un mariage sont commentées pendant des années, des générations : c'est là que se font et se défont les réputations.

Combien de temps Selma attendra-t-elle ? Elle n'en a pas idée. Assise à ses côtés, madame Ghazavi s'impatiente, d'autant que des bruits de vaisselle, annonciateurs du repas, se font entendre.

— Quelle honte ! gémit-elle. Tout le monde s'amuse, festoie et l'on vous laisse seule ! Ce sont des barbares ! Renoncez, ma princesse, je vous en prie, à ce mariage insensé, il est encore temps.

— Taisez-vous !

Selma n'est pas d'humeur à supporter les jérémiades de sa dame de compagnie, même si les coutumes du pays lui semblent à elle aussi bien étranges. « *Pourquoi est-ce que personne ne vient m'aider à me préparer ? Le nikkah*[1] *doit avoir lieu incessamment. Quand va-t-on me baigner, m'habiller, me maquiller ? Toutes ces femmes sont si contentes de se retrouver, de bavarder ; est-il possible qu'elles aient oublié la mariée ?* »...

---

1. *Nikkah* : cérémonie du mariage.

— Réveillez-vous, Apa, le *maulvi*[1] arrive, annonce Zahra de sa voix claire.

Autour de Selma les femmes déploient de larges tentures afin que le religieux ne la voie pas. Mais où est le fiancé ? Devant l'air inquiet de la jeune fille, Zahra s'est mise à rire.

— Voyons, Apa, c'est demain que vous le verrez.

Demain ? Selma ne comprend pas ; mais il n'est plus temps de poser des questions. De l'autre côté de la tenture elle perçoit une intense agitation, des murmures, des toussotements. Enfin, dans le silence, une voix grave s'élève, psalmodiant des versets du Coran, puis s'arrête et soudain l'interpelle, martelant chaque syllabe :

— Selma, fille de Haïri Raouf et de Hatidjé Mourad, veux-tu prendre pour époux, Amir, fils d'Amir Ali de Badalpour et de Aysha Salimabad ? Le veux-tu ?

« Non !... je ne veux pas ! »

Selma a l'impression d'avoir crié, mais autour d'elle les femmes sont restées impassibles. Affolée, elle cherche des yeux Zahra : elle ne rencontre que le visage sévère de Rani Aziza. Elle doit répondre. Tout à coup, elle réalise que jusqu'à présent elle a joué, joué à la fiancée, mais qu'au fond d'elle-même elle réservait sa décision pour le dernier moment lorsque, devant le maulvi, elle pourrait enfin voir Amir, lire dans ses yeux...

On l'a trompée !... Ou bien s'est-elle trompée ? Fouillant dans sa mémoire, incrédule, elle se souvient : c'est vrai... Dans la pure tradition islamique, les fiancés ne sont réunis qu'après le nikkah : chacun donne sa parole au cheikh avant d'avoir vu l'être à qui il va s'unir. A la cour ottomane c'était différent, c'est pourquoi elle avait pensé...

— Selma, veux-tu prendre pour époux...

La voix a repris. Ne peut-on lui laisser un instant pour réfléchir ? Elle a l'impression qu'autour d'elle les femmes sourient de mille dents, de mille yeux moqueurs. « Peut-être croient-elles que j'ai peur ? »

— Oui, je le veux.

Est-ce elle, Selma, qui a parlé ? Trois fois le cheikh a répété sa question ; trois fois elle s'entend répondre « oui » d'une voix si résolue que les femmes se sont regardées, étonnées : quelles drôles de manières pour une jeune mariée ! Toute la cérémonie a duré cinq minutes à peine. Maintenant, le cheikh se hâte vers l'immambara[2]

---

1. *Maulvi :* religieux musulman qui procède aux diverses cérémonies.
2. Immambara : sanctuaire chiite, parfois accolé à un palais.

où l'attendent le fiancé, ses parents et amis, en « shirwani » de cérémonie. Curieuses, les femmes ont suivi. Par des escaliers dérobés, elles peuvent accéder à la galerie circulaire entourée de moucharabieh, qui surplombe le sanctuaire. De là elles pourront tout voir sans être vues.

Seule Zahra est restée auprès de Selma. Elle a pris sa main, silencieuse, comme si elle comprenait. Elles sont restées ainsi des heures à rêver. Lorsque, beaucoup plus tard, les ombres ont commencé à envahir la chambre, Zahra a allumé une lampe de cuivre et, doucement, s'est mise à réciter des poèmes de Djalâl Al-Dîn Al-Rûmi, le mystique, des poèmes que Selma n'avait plus entendus depuis son départ d'Istamboul, mais dont elle reconnaît avec émotion chaque vers.

> *Ton amour me fait résonner comme un orgue*
> *Et mes secrets se révèlent sous la touche de ta main.*
> *Tout mon être exténué ressemble à une harpe.*
> *A chaque fibre que tu touches je gémis.*
>
> *Du néant est partie notre caravane, porteuse d'amour.*
> *Le vin de l'union illumine éternellement notre nuit.*
> *De ce vin que n'interdit point la religion d'Amour,*
> *Nos lèvres seront humectées jusqu'à l'aube du néant.*
>
> *En vérité nous sommes une seule âme, moi et toi,*
> *Nous apparaissons et nous nous cachons toi dans moi, moi dans toi.*
>
> *Voilà le sens profond de mon rapport avec toi,*
> *Car il n'existe entre moi et toi, ni moi, ni toi[1].*

La lumière de la lampe à huile vacille. Il fait étonnamment calme, l'air est léger. Apaisée, Selma s'est endormie.

« De l'eau enfin ! » Selma ne peut plus s'arracher à cette fraîcheur qui ruisselle sur tout son corps. Depuis des jours elle en rêvait ; elle se sent revivre, frissonne de plaisir. Est-ce l'eau ou l'attente d'Amir qui la trouble ainsi ?

De nouveau on a enduit son corps de parfums et on l'a revêtue de la gharara rouge et or des mariées. On a accroché à son cou et à ses oreilles des myriades de diamants, à ses bras minces on a passé des

---

1. Poème de Djalâl Al-Dîn Al-Rûmi. Traduit par Assaf Halet Tcheebi. c/c A. Maisonneuve.

dizaines de bracelets d'or qui les enserrent des poignets jusqu'aux coudes. Même ses chevilles sont alourdies de chaînes d'or, et à ses orteils brillent des pierres précieuses. Seul manque le solitaire incrusté dans la narine droite, sans lequel une mariée ne saurait être vraiment belle. Mais quelques jours auparavant, lorsque les femmes ont voulu lui percer le nez, Selma a protesté si fort qu'elles ont fini par abandonner.

Le soleil est déjà haut. Maquillée, parée comme une idole, engoncée dans sa gharara roide de broderies, Selma attend. Elle est prête. Son beau rajah va-t-il enfin venir?

Prête... Pas encore tout à fait. Une femme s'approche, tenant religieusement une mousseline rouge couverte d'un rideau de roses et de jasmins sur lequel courent des guirlandes dorées. C'est le voile de la mariée qui, pendant toute la cérémonie, dissimulera son visage. Sous la triple épaisseur, Selma se sent suffoquer, mais elle sait qu'aujourd'hui elle ne peut refuser ce symbole de virginité.

Les jeunes filles commencent à chanter, tandis que deux bras vigoureux la soulèvent et la transportent délicatement, petit paquet d'incarnat et d'or, vers ce qu'elle devine être la cour centrale du zenana. A travers ses voiles elle discerne le lit d'apparat trônant sur une estrade. Avec mille précautions on l'y installe. A partir de ce moment elle ne doit plus faire un geste, ni exhaler le moindre soupir. Elle est censée n'être que douceur, fragilité, résignation, attente.

Autour d'elle femmes et enfants se pressent. Grande maîtresse des cérémonies, rani Aziza soulève parfois un coin de voile pour leur permettre d'admirer sa beauté. On se bouscule, on s'exclame, on apprécie. Rouge de honte, Selma a l'impression de se trouver dans une foire, au milieu de maquignons qui l'évaluent. D'autant que chaque femme, après l'avoir dévisagée, dépose à ses pieds, selon la coutume, des pièces d'or, en nombre impair pour conjurer le mauvais sort.

Luttant contre l'étourdissement, Selma grimace un pauvre sourire.

— Baissez les yeux, une mariée modeste ne doit pas sourire!

Rani Aziza est indignée : « Cette petite sotte va nous déshonorer. Ne comprend-elle pas qu'il est indécent de paraître heureuse lorsqu'on quitte sa vie de jeune fille pour devenir femme, mais qu'il est tout aussi insultant envers sa nouvelle famille d'avoir l'air malheureuse. C'est pourtant simple! »

Il fait de plus en plus chaud. Selma respire avec peine : ces cris, cette bousculade, ces lourds parfums mêlés aux odeurs de transpiration, elle ne les supporte plus, elle se sent défaillir...

Combien de temps s'est-elle évanouie? Lorsqu'elle reprend conscience elle a l'impression que sa tête éclate de sons stridents et de battements sourds, et qu'autour d'elle le jour s'est assombri. Luttant à grand-peine contre la nausée, elle ouvre les yeux : à quelques mètres, une masse énorme au sommet de laquelle un point scintille bloque l'entrée de la cour du zenana. Dans le silence, la masse grise oscille et lentement s'incline. Profitant de ce que personne ne lui prête plus attention, Selma a écarté un coin de son voile En face d'elle, l'éléphant royal, recouvert de peintures multicolores et de brocarts, les pattes alourdies de bracelets d'or, pesamment s'agenouille, tandis que du palanquin une haute silhouette surgit, le visage dissimulé par un voile de tulle, de jasmins et de roses.

... Amir !

Aux pieds du jeune rajah les femmes ont répandu l'eau du bain de la fiancée puis respectueusement se sont écartées. D'un pas léger il se dirige vers le lit d'apparat où l'attend Selma, et s'assied près d'elle en prenant garde de ne pas la toucher. Elle ne le voit pas, mais elle entend son souffle un peu court. Serait-il ému autant qu'elle ?

On les a recouverts d'un ample châle écarlate qui les dissimule aux yeux de la foule ; au-dessus d'eux une femme tient un Coran ; à leurs pieds on a placé un miroir. C'est dans ce miroir qu'ils vont s'apercevoir l'un l'autre pour la première fois.

« ... *Lever mon voile ; il attend pour lever aussi le sien. Je vais enfin le voir. De quoi ai-je peur ?* »

Devant les yeux de Selma d'horribles images se profilent : sous le voile de son époux se dissimule un visage simiesque, creusé par la petite vérole, boursouflé de pustules... un monstre. Elle le sent, elle le sait ! Comment ne l'a-t-elle pas deviné plus tôt ? Voilà pourquoi il a refusé de la rencontrer avant le mariage ! Le portrait ? Un faux, envoyé pour la convaincre...

Jamais sa main ne lui a semblé si lourde quand rassemblant toute son énergie elle la porte à son voile. Comme s'il n'attendait que ce signal, Amir, d'un geste vif, s'est découvert. Dans le miroir, son beau visage ardent prend possession de deux yeux d'émeraude embués de larmes...

Selma n'a pas entendu la fin des prières. A peine réalise-t-elle que la cérémonie est terminée lorsque deux femmes se saisissent d'elle et l'installent sur le palanquin à côté de son époux.

A travers les rideaux qui les protègent, elle aperçoit maintenant la procession des invités : *nawabs*[1] et rajahs étincelants de pierres

---

1. *Nawabs :* les souverains musulmans des Indes étaient en général appelés nawabs. Mais dans la province d'Oudh beaucoup étaient appelés rajahs, comme les souverains hindous.

précieuses sur leurs éléphants caparaçonnés, suivis de leurs porte-drapeaux, de leurs lanciers et de leurs serviteurs en livrée de gala ; derrière, chevauchant fièrement des pur-sang arabes, la petite aristocratie venue de toute la province. Enfin, un orchestre indien, vêtu comme pour une chasse à courre — habits rouges et culottes blanches. Sur un signe du maestro — portant perruque poudrée —, les tambours et les cymbales, les flûtes, les longues trompettes d'argent et les cornemuses entonnent une extravagante symphonie, mêlant la musique indigène à des rythmes venus du fin fond de l'Ecosse... Galvanisé, le cortège s'ébranle sous les acclamations de la foule accourue pour jouir du spectacle. C'est en général l'instant le plus émouvant, celui où la jeune mariée quitte à jamais la demeure familiale pour rejoindre celle de son époux. Mais Selma n'a pas de demeure familiale ; aussi la procession se contentera-t-elle de faire symboliquement cinq fois le tour du parc du palais, avant de rejoindre son point de départ.

Sur l'éléphant, loin des indiscrétions et des critiques, Selma a soulevé son voile. Elle regarde son époux, étonnée, heureuse. Lui aussi a profité de ce répit pour se débarrasser de son encombrante coiffure. Il lui sourit, complice. La joie submerge la jeune femme : Il la comprend, il sait combien tout cela est difficile pour elle !

L'éléphant s'est immobilisé. Lentement il s'agenouille, tandis que l'on place sur son flanc l'échelle d'or. En bas, un groupe de suivantes attend Selma pour la porter jusqu'à ses appartements. Elle tente de se dégager, elle veut marcher. Mais derrière elle, Amir s'interpose :

— Vous devez respecter les traditions !

C'est leur première phrase échangée. Elle ne l'oubliera pas.

La chambre nuptiale disparaît sous les amas de fleurs. Sur des plateaux d'argent, fruits et sucreries sont disposés en pyramides. Dans les brûle-parfums placés aux quatre coins de la pièce, se consument le musc et le santal. Au milieu le lit s'étale, immense, garni de satin blanc et de bouillonnés de dentelles. « Un vrai lit de courtisane », pense Selma, se rappelant les super-productions hollywoodiennes.

Autour d'elle les femmes s'affairent. Elles l'ont revêtue d'un caftan de soie et, infatigablement, brossent sa chevelure rousse qui ne cesse de les émerveiller. « Le soleil couchant auréolant la lune », répètent-elles, faisant allusion à son teint blanc, « aussi éclatant que l'astre de la nuit ».

Depuis longtemps la mariée est prête. Appuyée sur ses oreillers, elle attend. Que fait Amir ?

Assises par terre autour du lit, les femmes bavardent en mâchant le pân, qu'elles crachent en longs jets rougeâtres dans les récipients posés çà et là. Chaque fois, Selma sursaute : jamais elle ne pourra s'y habituer ! Les femmes rient. « Se moqueraient-elles ? »

Le temps passe. — De quoi a-t-elle l'air, seule dans ce grand lit ? — Humiliée, Selma serre les lèvres : ne pas montrer son désarroi !

Au bout d'une heure, Amir paraît enfin. Il était chez sa sœur, Rani Aziza, qui avait un problème urgent à régler. Selma est ulcérée. Un problème urgent... inventé de toutes pièces sans doute, pour retenir son frère et marquer publiquement son pouvoir face à la nouvelle épouse ! Tandis que les femmes sortent de la chambre en plaisantant gaiement sur la nuit à venir, elle éclate en sanglots.

— Qu'y a-t-il, ma chère ? Amir s'est arrêté au bord du lit. Il regarde sa jeune femme avec inquiétude.

— Etes-vous malade ?

La tête enfouie dans les oreillers, Selma hoquette.

— Je vais appeler un médecin.

— Non !

Très rouge, elle s'est redressée. Il ne comprend donc rien !

Amir hésite. Que faire ? Elle a l'air courroucée. A-t-il dit quelque chose qui l'ait offensée ? Elle semblait si heureuse tout à l'heure, pendant la cérémonie. Que s'est-il passé ? Il a envie de la serrer dans ses bras, de la consoler, mais il n'ose : certainement elle va le repousser.

« ... *Pourquoi est-il là à me regarder ? J'ai froid. S'il pouvait me prendre contre lui, m'embrasser, me réchauffer...* »

« ... Quel imbécile je fais ! » pense-t-il. La pauvre est tout simplement terrorisée. Elle croit sans doute que je vais me précipiter sur elle, user de mes droits... Elle ne comprend pas que je la respecte. J'attendrai qu'elle s'habitue à moi. J'ai tout mon temps.

Il s'est assis au bord du lit.

— Cette journée a été épuisante, vous avez besoin de dormir. Je ne vous dérangerai pas.

Stupéfaite Selma l'a regardé : « Se moque-t-il ? Est-elle si peu désirable ? Elle qui avait tant rêvé de ce moment... Quelle sotte ! Elle savait pourtant que ce n'était pas un mariage d'amour : eh bien, il lui fait tout simplement comprendre qu'elle ne lui plaît pas ! »

Bravement, elle redresse les épaules et, l'air indifférent, laisse tomber :

— En effet, je suis épuisée. Bonsoir.

Elle s'est pelotonnée de l'autre côté du lit. Amir soupire. Il espérait au moins un sourire, un mot affectueux, signe que l'on appréciait sa délicatesse. A son tour il s'étend, doucement, pour ne pas la déranger. Depuis des mois qu'il contemplait sa photo, qu'il attendait de se trouver auprès d'elle... Ce n'est pas ainsi qu'il avait envisagé leur nuit de noces.

III

Le soleil perce à travers les rideaux de la chambre ; autour du lit des ombres se meuvent, silencieuses.

— Annedjim ? Leila Hanoum ? murmure Selma, dans son demi-sommeil.

Chuchotements et rires étouffés lui répondent, et lentement elle se souvient : elle n'est pas à Beyrouth dans sa chambre rose, elle est aux Indes et, depuis hier... une femme mariée. Mais que font ici ces servantes ? Pourquoi ne la laisse-t-on pas seule avec Amir ?

Languissante elle étend le bras, palpe les draps.

« Amir ! »

Complètement réveillée, elle s'est redressée.

— Où est Amir ?

Echangeant des clins d'œil et des commentaires amusés, les femmes se sont rapprochées. Selma se sent rougir : comment a-t-elle pu se laisser aller de la sorte ? A Istamboul, déjà, les kalfas la grondaient d'être trop impulsive : « Dans le bonheur comme dans le malheur une âme noble reste sereine », disaient-elles, et elles lui donnaient en exemple Hatidjé sultane. Mais malgré son admiration pour sa mère, la fillette ne pouvait s'empêcher de penser qu'une âme noble avait peut-être plus de noblesse que d'âme.

L'absence d'Amir l'inquiète : serait-il fâché ? Pourtant, hier soir, après que les lumières se furent éteintes, il s'est rapproché d'elle et doucement lui a caressé les cheveux. A ce geste, toute la tension accumulée en elle s'est dissipée, elle a poussé un profond soupir et a posé la tête sur l'épaule de son mari. Longtemps ils sont demeurés ainsi, à écouter dans le silence le léger grincement du ventilateur. Et puis... elle a dû s'endormir.

Mais lui... Est-il resté à la caresser ? Est-ce que ?... Brusquement le souffle lui manque : pendant qu'elle dormait, serait-il possible qu'il ?... Subrepticement elle a glissé sa main sous le drap, elle tâte son ventre, effleure son sexe ; anxieuse, elle interroge son corps. Elle ne sent rien d'extraordinaire, et pourtant... « *Dieu que ces femmes sont irritantes à tourner autour de moi, je ne peux même pas regarder si...* »

Les suivantes, elles, n'ont pas de ces pudeurs. Sans cérémonie, elles poussent Selma et, tirant d'un côté et de l'autre, s'emparent du drap nuptial : il est immaculé !

Exclamations, commentaires déçus, regards en coin. Cramoisie, Selma s'est réfugiée à sa coiffeuse et feint de les ignorer. Jacassantes elles s'éloignent, emportant la pièce à conviction vers les appartements de Rani Aziza.

Partagée entre la honte et la fureur, la jeune femme déplace fébrilement brosses, flacons de parfum, boîtes à poudre. Que va-t-on penser ? Qu'elle a déplu à son époux ? Ou, pire, qu'elle n'était plus vierge ? Dans son désarroi elle s'en est prise aux dentelles qui habillent la coiffeuse et machinalement les déchire en bandes fines.

— Apa ! Que faites-vous ?

Zahra est apparue sur le seuil, elle court vers Selma.

— Que se passe-t-il ?

Inquiet, son regard sonde les yeux d'émeraude — si tristes, pourquoi ?

— Où est Amir ? demande Selma.

Rassurée, Zahra dissimule un sourire. « Ce n'est que cela ! Comme elle l'aime, déjà ! »

— Il est parti monter à cheval comme chaque matin, entre 6 et 8 heures, avant la chaleur.

— Comme chaque matin !

Selma a un haut-le-corps.

— J'aurais pensé que le jour de ses noces...

Ses yeux flamboient. Zahra en reste stupéfaite.

— Un homme a bien le droit, s'il le veut...

Mais plus encore que l'étonnement, c'est l'admiration qui la laisse bouche bée : « Qu'elle est belle en impératrice outragée ! »

— Pourquoi ne viendriez-vous pas avec moi visiter le zenana, risque-t-elle, pour détourner l'orage. Vous n'en avez pas vu la moitié.

Selma hésite. Elle aimerait bien sortir, mais elle n'ose pas, persuadée que tout le monde ne parle que de ce maudit drap... Non, décidément elle ne se sent pas le courage d'affronter les visages moqueurs, apitoyés, accusateurs...

— Nos invitées seraient si contentes de vous rencontrer, insiste Zahra, elles habitent dans l'aile opposée à celle des appartements de Rani Aziza, précise-t-elle malicieusement. Allons, venez !

Et prenant Selma par la main, elle l'entraîne à travers d'interminables couloirs vers une partie du palais qu'elle ne connaît pas. C'est un labyrinthe de galeries séparées par des cours intérieures et des terrasses auxquelles on accède par des escaliers en colimaçon. Enfin elles atteignent une vaste rotonde aux ogives s'ouvrant sur des chambres.

Dans chacune campe une famille. Depuis quand vivent-elles là ? Qui sont-elles, ces aïeules à la chevelure rougie de henné et ces jeunes femmes entourées d'enfants ?

La visite de Selma leur est un cadeau royal : on l'entoure, on se l'arrache. Messagers gonflés de leur importance, les enfants se sont dispersés pour courir annoncer la nouvelle. Des galeries voisines, d'autres femmes affluent en un joyeux désordre ; elles se disputent l'honneur d'emmener la rani chez elles pour lui offrir le thé. S'il n'y avait Zahra — la diplomatie même — pour couper court à cette hospitalité tyrannique, Selma, submergée, se verrait dans l'obligation d'accepter une bonne centaine de collations.

Mais la jeune fille l'entraîne. Devant chaque chambre elles s'attardent, plus ou moins longtemps selon l'importance des occupantes. Elles n'entrent que si la silhouette immobile, trônant sur le lit, est une parente ou la représentante d'une famille noble.

Certaines sont arrivées il y a quelques jours, pour le mariage ; mais beaucoup sont là depuis des mois, parfois des années. Venues à l'occasion d'une fête, elles sont restées, parce qu'elles se trouvaient bien et qu'ici, comme dans tout l'Orient, rendre visite c'est faire honneur. Et plus longue est la visite, plus grand est l'hommage rendu. Quelques-unes, souvent de vieilles dames ou des veuves, s'installent à vie. Les premiers temps, lors de leur entrevue quotidienne avec la maîtresse des lieux, elles évoquent un prochain départ. Alors la rani s'indigne : sont-elles malheureuses ? Ne s'est-on pas bien occupé d'elles ? Pour lui faire plaisir elles restent encore un peu. Au bout de quelques mois elles font partie de la maison : il paraîtrait incongru et même injurieux qu'elles s'en aillent.

Il y a aussi les parentes pauvres et leurs enfants. Elles sont là de plein droit. Dans ces familles princières où les biens ne se divisent pas et où le fils aîné hérite de l'Etat, les cousins éloignés se trouvent parfois dans un complet dénuement. Il est du devoir du rajah de subvenir à leurs besoins : faire étudier les fils, doter les filles et, lorsqu'ils le désirent, les abriter dans ce palais qui, si Allah l'avait voulu, aurait été le leur.

Pour toutes ces femmes, Selma, avec sa simplicité et sa gentillesse, devient d'emblée une fille, plus qu'une nouvelle rani. Elles la pressent sur leur poitrine, apposent leurs mains sur ses tempes, insistent pour

la faire asseoir. Mais Zahra reste inflexible. Il ne faut pas bousculer
les hiérarchies.

Le thé, elles ne l'accepteront que chez la vieille rani de Karimpur,
dont le fils règne sur l'un des plus grands Etats des « Provinces
unies », et chez la nourrice d'Amir, une matrone dont la bonhomie
rayonnante séduit instantanément Selma.

La promenade durera près de quatre heures. Grâce à Zahra qui,
à tout instant, lui souffle la conduite à tenir, Selma ne commettra
pas trop d'impairs. Comment deviner en effet, devant cette avalanche de noms, de titres, de liens de parenté ou d'amitiés
anciennes, qui saluer plus respectueusement, qui gratifier d'un
sourire affectueux, qui, d'une bienveillante inclinaison de la tête ?

Quand elle se retrouve enfin dans ses appartements, elle s'écroule
épuisée. Tant d'affection, de spontanéité lui ont fait chaud au
cœur. Qu'elle aime être aimée ! Elle n'avait pas connu cela depuis
l'exil...

Amir n'est pas encore rentré.

— Il travaille aux affaires de l'Etat. Actuellement il a quelques
difficultés, explique Zahra.

Calmer la déception de Selma, mais surtout ne pas l'alarmer. Ne
pas lui dire que dans tout le nord des Indes les paysans, encouragés
par le parti du Congrès, commencent à se révolter contre les grands
propriétaires, pour la plupart hostiles à la politique de Gandhi
qu'ils considèrent comme un communiste.

Mais aujourd'hui peu importent à Selma les affaires de l'Etat : la
joie qui l'habitait a disparu : en ce lendemain des noces, son époux
l'abandonne.

Tout l'après-midi elle va l'attendre. Persuadée qu'il viendra à
l'heure de la sieste, elle s'est baignée et soigneusement parfumée ;
mais à l'heure du thé il n'a pas encore réapparu. Mortifiée, elle feint
de lire. Pour rien au monde elle ne demandera où il est.

Une brise fraîche s'est levée.

— Sortons Zahra, j'ai envie d'aller voir les mosquées et les
immambaras.

Ravie de cette piété qu'elle ne soupçonnait pas chez sa belle-sœur
l'adolescente s'empresse.

— Salim ! Va demander à Rani Aziza quelle calèche nous
pouvons emprunter, ordonne-t-elle à l'eunuque, sans comprendre
pourquoi Selma lui jette un regard noir.

Il faudra près d'une heure pour que la calèche soit attelée. La
rani a trouvé le désir de la princesse « étrange » mais a fait savoir
bien haut qu'elle ne veut rien refuser à la jeune épousée. Elle
s'arrangera simplement pour que trouver une voiture disponible

parmi la douzaine que possède le palais — les automobiles n'étant utilisées qu'avec la permission du rajah — s'avère une tâche quasi impossible.

Lorsque enfin elles sortent, la lumière commence à décliner. Palais et mosquées ont pris une teinte dorée et les gazons, fraîchement arrosés par une armée de jardiniers, embaument. Au milieu de parterres fleuris, entre des bosquets taillés en forme d'animaux fantastiques, les fontaines de marbre blanc et les kiosques ajourés de fines colonnades semblent attendre d'improbables promeneurs

La voiture avance lentement, dépassant les élégants mausolées du nawab Tikka Khan et de son épouse, et Lal Baraderi, le palais de grès rouge où les rois d'Oudh recevaient princes et ambassadeurs, et le petit immambara aux dômes gracieux, et tous ces palais fragiles qui, à travers les jardins silencieux, semblent s'égrener comme les notes d'une sonate romantique.

Edifiée sur une colline au milieu de champs de colza, la « mosquée du vendredi » domine la ville. Séduite par le calme et la beauté du site, Selma suggère que l'on s'y arrête pour prier.

— Impossible, Apa, nous n'avons pas le droit.

— Pas le droit de prier?

— Pas le droit d'entrer. Seuls les hommes vont à la mosquée. Les femmes prient à la maison.

Qu'est-ce que ces sornettes? Selma a sauté de la voiture, ajusté son voile et, telle une martyre résolue à défendre sa foi contre les interprétations erronées des docteurs de la loi, écarte les suivantes qui tentent de s'interposer : il ferait beau voir que l'on empêche la petite-fille du khalife de pénétrer dans une mosquée !

La grande cour carrée est déserte. Le soleil s'est couché et le ciel transparent enveloppe Selma de douceur. Les oiseaux pépient, célébrant la première fraîcheur. Une étoile scintille.

— La Illah Illalah... Il n'y a de Dieu que Toi mon Dieu, car tu es l'Infini, l'Eternel. Rien n'existe en dehors de Toi.

Selma s'est agenouillée. Dans cette beauté, ce silence, les mots si souvent répétées éclatent, l'inondent de leur lumière. Apaisée, sans requête, elle s'ouvre à l'instant.

Elle n'a pas vu, n'entend pas l'ombre qui à côté d'elle s'agite. Soudain elle sent qu'on la tire par la manche. Là, tout près, une grosse mouche noire gesticule. Elle ferme les yeux : retrouver le calme. Mais le maulvi, indigné, s'est mis à hurler.

Selma s'est redressée : comment cet âne ose-t-il interrompre sa méditation?

— Te tairas-tu, démon? Dans tous les pays musulmans, les mosquées sont ouvertes aux femmes ! Ignores-tu que Fatimah, la fille de notre Prophète, priait à la *Kaaba*[1] à côté des hommes ? Ce que Mohammed, le généreux, permettait, tu oses, misérable, t'y opposer ?

Interloqué, le maulvi regarde cette diablesse blanche, cette infidèle qui par sa seule présence profane le lieu sacré. Que crie-t-elle ?

— Traduis, Zahra, traduis chaque mot !

Au comble de l'exaspération, Selma secoue le bras de la jeune fille.

— Dis-lui que par leur mesquinerie, leur hypocrisie, leur sottise, lui et tous ceux de sa race déconsidèrent notre religion. D'ailleurs, quel droit ont-ils d'exister ? En islam, il n'y a pas d'intermédiaire entre Dieu et sa créature, il n'y a pas de clergé. Les seuls guides reconnus sont le Livre sacré et les paroles du Prophète. Maulvis, *mollahs*[2], *imams*[3], tous des imposteurs qui profitent de l'ignorance du peuple pour s'imposer !

Depuis une semaine qu'elle refrénait son irritation, enfin elle a trouvé une cause incontestable !

Blême, le maulvi a battu en retraite, tandis qu'avec volupté elle savoure sa colère.

De retour au palais, Selma a gagné directement ses appartements sans passer saluer la rani, que les duègnes se sont empressées d'aller informer du scandale. Dans la chambre elle trouve Amir qui fait les cent pas.

— Où étiez-vous ? interroge-t-il d'un ton où malgré ses efforts perce l'irritation. Je vous attendais.

— Et moi je vous ai attendu toute la journée ! Je suis seulement sortie une heure.

Amir se tait, mortifié que, devant les autres, Selma ne l'ait pas attendu patiemment comme se doit de le faire une jeune épousée. Il ne dit pas qu'il a des problèmes graves : ce ne sont pas des choses dont on parle à une femme. Et il n'a pas l'habitude de justifier de son emploi du temps ! L'impatience de Selma l'offense, comme un manque de confiance.

« ... *Pourquoi lui ai-je dit cela ? Il a l'air tout à coup d'un enfant grondé...*

---

1. *Kaaba* : principal sanctuaire de La Mecque protégeant « la pierre noire ». Cette « pierre noire » est, d'après les musulmans, le reste du premier temple construit par Adam pour adorer Dieu. Ce sont les péchés des hommes qui l'ont noircie.

2. Mollah : religieux chiite.

3. Imam : haute personnalité religieuse chiite.

Toute la journée j'ai rêvé de lui, et lorsqu'il est là je ne sais que l'insulter. Ah, lui demander pardon, lui dire combien il m'a manqué !... » Avec attention elle fixe la pointe de sa chaussure... « *Comment lui faire comprendre ? Mon impatience n'est-elle pas une preuve évidente d'amour ?* »

« Elle était si jolie, la nuit dernière, alors qu'elle dormait, pense Amir. Une beauté enfantine, différente de la beauté sombre des femmes d'ici. » Il était resté éveillé à contempler cette innocence, cette douceur. A présent elle est furieuse et il ne sait même pas pourquoi... On l'avait prévenu que les Turques ont un caractère ombrageux, à l'opposé de la docilité des Indiennes... Mais que va-t-il chercher là ? Elle est simplement nerveuse ; tout est si nouveau pour elle. Il faut lui laisser le temps de s'habituer...

Lui qui a expédié ses affaires pour retrouver sa jeune femme, heureux à la perspective d'une longue soirée avec elle, d'une nuit où, peut-être, serrés l'un contre l'autre, ils s'embrasseraient...

A contrecœur, il se lève.

— Vous êtes fatiguée, je vous laisse vous reposer. Désirez-vous que l'on vous serve le dîner ici ou préférez-vous le prendre chez ma sœur, qui vous y convie ?

Interdite, Selma est sur le point de s'écrier : « Mais où partez-vous encore ? » Elle se reprend, serre les lèvres.

— Je dînerai ici, merci.

Il est parti. Immobile, elle fixe le mur blanc en face d'elle, le mur épais qui la sépare d'Amir. Sensation de gâchis, de souffrance inutile. Pourquoi est-ce si difficile de se rencontrer ?

— Ma pauvre princesse, mon rossignol adoré, comme ils vous négligent, ces barbares !

Mme Ghazavi gémit avec emphase. Elle l'avait bien dit que ce mariage tournerait mal ! Elle l'a su dès le premier jour. Qu'est-ce qu'une petite-fille de sultan peut avoir de commun avec des gens qui n'ont même pas de quoi se payer un train ! Selma sait que madame Ghazavi dramatise, qu'elle déteste les Indes, et surtout les Indiens qui ne lui montrent pas le respect auquel, en tant que Blanche, elle estime avoir droit. Habituellement, elle la fait taire ; mais ce soir elle a envie d'être plainte.

Debout dans un coin de la chambre, les mains respectueusement croisées sur son ventre, Zeynel les observe. « Quelle erreur d'avoir emmené cette folle, elle empoisonne tout ce qu'elle touche, elle ferait se battre le soleil et la lune. J'avais prévenu la sultane... Mais Selma a insisté. Elle s'est attachée à cette intrigante, qui a immédiatement compris le point faible de la petite : être flattée, adulée comme si elle était encore princesse impériale à la cour ottomane. Si l'on n'y met le holà, cette Ghazavi va arriver à ses fins : détruire le mariage et ramener Selma avec elle à Beyrouth. Je ne le permettrai pas : ma sultane en aurait le cœur brisé.

— Dînons tous les trois dans mon boudoir.

Selma a décidé d'oublier Amir et de s'amuser. C'est la première fois qu'ils se retrouvent seuls, loin des regards et des commentaires fielleux, la première fois depuis son arrivée aux Indes qu'elle se sent libre.

— Ce soir nous faisons la fête : interdiction d'être triste ou sérieux !

— Bravo ! Voilà bien ma courageuse princesse ! applaudit Mme Ghazavi. « Hélas, la pauvrette n'est que sunnite, alors que nous sommes chiites... », ajoute-t-elle, contrefaisant la voix de Rani Aziza.

Tous trois s'esclaffent : la Libanaise est une imitatrice-née.

Le dîner sera très gai. On évoque les bons souvenirs, on échafaude des projets de voyage : d'abord Beyrouth, pour aller voir la sultane, puis Paris. Maintenant que l'argent n'est plus un obstacle, un monde de plaisirs semble s'ouvrir devant Selma. Amir ? Elle le convaincra : lorsqu'elle veut charmer, personne ne sait lui résister.

De nouveau elle se sent jeune, insouciante, elle ne comprend même plus pourquoi, tout à l'heure, elle était malheureuse... Elle a envie de chanter, de danser.

— Je vais faire installer un piano. Nous organiserons des soirées musicales. En attendant, Zeynel, vite, ma guitare !

C'est un instrument délicat et racé, qu'un guitariste andalou lui a offert, un soir, au *Cristal*, la boîte élégante de Beyrouth. Rêveuse, Selma évoque le temps où les hommes pouvaient rendre hommage à sa beauté. Comme cela semble loin...

— Chantons, et au diable la mélancolie !

Debout, le pied calé sur un fauteuil, Selma plaque quelques accords. Et s'élève sa voix chaude, bien timbrée : « J'ai deux amours, mon pays et Paris... » Joséphine Baker, Tino Rossi : elle ne les a vus qu'au cinéma, mais si souvent qu'elle connaît par cœur chacune de leurs chansons, chaque intonation. « Ah Catarinetta bella, tchi, tchi », sa voix s'est faite cajoleuse, « écoute l'amour t'appelle, tchi, tchi, pourquoi refuser maintenant, ahaah... aaah, Ah ma belle Catarinetta ! »... Ravis, ses deux compagnons battent des mains en cadence.

— Chut !

Deux visages éberlués sont apparus derrière la tenture, deux suivantes de la rani. De voir la princesse chanter, leurs yeux s'écarquillent, incrédules. Terrifiées, elles lui font signe de s'arrêter.

Moqueuse, Selma a repris de plus belle : « Si j'avais su en ce temps-là, aaaah, aaah, ah ma belle Catarinettaaa ! »

Elles se sont enfuies. Deux autres viendront tenter de faire taire Selma, puis deux autres encore, avec pour seul résultat de pousser la jeune femme à jouer plus fort : ce soir elle a besoin d'exploser, elle défierait la terre entière !

— Que se passe-t-il ?

La voix a claqué. Selma s'est immobilisée. La rani est entrée et la fixe.

— Je m'amuse, ma sœur. J'ai l'habitude de jouer de la guitare et de chanter. Vous n'y voyez pas d'inconvénient, je suppose ?

— Quant à moi aucun. Mais vous devez tenir compte des ignorants qui nous entourent. Pour eux musique et chants sont les signes d'une vie dissolue. Que des professionnelles, des femmes de rien s'y adonnent, c'est toléré — Lucknow est une ville ouverte aux arts —, mais que leur maîtresse, la rani, le fasse, c'est un scandale !

— Qu'ils se scandalisent, je ne fais rien de mal

— Le mal est une notion relative, qui change selon les latitudes. Je vous répète qu'ici jouer de la musique est inacceptable : vous choquez. Les gens n'auront plus aucun respect pour vous, ce manque de respect rejaillira sur Amir, et cela... je ne le permettrai pas.

L'avertissement est clair. Choisissez : votre guitare ou votre mariage.

— Allons, soyez raisonnable — Rani Aziza s'est faite douce-reuse —, votre vie est en train de changer. Sachez en accueillir les avantages, qui sont grands, et les quelques inconvénients.

Elle est sortie avant que Selma n'ait pu répliquer.

D'ailleurs, qu'aurait-elle dit ? Bien qu'elle déteste la rani, elle doit reconnaître que sur ce point précis elle a peut-être raison. Mais qu'a-t-elle voulu insinuer lorsqu'elle a évoqué les « grands avantages » de ce mariage ? Faisait-elle allusion à l'argent ? Est-ce l'arme que l'on va utiliser contre elle, encore et encore ?

La joie de cette soirée s'est envolée, personne n'a plus le cœur à s'amuser. Selma renvoie ses amis. Elle n'a qu'une envie : dormir.

Elle rêve... que son bel époux s'est glissé dans le lit à côté d'elle, que furtivement il l'embrasse sur la tempe. Et qu'elle, d'un élan, lui ouvre les bras et se blottit contre lui. Comme son corps est lisse, comme il sent bon ! Et voilà qu'il la caresse, dépose des baisers sur ses joues, son cou, ses épaules, en lui murmurant qu'il l'aime. Brusque et touchant comme un jeune chiot, pense-t-elle. Elle a envie de rire. Est-ce qu'on rit quand on dort ? Mais alors...

Elle a ouvert les yeux : Amir est là, penché sur elle, le visage tendu, éclairé de deux fentes brillantes. Il ressemble à un archange sombre.

— Amir !

Elle tend les mains. La voit-il ? Ses yeux sont étranges, flous comme des miroirs ne reflétant qu'eux-mêmes. Pourquoi ne l'embrasse-t-il pas ? Pourquoi reste-t-il immobile ?

— Amir, aime-moi, murmure-t-elle, plaintive.

Elle ne sait pas très bien ce qu'elle veut dire par là, elle sait seulement qu'elle a besoin d'être rassurée, de conjurer par des mots tendres la violence qu'elle sent planer.

De ses mains longues et fines il a saisi sa nuque, ses doigts jouent sur le cou gracile puis, lentement, descendent, écartent les dentelles, enserrent les seins, les caressent, les...

— Non !

D'un bond Selma s'est redressée. Sur sa poitrine cinq zébrures rouges. Elle regarde son mari : un fou ! Elle a épousé un fou !

Amir a baissé les paupières. Lorsqu'il les relève, ses yeux ont perdu leur éclat métallique, un sourire chaleureux les illumine. Confus, il balbutie :

— Pardonnez-moi, mon amour, votre beauté m'a fait perdre la tête, il y a si longtemps que je rêve de vous...

Il l'a prise dans ses bras, il la berce et, délicatement, presque timidement, effleure de baisers les griffures.

— Ne m'en veuillez pas, ces marques sont celles de la passion. Peu de femmes peuvent s'enorgueillir de déclencher de tels ouragans ! J'ai honte et en même temps je suis profondément heureux... jamais je n'avais rien éprouvé de pareil.

A travers ses longs cils Selma l'observe. Il semble sincèrement bouleversé...

Peu à peu, à force d'être cajolée, elle finit par se détendre. Il la regarde avec tant d'amour qu'elle a honte d'avoir douté.

— Je t'aime, lui sourit-elle.

Il la serre très fort contre lui, comme s'il craignait de la perdre. Elle a soif de tendresse... Enfant, ses kalfas la réprimandaient lorsqu'elle se précipitait sur elles pour les couvrir de baisers. De telles familiarités n'étaient pas de mise à la cour ottomane. Son père, dans ses meilleurs moments, se contentait de lui tapoter la joue ; quant à sa mère, embrasser ses enfants sur le front était déjà le comble de la sentimentalité.

Doucement, Selma se laisse glisser dans la rivière, emporter par le tourbillon lent. Un vent tiède s'est levé qui dérange ses boucles, soulève sa chemise, caresse son ventre. Il fait nuit, des étoiles dansent devant ses yeux.

Une douleur aiguë la sort de son rêve. Au-dessus d'elle,

Amir, le visage crispé, les yeux fermés. Souffre-t-il aussi ? Elle essaie de se dégager. Que fait-il ? Pourquoi continue-t-il ? Elle a mal !

— Arrêtez ! crie-t-elle.

Il ne l'entend pas. La panique la gagne. A coups de poings et d'ongles elle tente de desserrer l'étreinte. Il ne semble pas s'en apercevoir. Epuisée, elle retombe sur ses oreillers, les larmes l'aveuglent, de stupeur plus encore que de douleur : pour la première fois de sa vie elle doit céder à la force.

Une plainte : Amir s'est affalé. Frénétique, Selma essaie de se dégager de ce grand corps qui l'écrase. Elle n'a qu'une idée : s'enfuir, aller se laver, se laver vite du sang, de la sueur, de cette souillure.

Elle l'a repoussé, court à la salle de bains, ouvre grandes les eaux, elle se lave avec rage, comme si elle voulait s'arracher de la peau cette honte. Pourra-t-elle jamais s'en purifier ? Est-ce cela l'amour ? Non, ce n'est pas possible, un homme qui aime une femme la regarde, lui parle tendrement, s'inquiète de ce qu'elle ressent, proche d'elle à tout instant. Selma a lu les romans français défendus, elle a surpris les confidences des femmes mariées, elle sait.

Sensation de nausée, mais pas la moindre envie de pleurer.

Et ce sang qui n'arrête pas de couler. Il lui semble qu'elle ne cessera jamais de laver ce corps qui soudain lui répugne, qu'elle a une folle envie de punir, de mutiler, lui, cause de toute cette horreur...

Si elle allait mourir ? Si ce sang était hémorragie ? Si Amir l'avait tuée ? Un instant, elle se laisse bercer par l'idée délicieuse. Quelle vengeance ! Quelle beauté ! Blanche dans son linceul immaculé, sa mère en larmes, et elle, Selma, le cœur serré de la voir pleurer. « Pardonnez-moi, Annedjim, je ne l'ai pas fait exprès... » Comme ils souffriraient... les pauvres...

Derrière le rideau, une voix s'inquiète :

— Chérie, est-ce que vous vous sentez mal ?

— Non, non, je viens.

Vite un coton, une chemise de nuit fraîche, surtout cacher la blessure. Elle ne va quand même pas mendier l'amour.

Il est étendu en travers du lit. Voluptueusement, il lui sourit, inconscient du drame qu'il a déclenché.

— Etes-vous heureuse ?

Elle hoche la tête en détournant les yeux, ce qu'il attribue à une timidité charmante.

— Venez près de moi.

Il l'attire doucement, elle se laisse faire, docile, inerte, comme si ses muscles et ses nerfs l'avaient désertée. Il passe la main sur son ventre, elle frissonne. Il rit, content, il croit avoir fait renaître son désir.

— Un moment, laissez-moi me reposer un peu !

Elle rougit, balbutie : « Mais je ne... »

Il rit plus fort. Comme elle hait cette suffisance.

— Ce joli ventre va nous faire de beaux garçons, n'est-ce pas ?

Infinie fatigue, même plus la force d'avoir mal ; juste celle d'enregistrer ce qu'elle est désormais : un ventre à fabriquer des héritiers pour l'Etat de Badalpour... Elle ne se révolte pas ; simplement elle ne comprend pas comment elle, Selma, a pu en arriver là. Dans un nuage elle entend son ancien « moi » répliquer, comme pour se venger :

— De beaux garçons... ou de jolies filles.

L'homme à côté d'elle rit de nouveau.

— Des filles, si cela vous fait plaisir, mais après.

Elle a la sensation très nette que ce n'est pas une plaisanterie mais un ordre.

Fascinée, elle contemple ces yeux qui insensiblement s'étirent, n'en finissent plus de s'étirer, et ce visage qui s'affine jusqu'à en devenir presque triangulaire... soudain elle pousse un cri : en face d'elle, menaçant, se tient le dieu Cobra.

Incapable d'esquisser le moindre mouvement, elle sent le regard qui insensiblement l'aspire. — Résister — Se cacher au plus profond de soi. Rassemblant toute son énergie elle serre les poings et, tremblant sous l'effort, réussit à baisser les paupières. Sauvée !

De très loin, une voix ironique lui parvient.

— Vous semblez épuisée, ma chère. Permettez que je me retire.

Une gracieuse inclinaison de la tête. Le rajah a disparu.

Et le cobra ? A-t-elle rêvé ? Deviendrait-elle folle ?...

IV

Un avant-goût de l'éternité, un avant-goût de l'enfer...

Deux semaines durant, Selma, assise sur le lit à pieds d'or, va recevoir les visites des parentes, amies, voisines et commères innombrables venues constater de visu son bonheur. Celles qui l'avaient rencontrée avant le mariage ne se privent pas de faire remarquer à quel point elle a embelli : « Elle était toute pâle ; regardez maintenant ses joues roses, ses yeux brillants, le renflement de sa lèvre. Même ses formes sont plus pleines ! Vraiment l'amour accomplit des miracles, et notre beau rajah est certes, en ce domaine, un magicien ! »

On rit, on plaisante, on l'envie. Tout en mâchant le pân recouvert d'une fine pellicule d'argent, on commente un à un ses bijoux, ses atours. Une jeune mariée est en effet tenue d'exhiber les plus belles pièces de son trousseau et de se donner — modestement — en spectacle. Plusieurs fois par jour, Selma devra se changer pour satisfaire la curiosité vorace des femmes.

Rayonnante, comme si c'était son triomphe personnel que l'on fêtait, rani Aziza ordonne : artistiquement disposés sur des plateaux de vermeil se succèdent des pyramides de *balaiki gilorian*, cônes d'épaisse crème fraîche fourrés de noix et parfumés à la cardamome, de *halvas*[1] divers et de *mutanjan*, confiture de viande de chevreau, toutes friandises réservées aux repas de noces.

Après s'être fait prier sept fois — Lucknow s'enorgueillit de l'étiquette la plus stricte de toutes les Indes —, ces dames finissent par grappiller. A leurs mines ravies, on devine que les cuisiniers du palais n'ont pas failli à leur renommée.

---

1. *Halva :* confiserie à base de miel, de farine et de fruits secs.

Avec envie, mais sans illusion, Selma regarde défiler ces merveilles : rassasiée de bonheur, une jeune épousée est censée ne pas avoir d'appétit.

Heureusement pour elle, les festivités vont devoir être écourtées car bientôt commence la période du deuil de *Moharram*, en souvenir de la mort de Hussein, le petit-fils du Prophète, tué en l'an 680 avec toute sa famille, par l'armée du tyran Yazid. Pendant soixante-sept jours, les musulmans chiites vont pleurer celui qu'ils considèrent comme l'héritier spirituel de Mohammed — les trois premiers khalifes, successeurs du Prophète et révérés par les sunnites, étant à leurs yeux des usurpateurs.

Pendant soixante-sept jours, ni fêtes, ni bijoux, ni robes de couleur, seulement des processions funéraires et des *majlis*, réunions de prières au cours desquelles des psalmodiants, virtuoses de la douleur, arrachent des flots de larmes à l'assistance en évoquant la tragédie de Kerbela et les vertus des martyrs. Lucknow est renommée dans toutes les Indes pour la beauté poignante de ses cérémonies.

Cette année, sir Harry Waig, gouverneur des « Provinces unies », est soucieux : les 9 et 10 de Moharram, point culminant du deuil, tombent au moment de *Holi*, la grande fête hindoue du printemps, le festival des couleurs, et il craint des bagarres entre les deux communautés.

Les habitants de Lucknow sont pourtant des gens tolérants. Ils professent un amour du plaisir et un extrême scepticisme envers tout ce qui prétend au sérieux — en particulier la politique : les émeutes qui depuis quelques années agitent les Indes n'ont pas essaimé jusqu'ici. En fait, de nombreux musulmans se désolent même de cette malencontreuse coïncidence qui les empêche de participer, comme chaque année, au festival hindou, en s'aspergeant les uns les autres de rouge et de rose, couleurs auspicieuses. Coïncidence déplorée également par beaucoup d'hindous qui avaient l'habitude de suivre la procession de Moharram, en partie pour le spectacle, en partie par dévotion envers un grand martyr de la Foi. Que cette Foi ne soit pas la leur est sans importance : ils sont convaincus que les diverses religions ne sont que « des chemins différents vers la même Réalité ».

Mais en ce printemps 1937, où les premières élections pour des gouvernements provinciaux autonomes avaient agité tout le pays, et tandis que le Congrès de Jahawarlal Nehru et la Ligue musulmane de Mohammed Ali Jinnah s'affrontent au sujet de la composition de ces gouvernements, le moindre incident peut provoquer l'explosion.

Aussi sir Harry Waig a-t-il décidé de faire appliquer l'ordonnance 144 — défense de port d'armes et de bâtons ; renforcement de la police ; interdiction de réunions et de processions. Comme il est hors de question d'interdire aussi les manifestations religieuses, il a, pour les contrôler, imaginé d'acheter à l'armée plusieurs tonnes de barbelés à l'aide desquels il fera délimiter les démonstrations des deux communautés. Idée géniale, lui ont confirmé ses subordonnés indiens qu'il n'a pas manqué de consulter.

Sir Harry connaît bien les Indes où il est posté depuis plus de vingt ans. Contrairement à la plupart de ses compatriotes que la chaleur, l'humidité, et surtout cette multitude décharnée aux yeux intenses rendent malades, il aime cette terre étrange, qu'il a qualifiée, un soir qu'il se sentait poète, de « diamant noir au cœur de l'empire ».

Sa nomination à Lucknow, si elle est un honneur et une marque de confiance — les Provinces unies, avec Allahabad, la ville des Nehru, et Alighar, la grande université musulmane, sont au centre de la vie politique indienne —, au plan social par contre est un enterrement. Sir Harry, et surtout son épouse, lady Violet, auraient préféré Bombay, Delhi, ou même Calcutta. Dans ces métropoles, la communauté anglaise a su se recréer un foyer, avec juste ce qu'il faut d'exotisme, et même les Indiens — enfin, ceux que l'on fréquente, élevés pour la plupart dans des universités britanniques — sont plus... moins... disons, moins Indiens !

Lucknow, en revanche, est restée terriblement « indigène » et, bizarrement, semble en tirer gloire. Sir Harry le déplore d'autant plus que cette ville était autrefois le phare culturel de l'Inde du Nord, remplaçant Delhi, dont le souverain, « le grand Moghol », avait été déposé par l'armée britannique. Renommée pour ses fêtes grandioses où paraissaient les artistes les plus en vue, célébrée comme la perle de la civilisation « Ganga-Jamni », du nom des deux rivières qui la traversent, le Gange et la Jamna, rivière d'or et rivière d'argent, Lucknow symbolisait la fusion des traditions hindoue et musulmane, encouragée par la classe dominante chiite.

Aujourd'hui, elle n'est plus qu'une capitale de province, même si ses rajahs et ses nawabs, grands amateurs de joutes poétiques et de concerts, lui gardent un lustre précieux et décadent.

Monsieur le Gouverneur n'assiste pas à ces réunions où la musique s'étire indéfiniment et où des poèmes improvisés, chantés d'une voix monocorde, font se pâmer une assistance exclusivement masculine.

Au début de son séjour aux Indes, par curiosité et aussi par une bonne volonté qui a fait sourire ses compatriotes, sir Harry a voulu s'initier. Mais bien qu'il ait de solides notions d'urdu, cette poésie lui restait hermétique ; soit que les expressions employées soient trop savantes, soit que les images ne lui évoquent rien, ou même lui semblent risibles. Quant à la musique, elle provoquait chez lui une irrésistible envie de dormir...

Et surtout, il a très vite réalisé que ce n'est pas en tentant de comprendre les goûts, les intérêts, le mode de vie des Indiens, qu'il gagnerait leur amitié, encore moins leur respect. Conséquence de cent cinquante années de colonisation qui leur ont appris à admirer et à envier les valeurs et les manières occidentales — même si parfois, et de façon imprévisible, ils se rebellent contre cette servitude mentale ? ou effet d'un orgueil ombrageux qui leur fait considérer — peut-être à raison — que les étrangers ne peuvent saisir ce qui éclôt au plus profond de leur âme, nourri par des millénaires de traditions et de façons de penser totalement autres ?

Chacun à sa place : c'est le principe qui de tous temps à régi la société indienne.

L'illustration la plus parfaite en est le système des castes auquel, quoi qu'il fasse, aucun hindou n'échappe. Sir Harry a renoncé à comprendre ce « fatalisme ». Naître dans une caste noble, prêtre ou guerrier, ou naître intouchable, est, selon les *vedas* — les écritures saintes —, la conséquence d'actions accomplies dans une vie antérieure : c'est donc justice. Se rebeller serait sacrilège et ne pourrait qu'entraîner un sort pire, comme de renaître ver de terre ou cafard. En revanche, vivre scrupuleusement son statut d'intouchable, accepter avec sérénité la honte et la misère, garantit, dans une vie ultérieure, une caste plus favorisée.

Cette attitude est si ancrée dans la mentalité indienne qu'au cours des siècles les musulmans — dont la religion pourtant est, comme le christianisme, basée sur l'égalité — se sont laissé influencer, et que l'on trouve chez eux également une sorte de division en castes : on est *Ashraf*, noble, ou *Ajlaf*, homme de peu, selon que l'on descend des conquérants ou de convertis hindous de basse caste.

L'idéalisme et les idées démocratiques du jeune Harry Waig n'ont décidément pas cours aux Indes, et le gouverneur, sir Harry Waig, a fini par penser que c'était sans doute mieux ainsi : au moins, cela garantit la stabilité d'une société qui, sinon, aurait toutes raisons d'exploser.

Chacun à sa place : il est vain pour un agent de Sa Majesté d'essayer de comprendre un Indien, de même qu'autrefois il était vain pour le maître d'essayer de comprendre l'esclave. Vain et dangereux. Cela n'empêche pas des relations d'autant plus « amicales » que chacun connaît les possibilités du jeu et ses limites. Et, grâce au ciel, nombreux sont les Indiens de la bonne société qui ont assimilé ce « savoir-vivre » !

A Lucknow, sir Harry se flatte de s'être constitué un réseau de relations personnelles important, contrairement à beaucoup de ses collègues qui, en dehors du travail et des réceptions officielles, évitent de fréquenter les indigènes. Esprit ouvert, il s'indigne de ce racisme « d'autant qu'avec certains, n'était-ce la couleur de leur peau, on pourrait oublier qu'ils sont indiens ! » Ce sont pour la plupart des aristocrates élevés en Angleterre, comme le rajah de Jehrabad président du parti national agricole regroupant les grands propriétaires, un parfait gentleman, qui organise de superbes chasses au tigre ; ou le nawab de Sarpour, qui ne sert au dîner que du champagne français ; ou encore le jeune rajah de Badalpour, une brillante intelligence, qui vient de réussir le doublé d'être élu à l'assemblée législative et d'épouser une princesse ottomane !

Monsieur le Gouverneur tire longuement sur sa pipe : « Cet Amir, quel type ! Il faudra que je l'invite, je suis curieux de connaître sa sultane... »

Le palanquin s'est engagé dans les rues sombres, balançant légèrement, au pas rapide et souple des porteurs. Derrière les rideaux noirs brodés de larmes d'argent, Selma observe : cette nuit est la neuvième du mois de Moharram, la nuit de la mort de Hussein et des derniers combattants de Kerbela, et la moitié de la ville se presse vers le grand immambara pour se souvenir, pleurer, prier. Des villages et des bourgs alentour également des milliers de dévots sont accourus. Car nulle part en Inde on ne célèbre Moharram avec autant de faste et de ferveur qu'à Lucknow, centre de l'islam chiite depuis qu'en 1724, les souverains d'Oudh, d'origine iranienne, en firent leur capitale.

A quelque cent mètres du grand immambara, la foule est si dense que les porteurs sont forcés de s'arrêter. Ils ont bien essayé de se frayer un chemin à grand renfort de cris, de coups de pied et de coude, mais cette nuit les passe-droits habituels n'ont pas cours : prince ou porteur d'eau, tu n'es plus ; seulement un croyant parmi les croyants. Leur rani et la noble bégum qui l'accompagne devront marcher...

Ravie de l'occasion, Selma s'apprête à sauter à terre lorsqu'une voix inquiète la rappelle à la réalité :

— Votre burkah, princesse !

A temps Bégum Yasmin l'a retenue. Quel scandale : là, au milieu de tous ces hommes, elle allait montrer son visage ! A la fois agacée et confuse elle bafouille :

— J'avais oublié, je n'ai pas l'habitude.

Sa compagne a souri.

— Vous vous y ferez vite, surtout lorsque vous aurez découvert que notre burkah est en fait un instrument de liberté.

Instrument de liberté cette prison de soie noire, uniquement ouverte sur l'extérieur par le rectangle grillagé à hauteur des yeux ? Que veut dire cette femme étonnante ?

La bégum a pris la main de Selma.

— Ayez confiance. Je sais combien cette nouvelle vie vous est difficile, mais je suis là pour vous aider. Serons-nous amies ?

Elle la fixe avec insistance. Les yeux bleu-gris surprennent dans le visage sombre. Est-elle belle ? Impressionnante en tout cas. Trente-cinq ans environ, grande, mince, contrairement aux femmes d'ici qui, à peine mariées, doublent de volume, elle dégage une impression de force dont Selma ne saurait dire si elle la fascine ou l'inquiète. Amir, lui, semble la tenir en haute estime ; c'est l'épouse de son meilleur ami.

De leurs corps les porteurs leur ont fait rempart jusqu'au seuil de la cour immense, lieu saint à partir duquel, tels deux flots noirs, hommes et femmes se séparent pour aller prier.

Au fond, brillant de tous ses feux, l'immambara se dresse. Sa façade percée de centaines d'arcades, scintille de lustres d'or et de candélabres de cristal. Une fois l'an, le mausolée géant s'arrache à sa torpeur. Il s'époussette, se toilette, se pare tel un roi au jour du couronnement, pour célébrer la victoire du sacrifice et de la mort.

« Imam Hussein ! Imam Hussein ! »

De la foule endeuillée l'incantation s'élève, rauque comme un sanglot, fervente comme un cri de guerre. Ensemble les poings frappent les poitrines en un rythme lent qui peu à peu s'accélère, se délie, se libère : corps haletants, visages extatiques, passion qui soudain se déchaîne.

« Imam Hussein ! Imam Hussein ! »

Rapide, saccadée la clameur s'enfle, tournoie jusqu'aux encorbelle-ments des minarets, jusqu'aux étoiles, pénètre au plus profond des cœurs. Sereins comme s'ils foulaient des tapis de soie, des pénitents marchent lentement sur un chemin de braises incandescentes. Miracle de la foi ; la foule retient son souffle, fascinée.

Du haut de son *minbar*[1], le maulana maintenant impose le silence, rassemble l'assistance au creux de sa main. D'une voix forte il évoque les derniers moments du petit-fils du Prophète, la bataille ultime, l'héroïsme, le sang jaillissant des mille blessures, le coup de lance,

---

1. *Minbar :* chaire dans une mosquée.

suprême sacrilège, l'horreur... Suspendue à ses lèvres la foule soupire, gémit, éclate en sanglots, suffoque. Il l'apaise, la berce puis de nouveau la tétanise, la mène au degré extrême de la douleur.

Des chameaux harnachés de noir font leur apparition. Quelle misère ! Ce sont les chameaux de la caravane martyre : tous les hommes sont morts ; un bébé de six mois n'a pas été épargné, et les femmes, les femmes de la famille du Prophète, sont prisonnières...

« Ya Hussein ! » L'incantation a repris, sourde, farouche ; les poings meurtrissent les poitrines, les ongles lacèrent les chairs, le drame atteint son paroxysme — aucune souffrance jamais ne pourra égaler cette souffrance-là...

De toutes ses forces Selma a lutté. D'abord dédaigneuse : « Voilà bien le délire chiite, absurde, hystérique ; rien de tel heureusement chez nous, sunnites. » Puis moqueuse : « Si mes amies françaises me voyaient ! » Contre le frémissement insidieux qui l'étreint, elle a appelé au secours les joyeux souvenirs de Beyrouth, épuisé les ressources de son esprit caustique, poussé l'irrespect jusqu'au blasphème. En vain. Elle ne peut plus retenir les larmes qui coulent, l'aveuglent. Pourquoi, mais pourquoi ? Que lui importe Hussein ! Elle ne l'a jamais particulièrement vénéré ; si c'était Jésus ou Bouddha que la foule célébrait avec cette ferveur, sans doute pleurerait-elle tout autant... Elle n'essaie plus de se contrôler, renonce à penser, l'émotion la submerge, emportant la raison comme un raz de marée. Elle ne se sent plus étrangère, elle fait partie de cette foule, fondue dans ce grand corps qui palpite, emportée très loin d'elle-même, en paix.

L'aube point, éclairant les visages blêmes, épuisés. La fête est finie, il faut aller se reposer, quelques heures seulement, avant qu'elle ne recommence.

— Ma chère, il n'est pas question que vous sortiez. La nuit dernière c'était différent : dans l'obscurité personne ne pouvait vous reconnaître. Et puis, avouons-le, j'ai cédé parce que Bégum Yasmin vous accompagnait. C'est une femme de tête, avec elle je savais que rien de fâcheux ne pouvait vous arriver. Mais aujourd'hui, ni elle ni aucune dame de la société ne se risquera dans la rue.

— Pourtant le défilé est, paraît-il, somptueux ?

— En effet, les cortèges des Etats princiers, le nôtre notamment, sont magnifiques ; mais le spectacle est gâché par les hordes de sauvages, les créatures primitives qui s'exhibent juste derrière eux. Enfin si vous y tenez vraiment, installez-vous confortablement sur la véranda principale : derrière les moucharabieh vous pourrez tout contempler à loisir. Ma sœur aînée vous y rejoindra certainement ; pour une raison qui m'échappe, les femmes semblent adorer la vue du sang...

Avant que Selma n'ait eu le temps de répliquer, le rajah s'est éclipsé. Elle hausse les épaules ; s'il l'avait vue pleurer la nuit dernière, à coup sûr il l'aurait crue folle ! Quel être déconcertant : est-il réellement aussi étranger à ce qui émeut son peuple, aussi insensible qu'il veut le laisser croire ?

La véranda est déjà occupée par les suivantes de Rani Aziza. Dès les premières heures de la matinée elles l'ont envahie pour ne rien perdre de la cérémonie. Les yeux brillants, la lèvre gourmande, elles attendent. Selma aurait voulu l'éviter, mais la place d'honneur, à côté de la rani, lui revient de devoir, et lorsque celle-ci paraît, tout de noir vêtue, elle ne peut qu'obtempérer à son invitation muette.

De loin leur parvient le son des tambours mortuaires. Dans un nuage de poussière voici les éléphants qui avancent, caparaçonnés de sombre ; sur leur dos les porte-fanions brandissent les couleurs des Etats princiers, ainsi que les étendards gagnés sur les champs de bataille et transmis pieusement de génération en génération.

Puis, balançant au pas indolent des chameaux, viennent les cavaliers ; ils tiennent les bannières saintes brodées de versets du Coran et surmontées d'une main de bronze grande ouverte. Main d'Abbass, demi-frère de Hussein, qui, pour avoir été chercher de l'eau afin d'étancher la soif des assiégés, eut les deux mains coupées ? Ou bien cinq doigts d'une même main, symbole de la pentarchie chiite : le prophète Mohammed, Fatimah sa fille, son gendre Ali, et leurs deux fils, Hassan et Hussein ? Qui pourrait le dire, et qu'importe à la ferveur de la foule qui se presse... ?

Une note de couleur : les orchestres, vestes rouges mais turbans de mousseline noire. Déployant leur macabre mélopée — plainte monocorde, insistante — ils ouvrent la voie à Zulzinah, le cheval de Hussein, splendide et solitaire. La robe maculée de sang il marche, tête basse, épuisé, désespéré.

Emue, la foule se précipite pour le toucher, lui le dernier compagnon de l'imam ; elle se presse pour caresser les hautes *tazzias*, répliques en cire colorée ou en papier d'or et d'argent de la tombe de Hussein à Kerbela, pour effleurer le berceau rougi de l'enfant assassiné et les bannières tachées du sang des martyrs. Elle a besoin de s'imprégner de leur agonie, de s'imbiber de leur sacrifice et, tandis que des récitants miment et chantent la mort des héros, longuement elle gémit en se frappant la poitrine.

Mais voici les pénitents, hommes mûrs, adolescents, enfants. Le torse nu ils tiennent à la main un fouet de chaînes terminées par cinq lames d'acier fraîchement aiguisées.

Devant la véranda ils se sont arrêtés.

— Imam Hussein! crie la foule.

— Ya Hussein! répondent-ils.

D'un seul élan les chaînes se sont abattues sur les dos nus, les couteaux entaillent les chairs, le sang jaillit.

— Ya Hussein! Au rythme de l'incantation ils se flagellent, de plus en plus fort. Les estafilades sont devenues plaies, le sang coule, ruisselle le long des jambes, forme des flaques noires sur le bitume.

— Ya Hussein!

Un homme s'écroule, livide, puis un autre, presque un enfant. Vite on les emporte sur des brancards de fortune. Les coups redoublent, les pénitents se frappent maintenant avec frénésie, haletants, aveugles et sourds à ce qui n'est pas leur souffrance, leur tentative folle, désespérée, d'abolir le corps, d'atteindre à l'état ultime où ils ne feront plus qu'un avec l'UN.

S'arrêteront-ils jamais? Recroquevillée sur elle-même, les nerfs en vrille, Selma regarde, ne peut détacher son regard. Goût de sang dans la bouche, impression de nausée, va-t-elle s'évanouir? A côté d'elle, la rani impassible trempe ses lèvres dans une tasse de thé, tandis que ses suivantes commentent le spectacle en suçant force bonbons et pâtes de fruits. Selma s'est levée, elle veut sortir. D'une main ferme, sans même tourner la tête, la rani la force à se rasseoir.

— Ce n'est pas fini. Il faut tout voir, jusqu'au bout.

Elle a dit cela comme un ordre, les yeux mi-clos, un étrange sourire aux lèvres.

Dehors la foule s'est tue. Titubant, les flagellants s'éloignent, le temps de retrouver leur souffle, d'éponger leurs plaies avant de reprendre la sinistre cérémonie au pied d'une autre véranda, où d'autres femmes les contempleront avec curiosité en grignotant des friandises.

— Imam Hussein!

Cette fois ce n'est plus le cri de gloire ni de guerre, c'est un murmure, un long frémissement teinté de respect et de peur. Sabres au clair, un petit groupe d'hommes est apparu. La foule se tait pendant qu'ils se recueillent.

« César ceux qui vont mourir... » Selma secoue la tête, irritée : pourquoi cette phrase la nargue-t-elle?

D'un geste précis les sabres ont frappé les crânes, tailladé le cuir chevelu; le sang coule dans les yeux, le nez, aveugle, étouffe. En silence les bras se relèvent, frappent de nouveau; la nappe de sang s'épaissit. A peine dans les visages distingue-t-on les yeux, exorbités.

Un sabre a glissé, emporté une oreille, trou noir par où jaillit le rouge. Pétrifiée, la foule retient son souffle.

Au troisième coup de sabre, un homme s'est affaissé, masse inerte, face contre terre, crâne éclaté.

Retentissement des sifflements stridents. A coups de badine les uniformes kaki ont fendu la foule, se précipitent, désarment les hommes hébétés, dociles, leur passent les menottes, les poussent dans des voitures militaires qui démarrent avant que la foule surprise n'ait eu le temps de réagir.

— Il fallait s'y attendre, commente la rani. Le gouvernement l'avait interdit ; il y a trop de morts chaque année. Mais que peut-on interdire à ceux qui veulent mourir ?

Philosophie totalement perdue pour Selma qui, livide, est en train de vomir dans le crachoir damasquiné...

— Quelle bizarre idée d'avoir choisi ce soir pour nous inviter ! Sir Harry ne sait-il pas que c'est grand deuil ?

Assise à sa coiffeuse, Selma se poudre, vérifie son mascara, parfume son décolleté. Elle est d'une humeur d'oiseau : c'est, depuis son mariage, sa première sortie !

— Peut-être est-ce une forme de l'humour anglais, ironise Amir, en recommençant pour la énième fois son nœud de cravate.

Ce soir il a choisi de s'habiller à l'européenne, car ce n'est pas une réception officielle mais un dîner entre amis, et il se sent plus à l'aise ainsi. Selma, par contre, portera un sari, une lourde soie bleue de Bénarès. La gharara, si somptueuse soit-elle, serait déplacée, trop traditionnelle, presque vieux jeu. Dans les grandes villes, les musulmanes évoluées l'ont d'ailleurs abandonnée pour la tenue hindoue, montrant par là une largeur d'esprit qu'Amir, en homme moderne et laïque, apprécie.

Au fond d'un vaste parc, la résidence du gouverneur apparaît brillamment illuminée. Le long du perron, des gardes enturbannés, visage de marbre sombre, font la haie. Ce sont des *cipayes* [1] de l'armée des Indes, descendants de ceux qui, en 1857, se révoltèrent ici même, à Lucknow et massacrèrent la garnison anglaise, donnant ainsi le signal de combats qui embrasèrent tout le Nord du pays.

— Que pensent-ils ? se demande Selma, en scrutant les regards vides d'expression. A qui va leur loyauté ? Comment aujourd'hui,

---

1. *Cipayes* : soldats indigènes de l'armée britannique des Indes.

en 1937, alors que toutes les Indes réclament leur indépendance, peuvent-ils encore servir sous commandement britannique ?

Sir Harry Waig n'a là-dessus aucun doute.

— Ces hommes nous sont dévoués. D'ailleurs les Indiens sont pacifiques, et lorsqu'ils se battent, ils préfèrent se battre entre eux, précise-t-il avec un sourire narquois.

Selma s'étonne qu'aucun des hommes présents ne proteste. Ils se contentent de rire : elle a honte pour eux.

La soirée avait pourtant bien commencé : foie gras, sauternes, faisans arrosés d'un capiteux bourgogne. Monsieur le Gouverneur sait recevoir. Et il est fort galant ! Selma avait presque oublié combien est agréable la compagnie des hommes, surtout lorsque dans leurs yeux s'allume la petite étincelle. Elle se sent femme de nouveau.

Pourquoi donc a-t-on commencé à parler politique ? Sir Harry, qu'elle avait trouvé intelligent et même charmant quelques minutes auparavant, lui apparaît soudain pompeux, suffisant. Ne voilà-t-il pas maintenant qu'il discourt sur Moharram et que, devant ces princes musulmans, il ose qualifier de « fanatiques » non seulement les chiites, mais tout l'islam !

Le rajah de Jehrabad, qui se pique de reconnaître mieux qu'un Ecossais la provenance exacte d'un whisky, ne le contredira certes pas ; mais le rajah de Dilwani, le nawab de Sahrpour ? Ces parfaits gentlemen, qui ont assimilé tous les tics britanniques, mais gardent leurs épouses dans le purdah le plus strict, se taisent, gênés.

— Et vous, Amir, vous que je tiens pour un esprit rationnel, qu'en pensez-vous ?

— Notre peuple est illettré, sir, c'est pourquoi il s'accroche tant à sa religion ; il n'a pas d'autres références... enfin... il n'en avait pas, jusqu'à ces dernières années.

Il s'est tu. Quel besoin de préciser ?

Les deux hommes s'affrontent du regard. Le gouverneur hésite, prend le parti de rire.

— Mon cher, si ceux qui veulent l'indépendance vous ressemblaient, nous n'hésiterions pas à partir, assurés que nos deux pays resteraient amis, partageant les mêmes intérêts, le même idéal. Mais avec les excités qui mènent actuellement le mouvement dit nationaliste, nous avons le devoir de protéger votre peuple contre lui-même.

Amir a incliné légèrement la tête.

— C'est trop de bonté de votre part, monsieur le Gouverneur.

En bout de table, un jeune homme que Selma a remarqué, car il est le seul à porter le shirwani, intervient.

— Sir, nous avons admiré les précautions que vous avez prises pour empêcher les affrontements hindo-musulmans. Mais avez-vous songé que la Pâque chrétienne tombe dans deux jours ? Le trajet de leur procession a-t-il également été délimité par des barbelés ?

Il a parlé avec la plus grande politesse, la plus extrême innocence. Le gouverneur est devenu cramoisi.

— Cela n'a rien à voir, rétorque-t-il sèchement.

Selma se mord les lèvres. Regardant le jeune homme en bout de table, elle lui sourit et d'une voix douce se lance dans la bataille.

— Excellence, est-il exact que chaque année, en Espagne, les pénitents descendent dans la rue et se flagellent jusqu'au sang pour commémorer la mort du Christ, comme ici on commémore la mort de Hussein ?

Sir Harry en bégaie d'indignation.

— Tout est dans les nuances, princesse, et je crains que sur ce point elles ne vous échappent.

Admirable façon de clore le débat ! Voilà bien la source du sang-froid britannique : une telle certitude de sa supériorité qu'on n'éprouve même pas le besoin de discuter. Un Français — Selma songe à ceux qu'elle a connus à Beyrouth — aurait explosé. Moins sûr de lui, il se serait battu pour tenter de convaincre, aurait été ridicule peut-être, mais tellement plus sympathique...

— Et comment avez-vous trouvé le dernier match de polo ?

Le polo... Mais oui, on n'y pensait plus, occupés à discuter de fadaises. Du coup, tout le monde se passionne, et le gouverneur en oublie son mouvement d'humeur.

Le dîner touche à sa fin. Les messieurs vont, selon la tradition, se retirer au fumoir et les dames au petit salon, où lady Violet fera servir la camomille.

A l'exception de la maîtresse de maison, aucune de ces dames n'a compris qui est cette ravissante jeune femme à l'accent français, envers laquelle le gouverneur a montré tant de prévenance. En tout cas il l'a appelée « princesse », cela suffit pour qu'on la trouve charmante. Il faudra qu'on l'invite, il y a si peu de distractions ici !

Une petite blonde, plus hardie ou plus curieuse que les autres, se risque :

— Y a-t-il longtemps, princesse — que ce mot est agréable à prononcer ! —, y a-t-il longtemps que vous avez quitté la France ?

Interloquée, Selma la regarde.

— Mais je ne suis jamais allée en France.

Devant leur air surpris elle ajoute :

— Je suppose que c'est à cause de mon accent. En fait j'ai été élevée à Beyrouth.

— Ah ! Beyrouth ! soupire une dame, le petit Paris de l'Orient ! Les Français ont vraiment réussi à civiliser cette ville. Monsieur votre père était sans doute haut fonctionnaire, ou diplomate, ou peut-être officier ?

— Je crois que mon père n'a jamais fait grand-chose d'autre que de s'occuper de ses chevaux, répond Selma, sans comprendre très bien à quoi rime cette conversation.

Ces dames d'approuver : bien entendu, un prince...

— Il n'est que damad, c'est ma mère qui est sultane.

Damad, sultane ? Quelque chose ne va plus, elle se moque de nous !...

— Mais alors vous n'êtes pas française ?

— Bien sûr que non, je suis turque.

Turque ! Les bouches se plissent, dédaigneuses : une Turque ! Elle nous a bien eues. Mais où a-t-elle été chercher ce teint de porcelaine, les Turques sont noiraudes, c'est bien connu. Sans doute sa mère a-t-elle fauté avec l'un de nos soldats du temps où nous occupions Istamboul...

Plus charitable que les autres, une dame tente de tirer la pauvre petite de cette situation pénible.

— Vous voulez dire que vous êtes une Turque d'origine grecque, chrétienne ?

— Pas du tout, s'exclame Selma, indignée. Je suis turque et musulmane à cent pour cent. Mon grand-père était le sultan Mourad.

Cela n'impressionne aucunement l'assistance : pour ces bourgeoises anglaises, un Turc musulman, fût-il sultan, n'arrivera jamais à la cheville d'un Britannique.

— Et que faites-vous seule ici ? s'apitoie la dame charitable.

— Je ne suis pas seule, je suis mariée.

Tiens, peut-être sera-t-elle quand même fréquentable. Son mari est sans doute français...

— Je suis mariée au rajah de Badalpour.

Mariée à un indigène ! Evidemment... une Turque... musulmane par-dessus le marché, que pouvait-elle espérer d'autre ? On lui tourne le dos. On a soudain une foule de choses très personnelles à se raconter. La gentille dame n'ose plus lui adresser la parole, de peur de la réprobation de ses amies ; elle se plonge dans son ouvrage de broderie.

Même à Beyrouth, à l'école française, jamais Selma ne s'était trouvée en butte à un racisme aussi franc. D'abord stupéfaite, elle réprime un sourire en pensant qu'à Istamboul ces femmes de fonctionnaires n'auraient pu rêver de l'approcher. Tout cela est vraiment drôle...

Drôle ?

Soudain elle n'en est plus tellement sûre... Elle a la chance d'avoir été élevée dans l'orgueil de son rang, de sa race. Mais qu'en est-il de ceux à qui l'on a inculqué, génération après génération, le sentiment de leur infériorité ? ceux qu'on a convaincus que la couleur de leur peau, leur croyance, leur mode de vie différents en faisaient des sous-hommes... ?

Selma n'a plus envie de rire. Jusqu'alors l'Européen était pour elle l'adversaire contre lequel on lutte à armes égales, ou presque, et le fait d'être battu relevait de faits concrets, quantifiables — un moins bon équipement, une économie ruinée, des erreurs politiques, stratégiques : toutes choses acceptables. Mais au cours de cette soirée elle a découvert la honte, l'inacceptable scandale : un peuple qui se soumet parce que, au fond de lui-même, il est persuadé d'être inférieur, même s'il proclame le contraire, un peuple qui dit vouloir son indépendance mais qui a perdu son âme, qui n'aspire plus qu'à ressembler aux maîtres dont il prétend se débarrasser.

Elle les déteste tous : Amir et ses amis tellement britanniques, et sir Harry qui les honore de son amitié, et lady Violet qui, en ce moment même, lui fait la charité de venir lui parler. Jamais elle n'a éprouvé tant de haine.

— Faites attention, ma chère, lui dit Amir, dans la voiture qui les ramène au palais. Vous avez souri à ce jeune Indien. En toute innocence, je sais, mais vous ne connaissez pas ces gens, ils se font des idées.

Ces gens...

Il n'y aura pas de bagarres à Lucknow lors du festival de Holi. Par contre, dans les villes et les villages alentour, les émeutes se multiplient. A Patna, Bareilly, Ratnagari, partout les deux communautés s'affrontent ; ici parce qu'un orchestre hindou a joué « exprès » de la flûte et du tambour devant la mosquée, à l'heure où les fidèles endeuillés priaient ; là, parce que des jeunes, dans l'excitation de la fête du Printemps, ont aspergé les tazzias de couleurs. L'incident le plus grave a eu lieu près d'Aurangabad, lorsque huit cents hindous armés de bâtons et de fourches ont entouré un village musulman où l'on avait sacrifié un bœuf pour les fêtes de fin de Moharram. Le village a été sauvé in extremis par la police, mais une vingtaine d'hommes ont été tués ou blessés. L'opinion musulmane accuse Nehru, qui a déclaré « ne pas supporter de passer devant un abattoir et soutenir tous les gens sensibles qui les ont en horreur » ; et elle reproche amèrement à Gandhi de se taire, et de ne prêcher la non-violence qu'envers les Anglais.

Des deux côtés les rancœurs s'accumulent. L'intolérance croît.

V

Le soleil couchant dore l'eau des fontaines ; étendue sur le marbre blanc, Selma jouit des premiers moments de fraîcheur. Dans ce jardin intérieur, le dernier après les cours des femmes, les suivantes ne viennent désormais plus la déranger. Elle en a fait son sanctuaire. Là elle rêve, pleure et écrit à sa mère des lettres où elle parle de son bonheur.

Aujourd'hui, c'est l'anniversaire de son mariage : deux mois déjà... deux mois seulement !... Prise d'angoisse, elle s'est redressée, elle se demande soudain ce qu'elle fait là, ce qu'elle fait de sa vie... Des thés, encore des thés, des multitudes de femmes, gentilles, à qui elle n'a rien à dire, le sourire de Zahra, les jeux de pique avec la rani, et puis... Amir. Amir de jour, Amir de nuit, le séduisant rajah, le parfait gentleman occupé de politique et de la gestion de son Etat, et ce grand corps sombre, silencieux, avide, indifférent. Depuis le choc de la première nuit, elle s'est habituée. L'horrible mot... mais que peut-elle faire si son mari est sourd, muet, aveugle ?

Des pas sur les dalles. Qui ose ?

— Ah Zeynel ! Mon bon Zeynel, pourquoi cette triste mine ?

— Le souci, princesse. La sultane est seule à Beyrouth et sa santé...

Pauvre Zeynel, comme il s'inquiète ! Annedjim a deux kalfas qui, nuit et jour, l'entourent, mais c'est vrai que depuis sa maladie elle est devenue comme son enfant. La jeune femme ne peut résister au plaisir de le taquiner.

— Tu veux m'abandonner ? Tu n'aimes plus ta Selma ?

Il rougit, se mord les lèvres. Elle regrette déjà.

— Voyons, je plaisantais, je crois moi aussi que tu dois rentrer à Beyrouth. Je serai plus tranquille si je te sais auprès de ma mère.

Il la regarde, il semble désespéré.

— Mais vous, princesse ?

— Comment moi ? Vieux présomptueux ! Tu te crois donc indispensable ?

Elle a un rire de gorge.

— Ne vois-tu pas combien je suis entourée, gâtée ? Tu diras à Annedjim que je suis une épouse comblée.

Zeynel a les larmes aux yeux.

— Promettez-moi au moins, si quelque chose ne va pas, de me le faire savoir, je reviendrai aussitôt.

— Promis. Mais arrête de te tourmenter ou je vais me fâcher. Et quand je me fâche... Oh, Zeynel, te souviens-tu de mes colères quand j'étais petite ? Tu disais que mon nez s'allongeait, que je me mettais à ressembler au sultan Abdul Hamid... C'était radical, je me calmais... Viens, assieds-toi à côté de moi, dis-moi : crois-tu que nous reverrons un jour Istamboul ?

Il se tait, il sait qu'elle n'attend pas de réponse, qu'elle a seulement besoin de partager ses souvenirs. Il est ici son seul lien avec le passé, c'est pour cela qu'il va lui manquer, c'est pour cela peut-être qu'il vaut mieux qu'il parte.

— J'oubliais, madame Ghazavi voudrait vous parler.

— Elle veut partir ? Elle a raison, elle n'a rien à faire ici.

La Libanaise a fini par lasser Selma par ses critiques, ses plaintes perpétuelles. Et depuis que Zahra l'a vertement tancée, lui reprochant de semer la zizanie, elle boude. Au fond, Selma préfère rester seule. Sa vie est ici désormais. Elle laisse la nostalgie aux faibles et aux imbéciles. Elle, elle veut se battre ; il y a tant à faire dans ce pays, tant à faire pour ce peuple. Qu'importe Rani Aziza ! La rani, à présent, c'est elle.

Ils ont failli rater le train. Une valise perdue, puis retrouvée au dernier moment a permis d'éviter de trop longs épanchements. Maintenant ils sont installés dans le compartiment. Sur le quai, dans la chaleur étouffante du mois de mai, Selma se tient bien droite, elle leur sourit. Amir n'a pas compris pourquoi son épouse éprouvait le besoin d'accompagner ses « domestiques » à la gare. Pauvre Amir !

— Au revoir, ma princesse...

Par la fenêtre, Zeynel, les yeux gonflés, agite son mouchoir. Le train démarre, prend de la vitesse. « Au revoir ! Au revoir ! » Selma a la gorge nouée. Parce qu'ils partent ou parce qu'elle ne part pas... ?

— Ne soyez pas triste, vous avez ici des amis.

Bégum Yasmin lui a pris la main et la presse doucement. Selma se retourne, elle l'avait oubliée. C'est pourtant grâce à elle qu'elle a pu se rendre à la gare, c'est elle qui, par l'intermédiaire de son époux, a convaincu le rajah.

— Je comprends votre désarroi, tout est si nouveau pour vous. Amir est très bon mais n'a pas un caractère facile. Venez chez moi chaque fois que vous vous sentirez seule, j'en serai heureuse.

« Qu'elle est dévouée ! songe Selma. C'est drôle, au début, elle ne m'inspirait aucune confiance. »

Les jours suivants elle se rendra fréquemment chez Bégum Yasmin, d'abord par désœuvrement puis par plaisir. L'atmosphère y est tellement plus détendue qu'au palais, et plus intéressante.

Intelligente et curieuse, la bégum a su réunir autour d'elle, sans trop se préoccuper de leur rang social, un certain nombre de femmes cultivées. Elle-même n'appartient pas à l'aristocratie, mais à une famille d'universitaires et d'écrivains renommés, et son époux, sans conteste le meilleur avocat de Lucknow, a édifié seul sa fortune. Aujourd'hui, ils sont très riches, chaque détail de leur luxueuse demeure le prouve, mais à la manière moderne, confortable, d'une bourgeoisie qui n'a pas à s'encombrer de reliques du passé. N'était-ce le fait que la bégum observe un strict purdah — on ne fréquente chez elle que des femmes —, Selma pourrait presque se croire à Beyrouth.

Amir est enchanté de cette nouvelle amitié : sa jeune femme commence à s'adapter, à prendre les rythmes, les habitudes de leur société. Lui-même, ces jours-ci, n'a guère le temps de s'occuper d'elle, les problèmes de l'Etat l'accaparent.

Pour se gagner les votes des paysans, le Congrès a en effet entrepris de les monter contre les princes, présentés comme les adversaires de l'indépendance. Sa propagande est particulièrement intense dans les provinces où la classe dirigeante, en majorité musulmane, récuse une politique qu'elle estime dangereusement basée sur l'hindouisme et, par réaction, se tourne vers la Ligue musulmane d'Ali Jinnah.

De nombreux paysans se sont révoltés contre les régisseurs et ont refusé de payer l'impôt. Dans l'Etat voisin de Badalpour, ils ont même pillé les réserves de blé. A Badalpour, pour l'instant, tout semble calme, mais la police secrète du rajah l'a informé que, dans les villages, des inconnus avaient commencé à tenir des réunions clandestines.

— Pourquoi n'allez-vous pas vous-même juger de la situation et parler aux paysans ? s'étonne Selma à qui son époux a fini par faire part de ses soucis.

Il rit de tant d'innocence.

— Parler aux paysans ? Pour leur dire quoi ? Qu'on les manipule ? Ils ne me croiraient pas. Cela romprait l'équilibre encore existant et leur prouverait que je m'inquiète. C'est pour le coup qu'ils en profiteraient : les hommes les plus soumis deviennent des fauves si le maître montre sa faiblesse. Je pensais que l'histoire de l'Empire ottoman vous avait appris cela.

— Elle m'a appris surtout que si le sultan avait été plus proche de son peuple, celui-ci n'aurait pas permis à Kemal de le renverser... Je crains qu'ici vous ne renouveliez la même erreur !

D'un mouvement tendre, inattendu, Amir s'est penché vers Selma.

— Vous trouvez que je suis un tyran, n'est-ce pas ? Pourtant, j'étais encore plus idéaliste que vous, avant...

Il faudrait des événements beaucoup plus graves que quelques émeutes confessionnelles et quelques révoltes paysannes, des événements que l'on ne peut même pas imaginer, pour que la société de Lucknow renonce à s'amuser. Actuellement, c'est la saison des batailles de cerfs-volants. Depuis deux semaines se déroule dans le ciel un combat acharné qui passionne toute la ville. Pas une famille princière, pas une maison aristocratique qui n'y participe. Lucknow est connu pour ces joutes qui parfois durent des mois, et l'on vient de loin pour y assister.

Sur la terrasse de Bégum Yasmin recouverte de tapis de Khorassan, des femmes discutent vivement en scrutant le ciel. Jamais Selma ne les a vues s'enthousiasmer autant. On se montre le cerf-volant du rajah de Mehrar bordé de franges d'or fin et orné de billets de 10 roupies : celui qui l'attrape le garde ; c'est la règle. Il en a déjà perdu une cinquantaine cette saison. Forcément, ainsi parés ils sont plus lourds, moins maniables que les autres ; peu lui importe : ses cerfs-volants ne sont pas là pour gagner, mais pour être les plus beaux, projeter devant toute la ville l'image de sa richesse et de sa générosité.

— « On prétend qu'il est presque ruiné, dit une dame, et qu'il va finir comme le nawab Youssouf Ali Khan. »

Youssouf Ali Khan ! L'homme est entré dans la légende depuis que, quinze ans plus tôt, il a vendu quarante-huit villages pour pouvoir continuer à entretenir son écurie : il possédait cent mille cerfs-volants et chaque année défiait tout Lucknow à venir se battre contre lui seul. Le match le plus fameux a duré six mois. Il avait imaginé d'attacher de petits lumignons aux queues des cerfs-volants pour ne pas devoir s'arrêter la nuit. Son fils a hérité des dettes et de la passion du nawab : il participe à toutes les joutes, y tient une place éminente, mais ses intimes prétendent que c'est seulement par respect filial, pour ne pas avoir l'air de désavouer son père. Il a épousé l'une de ses cousines, très riche, dont il est en train de dilapider la fortune.

Bien des gens se sont ruinés à ce jeu : la construction de cerfs-volants aussi perfectionnés coûte fort cher, et malgré l'interdiction qu'en fait l'islam, on parie d'énormes sommes. Mais ceux qui se ruinent l'acceptent avec philosophie car, ayant acquis popularité et respect, ils seront honorés toute leur vie dans les cercles les plus huppés de la ville.

« Cela frise le ridicule », pense Selma. Pourtant elle ne peut s'empêcher d'être fascinée par le spectacle de ces grands oiseaux de couleur qui évoluent si gracieusement dans le ciel, puis soudain plongent vers l'ennemi et d'un mouvement habile sectionnent la cordelette le retenant à terre. On lui explique que la technique a évolué : non seulement les constructions sont plus solides et plus légères d'année en année, mais la cordelette est plus meurtrière : trempée dans du blanc d'œuf, elle est garnie de petits morceaux de verre, acérés comme des rasoirs, redoutablement efficaces.

— Autrefois, on se contentait de les faire voler, dit la bégum, leur seule finalité étant la beauté. Certains étaient à l'effigie de personnages célèbres. Les hindous en particulier aimaient à représenter leurs dieux. Puis la mode des batailles est venue de Delhi et nous l'avons adoptée. Sans doute parce que c'étaient les seules que nous étions capables de livrer...

La compagnie qui l'entoure aujourd'hui est différente de celle que Selma a l'habitude de rencontrer chez elle : ce sont les femmes et les filles de la meilleure noblesse d'Oudh. Selma admire que la bégum soit aussi populaire dans des cercles si divers. Amir dit qu'elle est une diplomate remarquable, une auxiliaire précieuse pour son mari, il dit... Mais comment le sait-il ? Lorsque Selma lui a posé la question, il a ri.

— Le téléphone, ma chère, cet instrument diabolique condamné par nos maulvis et que les femmes vraiment pieuses refusent d'utiliser. Sans doute ont-elles raison : une voix peut parfois révéler beaucoup plus qu'un visage, et faire rêver... Ne vous fâchez pas, mes relations avec la voix de la bégum ne sont que professionnelles... Comme vous le savez, je suis en contact constant avec son mari qui est non seulement mon meilleur ami mais mon conseiller légal.

Bien sûr, Selma sait cela, pourtant elle se sent un peu jalouse. Certaines de ces femmes en purdah ont une force, une puissance que bien des Occidentales pourraient leur envier. Leurs maris mènent une vie publique active, brillante, prennent des décisions importantes, mais en réalité ce sont elles qui manœuvrent. Adversaires ignorées, cachées derrière le voile, elles sont d'autant plus efficaces.

Leur soif de pouvoir est immense, car elles vivent dans un rêve qu'aucune réalité ne vient contrecarrer. Et leur mari est l'instrument qui leur permet de contrôler le monde.

La bégum s'est fait apporter une boîte d'argent incrustée d'or. C'est la boîte à pân, l'ustensile le plus indispensable d'une maison indienne. Divisée en multiples casiers elle contient les divers ingrédients nécessaires à la préparation de cette friandise nationale. Les Indiens ne peuvent s'en passer et l'on prétend que si les Anglais voulaient réellement paralyser le mouvement pour l'indépendance, ils n'auraient qu'à faire raser les champs de bétel : au bout de vingt-quatre heures la population entière se rendrait.

Selma n'a jamais pu comprendre l'attrait de cette plante fibreuse et amère. Elle regarde la rani choisir soigneusement les feuilles les plus vertes, les enduire d'un peu de chaux, puis de katha, pâte végétale tirée d'une écorce qui donne au pân sa couleur rouge et son extrême amertume, ajouter quelques morceaux de noix de bétel, une pincée de tabac, deux grains de cardamome, un peu d'opium pour certaines, enfin replier la feuille de bétel en un cône parfait qu'elle présentera de ses doigts effilés aux invitées qu'elle désire particulièrement honorer.

Mâcher le pân est une coutume qui remonte à l'Inde ancienne, mais c'est sans doute à la cour moghole qu'elle a acquis ses lettres de noblesse. Lorsque le sultan voulait montrer son appréciation pour services rendus il offrait, outre de somptueux présents, des feuilles de bétel.

Selma préfère le hookah. Appuyée contre des coussins, elle goûte un moment singulier et délicieux. Nulle part ailleurs qu'à Lucknow elle n'a fumé une préparation aussi divine. Non seulement le tabac est mélangé de mélasse, ce qui lui donne un léger goût de miel, mais il est ensuite malaxé d'épices et de parfums divers, sur lesquels les maîtres en l'art gardent le plus grand secret.

A travers ses paupières à demi fermées Selma regarde les femmes étendues près d'elle. La chaleur les a à demi dévêtues, quelques-unes sont ravissantes. Elles peignent leur longue chevelure huilée, se massent les unes les autres, jambes, bras, épaules, avec cette liberté que permet l'absence de regards masculins, elles plaisantent, échangent des confidences, heureuses.

Une toute jeune femme, assise un peu à l'écart, les observe, amusée. Elle a le teint blanc, les yeux clairs. On dit à Selma que c'est la nouvelle épouse du rajah de Nampour, qui l'a choisie pour sa beauté, bien qu'elle ne soit pas de sang princier. On ajoute, avec une moue, que sa mère est anglaise. Surprenant le regard de Selma, elle se lève et vient s'asseoir à côté d'elle.

— J'avais envie de vous rencontrer, dit-elle. Comment vous sentez-vous ici ? Pas trop dépaysée ?

Immédiatement, Selma prend la jeune rani en sympathie. Parce qu'elle a un visage aimable, ouvert, sans doute aussi parce que les autres l'ignorent. Elle a envie de lui demander si c'est difficile d'être à moitié anglaise, si elle ne se sent pas partagée ; mais l'expérience lui a appris qu'aux Indes les susceptibilités raciales sont exacerbées, et elle craint de la blesser.

— Il faut que vous veniez chez moi. Vous verrez, ma belle-mère est une femme extraordinaire, passionnée de politique, une grande admiratrice de Mohammed Ali Jinnah et de la Ligue musulmane. Elle ne perd pas son temps dans des réunions comme celle-ci, elle dit que nous autres femmes avons un rôle à jouer dans l'avenir de ce pays.

— Mais, demande Selma, ne garde-t-elle pas le purdah ?

— Si, bien sûr. Quelle importance ?

Selma ne comprend pas. La bégum lui a dit la même chose l'autre jour. Voici justement qu'elle approche.

— Ainsi, vilaine, vous accaparez mon invitée d'honneur ! Venez donc vous asseoir à côté de moi, princesse !

Sous le ton aimable perce une certaine irritation. Serait-elle jalouse ?

La nuit commence à tomber, les servantes apportent des lampes à huile, et disposent les grands plateaux de cuivre pour le dîner. Dans le ciel les cerfs-volants semblent des boules de feu.

— Regardez comme c'est beau !

D'excitation, la bégum a pris Selma par la taille :

— Voyez comme ce petit est rapide, il va certainement détruire le gros ! Là, je vous l'avais bien dit !

Elle frémit d'enthousiasme. Selma, un peu interloquée, tente discrètement de se dégager, mais la bégum la tient serrée, et elle ne veut pas la vexer. Intérieurement, elle se reproche sa gêne : l'éducation des sœurs l'a-t-elle rendue si puritaine que tout contact lui paraisse indécent ? C'est si naturel, ici, cette liberté des corps, ces gestes tendres entre femmes, sans arrière-pensées, tellement plus sain ! Le christianisme a décidément tout vicié ; l'islam, lui, n'a pas honte du corps, ce serait faire injure au créateur...

Légère, la bégum s'est levée pour s'occuper de ses autres invitées. Selma a honte d'avoir douté, fût-ce un instant, de la pureté de son amitié.

Trottez mes beaux chevaux, vite, plus vite !

L'élégante calèche file dans les calmes allées de Kaisarbagh, à travers les jardins fleuris et les palais endormis dans la torpeur de l'après-midi. Vite, il n'y a rien à faire, seulement respirer le vent à travers les jalousies. Il n'est que 4 heures, l'après-midi sera long, Selma se rend au marché d'Aminabad y choisir des guirlandes de roses, c'est là qu'elles sont les plus fraîches.

La calèche s'est engagée par la porte de l'Ouest dans les rues étroites de la vieille ville ; les chevaux maintenant avancent au pas, évitant les petits vendeurs accroupis parmi leurs paniers de fruits, les vaches couchées majestueusement au milieu de la chaussée, et les bambins demi-nus qui jouent à courir entre les roues.

Le marché d'Aminabad est une vaste place entourée de maisons ocre aux balcons tarabiscotés, soutenus par des arcades sous lesquelles s'abritent des centaines de boutiquiers. C'est le principal centre commercial de la ville, le mieux achalandé, si l'on exclut bien sûr Hazerganj, où se trouvent les magasins élégants, vendant des marchandises importées, et fréquenté presque uniquement par les Anglais. Selma aime y flâner, aller d'échoppe en échoppe, fouiner, tout faire déballer, parfois pour ne rien acheter. Personne ne s'en formalise, c'est l'habitude : ici, la clientèle féminine est capricieuse, c'est un droit reconnu, et les gros marchands sont ravis de déployer leurs talents pour une dame au visage aussi blanc.

Car si Selma a finalement accepté de porter le burkah, sitôt tourné le coin du palais, elle en dénoue les cordons, relève le voile, et l'horrible tente noire se transforme en une longue cape, ma foi fort élégante. La suivante qui l'accompagne dans ses promenades n'aurait garde de parler : elle sait qu'elle serait immédiatement renvoyée. Selma l'a choisie pour son service personnel parce qu'elle était nouvelle et pas encore sous la coupe de Rani Aziza. Rien n'a été dit entre elles, la princesse la comble de menus cadeaux.

Il y a peu de monde aujourd'hui sur le marché, la moitié des boutiques sont fermées. Selma ignorait que ce fût jour de fête, Moharram ne se termine que demain. Dans un petit parc non loin de la mosquée, un homme discourt entouré d'un groupe compact et attentif.

Soudain, à l'autre bout de la place retentissent des cris, une centaine d'individus armés de bâtons ont surgi. Vociférant, ils se précipitent, renversent les étalages, frappent aveuglément vieillards, femmes, enfants, tout ce qui se trouve sur leur passage. Dans le petit parc le groupe s'est levé. Calmement il s'organise et attend l'attaque.

— Hozour ! vite, venez !

Terrorisé le cocher a tiré sa maîtresse par la manche. Regardant autour d'elle Selma réalise qu'ils sont seuls. En quelques secondes, la

place s'est vidée, les boutiquiers ont baissé leurs rideaux. Précipitamment, elle s'engouffre dans la calèche. Il était temps : des pierres ont
commencé à voler, on entend des coups de feu. Affolés, les chevaux se
cabrent, le cocher hurle, les fouette à tour de bras. A travers la fenêtre
grillagée, Selma aperçoit des maisons qui brûlent et des silhouettes
qui courent dans tous les sens, comme frappées de démence. En
quelques secondes la place s'est transformée en champ de bataille.

La bouche écumante, les chevaux se sont emballés, le cocher ne les
contrôle plus. Dans les rues, les passants effrayés se plaquent contre
les murs des maisons. Selma ferme les yeux, elle s'attend au pire.
Dans un soubresaut, la calèche enfin s'arrête. A la fenêtre apparaît le
visage du cocher, masque livide trempé de sueur. Dans un coin, la
servante sanglote. Si l'on veut éviter questions et reproches il serait
préférable de ne pas rentrer au palais dans cet état.

— Allons chez la bégum, décide Selma, sa maison n'est pas loin.
Mais d'abord Ahmed Ali, dis-moi, qui a attaqué ? Les musulmans ou
les hindous ?

Le cocher baisse la tête, l'air écœuré.

— Alors ?

— Des musulmans, Hozour, tous des musulmans, il n'y avait pas
d'hindous.

Selma s'énerve, répète sa question. Cet homme a eu si peur, il ne
sait plus ce qu'il dit.

— Des musulmans, je vous assure, Hozour, mais pas de bons
croyants. Cela fait déjà deux jours qu'ils se battent dans les vieux
quartiers du Tchoq [1], mais jamais je n'aurais cru qu'ils viendraient
jusqu'à Aminabad, si près des palais.

— Pourquoi se battent-ils ?

— Ce sont les sunnites qui ont commencé. Ils ont attaqué une
manifestation religieuse chiite, prétendant qu'elle insultait Hazrat
Omer, le second khalife. Il y a eu, paraît-il, une vingtaine de morts et
des centaines de blessés, ils n'ont épargné ni femmes ni enfants... Une
partie du Tchoq a été incendiée... Bien sûr les chiites ne se sont pas
laissé faire ! Actuellement le Tchoq est sous couvre-feu, mais on ne
comprend pas pourquoi la police est intervenue si tard...

Atterrée, Selma se recroqueville dans un coin de la voiture : comme
si les affrontements entre Indiens et Anglais, entre hindous et
musulmans ne suffisaient pas ! Musulmans contre musulmans ! Il ne
manquait plus que cela.

---

1. Le Tchoq est le quartier populaire de Lucknow.

En cette fin d'après-midi le salon de Bégum Yasmin est particulièrement animé. Les journaux viennent d'annoncer la conclusion du roman d'amour qui, depuis des mois, de l'est à l'ouest de l'empire, alimente toutes les conversations, brouillant les amis, divisant les familles, faisant pleurer, rêver, s'enthousiasmer, s'indigner, de ce courage, de cette lâcheté, de cet hommage à ce qu'il y a de plus noble en l'homme, de cet affront à Dieu et au Devoir : l'abdication d'Edouard VIII, le roi-empereur, pour les beaux yeux d'une Américaine par deux fois divorcée, va définitivement être scellée par leur mariage, « en toute intimité », le 3 juin au château de Candé, en France.

Lorsque entre Selma, une petite dame potelée est en train d'expliquer que l'amour... l'amour...! « Que sait-elle de l'amour? se demande Selma irritée et qu'est-ce que j'en sais moi-même? » Assise un peu à l'écart, elle s'étonne de voir ces Indiennes se passionner, vibrer pour la vie privée d'une famille qui, depuis cent cinquante ans, non seulement tient leur pays en coupe réglée mais y maintient une armée qui arrête, emprisonne, et parfois tue ceux qui se révoltent contre sa domination.

Ces derniers temps, alors que dans toute la province se produisaient de sanglants affrontements entre hindous et musulmans, le principal sujet de discussion restait les amours anglaises. Selma s'en scandalisait mais se taisait poliment. Aujourd'hui, c'en est trop, elle éclate :

— Qu'importent ces bêtises! Regardez donc autour de vous, dans votre ville, sous vos fenêtres : on s'entre-tue! J'arrive d'Aminabad où j'ai failli être lynchée!

Ses nerfs soudain la trahissent, elle suffoque, on s'empresse autour d'elle, vite de l'eau froide, des sels... Enfin elle retrouve son calme, elle raconte. « Entre musulmans? » On s'étonne, on s'indigne. Ce n'était pas arrivé depuis trente ans, depuis qu'en 1908 fut interdite la récitation publique du Mad-e-Sahabah, des textes sunnites à la louange des premiers khalifes que la communauté chiite estime insultante pour ses martyrs, et à laquelle elle réplique par la récitation du Tabarrah qui présente ces khalifes comme des usurpateurs. Que se passe-t-il maintenant? Pourquoi de nouveau ces troubles?

Bégum Yasmin dévisage durement la jeune rani de Nampour.

— Encore un tour des Anglais, je suppose : susciter les divisions entre Indiens pour pouvoir répondre, lorsque nous réclamons l'indépendance, qu'ils aimeraient bien nous l'accorder mais qu'il faut d'abord que nous nous mettions d'accord entre nous.

— A mon avis, ce serait plutôt une ruse du parti du Congrès, rétorque calmement la rani, c'est lui qui a intérêt à ce que les musulmans soient divisés et incapables de s'organiser pour défendre leurs intérêts contre la suprématie hindoue.

Le mari de Rani Shahina est l'un des responsables de la Ligue musulmane, celui de la bégum l'un des rares musulmans à faire partie du Congrès : il estime que l'important est de se libérer des Anglais, qu'on réglera par la suite les problèmes communautaires. Sous les arguments politiques des femmes percent les rivalités personnelles de leurs époux.

Pour détendre l'atmosphère, une dame demande quels sont les princes qui se rendent à Londres pour le couronnement du nouveau roi. Du coup on en oublie la politique, et, les yeux brillants on énumère les grands maharadjahs, Gwalior, Patiala, Jaipour, Indore, Kapourtala, le nizam de Hyderabad bien sûr, toute une délégation prestigieuse conduite par le vieux maharadjah de Baroda. Niloufer et Duruchehvar y seront certainement, pense Selma. Elle souhaiterait que les Britanniques l'invitent pour pouvoir leur faire l'affront de refuser. Mais elle sait qu'elle n'aura pas cette satisfaction. Elle en veut soudain à Amir de n'être que le prince d'un petit Etat.

Le 12 mai, jour du couronnement du roi George VI qui succède à son frère Edouard VIII, Lucknow resplendit de lumières et de guirlandes. Ce soir, la réception du gouverneur sera somptueuse, l'aristocratie, les notables, tous seront présents pour le féliciter et former des vœux pour la prospérité du roi-empereur.

En shirwani de gala, Amir a frappé à la porte de Selma.

— Pas encore prête ? Dépêchez-vous, nous allons être en retard !

Selma le regarde droit dans les yeux.

— Vous pouvez partir, je ne viens pas.

Il en reste ébahi. Quelle mouche a piqué sa femme ? On ne peut faire cet affront au gouverneur !

— Vous ne comprenez pas ? Moi, ce que je ne comprends pas c'est comment vous pouvez assister à cette réception ! Tous vos discours contre le colonialisme anglais, pour la lutte d'indépendance, des mots ! Dès que le gouverneur claque des doigts, vous vous précipitez tous, et vous célébrez le couronnement du maître étranger, dont soi-disant vous voulez vous débarrasser, avec la même ardeur que s'il était de votre sang et que vous l'ayez choisi !

Amir a rougi, il fait un pas vers cette femme qui l'insulte. Va-t-il la frapper ? Il se retient, serre les poings.

— Vous confondez, princesse, les Indes ne sont pas la Turquie occupée. Les Anglais ont beaucoup fait pour développer ce pays. Simplement, nous estimons être désormais assez grands pour nous gouverner nous-mêmes. Nous ne sommes pas en guerre avec eux, nous négocions une passation de pouvoirs dans les meilleures conditions possible.

— Vous appelez négociations le fait que les soldats britanniques emprisonnent, assassinent ?

— C'est la faute de ce fou de Gandhi, cet illuminé qui persiste à vouloir jeter le peuple dans la bataille, alors que tout pourrait être réglé calmement, entre gentlemen.

Après une pause :

— Alors, vous ne venez pas ?... Bien !

Il sort furieux, vaguement mal à l'aise.

VI

Autrefois, le voyage de Lucknow à Badalpour prenait trois jours. Trois jours pour parcourir les quelque cent miles au rythme lent des éléphants arborant les couleurs de l'Etat, suivis des palanquins, portés par huit robustes esclaves, et des chameaux croulant sous leur chargement.

La caravane se mettait en route à l'aube, puis au milieu du jour, lorsque la chaleur devenait intolérable, elle s'arrêtait. En rase campagne, les serviteurs dressaient les vastes tentes et recouvraient l'herbe de tapis fleuris. Jusqu'au coucher du soleil on dormait ; on ne repartait qu'avec la fraîcheur, les gardes armés formant une haie le long du cortège qui avançait en balançant sous les étoiles.

Aujourd'hui, le trajet se fait en quatre heures dans l'Isota Fraschini blanche, spacieuse comme un petit salon avec son bar, ses tablettes d'acajou, son service à thé et ses flacons de cristal emplis d'eau de rose. Selma regrette la majestueuse poésie des voyages d'antan à laquelle certains vieux princes restent fidèles ; mais le rajah est un homme moderne, il aime à se déplacer vite et confortablement.

Concession cependant aux traditions et au plaisir du peuple : on s'arrêtera un mile avant la frontière de l'Etat, pour permettre aux éléphants royaux, partis aux aurores du palais de Badalpour, de rejoindre la voiture et de lui faire escorte.

Fièrement, Amir explique à sa jeune épouse que Badalpour, qui ne compte plus, avec sa capitale de trente mille habitants, qu'environ deux cents villages, était autrefois l'un des grands Etats de l'Inde :

— Les innombrables guerres que mes ancêtres ont livrées aux puissants Mahrattes du Dekkan, puis à l'envahisseur anglais, nous ont épuisés. Jamais nous n'avons cédé à la force. En 1857, mon arrière-grand-père a perdu deux mille six cents villages, une superficie égale à la Suisse, et le général anglais de l'époque a consigné dans ses mémoires : Il ne faut en aucun cas se fier aux rajahs de Badalpour : « Ils paraîtront accepter notre autorité mais ils se rebelleront toujours. »

Amir rit, un peu nostalgique.

— C'est notre plus beau titre de gloire... Mais quelques années plus tard, nous passions sous la tutelle de la Couronne [1]...

Sous les arceaux de feuillages tressés de fleurs, la voiture maintenant glisse majestueusement précédée de six éléphants caparaçonnés d'or, et de l'orchestre du rajah qui joue l'hymne de l'Etat. Massée des deux côtés de la route, la foule, hindous et musulmans mêlés, s'incline. Ni cris ni hourras : dans ce pays de bruyantes multitudes, le silence est l'hommage suprême.

Assis à l'avant de la voiture, le rajah se tient immobile, regard lointain. Peu importe si, depuis presque un siècle, les Anglais sont les véritables maîtres du pays, pour ses sujets, il reste le seigneur omnipuissant, dispensateur de toutes grâces et de tous châtiments. A l'arrière, Selma, dissimulée par les rideaux de brocart, si lourds que le vent ne peut les soulever, observe ce peuple dont elle est la reine et qui n'a pas le droit de la voir.

On arrive aux abords de la capitale, la foule s'est faite plus dense. Sous l'arche de pierre rouge qui commande l'entrée de la ville, un homme âgé porte plusieurs fois la main à son front en signe de respect, puis, ouvrant un sac, il jette à pleines poignées des roupies d'argent, provoquant une colossale mêlée. Visage de marbre, Amir semble ne rien voir, mais Selma l'entend murmurer :

— Quelle faveur brigue encore ce vieux fou de Hamidullah pour se montrer si généreux ?

Le cortège s'est engagé dans la rue principale, bordée de magasins ornés de banderoles aux couleurs de l'Etat. Partout le portrait du rajah. Des balcons, les femmes arrosent la voiture d'une pluie de grains de riz, symbole de prospérité et de fécondité. Elles crient : « Rajah sahab zindabad ! Longue vie à notre rajah ! », certaines se laissant déborder par l'enthousiasme clament : « Rani saheba zindabad ! longue vie à notre rani ! » Précipitamment on les fait taire : quelle honte ! comment ces jeunes écervelées peuvent-elles manquer de respect au point de faire allusion en public à

---

1. Entre 1857, première révolte contre les Anglais, et 1947, année de l'Indépendance, la majorité des Etats indiens était passée sous contrôle britannique. Ils devaient payer l'impôt et n'avaient plus droit à une armée. Si les rajahs demeuraient les souverains en titre, ils étaient en fait responsables de la bonne marche de leur Etat devant le gouverneur anglais.

l'épouse de notre souverain ? Puisse celui-ci ne pas nous en tenir rigueur !

La voiture est sortie de la ville, elle se dirige vers le palais situé à une dizaine de miles. Jusqu'au siècle dernier les rajahs de Badalpour habitaient le vieux fort situé au centre de la ville. Mais un soir d'été — acte criminel ou imprudence — un incendie avait ravagé le fort et une partie de l'antique quartier qui l'entourait. Par souci de sécurité autant que par goût de la tranquillité, le rajah d'alors s'était fait reconstruire un palais en pleine campagne, devant le lac aux nénuphars.

De hauts murs protègent le palais des regards. Au centre du jardin moghol il se dresse, arches blanches et balcons ajourés, couronnés d'une frise de céramiques vert et or figurant des lances pointées vers le ciel, des cornes d'abondance et toute une série d'animaux glorieux ou bénéfiques, paons, tigres, poissons. Sur ses quatre côtés il est entouré de terrasses dominant les champs et les villages. Au loin, on aperçoit l'ombre bleutée des premiers contreforts de l'Himalaya. A quelque distance du palais principal, trois autres petits palais semblent abandonnés. Le vieux rajah les avait réservés à ses épouses et aux épouses de ses héritiers ; ils servent aujourd'hui à accueillir les invités.

Immédiatement Selma a aimé son nouveau domaine, cette blancheur paisible, ces parterres de fleurs parcourus d'étroits canaux de mosaïques où coule une eau transparente, ces allées ombragées plantées d'essences odorantes et ces hauts palmiers qui se déploient vers le ciel tels des oiseaux échevelés.

Devant le palais, la garde au grand complet rend les honneurs — une cinquantaine d'hommes, vestes et turbans indigo, moustaches bien cirée, maniant de longs fusils Mauser datant du siècle dernier. Au bas du perron l'armée des serviteurs — vêtement blancs rehaussés de la ceinture indigo et du turban — se prosterne. D'un côté se tiennent les palefreniers et les cornacs, les cuisiniers et les marmitons, les jardiniers, les barbiers, les maîtres d'hôtel et les valets de pied. Sont même présents, mais en retrait, les balayeurs, épousseteurs et torchonneurs. De l'autre côté du perron se tiennent les femmes, visage découvert, à la grande surprise de Selma. Elles ne sont qu'une vingtaine, cméristes, femmes de chambre, lingères, mais affectées exclusivement au service de la nouvelle rani.

— Hozour, quel bonheur, quel honneur !

Une petite boule de soie rouge s'est précipitée sur Selma et couvre ses mains de baisers. C'est Bégum Nusrat, l'épouse du gouverneur de l'Etat de Badalpour, qui avait accueilli la princesse le jour de son arrivée. Son mari, le diwan, doit être ce monsieur digne, en shirwani noir, qui converse avec Amir. Pourquoi ne m'a-t-il pas saluée ? se demande Selma. Elle a l'impression d'être transparente ; aucun des hommes présents, dignitaires ou serviteurs, ne paraît la voir. Attitude de respect, évidemment, mais la jeune femme ne peut se défendre du sentiment désagréable de ne pas exister. Il faudra qu'elle s'y habitue. Elle préfère encore cela au port du burkah ! A Badalpour la prison noire n'est pas de rigueur, comme dans les villes où pères et maris entendent protéger leurs femmes des regards indiscrets. Ici, personne jamais n'oserait, n'aurait l'idée de la moindre familiarité à son égard ; ici, elle n'est pas une femme : elle est la rani.

Bégum Nusrat la presse.

— Venez, Hozour, Rani Saïda est impatiente de vous connaître. C'est moi qui dois vous présenter, ce ne serait pas convenable que vous y alliez avec le rajah. Un mari et sa femme ne doivent pas se montrer ensemble, c'est indécent. Si la femme se trouve chez sa belle-mère et que son époux se fasse annoncer, elle doit voiler son visage et sortir avant qu'il n'entre.

Rani Saïda... la grand-mère d'Amir, qui pendant les quinze ans qu'il a passés en Angleterre a dirigé l'Etat de derrière le purdah tandis que Rani Aziza s'occupait du palais de Lucknow. Une maîtresse femme, dit-on. Selma, elle aussi, est curieuse de la rencontrer.

Escortée de Bégum Nusrat, elle gravit les escaliers de marbre — par ici, Hozour ! —, traverse le petit salon de réception encombré de fauteuils et de consoles de bois doré, la salle du conseil meublée à l'orientale de divans bas, tapis persans et tables de Cachemire, enfin l'ancienne salle du trône. Avec orgueil, la bégum lui fait admirer le lourd siège d'ivoire sculpté de scènes de chasse et de guerre et entouré de colonnettes torsadées soutenant un dais de velours indigo. Selma se tait : elle a rarement vu quelque chose d'aussi laid. Elle reporte son attention sur les portraits d'ancêtres qui tapissent les murs ; tous les rajahs de Badalpour sont là, depuis le plus ancien, qui accéda au trône en 1230 jusqu'au père d'Amir, décédé en 1912. Curieux comme ils se ressemblent. Selma se penche pour les examiner de plus près et soudain se mord les lèvres pour ne pas éclater de rire : tous ces souverains, sept siècles d'histoire, ont été peints par un seul et même artiste, un certain Aziz Khan. Ou cet homme fut d'une longévité vraiment exceptionnelle ou le père d'Amir, pour une raison mysté-rieuse, éprouva un jour le besoin de se fabriquer cette flamboyante galerie d'ancêtres, mais oublia de faire effacer la signature de l'artiste. Orgueil et désarmante naïveté... Est-ce qu'Amir... Selma chasse un sentiment de malaise. Non, jamais elle n'a pensé à Amir en ces termes.

— Approchez, mon enfant.

Au premier coup d'œil Selma est séduite par la vieille dame ; celle-ci est vêtue de blanc, comme il sied aux veuves, sans un bijou. Seule coquetterie : dans ses cheveux neigeux ramenés en chignon sur la nuque, un peigne orné de turquoises, la pierre favorite des chiites.

— Venez donc m'embrasser !

Les yeux bleus pétillent dans le visage clair, adouci de mille petites rides qui la parent comme une fine voilette. Elle doit être originaire du Cachemire, pense Selma, nulle part ailleurs, aux Indes, les femmes n'ont le teint si blanc. Pourquoi le vieux rajah est-il allé se chercher une épouse aussi loin alors que de son temps la coutume et la sécurité des frontières privilégiaient les alliances entre Etats voisins ?

Respectueusement elle s'incline. L'aïeule la relève et la serre sur son ample poitrine. Elle sent bon la fleur de glycine, Selma a l'impression d'être rentrée à la maison.

— Je craignais que tu ne sois que jolie... — la rani lui a pris le menton et longuement la dévisage — mais je vois que tu es beaucoup plus que cela. Amir a de la chance. Il a besoin d'une femme comme toi. Tu l'aideras, n'est-ce pas ? Tu le rassureras quand je ne serai plus là pour le faire ?

Rassurer Amir ? Selma a dû avoir l'air étonné.

— Je sais ce dont je parle. Amir a manqué d'amour. Dès l'âge de six ans, à la mort de ses parents, il a été entouré de courtisans qui l'encensaient et derrière son dos se gaussaient. Sans le comprendre clairement il le sentait, c'était un enfant sensible et précoce. J'étais la seule à ne rien attendre de lui. Même sa sœur aînée Aziza prenait soin de ne jamais le contrarier, craignant que plus tard il ne s'en souvienne...

» Mais le choc le plus terrible fut lorsque, à l'âge de quinze ans, son oncle paternel, qu'il adorait, tenta de l'empoisonner pour s'accaparer l'Etat. Pendant des semaines il resta prostré, refusant de voir qui que ce soit sauf moi. Il pleurait et répétait sans cesse : " Je ne veux pas être rajah, je vais partir très loin, là où personne ne me connaîtra et où peut-être, enfin, on m'aimera pour moi."

Selma frissonne : que de fois n'a-t-elle souhaité elle aussi être orpheline, sans nom, sans origine, pour être sûre qu'on l'aime « pour elle ».

— C'est à cette époque, poursuit la rani, que nous avons décidé de l'envoyer en Angleterre. Pour sa sécurité physique, mais aussi pour son équilibre mental : la mort de ses parents, qu'inconsciemment il considérait comme un abandon, la duplicité des courtisans, la trahison de son oncle, et pour couronner le tout un amour malheureux pour une cousine qui lui faisait les yeux doux et donnait secrètement rendez-vous à un autre, tout cela avait fini par briser sa confiance en lui, sa capacité de se battre tout en sachant accepter l'échec, bref, d'être un homme.

» Quand il nous a quittés c'était un adolescent méfiant, aux nerfs fragiles. Il nous est revenu adulte, actif, enthousiaste en même temps que posé, rationnel... Un peu trop rationnel... J'ai constamment l'impression qu'il se bride, qu'il craint de se laisser emporter par sa sensibilité. La fêlure serait-elle toujours là ? A-t-il simplement appris à la dissimuler ? Mon pauvre Amir, je voudrais tant qu'il se permette d'être heureux !

Les larmes aux yeux, la rani regarde Selma.

— Promets-moi que tu l'aideras !

En cette fin du mois de juin, la chaleur est devenue étouffante. Bêtes et hommes scrutent le ciel, désespérément bleu. Il restera bleu des semaines encore, on ne peut raisonnablement espérer si tôt la mousson. A moins que Dieu ne prenne en pitié ces champs brûlés, cette terre qui se craquelle, et ces créatures accablées qui se traînent dans la fournaise.

Vingt fois par jour Selma s'immerge dans la grande bassine de cuivre emplie d'eau froide — délicieux moment de répit où elle se sent humaine de nouveau —, mais à peine en sort-elle que les gouttelettes sur sa peau s'évaporent et qu'elle se retrouve plongée dans cette atmosphère torride.

Etendue sur le lit, attentive à bouger le moins possible, elle tend avidement son visage vers le léger souffle d'air dispensé par le *panka*, l'antique ventilateur à main actionné au moyen de cordelettes par un jeune garçon accroupi à l'extérieur de la chambre. Il y a pourtant l'électricité au palais ; dès son retour d'Angleterre Amir l'a fait entièrement équiper d'énormes ventilateurs d'acier, du dernier modèle. Mais, depuis leur arrivée, l'électricité n'a fonctionné qu'une soirée, et Selma a perdu tout espoir de voir un jour s'animer les larges pales brillantes qui, du plafond, la narguent.

Cependant, malgré la canicule, elle aime Badalpour, bien plus que Lucknow. La vie est simple ici, loin des mesquineries de Rani Aziza, des bavardages et des intrigues. Malgré les charges de l'Etat, Amir semble lui aussi plus détendu. Tôt le matin, quand il fait encore frais, ils vont se promener à cheval dans les champs et les forêts. Parfois Zahra les accompagne ; son rire clair perle dans la lumière. Etourdis de liberté, ils galopent et les paysans étonnés les regardent passer.

C'est la première fois que le rajah séjourne en été à Badalpour.

Normalement tous ceux qui le peuvent fuient la suffocante chaleur de la plaine indo-gangétique pour se réfugier dans les élégantes stations de montagne de l'Himalaya. Le vice-roi et son gouvernement eux-mêmes se déplacent et installent leurs quartiers d'été à Srinagar, capitale de l'Etat du Cachemire.

Mais cette année, sous l'impulsion du parti du Congrès, les campagnes s'agitent et Amir a jugé plus sage de rester parmi ses sujets afin d'examiner leurs revendications. Non que les paysans de Badalpour aient particulièrement à se plaindre, leur rajah est juste et plus généreux que la plupart des souverains des Etats voisins : si la récolte a été mauvaise, il n'exige pas l'impôt entier, et si l'on s'est endetté pour le mariage d'une fille ou parce que la maladie vous a empêché de travailler, souvent il règle lui-même la dette à l'usurier du village. Mais depuis quelques mois, des messieurs venus de la ville, qui savent écrire et lire, prétendent qu'il ne faut plus du tout payer d'impôts, que les paysans ont le droit de garder le produit de leur récolte jusqu'au dernier épi de maïs, jusqu'au dernier grain de blé! Bien sûr, on n'en croit rien, et personne jamais n'oserait parler de cela au maître, mais quand même, cela donne à penser.

En attendant, on se contente d'invoquer la pluie, le froid, la chaleur, la sécheresse pour expliquer que cette année on ne peut vraiment pas payer. Aussi, chaque matin le rajah, après avoir réuni son conseil et discuté avec le diwan, le secrétaire au trésor et le chef de la police, tient-il cour ouverte. Point n'est besoin de demander audience : tous ceux qui le désirent, propriétaires, chefs de village ou simples paysans, peuvent venir expliquer leur problème et requérir l'assistance du souverain ou son arbitrage dans le règlement d'un litige.

Selma aime à regarder Amir recevoir ses sujets. Silencieuse, elle se glisse sur la terrasse et l'observe. Il est assis sous la véranda principale, vêtu d'un simple kurtah de mousseline brodé de perles fines. Deux serviteurs enturbannés l'éventent, tandis que derrière lui six gardes armés se tiennent immobiles. Souci de décorum plus que nécessité, convient Amir — il ne faut pas décevoir le peuple, après tout il vient voir son rajah!

Ce matin-là, Selma s'est étonnée d'apercevoir une femme parmi les plaignants. Que fait-elle là? Les affaires se règlent toujours entre hommes. La partie inférieure de son visage est dissimulée par une étoffe noire, qui bizarrement tombe droite. C'est d'autant plus curieux qu'habituellement les paysannes ne portent pas le voile car elles doivent vaquer, avec les hommes, aux travaux des champs. Voile et réclusion sont en réalité des symboles de statut social prouvant qu'une femme n'a pas besoin de travailler.

Autour de la femme au voile noir, des hommes gesticulent et semblent s'insulter. D'autres hommes se joignent au groupe, chacun raconte son histoire, donne son avis, la femme se fait toute petite. Gravement, le rajah pose quelques questions, écoute. Finalement il rend son verdict : tin rupia, trois roupies d'amende. Calmés, les hommes se retirent suivis par la femme qui trottine derrière eux, muette.

— Que s'est-il donc passé ? interroge Selma, intriguée, lorsque Amir enfin remonte dans la chambre.

— Oh, peu de chose ! Le mari accuse son épouse de lui avoir été infidèle, et pour la punir il lui a tranché le nez d'un coup de sabre. Elle jure ses grands dieux qu'elle est innocente et sa famille est venue se plaindre.

Selma regarde Amir avec horreur.

— Comment, seulement trois roupies pour un nez tranché ?

— Elle s'en tire à bon compte car, si elle est coupable, il aurait pu la tuer sans que j'aie le droit de le condamner ; c'est la coutume.

— Mais si elle est innocente ?

— Elle est de toute façon coupable d'avoir, par sa conduite, éveillé les soupçons et porté ainsi atteinte à l'honneur de son mari.

Atterrée, Selma dévisage son époux : ce n'est pas possible ! Lui, un esprit moderne, évolué, éduqué en Angleterre dans les meilleures institutions, il approuve ces comportements dignes du Moyen Age ?... Il voit son désarroi.

— Je ne pouvais rendre un autre jugement. Si j'avais été plus sévère avec le mari, personne, même pas la femme ni sa famille, ne l'aurait compris.

— Mais justement il faut le leur faire comprendre, et vous seul êtes en position de le faire !

— Changer leur mentalité, vous plaisantez ! Il faudrait des siècles pour cela ! D'ailleurs, qui suis-je pour pouvoir juger de leurs valeurs, de leur code de l'honneur et a fortiori vouloir les modifier ? Tout ce que je puis faire, c'est d'essayer qu'au moins ils les respectent.

— Mais vous ne pouvez les approuver ? La voix de Selma a tremblé.

— Rassurez-vous, ma chère, a répondu le rajah, en lui jetant un regard de biais, je préférerais vous voir morte que sans nez, ces gens n'ont vraiment aucun sens de l'esthétique ! Mais sur beaucoup d'autres points — il joue avec son chapelet d'ambre, l'air rêveur — je ne suis plus tellement sûr qu'ils aient tort...

Le village d'Oujpal est situé à un mile à peine du palais. Des terrasses, Selma peut voir les maisons de torchis, leurs toits de chaume, et les cours intérieures où les femmes, accroupies devant le feu, préparent les *tchapatis*, ces galettes de blé qui, accompagnées d'oignons, forment la base et souvent l'essentiel d'un repas.

Depuis une semaine qu'elle est à Badalpour, excepté les randonnées à cheval avec Amir, elle n'est pas sortie de l'enceinte du palais. Elle se sent comme exilée de la vraie vie, celle qui se déroule là-bas, dans ce village où les femmes s'affairent parmi les enfants qui jouent, où les hommes, réunis autour d'un verre de thé, discutent interminablement tandis que des fillettes gracieuses, un pot de cuivre en équilibre sur la tête, vont chercher l'eau au puits, suivies de loin par des groupes de jeunes gens à l'air indifférent.

Les premiers jours c'était la nouveauté, le charme de la campagne et de ce blanc palais, le plaisir d'être enfin sans partage « la rani » et non plus l'étrangère dont on accepte avec résignation les caprices. Elle a joui de tout cela, pleinement. Mais maintenant le temps lui semble long, d'autant que Zahra est repartie étudier à Lucknow.

Selma veut agir.

Comment ?

Rani Saïda, à qui elle s'est confiée, lui a suggéré de commencer à recevoir les femmes, dans l'après-midi car le matin elles sont occupées à la maison ou aux travaux des champs.

— Fais savoir que toutes celles qui le désirent peuvent venir, que tu es prête à les aider... — Elle rit — Je te préviens, il va y avoir foule, tu ne sauras plus où donner de la tête ! Mais tu as raison, c'est ton devoir de rani. Moi-même, je l'ai fait autrefois, maintenant je suis trop vieille...

La tristesse voile un instant le bleu intense de ses yeux.

— Ce sont nos enfants, vois-tu, ils attendent tout de nous. J'aurais voulu faire plus, mais du temps du rajah mon mari il n'en était pas question, et après, j'avais sans doute moins d'enthousiasme... Mais toi tu es jeune, tu as vu le monde, tu peux changer beaucoup de choses ici. Et moi je pourrai mourir tranquille en sachant que les femmes et les enfants de Badalpour ne seront pas abandonnés.

Comme l'avait prévu Rani Saïda, le salon que Selma s'est fait aménager au rez-de-chaussée ne désemplit plus. Les paysannes arrivent à toute heure du jour, suivies d'une ribambelle d'enfants ; elles s'asseyent aux pieds de la rani et commencent à lui raconter d'interminables histoires auxquelles elle ne comprend rien. Aussi a-t-elle requis pour l'aider la présence de la fille aînée de Bégum Nusrat qui a appris l'anglais à l'école des sœurs, la meilleure institution de

Lucknow. Deux suivantes ont également été affectées au service du thé, ce qui a suscité moult protestations et mouvements d'humeur : fières d'avoir été choisies pour le service personnel de la rani, c'est pour elles une déchéance que d'avoir à s'occuper de ces paysannes sales et primitives. Mais Selma s'est montrée inflexible : la loi de l'hospitalité exige qu'à ces femmes qui se déplacent pour la voir, on offre au moins une tasse de thé, ce thé sirupeux, cuit dans des quantités de lait et de sucre, dont elles sont friandes.

Certaines viennent de villages lointains. Pour elles, on a fait recouvrir de draps blancs le sol d'une grande chambre où elles pourront passer la nuit avant de repartir. Elles s'y trouvent si bien qu'elles n'ont aucune envie de s'en aller, surtout les plus âgées qui n'ont plus ni mari ni enfants dont il faut s'occuper. Elles s'installent. La rani n'est-elle pas leur mère, leur protectrice ? Selma voit avec inquiétude le palais se peupler. Amir va finir par s'en apercevoir, se mettre en colère et les renvoyer. Que faire ? Elle s'en est ouverte à Rani Saïda qui s'est mise à rire.

— Mais, ma fille, elles ne peuvent pas partir avant que tu ne leur aies offert un petit cadeau ! Fais préparer des cartons avec quelques kebabs et des *burfis*[1], ajoute un billet de 5 roupies. Et surtout, fais savoir clairement que c'est le cadeau d'adieu.

— Mais... ne vont-elles pas se vexer ?

— Se vexer ? Quelle idée ! Au contraire, elles seront honorées, je suis sûre qu'elles garderont précieusement la boîte pour la montrer à leurs voisines. Prends soin de la garnir d'un beau nœud rouge, c'est la couleur du bonheur...

Le bonheur... Ces femmes qui toute la journée défilent au palais ont-elles la moindre idée que cela existe, le bonheur ?

Les unes après les autres, elles disent les pitoyables drames de la pauvreté, le fils unique qui a pris froid et se meurt malgré les prières des brahmines, la fille répudiée car elle n'a pas conçu — on dit qu'en ville il y a des dames docteurs, mais où trouver l'argent ? — le mari sans travail, les enfants qui ont faim, l'usurier à qui l'on doit déjà 50 roupies et qui menace de saisir la maison... Pleines d'espoir, elles regardent leur rani : elle semble si bonne, sûrement elle va les aider.

Les premiers jours, Selma a répondu aux demandes, 20 roupies par-ci, 30 par-là, peu de chose pour soulager tant de détresse, puis elle s'est rendu compte que le cortège de malheureuses croissait, que c'était une misère sans fin, un gouffre sans fond, et que même les caisses de l'Etat, en admettant qu'elle en dispose, n'y pourraient

----

1. *Burfis* : petits gâteaux faits de sucre et de crème de lait.

suffire. Impuissante! Elle comprend qu'elle est impuissante à résoudre les innombrables problèmes qui la submergent. Comment leur faire comprendre qu'elle ne peut pas les aider toutes? Elles ne la croiront pas, elles ne diront rien mais elles penseront que la rani est comme tous les riches, qu'elles ont eu tort d'espérer. Et elles la fixeront de leur regard triste, résigné... Le regard des pauvres, qui ont l'habitude.

— Je sais, a dit Amir sombrement lorsqu'un soir Selma lui a confié son désarroi. Mais vous vous y ferez, comme nous tous. C'est ça le plus tragique; les meilleurs d'entre nous finissent par s'endurcir. Que faire d'autre? S'exiler, se suicider, s'enivrer du matin au soir pour ne pas voir une situation qui, si on la regardait en face, nous rendrait fous? Aucun raisonnement, rien dans ce que nous avons appris, dans ce que nous croyons, dans ce qui nous constitue en tant qu'êtres humains, rien ne peut justifier cette souffrance, cette agonie interminable de tout un peuple.

» Quand j'étais étudiant en Angleterre, je croyais que le socialisme était la solution. Mes amis se moquaient de moi et m'appelaient " le rajah rouge ". En rentrant, je me suis vite aperçu que personne ne voulait la révolution, les paysans moins que les autres. Des siècles de servitude et d'impuissance les ont persuadés que quoi qu'ils fassent, rien jamais ne changera.

— C'est faux puisqu'ils suivent le mahatmah!

— Effectivement, et ils ont tort; Gandhi, avec sa doctrine de non-violence, est certainement le meilleur rempart qu'ait pu trouver la bourgeoisie d'affaires contre une révolution sociale. C'est pour cela qu'elle les finance si généreusement, lui et son parti. Pour cela et bien sûr pour chasser les Anglais qui contrôlent l'économie du pays et empêchent ces baniyas[1] de s'emplir les poches autant qu'ils le voudraient. Mais ne vous faites pas d'illusions : les Anglais partis, le peuple se retrouvera aussi misérable qu'avant, avec pour seule satisfaction celle d'être exploité par des gens de la même couleur.

— Actuellement, ce sont bien des gens de couleur qui l'exploitent, les grands propriétaires, les princes...

— Effectivement, a répondu Amir en plissant les yeux méchamment, c'est moi, c'est vous. Alors? Qu'attendez-vous pour quitter ce palais, revêtir un sari de toile et aller prêcher l'égalité et la révolte aux paysans? Ils croiront que vous êtes folle et finiront sans doute par

---

1. Baniyas : gros commerçants hindous.

vous tuer!... Croyez-moi, ce n'est pas aussi simple que nous le souhaiterions... Le sacrifice personnel peut nous faire plaisir mais il ne sert à rien, sinon à envenimer les choses.

Selma esquisse une moue dubitative.

— Vous ne me croyez pas? — Il hausse les épaules — Eh bien, essayez, vous verrez!

Parmi les femmes qui viennent régulièrement la voir, Selma a remarqué deux jeunes filles, ravissantes. La plus âgée a peut-être seize ans, sur son front brille le *tikka*[1] rouge des femmes mariées. L'autre, à peine adolescente, porte un sari blanc sans aucun ornement, pas même les traditionnels bracelets de verre sans lesquels une femme indienne a l'impression d'être nue. Assises côte à côte, elles passent des heures à contempler leur rani. Intriguée, Selma a fini par leur demander si elles désiraient quelque chose.

— Non, Hozour, nous désirons seulement te regarder, cela nous donne de la joie, tu es si belle.

Elles lui expliquent que l'aînée, Parvati, est mariée à un homme de quarante ans son aîné; il est bon pour elle, ne l'envoie pas travailler aux champs et chaque année, pour Diwali, le festival des lumières, lui donne un sari de soie. La plus jeune, Sita, est veuve; mariée à onze ans, elle a perdu son époux au bout de six mois à peine. Elle habite dans sa belle-famille et vaque aux travaux du ménage, mais pas de la cuisine naturellement... Pauvre petite! Selma la regarde avec pitié. Elle n'est pas depuis longtemps aux Indes, mais suffisamment pour savoir le sort que les hindous réservent aux veuves. Si elles ont la chance d'échapper au *suttee*, qui veut qu'elles soient brûlées sur le bûcher à côté du corps de leur mari — coutume interdite par les Anglais depuis 1829 mais encore prépondérante un siècle plus tard —, elles mèneront pour le restant de leurs jours une existence de parias. On considère en effet qu'elles sont responsables de la mort de leur époux, conséquence de fautes, d'ordre libidineux, qu'elles auraient commises dans une existence antérieure. Impures, elles n'ont pas le droit de s'approcher de la cuisine, encore moins de participer aux repas — on leur donne les rebuts —, elles n'ont même pas la permission de s'occuper de leurs enfants.

— Heureusement je n'ai pas d'enfant, sourit Sita, et ma belle-mère n'est pas si mauvaise; elle ne m'a ni enfermée, ni rasé le crâne,

---

1. Tikka : signe que les Hindoues portent sur le front. Il signifie à la fois le bonheur et l'œil de la sagesse, et ne peut être porté que par les femmes mariées.

comme on le fait aux veuves. Mais ce qui me manque ce sont les fêtes... J'aimais tellement la musique, les couleurs ! Plus jamais je ne pourrai y assister, ils disent que je porte malheur.

— Quelle bêtise ! s'indigne Selma. Viens t'asseoir à côté de moi.

Sita hésite, jette un coup d'œil peureux aux autres femmes, elle voudrait se trouver loin d'ici, mais comment désobéir à la rani... ? Elle s'approche, tremblante.

— Pauvre enfant ! dit très haut une femme en gharara. Chez nous, les veuves ne sont pas maltraitées, au contraire on estime même qu'elles doivent se remarier. Notre prophète a d'ailleurs donné l'exemple : sa première femme, Khadidja, était une veuve.

Murmures dans l'assemblée. Personne ne se risque à commenter : la rani n'est-elle pas musulmane ?

Derrière Sita sa compagne Parvati, s'est avancée.

— Hozour, pourquoi ne viens-tu pas au village ? Il y a là beaucoup de femmes qui aimeraient te voir, mais qui n'osent pas se rendre au palais. Et puis il y a les autres, les intouchables à qui le chef de village a défendu de venir t'ennuyer.

— Les intouchables ?

— Oui, celles qu'on ne peut approcher ; leur ombre même nous souille... Bien sûr, tu ne peux pas aller chez elles, mais au moins elles pourraient t'apercevoir de loin ; cela les rendrait si heureuses !

Comment dire à cette enfant qu'elle, sa rani, n'a pas le droit de sortir de l'enceinte du palais ?

— Je viendrai, Parvati, je te le promets.

— Vous n'irez pas. Croyez-vous apporter quelque chose à ces gens en vous mêlant à eux ? Vous allez les choquer, c'est tout.

— J'irai.

Amir est blanc de rage, mais cette fois Selma a décidé de ne pas céder. Des femmes, les plus misérables, l'attendent là-bas ; peut-elle les décevoir, leur laisser croire qu'elle est indifférente ?

— Niloufer et Duruchehvar vont bien, elles, visiter les hôpitaux, les orphelinats...

— Pas les villages.

— Si, j'ai vu des photos !

Elle a menti, mais qu'importe, elle a marqué un point : les belles-filles du Nizam sont admirées dans toute l'Inde ; ce qu'elles font, personne n'y trouverait à redire.

Amir hésite.

— Eh bien, demandons à Rani Saïda ce qu'elle en pense.

Il a une totale confiance dans le jugement de la vieille dame. N'a-t-elle pas administré l'Etat pendant quinze ans ? Mieux que personne elle connaît les réactions des paysans qui, pour Amir, partagé entre sa sensibilité indienne et son éducation anglaise, restent souvent énigmatiques.

— Qu'elle aille, répond la rani, les temps ont changé. Moi-même, j'aurais sans doute fait moins d'erreurs si j'avais pu vérifier ce que l'on me racontait.

Le rajah fronce les sourcils, le non-conformisme de son aïeule l'étonnera toujours, elle qui de sa vie n'est sortie du palais. Mais il a promis de se rendre à sa décision.

— Très bien, dit-il sèchement à Selma, vous irez, mais accompagnée de deux gardes armés.

VII

« Vous ne pouvez imaginer ce qu'est un village indien, écrit Selma à sa mère. Des terrasses du palais, les murs de pisé, les toits de chaume semblent tout à fait poétiques. Mais quand on approche... une odeur âcre vous saisit à la gorge, l'odeur d'excréments humains sur lesquels, si vous ne faites très attention, vous butez à tout moment — les paysans se soulagent n'importe où, et de préférence le plus près possible du village. Ils ne se cachent d'ailleurs pas, car c'est, n'est-ce pas, l'acte le plus naturel du monde ! Ainsi lorsque vous passez en palanquin, vous les voyez accroupis tout au long du chemin, avec sur le visage une expression de profonde méditation. Je n'ai pas vu de femmes cependant.

« Les maisons n'ont pas de fenêtres, seulement une petite porte qui donne sur une cour intérieure où tout le monde vit. Elle sert de cuisine, de salle à manger, de pièce de réception, et, en été, de chambre. La maison même ne comporte qu'une pièce, deux pour les plus riches, où hommes, femmes et enfants se serrent lorsque vient le froid. Mais c'est assez grand, car il n'y a pas de meubles, sauf un ou deux lits de corde et un coffre pour garder les vêtements de fête.

« De loin, j'avais été intriguée de voir les femmes passer des heures accroupies à malaxer une sorte de boue dont elles faisaient des galettes plates qu'elles collaient sur les murs de leur maison. Quand ces galettes avaient été séchées par le soleil, elles les empilaient dans la cour, en pyramides ma foi fort artistiques. Eh bien, savez-vous ce qu'elles pétrissent de leurs mains nues avec tant de soin ? De la bouse de vache ! Il paraît que c'est un excellent combustible, on se chauffe et on fait la cuisine avec. Vous riez ? Mais peut-être est-ce nous qui sommes risibles avec notre dégoût de tout ce qui sort du corps.

« Vous devez lire dans les journaux les récits d'émeutes entre hindous et musulmans. Rassurez-vous, les villages ici sont des exemples de tolérance intercommunautaire. Oujpal a une population à 60 % hindoue, 40 % musulmane, et tout ce petit monde s'entend très bien. Les habitations et les puits sont séparés, les uns autour de la mosquée, les autres autour du temple, mais on se reçoit ; pas pour les repas bien sûr, les hindous considérant les musulmans comme impurs y compris sans doute moi, leur rani. De toute façon, ils sont divisés en multiples castes et se considèrent impurs les uns les autres, sauf les brahmanes issus de la caste supérieure, qui participent de l'essence divine et se font appeler *pandit* — érudit — même s'ils sont analphabètes.

« Tout en bas de l'échelle, il y a de malheureuses créatures méprisées par tout le monde, à peine des êtres humains. Ce sont les " hors castes " qui, comme leur nom l'indique, n'ont pas de place dans la société. On les appelle aussi " intouchables ". Quiconque a le malheur d'entrer en contact avec eux doit procéder à des rites de purification. Ils sont parqués tout au bout du village, dans de misérables huttes et affectés aux tâches dites " honteuses " comme nettoyer les latrines, réparer les chaussures... Ils n'ont pas le droit d'aller prier au temple ni de puiser de l'eau dans le même puits que les autres. Si leur puits est à sec, ce qui était le cas ces derniers temps, les femmes doivent faire des miles et des miles pour en trouver un autre.

« La première fois que je me suis rendue au village j'ai suscité une véritable révolution en insistant pour aller les voir. Je pensais leur faire plaisir mais je crois qu'elles ont surtout eu peur. Pas de moi, mais que les autres ne se vengent sur elles de cette infraction aux règles. Maintenant, elles se sont habituées. Si vous saviez comme elles sont reconnaissantes, moins de ce que je leur apporte que de ma présence ! Et leur délicatesse ! Jamais elles ne m'offriraient un verre de thé.

« Pour ne pas polluer les maisons des autres, j'ai pris l'habitude de les visiter en dernier. Je crois que cela a résolu le problème. Pour la première fois depuis mon arrivée aux Indes je suis vraiment heureuse. Enfin je me sens utile, et aimée. »

Désormais, Selma va plusieurs fois par semaine au village ; elle apporte des médicaments et des vêtements et aussi des cahiers et des crayons pour les enfants. Elle s'est arrangée pour que les gardes la quittent dès l'entrée et aillent boire le thé avec les anciens. Ainsi libérée, elle s'assoit avec les femmes pendant des heures. Chaque maison se dispute l'honneur de la recevoir, elle doit faire très attention de ne pas froisser les susceptibilités. Pourtant elle a ses préférées : les deux jeunes hindoues qui, les premières, lui ont suggéré de venir au village, en particulier Sita, la petite veuve, qu'elle a prise sous sa protection, et puis Kaniz Fatma, une musulmane énergique et perspicace, qui ne craint pas de donner son opinion même si cela lui attire nombre d'inimitiés. Cette femme à la carrure imposante mais au visage encore lisse a eu onze enfants et sa fille aînée, quatorze ans, vient de donner le jour à un petit garçon. Curieuse, Selma n'a pu s'empêcher de lui demander son âge. Kaniz Fatma a réfléchi.

— Je me souviens que je pleurais quand, au début de la grande guerre, mon père nous a quittés pour aller se battre dans un régiment anglais. Je devais avoir à peu près trois ans.

Trois ans en 1914 ! Selma la regarde, stupéfaite : elles ont toutes deux vingt-sept ans...

Un jour, avec des airs de conspiratrices, Kaniz Fatma et une dizaine d'autres femmes ont pris Selma à part.

— Rani Saheba, tu sais tant de choses et nous sommes de pauvres paysannes ignorantes...

L'entrée en matière fait sourire Selma, elle s'est depuis longtemps rendu compte que pour la clairvoyance et la sagesse ces femmes pourraient en remontrer à bien des intellectuelles. Mais si on le leur disait, elles penseraient qu'on se moque d'elles car elles vouent une admiration intense à quiconque sait lire et écrire.

— Nous voudrions que nos filles aient une vie meilleure que la nôtre, poursuivent-elles ; comment le pourraient-elles si elles ne savent que sarcler la terre et cuire les chapatis ? Le vieux rajah avait fait construire une école pour les garçons. Le résultat, c'est que maintenant nos hommes nous méprisent même s'ils peuvent seulement signer leur nom. Rani Saheba, nous voulons une école pour nos filles.

Elles regardent Selma, les yeux brillants d'espoir. L'école, pour elles, c'est la solution à tous les maux, l'entrée du paradis.

— Qu'en pensent vos maris ?

— Nous n'avons rien dit, ils nous auraient battues. Il ne faut surtout pas qu'ils sachent que nous t'en avons parlé.

— Les autres femmes sont-elles d'accord ?

— Presque toutes, mais elles prétendent que jamais les hommes ne le permettront... Cependant si le rajah le décide, que pourront-ils faire ?

Selma promet qu'elle lui en parlera. Enthousiastes, les femmes lui baisent les mains : pour elles la cause est gagnée ! Elles commencent à discuter des détails ; où construira-t-on l'école ? Combien d'élèves y aura-t-il ? Où trouver les maîtres ? Selma se prend au jeu : plus elle y réfléchit, plus elle se convainc qu'en effet une école est le meilleur moyen de les aider.

Selma est si passionnée par ses nouvelles activités que le soir, lorsqu'elle retrouve Amir et que, inquiet, il lui fait part des événements qui secouent le monde, elle a beaucoup de mal à s'y intéresser. Les succès de Hitler et la menace qu'il fait peser sur l'Europe, la guerre civile en Espagne, le projet anglais de partager la Palestine entre Juifs et Arabes lui semblent se dérouler dans un autre monde, un univers avec lequel elle n'a plus d'affinités. Elle ne comprend d'ailleurs pas, elle n'a jamais compris qu'on s'inquiète pour des événements sur lesquels on n'a aucune prise. Elle regarde Amir avec un peu de pitié, et lui se dit avec irritation que les femmes sont vraiment de petits animaux concernés uniquement par leur tanière.

Mais la tanière de Selma, maintenant, c'est Badalpour, ce sont les Indes. Aussi émerge-t-elle de son indifférence lorsque Amir lui fait part de son inquiétude devant les récentes prises de position du Congrès.

— Les gens de la Ligue musulmane sont furieux car le Congrès vient de décider de former des gouvernements locaux composés exclusivement de ses membres à lui. Or les deux partis s'étaient mis d'accord cet hiver pour unir leurs forces contre les mouvements réactionnaires soutenus par les Britanniques. Il était entendu que par la suite des élus de la Ligue participeraient au gouvernement. Pour Lucknow notamment, sur sept ministres il devait y en avoir deux appartenant à la Ligue musulmane.

» Mais maintenant le président du Congrès, Nehru, prétend que c'est impossible, que cela va contre les règles de son parti, et que, s'il doit y avoir des musulmans au gouvernement, il faut que ceux-ci quittent la Ligue pour devenir membres du Congrès. Il a même eu le front de répéter sa fameuse phrase : " Il n'y a que deux partis aux Indes, le Congrès et le gouvernement (c'est-à-dire les Anglais). Le reste doit suivre ". Il refuse d'admettre que la minorité musulmane s'inquiète.

Quel sera le statut de cette minorité dans des Indes dirigées par les hindous ? Jinnah exige que ce soit défini à l'avance. A quoi Nehru répond avec dédain qu'il n'y a aucun problème entre communautés et que la Ligue musulmane est une organisation médiévale sans raison d'être.

— Et que dit Gandhi ?

— Gandhi ne se mêle pas de ces détails, il recherche *La Vérité*. Chaque matin, il lit la Bhagavad-Gîtâ, la Bible et le Coran. Pour lui, tous les hommes sont frères. Les difficultés seront résolues s'ils suivent ses directives et s'efforcent d'atteindre à la pureté morale.

» Jinnah et un nombre croissant de musulmans prétendent que le mahatmah est un imposteur qui se sert de la religion à des fins politiques. Je ne le pense pas. Pour moi Gandhi est un fou, qui poursuit une utopie complètement irréaliste. Mais ce genre d'utopie est séduisante, son pouvoir sur les foules est immense. Gandhi est l'étincelle qui allume le feu. Le Congrès, lui, délimite soigneusement la voie que ce feu doit suivre. En fait, je crois que Gandhi n'est pas conscient de la façon dont on l'utilise.

Ce soir les anciens du village ont convoqué les chefs de famille. Tous, musulmans et hindous, à l'exception bien sûr des intouchables. Il se passe quelque chose de grave et les femmes, malgré leurs efforts, n'ont rien pu savoir.

Les hommes sont assis, pensifs, sur des sacs de jute. Le hookah passe de bouche en bouche. Personne ne parlera à la légère, l'affaire est sérieuse et risque de se révéler lourde de conséquences pour l'avenir de la communauté.

— Les temps ont bien changé, soupire un vieux, jamais je n'aurais cru voir cela de mon vivant.

— Voir quoi, *baba*[1] ? Rien n'est encore décidé !

— Dès le début, j'ai su que cela tournerait mal, dit un autre. Cette façon de venir au village, aucune rani ne l'avait jamais fait. Encore si elle s'était contentée de rendre visite aux familles respectables, mais elle va s'asseoir avec les intouchables ! Elle a jeté la honte sur nous ; nous sommes devenus la risée des autres villages.

Les hommes acquiescent, l'air sombre.

— Pourtant, reprend une voix, elle n'est pas mauvaise... Jamais une rani ne s'était occupée autant de nos femmes et de nos enfants...

— S'occuper de nos femmes, oui, en leur mettant des idées dans la tête ! D'ailleurs qu'est-ce qui peut nous venir de bon d'une Anglaise ?

— Elle n'est pas anglaise, elle est musulmane.

— Peut-être... mais dans le fond, elle est anglaise quand même !

Le chef du village s'est levé.

— Je propose que nous déléguions les plus sages pour aller avec

---

1. *Baba* : oncle. Appellation familière donnée aux Indes aux hommes âgés.

moi parler au rajah. Il faut faire vite, avant que la décision ne soit prise, car après nous n'aurions plus qu'à obéir.

Tout le monde approuve : le chef du village est un homme avisé, il sait trouver les solutions aux problèmes les plus délicats. On désigne quelques hommes. Il n'y a pas de discussions, chacun sait qui sont les plus sages. Et l'on se sépare, l'esprit en paix : le rajah ne peut qu'être d'accord avec eux ; après tout, malgré son éducation d' « ingrese », il est des leurs !

— Vous auriez pu me prévenir ! De quoi ai-je l'air ? Ils arrivent pour me parler du « projet » et je ne sais même pas de quoi il s'agit !

Amir est hors de lui, son autorité a été prise en défaut, devant ses paysans, et à cause d'une femme !

— J'en avais dit un mot à Rani Saïda et j'allais vous en parler.

Le rajah s'abstient de demander ce qu'en a pensé son aïeule ; la vieille dame est totalement sous le charme de Selma.

— Evidemment, j'ai dû affirmer aux paysans que ce n'était qu'une idée en l'air, qu'ils se rassurent, qu'il n'était pas question de la mettre à exécution.

Selma s'est redressée, toute rouge.

— Et pourquoi donc ?

— Parce que notre société n'est pas la société occidentale : ici, les filles ne vont pas à l'école.

— Mais ce n'est pas moi qui l'ai suggéré, ce sont les paysannes qui me l'ont demandé.

Le rajah hausse les sourcils, étonné.

— Cela signifierait que les Indes sont vraiment en train de changer, ce dont les discours de nos hommes politiques ne m'avaient pas convaincu...

Il soupire.

— J'aurais voulu pouvoir permettre cette école, mais bien que rajah, je n'en ai pas le pouvoir. Sous le discours respectueux de la délégation j'ai senti un refus total. Ils croient qu'avec l'instruction des femmes viennent la rébellion, l'immoralité, la dissolution des ménages, le malheur des enfants, la fin des traditions, bref la ruine de la société. Jamais je ne pourrai les convaincre du contraire !

» Allons, contentez-vous de faire la charité, cela ne résout rien, je le sais, mais je vous avais prévenue : on ne peut aller contre leur volonté. Et j'ai assez de problèmes actuellement sans m'en créer de supplémentaires...

Amir explique à Selma que le gouvernement du Congrès vient de voter une loi interdisant aux princes et aux grands propriétaires de renvoyer ceux de leurs paysans qui n'acquittent pas leur loyer.

— Cela signifie que nous n'avons plus aucun moyen de pression sur eux, et que s'ils décident de ne pas payer, du jour au lendemain les caisses de l'Etat vont se trouver vides. Car je me refuse à employer la violence.

Il lisse ses moustaches.

— C'est étrange, j'ai toujours été pour une réforme agraire, pour une répartition moins scandaleuse des richesses, mais je ne supporte pas que l'on m'y force. Surtout lorsque ceux qui le font, les gros bonnets du Congrès, industriels et hommes d'affaires, sont souvent bien plus riches que les *zamindars* [1] et que les souverains de petits Etats. Mais évidemment c'est nous que l'on traite d'infâmes exploiteurs...

Dans les semaines qui suivent, les villages de Badalpour commencent à recevoir des visites étranges. C'est toujours à la tombée de la nuit. Des hommes, par groupes de deux ou trois, demandent à voir le chef du village, dont ils connaissent le nom. Ils se présentent comme envoyés du parti du Congrès, le parti de la liberté qui va chasser les Anglais des Indes. De leurs serviettes de cuir, ils sortent des papiers noircis de petits signes, portant des tampons impressionnants. Ils disent que ce sont les nouvelles lois votées pour le peuple. Ils demandent que l'on convoque tous les hommes du village et leur expliquent que l'heure de la justice a sonné, qu'ils doivent se révolter contre leur rajah qui les exploite honteusement et refuser de payer l'impôt. Il ne peut rien leur arriver de fâcheux car la nouvelle loi interdit les expulsions ou même les poursuites. Si le rajah cherche à les intimider, le puissant parti du Congrès viendra à leur secours.

Etonnés, les paysans écoutent, les uns tentés mais sceptiques — comment faire confiance à des gens venus de la ville et qu'on n'a jamais vus ? — les autres franchement hostiles : toutes ces histoires ne vont leur apporter que des ennuis, leur rajah est plus puissant que ce parti du Congrès, et ils n'ont rien à lui reprocher : il s'est toujours montré juste et compréhensif.

— Votre rajah, juste ? Mais la justice veut que les terres vous appartiennent ! répondent les étrangers. C'est ce qu'a promis le Congrès. Voilà pourquoi votre maître nous déteste et soutient les

---

1. *Zamindar :* grand propriétaire terrien.

Anglais : il ne veut pas de l'indépendance de l'Inde car il sait qu'il perdrait tous ses biens, et que vous, les paysans, en hériteriez. Dites-moi, ça ne vous dirait rien d'habiter son palais ?

Devant l'énormité d'une telle supposition, les paysans se mettent à rire, mais les arguments commencent à porter.

— La preuve que votre rajah est contre le mouvement d'indépendance, c'est qu'il a épousé une Anglaise ! Comment pourrait-il vouloir chasser les Anglais des Indes ?

On murmure, certains approuvent à voix haute.

— Ceux qui acceptent de payer l'impôt, reprennent les étrangers, ne sont pas des patriotes, ce sont des traîtres à la cause. Ils gâchent non seulement leurs chances mais celles de leurs enfants et de leurs petits-enfants. Allons, soyez des hommes ! Le parti du Congrès vous aidera : vous devez suivre scrupuleusement ses instructions car il n'a pour souci que vos intérêts.

— Après les siens !

Au fond l'exclamation a fusé, sarcastique. Trois mots, mais ils ont suffi pour rompre le charme. L'étranger qui parlait est désarçonné, il sent que les paysans de nouveau se méfient, sa voix baisse d'un ton.

— Bien sûr, vous êtes libres ! Réfléchissez, je reviendrai.

Et ainsi pendant des semaines. Les paysans écoutent, discutent entre eux, parfois violemment. On envoie des émissaires dans les autres villages pour savoir ce qu'ils en pensent, mais on ne parvient pas à prendre de décision. Pour un peu on irait demander son avis au rajah : il s'est toujours montré de bon conseil.

Amir est au courant de ce qui se passe, dans chaque village il a ses espions, dits « hommes de confiance ». Mais lui rapportent-ils toute la vérité ? Peut-être dissimulent-ils le danger pour se faire bien voir ou, au contraire, l'amplifient-ils pour se donner de l'importance ? Il a pris l'habitude de consulter Selma qui, par les femmes, a des informations sans doute plus sûres, car désintéressées. La plupart d'entre elles condamnent les hésitations de leur mari. Elles n'ont que faire de ce parti du Congrès dont elles n'ont jamais entendu parler, ni des Anglais qu'elles n'ont jamais vus et dont l'autorité est, pour elles, totalement abstraite. Ce qui par contre est bien réel et affecte leur vie de tous les jours, c'est la puissance du rajah et la bonté de la rani. Elles entendent leur rester fidèles, comme ont été fidèles à la famille leurs mères et leurs grand-mères, et leurs aïeux depuis des générations. Comment leurs benêts de maris peuvent-ils oublier cela et se laisser tourner la tête par les beaux discours de ces inconnus ? Elles sauront bien leur faire entendre raison !

La mousson est arrivée, le ciel enfin se délivre de cette chaleur lourde qui depuis deux mois épuisait hommes et bêtes. Des trombes d'eau s'abattent sur les villages, transpercent les toits de chaume, inondent l'intérieur des maisons. Les femmes ont placé les coffres et les sacs de grain sur des échafaudages de fortune, mais, malgré ces précautions, vêtements et provisions moisissent irrémédiablement.

La campagne est noire, désolée. Parfois, entre deux tornades, le ciel s'illumine d'un grand arc mauve, or et rose, et les enfants, de joie, battent des mains. Le soleil réapparaît, caressant, bienveillant. Il fait briller les feuilles lavées de leur poussière, la nature retrouve ses couleurs, et les hommes sortent pour respirer l'air cristallin et la bonne odeur de terre mouillée. Le monde est à son premier jour.

Profitant de ces accalmies, Selma fait la tournée des villages et distribue couvertures et vêtements secs, plus que jamais bienvenus. Il n'est pas question d'utiliser la calèche dans les chemins transformés en fondrières, aussi doit-elle se déplacer en *dandi,* sorte de chaise portée par quatre hommes qui s'enfoncent dans la boue jusqu'aux genoux. Depuis six mois qu'elle est aux Indes, elle éprouve toujours la même honte à voir des êtres humains servir de bêtes de somme; mais tout le monde, eux les premiers, semble considérer que c'est un travail comme un autre, et Amir lui a fait remarquer que trop de scrupules ne serviraient qu'à leur faire perdre leur gagne-pain. A moitié convaincue, elle s'est résignée, tentant par force sourires et gratifications de noyer sa culpabilité.

Avec la mousson, reptiles et gros rats noirs ont fait leur apparition dans les villages. Les paysans les chassent à coups de pierres, mais il ne se passe pas de jour qu'un enfant ne soit mordu et, malgré les cataplasmes de plantes et les potions du *hakim*[1], on n'arrive pas toujours à le sauver.

Un après-midi que Selma se repose, elle voit arriver Kaniz Fatma, le visage décomposé.

— Rani Saheba, deux femmes sont mortes au village. Depuis quelques jours, elles vomissaient noir. Qu'Allah nous préserve, je crois que c'est la maladie.

— Quelle maladie?

— La maladie, celle dont on ne guérit pas.

Inquiète, Selma s'est levée. Il faut d'urgence prévenir Amir. Celui-ci arrive aussitôt, interroge la paysanne, demande des détails. Au fur et à mesure qu'elle lui répond, son visage s'assombrit.

---

1. Médecin indigène, soignant avec des plantes.

— Il faut immédiatement faire venir un médecin de la ville, dit-il, je crains que ce ne soit la peste.

La peste... ?

Selma reste figée d'horreur. La peste... mais elle croyait que c'était une maladie des temps anciens ! Les terribles récits d'épidémies, de villes dévastées, de cadavres jonchant les rues par milliers lui reviennent à l'esprit. Terrorisée, elle regarde Kaniz Fatma : fuir, il faut fuir au plus vite ! Voyant son affolement, Amir tente de la rassurer.

— C'est grave, mais nous ne sommes plus au Moyen Age. La peste est un fléau qu'on a appris à combattre ; Il faut des médicaments et de strictes mesures d'hygiène. Voulez-vous rentrer à Lucknow ?

— Et vous ?

— Il faut d'abord que je m'occupe de tout mettre en place, je ne peux pas abandonner mes paysans sans secours car c'est alors qu'ils n'auraient aucune chance d'en réchapper.

Fuir.

Selma ferme les yeux, elle a honte, mais la peur est plus forte.

— Je pense que... je reste.

Qu'est-ce qui l'a poussée à prononcer ces mots ? C'est le contraire qu'elle voulait dire. Encore un tour de son maudit orgueil ! Est-ce la note de condescendance dans le ton d'Amir ou le regard de Kaniz Fatma ?...

Selma se rappellera les jours qui ont suivi comme d'une longue nuit de cauchemar. Le médecin venu de la ville est un jeune homme ; ses confrères plus âgés, et qui ont déjà leur pratique, n'auraient cure de se rendre à la campagne, surtout pour y combattre une épidémie aussi dangereuse. Ils ne voient aucune raison de risquer leur vie. Mais le docteur Rezza est un original. Deux fois par semaine, il ferme son bureau en ville, prend sa petite carriole, y entasse des médicaments, et va dans les villages. Le rajah a entendu parler de lui et l'a prié de venir.

Après avoir administré à Selma un sérum — « sûr à 95 % » — le docteur Rezza lui a demandé, comme si c'était une chose parfaitement naturelle, si elle voulait bien l'aider.

— Sinon, j'aurai du mal à pénétrer chez les paysannes ; la plupart se laisseraient mourir plutôt que de se faire examiner par un homme et je n'ai pu trouver de collègue femme pour m'accompagner...

Selma a dû avoir l'air abasourdi. Il a souri et a dit d'une voix douce :

— Après tout, vous êtes leur rani, et comme disent les chrétiens lorsqu'ils se marient, « pour le meilleur et pour le pire... »

Et, bien que tout son corps se révulse à cette idée, Selma a dit oui.

Pendant des jours, comme un automate, les mains recouvertes de gants, le bas du visage protégé d'une gaze, elle suit le médecin. Ils pénètrent dans les maisons. Déjà les plus fragiles, enfants, femmes, vieillards, sont atteints. La face violacée, ils étouffent et se vident d'un liquide noir. L'odeur est insupportable. Selma, horrifiée, se retient de respirer. Calmement le jeune médecin tâte le pouls, examine la gorge, les aisselles, l'aine, incise les ganglions d'où gicle le pus, nettoie les plaies, éponge la sueur, encourage, rassure. Kaniz Fatma et deux autres femmes se sont proposées pour l'aider. Selma les regarde tenir les bassines, faire chauffer l'eau, laver les sanies et les excréments. Elle est incapable du moindre geste. Elle se souvient d'Istamboul, de l'hôpital Haseki où sa mère l'emmenait visiter les soldats blessés, elle se rappelle son dégoût, sa peur.

Le docteur Rezza ne la ménage pas.

— J'ai besoin de votre aide, passez-moi les pansements.

Il attend. A contrecœur elle s'approche du lit, lui présente le coton et les carrés de gaze.

— Veuillez rester à côté de moi et me donner les médicaments.

Subjuguée, elle s'exécute. Pendant d'interminables minutes, il s'affaire avec délicatesse. Enfin il se redresse, et pour la première fois ses yeux sourient en regardant Selma.

— ... Merci, dit-il.

Elle secoue la tête, soudain bouleversée par cette bonté, cette intelligence.

— Non, c'est à moi de vous remercier.

Les jours suivants, elle restera à ses côtés. Jamais il ne lui demandera de toucher les malades, seulement d'être là, de leur parler, de leur sourire.

Au bout de deux semaines l'épidémie est endiguée. Sur deux mille villageois une cinquantaine seulement sont morts : un miracle ! Amir décide alors qu'il est temps de rentrer à Lucknow. Le docteur Rezza restera encore quelques jours au village, pour plus de sûreté.

Le matin du départ, il est venu saluer Selma.

— Le croiriez-vous, dit-elle, je suis presque triste de partir.

— Et moi donc ! Je perds ma meilleure infirmière !

Ils plaisantent, mais leurs rires sonnent faux. Ils ont été proches comme il est rare de l'être, mais maintenant chacun doit retourner au monde auquel il appartient. Sans doute ne se reverront-ils jamais et est-ce mieux ainsi — qu'est-ce que la rani et le petit docteur pourraient avoir à se dire?

La pluie tombe en trombe lorsque la voiture quitte le palais. A travers les rideaux, Selma, le cœur serré, regarde la mince silhouette immobile sous les rafales.

travers les rideaux, Selma, le cœur serré, regarde la mince silhouette

VIII

— Vous êtes bien pâle, mon enfant!

L'œil perçant, Rani Aziza scrute le visage de Selma venue lui
présenter ses respects dès son retour de Badalpour.

— J'espère que vous n'avez pas attrapé la maladie! Ou est-ce que
par hasard — son regard détaille la silhouette menue — vous seriez
dans une situation... intéressante?

Devant l'air interloqué de la jeune femme elle soupire.

— Je vois que ce n'est pas cela. C'est ennuyeux, depuis six mois
déjà que vous êtes mariée! Je vous préviens qu'on commence à
jaser...

De quoi se mêle-t-elle? Furieuse, Selma a regagné sa chambre.
Après la semi-liberté de Badalpour, elle ne supporte plus l'atmosphère oppressante du palais de Lucknow et la malveillance de sa
belle-sœur. Et cet appartement sans porte, séparé seulement par des
tentures de celui de la rani! Il est temps que cela cesse! Elle appelle
l'eunuque qui sommeille à l'entrée de la chambre.

— Va me chercher un menuisier, immédiatement!

Quelques heures plus tard, l'eunuque réapparaît : le menuisier
attend à l'extérieur du palais, il n'a pas le droit d'entrer dans le
zenana. Dans sa fureur, Selma avait oublié ce détail. Qui peut
l'aider? Amir est occupé avec ses conseillers, elle ne voit que Rashid
Khan, ce bon Rashid, toujours prêt à lui rendre service : il ne faut pas
que la rani soit mise au courant avant que la porte ne soit faite.
Hâtivement, Selma griffonne un mot.

— Va porter cela à Rashid Khan.

Impassible, l'eunuque s'incline. Pas un instant son visage ne laisse
apparaître l'étonnement devant ce crime inqualifiable : sa rani écrire
à un homme! Jamais du temps du défunt maître un tel scandale

n'aurait pu se produire. D'abord parce qu'à cette époque, et justement pour empêcher ce genre de privautés, on avait la sagesse d'interdire aux femmes d'apprendre à écrire.

— Ma chère, vous avez déclenché une véritable révolution, annonce Amir à son épouse lorsqu'il la rejoint, le soir. Jamais il n'y a eu de portes dans ce palais, les tentures ont toujours semblé suffisantes... De plus, elles permettent à l'air frais de circuler. Ma sœur aînée est indignée et répète à qui veut l'entendre qu'elle ne laissera personne transformer le palais en une demeure anglaise.

— Aurai-je ma porte?

— Si vous y tenez vraiment... Mais ce détail vaut-il de vous mettre tout le monde à dos?

— Ce détail! Ne comprenez-vous pas que c'est notre vie privée? Amir semble touché, mais pas convaincu.

— Peut-être... Mais vous savez, ici, la vie privée ça n'existe pas, nous sommes une grande famille. Enfin, nous verrons...

Quelques jours plus tard, Selma aura sa porte. Elle apprendra par Bégum Yasmin, venue la visiter, qu'elle le doit à l'intervention de Rashid Khan : il a persuadé le rajah de céder sur ces vétilles pour ne pas avoir, plus tard, à céder sur des choses graves.

Assise dans son boudoir, elle goûte les délices d'une tranquillité retrouvée. Il lui faudra cependant de longues semaines pour apprendre aux serviteurs à frapper; le plus souvent, pleins de bonne volonté, consciencieusement ils frappent... mais après être entrés. Quant à Rani Aziza qui considère cette porte comme une injure personnelle, elle restera longtemps sans adresser la parole à Selma, qui est enchantée.

La jeune femme a repris ses visites chez la bégum; elle commence à la trouver un peu trop possessive, et préférerait sortir avec Zahra, mais celle-ci étudie toute la journée : dans quelques semaines elle doit subir son examen final. Zahra a suivi tout le programme, de l'intérieur du palais, avec des professeurs privés; ses examens, elle ira les passer au collège, mais revêtue d'un burkah et accompagnée de ses duègnes. Le rajah tient à ce que sa sœur ait une solide instruction, car, si dans les milieux traditionnels cela est encore mal vu, dans les familles aristocratiques évoluées c'est un signe de haut statut social. Mais il ne viendrait à l'idée de personne que ces connaissances accumulées puissent servir à quelque chose, la notion même d'utilité paraît le comble de la vulgarité!

Amir est actuellement débordé par la préparation d'une réunion de rajahs, nawabs et grands propriétaires touchés par les récentes lois sur les droits de la paysannerie. En outre, comme membre de l'assemblée législative, il doit faire face à une série de nouveaux problèmes.

Dans l'euphorie de la victoire le gouvernement du Congrès a pris des mesures inacceptables pour une partie de la population : dans les écoles, où étudient des enfants de toutes confessions, il a imposé le drapeau du Congrès, et le *Bandé Mataram* comme hymne national. Cela excite la colère des musulmans, qui considèrent ce chant comme une insulte à l'islam et à toute leur communauté. Les paroles du *Bandé Mataram* sont en effet tirées d'un roman bengali du XVIIIᵉ siècle où les zamindars musulmans étaient décrits comme des tyrans exploitant les hindous. Le chant lui-même est une prière à la terre indienne, la déesse mère, ce qui, du point de vue de l'islam, est pure idolâtrie.

Alors, contre ces abus, à travers toutes les Indes des manifestations ont lieu. Dans les écoles et les universités, les étudiants se battent ; à Madras, les parlementaires musulmans ont quitté la salle de l'assemblée.

— Devrions-nous faire de même ?

Amir a réuni dans son salon quelques amis députés. La discussion est animée. A l'attitude dure, les uns objectent que les congressistes seraient trop contents de se retrouver entre eux et de pouvoir passer des lois sans se heurter à aucune opposition. A quoi les autres répondent que, de toute façon, les députés du Congrès étant la majorité, font ce qu'ils veulent, la seule pression possible est une pression morale : si les parlementaires des autres partis refusent de siéger et disent publiquement pourquoi, les congressistes, qui veulent conserver leur image de grand parti national représentant toutes les communautés, devront céder.

Selma, assise dans un petit salon attenant, écoute attentivement. Elle bénit les moucharabieh qui lui permettent de tout entendre et de tout observer sans être vue. Si elle se trouvait au milieu de ces hommes, ils se croiraient obligés d'avoir une conversation superficielle, convenant à des oreilles féminines. Elle commence à comprendre la remarque de la bégum sur les avantages du purdah. N'était-il pas, en partie, la force des épouses du sultan qui ne sortaient pas du harem mais influençaient, et parfois même contrôlaient, la politique de l'empire ? Son éducation beyrouthine chez les sœurs avait presque fait d'elle une Européenne, mais ici, aux Indes, dans cette société musulmane traditionnelle, elle se surprend à retrouver les réflexes ancestraux.

Soudain des éclats de voix la font sursauter. Etonnée, car même au plus fort des discussions politiques les Lucknowi ne se départent jamais d'une courtoisie que la bourgeoisie de Bombay ou de Delhi qualifie d'indolence, Selma se penche pour mieux entendre. Elle perçoit des bribes de phrases :

— « Plus rapide mais moins d'endurance... Je proteste : Il est beaucoup plus résistant ! Un magnifique pedigree... L'an dernier, il a eu le 1ᵉʳ prix de beauté... Vous n'y connaissez rien, mon cher, les plus résistants ce sont les lévriers afghans à poils longs mais les plus rapides ce sont les lévriers russes ! »

Qu'est-ce que les lévriers russes ont à voir avec la politique du Congrès ? Selma se penche un peu plus, elle aperçoit trois nouveaux visages, le rajah de Jehanrabad et deux nawabs de ses amis. Le rajah de Jehanrabad, l'un des princes les plus riches de la province, est grand amateur de chiens de race et l'un des organisateurs de la 38ᵉ compétition canine qui va avoir lieu dans quelques jours à Lucknow. Il a suffi qu'il commence à parler pedigree pour que les problèmes politiques soient oubliés et que les passions se déchaînent pour la robe flamme du cocker ou le jarret du labrador.

« Ils sont fous, songe Selma en se recroquevillant dans son fauteuil, aussi inconscients et légers que l'était la société ottomane à la veille de sa chute. Ils pourraient encore, comme peut-être nous l'aurions pu, redresser la barre, éviter le désastre, mais le feront-ils ? Au-delà des joutes politiques, comprennent-ils quelque chose aux forces qui agitent les Indes ? Et si oui, sont-ils capables, et surtout ont-ils envie, de changer leur mode de vie pour y faire face ? »

Elle en pleurerait de rage.

— Quoi qu'on leur dise, lui a répondu Amir lorsque le soir ils se sont retrouvés, cela ne sert à rien, ils n'écoutent pas.

Face à l'inconséquence de ses pairs il s'était montré d'un singulier réalisme. Mais il est jeune et de peu d'influence sur ses aînés.

Selma a des visions de révolte, de révolution.

— Ils vont tout perdre, comme nous avons tout perdu...

Dans les derniers jours d'août 1937, le président du Congrès, Jawaharlal Nehru, déclarait officiellement que le but de son parti était l'abolition de la grande propriété et la distribution des terres aux paysans.

Trois semaines plus tard, trois mille délégués sont réunis dans le palais rouge de Lal Baraderi. Des grands maharadjahs aux plus petits nobliaux, ils représentent l'aristocratie terrienne de toute la province ; en fait ils représentent la province, il n'y a pas un arpent qui ne leur appartienne.

« Si le feu se déclarait, songe Selma qui avec d'autres femmes assiste à la conférence du haut des galeries surplombant la salle, les paysans n'auraient plus de problèmes : les millions d'acres actuellement contenus dans ce hall leur reviendraient. Si toutefois le Congrès tenait ses promesses... »

En sa qualité d'hôte — il est le président de l'Association indo-britannique — le rajah de Jehanrabad ouvre la séance. C'est un homme corpulent, au teint blanc et au nez qui se courbe noblement jusqu'au menton.

— Mes amis, commence-t-il, jamais dans ce hall mémorable nous n'avions eu à résoudre un problème aussi grave. Nous n'avions pas compris que, avec la démocratie et l'autonomie des provinces, notre classe allait se trouver étouffée. Nous étions les leaders naturels de millions de paysans, cela est maintenant contesté à cause des promesses fallacieuses de ceux qui disent leur vouloir du bien. Contre le danger, nous devons nous unir, laisser de côté les querelles qui nous affaiblissent. Pour regagner la loyauté des paysans, épine dorsale de notre pouvoir, nous devons faire des réformes qui les satisfassent.

Dans l'assemblée une silhouette revêtue d'un burkah noir se lève. C'est une rani dont le mari est décédé et qui est là, de plein droit, pour représenter son Etat.

— Socialisme, communisme et révolution sont à notre porte, clame-t-elle, ils menacent notre existence ! Le seul moyen de préserver notre identité est de nous organiser en classe.

On approuve. Quelqu'un propose que l'on forme une milice de jeunes propriétaires pour la défense du pays en ces temps de crise. L'idée est adoptée à l'unanimité. On suggère aussi un drapeau, symbole de l'union nouvelle : ce sera une charrue tirée par deux buffles. Tout le monde applaudit : un drapeau, c'est exactement cela qu'il nous faut !

Mais qui est ce jeune énergumène qui joue les trublions et prétend que nous nous payons de mots et qu'il faut décider immédiatement de mesures concrètes ? Le rajah de quoi ? Comment ? Ah ! de Badalpour, ce petit Etat du nord ? Que dit-il ? Que, sous peine de tout perdre, nous devons dès maintenant distribuer des lopins de terre à nos paysans ? Mais c'est un fou dangereux ! Un communiste ! Non ? Ah, élevé en Angleterre... il paraît que là-bas le socialisme est à la mode chez les jeunes — mais cela n'excuse pas ces idées malsaines : il est rajah, il n'a pas le droit de trahir sa classe.

Amir n'a pas fini de parler que des huées indignées le font taire. Découragé, il se rassoit. Dans cette confusion, cette mascarade, il a tenté de faire entendre raison, mais, comme il le craignait, cela n'a servi qu'à le désigner à l'indignation générale. Tant pis ! il se devait d'essayer.

En haut, dans la tribune, Selma se sent oppressée. Elle comprend brusquement qu'Amir est devenu un étranger parmi les siens. Sa sincérité, sa fougue à vouloir imposer des idées plus modernes, plus sociales, les idées développées dans les discussions avec ses amis, aristocrates anglais d'Eton et de Cambridge, sont inacceptables pour la société dont il est issu et dont, malgré tout, il fait partie.

Le soir, lorsqu'il rentrera, épuisé, timidement elle lui dira de ne pas renoncer : c'est lui qui a raison, elle est avec lui. Il la fixe, sarcastique.

— Donc, nous allons changer le monde à nous deux ? Hélas ! ma chère, si l'on est seul à avoir raison, cela veut dire qu'on a tort : c'est l'une des règles, amères, de la vie en société. J'ai essayé de les convaincre, j'ai échoué. Tant pis pour moi, tant pis pour nous tous. Mais la chose que je vous prie de m'épargner — il regarde Selma d'un air exaspéré — c'est votre pitié.

Il est sorti. « *Pourquoi suis-je si maladroite avec lui ? Il est écorché vif, dur et vulnérable comme un enfant malheureux. Pas un instant il ne se laisse aller, comme s'il se défiait de moi...* »

Le lendemain Rani Shahina est venue chercher Selma pour l'emmener au cinéma. C'est l'une des rares distractions de Lucknow ; les films anglais et américains arrivent au cinéma Action d'Hazratganj, avec seulement quelques mois de retard. Greta Garbo et Marlène Dietrich sont au faîte de leur gloire, Tyrone Power et Clark Gable font rêver toutes les femmes... Il arrive à Selma d'évoquer l'époque où Hollywood lui avait offert un contrat. Le regrette-t-elle ? Elle ne veut pas se poser la question.

Elle a proposé à Zahra de les accompagner pour se reposer de son travail. La jeune fille ne se tient plus de joie : c'est la première fois qu'elle va au cinéma. Toutes trois s'engouffrent dans la calèche qui les déposera devant l'entrée arrière de la salle, exclusivement réservée aux femmes. Là, elles monteront un petit escalier jusqu'au premier balcon et s'assiéront dans une loge entourée de rideaux qu'on tirera seulement quand la salle sera plongée dans le noir et que commencera le film. Ainsi, personne ne pourra les voir.

On joue *La reine Christine ;* Zahra est enthousiasmée, elle ne tarit pas d'éloges sur Greta Garbo, qu'elle trouve presque aussi belle que Selma.

Lorsqu'elles rentrent au palais l'atmosphère est au drame. Rani Aziza a été informée que Zahra avait accompagné Selma et elle s'est précipitée chez Amir pour se plaindre de ce que son épouse pervertit la jeune fille.

— Mais nous étions dans une loge, aucun homme ne l'a vue! proteste Selma.

— Mais elle, elle a vu des hommes! Et je me demande comment ils se tenaient... siffle la rani, venimeuse.

— Des hommes, où?

— Comment où? Mais sur l'écran! s'écrie la rani, outragée de tant de mauvaise foi.

Entre les deux femmes, Amir se tait, embarrassé. Cela fait des semaines que sa sœur lui répète qu'il ne devrait pas laisser tant de liberté à Selma, qu'on commence à se moquer de lui et à dire qu'il n'a, sur son épouse, pas plus d'autorité qu'un Anglais.

— Elle se promène partout le visage découvert, jamais on n'a vu pareille immodestie dans notre famille! Elle est étrangère, soit, mais elle doit se plier à nos coutumes. Réagissez, mon frère, il y va de notre honneur à tous!

Mais lorsque, à moitié convaincu, Amir a tenté d'évoquer devant Selma la nécessité de porter le burkah, celle-ci s'est cabrée comme un jeune pur-sang à qui l'on veut passer le mors.

— Il n'en est pas question! Je respecte le purdah, je ne sors qu'en voiture fermée et passe mon temps en compagnie de femmes qui me donnent envie de hurler d'ennui. Ne me demandez pas, en plus, de m'affubler de cette ignoble cage, je vous préviens que je ne le supporterai pas!

Ebranlé par tant de véhémence, Amir est allé consulter Rashid Khan.

— Ce n'est pas que je tienne à ce qu'elle se voile... Après tout, dans les meilleures familles les femmes vont maintenant le visage découvert, c'est le signe d'une éducation moderne, mais à Lucknow les gens sont tellement traditionalistes et ignorants...

— Altesse, je crois que Rani Aziza s'inquiète à tort. Chacun sait ici à quelle illustre famille appartient votre épouse. Ses cousines, les princesses de Hyderabad, se montrent partout et personne ne songerait à les critiquer. Si vous forcez la rani à porter le burkah, j'ai bien peur qu'elle ne...

Il s'arrête — le rajah l'a foudroyé du regard — ils savent tous deux à quoi s'en tenir : si Amir se montre trop strict avec la princesse, elle s'en ira — du moins tant qu'il n'y aura pas d'enfant pour la retenir. Etre abandonné par sa femme serait une honte qu'il se refuse même à imaginer. Malgré les remontrances de Rani Aziza, il cédera.

Il a d'ailleurs bien d'autres soucis en tête. Dans les régions gouvernées par le parti du Congrès, en trois mois la situation s'est dégradée, particulièrement dans les Provinces unies, où les musulmans représentent 14 % de la population mais sont considérés comme la tête et le cœur de l'islam indien.

C'est surtout la décision d'imposer l'écriture hindi dans les écoles et les administrations, simultanément avec l'urdu [1], employé depuis des siècles, qui provoque l'émotion. On a, par ailleurs, dans divers services administratifs, mis un terme au recrutement des musulmans — notamment dans la police, où beaucoup ont été renvoyés sous des prétextes futiles. Le nouveau gouvernement s'estime justifié à rétablir un équilibre correspondant à la proportion hindous-musulmans, sans tenir compte des traditions et avantages acquis depuis des siècles par ces derniers.

Mais ce qui a mis le feu aux poudres, particulièrement dans les villages, c'est le zèle d'organisations hindoues d'extrême droite à convertir les musulmans à l'hindouisme. D'après elles, les quatre-vingts millions de musulmans sont en réalité des hindous convertis de force ; ils doivent revenir à leur religion d'origine. Comme l'explique le Mahasabah : « Les musulmans d'aujourd'hui ne sont qu'une parenthèse. L'avenir des Indes, c'est un Etat national hindou basé sur des institutions hindoues. »

Ces organisations ne reflètent pas les vues du Congrès qui se proclame laïque ; mais le fait qu'il ne les condamne pas et que Gandhi, dans sa ferveur à prêcher le retour aux valeurs hindoues, qualifie de « patriotes » certains leaders fanatiques [2] suffit à nourrir les craintes des musulmans.

Les derniers événements leur ont prouvé qu'ils ont déjà trop attendu ; il est temps qu'ils s'organisent.

Ce vendredi 13 octobre 1937, la paisible ville de Lucknow bruit d'animation : Mohammed Ali Jinnah doit ouvrir la session extraordi-naire de la Ligue musulmane. Cinq mille délégués sont déjà arrivés. Les plus éminents seront logés dans les palais des princes, les autres dans des tentes multicolores dressées dans les jardins de Kaisarbagh.

C'est le rajah de Mahdabad qui a tout organisé et financé. Selma l'a souvent aperçu ; c'est un ami d'Amir, bien qu'ils ne partagent pas les mêmes idées. Le rajah est un homme pieux, un idéaliste. Il vit en ascète dans une seule pièce de son immense palais. Le sol est recouvert de montagnes de livres : le Coran, la Bible, les livres saints

---

1. L'urdu parlé est proche de l'hindi mais s'écrit avec des caractères arabes, alors que l'hindi s'écrit en caractères sanskrits, langue hindoue très ancienne.
2. Comme Malaviya

des Indes, mais aussi les œuvres de Dickens qui le font pleurer, avoue-t-il, quand elles décrivent la misère du peuple anglais au XIXe siècle, et, celles de Tolstoï, auteur dont il se sent proche car, comme lui, il se révolte contre la classe féodale dont il est issu. Le rajah se nourrit de pain d'orge cuit par sa femme — c'est ce que mangeait le Prophète — et lorsqu'il se trouve dans son Etat, il lui arrive d'aider les paysans à labourer la terre. Il a même établi un élevage de moutons auquel il voudrait se consacrer : son idéal est le retour à la vie pastorale. Mais Jinnah qui, à la mort de son père, le très respecté maharadjah de Mahdabad, fut l'un de ses tuteurs, l'en a dissuadé : « Tu vas travailler avec moi, ton devoir est de lutter pour l'émancipation des masses musulmanes » ; et le jeune homme, qui rêvait de nature, d'arts et de philosophie, est devenu l'un des piliers de la Ligue.

Ce jour-là, il est allé accueillir Jinnah à la gare. Lorsque le leader apparaît, la garde d'honneur — des volontaires en chemises vertes — est totalement débordée par une foule enthousiaste. Aux cris de « Jinnah Zindabad ! Muslim league Zindabad ! — Vive Jinnah ! Vive la Ligue musulmane ! », la voiture est littéralement portée jusqu'au gigantesque *pandal*[1] dressé sur la place de Lal Bagh, où se tient la conférence.

Le pandal est rempli à craquer : les délégués sont accourus de toutes les Indes. On remarque en particulier les Premiers ministres du Bengale et du Penjab, Etats à majorité musulmane, venus, chuchote-t-on, apporter leur appui à la Ligue. Dans les tribunes, dissimulées derrière les moucharabieh, les femmes de notables se bousculent, curieuses d'apercevoir enfin cet avocat de Bombay qui en deux ans est devenu le champion de la cause musulmane.

Grand, mince, les cheveux blancs, le regard perçant, Mohammed Ali Jinnah impressionne. Très droit, il s'avance vers la tribune et, debout, sans un geste, commence à parler de sa voix autoritaire et vibrante. L'assistance est subjuguée. Sans perdre de temps en vains préambules il va droit au but.

— Mes frères, en suivant une politique exclusivement hindoue le Congrès s'est aliéné les masses musulmanes. Il a brisé ses promesses électorales, refusé de reconnaître l'existence de notre communauté et de coopérer avec nous. Ses gouverneurs ne protègent pas les minorités, leurs actions tendent à susciter les affrontements entre communautés et donc à renforcer le pouvoir des impérialistes. Les musulmans doivent reprendre confiance en eux et ne pas rechercher

1. *Pandal :* immense tente multicolore que l'on dresse pour les conférences et les mariages.

le salut dans la collaboration avec les Anglais ou avec le Congrès. Ceux qui rejoignent ce parti sont des traîtres.

La rupture, qui depuis quelques mois couvait, est désormais consommée.

Dehors, la foule s'oppose en slogans contradictoires.

— Jaï Hind! Vive les Indes! crient les uns.

— Taxim Hind! Division des Indes! répondent les autres.

C'est la première fois que Selma entend ce cri qui, quelques années plus tard, va devenir le mot d'ordre. L'idée du poète philosophe Mohammed Iqbal, d'un regroupement des musulmans des Indes dans une entité géographique autonome, n'a pas encore fait son chemin. Jinnah lui-même estime que ce n'est pas sérieux, mais que c'est un bon moyen de pression contre l'intransigeance du Congrès.

Vers la tribune maintenant s'avance Fazl ul Haq, Premier ministre du Bengale, Etat qui regroupe le tiers des musulmans des Indes. Il annonce que, devant le danger, son parti a décidé de se fondre dans la Ligue musulmane. C'est le délire. On décide que l'emblème de la Ligue sera un drapeau vert frappé du croissant blanc, et que l'hymne composé pour la session deviendra l'hymne du parti, le cri de ralliement de tous les musulmans.

Enfin est adoptée à l'unanimité la décision que depuis longtemps on attendait : le but de la Ligue n'est plus d'obtenir un gouvernement pleinement responsable, mais bien l'indépendance. Pour ce, Jinnah annonce la refonte du parti sur une base plus démocratique : alors qu'il regroupait surtout l'élite urbaine, dorénavant, dans chaque village, une branche de la Ligue sera ouverte où chacun pourra adhérer pour la somme nominale de deux *annas*[1]. Le rajah de Mahdabad sera responsable de la nouvelle organisation populaire. Les femmes ont également un rôle important à jouer : une branche féminine sera créée sous la présidence de la vieille rani de Nampour.

Lorsque, deux jours plus tard, la conférence se clôt, chacun a conscience d'avoir assisté à un événement historique : la transformation de la Ligue en un parti de masse pouvant désormais répondre aux aspirations de tous les musulmans des Indes. Le nouveau programme électrisera le peuple : en trois mois, dans les seules Provinces unies, quatre-vingt-dix branches seront créées, il y aura plus de cent mille adhésions. Cependant Nehru continue de proclamer que la Ligue musulmane défend des intérêts réactionnaires et il la qualifie d'hystérique.

---

1. *Anna :* un seizième de roupie.

Après la poussée de fièvre provoquée par la conférence, la vie a Lucknow a repris son cours, serein. Pourtant dans les villes et les villages alentour les incidents se multiplient. Le plus grave sera le massacre par des hindous d'une quarantaine de bouchers musulmans réunis pour la foire annuelle des vendeurs de bétail, à Ballia.

Dans la capitale des Provinces unies, cet « acte barbare » suscite l'indignation, les journaux en font leurs gros titres. Mais il sera vite oublié au profit de la saison de polo qui, cette année, se révèle brillante. Toute l'aristocratie se passionne. Le gouvernement en profite pour décider d'effacer les arriérés des paysans. Certains propriétaires, qui demandent une réaction immédiate, ne sont pas écoutés : on ne va quand même pas se préoccuper de sordides questions d'argent lorsqu'on est lancé dans un sport aussi noble !

Au cinéma, *Les lanciers du Bengale* — film basé sur des événements datant d'un siècle — fait pleurer les foules, et la question à la une des magazines est de savoir si la nouvelle vedette de cinéma, Shirley Temple, est vraiment une petite fille ou bien une naine de quarante-cinq ans...

IX

— L'insigne honneur que nous font Votre Excellence et Sa Grâce...

La grande salle à manger du palais de Jehanrabad brille de tous ses feux. Les flammes des torches, portées par des serviteurs enturbannés de brocart rivalisent avec les centaines de bougies des massifs chandeliers d'argent et font scintiller émeraudes et diamants.

La fine fleur d'Oudh est là. Rajahs et nawabs, souverains d'Etats petits ou grands, ils sont venus pour honorer le gouverneur anglais, sir Harry Waig et son épouse. Ils se tiennent très droits, le menton haut, ils ont tous cette expression de morgue nonchalante que confèrent des siècles de pouvoir et d'ennui. Mais le pouvoir n'est plus ; à ces tigres royaux on a limé les crocs ; reste l'ennui, et un orgueil incommensurable.

— Toujours notre famille a fidèlement servi la Couronne...

Après les compliments fleuris et les protestations de fidélité, le rajah de Jehanrabad a commencé à évoquer l'histoire de ses illustres ancêtres. A grand-peine, sir Harry se retient de bâiller : « Où veut-il en venir ? Ils ne peuvent jamais rien demander directement, c'est assommant à la fin ! » S'il en juge par la somptuosité de la réception — une cinquantaine d'invités princiers venus l'accueillir à dos d'éléphant, quatre orchestres, un défilé de lanciers — le rajah entend solliciter un service important. « Espérons que je pourrai le lui rendre : je ne tiens pas à perdre l'un de nos plus fidèles alliés. »

Lady Violet sent que son époux s'impatiente. « Harry n'a pas l'air de s'amuser. Moi, je trouve ce dîner très agréable. J'aime être la seule femme au milieu de tous ces hommes, sentir sous leur regard respectueux comme un frémissement... Il prétend que je ne devrais pas dénuder mes épaules, je ne vais quand même pas m'attifer comme feu la reine Victoria sous prétexte que les Indiens gardent leurs femmes cloîtrées ! J'ai un beau décolleté et il me plaît qu'ils s'en aperçoivent !... Gazelle parmi les fauves apprivoisés... Mais les avons-nous apprivoisés, ou les tenons-nous simplement en laisse ? »

— ... Et c'est pourquoi nous sollicitons de votre haute bienveillance l'autorisation, et les facilités, pour construire cette route, une dizaine de miles seulement, qui relierait la voie privée menant du palais à la grande route Lucknow-Delhi. Ce serait pour nos paysans une aide inestimable.

Sir Harry reste impassible. « Les paysans ! Ils ont bon dos les paysans ! Avec leurs carrioles, les chemins de terre leur suffisent bien. Voyons, avoue-le, la route, tu la veux pour tes belles voitures, ta douzaine de Rolls, de Lincoln, de Bentley, afin qu'elles ne soient pas maculées de poussière et de boue... Je le sais et tu sais que je le sais. Mais là n'est pas le problème : si je ne lui accorde pas sa route le gredin est capable d'aller faire des avances au parti du Congrès ! »

Lady Violet dévisage les « fauves » : « Ce jeune rajah de Badalpour a des yeux splendides ; dommage qu'il ait épousé cette petite sotte qui a l'audace de nous snober. Comme si nous étions des sauvages ! C'est vraiment le monde à l'envers. A propos de sauvages il faut qu'après le dîner j'aille rendre visite à ces pauvres femmes, elles doivent périr d'ennui derrière leur purdah, la rani se sentira honorée que je ne l'aie pas oubliée. » Elle se penche vers le rajah de Jehanrabad. Froncement de sourcils, immédiatement corrigé d'un large sourire.

— Mais comment donc ! Quelle délicate attention ! Je vais immédiatement faire prévenir la rani.

La taille bien prise dans son habit noir, suprême élégance parmi tous ces brocarts, sir Harry Waig s'est levé. Son verre de champagne à la main, il porte un toast silencieux, effleurant l'assistance de ce regard affable, un soupçon hautain, propre à tout fonctionnaire britannique basé aux Indes, preuve manifeste de supériorité tel le poinçon qui signale l'or véritable aux gueux incapables de le reconnaître.

— Altesse, Princes... C'est avec une grande joie... C'est pour moi un honneur insigne... l'empire... Sa Majesté... Notre mission... Votre loyauté...

Lady Violet l'écoute distraitement. « Harry exagère, toujours le même discours. S'ils s'en apercevaient ? Ces gens de couleur sont tellement susceptibles... Quoique le rajah de Jehanrabad soit parfaitement civilisé... Si ce n'était son physique, on pourrait presque le prendre pour un Anglais. Presque... Car même chez cette petite élite élevée à Eton et à Oxford, toujours quelque chose détonne : un accent trop anglais, un enthousiasme trop prononcé pour le cricket... Et surtout, dans leurs relations avec nous, trop de servilité ou trop d'orgueil. C'est surprenant, jamais ils n'arrivent à être naturels ! »

Le premier eunuque a chuchoté quelques mots à l'oreille du rajah, qui répond d'un geste exaspéré. Le discours du gouverneur est à peine terminé, salué par des applaudissements polis, qu'il se lève, donnant le signal de la fin du repas. Ces messieurs passent au fumoir, ces dames...

— Votre Grâce peut-elle attendre un instant ? La rani est si heureuse de votre visite qu'elle sollicite quelques minutes pour se préparer à vous recevoir dignement...

A l'autre extrémité du palais, dans le salon à ogives, la rani de Jehanrabad, étendue sur un divan, bavarde avec ses compagnes. Contrastant avec le rigide cérémonial qui a présidé au dîner du rajah, tout ici se passe dans la plus grande simplicité. L'étiquette est de n'en point avoir, les invitées étant toutes d'origine princière, amies ou plus souvent parentes ; des siècles de mariages à l'intérieur de cette aristocratie a créé un réseau de relations complexe et dense qui recouvre toute la province comme une toile arachnéenne. Que certaines familles soient plus fortunées ou plus illustres que d'autres, cela chacun le sait et il serait de mauvais goût de le faire sentir. Seuls les *baniyas,* ces commerçants qui osent rivaliser de richesse avec les princes, peuvent agir aussi grossièrement, et puis évidemment... les ingrese.

Un eunuque annonce l'arrivée du rajah. Comme des oiselles effarouchées, les femmes se dispersent dans les pièces attenantes. Seules demeurent la rani et ses deux filles. Transpirant sous son turban, le prince semble fort agité.

— Qu'entends-je, Rani Saheba ? Vous souffririez d'une indisposition et ne pourriez recevoir lady Violet ?

— Je me porte au mieux Rajah Sahab, mais la vue de cette... lady..., — elle détache les syllabes d'un air dégoûté — à coup sûr me rendrait malade.

Le rajah a l'habitude des caprices de son épouse. Très belle, cette dernière joue de leur différence d'âge pour se comporter en enfant gâtée, la plupart du temps il ne peut rien lui refuser. Mais ce soir elle dépasse les bornes.

— Vous ne pouvez insulter l'épouse du gouverneur ! Il ne nous le pardonnerait pas.

— Pardonner ?

Le mot a piqué la rani au vif. Depuis des mois elle rumine sa colère, se retient d'exploser ; cette fois c'en est trop !

— Et quel besoin avons-nous de leur pardon ? Ces bandits qui nous ont ravi le pouvoir, ont mis nos Etats sous tutelle et, chaque année, nous rançonnent sous prétexte d'impôts ; ces débauchés buveurs d'eau noire, mangeurs de porcs, qui séduisent nos femmes et pour couronner le tout nous méprisent !

Elle s'est retenue à temps de dire « vous méprisent, vous le rajah de Jehanrabad, si flatté d'être, de tous les princes d'Oudh, leur meilleur ami ». Oh, comme elle hait ces Anglais ! pas tant parce qu'ils occupent son pays — les mouvements d'indépendance qui se développent actuellement lui semblent futiles, après tout les Indes ont rarement été indépendantes, et le règne du Grand Moghol n'était pas plus doux que celui du roi britannique —, elle les hait parce qu'ils lui changent son mari. Son prince, si fier de ses origines et des hauts faits de ses ancêtres, respecté par ses sujets et par ses pairs, n'est plus, devant ces Blancs pleins de morgue, qu'un petit garçon respectueux et docile.

Pourquoi ? Elle n'arrive pas à le comprendre, ni aucune de ses amies, épouses de princes musulmans ou hindous, qui voient avec stupéfaction et amertume leur « Seigneur et Maître » courtiser l'étranger. Ces maris qu'elles ont appris à vénérer, en tant qu'hommes et souverains, avant même de les connaître, eux dont l'honneur garantit leur honneur et celui de leur famille. Sans doute ont-ils leurs raisons... Elles ne veulent pas douter d'eux, elles ne peuvent se le permettre. Certainement, tout est de la faute de ces Anglais !

— Je ne recevrai pas lady Violet !

— Voyons, Rani Saheba, soyez raisonnable ! La route...

En un éclair, elle a compris.

— Ah ! Rajah Sahab, que ne le disiez-vous plus tôt ? Si c'est pour la duper, l'honneur est sauf ! J'avais craint que ce ne soit pour lui faire plaisir...

Quelque peu interloqué par la morale de son épouse, le rajah se garde bien de la contredire, trop heureux d'avoir eu gain de cause. S'il lui expliquait qu'il n'a nulle intention de duper le gouverneur, que leurs relations sont basées sur un intérêt mutuel mais aussi sur une réelle amitié et une estime qu'il croit réciproques, elle serait capable de revenir sur sa décision.

En pénétrant chez la rani, lady Violet s'étonne de la voir entourée uniquement de femmes âgées. Elle interprète ce fait singulier comme une marque de respect : si l'on a choisi des aïeules pour la rencontrer, c'est sans doute qu'on veut l'honorer. Comment pourrait-elle imaginer que la rani a exigé des jeunes qu'elles se retirent ? L'ombre, sur elles, de cette créature immorale, à moitié nue, leur porterait malheur...

Seule exception, la rani de Badalpour, parce que après tout, « elle a vu le monde », et qu'aussi on a besoin d'une interprète. Selma commence à parler convenablement l'urdu et elle ne va pas laisser passer une si belle occasion de s'amuser.

— Quelle délicate attention, Votre Grâce, que de venir visiter votre servante dans son humble demeure, susurre la rani. Veuillez excuser ma pauvre jambe qui m'empêche de me lever pour vous accueillir...

« Ont-elles toutes mal à la jambe ? » se demande lady Violet en notant que, à l'instar de la rani, les femmes sont restées assises. La rani lui sourit, désolée, et la femme du gouverneur, magnanime, se penche pour l'embrasser. Elle perçoit un mouvement de recul, ses lèvres n'effleurent que le voile. « Comme ces pauvres femmes sont timides ; elles ont si peu l'habitude que nous, Anglaises, leur manifestions de l'amitié... Je me suis toujours fait un point d'honneur de me mettre à leur portée, de leur montrer que je les considère comme mes égales. Harry trouve que j'exagère, qu'il faut se faire respecter, mais elles me font tellement pitié, enfermées, coupées de tout, esclaves dans ce monde d'hommes ! »

La conversation s'engage autour de sorbets à la mangue : le temps qu'il a fait et le temps qu'il fera, la beauté des robes de cour, la santé des enfants. Lady Violet se creuse la tête : de quoi donc peut-on parler avec ces femmes sans éducation ?

— J'aime beaucoup vos poètes, dit alors la rani, lord Byron en particulier.

— Comment, vous connaissez l'anglais ? s'effare lady Violet.

— Je le lis, je ne le parle pas. Mais expliquez-moi, que veut dire Milton dans le *Paradis perdu*...

— Oh ! c'est une théorie très fumeuse sur la vie et la mort, bafouille lady Violet, qui se ferait hacher sur place plutôt que d'avouer qu'elle n'a jamais lu Milton. De toute façon, c'est complètement dépassé !

— Vraiment ?

La rani la regarde d'un air surpris, où la femme du gouverneur croit déceler une certaine ironie. « Quel bas bleu cette petite rani, pense-t-elle, je vais la remettre à sa place ! »

— Votre époux le rajah est un homme fascinant, nous passons des heures à discuter ensemble, d'autant que mon mari ne s'intéresse pas du tout à la littérature et qu'il nous abandonne pour aller jouer au golf.

— Je sais, le rajah est presque plus souvent chez vous que chez moi, j'en suis même jalouse. Il ne cesse de me parler de la belle...

— Mais non, voyons ! proteste lady Violet, modeste.

— Mais si, la belle Sarah ! C'est bien, n'est-ce pas, le nom de votre nièce ?

La femme du gouverneur a pâli. Selma se mord les lèvres, la rani continue, le plus naturellement du monde.

— Le rajah pense à un mariage, vous en a-t-il parlé ?

— Ma... un mariage !

Sous le choc, lady Violet s'est mise à bégayer. Elle se reprend :

— Vous y consentiriez ?

— Oh, vous savez, j'ai l'esprit large ! Je pense que ce serait une bonne chose.

L'idée semble tellement absurde à la femme du gouverneur qu'elle laisse échapper un rire. Sa blonde Sarah mariée à un indigène ! Ces Indiens vraiment ne doutent de rien. Heureusement, elle a une excuse toute trouvée.

— Je suis extrêmement flattée que le rajah ait pensé à ma nièce, mais elle n'a que vingt-deux ans, la différence d'âge est trop grande !

— Comment ? Mon fils n'en a que vingt-cinq !

— Votre fils, mais...

— Où ai-je la tête ? Bien sûr, vous ne le connaissez pas, vous ne pouvez décider sans l'avoir vu ! Ecoutez, faites-moi savoir quand vous aurez un après-midi libre, et nous organiserons une rencontre. Je suis sûre qu'il vous plaira... Quel beau couple cela ferait, et quelle charmante conclusion à l'amitié qui unit nos deux familles ! Une preuve que les êtres de qualité savent surmonter les ridicules préjugés du commun, et...

Elle s'interrompt ; du regard Selma l'a avertie qu'elle en fait trop et que lady Violet va finir par s'apercevoir.

Mais celle-ci est trop bouleversée pour s'apercevoir de quoi que ce soit. Elle n'a plus qu'une idée : fuir ! Ramassant son sac et ses gants, elle se répand en remerciements, promet de revenir très bientôt pour rencontrer le prince héritier, embrasse la rani trois fois, dans son trouble embrasse aussi Selma, et bat en retraite.

Dans le salon, c'est l'hilarité.

— Au moins, déclare la rani, nous sommes sûres de ne jamais la revoir !

Puis, d'un air dégoûté :

— Vite, un linge et de l'eau de rose ! Quelle manie ont ces Anglaises de vous embrasser !

La voyant se frotter avec énergie pour faire disparaître la souillure, Selma songe à son arrière-grand-tante, épouse du sultan Abdul Aziz, qui s'était lacéré la joue d'un coup de couteau pour se purifier du baiser d'une « infidèle ». L' « infidèle », alors en visite officielle à Istamboul, c'était l'impératrice Eugénie...

L'Isota Fraschini file sur la route poussiéreuse, contournant en de brusques crochets — qui s'abaisserait à ralentir ? — les troupeaux de buffles et les chameaux altiers, les processions funéraires et les vaches sacrées, et le cortège joyeux du fiancé que son cheval blanc amène à la maison de la promise... Miracle de chaque instant que ce bolide qui se faufile, à cinquante miles à l'heure, à travers les encombrements paisibles qui font, des voyages sur les grandes routes des Indes, de véritables courses d'obstacles.

— Jehanrabad va devoir organiser une chasse au tigre pour le gouverneur. S'il veut sa route, c'est bien le moins ! commente Amir en riant. Ces Anglais se croient tous de fins tireurs. S'ils savaient comme nous abrutissons ces pauvres tigres ! La veille du grand jour, nous lâchons près des cours d'eau où ils viennent s'abreuver de petits buffles préalablement gavés d'opium... Au cas où cela ne suffirait pas, nous postons toujours un garde qui, dissimulé dans un buisson, tire en même temps que l'illustre invité. Ainsi, tout le monde est content : le grand chasseur de fauves qui se fait photographier, un pied conquérant sur la dépouille — dont, plus tard, la tête empaillée, en évidence dans son salon, fera frissonner les dames — et son hôte princier à qui, dans sa joie, il ne saura refuser quelque menue faveur...

— Les méprisez-vous ?

Amir sursaute. Il fixe son épouse.

— Les Anglais ? Je ne les aime pas, mais je les admire. Si nous avions la moitié de leur énergie, de leur endurance, de leur loyauté...

— Leur loyauté ?

— Envers l'empire ! Pour lui ils sont prêts à toutes les bassesses. Les faveurs qu'ils nous accordent ne vont jamais à l'encontre des intérêts de la Couronne. A part cela, ils peuvent être parfaitement malhonnêtes. Au plan de la dissimulation dite orientale, nous n'avons rien à leur enseigner. C'est d'ailleurs ce qui rend les relations... excitantes.

« Quand le chat joue avec la souris, se demande Selma, où est l'excitation pour la souris ? Ne réalisent-ils pas à quel point les Anglais se moquent d'eux, les utilisent ? Leurs femmes, confinées derrière le voile, sont plus lucides. »

— La rani de Jehanrabad déteste ces Anglais que son mari prise si fort. Elle et ses amies prétendent qu'ils sont trop blancs pour être des êtres humains. Dans leur île, elles assurent que poussent des arbres immenses qui portent des œufs : c'est de ces œufs qu'ils naissent !

Le rajah lève les yeux au ciel — la sottise de ces femmes est incommensurable !

— A propos, ma chère, je voulais vous prévenir que j'ai reçu un message de l'un de mes vieux amis de Cambridge, lord Stiltelton. Il vient d'épouser une vicomtesse, lady Grace, et ils ont choisi de passer leur voyage de noces aux Indes. Ils seront à Lucknow dans quelques jours et séjourneront au palais. J'espère, ajoute-t-il ironiquement, que vos convictions nationalistes ne vous empêcheront pas de leur faire bon accueil...

« Quel beau couple ! Qu'ils ont l'air amoureux ! » Toute la soirée Selma les a observés avec nostalgie, comme une enfant devant une boutique pleine de choses merveilleuses et interdites. Cette blondeur insouciante, cette complicité, ces rires la désespèrent.

Le dîner a pourtant été très gai. On a évoqué Londres et Paris, les nouvelles pièces de théâtre, les restaurants à la mode, les grands bals de la saison, et on a chuchoté les derniers scandales. Amir demande des nouvelles de chacun, s'étonne, s'esclaffe. Jamais Selma ne l'a vu aussi détendu et elle s'étonne de constater qu'il semble connaître tout le monde.

— Votre mari, lui glisse lord Stiltelton, était le boute-en-train de notre groupe, qui pourtant comportait pas mal de joyeux drilles. Mais Amir avait une façon à lui, poétique et désinvolte, de transformer la soirée la plus ennuyeuse en aventure. Tout le monde se l'arrachait, pour ne rien dire des femmes qui en étaient folles !

Amir, boute-en-train ? Selma n'en croit pas ses oreilles. Elle se prend à rêver : s'ils s'étaient connus à Londres peut-être auraient-ils pu s'aimer ? Auraient-ils pu ?... Quel est donc le sentiment qui les lie à présent ? Ah, s'il consentait à déposer sa cuirasse... mais il prétend que l'amour est une maladie de l'esprit. La seule fois où elle a osé lui demander ce qu'il ressentait pour elle, il lui a répondu : « Je vous admire et vous respecte. » Jamais plus elle n'a posé la question.

Lentement elle se dirige vers le piano, refuge béni où elle peut s'isoler sans avoir l'air de fuir. Ce piano, elle le doit à l'intervention de Rashid Khan, malgré la fureur de Rani Aziza.

Cher Rashid Khan ! Selma a eu l'heureuse surprise de le voir ce soir, pour la première fois depuis son arrivée à Lucknow. Bien que plus âgé, c'est aussi un ami de lord Stiltelton qui n'aurait pas compris son absence au dîner. Et Amir ne s'est décidément pas senti le courage d'expliquer à son ancien compagnon de bamboche que lui, l'esprit fort, rationnel, libre des préjugés, gardait son épouse en purdah[1].

Du bout des doigts, elle caresse l'ivoire, et pensive, joue les premières notes d'un nocturne de Chopin. Mélancolie, espoir, passion qui se brise et renaît, tremblante, fougueuse, puis de nouveau dans un sanglot, une plainte délicate comme la joue d'une rose, comme une goutte de rosée, expire.

Sur ses mains, sur sa nuque, elle sent le regard de Rashid, chaleureux, infiniment tendre. Toute la soirée, leurs yeux se sont évités, et maintenant seulement, maintenant qu'il la croit perdue dans ses rêves d'harmonie, il ose la regarder. Et elle retient son souffle pour capter chaque parcelle de cette émotion, de cette adoration qui, tel un rayon de soleil sur la fleur des champs, la fait s'épanouir, embaumer, revivre.

Pourtant elle ne l'aime pas, elle le sait, il est loin d'avoir la séduction de son beau mari. Mais, à cet instant, elle n'a qu'une envie : se pelotonner dans ses bras, se laisser bercer. Il a suffi qu'il la regarde avec ses yeux de compréhension et d'amour, pour que soudain elle retrouve la Selma qu'elle était il y a huit mois à peine, la jeune femme heureuse que, par une matinée de printemps, il accueillait sur le port de Bombay.

La voix de lord Stiltelton l'arrache à sa rêverie.

— Amir, que diriez-vous si nous allions terminer la soirée au club de Chatter Manzil ? On m'a dit que c'était un endroit somptueux, l'ancien palais des rois d'Oudh, n'est-ce pas ?

Amir a pâli.

— Je ne fais pas partie de ce club.

— Aucune importance, je vous invite. Le gouverneur, à qui j'ai rendu visite ce matin, a eu la bonté de faire donner mon nom à la réception.

Amir esquisse un sourire.

— Vous êtes nouveau venu dans ce pays, Edward, mais vous êtes passé par Calcutta, je crois. Etes-vous allé au Yatch-Club ?

— Bien sûr, il est extrêmement agréable.

— Savez-vous la différence entre le Yatch-Club et le Chatter Manzil ?

Amir parle lentement, faisant tourner dans sa main son verre de brandy, comme absorbé par sa teinte ambrée.

— Eh bien, la voici : le Yacht-Club de Calcutta est interdit aux

---

1. Souvent les Indiens élevés en Europe exigeaient que leur épouse garde le purdah en présence des hommes indiens, pas des étrangers.

Indiens et aux chiens. A Lucknow, on est plus tolérant : on accepte les chiens.

Silence de pierre. Tous les yeux se sont tournés vers lord Stiltelton, qui reste bouche bée. De sa vie, il ne s'est trouvé dans une situation aussi embarrassante.

— Vous plaisantez ! C'est certainement une règle pour les indigènes, je veux dire pour... heu, pour le peuple, pas pour des gens comme vous !

— Que voulez-vous dire ? A votre avis, je ne suis pas indien ?

— Voyons, Amir, vous appartenez à l'une des plus anciennes familles des Indes. A Londres, on vous appelait « le Prince », les duchesses se disputaient le plaisir de vous recevoir...

— A Londres. Mais dans mon pays, c'est ainsi.

Abasourdi, le jeune lord s'est pris la tête dans les mains.

— Et l'on s'étonne que les Indes réclament leur indépendance !... Tous ces petits fonctionnaires anglais, des épiciers ! Quand je pense qu'ils osent vous dédaigner, c'est inouï ! Venez avec moi, nous forcerons l'entrée, vous verrez, ils n'oseront rien dire, ou alors ils trouveront à qui parler !

Amir regarde son ami, il hésite. Il n'a pas la moindre envie de risquer l'esclandre, mais en y réfléchissant bien c'est peut-être l'occasion rêvée de mettre les autorités en difficulté. Stiltelton est connu ; malgré sa jeunesse, c'est un membre éminent de la Chambre des lords. Pourquoi ne pas essayer ? De toute façon, il en sortira gagnant : ou son ami l'impose et crée ainsi un précédent qui entaille le dogme bien établi de la supériorité britannique, ou on les force à partir et c'est le scandale. A ce stade de la lutte pour l'indépendance, ce genre de scandale pourrait être payant.

C'est nuit de pleine lune. La Rolls glisse dans l'allée principale, entre les palmiers aux troncs argentés et les banyans tricentenaires. La longue façade du palais de Chatter Manzil est illuminée et les trois petites coupoles de bronze doré étincellent.

— Comme c'est joli ! s'extasie la jeune lady.

Amir s'abstient de lui préciser qu'autrefois ces coupoles étaient d'or fin mais que ses compatriotes les ont... — comment dit-on cela poliment ? — enfin bref, les ont volées.

La voiture s'immobilise sous le porche imposant où déjà une vingtaine d'automobiles sont garées. Un rideau de verdure et de fleurs tombe jusqu'à terre, formant un auvent frais et parfumé. Lord Stiltelton a pris son ami par le bras, et se dirige résolument vers l'entrée, lorsque le portier s'interpose.

— Excusez-moi, sir, mais il est interdit de...

Hautain, lord Stiltelton le toise sans même s'arrêter.

— Savez-vous à qui vous parlez ? A moi, rien n'est interdit !

D'un geste de la main, il balaie et les lois et ce microbe qui prétend les faire respecter.

« Bon début ! » pense Selma, et elle se retourne pour lui sourire : c'est la première fois qu'elle trouve un Anglais sympathique. Rien ne lui plaît tant que ce genre de défi. A côté d'elle, elle sent lady Grace se raidir : on approche des salons, et la nuée de maîtres d'hôtel qui règnent sur ces lieux sont des adversaires autrement redoutables qu'un portier isolé.

La grande salle de réception de Chatter Manzil est, ce soir, tout ornée de roses. Sur une petite estrade, un orchestre joue en sourdine. Silencieux, des serviteurs enturbannés se faufilent, portant de lourds plateaux d'argent couverts de bouteilles multicolores. Presque toutes les tables sont occupées et, contrairement aux habitudes, nombreuses sont les dames présentes. Des conversations on ne perçoit qu'un léger brouhaha, assourdi par les tapis épais et les boiseries qui recouvrent les murs.

« Il doit y avoir une fête, songe Selma, nous ne pouvions mieux tomber : demain toute la ville sera au courant. » Un petit frisson lui parcourt la nuque, elle a l'impression d'entrer dans l'arène.

Leur arrivée interrompt les conversations, dans le silence la musique prend de l'ampleur. Tous les yeux sont fixés sur eux. Parfaitement à l'aise, lord Stiltelton s'enquiert de la table qu'il a fait réserver. Le premier maître d'hôtel, un Anglais de la vieille école, s'est avancé. Comme une carpe qui cherche l'air, il ouvre la bouche à plusieurs reprises, mais ne parvient pas à prononcer le moindre son. Deux collègues se portent à son secours.

— Votre table est ici, sir, un peu en retrait de l'orchestre, mais...

— Mais quoi ? coupe lord Stiltelton hautain, qu'attendez-vous pour nous y mener ? On a vraiment de curieuses manières ici !

— Sir, c'est impossible... Le monsieur qui vous accompagne.. Les règles du club ne permettent pas...

— Vous commencez à me chauffer les oreilles, mon garçon ! Le rajah de Badalpour est mon invité. Lui manquer de respect serait me manquer de respect. Est-ce que par hasard vous auriez l'intention de m'insulter ?

Le maître d'hôtel est devenu blême. Sans plus insister, il s'éclipse.

Moqueur, lord Stiltelton parcourt des yeux l'assistance. Il ne rencontre pas un regard : chacun est retourné, l'air affairé, à sa conversation.

— Eh bien, Amir, allons nous asseoir, ces dames doivent être fatiguées.

Au bout d'un moment, un serviteur indien vient prendre la commande. Après concertation, on a envoyé le plus jeune ; son crayon tremble entre ses doigts, il évite de regarder le rajah. Autour d'eux, les convives ont commencé à quitter les tables, certains dans un silence glacial, d'autres en manifestant hautement leur réprobation. Mais personne n'ose affronter directement cet arrogant jeune homme qui semble — quelle honte ! — beaucoup s'amuser, tandis que son épouse, cramoisie, garde les yeux baissés.

Ils ne sont pas assis depuis cinq minutes que s'approche un monsieur extrêmement distingué dans son smoking crème.

— Lord Stiltelton, je présume ? Bienvenue à Chatter Manzil, sir. Je suis James Bailey, président du club.

— Enchanté, monsieur Bailey ! Laissez-moi vous présenter mon épouse lady Grace, et mes amis le rajah et la rani de Badalpour.

Respectueusement le directeur s'incline devant les dames et ignore délibérément le rajah.

— C'est un honneur pour nous de vous accueillir, milord, ainsi que ces dames. Mais il nous est impossible de recevoir monsieur, notre club est absolument interdit aux... indigènes.

Il a prononcé ce dernier mot avec une insolence qui fait bondir Selma.

— Indigène ? Mais je le suis moi aussi, monsieur, de par mon mariage avec le rajah. Dois-je comprendre que vous me chassez également ?

Le directeur pince les lèvres.

— Non, madame, vous pouvez rester si vous le désirez.

— Cher monsieur Bailey, interrompt lord Edward, glacial, apprenez que nous restons tous. A moins évidemment que vous ne nous mettiez à la porte de force. Mais imaginez le scandale !

— Je suis désolé, milord, mais je dois faire respecter le règlement.

Les deux hommes s'affrontent du regard, aucun n'a l'intention de céder. C'est devenu une question d'honneur. Comme s'il n'était pour rien dans ce débat, le rajah déguste son brandy à petites gorgées. Tous les yeux sont tournés vers la table, dans un coin, une demi-douzaine de maîtres d'hôtel attendent.

C'est le moment que choisit lady Grace pour intervenir.

— Edward, gémit-elle, la tête me tourne... Il fait si chaud ici... Je vous en prie, sortons, sinon je sens que je vais m'évanouir...

Réprimant un geste d'impatience, lord Stiltelton jette un coup d'œil sur sa jeune femme : elle semble réellement sur le point de défaillir. Un instant il est tenté de prier Selma de l'accompagner dans le salon de repos des dames, mais il se reprend : « Quel goujat je fais, la pauvre chérie n'est pas habituée à de pareils affrontements. Je n'ai pas le droit de l'amener ici en voyage de noces et de lui faire subir toutes ces histoires. »

— Puis-je vous aider ? s'empresse monsieur Bailey.

— Non, ou plutôt si, faites appeler la voiture, répond lord Stiltelton sans le regarder.

— Quel lâche !

Maintenant qu'ils sont rentrés, Selma laisse éclater sa colère. Elle ne sait ce qui l'emporte en elle, de l'amertume ou du dégoût. Le trajet du retour s'est fait dans un silence embarrassé. Lord Stiltelton a juré ses grands dieux qu'il porterait l'affaire jusqu'à Londres mais personne ne lui a répondu — ils savent tous qu'à Londres il trouvera la plainte déplacée, futile, s'il n'a pas depuis longtemps oublié ce qui pour lui n'aura été qu'un incident. On s'est séparé en se souhaitant « bonne nuit », tout en sachant combien elle sera mauvaise.

Amir tourne dans la chambre, les dents serrées. Depuis qu'ils ont pénétré dans le club il n'a pas prononcé un mot. Selma sent qu'en ce moment il les déteste tous, son ami qui l'a embarqué dans cette aventure et l'a trahi au premier prétexte, et elle sa femme, elle qui sans le vouloir le trahit aussi, avec cette peau blanche qui lui donne droit de cité de l'autre côté de la barrière.

Elle voudrait lui parler, lui dire qu'au mépris on ne peut répondre que par un mépris plus intense. Elle ne comprend pas qu'après tant de vexations Amir et toute cette aristocratie indienne continuent à fréquenter ces Anglais, à rechercher leur amitié. D'où vient cette étrange humilité chez des hommes si fiers ? Ne voient-ils pas qu'ils ne retrouveront leur force que s'ils rejettent non seulement les Britanniques, mais tout le système de valeurs que ceux-ci ont la prétention d'imposer comme universel ?

Elle se tait. Elle sait qu'en ce moment il ne la supporte que silencieuse. Mais peut-être va-t-il l'imaginer indifférente ? Il est si blessé... Elle s'approche, effleure son bras. Il se dégage brutalement.

— Ah non ! Laissez-moi tranquille !

Ces yeux haineux ; comme si elle était l'ennemie, ou la rivale dans une compétition absurde où chacun veut, de peur d'être écrasé, prouver à l'autre sa supériorité. Elle est coupable, elle aussi, de cette comédie qu'ils ont commencé à se jouer dès le début de leur mariage — naissance contre fortune — par manque de confiance, parce que ni l'un ni l'autre ne se croit capable d'être aimé pour lui-même. Avait-il, comme elle, espéré autre chose ? Que leurs écailles tombent miraculeusement, qu'ils retrouvent leur innocence ? Il l'a murée dans son rôle de princesse et de jolie femme, future mère de ses enfants. D'elle, il ne veut rien d'autre, surtout pas une compréhension qui pourrait entamer la carapace qu'il s'est forgée. Une carapace qu'il doit encore renforcer, l'incident de ce soir le lui prouve, puisque seule sa foi naïve en l'amitié a rendu possible cette humiliation.

Dans le grand lit, Selma cherche le sommeil. Elle a commencé à s'assoupir lorsque Amir la rejoint. Son haleine sent l'alcool. Sans un mot, il commence à la caresser, sa main remonte, maladroite, le long des cuisses de la jeune femme. Elle se raidit, il lui fait mal, elle tente de l'écarter.

C'est plus qu'il n'en faut pour déclencher sa rage. Elle aussi le repousse ? Elle va voir !

De ses mains dures, il a enserré ses bras, l'a plaquée sur le dos et violemment l'a pénétrée, comme s'il voulait se venger. Puis il s'est retourné, et d'un coup s'est endormi.

Les yeux grands ouverts Selma s'étonne de ne pas pleurer. Il y a quelques mois encore elle aurait gémi toute la nuit. S'est-elle à ce point endurcie ou comprend-elle ce soir la colère d'Amir ?

Ce soir... Jamais auparavant il n'a été aussi agressif, jamais il n'a voulu délibérément la blesser... De sa maladresse, de sa précipitation, elle a fini par prendre l'habitude. Pourtant, elle ne s'est pas résignée : lorsqu'elle le voit, si beau, elle se prend encore à rêver, elle frémit en imaginant de douces, d'interminables étreintes. Il ne sait pas la satisfaire mais il a exacerbé sa sensualité. Chaque nuit elle espère et désespère. Son désir est si fort qu'il lui pétrit les jambes, les genoux, le ventre.

Seule dans le noir, elle se retient de crier.

X

Lorsque Selma se réveille, le soleil est déjà haut dans le ciel. Amir a dû sortir depuis longtemps. Mais elle n'a pas envie de se lever, elle se sent tout endolorie.

Discret, un grattement à la porte.

— Je vous dérange ?

C'est Zahra qui, comme chaque matin, vient la rejoindre pour le petit déjeuner. Selma s'est prise de tendresse pour la jeune fille dont l'innocence l'émeut et l'amuse. Entre elles, ce petit déjeuner est devenu un rite sans lequel elles ne conçoivent plus de commencer la journée.

Tandis qu'une servante apporte un vaste plateau couvert de pots d'argent et de fines porcelaines, Zahra, familièrement, s'installe sur le lit.

— Si vous saviez quel rêve bizarre j'ai fait ! commence-t-elle. Nous nous promenions la main dans la main et soudain vous vous transformiez. Votre robe se couvrait de pierreries, vous resplendissiez, si belle que j'en étais éblouie, je ne pouvais plus vous regarder. Je m'accrochais à votre main, mais elle était devenue glacée. J'avais l'impression que vous me repoussiez, j'éclatais en sanglots... Alors je me suis réveillée. Figurez-vous que je pleurais !

Selma sourit, s'étire.

— Etais-je vraiment si belle ?

Zahra lui a saisi les mains qu'elle couvre de petits baisers.

— Bien moins que dans la réalité. L'autre brillait comme un astre mort. Vous, vous êtes la lumière, chaude, dorée. D'ailleurs, ajoute-t-elle en mordant dans un toast recouvert de marmelade d'oranges, vous le savez : je vous l'ai dit cent fois que vous étiez la plus belle.

Toutes deux se mettent à rire. L'admiration inconditionnelle de la jeune fille est devenue sujet de plaisanterie ; Amir lui-même prétend que s'il veut obtenir quelque chose de sa sœur, il lui faut désormais en passer par son épouse.

— Je suis tellement heureuse, soupire Zahra, ma vie a complètement changé depuis que vous êtes ici. Avant je me sentais seule, je n'avais personne à qui me confier : mon frère était rarement là, ou bien trop occupé pour que je l'ennuie avec mes problèmes.

Elle a retiré ses sandales et s'est étendue en travers du lit, la tête appuyée, câline, contre la hanche de Selma. Machinalement, celle-ci caresse les mèches brunes et le front bombé pareil à celui d'Amir. Les yeux clos, Zahra émet un petit grognement de plaisir et, se soulevant légèrement, glisse sa tête dans le creux chaud de la hanche. Selma tressaillit, un frisson la chavire, une envie folle de saisir cette tête soyeuse et de la presser très fort contre son ventre.

Brusquement, elle se dégage.

— Assez d'enfantillages ! Laissez-moi maintenant, je dois m'habiller pour aller chez Rani Shahina.

Zahra s'est redressée, décontenancée. Jamais Selma ne lui a parlé d'un ton aussi sévère. A-t-elle dit quelque chose qui l'ait irritée ?

Seule devant sa coiffeuse, Selma s'est pris la tête dans les mains, elle respire difficilement, encore étourdie de ce vertige qui tout à l'heure a failli la submerger. Elle a dû faire appel à toutes les ressources de sa volonté pour ne pas s'y abandonner. Mais maintenant le corps se venge : une crampe lui raidit le ventre, si douloureuse qu'elle lui fait monter les larmes aux yeux. A petits coups elle tente de reprendre son souffle, de contrôler la souffrance. Peu à peu la griffe se desserre, la laissant exsangue. Lorsqu'elle relève la tête, le miroir lui renvoie l'image d'une inconnue, le visage mangé de cernes noirs, la bouche marquée de plis amers.

A l'entrée du palais de Nampour deux tigres accueillent Selma ; yeux de verre et pelages un peu mités, ils ont cependant fière allure. La dame de compagnie de la rani se confond en excuses : Rani Saheba n'est pas tout à fait prête, Son Altesse peut-elle attendre quelques instants au salon, on va lui servir des rafraîchissements... Selma acquiesce, heureuse de se retrouver seule un moment.

Le silence de cette vaste pièce, aux fenêtres voilées de lourdes tentures, est apaisant quand on le compare à l'agitation de volière qui règne au palais de Badalpour. Elle lui trouve une tristesse tranquille qui la rassérène. Deux servantes apportent une collation suffisante pour une douzaine d'affamés, puis s'éclipsent discrètement. Selma s'étonne : c'est bien la première fois qu'aux Indes on lui fait cadeau d'un peu de solitude. Sans doute est-ce parce que la rani est à moitié anglaise ; elle a su imposer un respect de la vie privée, inimaginable dans une maison tout à fait indienne.

Tandis qu'elle déguste à petites gorgées un thé parfumé, il lui semble percevoir un bruissement derrière le paravent de laque, au fond du salon. Elle tend l'oreille : rien. Elle a dû se tromper. Pourtant... Elle sent une présence, elle jurerait qu'on l'épie. « Allons, pense-t-elle en se moquant d'elle-même, ce salon a peut-être l'air anglais mais nous sommes quand même aux Indes ! »

Il lui suffirait de demander : « Qui est là ? » pour que s'enfuie l'indiscrète, mais dans une maison amie, ce serait indélicat. Et quelle différence après tout, qu'on l'observe de derrière un paravent plutôt que plantée à ses pieds ? Il faut s'y résigner : dans ce pays, jamais on ne se soustrait à la curiosité.

Le bruissement s'est fait plus fort, comme si on ne cherchait plus à se cacher. Il provient sans aucun doute de la soie d'une gharara, un tissu lourd qui dénote une personne de qualité, non pas le taffetas léger dont sont vêtues les servantes. Selma attend, intriguée. Soudain, apparaît une main très maigre, elle s'agrippe au paravent, blanche sur la laque noire. Fascinée, Selma ne peut détacher les yeux de cette main immobile, qu'aucun bras ne paraît soutenir.

— Allez-vous-en !

La voix a résonné, plaintive, une voix de vieille femme. Selma sursaute. Elle ne croit pas aux fantômes mais cette présence invisible et hostile, l'atmosphère étrange de ce salon... Agrippée à son fauteuil, elle fixe le coin sombre d'où est venue la voix, et cette main qui lui semble maintenant décharnée comme celle d'un spectre.

— Fuyez, fuyez vite !

Une maigre silhouette est apparue, des cheveux neigeux flottant sur les épaules. Elle avance avec difficulté comme si la robe d'épais brocart était trop lourde pour ce corps épuisé. Des yeux pervenche dévisagent Selma avec insistance, les lèvres tremblent.

— Sauvez-vous, mon enfant... Après, il sera trop tard.

Le regard s'est troublé, comme voilé par un nuage. Lentement, elle commence à balancer la tête d'un côté à l'autre.

— Trop tard, répète-t-elle, trop tard...

— Ah ! je vois que maman est venue vous rendre visite !

Rani Shahina est entrée. Sa voix claire, son visage enjoué tirent Selma de la fascination morbide où elle se laissait entraîner. De nouveau le soleil perce à travers les fenêtres.

Affectueusement, la rani a saisi la main de la vieille dame.

— Allons, maman, vous êtes fatiguée, il faut vous reposer.

Elle sonne. Aussitôt une femme apparaît.

— Raccompagnez Bégum Sahab dans ses appartements, et ne la laissez plus seule, je vous l'ai dit cent fois.

Puis, revenant vers Selma :

— Je suis désolée, vous êtes toute pâle. Que vous a dit ma mère pour vous impressionner ainsi ? Elle n'a plus sa tête à elle, vous savez.

— Croyez-vous ? murmure Selma, pensive, elle m'a recommandé de fuir ce pays avant qu'il ne soit trop tard...

— Pauvre maman ! Vous lui avez rappelé sa jeunesse, lorsque, comme vous, elle est arrivée étrangère aux Indes. Elle a voulu vous mettre en garde pour que vous ne connaissiez pas le même sort qu'elle. Mais la situation est totalement différente. C'était il y a quarante ans, les coutumes ont évolué depuis. Et surtout, vous êtes à moitié orientale, vous comprenez notre culture.

Rani Shahina semble faire un effort pour continuer :

— Elle, c'était une jeune Anglaise, toute simple, de la bourgeoisie londonienne. Elle était tombée follement amoureuse de mon père qui faisait alors ses études à l'université. Il était beau, riche, charmant. Ils se sont mariés et, au bout d'un an, il l'a ramenée à Lucknow, dans une famille qui ne l'a jamais acceptée, considérant que le fils aîné se devait d'épouser une Indienne.

» J'imagine qu'au début, elle a cru qu'à force de gentillesse, de docilité, elle pourrait vaincre leur hostilité. Mais très vite elle a dû se rendre compte que c'était impossible, qu'elle serait toujours l'intruse. Pourquoi est-elle restée, pourquoi a-t-elle accepté cette vie cloîtrée encore plus rigide qu'aujourd'hui ? Parce qu'elle aimait mon père ? Les premiers temps, sans doute, mais rapidement il l'a délaissée. Elle est restée à cause de nous, ses enfants. Mon père, qui la voyait peu, la mettait enceinte chaque année, comme s'il comprenait que c'était le seul moyen de la retenir. Elle a accouché dix-sept fois. Nous ne sommes que six à avoir survécu.

La voix de Rani Shahina se brise.

— Le plus terrible c'est que, dès qu'ils étaient nés, on lui enlevait ses bébés. Ma grand-mère refusait que ses petits-enfants soient élevés par une Anglaise. On nous confiait à des femmes de la maison qui nous servaient de nourrices. Nous n'avions le droit de voir notre mère qu'une fois par mois. Je me souviens de mes pleurs, tout enfant, lorsqu'après une visite de quelques heures on me séparait d'elle. Je me débattais, je hurlais, je sanglotais... et elle, les yeux remplis de larmes, me suppliait d'être sage.

Emues, les deux femmes se regardent en silence. Les choses ont-elles tellement changé ? Selma ne le croit pas, mais elle ne se laissera pas faire, elle saura se faire respecter.

Pour faire diversion, Rani Shahina propose une promenade à Hazratganj, le centre chic de Lucknow, pour y voir les vitrines de Noël.

— C'est très joli, les Anglais se donnent un mal fou pour reconstituer l'atmosphère de chez eux. Il ne manque que la neige.

La grand-rue de Hazratganj est illuminée de guirlandes. D'un trottoir à l'autre, elles s'entrecroisent, formant une voûte colorée, et, dans des bacs de bois, des palmiers nains scintillent comme des arbres de Noël.

A l'instar des femmes indiennes, Selma vient rarement dans ce quartier, fréquenté presque exclusivement par les Britanniques. La plupart des boutiques, des restaurants, des cinémas leur appartiennent, et le personnel, quand il n'est pas anglais, est anglo-indien.

En cette veille de fête règne une animation intense. De longues automobiles stationnent devant les magasins, quelques calèches également. Mais on ne voit ni palanquin, ni *doli*, ce modeste palanquin à deux porteurs, ni les petites charrettes colorées tirées par un cheval, qu'on appelle *tonkas*. Ces moyens de transport, plus traditionnels ou plus populaires, qui font merveille dans les rues étroites de la vieille ville, sembleraient ici déplacés.

— Si nous allions chez *White way*, suggère Rani Shahina, je voudrais acheter du ruban et de la dentelle. Il paraît qu'ils viennent d'en recevoir de Londres.

White way est le plus grand magasin de Hazratganj. On y trouve toutes les marchandises importées, des petits chapeaux qui font fureur cette année aux ingrédients nécessaires à la confection du pudding.

La calèche les arrête juste en face de l'entrée principale. Selma s'est débarrassée de son burkah, qu'elle n'avait mis que pour sortir du palais de Nampour. Ici, pour elle, c'est l'Europe, elle se sent en liberté. Sa compagne, en revanche, a rabattu soigneusement son voile.

Lorsqu'elles pénètrent dans le hall, tous les regards convergent vers elles. Car si les riches Indiens viennent volontiers dans ce temple de l'élégance pour acheter des chemises de chez *Harrod's*, des costumes de chez *Pope & Bradley* ou des chaussures de chez *Loeb*, il est rare que leurs femmes s'y aventurent.

De fait, il n'y a là que deux ou trois hindoues en chatoyants saris, elles sont les seules musulmanes. Selma s'attarderait bien à flâner, à

regarder tailleurs et robes du soir, et même les étoles de fourrure —
« importables ici », pense-t-elle —, ce qui ne semble pas l'avis de
toutes ces dames dont certaines exhibent mantelet de loutre ou cape
de zibeline. Mais la rani semble mal à l'aise. Prenant Selma par la
main, elle l'entraîne vers le département de lingerie, tout au fond du
magasin.

Derrière le comptoir s'affairent trois vendeuses, jeunes, pimpantes
dans leurs robes de soie noire agrémentées de lavallières blanches.
Leur teint pâle, encore éclairé par le maquillage, leur accent
impeccable les feraient passer pour des Anglaises, mais les yeux de
biche, les cheveux noirs de jais révèlent le sang-mêlé.

Elles ont terminé de servir leurs clientes et bavardent, affectant de
ne pas voir les deux femmes qui attendent.

— Mesdemoiselles ? les interrompt doucement Rani Shahina.

De mauvaise grâce, la plus jeune s'avance.

— Qu'y a-t-il ? demande-t-elle d'un ton hautain, forçant son
accent dans le plus pur style oxonien.

Selma la regarde, abasourdie. Pour qui se prend-elle ? Elle se
retient d'intervenir : c'est à la rani de la remettre à sa place. Mais
cette dernière semble n'avoir rien remarqué.

— Je désirerais voir votre dernier arrivage de rubans et de
dentelles.

— De quelle couleur ?

— Dans les roses et les crèmes. Pouvez-vous me montrer ce que
vous avez ?

La vendeuse lève les yeux au ciel.

— Si vous croyez que je n'ai que ça à faire. Vous devez me dire la
teinte exacte. Il n'y a pas que vous dans ce magasin.

Selma a bondi.

— Cela suffit ! Faites des excuses à la rani ! Immédiatement !

— Mais...

— Immédiatement ! Ou je vais de ce pas voir votre directeur, et je
vous donne ma parole que vous serez renvoyée dans l'instant !

De mauvaise grâce, la jeune fille marmonne :

— Je suis désolée...

— Et maintenant, continue Selma, rouge de colère, apportez
toutes vos dentelles, et tous les rubans de toutes les couleurs ! Et avec
le sourire, s'il vous plaît ! Qui croyez-vous donc être pour vous
conduire de la sorte envers les femmes de votre pays ? Car vous êtes
anglo-indienne, n'est-ce pas ?

La vendeuse est devenue blême. La remarque de Selma n'est pas
innocente. Aux Indes, les sang-mêlé, nés souvent de liaisons passa-
gères entre courtisanes et soldats anglais, sont méprisés. Obséquieux

envers les Britanniques, pleins de morgue vis-à-vis des Indiens, ils sont utilisés par les premiers, et détestés par leurs compatriotes, qu'ils traitent avec dédain de « noirauds ».

— La pauvre petite! Vous n'auriez pas dû être si dure, reproche la rani à Selma lorsqu'elles sortent du magasin. Ces « Anglo-Indiens » sont dans une situation impossible. Ils se disent « Anglais des Indes » et rejettent les Indiens. Quand ils parlent de « chez nous » ils veulent dire l'Angleterre, où ils n'ont aucune chance de se rendre un jour. Ils ne comprennent pas qu'ils ne seront jamais acceptés par les Anglais qui se gaussent de leur prétention à se croire « blancs ». Ils sont à plaindre plus qu'à blâmer.

Selma secoue la tête. Elle a sans doute tort mais elle ne se sent aucune sympathie pour des gens qui renient leurs origines. Elle se demande si la compréhension de Rani Shahina ne vient pas de ce qu'elle est elle-même à moitié anglaise. Non pas « anglo-indienne » bien sûr, ce qualificatif n'est réservé qu'à une catégorie méprisée. Les quelques mariages entre aristocrates indiens et Anglaises de bonne famille sont au contraire très bien vus. La jeune femme en est la preuve : issue de ce genre d'union, elle a été choisie pour devenir l'épouse du rajah de Nampour. Mais, au fond, comment le supporte-t-elle?

— Pardonnez-moi si je suis indiscrète, mais vous dites toujours : « Les Anglais ceci, les Anglais cela »... Ne vous sentez-vous pas vous-même un peu anglaise?

La rani s'est arrêtée. Elle considère Selma avec un sourire triste.

— Ni vous ni moi ne nous sentirons jamais appartenir vraiment à quelque chose. C'est une souffrance constante dont nous ne pouvons qu'essayer de faire une richesse. Si nous en avons la force!

Au pied de la calèche, le cocher les attend. La rani s'apprête à monter.

— Marchons un peu, j'ai besoin de respirer, supplie Selma.

— Marcher dans la rue? Ne préférez-vous pas que nous allions au parc de la « Résidence[1] »? Ce serait plus tranquille.

Comment expliquer que c'est justement de foule qu'elle a envie, de visages différents, de poussière, de laideur; même si elle doit être bousculée — qu'importe? Elle étouffe dans l'atmosphère protégée où on la confine, elle a besoin de replonger dans la réalité.

---

1. La Résidence était l'ancien fort de l'armée anglaise, détruit en 1857 lors de la révolte des cipayes. Son parc restait un lieu de promenade.

Avec un pincement de cœur, elle se remémore Beyrouth, la liberté dont elle jouissait. Jamais alors elle n'aurait imaginé que le seul fait de se promener dans la rue deviendrait pour elle une aventure.

Malgré les protestations des deux duègnes qui les accompagnent et qui, grondeuses, réajustent sur la chevelure de Selma le voile qui s'obstine à glisser, elles vont faire quelques pas. A chaque instant elles sont sollicitées par les petits marchands qui encombrent les trottoirs et leur proposent des sucreries, de la poudre d'encens ou des guirlandes de jasmin parfumé, mais surtout elles sont arrêtées par des hordes de mendiants faméliques — pour la plupart des femmes accompagnées d'enfants. Selma s'étonne de les voir si propres, avec une expression de dignité inhabituelle chez ceux qui font profession de vivre de la charité publique.

— Ce sont des paysannes des campagnes alentour, explique rani Shahina. La famine est terrible cette année : après une trop longue sécheresse il y a eu des pluies diluviennes, et les cultures qui n'étaient pas brûlées ont pourri sur pied. Ces gens sont trop pauvres pour pouvoir, d'une année sur l'autre, faire des réserves. Les années fastes ils parviennent tout juste à se nourrir. Et lorsque, comme cela arrive souvent, la récolte est mauvaise, leur seul espoir de survie c'est de venir en ville implorer de l'aide.

Elle fait signe à sa duègne de distribuer l'argent qui reste des achats. Selma s'empresse de l'imiter, honteuse de ses riches vêtements rebrodés d'or. Sentant sa pitié, les femmes se sont agglutinées autour de cette belle dame blanche, elles poussent vers elle leurs enfants. L'une d'elles a même refusé l'argent. Elle est jeune, elle a dû être jolie, mais l'épuisement, les privations ont creusé son visage. D'un air désespéré, elle regarde Selma et met dans sa main la main de sa fillette.

— Pourquoi ne prend-elle pas l'argent ? Que me veut-elle ? demande Selma.

— Elle veut que vous preniez sa fille, afin qu'elle soit nourrie, soignée, qu'elle ait un toit. Autrefois, lors des famines, les familles riches recueillaient ainsi des enfants contre une petite somme d'argent versée aux parents, et les formaient aux diverses besognes ménagères. Ils étaient en général bien traités mais n'étaient pas libres de s'en aller. Sauf exception ils n'y auraient d'ailleurs pas songé : ils faisaient partie de la maison.

» Mais depuis quelques dizaines d'années, les Anglais ont interdit cette pratique, qu'ils qualifient d'esclavage, et peut-être en est-ce.. En tout cas ces femmes sont désespérées, elles ne comprennent pas pourquoi nous refusons ce qui était devenu une tradition, et même de leur point de vue, un droit.

De sa voix douce et ferme, elle tente de le leur expliquer, mi en urdu, mi dans leur dialecte. A plusieurs reprises, Selma l'entend prononcer le mot « Ingrese », et elle voit autour d'elle les visages se fermer.

— Partons maintenant, sinon nous ne le pourrons plus, elles vont s'accrocher à vous, elles sentent que vous êtes le maillon faible.

Elles montent dans la calèche dont les duègnes claquent les portières. Tristement, les femmes regardent partir ces riches bégums dont elles ont cru un instant qu'elles pourraient arracher leurs enfants à la mort.

Rentrée chez elle, Selma s'est enfermée dans sa chambre. Elle a besoin d'être seule. Elle ne pourrait supporter le babillage des femmes du palais qui passent leur temps à se gaver de halva. Elle les déteste. Elle se déteste. Que fait-elle de plus qu'elles ? Elle est malheureuse — la belle affaire ! A sa porte, des femmes et des enfants meurent de faim...

— On s'habitue, dit Amir...

Jamais ! Dieu fasse que jamais elle ne souffre moins de cette misère, que jamais elle n'oublie le regard de ces paysannes, regard plein d'espoir, puis de reproche lorsque les portières ont claqué. Reproche ? Même pas, résignation — acte d'accusation bien plus terrible que l'injure ou la révolte. Une révolte dont elles n'ont ni la force ni l'idée. Savent-elles seulement qu'elles ont, autant que d'autres, le droit de vivre ?

A Istamboul, dans son enfance, Selma a vu la misère, sans doute aussi atroce qu'aux Indes. Mais cette misère était due à la guerre qui depuis des années ravageait le pays ; c'était une « situation exception- nelle » que l'on combattait et que l'on savait pouvoir surmonter.

Ici, chaque jour des milliers d'enfants meurent de faim, c'est un fait accepté, prévu, entré dans les habitudes. C'est le contraire qui surprendrait. Qui sait, se demande Selma, si les riches n'ont pas d'autant plus d'appétit qu'ils savent bien que manger est un privilège, et l'obésité un signe de statut social ? Aurait-on le même plaisir à être riche s'il n'y avait des pauvres pour à chaque instant vous rappeler votre chance ?

On frappe à la porte.

— Rani Saheba, il y a là une mendiante avec trois enfants : elle insiste pour vous voir. Nous lui avons répondu que c'était impossible, mais elle dit vous connaître, elle refuse de s'en aller.

— Faites-la entrer !

C'est bien la paysanne de tout à l'heure, celle qui poussait sa fillette dans les bras de Selma. Intimidée, elle s'est arrêtée sur le seuil de la chambre. Selma lui sourit, heureuse qu'elle soit venue. Elle va pouvoir réparer ce qui avait peut-être paru à cette femme indifférence ou dureté. Elle va prendre avec elle cette ravissante fillette, elle la formera à son service personnel. Amir ne peut le lui refuser.

La paysanne a compris. Elle s'est précipitée aux pieds de la rani, baise le bas de sa robe. Elle pleure de joie : sa petite fille est sauvée !

Prévenu par les eunuques, le rajah est arrivé. En un mot, Selma lui explique la situation :

— Je sais que face à ce désastre nous ne pouvons pas faire grand-chose. Mais au moins prenons cette enfant. Une de plus dans ce palais, personne ne s'en apercevra.

Amir secoue la tête, l'air ennuyé.

— Je suis désolé, c'est impossible. La loi anglaise l'interdit. Ce serait rapporté : je ne suis pas sûr de tout le personnel du palais. Evidemment, ce n'est pas la loi qui m'importe mais les possibles conséquences politiques au moment où chacun essaie de prendre les princes en défaut. Imaginez l'exploitation que le parti du Congrès ne manquerait pas de faire de ces rajahs qui se servent d'enfants comme esclaves ! Les Anglais seraient obligés de sévir pour qu'on ne les accuse pas de favoriser l'aristocratie aux dépens du peuple. Et une partie de l'opinion britannique y trouverait une raison de plus pour dire que nous sommes incapables d'accéder à l'indépendance... Non, vraiment, j'aimerais vous faire plaisir mais actuellement la situation est trop délicate...

Il fait signe à la paysanne, tire de sa poche une pièce d'or Bouleversée, Selma baisse la tête. Elle ne les regardera pas partir.

Quelques semaines plus tard, alors que Selma, suivie de sa duègne, fait ses emplettes au marché d'Aminabad, elle est abordée par une vieille mendiante poussant en avant une fillette vêtue d'un sac de jute d'où sortent deux bras terminés de moignons. « Pauvre enfant », frissonne-t-elle en se tournant vers la duègne pour lui recommander d'être plus généreuse que d'habitude. Mais la fillette ne lui en laisse pas le temps, elle se précipite sur Selma en poussant des petits cris inarticulés ; sa bouche grande ouverte découvre une langue section-née. Selma a un mouvement de recul, effrayée par la douleur et la haine qui émanent des yeux sombres, mais aussitôt elle se reprend : « Quelle lâche je suis, cette enfant semble vouloir me dire quelque chose. » Faisant un effort sur elle-même, elle regarde le petit visage, elle a l'impression de l'avoir déjà vu. Où donc ?

Soudain, elle étouffe une exclamation. Des deux mains, elle écarte la chevelure embroussaillée, dégage le front et s'arrête, glacée d'horreur : c'est elle, c'est la petite fille que l'autre jour elle n'a pu recueillir.

— Que s'est-il passé ? Où est ta mère ? crie-t-elle à l'enfant qui la fixe.

Et se tournant vers la vieille, elle la prend par l'épaule, la secoue :

— Qui êtes-vous ? Qu'est-il arrivé à cet enfant ?

Brusquement la mendiante l'a repoussée et, s'emparant de la fillette qui se débat, elle se met à courir. Selma tente de les suivre, mais déjà elles se sont évanouies dans la foule. Il ne sert à rien d'insister, jamais elle ne pourra les retrouver. Un seul espoir : la police.

Le poste d'Aminabad jouxte le marché. Le sergent indien qui assure la permanence examine avec curiosité cette femme blanche habillée comme une Indienne. Il n'arrive pas à saisir le motif de son agitation.

— Si je comprends bien, *mem sahab* [1], l'enfant appartient à votre famille ?

— Non, mais...

— Alors, pourquoi vous mettre dans cet état ? Où est le problème ? S'il fallait s'en faire pour tous les malheureux de ce pays on ne pourrait plus vivre !

— Je ne vous demande pas votre avis, coupe Selma, outrée, je vous demande de faire votre devoir de policier, de prendre quelques hommes et de fouiller le marché pour retrouver cette vieille et l'enfant. Vous serez bien récompensé.

Le policier hoche la tête.

— C'est bon, on va essayer.

On n'a pas retrouvé trace de la petite fille.

— C'était à prévoir, commente Amir, à qui Selma a raconté la rencontre, ces mendiants-là sont des professionnels, ils constituent un réseau bien organisé. La police perçoit régulièrement une redevance pour les laisser tranquilles et n'a aucune envie de s'attirer des ennuis.

— Mais...

Selma ose à peine poser la question, pourtant il faut qu'elle sache.

— Qu'a-t-il pu arriver à cette fillette ? Un accident ?

Le rajah regarde sa jeune femme avec pitié.

---

1. *Mem sahab* : appellation donnée aux femmes blanches. Déformation de madame sahab, la dame du maître.

— Pourquoi me le demander ? Vous avez deviné... Il y a trop de mendiants aux Indes, une main tendue ne fait plus recette. Aussi certains achètent-ils des enfants aux parents trop pauvres pour les garder. Et, afin d'exciter la pitié, ils les mutilent... C'est un phénomène qui s'est considérablement accru depuis l'interdiction de l'esclavage.

Livide, Selma a saisi le bras de son mari.

— Amir, il faut faire quelque chose.

Les yeux noirs s'assombrissent davantage ; Amir semble profondément las.

— Quoi ? Rétablir l'esclavage ? Vous imaginez le scandale dans le monde « civilisé ». Les gens vivent sur des idées toutes faites, ils ne veulent pas voir la réalité. L'important pour le gouvernement, c'est que les Indes offrent à l'extérieur un visage convenable.

» Croyez-moi, le jeu est faussé, il n'y a rien à faire.

XI

— Les Anglais ont-ils eu la fièvre la nuit dernière ?

L'air inquiet, la dame de compagnie interroge Selma qui la regarde ahurie : « Que me veut cette folle ? Qu'en sais-je, moi, si les Anglais ont eu la fièvre ? C'est quand même un peu fort, elle ferait mieux de me demander des nouvelles de ma santé ! »

Depuis la veille elle est alitée. Les émotions de ces dernières semaines ont eu raison de ses nerfs. Elle est baignée de sueur, sa tête lui semble sur le point d'éclater.

— Les Anglais ont les joues rouges, reprend la dame de compagnie, je les ai entendus tousser.

— Ah ! mais laissez-moi tranquille avec vos Anglais ! explose Selma. Que voulez-vous que cela me fasse ?

Zahra, assise à côté d'elle, éclate de rire.

— Calmez-vous, Apa, cette pauvre femme ne fait que suivre la tradition : on croit qu'associer quelque chose de mauvais au nom de gens qu'on aime leur porterait malheur. Aussi ne dit-on jamais : « Etes-vous malade ? » mais : « Vos ennemis sont-ils malades ? » A Lucknow les femmes, qui détestent les Anglais, ont pris l'habitude de remplacer le mot « ennemi » par « Anglais ». C'est pourquoi au lieu de dire : avez-vous eu la fièvre ? elles vous demandent si les Anglais ont eu la fièvre...

On frappe à la porte : le hakim Sahab est arrivé. Le hakim Sahab est le médecin de la famille. Il a, selon Zahra, au moins quatre-vingts ans. La veille, on a essayé de le joindre mais il était occupé à se reposer. Il a envoyé l'un de ses assistants apporter trois cachets dans un bout de papier journal et annoncer sa visite pour le lendemain.

Autour de Selma, les servantes s'agitent. Deux d'entre elles ont saisi une couverture dans laquelle elles découpent soigneusement deux trous, de diamètre différent. Puis, se postant de chaque côte du lit, elles déploient la couverture à la verticale, dissimulant entièrement Selma, Zahra et elles-mêmes.

— Que font-elles ? demande Selma, interloquée.

— Mais voyons, Apa, nous devons garder le purdah.

— Le purdah ? Pour un médecin de cet âge !

— C'est quand même un homme ! réplique Zahra, surprise de l'étonnement de sa belle-sœur.

— Et comment va-t-il m'examiner ?

— C'est très simple : par le grand trou, vous passez votre bras afin qu'il prenne votre pouls et vérifie vos réflexes. Par le petit trou, il pourra examiner votre langue et votre gosier.

Selma se laisse retomber sur ses oreillers.

— Eh bien, avec ce genre de consultation j'espère n'avoir rien de grave...

A travers la couverture, elle regarde entrer le hakim. Il semble avoir du mal à marcher ; deux jeunes garçons le soutiennent, portant de grands paniers remplis de fioles de tailles et de couleurs variées. Hakim Sahab ne soigne que par la méthode védique, cet art médical de l'Inde ancienne basé exclusivement sur l'absorption de décoctions et de macérations d'herbes, d'écorces et de feuilles.

Délicatement, il palpe le bras de Selma, fait jouer chacune de ses phalanges, pose son index sur l'artère de l'articulation du coude, toutes opérations ponctuées de « hum » entendus et d'ordres brefs à ses assistants qui notent respectueusement sur une feuille les observations du maître. Puis, d'une de ses innombrables poches, il sort un racloir d'argent.

— Rani Sahab voudrait-elle consentir à ouvrir la bouche ?

D'un geste rapide, il prélève un peu de la matière blanchâtre qui recouvre la langue de la malade et, les sourcils froncés, en hume l'odeur. Un instant, il reste silencieux, les yeux mi-clos. Enfin, d'une voix grave, il rend son diagnostic :

— Le foie est engorgé par suite d'un échauffement des nerfs, engorgement qui provoque un ralentissement de la circulation sanguine, une mauvaise élimination des humeurs, et par voie de conséquence de la fièvre et des maux de tête. Rani Sahab devra prendre une fiole de ce liquide jaune à chaque heure impaire, et une fiole de ce liquide rose à chaque heure paire. Surtout, qu'elle ne se trompe pas ! Le soir, elle devra avaler une pincée de poudre bleue mélangée à deux pincées de poudre blanche. Le matin de même... C'est un traitement simple pour un petit malaise dont Sa Grâce sera tout à fait remise lorsque la pleine lune commencera à décroître.

— Qu'est-ce que ces recettes de sorcier ? s'indigne Selma dès que le hakim a tourné le dos.

— Détrompez-vous, Apa, la médecine védique a fait ses preuves. Elle est souvent bien plus efficace que la médecine européenne. L'an dernier, j'ai été guérie d'une jaunisse en quinze jours alors que d'autres, qui se font soigner par des médecins anglais, pouvaient à peine se lever après deux mois.

— Et cette histoire de pleine lune ?

— Lorsque la lune décroît, les humeurs se calment, c'est bien connu, déclare Zahra avec le plus grand sérieux. Allons, Apa, détendez-vous. Nous avons de la chance, vous savez ; du temps de ma mère, le hakim n'avait le droit de voir ni le bras ni la langue de la malade, encore moins de les toucher. On passait au poignet de la patiente un fil dont il tenait l'extrémité, assis de l'autre côté de la porte. C'est aux frémissements de ce fil qu'il devait deviner le degré de fièvre et rendre son diagnostic.

— J'imagine que peu de femmes en réchappaient...

— Effectivement, il y avait beaucoup de morts, admet Zahra sans noter l'ironie. Heureusement nous avons fait des progrès énormes depuis !

Les dames du palais ont profité de la maladie de leur rani pour envahir sa chambre. La porte, qu'à leur grande indignation Selma avait l'habitude de tenir close, n'est plus, battant dans les courants d'air, qu'un inutile ornement dont elles se vengent en lui décochant au passage de discrets coups de talon. Avec sollicitude, elles s'empressent autour du lit de la patiente : pour ces femmes désœuvrées le moindre malaise de leur maîtresse est une aubaine, l'occasion de prouver leur dévouement et de se donner de l'importance. C'est à qui apportera la première le médicament, redressera les oreillers, à qui lui bassinera les tempes d'eau de rose ou massera ses pieds en lui récitant des poèmes. Abeilles bourdonnantes, elles s'affairent autour de leur reine trop faible pour résister.

L'arrivée de Bégum Yasmin va sauver Selma de cet excès de zèle. Cela fait bien deux mois qu'elle ne l'a vue, lui préférant la compagnie de Zahra ou de la rani de Nampour. Elle l'aurait crue blessée de son silence, mais la bégum se comporte comme si elles s'étaient quittées la veille.

Cette femme énergique a tôt fait de renvoyer tout le monde.

— Une malade a besoin de calme ! Voulez-vous tuer la rani avec vos bavardages incessants ?

Sans ménagement, elle pousse hors de la chambre les suivantes et rend à la porte sa dignité.

— Pauvre enfant, vous devez être épuisée ! Là, reposez-vous...

Elle s'est assise auprès du lit, présence silencieuse, apaisante. Selma ferme les yeux, un étau lui enserre la nuque et le front.

— Laissez-moi vous masser, on dit que j'ai des mains de magicienne.

De magicienne, c'est vrai, fortes et légères, fraîches et chaudes à la fois. Lentement, les maux de tête s'estompent pour faire place à une sensation de bien-être. Selma s'est mise à flotter, sa nuque, son dos, ses épaules, tout son corps, si douloureux quelques instants auparavant, s'est détendu.

Les mains bienfaisantes se sont arrêtées, trop vite, hélas !

— Maintenant, vous allez dormir. Je vous laisse, je reviendrai demain.

Un léger baiser sur la tempe, la magicienne a disparu.

Elle reviendra le lendemain et tous les jours suivants. Sous ses mains expertes, les douleurs s'évanouissent, la fièvre elle-même ne livre plus qu'un combat d'arrière-garde. Les yeux clos, Selma s'abandonne à cette douceur impérieuse qui s'empare de tout son corps et, membre après membre, le pétrit, l'électrise puis l'apaise. C'est comme une coulée de miel qui se répandrait dans ses veines. Elle ne sait plus où elle est ni qui se trouve à ses côtés, elle se sent délicieusement bien.

Savantes, les mains glissent le long de l'épine dorsale, s'attardent sur les hanches comme pour en prendre possession puis, rapides, soulèvent une cuisse qu'elles réveillent de petits tapotements secs. Enfin, elles se concentrent sur le plexus et le centre nerveux au-dessus du nombril.

— C'est là que vient s'accumuler l'angoisse, explique la bégum, vous le sentez lorsque, sous le coup d'une émotion, votre estomac se noue et que vous avez du mal à respirer.

A présent, d'un geste régulier, les mains effleurent le ventre en une rotation légère puis insensiblement plus lente, plus appuyée. La jeune femme est parcourue d'un frisson. Inquiète, elle jette un coup d'œil à la bégum. Heureusement, celle-ci ne s'est aperçue de rien. Sérieuse, méthodique, elle poursuit sa tâche.

Selma a un peu honte : qu'est-ce qu'il lui arrive de réagir ainsi à un simple massage ? Elle se prend à rêver que c'est Amir qui la caresse, que ces mains sont celles d'un homme aimé... Des mains sensibles, puissantes qui, de son ventre, imperceptiblement, descendent vers la forêt profonde où coule la rivière de musc.

— Donne-moi tes yeux, mon âme.

D'un bond, Selma s'est redressée, dégrisée par ces mots qui font voler en éclats son rêve. Que fait-elle à demi nue dans les bras de cette femme qui couvre son corps de baisers?

Elle se dégage brusquement.

— Arrêtez! Etes-vous folle?

Elle a rajusté sa chemise et contemple avec stupéfaction le visage défait qui l'implore.

— Je t'en prie, ne joue pas avec moi, tu sais très bien que je t'aime.

Dans la créature qui lui tend les bras, les traits creusés d'une douleur indécente, Selma a peine à reconnaître l'orgueilleuse bégum, habituellement si maîtresse d'elle-même.

— Selma, sais-tu seulement ce qu'est la passion?

Ses mains tremblent, mais elle ne s'avoue pas battue. Elle s'est tue trop longtemps, aujourd'hui elle parlera, et cette belle enfant rousse qui la regarde avec dégoût, cette fois, va l'écouter.

— J'ai passé des nuits à rêver de toi, et des jours à me désoler en songeant à l'inanité de mes espoirs. Comprends-tu maintenant pourquoi j'accourais chaque fois que tu m'appelais? Pourtant je ne suis pas d'un naturel serviable! Et toi... avec quelle indifférence tu m'accueillais!...

» Te souviens-tu de la fête des cerfs-volants? En jouant je t'avais prise par la taille, tu as eu un mouvement de recul, pire qu'une gifle. De ce moment, j'ai résolu de t'oublier. Comme si on oubliait par un acte de volonté... Ceux qui croient cela n'ont jamais aimé...

» Et puis, ces derniers jours, j'ai de nouveau espéré. Tu semblais heureuse de me revoir et ton corps me disait ce que ton esprit me refusait... Je t'en prie, ne nie pas, ne t'abaisse pas à mentir! Tu as le droit de rejeter mon amour mais non de ravaler la femme que j'aime au rang d'une petite bourgeoise hypocrite! Crois-tu que je n'ai pas senti sous mes doigts tes seins, ton ventre tressaillir puis doucement s'apprivoiser? Très vite, tout ton corps a appelé mes caresses, il se tendait vers moi comme affamé...

« C'est vrai », reconnaît Selma en elle-même. Mais pourquoi a-t-il fallu que la bégum parle, qu'elle l'arrache à ce crépuscule aux teintes incertaines où elle se laissait glisser? Est-ce de l'orgueil, le besoin de posséder plus qu'un corps? Ou est-ce la passion qui refuse de se limiter? Mais toute passion n'est-elle pas un incommensurable orgueil, par son exigence de totalité? Si elle s'était tue... Dans le flou du rêve, tout se fondait sans heurt... Ses caresses n'ont pas étonné Selma. Depuis longtemps sans doute elle les attendait, peut-être même les a-t-elle provoquées. Par curiosité, défi, besoin de franchir des barrières, d'explorer de nouveaux territoires? Ou plus simplement parce qu'elle savait combien elles seraient bonnes...

Désormais, le charme est rompu. Recroquevillée sur elle-même, Selma lance d'une voix sèche :

— Vous délirez, j'aime mon mari.

— Vraiment ? Et lui, il t'aime ?

De suppliante, la voix de la bégum est devenue glacée.

— Regarde-toi dans le miroir : tu as l'air d'une fleur assoiffée, tu as déjà des flétrissures aux lèvres. Est-ce là le visage, le corps épanoui d'une femme aimée ? Je suis bien placée pour savoir qu'Amir te délaisse, qu'il t'a épousée afin d'assurer sa descendance mais qu'ailleurs va son amour.

Elle ment pour se venger, je ne poserai pas de question.

— Tu n'es pas curieuse !

Les yeux de la bégum se sont rétrécis. Tel le serpent qui s'apprête à mordre sa proie, elle regarde fixement la jeune femme. Elle sait comment se venger de cette orgueilleuse. Elle va installer dans son esprit un doute dont elle n'arrivera pas à se débarrasser.

— N'as-tu jamais songé que l'amitié profonde que se portent mon mari et le tien pourrait être plus que de l'amitié ? Ne sursaute pas, ces inclinations sont fréquentes dans nos sociétés qui ne reconnaissent de plaisant que l'ambigu, l'inutile, l'insolite. Nous, les femmes, sommes les génitrices. Amoureuses, amantes nous choquerions. Avons-nous d'autre choix que de nous taire ? Nous appartenons à nos époux mais nous n'avons pas la folie de croire qu'ils nous appartiennent. Ils nous protègent, nous font des fils, tolèrent nos filles. Jeune mariée, j'ai moi aussi attendu durant d'interminables nuits. J'adorais mon époux, j'aurais empoisonné sans scrupule l'homme qu'il me préférait... S'il n'y en avait eu qu'un. Mais ils étaient nombreux, changeants. Je me suis habituée. C'est maintenant avec un certain amusement que je suis ses aventures et que j'ai remarqué — elle regarde Selma et note avec satisfaction que celle-ci s'est arrêtée de respirer — oui, j'ai remarqué que depuis quelque temps il est fidèle.

— Vous mentez !

Selma, n'a pu s'empêcher de crier : Amir dans les bras d'un homme ! Cette idée la révulse. Cette femme invente pour se venger d'avoir été repoussée. Pur dépit amoureux.

— Plus bas, ma chère, les domestiques pourraient vous entendre. Ici la règle d'or c'est que tout est permis pourvu que cela reste secret. C'est ce que j'avais tenté de vous expliquer un jour en vous disant que le burkah qui nous dissimule est l'instrument de notre liberté. Peut-être, après l'avoir refusé, apprendrez-vous à l'apprécier...

Sa voix est redevenue grave.

— Selma, vous êtes malheureuse et moi je souffre de vous voir ainsi parce que je sais le bonheur que nous pourrions avoir ensemble. Ce n'est pas un caprice de ma part : je vous aime. Pensez-y.

Elle s'est levée, de nouveau parfaitement contrôlée, une seconde ses yeux ont capté ceux de Selma, puis elle est sortie, très digne.

Le visage de Zahra s'approche, de plus en plus près. Dans ses prunelles pailletées d'or qui s'élargissent à l'infini, Selma se mire, flamme dansante autour de l'arbrisseau ; elle tend la main, le visage s'éloigne, de jeunes seins viennent effleurer ses lèvres, tendres et frais ; de la langue, elle tente d'en caresser le mamelon dressé, fragile, insolent, mais dans un rire Zahra s'esquive, légère, et va se blottir sur les genoux d'Amir qu'elle embrasse avec transport.

— Viens, Zahra.

Pourquoi l'enfant joue-t-elle à la faire souffrir ?

— Viens, c'est toi que j'aime, je le sais maintenant.

Amir la dévisage, moqueur. Que lui importe, elle n'a plus peur, elle a dépassé le stade où peuvent l'atteindre les sarcasmes ou les menaces. Jamais elle n'a éprouvé pareil désir. Il la rend invulnérable. Serrer dans ses bras cette enfant, juste un instant, se fondre en elle et mourir de bonheur, elle n'en demande pas plus. Le paradis, pas plus.

Zahra hésite. Entre ces deux êtres qu'elle aime, comment choisir ? Tour à tour elle les contemple, éperdue. Lentement son bras se détache de la large poitrine, sa main se tend vers celle de la jeune femme, mais les cuisses s'arc-boutent, bien résolues à ne pas céder. La tension est insupportable, l'air s'est raréfié, Selma suffoque. Dans la moiteur épaisse, elle s'agite, se débat, la gorge lui brûle...

Trempée de sueur elle s'est réveillée. Dieu merci ce n'était qu'un rêve ! La fièvre sans doute, et la pénible scène de la veille avec la bégum. Son esprit fatigué a tout confondu. Confondu ? De nouveau, elle sent sur ses lèvres la douceur des seins de Zahra et lui revient en une bouffée tiède son trouble de l'autre matin lorsque l'adolescente a posé sa tête soyeuse au creux de sa hanche.

« *Zahra, je t'aime, je le sais maintenant...* »

L'aveu fait en rêve résonne à ses oreilles comme si elle venait de le prononcer tout haut.

« *Tout cela est ridicule, cette enfant est comme ma sœur !* »... Une sœur... bien sûr... mais hier, aurait-elle résisté aux mains, à la bouche de Zahra ?

Furieusement, Selma agite le cordon de sonnette et rabroue les servantes qui accourent effarées.

— Préparez mon bain, vite, et que l'on prévienne le rajah que je veux le voir avant qu'il ne sorte.

Elle ne sait pas précisément pourquoi mais il faut qu'elle voie Amir.

— Félicitations, ma chère, vous avez excellente mine aujourd'hui. Je vois que les décoctions de notre hakim et les visites de vos amies ont eu un effet bénéfique.

A-t-elle imaginé l'éclair moqueur de ses yeux lorsqu'il a parlé de « ses amies »? Qu'importe! Ce qu'elle a à lui dire est autrement grave. L'idée lui en est venue dans son bain et s'est imposée comme la seule solution pour prévenir un désastre.

— Amir, j'ai fait cette nuit un rêve qui me pousse à vous parler sans attendre. Il s'agit de Zahra.

— De Zahra? Qu'avez-vous donc rêvé?

Mystérieuse, Selma secoue la tête.

— Il ne faut pas raconter les mauvais rêves, sinon ils risquent de se réaliser, disait-on dans mon enfance. Qu'il vous suffise de savoir qu'elle était en danger. Heureusement, il y avait là un homme prêt à la sauver.

— Un homme? Moi?

— Non, un homme plus âgé, dont je n'ai pu distinguer le visage.

Amir commence à s'énerver. Il déteste ces histoires de rêves prémonitoires, fatras de femmes. Cela l'étonne de Selma qu'il avait crue moins futile...

— Vous êtes encore fatiguée, ma chère, croyez-moi, Zahra ne court aucun danger.

— Vous avez peut-être raison mais vous savez combien j'aime cette enfant (*Si vous le saviez...*), je m'inquiète de sa grande sensibilité, de sa fragilité, de sa solitude. Malgré l'amour dont nous l'entourons, nous ne pouvons remplacer des parents ou un mari...

Amir a sursauté.

— Un mari! Quelle idée, elle est bien trop jeune!

— Jeune? Elle a seize ans. A cet âge, aux Indes, la plupart des jeunes filles sont mariées.

Le rajah s'est levé, il arpente le salon d'un pas nerveux, il sait bien qu'un jour il lui faudra se séparer de sa ravissante petite sœur, mais il en déteste l'idée. Elle est le seul être qu'il chérisse vraiment, auquel il soit attaché à la fois par des liens d'amour et de sang — ce qui va rarement ensemble —, les drames familiaux qui ont bouleversé sa vie le lui ont prouvé. Et puis, il le reconnaît, il y a dans son attachement à Zahra une part d'égoïsme : l'adolescente est la seule personne au monde qui l'aime sans restriction. A ses yeux il est un dieu — la beauté, l'intelligence, la bonté suprême — lorsqu'il se sent découragé, il se ressource à cette adoration.

Son épouse ? Il l'aime, évidemment, mais il n'a pas avec elle cette intimité, cette complicité profonde qu'on peut avoir avec une femme façonnée de la même chair que soi.

— La marier ? Comme vous y allez ! Et avec qui ? Je connais tous les *rajkumars*[1], les fils de mes amis : des blancs-becs, des enfants gâtés et vaniteux. Jamais sortis de leur province, ils s'imaginent être le centre du monde. Pas un n'arrive à la cheville de Zahra !

— Qui vous parle de jeunes gens ? Zahra a besoin d'être choyée, elle sera beaucoup plus heureuse avec un homme mûr.

— Mais les rajahs sont presque tous mariés. Il est hors de question que ma sœur soit la deuxième ou la troisième épouse !

Il fronce les sourcils.

— Il y aurait, bien sûr, le rajah de Larabad, mais il a tendance à s'enivrer ; le rajah de Kotra est charmant, mais c'est presque un vieillard ; le nawab de Dalior a paraît-il une tête d'oiseau, comme son père. Qui d'autre ? Ah ! oui, le rajah de Bilinir, mais il a vécu de façon si extravagante qu'il est aujourd'hui quasiment ruiné. Non, décidément, il n'y a personne de convenable. Et puis — il secoue la tête avec humeur — je ne vois vraiment pas l'urgence à nous séparer de Zahra !

— Qui parle de séparation ?

— Enfin, princesse, vous connaissez nos coutumes : l'épouse doit aller vivre chez son mari.

— Et si la demeure de son mari était... ce palais ?

Le rajah regarde attentivement son épouse : la fièvre lui aurait-elle dérangé l'esprit ?

— Figurez-vous que j'ai pensé à Rashid Khan. Oh ! je sais, il n'est pas prince, mais il est le neveu du maharadjah de Bipal, l'un des plus grands Etats des Indes. Au plan de la pureté du sang, on ne peut rien lui reprocher. Mais surtout, c'est un homme intelligent, moderne, d'une extrême bonté et d'une scrupuleuse honnêteté. Vous le savez bien, puisque vous l'avez choisi pour être votre premier conseiller. Ce mariage aurait tous les avantages : nous ne perdons pas Zahra et vous ne risquez plus de perdre Rashid.

Ce dernier trait est sa botte secrète, soigneusement gardée comme argument final. Selma sait que Rashid Khan a reçu des offres brillantes de la part d'Etats beaucoup plus puissants que l'Etat de Badalpour ; dans la situation trouble qui prévaut dans le pays, un homme incorruptible et efficace est une denrée rare. Jusqu'à présent il a refusé, par amitié pour Amir, mais pour combien de temps

---

1. *Rajkumar :* fils aîné du rajah.

encore? Le rajah, qui s'en remet entièrement à lui, tremble de le perdre.

Elle a marqué un point. Amir s'est rassis, pensif.

Selma se garde d'ajouter qu'elle aussi tient à conserver Rashid : il est son seul allié dans ce palais. Souvent il a plaidé sa cause auprès d'Amir. Elle le voit rarement mais elle sait qu'il veille sur elle.

En fait, la seule fois où ils se soient rencontrés depuis son mariage fut lors de cette dramatique soirée en l'honneur de lord Stiltelton. Elle avait senti son émoi et s'était étonnée d'en être troublée. C'est en cet instant qu'elle avait mesuré combien elle avait soif d'amour, à quel point elle était devenue vulnérable. Vulnérable, comme à l'égard de Zahra et de son insouciante sensualité.

Elle a eu peur. Maintenant l'idée lui est venue d'unir ces deux êtres qui l'aiment. Les garder et les éloigner à la fois. Egoïsme monstrueux où elle joue la vie des autres pour préserver sa quiétude? Mais non! Que va-t-elle chercher là? Plus elle y réfléchit, plus la réussite d'un tel mariage lui semble évidente. La nature généreuse de Zahra trouvera à s'épanouir. Et Rashid, elle en est sûre, sera follement épris de sa femme-enfant. Quant à elle, Selma, elle pourra désormais le voir à loisir, puisqu'il fera partie de la famille ; enfin elle aura un ami auquel se confier.

— Qu'en pense Zahra?

Amir a recouvré son sang-froid, Selma sent que la partie est presque gagnée.

— Comment aurais-je pu lui en parler sans vous consulter? s'offusque-t-elle en épouse modèle.

Amir doit s'avouer qu'il est tenté.

— Finalement, l'idée n'est peut-être pas mauvaise.

Selma réprime un sourire. Effectivement, s'attacher d'un seul coup les deux êtres auxquels on tient le plus...

— Bien sûr, reprend le rajah, on me critiquera de n'avoir pas choisi pour ma sœur un prince, mais après tout la situation est si instable, qui sait ce que nous serons demain...? Je vais en parler à Rashid. Voulez-vous vous occuper de Zahra? Et... — d'un geste inattendu il a caressé les cheveux de Selma — merci... Je suis touché que vous preniez à cœur les affaires de notre famille. Vous devenez une vraie femme indienne!

Selma lui en veut presque d'être aussi confiant.

— N'en dites pas plus, c'est clair : vous voulez vous débarrasser de moi!

La jeune fille fait un effort surhumain pour affermir sa voix, pour retenir ses larmes. Des genoux un tremblement la gagne, elle se raidit : rester droite, surtout ne pas s'écrouler devant cette femme...

— Zahra, ma petite fille !

L'adolescente a relevé la tête. Dans son regard, la douleur, l'incompréhension : qu'a-t-elle fait pour mériter cette trahison ? Quelle faute a-t-elle commise pour être rejetée par celle qu'elle avait adoptée comme une sœur, comme une mère ? Elle a la sensation d'un déchirement. Elle se retrouve orpheline, pour la seconde fois.

Selma la contemple, bouleversée. Elle n'avait pas prévu un tel désespoir, n'avait pas voulu le prévoir.

— Zahra, personne ne vous impose rien, c'est à vous de choisir. Simplement, nous avions pensé...

Zahra ne l'écoute pas, elle fixe le visage de Selma, ce visage qui recelait tant de douceur, autrefois...

— Dites... M'avez-vous jamais aimée ou est-ce que vous me mentiez ?

« *Petite fille, si tu savais combien je t'aime, que c'est parce que je t'aime trop. Mais tu ne pourrais pas comprendre. Que j'ai mal de te faire souffrir...* »

— Zahra, ne faites pas l'enfant, vous savez la tendresse que j'éprouve pour vous.

La phrase est tombée, lourde, empruntée. L'adolescente ne la relève même pas, elle se tait, un sourire amer aux lèvres. Selma, en cet instant, donnerait tout pour la prendre dans ses bras, l'embrasser, lui dire que c'est un mauvais rêve, qu'elle l'aime. Au lieu de quoi elle s'entend proposer :

— J'ai avec moi la photographie de cette personne, voulez-vous la voir ?

— Pour quoi faire ? Vous avez décidé et vous avez persuadé mon frère, je n'ai rien à ajouter.

Selma sent l'irritation la gagner. Voilà que la jeune fille joue la martyre et la place, elle, la championne des libertés, dans l'intolérable rôle de marâtre.

— Rien n'est décidé et vous le savez ! Vous êtes libre de faire ce que vous voulez.

Elle a haussé la voix, amplifié son indignation, elle s'accroche à cette colère qu'elle sait la meilleure défense contre l'attendrissement.

Zahra continue de se taire, mais dans son regard l'amertume s'est muée en mépris.

Peu à peu la colère de Selma se brise sur ce silence. L'irrémédiable s'est accompli, aucun mot ne pourra le défaire. Poser le choix était le nier. Quoi qu'elle dise désormais l'adolescente se sentira de trop. Derrière Zahra la porte s'est fermée.

XII

Le mariage s'est bien passé. Allongé sur un divan du petit salon aménagé près de leur chambre, Amir respire. Après ces deux semaines épuisantes, où cérémonies et réceptions se sont succédé sans interruption, il goûte le calme retrouvé.

Il est heureux. A ses côtés, son épouse attentive lui prépare un pân ; les yeux mi-clos, il l'observe avec satisfaction : elle a été parfaite pendant toute cette période, qui pourtant avait mal commencé.

Comme il l'avait prévu, l'annonce des fiançailles de sa jeune sœur avec son homme de confiance avait fait jaser toute la ville, bien qu'on s'accordât à reconnaître au fiancé « de bons os », comme on dit pour signifier un noble lignage. Mais lorsqu'on vit toute la famille royale de Bipal se déplacer pour le mariage — même le maharajah, faveur inouïe ! — et qu'on put admirer les cadeaux somptueux qu'ils apportaient à la jeune épousée, on oublia quelque peu la mésalliance. Après tout, calculait-on, le marié est l'aîné de la branche cadette, le maharadjah n'a que deux fils qui ne semblent pas très vigoureux, peut-être qu'un malheur donnera un jour au couple sa chance !

Amir n'ignore pas ces commérages, ni le bruit qui court selon lequel avant de décider de cette alliance il aurait consulté les devins. Il rit, et se garde de démentir.

Mais la bataille la plus difficile a dû être livrée à l'intérieur même du palais : il s'agissait de calmer Rani Aziza. Selma n'a pas jugé nécessaire de raconter à son époux la scène où celle-ci l'a accusée tout net de vouloir, par jalousie, évincer sa belle-sœur. Quand, pour la convaincre, Selma a énuméré les qualités de Rashid Khan et parlé du bonheur qu'il saurait donner à Zahra, elle a cru que la rani allait s'étrangler.

— Qui parle de bonheur ? Est-ce qu'on se marie pour être

heureux? On se marie pour perpétuer le nom, pour donner un héritier à l'Etat! Pauvre Zahra, elle n'aura pas à se préoccuper de cela!

Venimeuse, elle a fixé Selma.

— Quand je pense que celles qui ont un nom à transmettre ne sont même pas capables de le faire...

Elle est sortie avant que la jeune femme ait pu répliquer. Selma s'attendait pourtant à cette réflexion; elle sait que l'on commence à murmurer, à s'inquiéter : comment, mariée depuis presque un an, n'est-elle pas encore enceinte?

Amir lui-même semble parfois soucieux. Elle a appris que Rani Aziza lui avait conseillé de prendre une seconde épouse, et qu'il l'avait vertement remise à sa place. Selma lui en sait gré, car elle imagine autour du rajah les sous-entendus, les silences, bien plus blessants que les paroles.

Mais ce qui a été pour elle le plus pénible fut, pendant ces deux mois, la froideur de Zahra. La jeune fille ne lui témoignait plus qu'une indifférence polie. Selma s'est étonnée d'en souffrir autant, comme si, sans les rires, la confiance, la tendresse de Zahra, le monde, comme ce palais, lui était devenu glacial.

Ils sont partis hier en voyage de noces. Rashid veut faire connaître l'Europe à sa femme; ils y resteront trois mois. Selma est soulagée de leur absence : tant que Zahra n'est pas là, elle peut imaginer qu'elle lui reviendra.

Sa rêverie est interrompue par l'apparition d'un eunuque. Il vient annoncer au maître que le marchand de parfums est arrivé.

Dans la vie du rajah, les parfums sont une grande affaire, non pas un engouement futile et passager, une vraie passion. Il a l'enthousiasme du chercheur, la rigueur du professionnel, l'émotion esthétique du collectionneur. Aussi c'est avec un large sourire qu'il accueille le vieux marchand suivi d'un aide chargé de deux coffres de cuir. Il le connaît depuis toujours, il servait déjà son père.

— Cet amour des parfums est un trait de famille, explique Amir à son épouse, étonnée de ce qui lui paraît un goût un peu efféminé. Mon grand-père, le maharadjah, un rude chasseur qui savait à peine lire, était fou de parfums; il avait l'une des plus belles collections de toutes les Indes. On se déplaçait de loin pour **venir** humer ces effluves divins dont certains avaient jusqu'à deux cents ans d'âge.

» Hélas! cette collection a disparu lors d'un incendie certainement manigancé pour, à la faveur de l'affolement général, s'emparer du fabuleux trésor. Je crois que le chagrin qu'en ressentit mon grand-père précipita sa fin, lui qui s'était pourtant montré admirablement stoïque lors de la mort de son épouse.

Sur une étoffe de velours noir, le marchand dispose une vingtaine de flacons, petits, certains minuscules, tous des œuvres d'art. Les uns sont de cristal taillé rehaussé d'or, les autres de jade ou de corail finement sculpté.

— Le flacon doit être digne du contenu, dit Amir, ni trop ni trop peu. Il faut une harmonie entre l'intérieur et l'extérieur. C'est ce que nous ont appris les sages ; eux, bien sûr, parlent du corps et de l'âme, l'essence de l'homme. Ces parfums sont l'essence de la nature : ils ne peuvent être conservés dans des vases grossiers.

Avec des gestes de grand prêtre, le marchand saisit délicatement chaque flacon et avec un mince bâtonnet d'ivoire dépose une infime quantité de son contenu sur la main du rajah. Les yeux fermés, celui-ci en respire longuement l'arôme. « Oh ! » murmure-t-il en renversant la tête en arrière, comme chaviré par un plaisir trop intense — « oh ! ». De ses doigts ornés de bagues, il caresse les précieuses fioles. De longues minutes se passent dans cette volupté. Respectueusement le marchand attend, il pourrait attendre toute la journée tant il se réjouit de voir ses trésors appréciés par un si fin connaisseur.

Comme à regret, Amir redescend sur terre. D'un geste rapide il désigne une demi-douzaine de flacons. Avec un sourire attendri le vieil homme s'incline.

— Votre Altesse ne se trompe jamais, elle me prend mes plus beaux enfants !

— Vieux scélérat, se moque Amir, je te soupçonne de me cacher les plus extraordinaires. Que tu les gardes pour toi, je le comprends, puisque je partage ta passion, mais je te préviens que si tu les vends à d'autres, de ma vie je ne te pardonnerai !

Avec curiosité, Selma observe le second coffre, plus grand que le premier et auquel personne ne semble s'intéresser.

— Ne verrons-nous pas vos autres merveilles ? se risque-t-elle à demander.

— Cela, Hozour, n'est pas digne de Vos Altesses. Ce sont des parfums beaucoup moins anciens que je propose à des clients moins exigeants que le rajah Sahab.

— Je ne savais pas que l'ancienneté d'un parfum en faisait sa valeur.

— Jusqu'à un certain point, explique le marchand, ravi de pouvoir initier une nouvelle adepte. Il y a bien sûr les essences qui lui donnent son odeur spécifique, essences végétales — iris, jasmin, myrrhe, patchouli... — ou animales — ambre, civette, musc... Un parfum est rarement l'une ou l'autre, c'est en général un subtil composé de plusieurs. Mais ces arômes s'évanouissent vite si on ne les fixe, et sans les trahir !

» C'est Nur Jehan, l'épouse adorée de l'empereur Jehangir, qui inventa le moyen de conserver ces senteurs dont elle aimait à s'enivrer. Elle les faisait macérer pendant des semaines dans une huile parfaitement pure. Hélas ! la méthode exacte s'en est perdue, bien que quelques experts soient arrivés à partiellement la reconstituer.

» En fait, la grande tradition du parfum a été ruinée au XVIIIe siècle lorsque, suivant l'exemple de l'Occident, on a commencé à y ajouter de l'alcool. Ce liquide agressif qui, au début, exalte l'odeur, en quelques mois la transforme et en quelques années l'anéantit. Mais on continue, car c'est bon pour le commerce, on peut produire ainsi des quantités beaucoup plus importantes.

— Mais, s'inquiète Selma, si au début l'odeur est presque la même, comment savoir ?

— C'est très simple, voyez.

Sur les mains de Selma, le marchand pose deux gouttes, provenant de deux flacons différents.

— Etalez sur votre peau puis sentez. Les deux sont de la tubéreuse. Vous ne remarquez pas de différence ? Bon. Maintenant soufflez sur le parfum déposé sur votre main droite, c'est froid, n'est-ce pas ? C'est que l'essence est mélangée d'alcool. Soufflez sur l'autre main, la température reste la même, cette essence-là est pure, elle parfumera votre peau pendant des jours et dans le flacon gardera son arôme des dizaines d'années, des siècles même.

Selma se met à rire : elle n'en demande pas tant ! A voir cependant la taille de la bourse que son époux fait remettre au marchand, elle comprend que l'affaire est d'importance : il y a bien là une cinquantaine de pièces d'or.

Elle s'étonnera plus encore lorsque, demeurés seuls, elle verra Amir ranger soigneusement les flacons, à côté de centaines d'autres, dans un coffre-fort dissimulé dans le mur.

— Certaines de ces essences ont autant de valeur qu'un diamant, explique-t-il, et pour moi elles sont bien plus précieuses. En réalité, elles sont magiques : une goutte suffit à transformer en véritable fête une journée qui s'annonce triste, ardue ou simplement monotone. J'imagine que cette extrême sensibilité me vient de mon enfance, où les parfums étaient une composante essentielle d'une vie douce et heureuse.

— Heureuse ? Vous avez pourtant perdu vos parents à l'âge de six ans ?

— Je les connaissais à peine. J'ai été élevée par ma grand-mère et par ma sœur Aziza, qui toutes deux m'adoraient. Ma mère ayant perdu ses deux premiers fils, on pensait qu'elle avait le mauvais œil. Quant à mon père, il était bien trop occupé par les affaires de l'Etat pour se soucier d'un enfant. D'ailleurs, chez nous, les garçons restent dans le zenana jusqu'à l'âge de sept ans ; ce n'est que par la suite que leur éducation est prise en charge par les hommes.

Amir s'est étendu sur les coussins à côté de Selma. Pensif, il fume son hookah en contemplant les derniers rayons du soleil qui embrasent les cimes des cyprès.

— Ma nourrice, que j'aimais beaucoup, m'emmenait chaque semaine rendre visite à mes parents. Je me souviens de ces entrevues brèves et formelles. Je devais les appeler *Abba Hozour*, Votre Excellence mon père, et *Ami Hozour*, Votre Excellence ma mère. Eux ne me disaient jamais Amir mais *Wali Ahed*, Prince Héritier, et entre eux ils s'appelaient *Sarkar*, Altesse. Tout ce décorum ennuyait l'enfant que j'étais et j'avais hâte de retourner à mes jeux.

Plus tard, lorsque mes parents trouvèrent la mort dans un accident, ce sont les femmes du palais qui se sont occupées de moi. Jusqu'à l'âge de quinze ans, j'ai joué avec les filles des servantes. Nous inventions mille histoires, le plus souvent j'étais le roi et elles les danseuses. Je les aimais en toute innocence.

» Etant le seul héritier mâle, j'étais extrêmement gâté. Je me souviens que je refusais de manger et que l'on faisait venir une courtisane pour qu'elle chante pendant mes repas. C'est ainsi qu'à partir de l'âge de cinq ans j'ai pris goût à la musique.

» Il n'était pas non plus question que je prenne mon bain seul. Quatre ou cinq jeunes femmes étaient préposées à ma toilette. Elles me savonnaient, me massaient, me parfumaient. Je trouvais cela très agréable. Cela a duré toute mon enfance et mon adolescence, jusqu'à ce que je parte en Angleterre.

Il sourit en remarquant la mine stupéfaite de Selma.

— Voyons, ma chère, ne prenez pas cet air surpris, je vous assure que tout cela était très chaste.

— Hum... Donc vous passiez votre temps à vous faire dorloter par toutes ces femmes ; et vos études ?

— A sept ans on m'a donné un précepteur pour m'apprendre les premiers rudiments. Il ne pouvait bien sûr pas entrer au zenana, aussi allais-je passer quelques heures chaque jour dans le *Mardan Khana*, la partie du palais réservée aux hommes. Mais je n'avais qu'une chose en tête : rentrer pour retrouver mes compagnes de jeux. Je ne me plaisais qu'avec elles.

» En grandissant, j'éprouvais à leur égard des sentiments romantiques, mais j'ignorais même ce qu'était un baiser. Lorsque j'eus huit ans, ma grand-mère estima qu'en plus de l'anglais et des mathématiques il était temps de m'enseigner les usages. Et comme cela se faisait pour tous les jeunes gens de bonne famille jusqu'à très récemment, on fit venir des courtisanes pour m'éduquer.

» J'allais les retrouver dans le Mardan Khana mais je ne restais jamais seul avec elles, il y avait toujours là ma nourrice ou quelque serviteur.

» C'étaient des femmes d'un certain âge, très belles et d'une politesse raffinée. Par leur conversation, leurs manières exquises, elles m'enseignaient à parler, à me tenir, bref à devenir un homme du monde. Certaines étaient musiciennes, avec elles j'ai appris à juger de la qualité d'un *ghazal*[1], d'un *tumri*[2] ou même d'un *raga*[3], mais il n'était pas question que moi-même je chante ou joue d'un instrument : un prince est censé savoir goûter un divertissement, non divertir.

» D'autres, parmi ces courtisanes, étaient des poétesses renommées ; elles m'ont formé à la poésie, un art dans lequel notre ville de Lucknow s'est illustrée, et que les personnes de qualité peuvent exercer sans déchoir.

» Ma vie était un rêve...

» Lorsque j'atteignis l'âge de douze ans, ma grand-mère jugea qu'il fallait que j'étudie sérieusement, et l'on m'envoya au « collège des Princes ». Chaque matin, mon précepteur, mon professeur d'anglais, mon professeur d'urdu, le serviteur qui s'occupait de mes livres, et bien sûr le chauffeur, m'emmenaient à l'école. Et chaque après-midi, ils venaient me rechercher. Je n'avais aucune occasion de me lier avec d'autres garçons. Mais je n'en avais pas non plus l'envie. Je n'étais pas habitué à la compagnie masculine, elle me rendait mal à l'aise. Je ne rêvais que de retrouver mes compagnes. Je devais, hélas ! en être bientôt séparé. J'allais avoir quatorze ans ; ma grand-mère décida qu'il était temps que mon précepteur m'explique les « choses de la vie ». A partir de ce jour, je n'eus plus le droit de rencontrer mes amies.

» De toute façon, quelques mois plus tard, mon oncle ayant tenté de m'empoisonner pour s'emparer de l'Etat, on jugea qu'il serait plus sûr de m'envoyer poursuivre mes études en Angleterre...

Selma considère Amir avec pitié.

— La puritaine Angleterre ! Eton, Cambridge ! Après la vie que vous aviez menée, ce dut être un choc terrible !

---

1. *Ghazal :* poème classique.
2. *Tumri :* musique classique de style assez léger.
3. *Raga :* thème musical qui varie selon le moment de la journée.

— Terrible, je ne sais pas. Tout était si nouveau, si passionnant. Mais le fait est que je ne savais plus très bien qui j'étais, d'un prince indien ou d'un lord anglais..

« Pauvre chéri, songe Selma, vous ne le savez toujours pas ! » Mais elle se garde bien d'exprimer tout haut sa pensée. Elle se contente de baiser légèrement la main d'Amir. Et lui, sans se rendre compte que c'est la première fois qu'il se dévoile, qu'il lui fait confiance, s'émeut de cette inhabituelle tendresse. Une bouffée de passion le submerge, il a envie de la prendre dans ses bras, mais il n'ose pas : il ne veut pas gâcher ce rare moment de félicité.

Depuis longtemps, il a compris que pour son épouse l'amour est une corvée qu'elle n'accepte que pour lui plaire. Sa déception a été vive, car tout en sa jeune femme appelle à la volupté, son corps souple, ses lèvres pleines, ses yeux profonds qui parfois se troublent... Mais lorsqu'il la serre contre lui, lorsqu'il l'embrasse et que ses caresses deviennent plus précises, il la sent se raidir. Il a bien tenté d'éveiller sa sensualité, de forcer son plaisir, il s'est retrouvé seul. Il a fini par se rendre à l'évidence : sa ravissante épouse est une statue de marbre.

Nostalgique, il laisse sa main errer sur les boucles rousses, les enroule autour de ses doigts. Selma a posé la tête sur son épaule, la transparence du ciel la fait frissonner, elle attend.

La main a glissé sur la nuque, joue avec le lobe ivoirin de l'oreille, effleure la joue, la commissure des lèvres ; tremblante, elle s'est tournée vers lui, dans l'obscurité pâle elle cherche son regard.

A-t-il cru qu'elle se dérobait ? Brusquement, sa main est retombée, il s'étire.

— Quelle belle nuit ! dit-il.

— Une nuit d'hiver, répond-elle sèchement en ramenant sur ses épaules son rupurtah de soie.

Elle contemple avec ressentiment la main couverte de bagues que la lune fait briller. Et soudain, les insinuations de la bégum, qu'elle n'avait prises que pour l'expression du dépit, lui reviennent à l'esprit. Si c'était vrai ? Si son bel époux lui préférait les étreintes d'un homme, s'il ne partageait sa couche que par devoir, pour donner un héritier à l'Etat ? Cela expliquerait ces alternances d'indifférence et de possessions brèves et violentes... Non, ce n'est pas possible ! Elle secoue la tête pour tenter de chasser les images qui l'assaillent, elle a honte. Mais plus elle tente de les repousser, plus elles s'imposent.

D'un bond elle s'est levée.

— J'étouffe ici, je vais prendre le frais

Dans la nuit lumineuse, Selma a marché de terrasse en terrasse jusqu'à rejoindre, à l'extrémité ouest du palais, le « pavillon du soleil couchant » qui domine la ville.

Appuyée contre une colonne de marbre, elle contemple Lucknow étendue à ses pieds, bruissante d'ombres argentées. Au loin, surplombant les arches festonnées et les piliers graciles des mosquées, se dresse la silhouette blanche couronnée d'or de l'immambara d'Hussainabad ; à côté, fantasme d'un architecte en délire, la « Porte turque » pointe vers le ciel ses mille lotus, fleurs de paix qui dans la nuit paraissent des étendards de guerres et de victoires.

C'est une ville baroque et chamarrée, étourdissant mélange de somptuosité moghole, d'effervescence hindoue, de préciosité française et de pesanteur victorienne tout étonnée de se trouver en si frivole compagnie. Le jour, sous le soleil impitoyable, elle semble une courtisane vieillie dont les riches atours n'arrivent plus à masquer la décrépitude, mais la nuit elle retrouve sa splendeur, ses parfums subtils, sa magie, la grisante lenteur de celle qui se sait la plus belle.

Elle est l'amante dont chacun rêve, Lucknow la musulmane, farouche, secrète, passionnée, Lucknow l'hindoue, gracieuse et érotique, Lucknow dont la sensualité s'exacerbe jusqu'au mysticisme, et dont le mysticisme recèle les plus grandes jouissances, Lucknow la mystérieuse...

Penchée au-dessus de la balustrade de pierre, Selma s'est envolée par-delà cette ville fabuleuse, extravagante, vers la douceur d'une cité bercée d'azur et d'or, Istamboul.

XIII

— Ils ont égorgé les femmes et les enfants, et ceux qui n'étaient que blessés, ils les ont jetés dans les puits. Ensuite, ils ont mis le feu aux maisons. Nous sommes parmi les rares à nous être échappés ; nous avons pu nous cacher dans un champ. La nuit venue, nous avons rampé jusqu'à la forêt, et puis nous avons marché, marché des jours jusqu'à ce que nous arrivions ici.

L'homme titube de fatigue, à côté de lui sa femme et deux jeunes enfants pleurent en silence.

— Hozour, qu'allons-nous devenir ? Il n'y a plus de paix pour nous, nulle part...

Le rajah les a fait asseoir, il ordonne qu'on leur apporte à manger. Puis, patiemment, il les interroge.

C'est une fois de plus l'histoire pathétique d'émeutes entre communautés qui jusque-là cohabitaient sans grand problème ; émeutes nées de vétilles qui, dans le climat de tension créé et entretenu par les mouvements extrémistes, dégénèrent en massacres.

Dans ce village de Lakhpur la cellule du Mahasabah, très active, terrorisait la minorité musulmane en prétendant la convertir à l'hindouisme. Les musulmans s'étaient plaints aux responsables locaux du parti du Congrès, qui avaient refusé de les écouter.

Le drame a éclaté lors de funérailles à la mosquée. Une noce hindoue s'était arrêtée juste devant l'entrée et manifestait sa joie, à grand renfort de cymbales, de tambours et de trompettes. Des paysans sont sortis pour leur demander d'aller jouer plus loin. Sur quoi des injures ont fusé et le nom du Prophète a été blasphémé. Alors les pierres ont volé et sont sortis les couteaux, et des deux côtés on s'est précipité pour aller s'armer de pieux, de fourches et de faux. La bataille a duré des heures, embrasant tout le village. La police n'est arrivée que lorsque tout a été terminé.

— Nous n'en pouvons plus, Hozour, gémit l'homme en se tordant les mains, nous sommes de pauvres paysans, nous ne demandons qu'à travailler, pourquoi est-ce qu'on ne nous laisse pas tranquilles ? Les hindous disent que les musulmans sont des traîtres, que nos rajahs sont les amis des Anglais, que nous devons prendre la carte du Congrès, nous battre pour l'indépendance...

» Mais la politique, Hozour, ce n'est pas notre affaire, c'est pour les gens des villes, les gens riches, instruits. Nous, on n'est pas contre l'indépendance, seulement on voit bien qu'avec les Anglais on était plus en sécurité. Jamais les hindous n'avaient osé nous attaquer comme ils le font depuis un an qu'ils ont gagné les élections et qu'ils se croient les maîtres... Ils sont tellement plus nombreux que nous, qu'allons-nous devenir ?

En quelques mots, le paysan en a dit plus sur la situation que tous les discours des hommes politiques.

Amir ne se fait aucune illusion : si les musulmans étaient la majorité, ils se conduiraient sans doute de la même façon vis-à-vis d'une minorité hindoue. Mais la question, pour lui, n'est pas de juger des mérites respectifs de religions qui, au cours de l'histoire, ont produit, l'une comme l'autre, philosophes, mystiques et dictateurs. En cette année 1938, dans tout le nord des Indes, émeutes et massacres se multiplient. Le village de Lakhpur, d'où est originaire cet homme, ne dépend pas de l'Etat de Badalpour — le malheureux n'est venu chercher refuge au palais que parce que son frère y est cuisinier — mais Lakhpur fait partie de l'Etat voisin, Kalabagh, et ce genre de nouvelles, colportées et amplifiées de village en village, risquent d'embraser à tout moment les Etats proches.

Amir est si préoccupé que, pour une fois, il s'en est ouvert à Selma :

— Il faut absolument prendre des mesures pour empêcher le feu de s'étendre, et vite, avant qu'il ne devienne impossible à contrôler. Peut-être pourrons-nous en discuter ce soir à la réception du rajah de Mahdabad. Il y aura là toute l'aristocratie terrienne de la région, hindoue et musulmane. Oh ! je sais bien que dans ces *moushaïras*[1] c'est un crime d'évoquer les problèmes politiques. Mais tant pis, je parlerai. Il faudra bien qu'ils se réveillent !

Ces immenses moushaïras, où se réunit toute la noblesse d'Oudh, sont la seule concession que fait le rajah de Mahdabad à sa nouvelle

---

1. *Moushaïra :* récital consacré à la poésie.

vie de pauvreté. Non seulement parce que l'hospitalité lui est un devoir sacré, mais parce que ces joutes poétiques, où il convie les meilleurs artistes du pays, sont l'occasion pour hindous et musulmans de se rencontrer, de s'asseoir côte à côte, de rêver, de pleurer, de partager les mêmes émotions, d'être, enfin et seulement, des hommes qui communient dans la beauté.

Depuis deux siècles Lucknow se flatte d'être le centre de cette civilisation indo-musulmane qui éclaire toute l'Inde du Nord, syncrétisme entre deux cultures que tout semble opposer.

L'extraordinaire pari a été engagé trois siècles auparavant par Abkar, le plus grand des empereurs moghols. A sa cour de Delhi, il réunissait philosophes, savants et mystiques, pour tenter ensemble la conquête ultime : retrouver au cœur des diverses croyances, hindoues, parsis, musulmanes, chrétiennes, le noyau de pur cristal où elles se rejoignent, et, à partir de celui-ci, fonder la *Din Ilahi*, la « Religion divine ».

Entreprise grandiose réduite à néant, cinquante ans plus tard, par l'empereur Aurangzeb qui pourfendra ce dangereux laxisme et rétablira l'islam dans sa rigueur. C'est alors qu'intellectuels et artistes fuiront Delhi, où s'est établi le règne morne des certitudes, pour se réfugier à Lucknow, la capitale des rois d'Oudh, dynastie chiite, fameuse pour sa splendeur, son extravagance et sa générosité.

Mais si ses souverains ont la tolérance d'Akbar, c'est moins par souci de quête mystique que par un éclectisme avide de toutes les nouveautés, de tous les plaisirs, ceux des sens et ceux de la pensée. Lucknow va ainsi devenir le creuset du génie hindou et musulman, où s'élaborent les joyaux les plus délicats de la musique de cour, de la danse et de la poésie. C'est là que l'urdu, la langue de l'Inde septentrionale, va acquérir sa forme la plus châtiée, et c'est là que le *ghazal*, cette forme de poésie venue de Perse au xiiie siècle, atteindra à un ciselé tel que les esprits chagrins diront qu'il a pour fonction de cacher l'insuffisance de pensée.

Le ghazal, ou conversation avec l'aimé, est le roi des moushaïras. Selma a appris à goûter ces poèmes où l'aimé peut être le Créateur, un rêve de gloire, le tintement des bracelets d'une femme ou le miroitement irisé d'un univers qui se dérobe.

Mais aujourd'hui, il lui semble insensé, criminel, de s'enivrer de mots alors qu'autour d'eux, des émeutes ensanglantent les villages et les villes. La rani de Mahdabad, à qui elle ne peut s'empêcher de confier son inquiétude, la gratifie du sourire indulgent réservé aux enfants émotives qu'il s'agit d'apaiser.

— Que faire? Mais, ma petite fille, rien d'autre que ce que nous faisons actuellement : ne pas rentrer dans des discussions stériles, donner, à notre niveau, l'exemple de l'harmonie et de la tolérance...

Il faut croire que c'est efficace puisque Lucknow est la seule ville de la région où il n'y ait pas eu d'incidents !

A travers les moucharabieh de marbre ajouré, elle désigne à Selma un homme de haute taille, très entouré.

— Voyez le rajah de Kalabagh, chez qui ont eu lieu les émeutes dont vous me parlez. Il est là, ce soir, parmi ses amis hindous et musulmans. Croyez-moi, la familiarisation avec la mentalité de l'autre mène au respect de ses valeurs : c'est la seule arme de paix efficace... Si nos princes n'étaient pas convaincus des mérites des différentes croyances, et si, par leur attitude impartiale, ils ne le prouvaient quotidiennement à leurs sujets, ce n'est pas quelques émeutes que nous aurions à déplorer, le pays tout entier s'embraserait.

Selma n'est pas persuadée de la toute-puissance de l'exemple. Sans doute cette conception aristocratique était-elle valable à une époque où les hiérarchies n'étaient pas contestées. Mais aujourd'hui, est-elle autre chose que l'illusion dont se berce une noblesse qui n'a nulle envie — encore moins l'énergie — de modifier ses convictions et sa manière de vivre ?

Des yeux, elle suit Amir qui s'approche du rajah de Kalabagh et tente de lui parler, mais ce dernier secoue la tête d'un air importuné. Amir insiste ; en riant, le rajah de Kalabagh l'emmène vers leur hôte, qu'il semble prier de les départager.

Le visage collé au moucharabieh, Selma essaie de lire sur les lèvres, en vain. A l'attitude du rajah de Mahbadab, elle devine cependant qu'il s'emploie à calmer ce jeune prince récemment rentré d'Angleterre et qui prend les choses beaucoup trop au sérieux.

Après quelques protestations, Amir a fini par se taire. Il s'incline et va se perdre dans la foule, mince silhouette en shirwani de soie blanche, semblable aux autres et pourtant étrangère.

Selma frissonne, elle a le sentiment d'assister à la fin d'un monde. Elle leur en veut de cet aveuglement, de cette lâcheté, de ce raffinement décadent qui les coupe de la réalité, les paralyse.

Autour d'eux, la lutte contre l'occupation britannique, sous l'impulsion du Congrès, a pris des allures de révolution populaire contre les grands propriétaires et les princes, tenus pour amis des Anglais. Et comme, dans la région d'Oudh, l'aristocratie est en majorité musulmane, le combat nationaliste, devenu conflit social, est en train de se renforcer d'une guerre de religion qui galvanise les foules.

Le silence soudain se fait, le moushaïra va commencer. Appuyés sur des coussins dispersés sur les épais tapis de soie, les invités attentifs regardent le maître de cérémonie s'avancer vers l'estrade. C'est un vieillard à l'œil vif, reconnu dans toute la région comme l'autorité suprême en la matière.

Car présider un moushaïra n'est pas une mince affaire. Il faut durant une nuit entière soutenir l'attention, susciter l'enthousiasme d'un public de connaisseurs particulièrement exigeants. Parmi la trentaine de poètes qui se succèdent du coucher du soleil jusqu'aux premières pâleurs de l'aube, il faut savoir intercaler les meilleurs avec les moins bons, afin de relancer un intérêt qui se dérobe, donner assez pour exciter la sensibilité, mais pas trop afin de la garder en éveil. Il faut être capable de saluer, avec un sourire de gourmet, un vers plus banal afin qu'entraînée par le rythme, l'assistance ne le remarque pas et que l'ambiance de la soirée n'en souffre point. Il faut enfin lentement distiller le miel, rassembler l'auditoire au creux de sa paume et lorsque, charmé, il s'abandonne, brusquement le frapper au cœur, le pétrifier de plaisir.

Le ghazal s'élève, voluptueux, magique, discrètement soutenu par la plainte d'un minuscule harmonium et les battements du tabla [1]. A Delhi, le plus souvent on le récite ; à Lucknow, on le préfère chanté : pourquoi se priver d'un surcroît d'harmonie, plaisir procuré par l'accord subtil entre rime et son ?

Selma avait eu l'intention de s'éclipser, prétextant un malaise, mais le regard perspicace de la rani l'a retenue :

— Restez, la poésie vous détendra.

Elle s'était rassise, confuse d'être si facilement devinée. Peu à peu, elle se laisse aller à la beauté de ces vers dont elle comprend mal le sens mais dont la musique l'apaise. A ses pieds, un parterre de shirwanis ondule au rythme des poèmes comme un serpent d'or et d'argent. On se délecte, on s'attendrit, on s'émerveille. L'extase atteindra son point culminant lorsqu'une femme, dissimulée sous un burkah noir, commencera à chanter, d'une voix rauque, une mélopée dont la douceur déchire l'âme. C'est Shanaz Bégum, l'une des plus grandes artistes dans l'art du ghazal ; elle ne paraît en public que voilée, car elle est de famille respectable, a-t-on expliqué à Selma. Mais, à travers le voile, l'appel vibre avec d'autant plus d'intensité qu'il est paré d'interdit, de mystère, et il remue au plus profond l'imagination et les sens.

La nuit est déjà très avancée ; dans la galerie des femmes, quelques vieilles bégums se sont endormies. L'âme engourdie, Selma ne perçoit plus que le murmure chatoyant d'un ruisseau qui court sur son lit de pierres, bruit à travers les feuillages, s'épand dans la mousse d'une clairière puis rebondit en cascades cristallines.

Soudain, une voix claire la tire de son rêve.

_____

1. Tabla : sorte de tambour que l'on joue des deux mains.

« Je suis le Moi qui siège au cœur des créatures. Je suis le commencement, et le milieu, et la fin de tous les êtres. »

La musique s'est tue, le maître du moushaïra a disparu. Sur l'estrade, deux adolescents vêtus de shirwanis de lin blanc, sans un bijou, se font face.

Selma s'est redressée. Ces paroles elle les reconnaît, ce sont celles d'un mystique soufi, mais lequel ? Elle s'enquiert auprès de sa voisine, qui la fixe, étonnée :

— Voyons, princesse, c'est la Bhagavad-Gîtâ, le grand livre sacré de la religion hindoue !

Hindoue ? Selma n'arrive pas à y croire ; ces mots, elle les connaît depuis toujours... Elle se penche un peu plus derrière les moucharabieh ; les yeux perdus en lui-même, l'adolescent continue à égrener les paroles divines :

— Je suis la souveraineté et la puissance de tous ceux qui règnent, domptent et vainquent, et la politique de ceux qui réussissent et conquièrent. Je suis le silence des choses secrètes et le savoir de celui qui sait.

Assis très droit, les mains ouvertes sur ses genoux, son compagnon reprend :

— Gloire à Allah avant l'unité duquel il n'y a pas d'antérieur si ce n'est Lui qui est ce premier ; après la singularité duquel il n'y a aucun après, si ce n'est Lui qui est ce suivant. A propos de Lui il n'y a ni avant, ni après, ni haut ni bas, ni près ni loin, ni comment, ni quoi, ni où, ni Etat, ni succession d'instants, ni temps ni espace, ni être changeant.

» Il est l'Unique, le Dompteur.

» Il est le premier et le dernier, l'extérieur et l'intérieur.

» Il paraît dans son unité et se dissimule dans sa singularité. »

Selma a tressailli... C'est « le traité de l'unité » d'Ibn Arabi ! L'un des plus grands textes mystiques de l'islam.

Lentement les deux adolescents vont dire les mots sacrés qui se renvoient comme en écho, à travers les siècles et les continents les mêmes profondes intuitions, la même Vérité.

« Certains m'adorent en Mon unité, et en chaque être distinct, et en chacune de mes millions d'universelles faces. Tout être de gloire et de beauté que tu vois dans le monde, tout être de puissance et de force, sache qu'il est une splendeur, une lumière, une énergie de Moi, née d'une parcelle puissante et d'un pouvoir intense de Mon existence. »

« Ce que nous pensons autre que Lui n'est pas Lui. Car prétendre qu'une chose existe par elle-même signifie croire que cette chose s'est créée elle-même, qu'elle ne doit pas son existence à Allah, ce qui est absurde (puisqu'il est tout). Garde-toi de donner un partenaire quelconque à Allah, car alors tu t'avilis de la honte des idolâtres. »

« Par Moi tout cet univers a été étendu dans l'ineffable mystère de Mon être. L'homme qui voit le Moi en tous les êtres et tous les êtres dans le Moi, qui s'appuie sur l'unité et M'aime en tous les rêves, de quelque façon qu'il vive et agisse, il vit et agit toujours en Moi. »

« Car ce que tu crois autre qu'Allah n'est pas autre qu'Allah, mais tu ne le sais pas. Tu le vois et tu ne sais pas que tu le vois. Lorsque tu prends connaissance de ce qu'est ton âme, tu es débarrassé de ton dualisme et tu sauras que tu n'es autre qu'Allah. Le Prophète a dit : « Celui qui se connaît lui-même connaît son Seigneur. »

« Les sages yogin qui s'y efforcent voient en eux-mêmes le Seigneur. »

« Du moment que ce mystère a été dévoilé à tes yeux — que tu n'es pas autre qu'Allah — tu sauras que tu es le but de toi-même, que tu n'as pas besoin de t'anéantir, que tu n'as jamais cessé d'exister. Tous les attributs d'Allah sont tes attributs. C'est pourquoi il est permis à celui qui est arrivé à la Réalité de dire : « Je suis le vrai divin » ou bien « Gloire à moi, que ma certitude est grande » !

« Quand par la dévotion un homme vient à me connaître, à connaître qui je suis et combien je suis, et en la réalité entière et en tous les principes de Mon être, m'ayant ainsi connu il entre dans le Moi suprême. Et s'il fait aussi toutes les actions en demeurant toujours logé en Moi, il atteint par ma grâce la condition éternelle et impérissable. »

Les larmes coulent le long du visage de Selma. Peu importe qu'on la regarde, elle est en paix comme elle ne l'a pas été depuis longtemps.

Toute la journée, elle s'est débattue dans un cauchemar de violence et de haine. Le massacre de paysans innocents par un groupe de fanatiques avait suscité en elle, autant que l'écœurement et l'incompréhension, pour la première fois un désir de vengeance : si la justice ne pouvait être respectée qu'au prix de la terreur, il fallait être les plus forts : tuer pour ne pas être tués. Elle sentait bien que cette « solution du désespoir » ne pouvait qu'entraîner encore plus de malheurs. Mais que faire ?

Elle était venue à ce moushaïra en espérant qu'en ces circonstances dramatiques, le récital serait retardé et que, parmi les hommes présents, une stratégie de lutte, au moins d'autodéfense, allait être mise au point. Espoir déçu : l'hôte avait refusé toute discussion.

Et voici qu'en fin de soirée il apporte sa réponse lumineuse : ces religions, dont les fidèles s'entre-déchirent, disent la même Réalité. Au-delà des rites, des formes surajoutées pour les obscurcir et permettre de dresser les hommes les uns contre les autres, elles mènent toutes à l'Etre Suprême, l'Absolu dont chaque homme est constitué. Elles nous pressent de ne pas oublier, dans notre folie destructrice, que nous avons en nous l'Infini, que nous sommes la Beauté, le Savoir illimités, un grain de poussière mais qui contient l'Univers, car il est une parcelle de Dieu. Une parcelle ? Non ! Nous sommes Dieu ; l'Infini ne se divise pas.

Ne pas oublier cela : comment alors désespérer de l'homme, voir en l'autre l'ennemi à écraser, cet autre qui n'est que Moi-même, comme moi je suis Lui.

— Ce pauvre rajah de Mahdabad est en train de devenir gâteux ! commente Amir sur le chemin du retour. Quelle idée saugrenue de clore un moushaïra par des incantations religieuses !

Selma a sursauté.

— Vous n'avez pas compris ?

— Compris ? Quoi ?

— Rien... Ce n'est pas important.

Il détourne la tête, exaspéré des réticences de Selma, de ce ton de reine offensée qu'elle prend parfois.

Elle s'est rencognée au fond de son siège. Elle ne ressent pas de tristesse, ni même d'agacement, devant l'incompréhension d'Amir, seulement une grande lassitude. Elle tente de se rappeler ce que dit la Bhagavad-Gîtâ. « Me voir en tous les êtres, en tous M'aimer. »

Elle ferme les yeux. Y parviendra-t-elle jamais ?

XIV

— Mais où a disparu Aysha ?

Depuis plus d'une semaine Selma n'a pas vu la fillette qui, chaque
matin, lui apportait des fleurs pour ses cheveux. C'est une ravissante
enfant de sept ans, arrivée le mois précédent avec ses parents qui
fuyaient les émeutes de leur village de Lakhpur. Désormais la famille
vit au palais ; le père aide son frère aux cuisines, la mère s'occupe de
travaux de couture.

Selma a entendu une suivante raconter que cette femme fière se
sent mal à l'aise d'être à charge et qu'elle pousse son mari à rentrer
au village où le calme s'est rétabli. Le rajah de Kalabagh s'est en effet
déplacé lui-même pour aller voir les responsables locaux du parti du
Congrès. Il a obtenu des assurances, et les musulmans ont commencé
à réintégrer leurs habitations et à reconstruire ce qui avait été brûlé.
Ils n'ont nulle part ailleurs où aller. Depuis des générations, leurs
familles ont cultivé ces terres qui appartiennent au prince, mais ils
ont le droit de les travailler : ils sont chez eux.

Et puis, où seraient-ils plus en sécurité ? A la ville, à la campagne,
une émeute peut éclater à tout moment ; s'ils ne dépendent pas d'un
maître, qui se préoccupera de les défendre ? Rien n'est pire que de
devenir un vagabond, de n'appartenir à personne, de n'avoir pas le
droit de réclamer protection.

— Ils ont raison, a commenté la suivante, c'est comme si moi je
songeais à m'en aller. Ma famille a mangé le sel de cette maison
depuis cinq générations, comment pourrais-je vous quitter ?... Mais
la mère s'inquiète pour Aysha ; lorsque les hommes deviennent fous,
il peut se passer des choses affreuses...

Selma avait écouté d'une oreille distraite. Elle ne voyait pas
pourquoi cette famille repartirait, ils étaient bien ici, un peu à l'étroit

peut-être ; ils partageaient l'habitation de leur belle-famille, dans l'aile réservée aux serviteurs, près des entrepôts de provisions ; sa belle-sœur lui aurait-elle fait sentir qu'elle était de trop ?...

« Il faudra que je m'en occupe », avait pensé Selma, en se replongeant dans le texte de la Bhagavad-Gîtâ et les écrits de Sri Aurobindo qu'elle s'est fait apporter dès le lendeman du moushaïra. Pendant plusieurs jours elle s'était cloîtrée. A travers ce langage si différent, elle essayait de comprendre, de remonter à la source, de retrouver cette même intuition qui l'avait bouleversée lorsque, à Istamboul, elle avait assisté à la danse rituelle des derviches.

Mais, aujourd'hui, elle a promis de se rendre chez la maharani de Karimpour. Avant l'étouffante chaleur de l'été le mois d'avril est un mois de fêtes, et les réceptions se succèdent, auxquelles elle se doit d'assister.

Quelle gharara portera-t-elle ? Pour ses cheveux, il lui faut une guirlande de jasmins : elle met sa coquetterie dans une simplicité qui étonne et impressionne.

— Où donc est Aysha ? répète-t-elle. Est-elle malade ?

— Oh non, Hozour, au contraire !

La servante qui l'aide à s'habiller a souri, et, sur un ton de confidence ravie, lui annonce la bonne nouvelle :

— On l'a mariée.

— Mariée ?

Selma la regarde, stupéfaite. Certainement, elle a mal compris.

— Très bien mariée, même ! A un veuf d'une quarantaine d'années, un riche commerçant d'Ahmedabad, il saura prendre soin d'elle.

— Prendre soin ?

Selma manque s'étrangler.

— C'est criminel ! Cette petite n'a que sept ans !

— Ne vous inquiétez pas, Hozour, la rassure la servante. Il la laissera jouer à la poupée. Il est rare que dans ces mariages naisse un bébé avant que la femme ait atteint dix ou onze ans.

Avec horreur, Selma la regarde... Aysha n'était qu'une petite enfant frêle, non pas une de ces fillettes précocement mûries par le soleil, comme se les imaginent les Européens dans leurs fantasmes sur l'Orient...

— Va me chercher la mère, immédiatement.

Sous la pluie des remontrances, la paysanne n'a pas baissé la tête. Butée, elle regarde la rani. Dans ses yeux, il y a du ressentiment, presque du défi.

— Mais enfin, finit par dire Selma, décontenancée, pourquoi ne m'as-tu rien demandé ?

— La rani Saheba est bien trop occupée à des choses importantes pour que des gens comme nous osent la déranger.

L'accusation est claire : perdue dans ses recherches mystiques, Selma a failli à son devoir de protection envers ces femmes et ces enfants qui dépendent d'elle. Par son égoïsme, son indifférence, elle est responsable du sort d'Aysha.

« Qui en nulle chose n'est affecté, même si tel mal ou tel bien lui échoit, et ne hait ni ne se réjouit, celui-là est un sage »... Qu'en penses-tu, petite Aysha, de la sagesse des brahmanes ? Et qu'en pensent les millions de miséreux qui peuplent ce pays ? Selma jette un regard de rancune sur les livres saints qui jonchent son bureau.

— Range tout cela dans l'armoire ! ordonne-t-elle à la servante.

Elle a envie de pleurer de rage. Non, elle n'est pas arrivée au détachement suprême qui permet de se fondre avec le Divin, elle n'est pas parvenue à « cette vaste et douce clarté de l'âme où n'ont place ni passion ni chagrin », et elle s'en félicite ! S'abstraire de tout ce malheur pour rechercher son salut personnel ? De quel droit, Seigneur, de quel droit ?

Nerveuse, elle arpente sa chambre : « On dira que je n'y comprends rien, que je n'ai pas encore atteint le niveau spirituel nécessaire. On peut finir par tout comprendre, je le sais bien, tout ! Mais on a le droit aussi de refuser de comprendre ! »

— Va, Sikander, mon fils, ne l'épargne pas !

— Allez, ma beauté, perle de mes yeux, fais-lui tâter de ton bec, fort ! Plus fort !

De la voix et du geste, les entraîneurs excitent les combattants cependant qu'autour d'eux se déchaîne l'enthousiasme et montent les paris. Jamais Selma n'avait vu la haute société Lucknowi, habituellement si blasée, se déchaîner de la sorte. Autour du drap blanc où deux cailles, plumes hérissées, griffes rageuses, se défient, les exclamations fusent ; les yeux brillent, les mains alourdies de bagues se crispent, les lèvres se serrent en une attente anxieuse puis s'entrouvrent pour laisser échapper des cris de joie ou de dépit. Les sommes en jeu sont énormes ; certains de ces hommes ne pourront, ce soir, payer leurs dettes : il leur faudra mettre en gage les bijoux de leur épouse. Qu'importe ! L'heure n'est pas à se préoccuper de pareils détails.

Pour l'instant, seule compte la bataille. En regardant, dressés sur leurs ergots, s'entre-tuer les oiseaux avec une violence et une ardeur forcenées, cette aristocratie qui, depuis un siècle, ne guerroie plus, bridée et domestiquée par la puissance britannique, ces princes qui, génération après génération, se sont alanguis dans une vie de plaisirs, soudain sentent bouillir en leurs veines le sang héroïque de leurs ancêtres moghols. Intrépides ils se redressent, chargent l'ennemi, foncent sans souci du danger, portent des coups audacieux, mortels... Il leur faut vaincre ou périr, leur courage est sans limites, ils se couvrent de gloire...

Sur le drap blanc, le sang a jailli. Epuisé, l'oiseau blessé se débat sous les coups furieux de son adversaire qui, de son bec aiguisé tel un poignard, tente de l'achever.

Cris de douleur, taches rouges qui s'élargissent... Aysha, petite Aysha !

Selma s'est mordu les lèvres pour ne pas crier. Là, sur ce drap blanc, elle a vu l'enfant qui saigne et se débat contre de monstrueux assauts, l'enfant qui va mourir.

Autour d'elle, dans la tribune réservée aux femmes, l'excitation est à son comble ; les douces épouses se délectent de ces combats au moins autant que leurs seigneurs et, à défaut d'argent, elles parient leurs bracelets d'or.

— Comment trouvez-vous ces jeux, princesse ? demande la maharani de Karimpour. Lucknow est célèbre pour ses combats de cailles, bien plus rares que les combats de coqs. Les cailles sont des animaux pacifiques, il est très difficile de les rendre agressives, cela exige un long entraînement et beaucoup de talent. Tour à tour il faut les affamer, puis les cajoler, jusqu'à ce que ces petits volatiles dodus deviennent des bêtes musclées et belliqueuses.

— Mais pourquoi ? s'étonne Selma. N'y a-t-il pas assez d'animaux que leur instinct pousse à se battre ?

La maharani fronce les sourcils devant cette question incongrue.

— Voyons, princesse, tout l'art consiste non à suivre la nature mais justement à la changer ! Les combats d'éléphants, auxquels se complaisaient nos ancêtres, n'étaient que des épreuves de force brute ; de même que les combats, extrêmement prisés, entre tigres et rhinocéros. La belle affaire que de faire s'affronter des ennemis naturels ! Notre société a des plaisirs plus délicats : pousser à se battre des amis, des alliés, voilà qui est plus ardu et bien plus excitant !

Son sourire est devenu railleur, Selma a le sentiment très net que son hôtesse ne parle plus de cailles mais d'êtres humains. Elle se demande si c'est un avertissement ou simplement l'aveu des distractions quotidiennes d'une société qui s'ennuie.

— Les Lucknowi ne prennent rien au sérieux, poursuit la maharani, sauf leurs divertissements. C'est que nous sommmes une très vieille civilisation, nous avons tout fait et ne croyons plus à grand-chose. Dommage, pensez-vous ? Je ne crois pas. Cela a l'avantage de nous épargner le ridicule et le mauvais goût de nous battre pour des idées que nous abandonnons d'un jour à l'autre. Nous apprécions la beauté d'un combat, simplement nous n'essayons pas de lui trouver de justifications : c'est un jeu comme un autre. Décadence d'une aristocratie qui s'épuise ? Point ! Cette mentalité, vous la retrouvez dans le peuple, jusque parmi les indigents. Mais, comme ils n'ont pas assez d'argent pour participer aux combats de coqs, ils ont inventé les combats d'œufs.

— Des combats d'œufs ?

— On met deux œufs en présence, on prend les paris, puis on les lance l'un contre l'autre : celui qui se casse est bien sûr le vaincu, et l'argent parié sur lui va aux supporters de l'œuf resté intact.

» Les Anglais pensent qu'ils sont fous, qu'ils feraient mieux de manger ces œufs plutôt que de les « gâcher ». Ils ne comprendront jamais rien à notre peuple. Quel mépris que de vouloir les réduire, sous prétexte qu'ils sont pauvres, à des tubes digestifs ! Qu'on les laisse se distraire et rêver à leur aise !

Aux combats de cailles a succédé maintenant la parade des pigeons. Curieuses, les femmes se pressent pour admirer les derniers phéno-mènes de l'année. Dans tout l'Orient on se passionne pour ces oiseaux aussi intelligents que doux et fidèles. Selma se souvient des variétés multiples et rares élevées pour le plaisir des sultans dans les immenses volières des palais de Yildiz et de Dolma Bahtché. Mais jamais elle n'a vu de pigeons aussi extraordinaires que ceux qu'elle découvre à présent : certains ont une aile verte et une rose vif, d'autres arborent fièrement sur leur gorge des motifs floraux aux couleurs délicates.

— Ne croyez pas que ce soit peint, lui explique la maharani, ce serait un travail banal et qui ne tiendrait guère. Pour produire ces merveilles, des spécialistes arrachent une à une les plumes du pigeon et insèrent à leur place, en les fixant solidement, des plumes de couleur appartenant à d'autres oiseaux, ou qui ont séjourné plusieurs jours dans des bains de teinture végétale. Les pigeons ainsi traités gardent ces robes somptueuses pendant des années. Ils se vendent fort cher.

Tenant une grande cage dorée, deux esclaves se sont avancés. Avec de multiples précautions, ils en sortent un animal étrange. Autour de Selma on se récrie d'admiration. L'oiseau — ou les oiseaux ? — s'est envolé et est allé se poser sur l'épaule de son maître, le vieux rajah de Dirghpour. Là, immobile, il roucoule longuement. Alors seulement Selma réalise que ce phénomène est un pigeon à deux têtes.

— N'est-ce pas prodigieux ? s'exclame sa voisine, enthousiaste. Avez-vous jamais eu à la cour ottomane des pigeons doubles ?

De la cage, les esclaves sortent une demi-douzaine de ces monstres précieux. On se les passe de main en main, délicatement on les palpe, on s'extasie :

— Quelle habileté ! Jamais depuis le roi Nasir Ud Din Haïdar on n'était arrivé à produire de tels phénomènes. Vraiment il n'y a qu'à Lucknow qu'on est capable de semblables raffinements...

Et Selma, qui avait cru se trouver devant une bizarrerie de la nature, comprend avec stupéfaction que ces pigeons doubles sont créés de main d'hommes. Obligeante, sa voisine lui explique que l'opération, théoriquement, est simple.

— Il suffit de prendre deux jeunes pigeons, de couper à l'un l'aile droite, à l'autre la gauche, et de les coudre solidement ensemble. C'est par la suite que cela devient délicat, car peu survivent. Il faut les entourer des plus grands soins. Lorsque la blessure s'est cicatrisée et que les pigeons sont devenus adultes, on leur apprend à voler, ce qui exige énormément de patience et d'habileté.

— Quelle cruauté ! s'exclame Selma, indignée.

Etonnées, les femmes la dévisagent. L'une d'elles, une hindoue, se penche vers elle :

— Plus cruel que de tuer des animaux pour les manger ? Le pensez-vous vraiment Altesse ?

Que répondre ? Qu'entre tuer pour le plaisir du palais et mutiler pour le plaisir des yeux la différence... la différence... Elle ne sait plus, elle choisit de se taire.

Comme dans un rêve, elle entend autour d'elle les femmes discuter des prix auxquels s'arrachent ces merveilles : le nawab de Dalior en a offert 10 000 roupies, en vain ! 10 000 roupies... « Aysha, combien de fillettes comme toi pourraient-elles être sauvées pour le prix d'un seul de ces pigeons ? » Pour la distraire de sa mélancolie, la maharani de Karimpour s'est rapprochée.

— Saviez-vous que Bahadour Shah, le dernier sultan moghol de Delhi, possédait des milliers de pigeons et que, chaque fois qu'il sortait, ceux-ci volaient en rangs serrés au-dessus de sa tête pour le protéger des ardeurs du soleil ? Quant à l'extravagant Wajid Ali Shah, le dernier roi d'Oudh, il en possédait plus de vingt-quatre mille, dont une espèce rarissime, aux plumes de soie. Il dut s'en séparer lorsqu'il fut déposé par les Britanniques et qu'il perdit toute sa fortune. Ses descendants vivent dans la misère. Voyez ce vieux seigneur, habillé à l'ancienne d'une robe de brocart plissée ? c'est son petit-fils, le prince Shaad, un irréductible. Il a refusé que ses fils apprennent l'anglais de peur qu'un jour, pressés par le besoin, ils ne soient tentés de travailler pour l'usurpateur. Aussi, au lieu d'avoir un poste respectable dans l'administration, s'usent-ils les yeux à broder des saris pour la somme dérisoire de 3 roupies par jour... A peine de quoi nourrir leurs enfants, et pas assez, en tout cas, pour soigner la princesse, leur mère, qui se meurt de tuberculose.

— Il pourrait au moins vendre sa turquoise, s'étonne Selma qui a remarqué l'énorme pierre bleue qui recouvre presque entièrement l'annulaire du vieux prince.

— Jamais! Cette turquoise est son ultime rente, c'est elle qui lui permet de subsister.

Selma imagine un instant le prince se nourrissant de poudre de turquoise comme autrefois on absorbait, pour fortifier sa virilité, des perles fines dissoutes dans du vinaigre.

— Chez les chiites comme chez les Tibétains, poursuit la maharani, la turquoise est la pierre porte-bonheur. Nos princes en portent de fort belles. Notre passion du jeu, dont je vous parlais tout à l'heure, donne lieu à des batailles de turquoises : dans une assemblée, celui qui arbore la plus belle est le vainqueur, et s'approprie toutes les autres. Pour venir en aide au prince Shaad, sans le blesser, ses amis vont parfois lui rendre visite avec, aux doigts, des turquoises assez ordinaires qu'ils perdent avec la meilleure grâce, et qui serviront à payer ses dettes les plus criantes.

Quelle étrange conception de l'honneur! Laisser mourir son épouse faute de soins, confiner ses enfants dans une vie misérable, leur interdire tout avenir plutôt que de s'adapter à la nouvelle réalité... Des deux attitudes — l'extrême souplesse, parfois la servilité, des rajahs envers l'occupant britannique et la rigidité inflexible du vieux prince — Selma ne sait laquelle est la plus juste. Une voie médiane n'est-elle pas possible? Ceux qui l'ont cru se sont perdus dans l'inextricable dédale de compromis qu'entraîne tout contact avec la puissance coloniale pour s'attirer, finalement, à la fois la méfiance des Indiens et celle des Britanniques.

N'est-ce pas le danger qui guette Amir, lui qui, méthodiquement, a exploré les points forts et les faiblesses de l'adversaire, qui patiemment s'est approprié ses armes dans l'espoir de le vaincre un jour? Amir, apparemment plus anglais qu'un Anglais, persuadé que c'est sur leur terrain qu'il faut les combattre. Amir, qui demain matin, avec tous les princes d'Oudh, va assister au grand *durbar*[1] au cours duquel le gouverneur, sir Harry Waig, distribuera comme chaque année titres et distinctions aux fidèles serviteurs de la Couronne...

---

1. *Durbar :* grande réception donnée par un prince ou à l'époque du colonialisme par le gouverneur anglais.

Sous la grande tente aux couleurs éclatantes dressée dans le parc de la résidence du gouverneur, une assemblée fort distinguée — uniformes et shirwanis de brocart — échange des propos feutrés en attendant Son Excellence.

Soudain, dans un roulement de tambour et de cymbales qui fait se redresser toutes les têtes, l'orchestre rouge et or entame le *God save the king*. Il est 9 h 30 précises.

Ponctuel, comme il sied à un représentant de Sa Majesté, le gouverneur apparaît, pâle dans son grand uniforme noir où brillent ses décorations, accompagné de lady Violet, chapeautée et gantée haut, et suivi d'une aréopage d'aides de camp et de fonctionnaires glabres et solennels.

Tout le monde s'est levé tandis que lentement sir Harry et son épouse prennent place sous le dôme doré, celui-là même sous lequel siégeaient les rois d'Oudh, il y a moins d'un siècle, à l'époque quasi légendaire, tant elle paraît lointaine, où les Indes n'étaient pas administrées par un pouvoir blanc.

Enfin le durbar est déclaré ouvert.

« Khan Bahadour... Raï Bahadour... Sardar Sahib... » D'une voix retentissante, le maître de cérémonies proclame les titres octroyés pour bons et loyaux services. Gonflés de leur importance, les élus s'avancent sur le tapis rouge, respectueusement ils s'inclinent devant le trône où, magnanime, le représentant du roi empereur va leur remettre le parchemin ou la médaille qui consacrera une vie de dévouement à la plus noble des causes, celle de l'alliance indestructible de l'empire des Indes avec la Couronne britannique.

Cette année, une vingtaine de titres sont octroyés, depuis le plus modeste, celui de « Khan Sahib » — Monsieur — jusqu'au plus prestigieux de « chevalier, commandeur de l'Etoile des Indes ». Certains rajahs seront, quant à eux, honorés du titre de maharadjah qui signifie « grand prince ». Chaque nomination est saluée par des applaudissements discrets. On sourit, on se congratule.

Pourrait-on imaginer, tandis que se déroulent ces cérémonies d'allégeance, qu'au même moment, dans toutes les Indes, des foules immenses menées par le mahatmah Gandhi se révoltent contre l'occupant, que des soldats britanniques tirent sur les manifestants, que des dizaines de millions de musulmans rassemblés autour de leur leader, Mohammed Ali Jinnah, se sont joints aux hindous pour exiger le départ des étrangers et l'indépendance ?

L'indépendance ? Depuis des années, le pays entier vibre à ce mot que ni les arrestations ni les balles n'arrivent à étouffer, et que le sang versé renforce jour après jour. L'indépendance ! Mot magique pour un peuple opprimé avec, à l'horizon, toutes les promesses..

Et là, sur cette pelouse soigneusement tondue, sagement assises parmi les massifs de bégonias, reconnaissantes et respectueuses, les élites...! On croit rêver. Est-ce lâcheté ou inconscience? Selma est soudain saisie d'une furieuse envie de les insulter, ces singes bien dressés qui ne songent qu'à imiter leurs maîtres. « Comme les Anglais doivent nous mépriser! » Pourquoi a-t-elle accepté de participer à cette mascarade? Pourquoi Amir a-t-il insisté?

Des yeux elle le cherche, de l'autre côté de la pelouse. Il discute au milieu d'un petit groupe d'amis, des princes qui, comme lui, soutiennent et, elle le sait, financent le mouvement pour l'indépendance. Pourquoi cette duplicité? Jamais ils n'ont accepté une quelconque distinction de la Couronne britannique, mais ils n'entretiennent pas moins avec l'occupant les meilleures relations. Pour l'endormir et le poignarder dans le dos? C'est ce que prétend Amir, qui a beau jeu de démontrer que les Anglais sont trop puissants pour qu'on les chasse par la force.

— Mais, a-t-elle insisté une dernière fois avant de se mettre en route pour le durbar, est-il vraiment besoin d'assister à des cérémonies aussi dégradantes?

Il s'est contenté de sourire.

— Le spectacle de la veulerie de certains d'entre nous et de la morgue de nos maîtres est très utile, croyez-moi : il nourrit la haine.

Et elle a vu ses jointures blanchir sur la poignée d'émeraudes de son épée de gala.

Ce soir, après le durbar, le gouverneur donne un grand bal auquel toutes les personnalités de la province sont conviées. Il y aura environ deux mille invités, anglais et indiens mêlés.

Selma a passé l'après-midi à sa toilette, aussi excitée qu'une jeune fille à ses débuts dans le monde. Depuis son arrivée aux Indes, il y a plus d'un an, c'est son premier bal. Elle entend être la plus belle afin de faire pâlir de jalousie ces Anglaises qui affectent de l'ignorer.

Avec soin elle a choisi un sari bleu nuit rebrodé de minuscules diamants, écrin sombre qui fait ressortir la blancheur de sa peau. Autour de son cou, à ses poignets, et parsemées dans sa chevelure, scintillent des émeraudes.

Sur le seuil du salon Amir s'est arrêté : jamais il ne l'avait vue aussi belle. Avec orgueil il contemple cette grâce, cette noblesse, cet éclat incomparables. Ce soir, la ville entière va l'envier. Aucun prince, et certes aucun de ces Anglais, ne peut se flatter de posséder un tel joyau.

Majestueuse silhouette blanche au bout d'une interminable allée bordée de palmiers se dresse le palais du gouverneur. Sous le porche brillamment éclairé, la garde, visages impassibles sous les turbans noirs et rouges au monogramme de la Couronne britannique, rend les honneurs. En haut de l'escalier, les deux secrétaires de Son Excellence, en frac noir et col dur malgré la chaleur de cette soirée d'avril, accueillent les invités. C'est seulement lorsque ceux-ci seront tous rassemblés, que sir Harry et lady Violet, représentant personnellement Leurs Très Gracieuses Majestés, feront leur apparition. Des dizaines de serviteurs s'empressent autour des invités. A travers le vestibule aux colonnes surmontées de chapiteaux corinthiens rose pâle, ils les dirigent vers le salon d'honneur.

C'est une féerie de turquoise et d'or, flottant sur des arches délicates soulignées de guirlandes de stuc. Au-dessus, à plus de 10 mètres de hauteur, une galerie circulaire court entre de petites loges coiffées de dômes finement sculptés.

L'endroit semble immense malgré la foule qui s'y presse. Aux fracs noirs se mêlent les shirwanis et les prestigieux uniformes de l'armée des Indes, courtes jaquettes écarlates pour les officiers de l'infanterie, bleu roi brodées d'argent pour les officiers de cavalerie.

Peu de saris, Selma s'y attendait — rares en effet sont les Indiens qui acceptent d'exposer leurs femmes aux regards étrangers —, par contre beaucoup de robes du soir, aux teintes parfois étonnantes. « Bizarre, songe-t-elle, comme les Anglaises ont emprunté à ce pays ses couleurs les plus violentes, ces jaunes acides, roses suraigus, mauves aveuglants. Chercheraient-elles à remédier à leur fadeur naturelle ? Mais que vais-je imaginer là ? Tout ce qui est anglais n'est-il pas le « nec plus ultra » ? Ce qui à nous, simples mortels, semble insipide, doit leur paraître le sommet de la distinction. De là leur puissance : ils n'ont pas d'états d'âme, quoi qu'il arrive ils sont persuadés qu'ils ne peuvent être que les meilleurs. »

— Princesse !

Discrètement, Amir l'a poussée du coude ; perdue dans ses pensées, Selma n'a pas vu arriver le gouverneur et son épouse, qui maintenant se tiennent debout, à la tribune d'honneur, tandis que l'orchestre entonne l'hymne national. La cérémonie des présentations, le moment le plus important de la soirée, va commencer.

Sur un ton monocorde, l'aboyeur égrène noms et titres prestigieux, et l'un après l'autre, entre deux rangées de curieux, les couples s'avancent. Certains se verront gratifiés d'un mot, d'un sourire aussitôt remarqués par toute l'assistance, et qui feront plus tard l'objet d'interminables commentaires. « Tout à fait comme à la cour ottomane, en plus province naturellement », songe Selma avec une moue.

— Leurs Altesses le rajah et la rani de Badalpour.

Le silence s'est fait tandis que, lentement, ils traversent l'immense salon. Ils sont impressionnants de beauté. Tous les regards sont fixés sur eux, étonnés de tant de majesté et de hauteur.

Lorsqu'ils s'arrêtent devant la tribune et que, avec une grâce tranquille, ils sourient au gouverneur, la foule a soudain le sentiment que ce sont eux les hôtes royaux et que sir Harry et son épouse sont leurs sujets. Amir devine les murmures. S'il pouvait se redresser encore plus, il le ferait. A cet instant, il est empereur, et sa sultane la couronne supplémentaire ajoutée à ses titres et à ses richesses.

D'abord étonné, le gouverneur s'est vite remis de sa surprise.

— Mon cher Amir, figurez-vous que je disais à lady Violet que vous et votre épouse n'êtes pas simplement beaux... Vous êtes la personnification de la beauté !

Le rajah a pâli. Faire allusion au physique de sa femme est pour un Indien une insulte grave. Sir Harry ne peut l'ignorer. Avec une hypocrisie toute britannique il se venge de leur insolence.

Rapidement Amir a jeté un coup d'œil autour de lui : sauf l'aide de camp, personne ne semble avoir entendu. Il respire. Mais la leçon est bien enregistrée : plus jamais il ne se risquera à emmener la princesse chez ces barbares !

Il a maintenant l'impression que chaque homme présent la déshabille des yeux. Il serre les poings : il veut que tout le monde la voie, mais il ne peut supporter qu'on la regarde. Rageur, il observe sa démarche ondulante, son corps épanoui souligné par le drapé du sari. Où donc se croit-elle ? Il faudra qu'il lui dise de garder un maintien plus modeste. Soudain, il se surprend à la souhaiter laide.

La cérémonie des présentations se termine ; l'orchestre entame une valse de Strauss. S'inclinant devant lady Violet, le gouverneur ouvre le bal ; sur la piste, les premiers couples s'élancent. Amir est parti rejoindre ses amis, laissant Selma, désemparée, assise en compagnie de douairières. Elle avait espéré qu'il l'inviterait à danser, mais l'idée ne l'a même pas effleuré. Depuis ses beaux jours d'Oxford, il ne s'est pas prêté à ce genre d'exercice et, de toute façon, jamais ici un homme ne consentirait à offrir son épouse en spectacle. Pour les Indiens, la danse est l'affaire exclusive des travestis et des courtisanes.

Avec envie, Selma regarde tournoyer les valseurs, et rire les femmes grisées par le rythme et qui s'abandonnent dans les bras de leurs cavaliers. Les grosses, les maigres, les laides, celles qui dans leur pays n'auraient aucune chance d'être invitées, sont aux Indes des objets rares, recherchés. Elles ne manquent pas une danse.

Selma les suit des yeux. Quelle injustice! La voici condamnée à
rester avec les vieilles et les impotentes. A quoi lui sert d'être la plus
séduisante? Tout le monde s'amuse, personne ne fait attention à elle,
si ce n'est quelques chipies qui, accrochées à leur cavalier, lui lancent
des regards de pitié moqueuse ou qui, s'écroulant épuisées et ravies
dans un fauteuil, feignent de s'étonner :

— Comment, vous ne dansez pas? Mais pourquoi?

Elle tente de prendre l'air indifférent, mais cela ne trompe
personne. Elle en veut à Amir de l'avoir laissée seule, en butte à ce
venin, à cette malveillance. Il a disparu. Sans doute est-il dans le
fumoir, occupé à discuter; il est capable d'y passer la nuit, la laissant
dans son coin à attendre, à supporter les sarcasmes.

Et si elle partait? Cela ferait scandale? Et après? L'indifférence
que le rajah montre à son endroit n'est-elle pas elle-même scandaleuse? C'est conforme, elle le sait, aux usages des Indes, où mari et
femme ne sont pas censés se montrer en public ensemble, mais Amir
ne peut jouer constamment sur les deux tableaux : s'il l'emmène chez
les Anglais, qu'il ait au moins la décence de se comporter en
gentleman! Pour tous ces étrangers, son attitude envers son épouse
est une preuve d'indifférence, une injure.

— Me feriez-vous l'honneur, madame?

Selma a sursauté. Un homme jeune, très blond, lui sourit. Devant
son étonnement, il se trouble.

— Veuillez excuser mon audace, nous n'avons pas été présentés...
Je m'appelle Roy Lindon, je viens d'arriver aux Indes et dois prendre
dès demain mes fonctions auprès de Son Excellence. Je ne connais
personne ici, je me suis demandé si vous accepteriez...

Selma est sur le point de le remettre à sa place, mais il semble si
timide... Sa maladresse lui arrache un sourire.

— Je ne danse pas, sir.

— Vraiment?

Il a rougi comme un enfant grondé. Il ne dit pas qu'il l'observe
depuis un long moment et qu'il a vu qu'elle en brûlait d'envie. Quel
sot il a été de s'imaginer que cette ravissante personne. Balbutiant
des excuses, il va prendre congé, lorsqu'elle le retient d'un geste.

— Asseyez-vous donc un instant.

Autour d'elle, ces dames n'en croient pas leurs oreilles. Quelle
dévergondée, cette petite rani! Elles échangent des coups d'œil ravis,
elles flairent le scandale.

« *Comment réagira Amir si j'accepte?* songe Selma en laissant son
regard errer sur le jeune homme, *il en fera un drame, c'est évident!* » Elle
se revoit au Liban, à cette soirée sur la *Jeanne d'Arc* et se rappelle la
rage de Wahid lorsqu'elle avait dansé avec un officier français. Mais

après tout l'idée d'un drame n'est pas pour lui déplaire ; cela bousculerait un peu cette existence conventionnelle à laquelle elle commence... à s'habituer.

Et plus que le désir d'une valse, c'est la peur de se laisser engloutir, l'instinct de survie, qui soudain la fait se dresser et dire : « Allons danser ! »

Roy Lindon est un valseur exceptionnel. Ou est-ce ce moment volé qui est exceptionnel ? Qu'importe ! Les yeux mi-clos, Selma se laisse aller dans le tourbillon qui l'emporte, vite, encore plus vite, étourdie par la musique, par tous ces soleils, ces volutes étincelantes qui tournoient dans le ciel turquoise.

Pourquoi l'orchestre s'est-il arrêté de jouer ? L'immobilité soudaine la fait vaciller, elle crispe sa main sur le bras de son danseur qui, au lieu de la soutenir, semble se dérober. Etonnée, elle ouvre les yeux : Amir est devant eux, livide.

D'un revers de la main il l'écarte, sans même lui jeter un regard. Ce genre d'affaires se règle entre hommes.

— Vous me rendrez compte de cet affront, monsieur, dès demain matin. Je vous laisse le choix des armes.

Interloqué, l'Anglais dévisage l'homme qui lui fait face. Est-il fou ? Ou est-ce que par hasard... ? Autour d'eux un petit groupe de curieux s'est rassemblé mais personne ne se risquerait à intervenir. On comprend la gravité de la situation et l'on sympathise avec le rajah. Les règles doivent être respectées : il y va de son honneur, il y va de leur honneur à tous.

— Mon cher rajah...

La voix du gouverneur a fait se retourner toutes les têtes. Alerté, sir Harry a jugé utile de se déplacer lui-même. Il n'est pas question de laisser cet incident ridicule — comme d'habitude une histoire de femme — dégénérer en tuerie. Il se voit mal expliquer au père du jeune Lindon que son héritier a péri dans un duel pour avoir osé inviter à danser une femme mariée. Car pas un instant il ne doute que le rajah n'en sorte vainqueur ; il le sait tireur et bretteur redoutable.

D'ailleurs, si par extraordinaire c'était lui qui se faisait tuer, l'affaire n'en serait que plus grave : dans le climat politique actuel, une véritable bombe. Le mouvement pour l'indépendance s'empresserait de faire du rajah un martyr, assassiné par le pouvoir colonial pour avoir voulu défendre la vertu de son épouse. Le couple serait érigé en symbole de la vertu de toutes les épouses indiennes et de l'honneur de tous les maris. De quoi déclencher une révolution !

Pendant près d'une heure, le gouverneur va s'employer à calmer le rajah. Il y déploiera des trésors de diplomatie : démontrer la bonne foi du jeune homme sans accuser la rani requiert des talents peu communs. L'innocence de Roy Lindon est évidente. Comme il l'explique avec candeur, il a remarqué une jeune femme seule, qui semblait s'ennuyer. Jamais il n'aurait pensé... Il se confond en excuses, ce qui, loin d'apaiser Amir, l'irrite plus encore, car il faut bien un coupable : si ce jeune homme dit la vérité, il est obligé d'admettre que la rani est seule responsable et que, devant les deux mille personnalités réunies ce soir, elle l'a délibérément bafoué ! Il n'a pas le choix, il doit tuer cet Anglais.

Sir Harry commence à s'énerver : si le rajah veut à tout prix « laver l'injure dans le sang » il serait plus logique, et plus efficace, qu'il tue son épouse ! Il se contente de remarquer qu'-heureusement ils sont entre gens civilisés, sinon un tel incident aurait pu dégénérer en drame. Bien sûr, ce n'est pas de la faute de la rani, son éducation occidentale ne l'a pas préparée à vivre aux Indes. Cependant, si on pouvait lui expliquer certaines choses...

Piqué au vif, Amir s'est redressé.

— Il suffit, Excellence, cela ne concerne que moi. Il n'y aura plus de problème : je le supprimerai à sa racine.

Sir Harry a sursauté : « Serait-il capable de la tuer ? Oh, après tout ce n'est pas mon affaire ! du moment qu'à l'extérieur le calme règne, peu m'importe le reste ! »

— A partir d'aujourd'hui, vous ne sortirez plus de votre chambre. On vous y apportera vos repas. Il vous est interdit également de vous promener dans le parc du palais, ou de recevoir vos amies : vous sauriez les convaincre de passer des messages. Désormais vous observerez le purdah le plus strict.

Debout à côté de son frère, vivante incarnation de la vertu, Rani Aziza jubile : elle l'avait prédit, elle avait toujours su que cela finirait mal. D'une voix lasse, Amir continue :

— J'ai été trop bon pour vous. Je vous faisais confiance et vous m'avez trahi, humilié. Puisque vous êtes incapable de vous conduire décemment, vous me contraignez à vous y forcer. Je n'entends pas me laisser déshonorer par ma femme.

Ils ont quitté la chambre, fermé la porte. Selma les entend tourner la clé.

Prisonnière ! Comment osent-ils ? Elle en appellera à la justice, au vice-roi lui-même ! Et si cela ne suffit pas, à Beyrouth, sa mère saura bien alerter l'opinion !

La vision terrifiante lui revient de cette vieille femme à demi folle qui lui criait : « Fuyez, vite, avant qu'il ne soit trop tard ! »

La panique la prend ; elle se précipite vers la porte, elle tambourine. En vain.

Pour la première fois, Selma a peur ; qui va pouvoir l'aider ? Personne ne se doute qu'elle est prisonnière. Le rajah et Rani Aziza sauront trouver mille raisons pour justifier son absence des réunions publiques ; on ne s'en étonnera pas, les femmes sortent si peu aux Indes. Et même si, au début, on se pose quelques questions, qui s'aviserait de mener une enquête sur ce qui se passe au fond d'un palais ? Très vite on l'oubliera, comme on a oublié la mère de la rani de Nampour. A cette pensée, elle frissonne. Jamais ! Elle mourra, mais elle ne se laissera pas enterrer vivante.

XV

— Je ne peux pas, Hozour, le rajah Sahab me tuerait.

La servante recule en secouant la tête, les mains serrées derrière le dos : non, elle ne prendra pas le collier d'or, non elle ne portera pas la lettre. Le maître se vengerait, il devinerait, il est si puissant : il sait tout.

— Non, Hozour, c'est impossible...

De lassitude, Selma laisse tomber le collier. Depuis trois jours qu'elle se trouve enfermée, elle commence à perdre espoir. Dans le regard de cette jeune servante, nouvellement arrivée, elle avait pourtant lu de la compassion. Mais la peur est la plus forte. De quel terrible châtiment Amir les a-t-il menacés pour que même l'appât de l'or se révèle impuissant ?

Amir ou Rani Aziza ? C'est celle-ci certainement qui, s'autorisant de la colère de son frère, a dû tout prendre en main, heureuse de pouvoir enfin se venger, être de nouveau la maîtresse. Jamais Amir n'aurait songé à retirer à Selma ses servantes habituelles. Et il ne se serait pas donné le ridicule de placer devant la porte de la chambre ce grand eunuque noir, armé d'un sabre immense, ogre de comédie chargé d'effrayer la petite fille.

Depuis la soirée fatidique, elle n'a pas revu son mari. Il a fait déménager ses affaires personnelles et a retrouvé ses appartements de célibataire. Si elle pouvait lui parler, elle est persuadée qu'elle finirait par le fléchir, car, malgré tout, il l'aime. Mais ses seuls contacts passent par Rani Aziza ; la sœur du rajah contrôle toutes les nouvelles qui sortent du zenana. Là est le danger : Selma pourrait se laisser mourir, Amir n'en saurait rien.

Le premier jour, elle a hurlé de fureur, de stupéfaction : elle ne pouvait imaginer qu'on la garde enfermée comme un animal malfaisant. Elle n'a réussi qu'à s'érailler la voix et se déchirer les mains contre la porte de bois qu'elle s'était tant battue pour obtenir, cette porte qu'elle avait voulue épaisse pour préserver son intimité, et qui aujourd'hui étouffe ses appels. S'enfuir par une fenêtre ? Elles sont trop hautes et de plus sont gardées par un eunuque qui, nuit et jour, fait les cent pas sur le balcon.

Selma s'est interdit tout découragement. Pour faire face, elle doit conserver ses forces. Pourtant plus le temps passe, plus la situation, qu'elle avait d'abord crue passagère, s'impose dans son implacable quotidienneté.

« Vous ne sortirez plus de votre chambre », a dit Amir. Que signifie ce « plus » ? Combien de jours, de semaines, va-t-on la séquestrer ? Pas un instant elle ne consent à imaginer que cela puisse être définitif ; surtout ne pas se laisser emporter par la panique comme ce premier soir, lorsque la porte s'est fermée. Elle doit... Elle doit... Elle ne sait pas, elle ne sait plus ce qu'elle doit faire.

Les jours passent ; Selma refuse de s'alimenter. Non qu'elle veuille faire du chantage — avec la rani ce serait peine perdue —, simplement elle n'a pas faim ; la seule vue de la nourriture lui donne des nausées.

Au rajah qui demande des nouvelles de son épouse, Rani Aziza affirme que cette retraite forcée lui est bénéfique, qu'elle réfléchit, qu'elle commence à comprendre. La laisser sortir à présent ? Ce serait folie ! Elle n'en serait que plus rebelle, comme ces chevaux sauvages qui, ayant tâté du mors trop peu de temps pour s'y habituer, deviennent totalement incontrôlables. Selma doit réaliser pleinement l'étendue de sa faute, s'en repentir, sinon le châtiment n'aura servi à rien.

— Et si je lui parlais ? plaide Amir. Si je lui disais que je lui pardonne pour cette fois mais qu'à la prochaine incartade je la répudie ?

Il est loin d'imaginer le rire de Selma si elle l'entendait. Il ne sait pas que dans la famille ottomane, ce sont les princesses qui répudient leurs maris, si le sultan le permet. Jamais un damad n'aurait été autorisé à se séparer d'une épouse de sang royal. C'eût été une insulte au souverain lui-même.

Selma n'est pas une de ces épouses indiennes pour qui un mariage brisé signifie la mort, car jamais sa famille n'accepterait de la recueillir. Une fille répudiée, c'est la honte pour toute la parenté, la preuve qu'elle a failli aux règles qui régissent la vie de la commu nauté : il n'y a plus de place pour elle, nulle part. Alors, plutôt que de devenir une paria, la jeune femme acceptera d'être l'esclave soumise non seulement de son mari mais de sa belle-famille.

Rani Aziza est plus perspicace ; elle a jugé l'orgueil incommensurable de l'étrangère. Plus que tout, elle souhaite le départ de cette impudente, incapable même de donner un héritier au trône. Mais elle sait que le rajah, malgré ses menaces, ne la chassera jamais. La seule solution serait que Selma tombe malade, irrémédiablement. Ce ne devrait pas être difficile à arranger...

D'un regard affectueux, elle caresse le visage tourmenté de son frère.

— N'ayez crainte, je m'occupe d'elle au mieux. Si vous interveniez tout serait à recommencer. Prenez patience : dans deux semaines vous retrouverez l'épouse la plus aimante et la plus docile que vous ayez jamais rêvée.

De jour en jour, Selma s'affaiblit. Elle a essayé de forcer son appétit, mais son estomac ne peut rien garder. Même le thé lui donne des nausées. Sa nuque lui fait mal et, lorsqu'elle se lève, elle vacille en proie à des étourdissements. Aussi reste-t-elle la plupart du temps étendue. Elle qui aimait lire n'en a même plus envie. Elle n'a envie de rien, elle attend. Au début, elle avait essayé de combattre cette langueur, ces malaises qu'elle mettait sur le compte de la claustration. Maintenant elle se laisse dériver, heureuse simplement de n'être plus en proie à ces vomissements qui l'épuisaient.

C'est Rassoulan, la jeune servante, qui, un jour où Selma avait été secouée par une crise particulièrement pénible, lui avait suggéré que la nourriture ne lui convenait peut-être pas... Elle n'en avait pas dit davantage, et Selma s'était traitée de folle d'imaginer... Mais pendant deux jours elle avait renvoyé tous les plateaux et les vomissements s'étaient arrêtés.

Désormais, elle se contente de l'eau du robinet et de quelques amandes que Rassoulan lui apporte en cachette. Elle se sent mieux, mais elle n'a plus la force de se lever, même pour faire sa toilette. Cela fait trois semaines qu'elle n'est pas sortie de sa chambre. Mais maintenant tout lui est égal ; elle a l'impression de flotter, plus rien ne l'inquiète, plus rien ne l'irrite. Elle rêve à sa mère, à Istamboul, à son enfance. Devant ses yeux se déroule un film aux couleurs pastel du bonheur. Elle est sereine, apaisée, enfin.

— C'est un crime ! Qui a ordonné cela ?

Dans une semi-inconscience, Selma perçoit qu'autour d'elle on s'agite, des éclats de voix lui vrillent les tympans. Pourquoi ne la laisse-t-on pas dormir ? Elle gémit, remue légèrement et retombe dans le silence, le cocon bien tiède où elle se pelotonne avec délices.

Devant Rani Aziza, la timide Zahra se dresse, accusatrice.

— Si nous n'avions écourté notre voyage, nous l'aurions trouvée morte !

Un jeune médecin appelé d'urgence a, en effet, confirmé que la situation était grave : quelques jours de plus sans alimentation et le cœur aurait pu lâcher.

Très pâle, le rajah regarde sa sœur Aziza qui, aux questions de Zahra, oppose un silence méprisant. D'elle ou de lui, qui est le plus coupable ? Il sait qu'elle déteste Selma et malgré cela il lui a laissé l'entière responsabilité de sa garde, il a cru en ses paroles rassurantes sans chercher à les vérifier. Par peur de céder aux pleurs de son épouse ? Par orgueil de mari bafoué ? Par besoin de se venger ?

Mal à l'aise, il contemple le corps maigre, le petit visage d'oiseau, il l'imagine morte et tente de se représenter la douleur qui alors le terrasserait. Mais, malgré ses efforts, il ne ressent que de l'indifférence. Il en est choqué : s'il n'a jamais éprouvé ce mal qu'on appelle « amour », du moins a-t-il eu de la tendresse pour son épouse.

Lui, habituellement si maître de ses pensées, n'arrive plus à les contrôler : il voit des funérailles grandioses ; pendant quelques mois, il est un veuf inconsolable. Et puis il se laisse persuader par sa famille, ses amis — il faut bien assurer la descendance —, il se remarie, avec une Indienne cette fois, une toute jeune fille qui l'adore comme son dieu. Ils sont heureux, et ils ont des fils nombreux...

— Amir *Baï*[1] !

D'un air de reproche, Zahra regarde son frère qui sourit béatement.

— Le médecin dit qu'Apa a besoin d'une infirmière qui reste auprès d'elle jour et nuit et lui apprenne à se réalimenter. Il dit qu'avec des soins appropriés, dans deux semaines elle sera sur pied... Mais il lui faudra un complet changement de décor, une activité qui la sorte de sa mélancolie. Il pense qu'elle a voulu se laisser mourir, qu'il faut l'aider à reprendre goût à la vie.

— Il pense ?...

Le rajah s'en étouffe de colère — qui est ce blanc-bec pour oser penser ?

— Mon épouse est ici parfaitement heureuse ! Cela dit, l'air de la campagne lui fera sans doute du bien. Nous partirons à Badalpour dès que possible.

Badalpour, c'est cela la solution. Lorsqu'ils reviendront à Lucknow le scandale du bal chez le gouverneur sera peut-être oublié.

---

1. *Baï* : grand frère.

> *Chaque instant un pas vers la mort*
> *Le vivre vide pour le faire durer*
> *Ne pas bouger ne rien faire*
> *Pour ne pas effacer, ne pas saccager*
> *Le temps qui reste encore*
> *Surtout ne pas tuer la vie*
> *En vivant.*

Selma a posé sa plume. Par la fenêtre elle regarde l'aube se lever. A l'horizon, très loin, une brume frissonne. Ce sont les premiers contreforts des Himalayas, montagne sacrée où se retirent ceux qui cherchent la Vérité. Ceux qui n'hésitent pas à mettre leur vie dans la balance, à risquer de tout perdre pour ne rien gagner, de perdre même l'espoir. Elle n'a pas ce courage. Ou peut-être l'aurait-elle si elle était sûre...

De nouveau ce besoin de sécurité, cette mentalité de comptable chez elle qui se targue de six siècles de sang impérial ! Elle n'avait pourtant pas peur, elle s'est même sentie divinement calme lorsqu'elle a cru qu'elle allait mourir. Elle aimerait penser que c'était du courage, mais elle se demande si ce n'était plutôt le lâche soulagement de parvenir, au bout d'une route fatigante, à une position qu'elle ne pourrait plus remettre en question. Morte... Le mot sonne délicieusement rond, sans faille, définitif, pour elle qui n'a jamais su se définir, qui toute sa vie s'est cherché un but, une certitude. Ah, que ne donnerait-elle pour être comme ces héroïnes de romans, qui toujours savent ce qu'elles veulent et se battent pour l'obtenir ! Elle s'étonne et s'émerveille de la force de leur ambition, de la violence de leurs désirs, elle à qui parfois tout semble dérisoire.

Cette indifférence, est-ce la sagesse, le détachement du monde des apparences, qu'enseignent les mystiques ? Elle voudrait le penser mais elle est trop lucide pour être complaisante. La faculté de croire, de se passionner l'a abandonnée il y a des années, en ce jour de printemps où elle perdit à la fois son pays et son père. Seul le désir des autres la fait vivre, le besoin qu'ils ont d'elle. C'est pourquoi Badalpour lui reste une raison d'être. Tous ces pauvres qui se pressent autour de leur rani savent-ils qu'elle a besoin d'eux beaucoup plus qu'ils n'ont besoin d'elle ? Car si elle leur donne un peu d'argent, eux, par leur regard confiant, leur attente, lui donnent vie.

Selma a eu chaud au cœur hier soir, lorsqu'en arrivant, elle a trouvé les paysannes rassemblées pour l'accueillir. A l'écart, derrière la grille, Sita, la petite veuve, lui souriait. Les autres femmes avaient voulu la chasser : une veuve porte malheur, il ne fallait pas qu'elle s'approche de leur rani. Mais pour une fois Sita avait résisté, elle s'était accrochée aux barreaux en criant, et, par peur du mauvais œil, on l'avait laissée tranquille. Un instant, Selma avait hésité à la reconnaître : le mince visage s'était fripé, l'enfant de quatorze ans, si fraîche l'an dernier, était presque devenue une petite vieille. Quelle somme de souffrances, de mauvais traitements pour en arriver là... Selma a pensé la ramener avec elle à Lucknow ; mais elle sait bien qu'à Lucknow, comme ailleurs, Sita sera toujours une veuve, pour tous un objet de répulsion...

— Où est Parvati ? lui avait-elle demandé, un peu déçue que son amie ne soit pas venue la recevoir.

— J'ai un message, Rani Saheba : Parvati vous supplie de lui pardonner mais elle ne peut quitter un instant son mari. Il est très malade : depuis la dernière lune il crache du sang et les potions du hakim ne l'ont pas guéri.

— C'est bien triste, avait dit Selma tout en se réjouissant à l'idée du soulagement de Parvati si son vieillard d'époux venait à mourir.

Et elle avait décidé qu'elle ne la laisserait pas à Badalpour, en butte à la malignité de sa belle-famille et de l'entourage. Elle la sortirait, ainsi que Sita, de ce cauchemar ; elle trouverait un moyen. A quatorze ans la vie ne peut s'arrêter.

Le reste de la soirée, Selma l'avait passé à distribuer les présents entassés dans d'énormes malles apportées de Lucknow. Cela avait d'abord donné lieu à un tohu-bohu qui menaçait de tourner au pugilat jusqu'à ce que les serviteurs, à grand renfort de cris et de coups de baguette, soient arrivés à discipliner femmes et enfants et à leur faire comprendre qu'il y en aurait pour tout le monde. Enfin, chacun était reparti chez soi, serrant son cadeau contre son cœur, laissant Selma épuisée mais réconciliée avec elle-même.

Il faisait déjà nuit lorsqu'elle a entendu le bruit d'un caillou heurtant le rideau de bambou de sa chambre. Elle n'y a d'abord pas prêté attention, puis, comme le bruit se renouvelait, elle est sortie sur le balcon.

— Rani Saheba ?

Etonnée, elle s'est penchée, cherchant, dans l'obscurité du parc, à identifier la voix qui l'appelait.

— Rani Saheba, c'est moi, Parvati.

Confondue avec la colonne, juste sous sa fenêtre, Selma a aperçu la mince silhouette de sa protégée.

— Parvati? Que fais-tu là à cette heure? C'est imprudent, les gardes auraient pu tirer. Monte, je vais prévenir pour qu'on te laisse passer.

— Oh non, Rani Saheba, personne ne doit savoir que je suis venue! Mais je voulais vous voir, j'ai peur...

— Ne crains rien, Parvati, je te promets que s'il arrive malheur à ton mari, je m'occuperai de toi.

— Mais, Rani Saheba, ils veulent...

Selma ne saura pas ce qu' « ils veulent », car l'arrivée d'une sentinelle a fait fuir Parvati.

Ce matin, en repensant à leur conversation, Selma ne peut se défendre d'un sentiment de malaise. Parvati avait l'air terrorisée et même les assurances de sa rani n'ont pas réussi à la calmer. Selma se souvient pourtant d'une jeune femme posée, raisonnable; elle s'étonne de la retrouver aussi émotive. Il faudra qu'elle demande à Sita si elle sait quelque chose.

L'après-midi a été chaud, Selma l'a passé auprès de la grand-mère d'Amir. Depuis sa dernière visite, Rani Saïda s'est beaucoup affaiblie, elle ne suit plus les affaires de l'Etat.

— C'est à Amir maintenant de prendre la relève, et à vous, mon enfant, sourit-elle.

Ses yeux bleus brillent d'une lueur très douce, elle a la beauté blanche et lisse de ces vieillards qui savent la fin toute proche et qui l'attendent, paisiblement. Assise au pied du lit, Selma la contemple avec tendresse. De la rani se dégage un halo de sérénité, et dans ce rayonnement, s'évanouissent questions et problèmes, scories d'un monde qui soudain paraît futile, irréel.

Elle restera assise ainsi jusqu'au crépuscule, à respirer le léger parfum de glycine, jusqu'à ce qu'elle s'aperçoive que la vieille dame s'est endormie. Elle s'attardera encore quelques instants, s'imprégnant de ce silence qui lui parle plus que tous les discours.

La campagne a rosi sous les derniers rayons du soleil. Devant la petite mosquée le muezzin appelle à la prière, et des chemins alentour des ombres se hâtent afin de venir rendre gloire à Dieu pour la journée qui fut.

En face, sur la plus haute terrasse du palais, Selma est assise aux côtés d'Amir, enveloppée de fraîcheur et de paix. C'est la première fois qu'ils se retrouvent seuls depuis la soirée du gouverneur. Aucun d'eux n'a évoqué le drame des semaines passées. Ils ne le feront pas.

Expliquer, s'excuser, pardonner, serait bavardage insupportable, indigne d'eux. Ensemble ils sont assis par cette belle soirée d'été ; ils goûtent en silence le calme retrouvé.

Au loin, un peu en retrait du village, on aperçoit le rougeoiement d'un feu et une épaisse fumée dont le vent apporte, par bouffées, la senteur âcre.

Selma s'est redressée sur un coude.

— Amir, croyez-vous qu'ils brûlent les mauvaises herbes ou serait-ce un incendie ?

— Ni l'un ni l'autre, ma chère. C'est le lieu de la crémation. Quelqu'un vient de mourir. N'entendez-vous pas les chants ?

Des bribes, en effet, lui parviennent. Serait-ce le vieux mari de Parvati ? La jeune femme est-elle enfin libre ?

Soudain, dans le parc, des éclats de voix, le bruit d'une course à travers les feuillages, les cris perçants d'une femme. D'un bond Amir s'est levé. Il appelle les gardes.

Quelques secondes plus tard, ceux-ci apparaissent, quatre colosses poussant devant eux leur proie, une petite forme blanche qui se débat en les injuriant.

— Sita ! Qu'est-ce qui se passe ? demande Selma en voyant le sari déchiré et le visage ruisselant de larmes.

— Parvati, Rani Saheba, Parvati... hoquette Sita, les yeux exorbités.

— Quoi Parvati ? Qu'y a-t-il ?

Selma l'a prise par le bras, elle la presse de questions, mais la fillette tremble si fort qu'elle est incapable de parler. On l'assoit, une servante lui bassine les tempes d'eau glacée, tandis que Selma lui tient doucement les mains.

— Calme-toi, Sita, tu dois me dire où est Parvati.

Dans un gémissement, elle devine alors plus qu'elle n'entend :

— Là-bas, sur le bûcher... Avec son mari... Brûlée...

Amir sursaute.

— Le suttee ! Les barbares, ils osent encore ! Gardes, partez immédiatement, essayez de la sauver !

Les gardes arriveront trop tard : sur le lieu de la crémation, ils ne trouveront que deux formes noires qui achèvent de se carboniser au milieu d'une foule en prières.

Le lendemain, à l'aube, Selma s'est levée, le visage tuméfié d'avoir pleuré.

— On l'a forcée, j'en suis sûre. Elle ne s'est pas suicidée, elle aimait trop la vie ! Et la mort de ce vieil homme grincheux était pour elle une délivrance.

— Peut-être, mais comment le prouver ?

En tant que souverain musulman, Amir répugne à intervenir dans les coutumes de ses sujets hindous.

— Parvati était venue me demander de l'aide, et je n'ai pas compris... Jamais je n'aurais imaginé...

Selma n'a pas fermé l'œil de la nuit, hantée par la vision de Parvati tentant d'échapper aux bourreaux qui inexorablement la poussent vers le brasier.

— Amir, il faut la venger, faire un exemple, empêcher qu'une telle horreur ne se renouvelle. Convoquez les deux familles, interrogez-les, quelqu'un finira bien par parler. Je vous en supplie !

— Je crains que vous ne vous fassiez des illusions. Mais pour vous, je veux bien essayer.

Ils sont tous là devant le maître. Tour à tour, ils se sont prosternés, effleurant le sol devant ses pieds. Et maintenant, debout, les yeux baissés — regarder le souverain en face serait de l'irrespect — ils attendent.

Assise à côté du rajah se tient la rani. Sa présence, manquement exceptionnel aux règles, est un signe inquiétant que cette confrontation n'est pas routine ordinaire.

Attentive, Selma dévisage les membres de la famille. Parvati lui avait tant parlé d'eux qu'elle n'a pas besoin de savoir leurs noms pour les reconnaître. Voici la belle-mère, une vieille toute maigre, plus ridée qu'une centenaire, la bouche édentée rougie de bétel. Et les deux frères, lourdauds, embarrassés de leurs grosses mains. Ils n'ont pas emmené leurs femmes ; que pourraient-elles dire que leur époux ne disent mieux qu'elles ? Enfin, la mine réjouie, le fils unique du défunt, un simple d'esprit, grand gaillard dont Parvati se plaignait, car en l'absence du père, il avait plusieurs fois tenté de la violer.

En face, la famille de la jeune femme, un petit groupe compact de parents, de frères et de sœurs. Pourquoi semblent-ils terrorisés ? C'est pour eux que l'on va rendre justice !

Le rajah a fait demander que tous viennent : ils sont sous sa protection, ils peuvent parler sans crainte.

Pendant plus d'une heure Amir les interroge. En pleurant, la vieille jure qu'elle a tout fait pour dissuader sa belle-fille mais que celle-ci était si désespérée de la mort d'un époux qu'elle adorait, qu'elle avait profité d'un moment d'inattention pour se jeter dans le brasier. Au péril de leur vie, les hommes avaient tenté de l'en sortir. En vain. Parvati s'était enflammée comme une torche. A cette évocation horrible la vieille se met à gémir, à s'arracher les cheveux en invoquant les dieux, jusqu'à ce que le rajah, sèchement, lui ordonne de se tenir tranquille.

Selma a admiré la comédie ; elle n'attend pas que des criminels s'accusent. C'est de la famille de la victime que doit venir la vérité. Mais, à sa stupéfaction, la famille va se taire, obstinément. Pressée de questions, une sœur finira par avouer que Parvati lui avait confié son projet. En pleurant, les autres approuvent.

Ils mentent, Selma en est persuadée. Pis, ils mentent et ils savent qu'elle le sait. Elle a surpris les regards complices échangés par les frères du défunt : ils se moquent d'elle, ils se moquent de leur maître.

Blême, elle se penche vers Amir.

— Comment les faire parler ?

— Ils ne parleront que sous le fouet. Ce à quoi je répugne. Mes pairs affirment que l'humanisme et l'exercice du pouvoir ne peuvent cohabiter. J'ai longtemps rejeté ces idées simples ; mais je commence à me demander s'ils n'ont pas raison... Car aujourd'hui, en refusant d'utiliser la force pour les contraindre à avouer, aux yeux de ces paysans, je perds la face.

L'affaire s'est conclue par un non-lieu. Après maintes salutations et protestations de fidélité, les paysans sont rentrés chez eux.

Excédé, Amir fait les cent pas en jouant avec sa badine.

— Je savais que cela se passerait ainsi, mais vous ne m'auriez pas cru, aussi ai-je accédé à votre désir. J'ai eu tort.

— Pourquoi sa propre famille a-t-elle menti ?

— A quoi leur aurait servi de parler ? Leur fille est morte, des mots peuvent-ils la faire revivre ? Désormais sa mémoire est sacrée et son héroïsme purifie les siens sur sept générations ascendantes et sept générations descendantes. Nier qu'elle se soit volontairement sacrifiée revenait à perdre cette gloire-là et à sous-entendre qu'elle était une mauvaise épouse. Ce qui aurait terni la réputation de la famille et compromis le mariage de ses jeunes sœurs. La sagesse était de se taire. D'autant que s'ils avaient parlé, les autres se seraient vengés dès que j'aurais eu le dos tourné. Dans nos villages on n'enfreint pas impunément les lois de la communauté, même si on a le droit pour soi.

— Mais alors... vous ne pourrez empêcher que d'autres femmes subissent le sort de Parvati ?

Amir s'est retourné furieux.

— Ce sont les coutumes hindoues, qui suis-je pour les changer ? Faut-il que je torture mes paysans pour les obliger à abandonner des traditions millénaires et leur imposer une morale plus « moderne » ? Au nom de quoi ?

— Voyons, Amir, c'est l'évidence...

— Dans ce pays rien n'est évident. Croyez-vous que je n'aie pas réfléchi à tout cela ? Au début, comme vous, je pensais qu'il suffisait d'être honnête, qu'à tout problème existait une solution juste. C'est faux, ce serait trop facile si le choix était entre un bien et un mal !

Il s'est pris la tête entre les mains.

— Qui sait où est le bien, où est le mal ? Seuls les imbéciles... et Dieu...

» Mais nous, princes et rois, qui sommes chargés de conduire les peuples, nous l'aurions, cette connaissance ?... Nous ne sommes que des imposteurs : en réalité nous ne savons rien.

Pendant les jours qui suivront le suttee et cette parodie de procès, Amir s'enfermera dans une mélancolie rageuse.

C'est avec d'autant plus de violence qu'il fera expulser du village un groupe d'agitateurs appartenant au Mahasabah, une organisation extrémiste qui prône la conversion des musulmans à l'hindouisme.

Inquiets, les vieux du village étaient venus prévenir le rajah qui était entré dans une grande fureur.

— Des militants politiques ? Des criminels, oui, qui cherchent à attiser les haines entre communautés. Je ne permettrai pas de guerre de religion chez moi !

Et il avait ordonné aux gardes d'arrêter ces hommes et de les reconduire, enchaînés comme de vulgaires malfaiteurs, jusqu'aux frontières de l'Etat.

Jamais Selma ne l'a vu à ce point hors de lui.

— Le parti du Congrès, qui se proclame séculier, les laisse faire ! Il joue avec le feu. Sans s'en rendre compte, Gandhi lui-même, en prônant le retour aux valeurs religieuses hindoues comme arme suprême contre l'occupation britannique, les encourage. Dans sa ferveur, son désir de rétablir aux Indes le règne de *Rama*[1], assimilé par les hindous au règne de la vertu, il néglige les inquiétudes de 85 millions de musulmans qui, de plus en plus, se sentent menacés dans leur identité.

Il soupire.

---

1. *Rama :* le Dieu-roi de la mythologie brahmanique.

— Un vrai gâchis! Au début des années vingt la plupart des musulmans admiraient et suivaient le mahatmah, maintenant ils en sont venus à le considérer comme un hypocrite qui parle d'unité mais, en réalité prépare la mainmise de la majorité hindoue sur la minorité musulmane.

Selma a sursauté, indignée.

— C'est ridicule! Le mahatma est un saint homme; tous ceux qui l'ont approché...

— Calmez-vous, ma chère. Il ne s'agit pas de jugement moral. Peu m'importe de savoir si Gandhi se trompe ou s'il trompe les autres : de toute façon, les conséquences en seront tout aussi terribles. Le problème, c'est qu'il base son action sur la générosité, la tolérance, l'amour universel. Mais dites-moi : où voyez-vous l'amour, la tolérance dans ce pays? Chaque jour apporte sa moisson d'émeutes, de viols, d'assassinats. Les musulmans ont peur des hindous et les méprisent; les hindous rêvent de se venger de six siècles de domination musulmane et d'écraser leurs anciens maîtres... Même la minorité chrétienne est inquiète : elle se plaint de conversions forcées et a décidé de demander, à l'instar des musulmans, un électorat séparé, afin que ses voix ne soient pas noyées dans la masse.

» Mais Nehru et Gandhi continuent de tout refuser, prétendant qu'il n'y a pas de problème communautaire. Aveuglement ou mauvaise foi? Quant au lieu de centaines de morts il y en aura des centaines de mille, qu'importera la bonne foi!

Selma ne veut pas se laisser convaincre.

— Pourquoi blâmez-vous leur obstination? Jinnah est tout aussi intransigeant! La Ligue commence même à dire que si elle n'obtient pas de garanties suffisantes, elle exigera pour les musulmans un pays indépendant. N'est-ce pas aller un peu loin?

Ironique, Amir a balayé l'objection.

— Pour obtenir un peu il faut demander beaucoup. Mais pas un instant Jinnah n'a envisagé sérieusement le partage des Indes, il l'a encore dit récemment à des amis. Pourtant il agitera cet épouvantail jusqu'à ce que le Congrès garantisse aux musulmans que, dans un pays indépendant, ils ne se retrouveront pas citoyens de seconde classe. C'est de bonne guerre.

La discussion s'est prolongée tard dans la nuit. Lorsqu'Amir parle du mahatmah, Selma entend l'amoureux déçu; il n'est pas le premier en qui elle perçoit cette amertume. Elle s'en étonne : ont-ils suivi Gandhi parce qu'ils croyaient que la religion était un moyen d'arriver à des fins politiques? N'ont-ils pas compris que le mahatma visait au plus haut, à l'essentiel?

XVI

C'est le petit matin. Selma est assise sur la terrasse ronde qui prolonge sa chambre, seule. Amir est parti l'avant-veille faire une tournée des villages les plus lointains. Il a pris cette décision à la grande surprise des notables et malgré les réticences de ses conseillers : c'est indigne d'un rajah ! Il ne sera plus respecté ! On n'a jamais vu un souverain se déplacer pour aller vers ses sujets. C'est aux paysans, s'ils ont une requête, à venir au palais ; chaque matin, ils le savent, les portes leur sont ouvertes.

Mais les plus pauvres, ceux qui ont vraiment besoin d'aide, où trouveraient-ils les quelques roupies indispensables au voyage ? Et le temps nécessaire, quand ils doivent travailler tout le jour sur la terre du voisin auprès duquel ils se sont endettés ? D'ailleurs, ce voisin, l'usurier, et le chef du village, seraient-ils assez sots pour les laisser aller se plaindre ?

Aussi, lors de ses audiences publiques, le rajah voit-il surtout des personnalités : maîtres d'école, commerçants et représentants des *panchayats*, conseils de village, rarement un simple paysan, un ouvrier agricole jamais. « Ils n'aiment pas se déplacer, expliquent les notables, ils nous chargent de vous exposer leurs problèmes. »

Bien sûr... Mais le rajah a finalement décidé de faire le voyage

Encore à demi assoupie, Selma revoit le départ à cheval aux premières lueurs de l'aube. Il avait plu et, comme aujourd'hui, la terre embaumait. Amir était fier de lui et content d'elle qui l'avait poussé à entreprendre ce périple. Il comptait être absent une semaine et lui avait fait promettre de ne pas quitter le palais

— Je crains que les gens du Mahasabah ne cherchent à se venger. J'ai fait doubler la garde, mais je vous en prie, ne dépassez pas les limites du parc.

Elle avait promis, et il était parti rassuré, après avoir donné ses dernières instructions au diwan, le vieux Rajiv Mitra.

Il fait délicieusement frais. Sur sa chaise longue Selma s'étire avec volupté. A l'orient, le ciel lentement se pare de mauve. C'est le moment qu'elle préfère, lorsque la campagne renaît de la nuit, purifiée.

Au loin retentit l'appel du muezzin, à l'autre bout du village lui répondent les clochettes et le gong du temple consacré à Durgah, la déesse de la fécondité. Des huttes montent les premières fumées : les femmes s'affairent à préparer le thé sucré et les tchapatis pour leurs hommes qui partent aux champs ; elles y ajouteront, si la récolte a été bonne, un oignon et deux petits piments rouges, de ceux qui brûlent la gorge et préservent de la maladie.

Une servante lui tend une tasse translucide emplie d'un breuvage doré. A petites gorgées Selma le déguste, en songeant que la seule action qui vaudra aux Anglais le titre de bienfaiteurs de l'humanité aura été d'avoir un jour volé aux Chinois cette plante magique qu'ils nomment « tchai » [1].

Elle n'a pas envie de bouger. Elle respire doucement, attentive à ne pas troubler le silence. Soudain un cri la fait sursauter, suivi d'exclamations gutturales. Devant la mosquée, des hommes se sont rassemblés et gesticulent en levant les bras au ciel. De l'autre bout du village, comme en écho, parviennent d'autres cris, aigus, frénétiques, le gong du temple n'en finit plus de tonner.

— Que se passe-t-il ? Une mort ? Un assassinat ? Il faut vite envoyer des hommes aux nouvelles !

Suivie du diwan que l'on a réveillé, Selma est montée sur la plus haute terrasse. De là, elle peut voir tout le village. La nouvelle — un drame terrible, c'est sûr — s'est déjà répandue. En quelques minutes, les chaumières ensommeillées ont pris l'allure de camps retranchés. Dans les cours les hommes s'agitent tandis que les femmes, pendues à leurs bras, semblent les supplier et que les enfants, effrayés par ce tumulte inhabituel, s'accrochent en hurlant aux jupes de leurs mères.

Les gardes envoyés aux nouvelles reviennent en courant, les yeux exorbités.

— La mosquée a été profanée : on y a trouvé une truie avec quatre porcs... Ce sont les hindous qui ont fait le coup, excités sans doute par les gens du Mahasabah... Les hommes sont en train de s'armer, ils sont fous de rage, ils veulent se venger.

---

1. Tchai : mot chinois pour dire thé.

A peine ont-ils fini de parler que d'autres gardes arrivent essoufflés.

— Les hindous sont sur pied de guerre, ils ont trouvé une vache égorgée dans le temple... Ils jurent qu'ils vont tuer tous les musulmans !

De fait, dans chaque ruelle, Selma peut distinguer des groupes qui se forment et de minute en minute grossissent. Les hommes se concentrent autour du temple et de la mosquée : jeunes et vieux, tous ceux qui sont capables de manier un bâton, une fourche, ont répondu à l'appel.

— Diwan, il faut faire quelque chose, immédiatement, ou ils vont se massacrer !

Selma s'est tournée vers le Premier ministre. En l'absence du rajah, c'est lui le responsable de l'ordre, il doit trouver le moyen d'arrêter cette folie !

Le vieil homme baisse la tête.

— Que faire, Hozour ? Ils sont au moins cinq cents et nous n'avons ici qu'une cinquantaine de gardes qui doivent rester au palais pour le défendre en cas de danger.

Selma est indignée.

— Le palais ? Qui menace le palais ? Allons, expédiez-les au village, il n'y a pas un instant à perdre.

Le diwan fixe le bout de ses babouches dorées.

— Ils sont trop peu, Hozour, ce serait les envoyer à une mort certaine. Seul le rajah pourrait prendre une telle décision.

— Et la mort de centaines de paysans, de femmes, d'enfants, ce n'est rien ? Vous allez tranquillement les regarder s'entre-tuer ? Réfléchissez, Diwan. Je n'aimerais pas être à votre place lorsque le rajah apprendra ce qui s'est passé...

Sous la menace, le visage du ministre s'est décomposé.

— Je vais faire prévenir les forces de police de Larimpour, balbutie-t-il, elles ne sont qu'à vingt-cinq miles et...

— Et le temps qu'elles arrivent, vous savez très bien qu'il sera trop tard. Ecoutez !

Les clameurs sont de plus en plus fortes. Des deux extrémités du village des groupes compacts ont commencé à se mettre en marche. Dans quelques minutes, ils seront face à face.

— La seule chance... marmonne le ministre.

— Eh bien, moi j'irai ! s'écrie Selma. J'essaierai de les raisonner. Ils m'aiment, ils m'écouteront peut-être.

— Vous n'y songez pas, Hozour ! Ces gens sont déchaînés, ils sont capables de vous tuer !

— Je vous accompagne, altesse.

Un homme s'est détaché du groupe, grand, la moustache fière C'est Saïd Ahmad, le colonel de la garde.

— Merci, colonel. Emmenez également l'un de vos hommes, avec le tambour.

— A vos ordres.

Il hésite un instant, puis :

— Je voulais vous dire que j'ai pris sur moi de dépêcher des messagers au rajah Sahab. Il devrait être ici dans quelques heures, avec des renforts.

Les yeux émeraude ont souri.

— Je me souviendrai de vous, colonel. Et de vous aussi, Diwar !

Les trois chevaux galopent dans la poussière. « Vite, Bagheera, plus vite ! » Les éperons griffent les flancs sombres et se cabre le pur sang que sa maîtresse n'a pas habitué à pareille violence.

Ils ont dépassé la mosquée sans rencontrer âme qui vive. Dans les ruelles, habituellement grouillantes d'enfants, seuls des chiens jaunes attendent. Les portes des maisons sont closes, on croirait un village abandonné, n'était cette rumeur, là-bas, qui s'enfle.

— Altesse, il faut couper par les champs, sinon nous serons pris dans la foule, ils ne nous laisseront pas passer.

A travers les fondrières ils rejoignent enfin la rue principale, un long ruban de terre battue qui relie la partie musulmane de Oujpal à sa partie hindoue.

Juste à temps.

Devant eux, deux hordes se font face, brandissant pioches et faux, épieux et massues. Armées dépenaillées, pieds nus, mains calleuses, ils crachent leur misère, leur haine, leur mépris. Haussés au rang de soldats de Dieu, de défenseurs de la Foi, de justiciers, ils s'en donnent, eux qui toute leur vie ont courbé l'échine, eux les culs-terreux, les sacs à sueur...

Ils ne sont plus qu'à quelques pas les uns des autres. Tout à l'heure les premières pierres vont voler : oui ! Fracasser des crânes : oui ! Des pieux vont enfoncer les poitrines : oui ! Ils vont mourir ! Qu'importe ! Ils ne sont plus des gueux, en cet instant ils sont des princes.

Mais quel est ce tambour qui sonne et dérange la fête de la vengeance ? Un démon noir a sauté dans l'espace qui les sépare encore, une forme blanche le chevauche... Médusés, ils ont reconnu leur rani. Quelques secondes... Elle sait qu'elle n'a que quelques secondes pour les gagner, profiter de leur stupéfaction, du silence qui soudain les enveloppe, pétrifiés.

— Arrêtez ! crie-t-elle. On vous a trompés. Les politiciens tentent de vous dresser les uns contre les autres, ils ont payé des criminels pour profaner vos lieux saints. Ne vous laissez pas prendre au piège !

Puis, d'une voix où elle tente de mettre toute la persuasion dont elle est capable :

— Vous avez toujours vécu ensemble, dans l'harmonie, comme avant vous vos pères et vos aïeux. Il n'y a aucune raison de vous battre. Que deviendront, si vous êtes tués, vos femmes, vos enfants, seuls, dans la misère ? Que deviendront vos fils ?

Hésitants, ils regardent la silhouette dressée sur l'animal sombre. Ils ne comprennent pas. De quoi parle-t-elle ? Quels politiciens ? Quels criminels ? Quant à leurs fils, c'est leur affaire.

— C'est pour eux que nous nous battons, pour qu'ils puissent vivre dignement, sans peur !

Qui a parlé ? hindou ? musulman ? Des deux côtés on approuve. Insensiblement, l'hésitation fait place à la méfiance. Selma tente de reprendre la parole, mais le charme est rompu. Autour d'elle il n'y a plus que des visages hostiles, presque menaçants.

— Mes amis..

Des clameurs couvrent sa voix et, soudain, dominant les autres, un cri :

— Dehors, l'étrangère ! Laisse-nous régler nos affaires.

L'étrangère ?...

Elle a l'impression d'un coup de poing au cœur, d'un éblouissement. Devant elle, un vieil homme a saisi la bride de son cheval.

— Partez, Altesse, vous ne pouvez rien. Ils sont capables de vous faire mal.

Lui faire mal... Elle a envie de rire, ses yeux s'emplissent de larmes.

Par la suite, elle sera incapable de se souvenir comment elle s'est dégagée de la foule et a regagné le palais. Elle se rappelle seulement que quelqu'un a crevé le tambour et que cela a fait peur au colonel.

Depuis des heures la bataille fait rage. Prostrée dans sa chambre Selma n'en perçoit plus qu'un lointain brouhaha, coupé parfois d'un cri, du hurlement d'un chien. Et puis, terrifiants, insupportables, les moments de silence...

Au premier, elle avait cru à une trêve, espérant qu'enfin ils avaient émergé de leur démence, que, fatigués de répandre le sang, ils s'étaient décidés à négocier. Mais les combats avaient repris, avec encore plus de rage. Maintenant elle en est arrivée à redouter ces silences. Elle y devine les supplications des femmes, les râles des blessés, les morts qu'on emporte en pleurant et les regroupements lents, inexorables, des hommes valides, pour une nouvelle attaque plus violente qui, cette fois, devra détruire l'adversaire.

Elle n'a plus conscience du temps, elle a cessé de compter les minutes et les miles qu'Amir doit parcourir au galop. Elle ne l'attend plus : il est trop tard. Elle ne se livre même plus à la macabre arithmétique de l'espoir, au calcul obsessionnel, impudique, des morts probables pour chaque heure qui passe, et de combien de vivants encore...

Tout est détruit, elle le sait, son village, son Inde. Disparus ceux qu'elle aimait, ceux dont elle se croyait aimée. Elle n'est plus qu'un tas de pierres. Elle a froid. L'étrangère...

Des coups de feu ont retenti. Que se passe-t-il encore ? Rayonnant, le diwan est entré.

— Le maître est arrivé, Hozour.

— Où est-il ? Qui est en train de tirer ?

Le vieil homme se redresse et la gratifie d'un large sourire.

— C'est le rajah Sahab ! Il est parti au village, avec une centaine de gardes. Ils n'en auront pas pour longtemps !

Selma s'est levée d'un bond, elle suffoque.

— Comment ? Mais pourquoi ? Pourquoi tirer ? Il suffisait qu'il leur parle, ils l'auraient écouté !

— Il a essayé, Hozour, mais les paysans sont comme fous, ils n'entendent plus rien. Il faut en tuer quelques-uns. C'est la seule façon de se faire obéir.

Sèches, implacables, les salves se succèdent. Recroquevillée sur son lit, Selma se bouche les oreilles. En vain. Chaque détonation la fait sursauter, chaque balle la transperce. Amir qu'elle attendait pour les sauver est en train d'achever le massacre. Quelle cruauté ! Il aurait pu les calmer, elle en est persuadée, mais il a choisi la violence, plus facile, plus expéditive... Lui qui a toujours critiqué la férocité de ses pairs, malgré ses beaux discours humanistes il est comme eux ! Elle le hait. Il a trahi ces hommes dont il se disait le père, il a trahi sa confiance et l'ambition qu'ils avaient tous deux de sortir l'Etat de Badalpour du Moyen Age, d'édifier pour leurs sujets une autre vie.

Jamais elle ne pourra lui pardonner.

Ce matin, dans un silence morne, le village enterre ses morts. Les ruelles sont désertes. Parfois une ombre grise se faufile d'une maison à l'autre pour s'enquérir d'un blessé, rendre à un défunt le dernier hommage.

De son balcon, immobile, Selma contemple cet endroit qu'elle a tant aimé, dont elle connaît chaque hutte, et où elle sent qu'elle ne reviendra jamais.

Elle doit repartir ce soir. Rashid Khan est venu de Lucknow pour la chercher. Son arrivée lui a été un réconfort inespéré, et son bon sourire, une lueur à laquelle elle s'accroche dans le trou noir où elle a l'impression de glisser.

Elle n'a pas revu Amir. La veille elle s'est enfermée dans sa chambre. Mais sa colère maintenant s'est évanouie, elle ne ressent plus qu'une grande fatigue et un lancinant bourdonnement dans la tête qui, inlassablement, martèle : dehors l'étrangère.

Elle ne pleure plus. A Beyrouth déjà, au couvent des Sœurs de Besançon, les élèves la tenaient à distance parce qu'elle était « la Turque ». Depuis l'exil, partout elle est... « l'étrangère ».

Mais ici, à Badalpour, ce n'était pas pareil. Elle avait cru retrouver un pays, les paysans étaient un peu sa famille, elle s'était crue adoptée...

Une main s'est posée sur son épaule.

— Ne soyez pas triste, princesse, vous verrez, tout va s'arranger.

— Merci, Rashid Baï, a dit Selma sans se **retourner**. Quand vous êtes là, en effet, tout semble aller mieux.

— Regardez, nous avons de la visite.

Un petit groupe de vieillards, en *dhotis*[1] immaculés, est en train de traverser le parc et se dirige vers le palais.

— Des hindous et des musulmans ! Cela m'a tout l'air d'une délégation. Qu'est-ce qu'ils peuvent bien vouloir ?

Prévenu par les gardes, Amir est sorti sur le perron. Les hommes se sont agenouillés, ils baisent la poussière devant les pieds de leur rajah qui les prend dans ses bras pour les relever. Alors, le plus âgé se met à parler, solennel, approuvé par les murmures et les hochements de tête de ses compagnons. Il parle longtemps et Selma, étonnée, remarque qu'Amir semble ému. Gravement il les remercie puis fait servir le thé qu'ils partagent en silence.

— Comme s'ils scellaient une nouvelle alliance, dit Selma en se retournant vers Rashid.

— C'est un peu cela.

Lui aussi paraît troublé, presque bouleversé.

— Ils sont venus remercier leur rajah d'avoir arrêté l'émeute, d'avoir agi comme ils attendaient qu'il le fasse. Ils disent qu'à présent ils sont sûrs d'avoir un maître capable de protéger les deux communautés avec équité. Ils lui ont demandé pardon d'avoir douté

---

1. *Dhotis :* pagne de coton blanc.

de lui, d'avoir pensé qu'il avait des idées trop anglaises. Désormais ils sont heureux. L'Etat de Badalpour a un chef qui saura s'occuper de leurs enfants et de leurs petits-enfants, ils peuvent mourir en paix.

Selma est abasourdie.

— Quoi ! Ils sont venus le remercier d'avoir fait tirer sur eux ?

— Princesse ! — Rashid la regarde d'un air de reproche — Ne soyez pas si dure. Je sais ce qu'il a dû lui en coûter de prendre cette décision. Elle va à l'encontre de ses convictions, de ce qu'il a toujours défendu. Mais pour arrêter le carnage, sauver femmes et enfants, il devait faire tuer les meneurs. Pauvre Amir ! Rien n'est pire que de devoir agir contre ce que l'on sait être juste. J'admire son courage, je ne crois pas que j'en aurais été capable...

XVII

Elle est seule face au sphinx, qui d'une voix égale lui pose l'énigme ultime : « Que vaut-il mieux : être mort dans un monde vivant, ou vivant dans un monde mort ? » Elle ne peut détacher ses yeux du visage de pierre. Elle essaie de calmer son esprit qui dans le vide s'affole.

Selma s'est réveillée en sueur. La question du sphinx résonne si distinctement à ses oreilles que ce ne peut être un rêve. Ou alors un rêve au sens où l'entendaient les anciens : un message des dieux.

Et soudain, elle se souvient de la dernière phrase de Rani Saïda, à qui elle était allée confier sa peine avant de quitter Badalpour : « Le bonheur c'est d'aimer, bien plus que d'être aimée »

Elle n'avait pas compris, elle qui, très jeune, avait su la souffrance d'aimer sans être aimée. A l'indifférence de son époux elle pouvait survivre, mais l'échec de Badalpour...

Elle avait espéré pouvoir changer la vie des paysans. Ils l'ont rejetée.

— Mais que croyez-vous ? l'avait affectueusement morigénée Rani Saïda, nous aussi, Amir et moi, pour ces gens, sommes des étrangers. Nous le resterions même si nous abandonnions nos palais et vivions comme eux pour mieux les comprendre, mieux les aider. Ce serait d'ailleurs à leurs yeux une comédie, une insulte. A supposer que nous perdions tout, rien ne pourrait effacer notre passé : ils continueraient à se méfier, et ils auraient raison !

» Comprenez mon enfant : changer de peau est encore un luxe. Nous le considérons comme un dû, et nous nous étonnons qu'ils nous le refusent. Mais princesse ruinée, vous resterez princesse, et le paysan enrichi restera un gueux. Profondément, ils le savent, et c'est bien à cause de ce fossé infranchissable qu'ils nous en veulent.

» Ils ne pourraient l'abolir qu'en nous tuant tous, moyen radical de supprimer la différence. Le peuple français l'avait pressenti, du temps que jour et nuit fonctionnait Dame Guillotine ; ce n'étaient pas les aristocrates, les riches, qu'il tentait d'anéantir, mais les regards qui disaient cette différence. Malheureusement pour eux, ils ont fait l'erreur de ne pas supprimer également la bourgeoisie. Elle les a endormis avec ses beaux discours sur l'égalité, la fraternité, et ils se sont réveillés avec l'Empire.

Selma avait ouvert de grands yeux.

— Rani Saheba, je ne vous savais pas révolutionnaire !

— Ah, mais je suis résolument conservatrice ! Je crois que le Seigneur nous a fait naître à une certaine place, pour tenir un certain rôle, et qu'essayer de remettre en question le plan divin est voué à l'échec. Je dis simplement que si le peuple veut occuper notre place, il doit en prendre les moyens, et cesser de se payer de discours et de quelques révoltes. S'il arrive à acquérir les vertus nécessaires pour s'emparer du pouvoir et le garder, ce pouvoir lui revient de droit. Et le Tout-Puissant, qui est aussi le Très-Juste, ne pourra qu'enregistrer ce léger oscillement sur l'échelle infinie des variations de l'univers.

— Mais comment, à partir de rien, pourraient-ils y arriver ?

La rani a éclaté de rire.

— A partir de rien ? voilà bien la condescendance charitable ! Je pensais vous avoir entendu dire qu'ils étaient des hommes, comme nous. Comment y sommes-nous arrivés, nous ? Il y a des siècles nous aussi étions des gueux... Cela peut leur prendre longtemps, mais s'ils y parviennent ce sera la preuve qu'ils ont droit au pouvoir, la preuve que nous avons perdu les vertus qui nous permettaient de vaincre et de gouverner.

Et elle avait clos la conversation en souhaitant de ne jamais voir ce jour qui signifierait que la dégénérescence de sa classe, déjà évidente, serait parvenue à son degré ultime.

— Car Dieu est juste, seuls tombent les fruits pourris.

Cet après-midi les marchandes doivent apporter leur meilleur choix de tissus. Selma vient de recevoir de Paris les dernières revues de mode et elle a décidé de faire renouveler sa garde-robe. Elle qui depuis son arrivée se complaisait à porter les saris et les ghararas traditionnels, observant avec amusement ses amies indiennes tenter d'y ajouter une touche « parisienne » par un drapé, une incrustation, elle se sent lasse. Elle a envie d'être de nouveau elle-même. Au début de son séjour, elle portait ses robes européennes lorsqu'elle voulait affirmer son indépendance vis-à-vis d'Amir. Jusqu'au jour où elle a surpris le rajah confier en riant à Rashid Khan que les tenues de son épouse étaient le meilleur baromètre de ses humeurs. Elle s'était sentie ridicule et, le soir même, ses placards étaient vides de toute trace de cette révolte puérile.

Comme à Beyrouth, au moment où son père définitivement l'abandonnait, puis plus tard avec la trahison de Wahid, c'est dans la légèreté que Selma tente de trouver l'apaisement. Tout ce qu'elle a essayé d'accomplir, à Lucknow, et surtout à Badalpour, a échoué. Elle n'a réussi qu'à déranger des habitudes séculaires, elle a suscité des espoirs qu'elle n'a pu combler, et a finalement provoqué la violence, les tensions entre castes, les dissensions à l'intérieur des familles où les femmes ont cru pouvoir relever la tête. Même l'émeute qui a opposé hindous et musulmans n'en est-elle pas indirectement responsable ? C'est elle qui a poussé Amir à entreprendre une tournée dans les lointains villages ; s'il avait été là il aurait pu empêcher le drame. Elle a voulu les aider, elle n'a su que semer le trouble. Puis elle est partie, les abandonnant plus malheureux qu'elle ne les avait trouvés. Mais il fallait qu'elle parte. Même les femmes, qui l'aimaient, l'ont compris : aucune n'a tenté de la retenir...

Dans le salon voisin elle entend Amir discuter avec son beau-frère. Elle pourrait les rejoindre — il n'y a plus de restriction à ce qu'elle rencontre Rashid — mais elle n'en a pas envie : ils parlent politique et, bizarrement, alors que ces débats l'avaient jusqu'alors tellement passionnée, ils commencent à l'ennuyer. Pourtant, quand elle distingue le nom de Gandhi, elle prête l'oreille. Le vieil homme continue à la fasciner. Malgré les échecs, les démentis que lui inflige chaque jour une actualité sanglante, il persiste à prêcher la non-violence ; il jeûne, et comme par miracle les foules finissent par se calmer...

— Cette fois, dit Rashid Khan, Gandhi a perdu la tête ! Savez-vous ce qu'il écrit dans le dernier numéro de *Harijan*[1] à propos des persécutions de juifs en Allemagne ? Il leur conseille de choisir le chemin de la non-violence, seul moyen de vaincre les nazis !

— Malheureux juifs ! J'espère bien qu'ils se battront. Imaginez les résultats d'une attitude à la Gandhi face aux hommes de Hitler ? Ce serait tout simplement l'hécatombe.

— L'inquiétant, c'est qu'ici aussi nous avons nos nazis...

La voix de Rashid Khan s'est faite grave.

— Avez-vous entendu la déclaration du Mahasabah à son congrès

---

1. *Harijan* : signifie les enfants de Dieu. C'est ainsi que Gandhi appelait les intouchables, et c'était le titre du journal du mouvement gandhien.

de Nagrour ? Ils disent que les musulmans des Indes sont, comme les juifs en Allemagne, une minorité sans aucun droit. Gandhi ne les a pas condamnés, il ne s'élève pas non plus contre les processions qui réclament « les Indes pour les hindous ». Je ne sais ce qu'il a en tête, je sais seulement que les musulmans ont de plus en plus peur, que nous sommes 85 millions, une masse qu'on ne peut ignorer, et que tout cela risque de mal finir.

« Risque... ? » Dans son boudoir, Selma hoche la tête. « Cela va très mal finir ! » Elle n'est pas près d'oublier la violence, la haine qu'elle a découvertes à Badalpour entre des paysans qui depuis des siècles vivaient ensemble paisiblement. Il a suffi d'une grossière provocation pour les entraîner au massacre.

Des provocations, il y en aura de plus en plus, pour hâter une décision politique ou pour l'entraver. Il est plus facile de faire pencher la balance en manipulant ces foules naïves. Et si tentant !

Mais pourquoi se préoccupe-t-elle de tout cela ? Elle n'y peut rien. Si au moins elle était indienne, elle pourrait agir, mais — on le lui a clairement signifié — elle n'est qu'une étrangère... Et une étrangère, dans le contexte explosif prévalant actuellement aux Indes, ne doit pas se mêler de politique. Encore moins tenter de modifier des coutumes ancestrales qui sont la base de l'équilibre social. Seule la charité est acceptable, le reste est de la dynamite.

Elle se refusait à l'admettre, désormais elle se rend à l'évidence : ce ne sont pas seulement quelques paysans qui l'ont rejetée. Ils n'ont fait qu'exprimer crûment ce que depuis longtemps chacun pensait. Elle se rappelle les froncements de sourcils, les lèvres pincées, lorsqu'il lui arrivait — ô très prudemment — d'exprimer des réserves sur certains traits de la société indienne. Elle avait même un jour entendu murmurer que, si cela ne lui plaisait pas, elle n'avait qu'à rentrer chez elle. Elle avait cru à une réaction de femme jalouse. A présent, en mettant bout à bout ces incidents isolés, et les conseils de modération d'Amir qu'elle interprétait comme de la pusillanimité, elle comprend qu'il a voulu la protéger contre son enthousiasme et sa franchise. Des qualités qui aux Indes sont des fautes intolérables car elles menacent l'ordre du monde établi par les dieux.

— Rani Saheba, les marchandes sont arrivées.
— Qui ?
Selma met quelques secondes à se ressaisir.
— Ah oui ! les marchandes... Qu'elles entrent !
Le domaine de la femme ! Elle avait failli l'oublier... Eh bien,

puisque tout le reste lui est interdit, elle pressent qu'elle va se passionner pour les... falbalas !

En quelques minutes le sol se trouve jonché de centaines d'échantillons d'organdi, de satin, de velours broché — ce qui se fait de mieux en Europe. Car, aux Indes, il y a longtemps que les ateliers de tissage, autrefois renommés, ont été fermés : les filatures anglaises ne veulent pas de concurrence. La rani de Nampour, récemment rentrée de voyage, est venue aider son amie à faire son choix. Quel choix ? Les yeux brillants, Selma désigne, coupon après coupon, assez d'étoffes pour habiller toutes les dames du palais. Jamais la rani ne l'a vue si avide ; elle n'hésite même pas, fiévreusement elle commande, et sur les divans des montagnes de soieries s'entassent, au grand plaisir des marchandes.

— Qu'allez-vous faire de tout cela ?

— Des robes. Y a-t-il dans ce pays autre chose à faire ?

Rani Shahina n'a pas le temps de répliquer que déjà on annonce l'arrivée des joailliers. Ce sont les trois plus grands de la ville. La qualité de leurs pierres et surtout la finesse de leur travail sont renommées dans toutes les Indes. Les élégantes viennent même de Delhi pour se fournir chez eux.

La rani de Badalpour a fait savoir qu'elle ne voulait que des pièces de première qualité. Sur le drap blanc, ils disposent avec soin les écrins de velours. Les marchandes se pressent, éblouies : jamais elles n'ont vu réunies autant de somptueuses parures. Indifférent, le regard de Selma effleure ces merveilles. Elle désigne quelques écrins. Rani Shahina a l'impression qu'elle ne les voit même pas. Discrètement, elle s'est penchée vers la jeune femme.

— Selma, êtes-vous malade ?

Des yeux tristes se sont posés sur elle en silence.

Se confondant en salutations, les joailliers ont pris congé de la princesse, suivis par les marchandes scandalisées : acheter des bijoux est une affaire sérieuse qu'on n'expédie pas en quelques minutes ; même la maharani de Jehanrabad, pourtant la plus riche de toutes, consacre plusieurs heures au choix d'une nouvelle parure.

Ce soir, toute la ville saura, grâce à ces commères, l'extravagance de la petite rani. Ce qu'on ne saura pas, c'est la stupéfaction du rajah, lorsque les trois joailliers sont venus lui présenter leurs respects... et la note. Depuis les lois passées par le Congrès les coffres de l'Etat sont presque vides car les paysans rechignent à acquitter le loyer de leurs terres. Certains princes soudoient la police et emploient la force pour se faire payer ; Amir s'y est toujours refusé.

Devant les joailliers, il s'est vite repris, mais ceux-ci ont perçu son embarras.

— Rien ne presse ! Son Altesse a tout le temps de régler ces vétilles, nous savons qu'elle a bien d'autres soucis en tête... Mais si elle daignait — comprenez, nous sommes des gens ordinaires, et pour nous, même une si petite somme, immobilisée, est une perte...

Sèchement, le rajah a interrompu leur discours.

— Combien voulez-vous ?

— Rien, altesse ! se sont-ils récriés. Nous vous faisons un crédit illimité, c'est un honneur ! Simplement une légère compensation, disons de 10 %... par mois évidemment.

« 10 % ! calcule le rajah. Les scélérats ! En dix mois ils doublent leurs prix... »

— C'est parfait, dit-il. Maintenant, messieurs je vous laisse, j'ai des choses importantes à régler...

Il les congédie d'un geste condescendant qui ne trompe personne : pour la première fois, le rajah de Badalpour se trouve à la merci des usuriers.

Assise devant son miroir, Selma fredonne, elle se sent bien et n'a pas envie de se demander si la bouteille de champagne, à moitié vide sur la coiffeuse, y est pour quelque chose. Depuis des semaines sa vie a complètement changé. Depuis qu'Amir...

C'était, elle n'est pas près de l'oublier, le soir où elle avait commandé tous ces bijoux. Amir était arrivé dans sa chambre, comme fou. Alors elle aussi avait éclaté. Elle avait crié qu'elle voulait divorcer, rentrer à Beyrouth immédiatement, que s'il tentait de l'en empêcher elle se tuerait, qu'elle ne supportait plus la vie qu'il lui faisait mener. Il s'était immobilisé, sidéré.

— Comment ? Vous avez tout ce que vous pouvez désirer ! Mais pour les bijoux, je vous en prie, soyez raisonnable.

A ce moment, elle l'avait haï.

— Vous ne comprenez jamais rien ! Je me fiche des bijoux, des robes et de votre palais. J'ai envie de vivre, vivre ! J'ai accepté de ne pas sortir, sinon dans ces stupides réunions de ranis qui passent leur temps à s'empiffrer et à cancaner, j'ai accepté de passer mes journées à acheter des fanfreluches et à vous attendre. L'unique endroit où je respirais, où j'avais l'impression d'être utile, c'était Badalpour, et cela aussi maintenant m'est interdit...

Elle s'était mise à pleurer, elle ne pouvait plus s'arrêter. En vain il avait tenté de la consoler. Il ne trouvait rien à dire. Il savait que ce n'était pas un chagrin de petite fille que quelques mots peuvent effacer. Selma s'était attachée à Badalpour autant que lui. Il avait admiré son dévouement, sa ténacité, mais elle avait voulu aller trop vite. Trop vite ?... Sans doute l'auraient-ils rejetée de toute façon.

— Il faut absolument la distraire. Amusez-vous, sortez, avait conseillé Rashid Khan, lorsqu'Amir lui avait fait part du désespoir de Selma.

Le rajah avait eu un haut-le-corps.

— Sortir ? C'est impossible ! Seules les courtisanes...

— Je ne vous demande pas de l'emmener chez nos compatriotes, puisque hélas nous ne savons regarder les femmes que comme des proies sexuelles... Allez chez vos amis anglais ! Certains sont charmants, et pas ouvertement racistes. Ils seront ravis de vous recevoir et la rani retrouvera un peu de l'ambiance de Beyrouth. Cela l'aidera à chasser ses idées noires.

Depuis, ils sortent presque chaque soir : pas de grandes réceptions mais des dîners où l'on se retrouve par affinités. Surmontant ses préjugés, Selma a fini par admettre que ces Anglais peuvent être agréables, intéressants, parfois drôles. Certains amis de son époux sont nés aux Indes, ils aiment passionnément ce pays qu'ils considèrent comme le leur, et que souvent ils connaissent bien mieux que les Indiens.

C'est le cas du major Rawstick chez qui ils sont invités ce soir. Son grand-père, explique Amir, était arrivé à Calcutta en 1850, jeune administrateur de la toute-puissante Compagnie des Indes. Ses qualités d'endurance et de sang-froid, soigneusement cultivées dans les serres d'Eton et de Cambridge, lui firent gravir rapidement les échelons de la Compagnie. En 1858 il épousa la fille d'un colonel qui, l'année précédente à Lucknow, s'était illustré dans la répression de la mutinerie des cipayes. Leur fils aîné, Geddeon, né à Bombay, éduqué comme son père à Eton et Cambridge, décida de suivre les traces de son grand-père maternel et revint au pays natal comme officier de l'armée des Indes. C'était une période calme. Le pouvoir musulman avait été décapité ; la plupart des grandes familles, dépossédées au profit de ceux qui s'étaient montrés loyaux envers les Britanniques, s'enfermaient dans un refus farouche et inutile, tandis que les hindous, qui après tout ne faisaient que changer de maîtres, s'adaptaient remarquablement à la situation, apprenaient l'anglais et se faisaient une place dans la nouvelle société.

Geddeon n'eut pas l'occasion de faire preuve de ses qualités militaires. On sut par contre utiliser ses connaissances de l'urdu, langue de sa nourrice et des domestiques qui avaient entouré son enfance : il devint officier de renseignements, ce qui l'amena à fréquenter assidûment divers milieux hindous et musulmans, et à devenir l'un des meilleurs connaisseurs des courants qui agitaient le pays. Il n'eut pas le temps de transmettre sa science à son fils Edward, car il mourut lorsque celui-ci n'avait que huit ans. Mais il lui avait transmis son amour des Indes et sa conviction que les Anglais avaient une responsabilité morale envers ce pays, riche de possibilités, fascinant dans sa diversité, et qu'il fallait cependant pacifier, éduquer, pour le faire accéder à la civilisation moderne.

Amir soupçonne son ami Rawstick d'être lui aussi agent de renseignements. Ce qui ne le gêne pas outre mesure, car après tout les Anglais le sont tous, à un degré quelconque : ils appellent cela servir leur pays et pensent même que c'est dans l'intérêt des Indiens que de prévoir et empêcher des actions impulsives, qui pourraient contraindre à des réactions violentes.

Le major et le rajah se comprennent, chacun connaît les opinions de l'autre, et, vu leurs situations respectives, les accepte comme naturelles.

Ce soir on parlera surtout de l'invraisemblable nouvelle : pour la première fois, officiellement, une branche de la Ligue musulmane, celle de la province du Sind, a demandé le partage de l'Inde en deux fédérations, en clair, l'octroi d'une terre indépendante pour les musulmans.

— Ils n'ont pu le faire sans l'approbation de Jinnah, commente le major. Pensez-vous que c'est un test ou une menace ?

— Je crois que c'est simplement le résultat d'une exaspération populaire dont Jinnah est forcé de tenir compte. Les musulmans ont perdu confiance en leurs frères hindous. Ils sont de plus en plus nombreux à penser que l'idée de « Pakistan », le « pays des purs », avancée par le poète Iqbal il y a une dizaine d'années et qui semblait alors extravagante, est peut-être la seule solution.

— Et vous nous demandez l'indépendance ! Mais mon cher Amir, le jour où nous partirions, ce serait la guerre civile ! Reconnaissez que vos compatriotes ne sont pas prêts. D'abord mettez-vous d'accord, ensuite nous pourrons discuter.

Amir ne lui répondra pas que ces divisions ont été, sinon créées, du moins exacerbées par les Anglais, afin d'affaiblir le mouvement pour l'indépendance. Il se contente de hausser les épaules.

— Laissez-nous régler nos problèmes seuls. Est-ce vraiment trop exiger ?

En son for intérieur, Selma l'approuve : ces Européens sont toujours persuadés de savoir, mieux que l'intéressé, ce qui est bon pour lui. Non seulement ils imposent leurs lois politiques, économiques, sociales, mais ils veulent imposer leur façon de penser. Les plus dangereux sont ceux qui aiment les Indes, comme ce major Rawstick ; contrairement aux réalistes qui abandonnent lorsque la situation n'est plus à leur avantage, eux se battront jusqu'au bout et même se sacrifieront pour imposer un bien dont on ne veut pas.

« *Au fond c'est exactement ce que j'ai fait à Badalpour... J'étais convaincue moi aussi que j'avais raison, qu'il existait des valeurs universelles. Maintenant je ne sais plus... Y a-t-il un seul point incontestable à partir duquel on puisse tout rebâtir... Lequel ? Même le respect de la vie peut avoir des conséquences néfastes...* »

— La pauvrette a des pesanteurs d'âme, elle aurait même songé à se suicider...

Selma a sursauté, elle observe les femmes qui, en face, s'entretiennent. Mais non, ce n'est pas d'elle qu'on parle. Le suicide... Ces derniers temps elle y a pensé, elle a imaginé ses dernières heures, ses dernières minutes, avec une douloureuse intensité ; plusieurs fois elle a vécu cette agonie, mais a-t-elle jamais eu réellement l'intention de se tuer ? En fait ce qu'elle aime, c'est goûter la mort, s'y lover, s'y perdre, même si elle sent bien qu'elle triche.

— Je propose que nous passions au salon et laissions ces messieurs discuter politique.

Ces dames acquiescent : on va enfin pouvoir se raconter des choses intéressantes. Selma aime bien Lucie, la maîtresse de maison, c'est une Française petite et vive, elle a son franc-parler : avec elle on ne s'ennuie jamais.

Familièrement, elle a pris le bras de Selma.

— Ma chérie, je dois vous avouer que je suis jalouse.

— ... ?

— Je ne suis pas la seule ! Votre époux est l'un des hommes les plus séduisants qu'il m'ait été donné de connaître. Vous avez beaucoup de chance : il doit faire des merveilles !

Et toutes de s'esclaffer, enchantées de ce libertinage. Pendant le dîner le champagne a généreusement coulé, les femmes se sentent enclines aux confidences, qui mieux que Lucie saurait les écouter ? La Française a l'art de les susciter, elle-même ne se cache pas d'avoir eu plusieurs amants, elle prétend que dédaigner l'amour est faire injure au Créateur.

— Le Christ lui-même n'avait-il pas un faible pour Marie-Madeleine ?

Devant la mine gênée de Selma, les invitées sourient : cette jolie rani est charmante, timide comme une jeune fille... Elles sont loin de soupçonner que ce qu'elles prennent pour de la timidité est de l'ignorance. Les Orientaux ne sont-ils pas connus pour être de grands amoureux ? Les musulmans en particulier — leur prophète a montré l'exemple.

— Est-il vrai que chez vous, entre époux, tout est permis, absolument tout ?

Selma regarde la jolie brune qui lui pose cette question étrange, que veut-elle dire ?

— Voyons Armande, laissez notre amie tranquille, intervient la maîtresse de maison, et parlez-nous plutôt de ce fameux cousin qui me semble nourrir à votre égard des intentions...

Des intentions ? Elles rient de nouveau. Lucie demande au maître d'hôtel de laisser là le champagne, elles se serviront elles-mêmes, et pourront bavarder plus à l'aise.

Elles se sentent un peu grises, et c'est bien agréable. Leur audace leur donne l'impression d'être fortes, indépendantes, complices face à des époux qui, elles le savent, se racontent leurs bonnes fortunes dès qu'elles ont le dos tourné. Jamais ils n'imagineraient que leurs femmes, comme eux... Et pourquoi ne prendraient-elles pas leur revanche ? Jamais elles ne songeraient à les quitter, mais les tromper, en actes ou du moins en paroles, est... comment dire ?... est affaire de dignité ! Satisfaction d'autant plus subtile qu'ils ne les soupçonneront jamais, et qu'elles les trompent donc à double titre !

Pour masquer son embarras, Selma fait honneur au champagne, sans perdre un mot des confidences échangées. Elle ignorait que des femmes puissent être aussi impudiques. Elle se rappelle, dans le hammam du palais d'Ortaköy, les rires, les allusions qui excitaient son imagination ; mais rien jamais n'était dit. Rien de semblable à ce que ces dames corsetées et gantées de long... Une rancœur soudain la prend : va-t-elle vieillir sans connaître ce plaisir dont elles parlent, les yeux noyés, comme si aucun bonheur au monde ne pouvait lui être comparé ? Ce serait trop injuste, elle est belle, elle se sait désirable, et elle désire Amir, son beau mari que toutes lui envient. Doit-elle le lui faire comprendre ? Jamais elle n'osera...

Elle se ressert du champagne.

Selma n'aura pas besoin de parler. Cette nuit-là, une créature inconnue va entraîner Amir au-delà de leurs rêves les plus audacieux, une femme avide et généreuse, tour à tour esclave offerte et prêtresse savante en sacrifices obscurs, en patients délires, elle invente mille caresses, ne sait plus où s'égarent ses mains, ses lèvres, son sexe, ne reconnaît pas cette plainte étrange qui du fond de sa gorge longuement s'élève ; ensemble, ils se laissent couler, vibrent et replongent en vagues souterraines, loin, très loin, au cœur de la terre, emportés par un fleuve aveugle, qui tue ou donne vie, selon qu'on se retient ou que l'on s'abandonne. L'un en l'autre, frémissants, ils voyagent au travers des rafales, de la tempête qui les submerge, vers le soleil qui brusquement a jailli et les pulvérise en mille météores, en une pluie d'étoiles.

... Mon amant, toi, mon amant... Caché sous le vilain nom de mari, que ne t'ai-je reconnu plus tôt ? Mes mains te devinaient mais je n'osais... Tout aurait été si simple, sans ce respect, ce mépris de nos corps...

La lumière entre à flots dans la chambre. Les yeux encore fermés elle étend le bras, espérant sa présence — ce matin n'est-il pas différent ? C'est leur premier matin... — elle ne rencontre que la fraîcheur du drap, elle ramène son bras sous l'oreiller ; rêver encore.

Rêver au ténébreux rajah dont cette nuit elle est tombée amoureuse, au maître dont elle a devancé les désirs, devinant, comme s'ils étaient siens, chaque tremblement, chaque attente. En se rappelant certaines caresses, données, reçues, elle sent une chaleur l'envahir et, dans son ventre, comme un frisson... Tout son corps s'épanouit... Elle se rendort.

Elle s'est réveillée peu avant midi et a appelé les servantes : qu'on prépare son bain, qu'on la coiffe et la parfume, vite ! Elle a l'intuition qu'Amir va venir. Elle a décommandé une invitation chez la rani de Jodbar — elle a envie d'être seule pour penser à lui, à eux. Elle l'attendra tout l'après-midi, mais pour la première fois, l'attente lui est douce, c'est déjà un peu de sa présence. Elle goûte cette sensation nouvelle d'être soumise, pacifiée, ce bonheur d'appartenir.

A l'heure du dîner, Amir n'a pas reparu. Selma commence à s'inquiéter : il la fait toujours prévenir lorsqu'il s'absente le soir. Pour tromper sa nervosité, elle s'est assise au piano et joue les premières mesures des *Miroirs* ; le charme triste de Ravel l'entraîne. Ce ne sont plus seulement ses mains, ses rêves, qui donnent vie à la musique, c'est tout son corps où chaque note bruit comme une caresse, envolées cristallines et graves qui la chavirent.

— Alors ma jolie !

Amir se tient sur le seuil. D'un regard étrange il la fixe, un regard où Selma, incrédule a l'impression de découvrir de la haine.

— Comment ? On ne vient pas embrasser son maître ?

Il l'a saisie par les épaules, cherche ses lèvres, il sent l'alcool, il est saoul. Ecœurée elle se débat, tente de lui échapper, mais il la tient solidement.

— Ah non ! Pas de manières ! Vos airs de princesse outragée, gardez-les pour d'autres !...

Stupéfaite, elle s'est immobilisée : est-il devenu fou ?

— Ce n'est pas moi qui me plaindrais de votre savoir-faire. J'aime les femmes qui se déchaînent comme tu l'as fait cette nuit. Je devais être passablement ivre car j'ai cru être rentré avec une autre, une de ces prostituées expertes à donner du plaisir. Imaginez, princesse, ma stupéfaction en découvrant ce matin que cette femme était mon épouse...

Il s'est incliné, sarcastique.

— Je dois reconnaître que vous aviez bien caché votre jeu : quand je pense que, durant deux ans, je me suis retenu de froisser votre innocence, quel idiot j'ai été !

Atterrée, elle le regarde, sans forces, sans paroles... Les sources se sont taries, en quelques secondes le vent du désert a ravagé les prairies...

Et lorsque avec fureur il la prendra, s'appliquant à l'humilier, elle se laissera faire, comme frappée de stupeur ; il n'aura même pas besoin de la forcer : à toutes ses exigences elle se pliera, avec une effrayante docilité.

XVIII

— Hozour, Hozour, je vous en prie, réveillez-vous !

En vain Rassoulan a relevé les stores, toussé, claqué une à une les portes des placards, entrechoqué bassines et aiguières sur le sol de marbre de la salle de bains ; de sa voix grêle elle a même chanté, penchée sur le lit au-dessus de sa maîtresse, celle-ci s'est contentée de gémir et d'enfoncer encore plus profondément sa tête sous l'oreiller. Rassoulan commence à s'affoler, il est midi passé et cela fait plus d'une heure que le rajah a ordonné que l'on appelle la princesse. Entre la colère du maître et le courroux de sa maîtresse, la servante ne sait ce qui l'effraie le plus.

Agenouillée au pied du lit, elle contemple les boucles rousses, partagée entre l'irritation et le désespoir, quand soudain elle est saisie d'une inspiration.

— Hozour, écoutez, une terrible nouvelle — une à une elle détache les syllabes :

— Le roi de Turquie est mort !

L'oreiller lui a volé à travers la figure et deux yeux verts se sont plantés dans les siens.

— Qu'est-ce que tu racontes ? Quel roi ?

— Le roi de Turquie, Hozour. N'entendez-vous pas le muezzin ? Depuis l'aube toutes les mosquées de la ville appellent à la prière.

Complètement réveillée, Selma s'est redressée : mort le khalife Abdul Medjid ? Songeuse, elle évoque la barbe neigeuse et le regard violet qui la terrifiait lorsqu'elle était enfant Il y a quatorze ans qu'elle ne l'a revu, car c'est en France, à Nice, qu'il a choisi d'installer sa cour en exil. Elle n'éprouve pas de tristesse — elle ne l'aimait guère — simplement un peu de nostalgie, comme si, avec la disparition du dernier khalife, achevait de mourir l'empire... Toute blanche, Dolma Bahtché se mire dans le Bosphore. A travers les salons où bruissent des milliers de feuilles de cristal une petite fille s'avance dans un halo d'uniformes somptueux et de bijoux étincelants vers le trône d'or où le Commandeur des Croyants, l'Ombre de Dieu sur terre...

— Vous êtes bien rêveuse ce matin...

Amir vient d'entrer, habillé d'un strict shirwani noir.

— Ah! Je vois, vous connaissez la nouvelle. La cérémonie commence dans une heure, à la grande mosquée. Comptez-vous y participer?

— Quelle question! Evidemment, pourquoi semblez-vous surpris?

— Oh! Rien, je pensais... Je vous savais patriote mais je ne vous connaissais pas ce respect pour le général!

— Le général?

— Enfin le président, Mustapha Kemal.

— Kemal! Mort?

Eclatant d'un rire nerveux, Selma s'est laissée retomber sur ses oreillers.

— « Le roi de Turquie!... » Et moi qui croyais... C'est trop drôle! Bien sûr que non, je n'irai pas prier pour Kemal!

Elle jette un coup d'œil sur le shirwani noir.

— Et vous non plus, j'espère!

Le regard du rajah s'est fait glacial.

— Vous oubliez, princesse, que pour nous, Indiens, le général Mustapha Kemal est un héros; il a réalisé ce dont nous rêvons: il a chassé les Anglais de son pays. Dans toutes les villes des Indes aujourd'hui les mosquées sont remplies de fidèles qui pleurent et prient pour le repos de son âme.

Selma le fixe, méprisante.

— Mais vous, monsieur, comment conciliez-vous votre ardeur kémaliste et votre amour de la famille ottomane?

On ne peut être plus clair: elle l'accuse de jouer sur les deux tableaux. Il la giflerait avec joie, mais il possède une arme plus efficace.

— Je pensais qu'en tant qu'Ottomane vous seriez au moins reconnaissante au général d'avoir sauvé votre pays! N'oubliez pas que sans lui la Turquie n'existerait plus.

— C'est faux! C'est le sultan en personne qui lui a demandé...

Oh, et puis à quoi bon?... Comment expliquer que le souverain avait confié au général l'organisation de la résistance en Anatolie, lui-même devant rester à Istamboul, otage des Anglais qui avaient menacé de livrer la ville aux Grecs s'il ne se montrait « raisonnable » ? Comment expliquer que Kemal, qui d'abord avait soulevé les foules au nom du sultan, lorsqu'il avait vu la victoire à sa portée l'avait voulue pour lui seul ? Il avait eu beau jeu alors de taire l'accord secret et d'accuser le padischah d'avoir cédé à l'ennemi ! Chaque fois que Selma avait tenté de rétablir la vérité sur cet épisode de l'histoire de son pays, elle n'avait recueilli que des regards apitoyés, des sourires gênés ; on ne la croyait pas, on pensait qu'elle essayait de défendre l'honneur de sa famille. Avec amertume, elle avait compris que seul le vainqueur a les moyens d'imposer sa vérité.

Mais Amir ? Jamais elle n'aurait imaginé que même lui, son mari, pensait que le sultan avait trahi et les considérait, elle et les siens, comme des lâches... Elle a envie de vomir, elle ne supporte pas ses yeux ironiques, ce mensonge qu'il lui assène, à grands coups de mépris. Ah, il l'a trouvé, le moyen de l'enfermer, elle la rebelle ! Que sont les murs du zenana à côté de ce regard qui l'emprisonne, de cette froide certitude contre laquelle toute protestation se brise.

Elle se tait, accablée. Cette image qu'il a d'elle, cette honte dans laquelle il tente de la noyer...

Et si... si elle lui refusait le droit de la juger ?... Si du fond de leur cellule le criminel et le fou rejetaient les chaînes rassurantes de la culpabilité acceptée et du repentir, s'ils osaient accuser leurs vertueux accusateurs ?... Les yeux de la méduse ne pétrifient que ceux qui croient en son pouvoir.

Lentement, Selma a relevé la tête, elle regarde Amir. Un sentiment de triomphe peu à peu l'envahit, et c'est avec un sourire paisible qu'elle annonce :

— Très bien. Pendant que vous irez prier, je vais inviter mes amis à sabler le champagne pour fêter l'heureux événement !

Les mains fines se sont crispées, Amir s'est détourné sans rien dire. Peut-être pense-t-il qu'elle plaisante.

Des serviteurs ont été dépêchés, porteurs de messages pour Lucie et son époux le major, pour la rani de Nampour et pour Rashid Khan et Zahra. Dans son salon, Selma a fait dresser une table fleurie sur laquelle trônent, dans leurs seaux d'argent, six bouteilles de Roederer rosé, le champagne favori de ses soirées beyrouthines. De quoi fêter dignement le mort — une marque d'estime en quelque sorte...

D'estime, pour celui qui les a trahis ? Oui, mais avec quelle habileté, quel sang-froid ! Elle le déteste ce Rose d'or qui l'a tant fait rêver, et pourtant elle ne peut s'empêcher d'admirer son audace et son absence de scrupules, des qualités indispensables pour vaincre.

« On ne peut pas avoir un enfant et rester vierge. » La phrase résonne aux oreilles de Selma. Elle revoit sa mère, dans leur palais d'Ortaköy, le jour de la mort du sultan Abdul Hamid : devant la famille assemblée, elle rendait ainsi hommage à celui qui pourtant les avait séquestrés plus de trente ans, et conseillait à ses neveux de prendre exemple sur lui et non sur leur grand-père, le sultan Mourad V, trop sensible, trop honnête pour avoir su résister au jeu du pouvoir.

— Princesse ?

Rashid Khan se tient sur le seuil. Perdue dans ses souvenirs, elle ne l'a pas entendu entrer. Tiens, lui aussi porte un shirwani noir ! Enjôleuse, elle lui sourit.

— Arrêtez ces formalités, Rashid Baï, ne sommes-nous pas à présent frère et sœur ? Où est Zahra ?

— A la mosquée... J'en reviens moi-même. Je passais pour vous dire que nous n'assisterions pas à votre fête.

— Et pourquoi ?

— Selma, je vous en prie, cessez ce jeu, il ne vous convient pas.

Rashid s'est assis à côté d'elle et la dévisage avec inquiétude.

— Vous avez l'air malheureuse depuis quelque temps : qu'est-ce qui ne va pas ?

« *Oh ! se blottir dans ses bras, se laisser bercer, redevenir la petite fille que l'on console...* » Elle redouble de charme.

— Quelle imagination ! Ne savez-vous pas que je suis la femme la plus choyée du monde, la plus aimée ?

Rashid a pris les mains de Selma, les serre très fort. Elle le regarde, étonnée ; jamais auparavant il n'a osé, il semble bouleversé.

— Comme vous avez changé... La jeune fille enthousiaste que j'accueillais à Bombay il n'y a pas deux ans, où est-elle ? Selma, il vous faut réagir : vous êtes en train de vous détruire...

— La grande perte !

— Je vous en supplie, si vous m'aimez un peu...

Il s'est tu. Elle reste silencieuse, l'observe : croit-il sincèrement l'aimer comme une sœur ? D'un geste, elle pourrait le détromper et se venger à la fois d'Amir et de Zahra. De Zahra ?... Elle s'étonne de cette petite voix qui insiste : mais oui, surtout de Zahra. Amir au fond n'est qu'un homme et aucun homme ne peut plus la décevoir, tandis que Zahra !... A la douleur qui soudain la prend, elle comprend une fois de plus combien elle a aimé l'adolescente, son ardeur, son innocence, son regard passionné, et comme elle lui en veut maintenant de sa quiétude, de son assurance imbécile de femme mariée, de ce bonheur béat centré autour d'un ventre qui enfle.

Sur la large épaule, elle a appuyé sa joue.

— Emmenez-moi, Rashid Baï, je n'en peux plus.

L'a-t-elle dit? L'a-t-elle pensé? Une main effleure ses cheveux, apaisante, une main qui lui rappelle cette autre main, il y a très longtemps. Dans un sanglot, elle se serre contre lui, l'entoure de ses bras.

— Ne m'abandonnez plus, jamais!

Elle a caché son visage mouillé dans son cou, elle n'a qu'une envie : qu'il l'emporte, sans rien lui demander.

— Je vous aime, dit-elle — pour aussitôt regretter ces mots qui, dans son désarroi, lui ont échappé.

Il lui a pris le menton, et avec un grand mouchoir, maladroitement essuie ses larmes ; il est très pâle.

— Selma, moi aussi je vous aime, depuis que je vous ai vue débarquer de ce grand bateau, si perdue, si fragile ; mais c'était impossible : vous veniez pour épouser mon ami. Et maintenant...

— Maintenant?

— Je vous aime peut-être plus encore, mais...

— Mais vous ne m'aimez pas assez!

Elle a un sourire amer.

— C'est l'histoire de ma vie : tout le monde m'aime, mais personne ne m'aime assez pour me garder... Envers et contre tous... Envers et contre moi...

— Et Amir?

Selma s'est légèrement écartée. Elle est soudain très lasse.

— Vous savez très bien qu'Amir a épousé ma famille.

Rashid est parti, désemparé. Elle s'en veut de l'avoir rendu malheureux, alors qu'il est le seul ici à ne lui avoir jamais fait que du bien.

Le miroir lui renvoie un visage amaigri, des yeux cernés. C'est vrai qu'elle a changé — vieilli? Peut-être. Les joues rondes, qui la désespéraient à Beyrouth lorsqu'elle rêvait de faire du cinéma, se sont creusées, elle s'est affinée, comme sculptée, et ses lèvres, qu'elle trouvait trop minces, par contraste, semblent s'être épanouies ; elle aime cette nouvelle image d'elle, cet air de... femme fatale... de bel animal, dit Amir.

Il est déjà 6 heures, aucun de ses invités n'est encore arrivé : elle sait maintenant qu'ils ne viendront pas. Sans doute auront-ils cru à une provocation, à une indécente revanche — lâcheté d'oser défier un mort ! Ils n'ont rien compris : un homme est-il jamais plus vivant que lorsqu'il vient de mourir ? Est-il jamais plus grand que lorsque les larmes exaltent la moindre de ses victoires, son plus banal geste d'humanité, effacent ses échecs, ses mesquineries et ses mensonges ?

Par une étrange myopie de ceux qui restent, tout être qui meurt paraît exceptionnel pour quelques heures, quelques jours, le temps que se tarissent les pleurs.

C'est justement en cet instant où Mustapha Kemal s'impose, gigantesque, qu'elle a voulu l'affronter — et devant témoins, afin qu'ils puissent juger de ce duel, oui, scandaleusement inégal ! Ils ne sont pas venus, ils ont craint le sacrilège ; le respect qu'ils proclament est bien mince si, pour ce grand homme, ils redoutent la moindre chiquenaude. Selma a pour lui plus d'estime ; elle n'excluait pas la défaite. Mais livrer ce combat était en soi une victoire...

Affronter celui qui a fait éclater son destin aux quatre coins du monde, celui qui, tel un démiurge, sans même soupçonner son existence, a changé sa vie, dans ses moindres détails, et d'abord sa façon de sentir et de penser. Parfois elle a songé qu'elle devrait lui en être reconnaissante ; après tout il a détruit le nid et l'a obligée à voler. Mais dans le même temps, en lui prenant son bout de ciel, il lui a cassé les ailes...

L'exil... Avait-il si peur de cette famille qu'il ait dû l'exiler ? Il était fort pourtant, de cette force qui caractérise ceux qui n'ont rien à perdre, ceux qui n'ayant pas de passé ont besoin à n'importe quel prix de se fabriquer un présent. Elle lui envie cette soif de puissance : plus que le courage et l'intelligence, c'est ce qui permet de vaincre. C'est cela qui a fait défaut aux derniers souverains ottomans, comme à ces princes indiens qui dédaignent de se battre et peu à peu se laissent évincer : au cours des siècles, leur soif a eu le temps de s'étancher.

Ainsi se renouvellent les sociétés et change de mains le pouvoir. Il se prend bien moins qu'il ne se laisse prendre, par une sorte de fatigue de ceux qui n'y croient plus assez.

Plus que le sultan, Kemal voulait régner. Mais était-il besoin pour cela de les chasser ? Leur interdire à tout jamais le sol de leur patrie ? En bannir même les morts, dont les dépouilles n'ont désormais plus le droit de reposer sur les rives paisibles du Bosphore...

Les matins transparents d'Istamboul, ses rues étroites, silencieusement bordées de jardins clos et de maisonnettes de bois, ses mosquées blanches, leur image tremblant dans les eaux de la Corne d'Or... de quel droit Kemal les a-t-il exclus de tout cela ?

Le prince héritier avait renoncé au trône, pour lui et ses descendants ; confiné en son palais, surveillé, espionné dans ses moindres propos, il n'était plus que l'ombre d'un khalife ; le gouvernement, les fonctionnaires, l'armée, le pays entier était, disait-on, kémaliste. Alors ? De quoi le grand homme avait-il si peur ? Celui qui se faisait appeler « Ataturk », père des Turcs, craignait-il que le peuple ne récuse cette nouvelle paternité ?

C'est cette question toute simple que Selma voulait lui poser — convoquer devant témoins le général mort comme autrefois le chevalier invita le commandeur à sa table. Elle lui aurait arraché la vérité. Les morts n'ont plus besoin de mentir.

Une coupe encore de ce merveilleux champagne. Selma a débouché la seconde bouteille. Avec une sorte de tendresse elle regarde couler le liquide doré qui l'a aidée à oublier l'échec de Badalpour et lui permet de surmonter le dégoût qui parfois s'empare d'elle lorsque Amir...

Ils ne se parlent presque plus. Elle a le sentiment qu'il veut la briser, l'anéantir. Chaque nuit, lorsqu'ils rentrent de ces soupers brillants où elle s'étourdit d'être femme, belle et désirable, il la punit. Longuement, silencieusement, il s'acharne sur son corps.

Insensiblement, elle a pris goût à cette servitude ; avec stupeur, elle s'est aperçue qu'elle aimait cette soumission. Objet docile, elle s'abandonnait à une jouissance inconnue qui la laissait épuisée. Elle en a été horrifiée, ne pouvant admettre que son corps la trahisse ainsi. Son corps ? Non, pas seulement son corps, tous ses rêves, ses gémissements, ses cris... D'où vient-elle, cette femme de la nuit qui jouit d'un esclavage qu'au matin elle ne peut se rappeler sans frémir et que de tout son être elle méprise ?

Comme elle avait méprisé les femmes de harem occupées seulement du plaisir qu'elles pouvaient apporter au maître... Elle n'a rien de commun avec ces créatures, elle est fière, ambitieuse, elle n'est pas comme ces femmes...

Selma s'est plantée face au miroir et, avec grandiloquence, a levé sa coupe. « A mon destin glorieux ! », puis elle s'est mise à rire, à rire... Ah ! Que ce champagne pétille joyeusement ! Comme il fait doux dans la tête ! C'est un gentleman, avec lui plus de problèmes, il se moque des drames et ridiculise le sérieux, il est son allié ; de velours il l'enveloppe, la protège et peu à peu lui enseigne que rien n'a d'importance. Rien. Pas même la mort de son pire ennemi. Qu'elle était sotte tout à l'heure de vouloir défier Mustapha Kemal ! Encore ce besoin de se justifier, de prouver aux autres... Maintenant, elle se fiche des autres, de ce qu'ils pensent, ces benêts qui s'imaginent la comprendre, alors qu'elle-même serait bien en peine... Attentive, elle scrute le miroir : princesse — courtisane ? Princesse — putain ?... Et pourquoi pas ? Excepté sa mère, fille de sultan, ses ancêtres n'étaient-elles pas toutes des esclaves, les plus belles du harem, les plus expertes à donner la volupté ? N'est-ce pas ainsi qu'elles arrivaient à conquérir le maître et à devenir épouses ? On a parlé de leur intelligence, de leur habileté, de leur esprit d'intrigue, qualités certes nécessaires pour accéder à la première place, et surtout la garder ! Mais d'abord, il fallait séduire : à la cour ottomane l'érotisme était l'art premier où elles se devaient d'exceller. Dans les veines de Selma coule le sang de trente-huit sultans — six siècles d'absolu pouvoir — mais également six siècles de courtisanes. Elle est à parts égales fruit de ces deux lignées : à la fois reine et esclave.

Une main a fait glisser la chemise de mousseline, deux seins blancs se sont tendus vers le miroir et les hanches fines ont frémi sous la caresse : un filet de champagne ruisselle le long du ventre et s'éparpille en gouttes lumineuses tandis que des mains nerveuses font ployer la taille mince, remontent vers la gorge, les épaules, parcourent cette fraîcheur, cette chaleur, cette enivrante douceur, des mains qui savent flatter, des mains auxquelles, haletante, elle s'abandonne...

Mais quels sont ces yeux tristes qui la fixent, ces longs yeux émeraude ? Elle voudrait les effacer, ne plus les voir — que seul existe ce corps si désirable — mais ils insistent, yeux d'amertume étrangers à la fête, seul le philtre d'or les fera disparaître.

La tête renversée, elle boit, à longues goulées, jetant vers le miroir de furtifs coups d'œil. Les yeux sont toujours là. Ils sont tenaces, elle les connaît, pour les tuer il faudra boire encore. « Selma vous êtes en train de vous détruire... — Mais Rashid Baï, je vis ! Regardez comme je ris ! Je n'ai pas peur, je n'ai pas honte, je suis une femme, regardez ! »

Dans le miroir, les yeux se sont voilés, une bouche a esquissé un baiser, un corps nu s'est affaissé.

... Comme je me sens bien... Suis-je morte ? Il fait noir, m'ont-ils déjà enterrée ? Amir semblait bouleversé lorsqu'il m'a trouvée, il y avait du sang... En tombant j'ai dû briser la coupe de champagne et me blesser... Après, je ne sais plus... Amir aura sans doute pleuré... Il devait m'aimer, malgré tout — dommage...

— Retirez-lui son bandeau, je crois qu'elle se réveille !

Délicate, une main a soulevé la nuque et avec mille précautions a déroulé l'étoffe sombre, rendant Selma à la lumière. Que ses paupières lui semblent lourdes...

Les yeux mi-clos, elle distingue au pied du lit Rani Shahina qui sourit.

— Mais vous êtes fraîche comme une rose ! Après la nuit que vous nous avez fait passer, c'est un comble ! Ah, ma chère, vous pouvez vous vanter de nous avoir inquiétés ; Amir était complètement affolé ! Quelle idée aussi de vous enfermer dans votre chambre, il a fallu passer par le balcon. Vous étiez par terre, évanouie... Votre pauvre époux a cru que vous aviez eu une attaque. En fait d'attaque j'ai dû lui faire remarquer qu'il y avait là trois bouteilles de champagne vides. On vous a fait boire un vomitif et on vous a couchée avec sur la tête un cataplasme de glace et d'herbes, souverain pour ce genre de... malaises. Comment vous sentez-vous à présent ?

— Légère... Lavée... Comme neuve ! Oh, Rani Shahina, c'est extraordinaire, il me semble que tout vit autour de moi !

Elle s'est levée, a esquissé trois pas, puis elle est retombée sur le lit, épuisée.

La rani est venue s'asseoir tout près d'elle.

— Selma, vous avez besoin de changer d'atmosphère ; ces longues veilles et ces journées passées au lit ne vous valent rien, vous êtes devenue affreusement maigre : Amir dit que vous ne mangez plus, que vous vous contentez de boire, vous êtes en train de vous...

— De me détruire, je le sais, on me l'a déjà dit !

— Selma, quittez Lucknow pour quelques semaines, allez à Beyrouth voir votre mère, essayez de vous reprendre, de décider de ce que vous voulez vraiment.

— Ce que je veux ?... Ai-je le choix ?

Rani Shahina l'a prise doucement par les épaules.

— On a toujours le choix. La question est plutôt : avez-vous le courage de faire un choix et de vous y tenir ? En tout cas, vous ne pouvez continuer ainsi. Profitez de cette crise et du sursaut d'énergie qu'elle semble vous donner : éloignez-vous pour quelque temps.

Dans le miroir, Selma détaille son visage livide, elle soupire :

— Jamais je ne pourrai me présenter ainsi devant ma mère, elle comprendrait tout de suite...

— Elle comprendra et vous aidera.

— Vous ne connaissez pas ma mère. Elle a vécu la tête haute les pires événements, elle méprise la faiblesse. Je n'ose imaginer son regard si elle me voyait dans cet état.

— Voyons, Selma, c'est votre mère, elle vous aime !

— Je crains qu'elle n'aime surtout l'image qu'elle se fait de sa fille...

« Un pour tous, tous pour un ! » Lettres rouges sur fond blanc. Imposante, la bannière barre la grand-rue de Kaisarbagh, tandis que de tous côtés éclatent les fanfares. Avec autorité, des serviteurs en livrée bousculent les passants et forcent les petits marchands à remballer leurs étals : la procession arrive, place aux maîtres ! Seules les vaches continuent à ruminer au milieu de la chaussée, indifférentes aux supplications.

Intriguée par le bruit, Selma s'est glissée sur la terrasse : l'ho rizon est hérissé de fanions, on entend au loin les hennissements des chevaux et de longs barrissements, cependant qu'au soleil ondulent des ombrelles d'or et d'argent au-dessus de la vague qui lentement progresse. On aperçoit les éléphants royaux, caparaçonnés de brocarts : en tête, l'éléphant blanc du rajah de Bampour, qui trône sur son *howdah*[1] parsemé d'améthystes. Autour de lui les bannières proclament :

« Unité contre les bolcheviques », « rajahs et maharadjahs, tous unis pour protéger le peuple. »

Le suivent ses pairs, princes et zamindars venus de toute la province : ils défilent en grande pompe pour protester contre les lois iniques adoptées par le parti du Congrès, ces communistes qui tentent de pousser à la révolte leurs sujets dévoués. C'est le « syndicat des rajahs » qui a eu l'idée de cette manifestation, une grande première destinée à frapper l'imagination d'une population ballottée par des propagandes insidieuses.

Formé à Lucknow quelques mois plus tôt, au cours d'une assemblée qui rassemblait plusieurs centaines de petits souverains, le « syndicat des rajahs » a décidé de se battre. Son président, le rajah de Bampour, a fait un discours très applaudi, insistant sur la nécessité de s'unir face au nouveau gouvernement : « Nous devons oublier nos dissensions, être prêts à tous les sacrifices pour conserver notre position traditionnelle et honorée de leaders. » Et tous ensemble, ils ont repris le slogan dont l'audace révolutionnaire les amuse et les choque : « Un pour tous, tous pour un ! » On n'y croit guère, mais, après tout, qu'est-ce qu'un slogan ? Il faut surtout qu'il sonne bien à l'oreille.

— Les fous !

Derrière Selma, Amir est sorti sur la terrasse. Le visage crispé, il regarde défiler ses pairs.

— Ne comprennent-ils pas le ridicule de déployer ce luxe pour clamer que l'Etat les ruine ? C'est de la provocation ! J'ai essayé de le leur expliquer, ils n'ont rien voulu entendre : « Notre peuple, m'ont-ils répondu, est un enfant qui ne respecte que le pouvoir et la magnificence. Si nous avons l'air faible, il tentera de nous piétiner. En revanche, si nous montrons notre force, il craindra de nous désobéir et hésitera à suivre les consignes du Congrès. » J'ai eu beau leur dire que le peuple était en train de changer, qu'il prenait conscience de ses droits, je n'ai réussi qu'à me faire insulter. On m'a encore traité d'Anglais !

---

1. *Howdah* : palanquin.

Il y a dans la voix d'Amir tant d'amertume que Selma en est touchée. C'est la première fois depuis des mois qu'il se confie. Elle voudrait lui dire qu'elle comprend, mais elle n'ose pas. Depuis la soirée où elle s'est enivrée, une sorte de statu quo s'est établi : ils vivent l'un près de l'autre, courtois mais étrangers. Il ne lui a fait aucun reproche, ne lui a posé aucune question ; il s'est contenté de déménager dans ses anciens appartements, et plus jamais il n'a essayé de la toucher. Elle en a été soulagée, comme si la frénésie sensuelle dans laquelle ils s'étaient affrontés, meurtris, noyés, les avait soudain abandonnés, telle une fièvre bizarre dont ils se souviennent à peine.

Par un accord tacite, ils ne sortent plus, elle n'a envie de voir personne, elle a la sensation d'être en convalescence. Et lui ? Depuis quelque temps, elle s'étonne de le voir, lui naguère si soucieux de son élégance, errer dans le palais en kurtah pidjama ou passer ses journées à fumer le hookah en disputant d'interminables parties d'échecs avec quelques nawabs de ses intimes.

Maintenant, elle commence à comprendre.

Amir continue à parler, comme s'il ne pouvait plus retenir un trop-plein d'amertume.

— Certains princes ne me saluent plus, ils considèrent que je les ai trahis, qu'en voulant faire des concessions aux paysans je fais le jeu du Congrès. Même avec de vieux amis je n'arrive plus à discuter. Est-ce moi qui me trompe quand je pense que la démocratie est le seul moyen pour les Indes de progresser ?

Serrant les poings, il arpente la chambre.

— Je me demande parfois si ces années passées en Angleterre n'ont pas été une malédiction. Au début je voulais assimiler leurs idées pour mieux les combattre, et à mon insu j'ai changé. Ils ont fini par me persuader que leurs valeurs étaient universelles, que la morale était « blanche » ! Et maintenant, maintenant je ne sais plus... Je les hais, et en même temps j'ai l'impression qu'ils ont raison, contre les miens... C'est là leur victoire. Sans doute vont-ils bientôt partir mais en réalité ils resteront — il se tape le front — là, dans nos cerveaux, nos cerveaux de Blancs. Nous tous qui allons prendre la direction de ce pays, car nous avons reçu une éducation moderne, que sommes-nous ? Des Indiens capables de comprendre et de réaliser les aspirations de notre peuple ? Ou bien de mauvaises copies d'Anglais qui en nous glorifiant d'avoir acquis l'indépendance allons perpétuer l'esclavage ?

... Toi aussi, alors, tu te sens l'étranger ?

Cette nuit-là, Amir et Selma ont dormi ensemble. Ils ont fait l'amour très doucement, comme s'ils cherchaient à se consoler...

XIX

— Non, ma chère, vous ne pouvez pas sortir, il y a des manifestations dans tout le quartier d'Aminabad !

Depuis plus d'un mois le gouvernement a imposé l' « article 144 », un semi-Etat d'urgence, pour empêcher hindous et musulmans d'en venir aux mains. Jusqu'alors, Lucknow était restée relativement paisible, mais les massacres dans les villes et les villages alentour ont fait dangereusement monter la tension. Malgré les mesures policières, tout le monde manifeste : les étudiants musulmans parce qu'on hisse sur le toit des écoles le drapeau du Congrès et qu'on interdit celui de la Ligue, les paysans pour que le gouvernement force les princes à respecter les nouvelles lois en leur faveur, les princes pour signifier leur refus, les intouchables pour obtenir la permission d'aller prier au temple — droit que leur dénient les hindous de caste —, les musulmans parce qu'on veut leur imposer une éducation « à l'hindoue » et les hindous parce que les musulmans s'obstinent à tuer et à manger des vaches.

Jusqu'à présent on a évité les affrontements, mais pour combien de temps encore ? Retournant contre le Congrès sa propre stratégie de non-violence, si efficace contre l'occupant britannique, les mécontents se limitent pour l'instant à défiler. Jour après jour, les prisons se remplissent ; la police est débordée.

Selma s'impatiente.

— Il faut que je sorte ! N'oubliez pas que je pars pour Beyrouth dans une semaine ; je dois aller chercher des cadeaux pour ma mère.

C'est la première fois depuis son mariage qu'elle retourne au Liban, qu'elle va revoir la sultane. Elle est si heureuse qu'elle ne tient plus en place. Les cauchemars de ces derniers mois sont oubliés. Elle a recommencé à s'alimenter normalement et ne touche plus au champagne. Peu à peu elle a perdu son regard anxieux, son visage de chat écorché.

Les relations avec Amîr ont évolué : elles sont désormais sans passion ni drame. « Comme celles d'un vieux couple », se dit-elle avec ironie, en s'étonnant d'en ressentir un certain soulagement. Elle savoure cette indifférence, si confortable, un peu déçue cependant que son époux l'accepte avec tant de facilité.

Mais elle n'a pas envie de se poser de questions. Elle ne pense plus qu'à Beyrouth, à l'accueillante maison blanche, au sourire de sa mère, aux gâteries des kalfas, à l'adoration de Zeynel, à ses amis, à toute sa jeunesse qu'elle va retrouver !

— Hozour, un message pour vous, annonce la voix aigrelette de l'eunuque.

Sur le plateau d'argent un petit papier bleu. Un télégramme, de Beyrouth.

Indécise, elle regarde Amir.

— Eh bien, princesse, ouvrez ! C'est certainement la sultane qui confirme qu'on sera là pour vous accueillir à l'arrivée du paquebot.

Confirmer ? Pour quoi faire ? Evidemment qu'on sera là ! On aura même organisé une fête pour la recevoir, c'est la coutume là-bas. L'hospitalité est sacrée : toutes affaires cessantes, les amis accourront au port, des bouquets plein les bras.

Selma tourne et retourne le télégramme entre ses doigts. D'après le cachet de la poste, il a mis onze jours pour parvenir à Lucknow, et il y a tout juste deux semaines qu'elle a écrit pour annoncer sa venue...

Elle prend une inspiration profonde et, d'un geste précis, déchire l'enveloppe bleue.

« SULTANE DÉCÉDÉE CE MATIN STOP TOUS DÉSESPÉRÉS STOP PENSONS À VOUS STOP FIDÈLEMENT ZEYNEL »

Beaucoup plus tard, Zahra racontera à Selma qu'elle avait entendu des hurlements. Elle était accourue et l'avait vue se lacérant le visage et se cognant le front contre le mur. Amir et une servante tentaient de la retenir, mais elle les repoussait à coups de pied. Zahra avait cru à une crise de folie : le visage de Selma était en sang, elle n'entendait plus rien.

Alors, suffoquée, Zahra avait vu son frère se saisir du Kodak qui se trouvait sur une table, et se mettre à prendre des photos. Dans la seconde, cette femme qu'on aurait crue sourde et aveugle à tout ce qui n'était pas sa douleur, s'était figée ; puis, telle une lionne, elle s'était jetée sur l'homme, mais avant de pouvoir l'atteindre, elle s'était écroulée sur le sol, inconsciente.

Pendant une semaine, on avait craint pour sa raison. Les meilleurs hakims de la ville s'étaient relayés à son chevet. A grand renfort de mixtures d'opium et d'herbes connues d'eux seuls, jours après nuits ils l'avaient fait dormir. « Une douleur trop grande ne doit pas être prise de front, disaient-ils, sinon l'esprit se rebelle et fuit. » Ils expliquaient que, pour calmer les maux de l'âme, il faut, momentanément, anéantir toute conscience, maintenir le corps dans un état végétatif, et même l'affaiblir, afin qu'au réveil la douleur ne trouve plus assez de force pour se nourrir.

« Comment a-t-il pu ? Jamais je ne lui pardonnerai. »

Lentement Selma émerge de l'oppressant brouillard où elle se débat depuis des jours, et son premier mouvement est d'indignation contre l'attitude de ce monstre qu'elle ne veut plus appeler son mari !

Comment, au lieu de l'aider, a-t-il osé se moquer d'elle ? Il sait pourtant combien elle adorait sa mère.

Avec la mort d'Annedjim, Selma a l'impression que c'est son enfance, sa jeunesse qui meurt, tout son passé qui est menacé de disparition ; il n'y a plus personne maintenant pour se souvenir avec elle, se souvenir en elle — une même chair, une seule mémoire, des yeux qui étaient ses yeux, une respiration qui s'appropriait le monde et le lui restituait, apprivoisé, chaleureux... Les sanglots l'étouffent, elle n'accepte pas cet abandon. Qu'importe si depuis deux ans elle ne voyait plus la sultane : savoir qu'elle existait la réconfortait. « Que penserait-elle de moi ? Que ferait-elle à ma place ? » se demandait-elle ; constamment sa mère était à ses côtés. Jusqu'à ces derniers mois où elle avait tenté de l'oublier, car elle n'aurait pu supporter son regard. Ou était-ce son propre regard qu'elle ne pouvait supporter ? Elle ne faisait pas la différence, car même si parfois elle se révoltait, entre sa mère et elle, il y avait justement cette osmose, cet accord sur l'essentiel.

Elle l'a tuée... Oui c'est elle, Selma, qui l'a tuée ; pendant ces mois de folie où elle s'appliquait à se détruire, c'est la sultane qu'elle détruisait ! Et le lien qui la reliait à sa mère, le lien de vie plus puissant que l'espace, mais fragile à l'indifférence, s'est brisé. Sa mère en est morte...

Bien avant encore elle l'avait tuée à petits coups, blessée plutôt, comme un arbre dont, peu à peu, on émonde les branches qui font trop d'ombre. Cela avait commencé il y a longtemps... A Istamboul déjà, elle s'en souvient : ce ressentiment qu'elle avait éprouvé le jour où jouant au sultan, elle avait battu Ahmet, qui figurait le général grec ; indignée, la sultane avait refusé d'écouter ses explications et l'avait enfermée dans sa chambre. Une punition sans importance comparée au désespoir de l'enfant devant l'injustice de cette mère si parfaite.

Et au Liban... les lettres de son père que la sultane lui avait cachées « pour son bien » ; et par la suite l'exigence, muette mais inflexible, que sa fille épouse un prince. Et toujours Selma avait obéi. Mais malgré cette obéissance — ou à cause d'elle ? — tout au fond elle se révoltait.

Amir l'aurait-il compris avant elle ? Est-ce la raison de son comportement stupéfiant ?... Sous la douleur aurait-il perçu un soulagement qu'elle se cachait en hurlant encore plus fort son désespoir ? Avec cette clairvoyance que seule peut donner une longue expérience de la dissimulation, ou de l'ambivalence des sentiments, aurait-il saisi, dans la rage de Selma à se blesser, le besoin de se punir de ne pas souffrir assez ?

— Apa...

La voix de Zahra tremble légèrement.

— Apa, Amir Baï voudrait vous voir... Hier, vous avez refusé, et je lui ai dit que vous étiez encore trop fatiguée. Mais aujourd'hui... Apa, il ne me croira pas... Il a l'air si malheureux, il ne cesse de répéter que c'est de sa faute si vous avez été malade... Je vous en prie, Apa, il vous aime tant !

— Il m'aime ?... Eh bien, s'il m'aime il attendra que moi j'aie envie de le voir.

Elle repose la tête sur l'oreiller, ferme les yeux : ne pas se laisser attendrir, ne pas céder. Si elle doit vivre ici — et où irait-elle maintenant ? — elle doit imposer ses propres règles. Toute sa vie elle a cherché à plaire, elle voulait être la petite fille qu'on adore, l'épouse dont on est amoureux, la rani que l'on respecte. Désormais, c'est fini ! Avec la sultane a disparu le seul être au monde qui ait pu lui imposer sa loi.

Un soupir venu de très loin gonfle sa poitrine : libre ! Pour la première fois, elle se sent totalement libre.

Une semaine a passé, les nausées qui la maintenaient alitée n'ont pas disparu. Hakim Sahib a prescrit un régime très strict car il soupçonne une jaunisse : il y a actuellement une épidémie en ville.

— Une jaunisse ? Quelle sottise ! Jamais vous n'avez été aussi rose !

Lucie est venue rendre visite à Selma, et lorsque celle-ci lui a parlé de ses malaises, elle a pris un petit air entendu.

— Ne serait-ce pas plutôt... un heureux événement ?

Selma a sursauté.

— Un...? Certainement pas, c'est impossible !

Devant l'air surpris de son amie, elle se mord les lèvres : elle ne peut quand même pas lui expliquer que depuis des mois, exactement depuis le jour où elle s'est saoulée pour célébrer la mort de Kemal, Amir et elle ne... Et cependant si... une fois ! Le soir de la manifestation des princes, il semblait tellement triste, ils s'étaient retrouvés... comme deux enfants perdus, avait-elle pensé. Se pourrait-il que justement cette nuit-là ?...

Devant l'expression perplexe de Selma, Lucie décide de prendre les choses en main.

— Je vous envoie ma doctoresse cet après-midi, c'est une femme remarquable. Et je vous prie de ne pas prendre cet air désespéré : ce n'est pas un si grand malheur que d'attendre un bébé !

Serrant Selma dans ses bras elle sort dans un éclat de rire.

La doctoresse vient à peine de quitter la chambre que les femmes sont accourues. Comme une ruche bruissante, elles se pressent autour du lit pour féliciter leur rani. Depuis deux ans qu'elles attendaient, qu'elles épiaient la moindre pâleur, le plus léger signe de lassitude, elles avaient presque perdu espoir. « Quel malheur, se lamentaient-elles, une épouse si belle et si noble, incapable d'accomplir sa tâche !... Que peut faire le maître sinon la répudier ? » Nombreuses étaient les candidates déjà sélectionnées pour remplacer la princesse, toutes jeunes, saines et d'illustres familles, toutes indiennes — Rani Aziza ne voulait plus d'étrangère.

Mais maintenant il est là, l'héritier, le futur maître, enfin... presque là. Et, de joie, de reconnaissance elles baisent les mains de leur princesse et égrènent les chapelets en murmurant bénédictions et formules rituelles.

Assise dans son lit, Selma ne les voit pas, ne les entend pas, elle contemple à l'autre bout de la chambre la flamme d'une bougie qui hésite à mourir. C'est le moment qu'elle préfère, la lutte courageuse du feu qui se refuse à disparaître. Enfant, elle retenait alors son souffle et le fixait intensément pour lui donner de la force, et quand finalement il mourait, parfois elle pleurait.

La bougie s'est éteinte, Selma sent sur ses joues une fraîcheur humide. *Morte... Annedjim est morte le jour où moi j'ai donné vie, comme si elle s'effaçait pour me laisser la place, ou comme si j'avais attendu qu'elle disparaisse pour prendre sa place...*

Elle a compté et recompté, il n'y a pas de doute : c'était le soir même de la mort de sa mère... Le corps a de ces presciences... Bien avant qu'elle ne sache, il a su... Soudain il lui semble évident que tant que sa mère vivait, elle, Selma ne pouvait qu'être fille. « La mère », c'était la sultane ; jamais elle n'aurait osé prendre sa place.

Ne voilà-t-il pas qu'elle délire à nouveau ? Croire que son corps s'interdisait d'enfanter jusqu'au jour où il a perçu, à des milliers de miles le signe qui lui permettait enfin de s'épanouir ? Et pourtant, la réalité...

Hésitante, timide, sa main s'est posée sur son ventre. La réalité, elle est là maintenant, et cette fois elle ne peut pas, elle ne veut pas y échapper ! Attentive, elle guette un frémissement sous sa paume, il lui semble percevoir un monde qui s'éveille. Elle ferme les yeux, heureuse.

— Ma chérie, c'est merveilleux !

Rayonnant, Amir s'est approché du lit ; il paraît bouleversé. Selma le regarde, étonnée : elle l'avait mal jugé, jamais elle n'aurait pensé qu'il participe ainsi à son bonheur.

— Il faudra bien vous soigner surtout, je veux que mon fils...

« Mon fils... ? » Selma n'a pas entendu la fin de la phrase, brusquement elle s'est raidie. « Mais il est fou ! Il n'a rien à voir là-dedans, personne n'a rien à y voir, c'est mon enfant ! » D'effroi, elle s'est mise à trembler : on ne lui prendra pas son bébé ! Ce n'est pas parce que cet homme a partagé sa couche qu'il peut se croire des droits ! Elle le dévisage maintenant avec hostilité : tout au plus a-t-il été un mari passable, un mauvais amant, mais un père ? Le père de son enfant ? Instinctivement elle a resserré les bras autour de son ventre, citadelle qui s'isole, se barricade, protège le précieux trésor que convoite l'étranger.

Car soudain ce n'est plus elle « l'étrangère », elle ne se sent plus « de trop », elle est là, bien ancrée dans cette terre dont elle a l'impression, tout à coup, de faire partie intégrante, attachée par mille racines, elle est la glaise brune et grasse et l'herbe qui ploie sous le vent, elle est la forêt majestueuse et la chaleur paisible de cette fin d'après-midi.

Peu à peu elle a retrouvé son calme, elle s'étonne d'avoir eu si peur : cette vie au fond de son ventre, qui pourrait la lui arracher ? Ils peuvent parler, elle ne les entend pas. Elle ne comprend même plus l'importance qu'elle leur accordait, avant, comme si son existence dépendait de ce qu'ils disaient, de ce qu'ils décidaient, comme si elle n'était qu'une coquille vide.

Son regard effleure l'homme à côté d'elle, elle lui sourit, indifférente.

— Surtout, ne mangez pas de poisson, cela donne aux bébés une vilaine peau ! Vous ne devez pas non plus vous parfumer, ni vous farder, ni orner vos cheveux de fleurs, car cela excite l'envie des djinns : ils pourraient lancer à l'enfant un mauvais sort.

D'un ton sentencieux, Bégum Nimet énumère recommandations et interdictions — ce que toute femme enceinte doit savoir — et autour d'elle, on approuve en hochant la tête. Qui mieux que l'ancêtre pourrait conseiller la rani ? Les petits-enfants de ses petits-enfants ne se comptent plus, tous sont forts et beaux, preuve que leurs mères se sont conformées scrupuleusement aux avis de l'aïeule.

A toute heure du jour, en toute circonstance, un code subtil doit être respecté, il suffit d'ailleurs de réfléchir un peu pour comprendre. Mais les jeunes d'aujourd'hui ne font confiance qu'à la médecine ingrese, elles se figurent que les vieilles recettes sont dépassées, quel malheur ! On en voit les conséquences catastrophiques : les fausses couches se multiplient, et tous ces bébés qui naissent à demi estropiés, et l'enfant de la Nishat, dont la moitié du visage est dévoré par une tache violacée — on lui avait dit pourtant qu'à partir de la onzième semaine il ne fallait plus manger de betteraves.

Dolente, Selma écoute, et, pour faire plaisir, pose quelques questions. La sollicitude de ces femmes la touche. Depuis que la nouvelle s'est répandue, elle est devenue le point de mire, le centre de toutes les conversations, des espoirs et des inquiétudes. Le palais vit au rythme de ses désirs, chacun est aux petits soins, même Rani Aziza qui a ordonné que chaque plat, et pas seulement les entremets, soient recouverts d'une pellicule d'or ; car l'or, c'est bien connu, donne de la vigueur à la mère et fortifie les os du bébé.

Tous ces embarras qui, en temps normal, l'auraient exaspérée, aujourd'hui la rassurent. Sans eux, elle ne serait pas certaine d'être enceinte ; elle a beau, chaque soir devant le miroir, interroger son ventre, ses seins, elle ne sent rien. Même les nausées se sont espacées. La doctoresse se serait-elle trompée ? Selma s'inquiète et le moindre malaise lui devient sujet de ravissement.

Désormais, elle passe la plus grande partie de la journée étendue sur le lit à balancelle de son salon réaménagé en boudoir. De là, elle n'aperçoit que la cime des arbres et des coins de ciel à travers les feuillages. Elle n'a plus envie de sortir, encore moins de faire de visites, elle rêve.

Si c'est un garçon, elle l'appellera Soliman, comme son ancêtre le sultan magnifique. Elle l'éduquera de façon qu'il devienne un grand souverain. Il lancera des réformes audacieuses, et le peuple, comprenant qu'il s'agit de son bien, le suivra. Peu à peu, il libérera les femmes, car elle l'aura rendu sensible à leur détresse. Tout ce qu'Amir, hésitant entre ses réflexes féodaux et ses convictions libérales, tout ce qu'elle, l'étrangère, n'ont pu faire, son fils l'accomplira. Elle sera à ses côtés pour le conseiller. A eux deux, ils changeront Badalpour, ils édifieront un Etat moderne, que les autres Etats envieront et tenteront d'imiter. Ils seront des pionniers, ils démontreront que, sans perdre son âme, sans forcément s'angliciser, les Indes sont capables de devenir un grand pays.

Et si c'était une fille ?...

La pensée de Selma vacille... Une fille... Des images de réclusion, de noirs burkahs, de mariages d'enfants l'assaillent. Une fille... voilée, vendue... Elle frissonne.

Les jours suivants, l'idée revient la tourmenter. Comment n'y avait-elle pas songé plus tôt ? Tout le monde au palais est tellement sûr que ce ne peut être qu'un garçon qu'elle-même s'en est persuadée. Mais si c'est une fille, que fera Amir ?

Pour lui poser la question, elle a choisi un soir où il semble particulièrement de bonne humeur. Il a sursauté comme si elle l'insultait, mais s'est ressaisi aussitôt.

— Une fille ? Eh bien, je lui trouverai le mari le plus riche, le plus noble de toutes les Indes !

— Et si elle ne veut pas se marier ?

Il l'a regardée, interloqué, et puis s'est mis à rire.

— Quelle idée ! A-t-on jamais vu une fille ne pas avoir envie de se marier ? Le mariage est le but de toute femme, la condition de son bonheur, elle est faite pour avoir des enfants. Vous-même, ma chérie, en êtes la preuve vivante : depuis que vous êtes enceinte, vous resplendissez !

Selma s'abstient de répliquer. Ce n'est pas le moment d'irriter Amir, elle a besoin de savoir.

— Si c'est une fille, insiste-t-elle, devra-t-elle porter le voile et rester cloîtrée ?

Amir secoue la tête, l'air peiné.

— Selma, pourquoi me poser ces questions ? Vous savez bien qu'il le faut. Sinon ma réputation et la sienne seront ruinées. Personne n'acceptera de la recevoir, notre société ne plaisante pas avec la vertu des femmes. Mais rassurez-vous, elle n'en souffrira pas, car elle n'aura jamais connu, n'aura jamais la possibilité de connaître autre chose.

« Rassurez-vous »... La remarque destinée à calmer Selma l'a terrifiée : sa fille ne serait même pas capable d'imaginer la liberté ! C'est impossible, elle ne mettra pas au monde une prisonnière. Son enfant ne sera pas une de ces petites personnes bornées dont l'univers se restreint au bien-être de sa famille. Elle sera une femme d'action, elle aidera ses compagnes à se libérer des contraintes qui depuis des siècles tentent d'étouffer leur intelligence et leur volonté. Sa fille se battra... On ne pourra la traiter d'étrangère, elle au moins aura le droit de lutter !

Mais en aura-t-elle l'envie ? Cette révolte qui habite Selma, sera-t-elle capable de la lui transmettre ? Peut-on faire comprendre l'injustice à qui n'a jamais connu la justice ?

La pesanteur des Indes l'effraie. Doucement, jour après jour, elle émousse les enthousiasmes, les indignations, et lentement, sans drame, anéantit les volontés en anéantissant le désir.

« Comment ma fille aura-t-elle la force ? se demande-t-elle. Moi-même, qui ai connu la liberté, j'ai parfois l'impression... » Selma hésite sur ce mot qu'elle déteste, et cependant... c'est vrai depuis quelque temps elle commence à... s'adapter ! La jeune femme impatiente, intransigeante, en est venue à apprécier la douceur qui l'entoure ; elle se sent protégée. Insensiblement, elle s'est laissée glisser dans le bien-être, tout en se berçant de l'illusion d'être toujours la même...

C'est la récente remarque d'une suivante qui lui a donné l'alarme. Pensant lui faire plaisir, celle-ci confiait très haut à une amie :

— Nous sommes si heureuses, notre rani a bien changé, c'est une vraie femme indienne maintenant !

L'image lui est revenue alors de la mère de Rani Shahina, vision de défaite, de malheur, que celle de cette jeune femme aventureuse et passionnée qui, pour rester auprès de ses enfants, avait choisi de renoncer. Mais jamais elle n'avait accepté cette trahison d'elle-même et finalement elle s'était enfuie... dans la folie.

« Partez ! Sauvez-vous, il en est encore temps ! » La voix rauque résonne aux oreilles de Selma. Alors, elle n'avait pas pris l'avertissement au sérieux, s'estimant capable de résister à n'importe quelle pression.

Résister à la force oui, mais à la douceur ? Selma soudain a peur ; elle sait que rien n'est plus dangereux que cette agréable tiédeur, cette béatitude satisfaite, que les gens nomment le bonheur. Par fatigue, par lâcheté ou peut-être par manque d'espoir, elle est en train de s'y laisser prendre. Il faut partir, s'enfuir avant qu'il ne soit trop tard ! Pour l'enfant, sans doute, mais aussi — surtout ? — pour elle-même. S'enfuir non parce qu'elle est malheureuse, mais parce que, de ce bonheur-là, elle ne veut pas.

XX

— Alors, qu'avez-vous choisi ? Paris ou Lausanne ?

Sur le piano, les doigts de Selma se sont figés ; interdite elle s'est retournée vers Lucie : comment cette diablesse a-t-elle deviné ? Pour masquer son trouble, elle feint de s'absorber dans la contemplation d'un cabochon de rubis qu'Amir vient de lui offrir et balbutie :

— Voyager ? Il n'en est pas question, dans mon état !

— Dans son état !...

La Française a levé les yeux au ciel, mimant une profonde exaspération.

— Ne dirait-on pas que vous êtes la première femme au monde à attendre un bébé ? C'est justement dans votre état qu'il faut partir, plus tard ce serait risqué. Sur ce point, les médecins, pour une fois, sont d'accord : avant le troisième mois. Vous ne voulez quand même pas accoucher ici ?

— Mais si... pourquoi ?

— Elle est délicieuse mais complètement folle ! Enfin, ma chère, *personne* n'accouche dans ce trou ! S'il y a des complications, croyez-vous que votre vieil hakim, qui ne sait reconnaître une grossesse d'une jaunisse, saura vous tirer d'affaire ? Il n'y a actuellement que deux endroits pour avoir un enfant : Paris et Lausanne.

Selma réprime un sourire en songeant à toutes les inconscientes de par le monde qui ont osé accoucher ailleurs ; mais le snobisme de Lucie a du bon, puisqu'elle vient peut-être, sans le vouloir, de lui fournir la solution du problème...

Depuis des nuits elle n'en dort plus : rester ou partir ? Si c'est un garçon, elle n'a pas le droit de le priver du pouvoir, mais si c'est une fille ?... Quitter le palais et Lucknow n'est pas difficile — il suffit d'acheter quelques servantes — mais quitter les Indes ? Elle a imaginé toutes sortes de scénarios, — déguisements et faux papiers — mais elle sait qu'Amir remuera ciel et terre pour la retrouver, qu'il enverra son signalement à toutes les frontières.

Tandis que si elle partait, officiellement pour accoucher en France, et qu'elle refuse de rentrer, qui pourrait l'y forcer ? La France est terre d'asile, terre de liberté, là-bas le rajah ne pourrait rien contre elle.

— Les ranis de Badalpour ont toujours accouché au palais. Ce qui pendant des siècles fut bon pour les femmes de notre famille devrait, j'imagine, l'être également pour vous... princesse !

Dans la bouche de Rani Aziza, le titre a claqué comme un coup de fouet : l'audace de cette étrangère n'a pas de limites ! Heureusement qu'une de ses suivantes l'a prévenue de ce qui se tramait, elle est arrivée à temps, son benêt de frère allait encore céder.

Le rajah, pour sa part, souhaiterait se trouver n'importe où ailleurs. Qu'il donne raison à son épouse ou à sa sœur, il est assuré pour des mois de plaintes et de mauvaise humeur. Mais, au fond, il n'est pas mécontent de l'intervention de son aînée : ce sont là affaires de femmes, après tout ! Lui-même était hostile à ce voyage, mais il aurait peut-être fini par se laisser convaincre : Selma était parvenue à l'inquiéter...

Une idée brillante lui vient, qui va mettre tout le monde d'accord :

— Faisons venir au palais un médecin anglais. S'il n'y en a pas d'assez bon à Lucknow, nous en appellerons un de Bombay ou de Calcutta. Ainsi, nous parons à toute éventualité et nous respectons les traditions. Car j'avoue que moi aussi je pense qu'un souverain de Badalpour ne doit pas naître à l'étranger. En ces temps troublés, certains pourraient en prendre prétexte pour lui dénier sa légitimité.

Ravi de cette solution qu'il n'entend plus discuter, Amir s'éclipse sans prêter attention à la mine déconfite de son épouse, ni écouter sa sœur protester qu'un prince musulman ne peut être mis au monde par un infidèle...

Il faudra des événements graves pour que le rajah en vienne à modifier sa décision. En ce mois de mars 1939, alors que Hitler vient d'annexer la Tchécoslovaquie et que les démocraties européennes s'interrogent, tandis que le mahatmah Gandhi leur conseille « un désarmement simultané qui, à coup sûr, ouvrirait les yeux de Herr

Hitler et le désarmerait[1] », Lucknow voit monter la tension entre ses communautés musulmanes — sunnite et chiite, ancestralement rivales.

La pomme de discorde est le Mad e Sahabah, une apologie des trois premiers khalifes, que les sunnites entendent réciter publiquement, ce que les chiites considèrent comme une provocation : pour eux ces khalifes furent des usurpateurs, le gendre du Prophète, Ali, étant seul habilité à lui succéder.

En 1905, à la suite d'émeutes qui avaient fait des dizaines de morts, le gouverneur anglais de Lucknow avait interdit la récitation du Mad e Sahabah. Mais depuis que le parti du Congrès est au pouvoir, les sunnites en font le siège afin d'obtenir l'abolition de cette mesure « inique ». Ils arguent que les chiites récitent bien le Tabarrah, qu'eux-mêmes jugent insultant pour la mémoire de leurs khalifes.

Certains politiciens hindous soutiennent les sunnites, trois fois plus nombreux que les chiites, espérant ainsi gagner des votes au Congrès. Que cela puisse entraîner des émeutes est le moindre de leurs soucis : toute bataille entre musulmans n'affaiblit-elle pas la Ligue et Jinnah, son chef détesté ? Sentant le gouvernement hésiter, les sunnites ont ces dernières semaines, multiplié les manifestations. Ils se font arrêter par centaines et la police, confrontée à ces mécontents, en sus de tous les autres, n'arrive plus à faire face.

Le 31 mars, à la stupéfaction générale, le gouvernement finit par céder : le Mad e Sahabah pourra être récité en tous lieux et à tout moment, à condition que les autorités soient prévenues. Aussitôt, c'est la panique. Dans les rues de Lucknow, les chiites affrontent les sunnites à coups de prières et de pierres. Des émeutes particulièrement violentes éclatent devant le grand immambara, la police tire à balles, faisant des morts et des blessés. Le gouvernement décrète le couvre-feu, mais il n'est plus obéi. Les boutiques ont baissé leur rideau de fer et la plupart des habitants se terrent, des colonies armées sillonnent la ville. En quelques jours des milliers de musulmans sont arrêtés, ce qui ne fait que susciter de nouvelles émeutes. Un groupe parvient à envahir la chambre du Conseil et à s'emparer du Premier ministre, qui finalement en sera quitte pour la peur. Les femmes décident que le moment est venu de soutenir leurs hommes et de manifester dans la rue, voilées de leur burkah noir. Sept mille chiites sont déjà en prison, et quelques centaines de sunnites ; si les hindous s'en mêlent — dans cette atmosphère survoltée tout est

---

1. Interview du *New York Times* du 24 mars 1939.

prétexte —, n'importe quoi pourrait arriver, et même l'armée serait incapable d'empêcher incendies et massacres.

Kaisarbagh est situé tout près du marché d'Aminabad, l'un des hauts lieux de la bataille. Le rajah a bien fait renforcer la garde, mais si la foule exaspérée s'en prenait au palais, que pourraient ses quelques hommes?

En ce début de printemps, personne à Lucknow ne saurait prévoir jusqu'où les émeutes peuvent dégénérer. Amir ne veut prendre aucun risque : il doit rester, mais sa jeune femme partira. Elle a les nerfs fragiles, il craint que sa grossesse ne soit perturbée. Et si la paisible Lucknow n'est plus sûre, alors nul endroit aux Indes ne l'est. Au fond, envoyer Selma en France n'est pas une si mauvaise idée. Il la fera accompagner par Zeynel, l'eunuque qui, maintenant que la sultane est morte, n'a plus rien à faire à Beyrouth.

Poussière et chaleur sèche de cette mi-avril, la gare de Lucknow un jour ordinaire, avec ses nuées de porteurs faméliques et ses mendiants qui, dans l'immense hall de grès rouge, font escorte aux voyageurs engoncés dans leurs colliers de fleurs.

Devant l'imposante porte victorienne, flanquée de pavillons moghols, stationne l'Isota Fraschini blanc et or. Des gardes l'entourent, portant blason de l'Etat de Badalpour; ils la protègent de la curiosité de la foule qui, à travers le secret des rideaux de damas, tente d'apercevoir la rani aux cheveux d'or.

Car la nouvelle s'est répandue dès l'aube, lorsque les serviteurs du palais sont arrivés pour dresser le long couloir de brocart qui doit permettre à la princesse d'accéder discrètement au wagon royal. Dans la ville, sa beauté est devenue légendaire; bien peu l'ont vue, mais les descriptions des servantes ont excité les imaginations. Sa générosité également est notoire : qui sait si son départ ne va pas donner lieu à quelque distribution? Dans la foule qui se presse des vivats retentissent, et des bénédictions...

Assise à côté d'Amir qui s'impatiente, Selma lutte contre l'émotion. Elle ne sait plus pourquoi elle voulait tant s'en aller. Le départ du palais a été une épreuve qu'elle n'aurait pas soupçonnée, elle qui rêvait de le quitter depuis si longtemps. Toutes les raisons, qui lui avaient paru évidentes, lui semblent à présent dérisoires. La chaleur dont on l'a entourée ces derniers jours, l'amour qu'elle a senti chez ces femmes et ces enfants surgis de tous les coins du palais, et qui s'accrochaient à sa robe en pleurant, étaient sincères. On ne voulait pas qu'elle parte, on la suppliait ; les vieilles l'appelaient « mère » en pressant ses mains dans leurs doigts décharnés et les plus jeunes la regardaient d'un air triste, comme lui reprochant de les abandonner.

Lorsque enfin elles avaient compris qu'elles ne pourraient la fléchir, quand d'une voix sévère le rajah avait expliqué que la princesse devait partir « pour raison de santé », chacune avait tenu à lui faire un petit présent, une parcelle d'elles-mêmes que leur rani devait emporter et qui, dans ce monde qu'elles ne pouvaient imaginer, la protégerait, puisqu'elles ne seraient plus là pour le faire. Malgré les conseils d'Amir que ces billevesées exaspèrent, Selma a refusé de s'en séparer. Ce serait trahir leur confiance, cela lui porterait malheur. Elle a fait serrer les mouchoirs brodés, les cailloux aux couleurs étranges, les bouts de bois sculptés dans une malle qu'elle emportera à Paris. Si parfois, là-bas, il lui arrive de se sentir seule, elle n'aura qu'à l'ouvrir pour toucher, respirer ces témoignages d'amour.

— C'est prêt, nous pouvons sortir.

Amir a sauté hors de la voiture. « Quelle impatience ! s'étonne Selma, on le dirait pressé de me voir partir... » Elle sait bien que c'est faux, qu'il est désemparé et fait son possible pour le cacher, mais elle lui en veut de son refus de se laisser aller, de cette sérénité qu'il affiche avec elle comme avec les étrangers. Les rares fois où il s'est montré sans masque, il le lui a fait payer les jours suivants par une froideur redoublée.

D'un pas léger, le rajah la précède dans ce couloir de soie qu'elle a emprunté il y a deux ans, en sens inverse. Elle arrivait, fiancée resplendissante d'espoir, elle s'avançait avec confiance à la conquête de son beau mari et de sa nouvelle patrie.

Et maintenant... Elle continue de marcher vers le wagon de métal et de bois qui va l'emporter loin de tous ceux qui la connaissent et qui, à leur façon, l'aiment. Derrière elle vient Zahra, Zahra la frêle jeune fille qu'elle a adorée et à qui elle ne pardonne pas d'être devenue cette femme paisible et grasse. Mais peut-être devrait-elle au contraire lui en être reconnaissante, comme d'un avertissement de ce que le bonheur, dans ce pays, fait aux femmes... Derrière Zahra, Rashid Khan, Rashid le fidèle qui, depuis son arrivée, a tout suivi et tout compris. Devine-t-il qu'elle part peut-être pour toujours ?...

Une forte odeur de jasmin la tire de ses réflexions. Ils sont arrivés devant le wagon indigo, aux couleurs de l'Etat. Au pied des marches, d'énormes bouquets blancs embaument. Qui a pensé à l'accompagner de ses fleurs préférées ? « Amir », sourit Zahra en réponse à sa question muette. Les larmes longtemps contenues montent aux yeux de Selma. Amir ?... Pourquoi si tard ? Est-ce parce qu'elle part qu'il est capable, enfin, d'exprimer un peu d'amour ?...

Bouleversée, elle a pénétré dans le compartiment et s'est avancée vers lui. A cette minute, s'il lui demandait de rester, elle tomberait dans ses bras.

Il se contente de la regarder, et recule, imperceptiblement.

Par la suite, il pensera souvent à cet instant où, quelque envie qu'il en ait eue, il n'a pu surmonter le réflexe acquis, la règle d'or qui interdit aux époux musulmans de se témoigner la moindre intimité en public. Il n'y a pourtant là que la famille, Zeynel, juste arrivé de Beyrouth, quelques servantes... et sa jeune femme qui en silence le supplie de faire un geste.

Tremblante, Selma a saisi la coupe de champagne qu'en époux attentionné il lui tend. Il a recouvré son sang-froid et porte des toasts à la santé de la princesse, au bon déroulement de son voyage, à un agréable séjour en France. Pas une fois il n'évoquera la tristesse de son absence ou leurs retrouvailles prochaines. Sur son visage, pas la moindre émotion.

Le sifflet du chef de gare annonçant le départ imminent vient interrompre ces adieux étranges. Excepté Zeynel, tout le monde est descendu sur le quai, Amir est resté le dernier. Va-t-il l'embrasser ?

Galamment, il s'incline comme s'il la quittait pour quelques jours.

— A bientôt, ma princesse.

— Amir !

A son appel, il s'est retourné. Longuement, douloureusement, ils se sont regardés. Elle a soudain le pressentiment qu'ils ne se reverront jamais, que jamais elle ne reverra les Indes.

Penchée à la fenêtre du train qui dans des flots de fumée s'ébranle, elle fixe intensément la mince silhouette blanche, immobile sur le quai, qui s'éloigne, s'éloigne et disparaît...

QUATRIÈME PARTIE

FRANCE

I

Le 2 avril 1939

« Je t'écris, mon Mahmoud, de Paris où nous voici installés, la princesse Selma et moi, depuis deux semaines. Eh oui ! Tu ne rêves pas, c'est bien ton Zeynel qui, après quinze années de silence, se décide à reparaître...

» Ne m'en veux pas si je n'ai pas répondu aux lettres affectueuses qu'au début de notre séparation tu m'envoyais. Ce n'était pas par indifférence. Je sentais qu'il était vain de remuer les souvenirs du bonheur d'autrefois. Pour toi surtout, qui étais si jeune : tu devais m'oublier et te faire une nouvelle vie.

» De mon côté je n'avais pas l'esprit libre. Je consacrais tout mon temps, mon énergie, mes pensées à l'infortunée famille dont le sort me rendait responsable, et surtout... je me consacrais à la sultane Hatidjé qui, malgré son courage, n'arrivait pas à surmonter le choc de l'exil...

» Ma sultane... Je ne puis l'évoquer sans que les larmes brouillent ma vue. Il y a maintenant plusieurs mois qu'elle nous a quittés, elle s'est éteinte sans une plainte, comme la grande dame qu'elle a toujours été... J'ai cru devenir fou de douleur ! Depuis sa maladie, nous nous étions encore rapprochés ; non seulement elle me donnait sa confiance mais elle me faisait le cadeau, inestimable, de son affection.

» Sa disparition fut pour moi, je puis te l'avouer aujourd'hui, la fin d'une très longue histoire d'amour. Mais sans doute l'avais-tu deviné depuis longtemps déjà...

» Quand je suis rentré à son service, au palais de Tchéragan où elle se trouvait prisonnière avec son père, j'ai été immédiatement conquis. Je n'avais que quinze ans, elle aurait pu être ma mère, mais j'ai senti que c'est moi qui devais la protéger. Elle était si triste ! Pendant des années, elle avait espéré la liberté, puis elle avait fini par abandonner. Les murs de ce palais seraient sa tombe. Elle ne supportait plus sa captivité : elle avait une telle soif de vivre que je compris qu'un jour elle finirait par se tuer...

» Je fis part de cette observation au médecin envoyé, une fois par semaine, par le sultan Abdul Hamid. Il fut fort étonné de mon audace, mais dut en parler à Sa Majesté, car quelques mois plus tard on décidait de marier la sultane.

» Je passais alors par toutes les affres de l'angoisse car je craignais d'être séparé d'elle ; par chance, on me mit dans sa corbeille de noces. Depuis je ne l'ai plus quittée.

» En étais-je heureux pour autant ? Non, j'étouffais de jalousie. J'ai été jaloux de son mari jusqu'à ce que je comprenne qu'elle le détestait encore plus que moi, jaloux du beau pacha, l'époux de Naïmé Sultane, à qui elle faisait les yeux doux, jusqu'à ce que je découvre qu'elle ne cherchait qu'à se venger du sultan Abdul Hamid. Et là, crois-moi, je l'ai aidée avec enthousiasme. Sa vengeance était ma vengeance, car nous étions tous deux victimes de ce souverain que les chrétiens appelaient " le sultan rouge ".

» Mais celui que je n'ai jamais pu accepter fut son second mari, le séduisant Haïri Raouf Bey. Comment une femme aussi fine, aussi intelligente avait-elle pu s'énamourer de ce fat qui n'aimait que lui-même ?

» J'ai souffert comme un damné. Et pourtant elle était avec moi plus affable qu'elle ne l'avait jamais été. Le bonheur la rendait bienveillante. Je haïssais cette bonté, ces familiarités qu'elle se permettait, signe de confiance pensait-elle, en réalité signe d'indifférence. Ainsi, lorsque son mari était absent, elle avait pris l'habitude de me garder à côté d'elle, avec ses femmes, dans le boudoir. Elle s'allongeait, délaçait son corsage, faisait peigner son admirable chevelure et me priait de lui conter par le menu les potins du palais. Et elle riait, riait, la tête renversée, complètement abandonnée... l'inconsciente ! Comme si je n'étais pas, malgré tout, un homme, comme si je n'éprouvais pas de désir. Son attitude et celle de ses suivantes, dans la chaleur à demi dénudées, me criaient à m'en faire exploser le crâne : " Castré, tu n'es qu'un castré ! "

» Je l'ai haïe alors, et j'ai prié Allah de la punir de son insolent bonheur. Il m'a exaucé... au-delà de ce que je pouvais imaginer. Quelle cruauté! Dans mon inconscience, j'avais appelé la malédiction sur celle que j'aimais plus que ma vie, il n'y avait plus de retour en arrière possible.

» A Beyrouth, pourtant, j'ai été heureux : l'exil avait fait de nous une famille, et ma sultane s'appuyait de plus en plus sur moi, car j'étais le seul homme de la maison.

» Je devine ton sourire, mais, pauvre innocent, crois-tu qu'être homme dépend de cette misérable émission de quelques gouttes de couleur opaque ?... Et d'abord, comment sais-tu que j'en sois incapable ? Il est arrivé maintes fois qu'en effectuant sa sinistre besogne la main d'un hakim ait tremblé, qu'il ait eu pitié...

» Après tout, j'étais beau garçon et je n'avais que treize ans. Je me souviens de ce printemps-là, de vagues langueurs pour une blonde voisine, de rêveries et de caresses malhabiles et curieuses de cette partie de moi qui commençait à vivre, irradiant dans tout mon corps de délicieux frémissements.

» Nous habitions la campagne. Mes parents étaient de petits paysans. Après moi, il y avait six enfants. Quand les émissaires du sultan sont arrivés, cette année-là comme chaque année, mon père — que Dieu jamais ne lui pardonne ! — m'a désigné pour partir avec eux. Il rêvait que son fils aîné devienne grand vizir, ou tout au moins haut fonctionnaire de la Sublime Porte, de sorte que la famille n'ait plus à craindre la misère. Oh, il n'était pas le seul à agir ainsi ! Depuis des siècles les enfants les plus beaux, les plus intelligents étaient recrutés de par l'empire pour être éduqués dans les différentes écoles du palais, chacun selon ses capacités.

» A-t-il pensé que parmi les positions glorieuses qu'il ambitionnait pour moi, il y en avait une où la puissance est peut-être la plus grande — car qui contrôle le gynécée contrôle le cœur et l'esprit du maître. Mais à quel prix ! Il ne pouvait l'ignorer, et j'entends encore les cris de ma mère comme si elle pressentait la mutilation de sa chair.

» Pourquoi te raconter tout cela aujourd'hui alors que si souvent, tendrement étendu à mon côté, tu me priais de te parler de moi et te froissais de mon refus comme d'un manque de confiance ? Peut-être parce que je me fais vieux et que, dans cette grande ville, je n'ai personne à qui parler. Ma princesse est très entourée, elle sort tous les jours. J'en suis heureux car, lorsque je l'ai retrouvée aux Indes, après deux ans, sa tristesse m'avait effrayé. Mais moi, pour la première fois depuis mon départ d'Istamboul, je me sens très seul.

» Sans doute aussi puis-je maintenant me confier à toi parce que je sais que nous sommes séparés à jamais, et que ma faiblesse à ton égard ne peut plus désormais te donner prise... Eh oui, j'ai eu à ma façon, peur de toi, de ton extrême jeunesse, de ta beauté qui me rappelaient ce que j'avais été. Je craignais de me perdre dans la fascination de mon image retrouvée. M'attendrir sur toi eût été m'attendrir sur moi, je ne pouvais me le permettre. Comment crois-tu que j'ai fait mon chemin dans cette cour cruelle? En éliminant impitoyablement les regrets et les rêves. Car au début, lorsque j'ai réalisé ce qu'ils avaient fait de moi, un objet de risée, de mépris, pire, de pitié, comme beaucoup d'entre nous j'ai voulu mourir.

» La pitié... Chaque fois c'était comme si l'on m'écorchait, comme si, voyant en moi le pauvre castré, de nouveau l'on me castrait. Souvent je me plaisais à rendre malheureux pour pouvoir à mon tour avoir pitié, retourner l'insulte... Je détestais les gens heureux, sûrs d'eux, de la vie, avec toutes ses possibilités offertes... C'est pourquoi je haïssais les jeunes; je n'éprouvais de la sympathie que pour ceux qui s'acheminaient vers la mort, et le sachant, en percevaient dans tout leur corps le cheminement glacial...

» T'ai-je aimé parce que tu étais malheureux? Certes. Aurais-je pu aimer un adolescent triomphant?... Castré dès l'enfance, tu ignorais tout du monde du désir. A ta pressante demande, je m'appliquais à te l'expliquer. Et plus je te parlais, plus ton visage s'assombrissait, car tu comprenais que tu avais perdu un bien que tu ne pouvais même pas imaginer. Tu m'écoutais avec tristesse et envie, tel l'aveugle de naissance jalouse celui devenu aveugle par accident qui peut, une fois le désespoir surmonté, se représenter un monde incomparablement plus beau que celui qu'il a connu.

» Sous les couleurs les plus séduisantes, je te peignais la montée du désir, sa force, le sourire de la chair qui pressent son épanouissement, le sang qui monte à la tête, rosit les joues, fait briller les yeux, le fluide secret qui humidifie les lèvres, rend la peau plus douce, les membres languides, jusqu'au vertige : certitude de n'être plus qu'un avec le monde dans l'épiphanie de sa beauté, d'être la vie, à la fois le créé et le créateur, Dieu lui-même... pour un instant.

» Dieu? Tu pensais que j'exagérais. J'exagérais peut-être, tout cela je ne l'avais pas éprouvé, seulement pressenti dans mes jeux d'adolescent. Mais puisque j'en étais désormais réduit à imaginer, je m'inventais la jouissance ultime, celle où je fondais, me confondais avec l'infini. Peut-être à cause de cela ai-je d'autant plus souffert.. Si j'avais eu la possibilité de jouir, sans doute l'aurais-je fait banalement, petitement, à la façon dont on prend son repas quotidien, comme tous ces inconscients.

» Ils ne savent pas. Moi je sais. C'est parce que la jouissance m'a été refusée que je la connais intimement, comme souvent l'on connaît mieux la femme que l'on désire que celle que l'on possède.

» Ceux qui prétendent que le désir aveugle n'y comprennent rien : ils parlent de l'impulsion passagère, non du désir profond qui, lui, peut être possession plus complète que la possession même.

» Tu penses, sans doute, que j'extravague pour me consoler de ne pouvoir posséder. Mais sache que je n'en ai même plus envie. J'ai possédé ! La femme la plus belle, la plus noble et la plus vertueuse, par l'esprit et par le cœur une reine.

» Je l'ai possédée plus qu'aucun autre, je percevais chacun de ses frémissements, je vibrais avec elle, mes humeurs étaient commandées par les siennes, comme si j'étais une partie d'elle, non pas un individu autonome mais... comme si j'étais en elle, comme si j'habitais son corps.

» Sa mort m'a déchiré. Mais ne crains rien, je ne me laisse pas aller : dorénavant, j'ai ma princesse à protéger.

» Si tu savais comme elle est devenue belle, ma Selma... Parfois je crois revoir la sultane au temps de sa splendeur, bien qu'en réalité elle soit très différente. Il y a en elle une fragilité qui m'émeut, quelque chose d'inachevé qui semble hésiter entre le rire et le sanglot. Même lorsqu'elle prend ses grands airs d'indépendance, je sens combien, au fond, elle a besoin de son vieux Zeynel. Je suis le seul désormais qui la rattache à son passé. Elle sait que je lui resterai fidèle jusqu'à ma mort.

» Quant à toi, mon Mahmoud, j'ai une requête à t'adresser : si tu reçois cette lettre, je t'en prie, ne me réponds pas, et surtout, ne m'envoie pas de photo. Je veux garder dans mon cœur la fraîcheur de ton corps et de ton âme d'adolescent. Cela te paraîtra peut-être le signe d'un égoïsme monstrueux... A moins que tu ne comprennes que c'est la preuve, qu'à ma façon, je t'aime encore.

Ton Zeynel. »

II

— La vendeuse de la maharanée, s'il vous plaît !

Dans le salon blanc et or de la maison Nina Ricci, où ces dames échangent les derniers potins, en attendant l'ouverture de la collection de printemps, toutes les têtes se sont retournées : une jeune femme vient d'entrer, pâle dans son sari turquoise, suivie d'un homme âgé en longue tunique noire. Une maharanée [1] ?... On attendait une beauté sombre, comme les souveraines de Jodhpour ou de Kapourthala, mais cette maharanée ci aurait presque l'air d'une française, n'étaient ses pommettes hautes et ses yeux étirés vers les tempes ; russe sans doute ?

— Mais non, ma chère, chuchote à sa voisine une dame très distinguée, figurez-vous qu'elle est turque ! Nous l'avons rencontrée au dernier dîner des Noailles. Son mari est le maharadjah de Badalpour, un Etat du nord des Indes.

— Il est un peu vieux pour elle !

— Vous n'y êtes pas ! Le... enfin la personne qui l'accompagne n'est pas son mari...

La dame a baissé la voix tandis qu'intriguées ses voisines tendent l'oreille.

— C'est... son eunuque !

Des murmures incrédules accueillent cette révélation : « Quelle barbarie ! » On en frissonne d'horreur et, oubliant toute retenue, on dévisage avec réprobation le couple scandaleux.

— Elle a pourtant l'air si douce ! Quant à lui, il ne semble pas malheureux ! Sans doute ne réalise-t-il pas sa déchéance, ces

1. Les Français avaient l'habitude d'appeler les princes et princesses indiens maharadjah et maharanée, même s'ils étaient rajah et rani, ou même nawab.

orientaux ont l'habitude. Quand même, oser s'afficher avec son eunuque chez nous, elle ne manque pas d'audace !

Mais derrière les critiques perce une admiration envieuse : ce n'est pas tous les jours que l'on rencontre un phénomène aussi extraordinaire, même à Paris où pourtant on voit de tout... Et plus d'une élégante songe au succès qu'elle se taillerait si, à l'une de ses soirées, elle pouvait exhiber cette jolie maharanée... suivie de son eunuque, évidemment !

Assise un peu à l'écart, Selma ne semble pas remarquer la curiosité qu'elle suscite ; en fait elle s'amuse énormément. A Paris, depuis un mois seulement, elle s'est habituée à être partout le point de mire, et doit reconnaître qu'elle adore cela ! Elle a l'impression d'être de nouveau à Beyrouth, mais les mondanités libanaises, qui autrefois lui semblaient si brillantes, en comparaison, font province. Ici, le raffinement, la diversité des distractions sont tels qu'elle ne sait plus où donner de la tête. Elle a envie de tout goûter, de tout connaître. Et s'il plaît aux gens de s'enticher de ses saris et de son eunuque, que lui importe ! Elle n'est plus la jeune fille ombrageuse qui voulait à tout prix qu'on l'aime, elle est une femme maintenant, une femme riche ! Et après ses deux années de semi-claustration aux Indes, elle se sent une fringale de vivre.

Dès son arrivée à Paris, elle a pris une suite au Plaza Athénée, carte de visite utile mais insuffisante — elle s'en est vite aperçue — pour qui veut se lancer à la conquête de la société parisienne.

« Heure bleue », « Zéphyr », « Rose des sables »... Le défilé a commencé. Sur le podium, les mannequins glissent et tournoient, aériennes ou félines et, tout en les admirant, Selma repense à Marie-Laure, son ancienne ennemie intime du couvent des Sœurs de Besançon. C'est grâce à elle qu'elle a commencé à être reçue.

A Beyrouth, pourtant, les deux adolescentes ne se fréquentaient guère. Après un affrontement initial très dur, elles avaient appris à se respecter, chacune reconnaissant chez l'autre fierté et courage ; mais en dehors de l'école, elles n'entretenaient aucune relation : trop de choses les séparaient dans ce Liban où les Français étaient, après tout, les maîtres.

Marie-Laure était partie la première. Après un séjour en Argentine, elle était revenue vivre en France, et très vite, s'était mariée au comte de Sierres, noblesse d'Empire et grosse fortune bâtie sur de judicieuses alliances contractées par ses aïeux dans les milieux de la finance et des filatures du Nord. Mais elle n'avait pas oublié « la petite Turque », et régulièrement, pour le jour de l'an, lui envoyait une carte de Paris. Aussi est-ce tout naturellement que, débarquant dans la capitale où elle ne connaissait personne, Selma lui avait téléphoné. Elles ne s'étaient pas vues depuis dix ans, elles s'étaient retrouvées comme de vieilles amies qu'elles n'avaient jamais été.

Avec l'orgueil d'une Parisienne de souche, Marie-Laure avait fait visiter à Selma « sa ville », mais surtout elle l'avait initiée à tous ces riens sans lesquels les portes de la haute société restent inexorablement closes. Car il ne suffit pas d'être riche ou célèbre. Il faut savoir quel soir et à quelle table souper chez *Maxim's* pour y rencontrer non des fâcheux mais des amis, comme les Rothschild ou les Windsor « qui sont la simplicité même ». On peut aussi, après le spectacle, aller, en décontracté, prendre un snack chez *Wéber*, brasserie fréquentée par le romantique et solitaire Charles Boyer. Et à moins d'être au seuil de la mort il faut *absolument* se montrer aux courses de Chantilly, les dernières et les plus élégantes de la saison, et arborer ce jour-là le chapeau le plus excentrique de chez *Rose Valois* ou *Suzy Reboux* ! Pour faire ses emplettes, il n'y a d'ailleurs que deux endroits possibles : la rue de la Paix et la place Vendôme. Par contre, le soir, il n'est pas défendu d'aller s'encanailler en groupe à la *Boule blanche* où des orchestres nègres vous font danser la biguine, mais même là, là surtout ! il faut garder sa dignité. Encore que tout cela ne servirait à rien si, lors d'une réception, on ne savait soigneusement calculer l'heure de son arrivée selon l'importance des autres invités, et bien sûr ne pas féliciter l'hôtesse pour son dîner, qui ne peut qu'être parfait, mais dès le lendemain lui envoyer trois douzaines de roses de chez *Lachaume*. Mille conventions non écrites qui sont autant de mots de passe et forment une pointilleuse étiquette à laquelle on ne peut faillir sous peine d'être catalogué de provincial, ou pire, de nouveau riche. Ce dont, malgré tous ses efforts, on ne se relève jamais.

Bien des gens auraient donné la moitié de leur fortune pour être instruits de ce que Marie-Laure, en quelques semaines, enseigna à Selma. Mais cet enseignement, il faut le mériter ! En réalité, pour apprendre il faut savoir déjà. Et si Marie-Laure se montrait si généreuse vis-à-vis de Selma, c'est qu'elle était sûre que son élève lui ferait honneur, car celle-ci possédait ce qui en aucun cas ne peut être transmis, l'amabilité légèrement distante, l'infinie politesse en même temps que la désinvolture, l'inimitable quant-à-soi des personnes « nées ». Aussi emmenait-elle partout sa « perle d'Orient », sa « maharanée », comme elle la présentait. De princesse ottomane, il n'était en effet plus question — qui se souvenait encore des splendeurs de l'empire ? — Par contre, les Indes faisaient rêver, avec leurs richesses fabuleuses et l'extravagance de leurs princes, que ne déparaient pas les bizarreries du petit homme à demi nu qui avait une façon inimitable de se payer la tête de ces Anglais, qu'en bons Français — malgré les récentes alliances — on détestait.

Les robes se succèdent, gracieuses, « Herbe sauvage », « Rêve de lune », les mannequins semblent danser. Qu'elles sont jolies dans ces jupes corolles d'où dépassent des jupons de dentelles ! Sur son calepin, Selma s'empresse de noter quelques modèles ; tout à l'heure, elle sera bien en peine de choisir... Les prendra-t-elle tous ? Ce serait de la folie, mais elle a envie d'être folle ! Ces derniers mois, aux Indes, elle a cru se noyer ; maintenant, elle veut oublier, se laisser griser par la gaieté de ce printemps parisien où, négligeant les nouvelles alarmistes venues de l'Est, chacun ne songe qu'à s'amuser.

L'invasion de l'Albanie par les troupes italiennes, la fuite en Grèce du roi Zog et de la reine Géraldine ne lui ont arraché qu'une pensée narquoise : il s'en est fallu de peu que ce ne soit de nouveau elle, l'exilée !... Quant à la guerre, certains esprits chagrins annoncent qu'elle est imminente et qu'elle embrasera toute l'Europe, mais personne ne les écoute. Ah bien sûr, si le président Daladier n'avait eu la sagesse de signer à Munich un pacte avec Hitler, on aurait pu craindre... Mais heureusement, maintenant tout est réglé ! Et l'on peut, sans arrière-pensée, se passionner pour la floraison de spectacles qui fait vraiment de Paris la capitale la plus brillante au monde.

Marie-Laure emmène Selma partout. Pour la première fois, la jeune femme a mis le pied dans un music-hall ; elle a admiré Joséphine Baker et Maurice Chevalier, ces vedettes qui au Liban faisaient partie de son univers et dont elle connaissait par cœur toutes les chansons. Mais aujourd'hui, elle leur préfère ce petit bout de femme habillée de noir que l'on surnomme « la Môme Moineau » et dont la voix vibrante lui arrache des larmes ; et aussi ce jeune homme blond, un poète tout fou, dont le dernier succès, *Y a d'la joie*, est sur toutes les lèvres.

Si Selma sort tous les soirs, par contre elle consacre ses après-midi à son ancienne passion, le cinéma. A Lucknow, elle en a été tellement frustrée que désormais presque quotidiennement, comme un rituel, elle pénètre, accompagnée de Zeynel, dans l'une des grandes salles rouge et or du Biarritz ou du Colisée. La veille, elle a vu *Quai des Brumes* et elle est tombée sous le charme de Jean Gabin lorsque de sa voix rauque il a murmuré : « T'as de beaux yeux, tu sais » à cette gamine, une nouvelle actrice au regard inquiétant.

Croyant lui plaire, ses amis parisiens prétendent qu'elle ressemble à cette Michèle Morgan. S'ils savaient quels souvenirs ils remuent et comme elle a regretté parfois de n'avoir pas accepté le contrat de Hollywood plutôt que de vouloir être reine. Mais avait-elle le choix ? A l'époque, être reine lui semblait une obligation, elle ne pouvait s'y soustraire sans insulter la mémoire de ses ancêtres qui avaient tout sacrifié au devoir du pouvoir. Devoir ou besoin... ? Où est la frontière ? Elle ne le sait pas. Chacun ne choisit-il pas sa voie, son " devoir ", en fonction de son besoin le plus fort ? Longtemps Selma a cru qu'il fallait surmonter ses besoins, et puis, peu à peu, elle a compris qu'il fallait au contraire les vivre. Non parce qu'ils sont vitaux, mais parce qu'ils sont mortels. Les vivre pour s'en débarrasser.

— Eh bien, Altesse, comment trouvez-vous notre collection ?

La première, mademoiselle Armande, s'est approchée de son illustre cliente : depuis un moment celle-ci lui paraît bien rêveuse, il est temps de reprendre les choses en main. Volubile, elle vante la beauté des incrustations et la finesse des broderies, et surtout l'audace de la ligne nouvelle qui exalte la féminité :

— Contrairement à certains couturiers, madame Nina Ricci aime les femmes, elle se refuse à les caricaturer sous prétexte d'originalité !

Selma ne l'entend pas. Elle regarde la mariée qui s'avance dans un enneigement de dentelles et de tulle, tandis qu'éclatent les applaudissements. Fascinée, elle suit des yeux cette blancheur radieuse, et pleure en elle une jeune fille en gharara rouge et or, le visage dissimulé derrière un rideau de roses, une petite mariée qui tremble au milieu des rires et des éclats de cymbales, en attendant l'inconnu qui va devenir son maître.

Cet après-midi, Selma a rendez-vous avec Marie-Laure chez madame Cadolle, la meilleure corsetière de Paris. Dans son magasin de la rue Cambon, les élégantes se pressent pour se faire faire la taille fine ou remonter la poitrine. Car madame Cadolle est la créatrice de la « corbeille Récamier », le premier soutien-gorge à armature, qui vous fait les seins fermes et ronds.

Bien qu'enceinte de trois mois, Selma n'a pas besoin de ces artifices, elle est encore toute mince ; elle a accompagné son amie par curiosité, et parce que dans quelque temps elle compte revenir seule... Personne ici ne sait qu'elle attend un bébé ; sans s'expliquer pourquoi, elle ne l'a pas dit à Marie-Laure. En fait, elle se sent tellement bien qu'elle l'a presque oublié ; même ses nausées des premières semaines ont disparu.

Les Indes et Amir lui semblent très loin. Parfois elle s'imagine qu'elle a rêvé ces deux années. Elle a l'impression d'avoir vingt ans et de commencer à vivre.

Leurs emplettes terminées, les deux amies iront prendre le thé au *Ritz*. L'endroit est, comme d'habitude, bondé, mais pour ses habitués, Antoine, le maître d'hôtel, trouve toujours une table.

En dégustant des tartelettes, Marie-Laure s'inquiète du sari que Selma portera ce soir. Ce sera très élégant, précise-t-elle. Lady Fellows est une hôtesse raffinée. Elle possède un superbe hôtel particulier. Il y aura un orchestre et après le dîner on dansera.

— J'ai envie d'inaugurer ma robe de chez Lanvin, dit Selma, elle a un drapé extraordinaire.

— Une robe ! l'interrompt Marie-Laure outrée, chérie, vous êtes folle ! Portez du Lanvin à Lucknow si le cœur vous en dit, mais ici vous devez vous habiller en maharanée, sinon tout le monde sera extrêmement déçu. Et moi, de quoi aurais-je l'air ? Une maharanée rousse en robe du soir... Lady Fellows croira que je lui fais une mauvaise plaisanterie !

Selma, déçue :

— A Paris, au moins, j'espérais pouvoir être comme tout le monde...

— Mais ne comprenez-vous pas que toutes ces femmes vous envient justement parce que vous êtes différente ? Elles feraient n'importe quoi, elles, pour n'être pas « comme tout le monde » ! Voyons, Selma, vous êtes à Paris depuis un mois et déjà on ne parle que de vous ; croyez-vous qu'une Européenne, même très belle, puisse accéder aussi aisément à la notoriété ? La société parisienne est cruelle, pour y tenir sa place il faut y être née, ou bien amuser, ou encore, comme vous, faire rêver !

Et se levant Marie-Laure lui a déposé un baiser sur le front.

— Je cours chez le coiffeur. A ce soir ! Surtout, n'oubliez pas votre eunuque, il ne vous accompagnera que jusque dans le hall, mais il faut qu'on le voie.

Selma n'a pas répondu, elle s'est rencognée dans son fauteuil. « Pauvre Zeynel ! Heureusement qu'il comprend trop mal le français pour deviner le rôle qu'on lui fait jouer... Ces Parisiens sont vraiment incroyables ! » Jamais elle n'aurait imaginé qu'ils seraient à ce point émoustillés par son eunuque. Elle s'en trouve à la fois irritée et honteuse, mais que faire ? A soixante ans, Zeynel a de la prestance, et lorsque, au début de son séjour, Selma l'avait présenté comme son secrétaire, elle s'était heurtée à des sourires entendus. Pour « sauver la réputation » de sa protégée, Marie-Laure s'était empressée de rétablir la vérité.

Marie-Laure... Selma commence à être fatiguée de son autoritaire sollicitude. Elle n'a pas quitté les Indes et l'atmosphère suffocante du palais pour se soumettre aux conventions et aux caprices du Tout-Paris. Tant pis pour son amie et pour lady Fellows, ce soir elle n'emmènera pas Zeynel.

« Quel goujat ! »

Ostensiblement, Selma a détourné la tête devant l'homme qui, assis en face d'elle, la fixe. Se penchant vers son voisin de droite, le jeune marquis de Bélard, elle feint de se passionner pour le récit de la dernière course à Longchamp, où son pur-sang Rakkam a failli remporter le prix. A sa gauche, le prince de Faucigny-Lucinge, grand chevalier de l'ordre de Malte, évoque les batailles menées par ses ancêtres contre les infidèles. Pas un instant il ne soupçonnerait que la ravissante maharanée, assise à son côté, est une princesse de cet Empire ottoman que les siens ont si farouchement combattu ; s'il l'apprenait, jamais il ne se remettrait de sa maladresse, c'est un tel gentleman !

Par contre cet homme qui, depuis le début du dîner, ne cesse de la dévisager sans même lui adresser la parole n'est certes pas un gentleman. Elle aimerait croire à de la timidité mais il ne semble pas du genre admirateur transi par les charmes d'une belle. Dans cette assistance raffinée il a l'air complètement déplacé. Carré, la mâchoire volontaire, il est à l'évidence moins fait pour les joutes subtiles des dîners parisiens que pour les courses en mer ou les battues au sanglier.

Un Américain ! c'est ce que Selma a compris lors des rapides présentations. Dédaigneuse, elle plisse le nez : un cow-boy, oui ! Le genre d'homme auquel elle n'a rien à dire. Seuls contredisent cette conviction rassurante les mains longues et fines d'aristocrate, et ces yeux gris, les yeux intenses et insolents d'un homme qui a l'habitude de dominer. Les autres femmes à la table semblent le trouver tout à fait à leur goût ; jamais Selma n'avait vu cette grande bringue de comtesse de Neuville se mettre en frais de la sorte, ni cette sotte d'Emilie Vianney qui s'esclaffe à ses moindres propos, en poussant de petits cris de mouette excitée par l'air du large.

Selma est soudain fatiguée de ce dîner, elle se sent seule, étrangère à ces jeux, elle a envie de s'en aller... Elle se revoit à Badalpour, dans la lumière du petit matin, assise avec les paysannes autour d'un verre de thé, elles parlent, elles n'en finissent plus de parler, il y a tant de choses à dire, tant d'inquiétudes, d'espoirs, de chaleur échangée... Badalpour, là-bas, jamais elle ne s'ennuyait... « Mais qu'est-ce que j'imagine encore ? » Selma a passé la main sur son front. Badalpour. . elle a failli en mourir.

— Un million, c'est officiel, ses jambes sont assurées pour un million !

— Et sa poitrine?

— Dix francs...

Ricanements méchants des dames. Mistinguett — car c'est d'elle que l'on parle — remporte actuellement un succès triomphal sur la scène du Moulin-Rouge; personne ici n'a de grief particulier contre la vedette, mais l'important c'est de rire, et pour faire un mot d'esprit on trahirait son meilleur ami.

Selma reste de marbre, elle n'arrive pas à se faire à la liberté de langage qui caractérise ces soirées parisiennes, et surtout elle s'étonne de la facilité avec laquelle ces femmes du monde admettent qu'on dénude et soupèse leurs semblables.

Tandis qu'elle plonge le nez dans son assiette, elle sent de nouveau le regard gris qui s'attarde sur elle. L'orchestre — queues de pie et plastrons glacés — vient enfin de prendre place sur l'estrade improvisée dans le grand salon en rotonde. Lady Fellows avait annoncé une soirée intime : il n'y a en effet qu'une centaine d'invités, qui presque tous se connaissent pour ainsi dire depuis le berceau. On va pouvoir s'amuser « entre soi ».

Les musiciens donnent le ton en attaquant une " chamberlaine ", du nom de Neville Chamberlain, le Premier ministre britannique. C'est l'orchestre de Ray Ventura qui vient de la créer. On danse avec un parapluie, un « chamberlain », qu'on accroche au bras de celui dont on veut prendre la cavalière. Mais la nouveauté qui remporte tous les suffrages c'est le « lambethwalk », venu tout droit d'outre-Atlantique. En ce printemps 1939, on le danse à l'allemande : imitant le pas de l'oie, on se trémousse en scandant : « Ein Volk, ein Reich, ein Führer, ein weg! »[1]

Selma et son cavalier ont beaucoup ri. Un peu essoufflés, ils se sont laissés tomber dans les fauteuils disposés autour de petites tables garnies d'orchidées; on se sent léger, délicieusement, la vie est belle, et Paris une ville bénie des dieux.

— Me feriez-vous le plaisir, madame?

Le plaisir?... Selma n'a même pas besoin de lever les yeux pour deviner qui lui parle avec une telle désinvolture. Elle aurait bien envie de refuser, mais par égard pour ses hôtes, elle ne veut pas provoquer d'esclandre. Et puis cet homme l'intrigue. Elle a envie de savoir ce qui se cache derrière ce regard.

Il est encore plus grand qu'elle ne l'imaginait, elle se sent ridiculement frêle dans ses bras, une impression de vulnérabilité qui

---

1. « Un peuple, un pays, un chef, un pas! »

la trouble et la fait se raidir. Si au moins il ne la serrait pas si fort, c'est indécent cette façon de l'envelopper tout entière, comme s'il voulait l'absorber ! Elle essaie en vain d'éloigner ce corps qui se colle au sien, ce buste puissant dont elle perçoit les contours à travers son sari de mousseline. Silencieux, il continue à danser. Selma sent une chaleur dans tout son corps, en même temps qu'elle devine les regards posés sur elle. « C'est insensé ! Il pourrait aussi bien me faire l'amour en public ! »

D'un coup sec, elle a dégagé son visage coincé à hauteur d'épaule ; parler, dire n'importe quoi pour l'obliger à la regarder, à relâcher sa pression.

— Etes-vous en France pour longtemps ?

Moqueurs, les yeux gris la dévisagent.

— Pourquoi, noble dame ? Aimeriez-vous que je reste ?

Furieuse, Selma tente de le repousser, mais il a de nouveau accentué son étreinte, elle a le sentiment d'étouffer, de colère cette fois. De toutes ses forces, elle lui plante son talon dans le pied.

Il l'a lâchée si brusquement qu'elle a failli tomber ; maintenant ils se font face. Elle le regarde avec appréhension : que va-t-il faire ? Il se contente de sourire, sarcastique.

— Quel tempérament !

Puis, avec l'expression perplexe du chercheur devant un problème qu'il lui faut à tout prix résoudre, il demande :

— Permettez, madame, à un simple mortel de vous poser la question qui le hante depuis quelques heures. Je vous ai observée tout au long du dîner faire des grâces aux poireaux qui vous entouraient : dites-moi, est-ce que cela vous amuse vraiment de jouer à la princesse ?

Selma est sur le point de rétorquer « mais je suis... », elle se retient juste à temps, alertée par l'expression goguenarde que l'homme ne cherche plus à dissimuler. Cramoisie, elle cherche la phrase cinglante qui le remettra à sa place.

— Monsieur, vous êtes un... un...

Elle ne trouve pas de mot. Ridicule, elle est ridicule ! Avec toute la hauteur dont elle est capable, elle le plante là, mais elle sent, derrière son dos, le rire silencieux qui la suit.

Toute la soirée elle dansera et s'appliquera à être la plus séduisante, sans cesser de surveiller du coin de l'œil la haute silhouette de l'étranger. Il paraît ne plus lui porter attention, mais elle est persuadée qu'il l'observe. Il finira bien par venir l'inviter à danser. Et alors, à son tour, elle saura l'humilier !

Il n'est pas revenu vers elle. Il est parti au bras d'une superbe brune sans même la regarder.

— Et qui était ce cow-boy ? demande le lendemain Selma à Marie-Laure, en affectant une moue indifférente.

Depuis une heure pelotonnées sur le canapé, elles s'amusent à passer en revue les moindres détails de la soirée, critiquant la robe de celle-ci, les airs pompeux de celui-là ; son amie n'a pas sa pareille pour traquer les ridicules, son œil acéré repère les failles les mieux dissimulées.

Aussi Selma, bien qu'elle en brûle d'envie, s'est-elle gardée de mettre d'emblée la conversation sur l'Américain.

— Le cow-boy ? Ah ! le docteur Kerman, celui qui vous serrait dans ses bras avec tant de conviction ? Vous aviez l'air furieuse, c'était très drôle ! Ce ne devait pourtant pas être désagréable, il est plutôt bel homme.

Selma respire : la fine mouche n'a rien deviné.

— Kerman était l'un des plus brillants chirurgiens de New York, reprend Marie-Laure, et il est à Paris pour un congrès international. Mais cela fait bientôt deux ans qu'il a renoncé à la notoriété pour aller s'occuper des Indiens dans des coins perdus du Mexique. Il paraît que sa femme est furieuse ! Elle est, elle-même, fille d'un grand patron, et l'a épousé contre l'avis de sa famille car il est d'un milieu très modeste : il semble qu'on ne connaisse même pas son père et que sa mère était serveuse de restaurant dans une petite ville du Middle-West !

— Mais, s'étonne Selma, comment a-t-il été invité chez lady Fellows qui est si pointilleuse sur les pedigrees ?

— Elle l'a rencontré à New York ; là-bas, Kerman est une personnalité. Elle a dû penser qu'il donnerait du piment à sa soirée ; elle ne s'est pas trompée : toutes ces dames tournaient autour de lui comme des mouches. Le monde change, ma chère. Avec tout ce qui se passe il y a urgence à s'amuser, nous n'en avons peut-être plus pour longtemps ; certains assurent qu'avec ces syndicats qui s'agitent, nous allons vers une révolution, d'autres prédisent une guerre. Sans doute est-ce très exagéré, mais cela fait monter la fièvre. Chacun veut profiter de l'instant et tant pis si l'on bouscule certains préjugés ! Moi je trouve cela très sain : il faudrait constamment vivre à la veille d'un cataclysme.

Ce mélange d'ardeur et de cynisme chez Marie-Laure a toujours séduit Selma. En d'autres temps, au lieu d'être une mondaine, la jeune femme aurait pu être une grande aventurière.

S'étirant sur le divan, Marie-Laure a levé son verre d'orangeade.

— Je propose que nous buvions à la guerre puisque, elle seule, peut nous sauver de l'ennui !

En riant, elles portent un toast.

III

Zeynel a donné cinq francs au groom qui, sur un plateau d'argent, lui présente l'enveloppe aux armes de Badalpour. Enfin une lettre du rajah. Depuis trois semaines qu'ils sont sans nouvelles, il commençait à s'inquiéter. Son Altesse a promis de venir début juin ; sans doute dans cette lettre précise-t-il la date. Zeynel attend son arrivée avec impatience : lui, au moins, saura faire entendre raison à Selma ! Elle n'arrête pas de sortir, alors que, dans son état, elle devrait se reposer. Au début de leur séjour à Paris, il n'avait rien dit, heureux de la voir rire à nouveau, mais elle ne connaît pas de limites, elle danse toute la nuit et ne rentre qu'à l'aube... Et quand, inquiet, il la met en garde, elle se moque gentiment :

— Mon bon Zeynel, tu n'y comprends rien ! Pour la santé du bébé, l'important c'est que je sois heureuse !

Et pour mieux l'en convaincre elle lui donne un petit baiser. Alors il oublie les arguments qu'il a ressassés pendant des heures en l'attendant ; ce n'est que lorsqu'il se retrouve seul qu'il se fâche en comprenant qu'une fois de plus elle a réussi à le faire tourner autour de son petit doigt ! Du plus loin qu'il se souvienne, il en a toujours été ainsi : même petite fille, à Istamboul, elle arrivait à obtenir de lui tout ce qu'elle voulait...

Elle a crié : « Entrez ! », mais Zeynel s'est arrêté sur le seuil de la chambre, interdit : devant la fenêtre grande ouverte, accoutrée d'un large pantalon et d'une tunique rayée, Selma agite bras et jambes.

— Ferme la porte, Zeynel. Tu vois bien que je suis en train de faire ma gymnastique !

— Encore une mode qui vient d'Amérique ! a-t-il bougonné. Ni la sultane votre mère ni ses sœurs ne se sont jamais livrées à pareilles bêtises, et Allah m'est témoin qu'elles étaient belles ! Tenez-vous vraiment à ressembler à un homme ?

Elle rit et lui prend la lettre des mains, tandis qu'il demeure planté au milieu de la pièce, espérant qu'elle va lui demander de rester. Mais elle le regarde en haussant les sourcils, exactement comme le faisait la sultane, et, de mauvaise grâce, il se retire.

Selma a déchiré l'enveloppe. Un moment elle laisse son regard errer sur l'écriture haute, qui se veut sans hésitation.

2 mai 1939

« Ma très chère,

« Contrairement à ce que j'avais espéré, j'ai une mauvaise nouvelle à vous annoncer : je ne puis vous rejoindre le mois prochain, comme prévu. Vous avez dû lire dans les journaux que les Indes sont en pleine effervescence, les Britanniques ayant décidé de mobiliser sans en référer au gouvernement local. Partout on discute avec passion pour savoir si, en cas de guerre, nous devons soutenir l'Angleterre ou, au contraire, profiter de la situation afin d'arracher cette indépendance que nous réclamons sans succès depuis des années. Le Congrès est divisé, la Ligue musulmane estime par contre qu'il faut à tout prix soutenir les démocraties contre le danger nazi. Quant à nous, les princes, le vice-roi lord Linlithgow nous a personnellement demandé de recruter un certain nombre d'hommes et de les tenir prêts à partir sur le front, à tout moment. C'est une affaire délicate et je n'ai pas encore pris de décision ; mais l'Etat de Badalpour compte déjà près de trois mille volontaires ! C'est étonnant comme nos paysans sont pressés d'aller se faire tuer, à moins que ce ne soit le prestige de l'uniforme ou encore la solde, qui pour ces pauvres hères constitue une fortune.

» Mais parlons de vous, ma chère. Je m'inquiète. On dit que Herr Hitler veut rectifier " les frontières injustes imposées par le traité de Versailles ". En ce cas, la France serait en première ligne. Je vous conseille vivement de partir pour la Suisse. Lausanne est une ville charmante et vous y serez au calme.

» Dans votre dernière lettre, vous me demandez de vous envoyer de l'argent ; j'avoue que je ne comprends pas comment vous avez pu en un mois dépenser ce que me coûte en six mois l'entretien du palais de Lucknow et de ses deux cents habitants. Je vais faire le nécessaire, mais je vous en prie, essayez d'être raisonnable : je ne suis pas le nizam de Hyderabad qui, comme le dit mon ami l'Agha Khan, peut remplir sa piscine de pierres précieuses... Si mes ancêtres avaient, comme les siens, pactisé avec les Anglais, nous n'aurions pas perdu les trois quarts de l'Etat et vous pourriez aujourd'hui vous acheter toutes les maisons de couture de Paris ! Mais je suis fier qu'ils aient combattu et je pense que vous devez l'être aussi.

Selma a interrompu sa lecture : « Toujours de la morale ! Dieu que les hommes de devoir sont fatigants ! » En réalité, elle sait bien qu'elle n'en pense pas un mot ; les notions d'honneur et de courage lui sont trop précieuses pour qu'elle ne comprenne pas l'orgueil de son époux. C'est même l'une des qualités qu'elle préfère en lui. Par contre, il n'est pas question qu'elle aille s'enterrer en Suisse !

De toute façon, il n'y a aucun danger. Les spécialistes affirment que l'Allemagne, affaiblie par la crise économique, est incapable d'affronter l'armée française, et que si par hasard elle l'osait, en moins de vingt-quatre heures son sort serait réglé.

» Vous me racontez peu ce que vous faites, excepté vos séances de cinéma et les courses avec votre amie Marie-Laure. Surtout ne vous fatiguez pas : les médecins disent qu'une femme dans votre état doit rester couchée au moins la moitié de la journée. Bégum Nimet vous recommande de ne pas manger de melon, ce serait mauvais pour les poumons de l'enfant.

» Vous devez vous sentir bien seule, ma très chère... J'espère que vous ne vous ennuyez pas trop. Le palais est vide sans vous, on vous regrette.

» Je vous baise les mains.

                                        Votre Amir »

Selma a reposé la lettre : « Pauvre Amir, qui n'ose même pas me dire tout simplement, ou même s'avouer, que je lui manque, comme il se fait du souci pour moi ! Il s'en ferait bien plus encore s'il savait combien je m'amuse... Mais après tout je ne fais rien de mal. Tous ces hommes qui me font la cour, je les tiens à distance ; je n'y ai d'ailleurs pas grand mérite, ce sont des... Comment disait l'Américain ? Ah oui, des poireaux ! »

Elle ne l'a pas revu, ce « cow-boy », depuis le bal chez lady Fellows. Il a dû repartir dans son pays. Tant mieux ! Elle s'est conduite de façon tellement sotte l'autre soir, qu'elle n'a aucune envie de se retrouver en face de lui...

Le lourd rideau est retombé sur la scène du théâtre de La Madeleine, tandis que les applaudissements crépitent. Ce soir le

Tout-Paris est là : on donne *Une paire de gifles,* la nouvelle pièce de Sacha Guitry.

Dans la salle, les lustres de cristal se rallument, éclairant l'élégante assistance des grandes premières. A l'orchestre, des messieurs ajustent une dernière fois leurs jumelles en direction des loges où s'offrent au regard les plus jolies femmes de Paris.

— Sacha a vraiment réussi un coup de maître ! chuchote à son voisin un sémillant jeune homme.

— En effet, la pièce est amusante.

— Qui vous parle de la pièce ? Regardez ! Il est parvenu à rassembler toutes ses anciennes épouses : Yvonne Printemps, accompagnée de son nouveau mari, Pierre Fresnay, et la belle Jacqueline Delubac dont il vient de divorcer pour épouser Geneviève de Séréville. Devinez comment il lui a annoncé qu'il la quittait ? C'était au cours du troisième acte d'une pièce qu'ils jouaient ensemble : « Madame, lui a-t-il déclaré, je vais vous faire un cadeau inestimable : je vous donne... votre liberté ! »

— Ingénieux ! Et je suppose que les femmes l'adorent ?

— Elles en sont folles. Par contre, il irrite beaucoup les hommes ; j'ai un ami qui prétend que même lorsqu'il sort respirer sur son balcon, il suffit qu'un chien passe pour qu'il prenne la pose !

Dans les loges, les dames ont commencé à se lever. On remarque la Bégum, ancienne Miss France, aujourd'hui digne épouse de l'Agha Khan, chef religieux des Ismaéliens, et Marcelle Margot Noblemaire, la ravissante épouse du directeur des Wagons-Lits, et aussi la petite maharanée aux yeux verts, de quoi déjà ? Qu'importe ! Elle est exquise dans ce sari de dentelle noire bordé d'or, qui fait ressortir son teint de lys.

— On dit qu'elle est inabordable, un parangon de vertu ! glisse à son compagnon le jeune homme. Il paraît même qu'aux plaisanteries un peu lestes elle rougit. Charmant, non ? J'ai réservé chez *Maxim's* sachant qu'elle y souperait ce soir avec le prince et la princesse de Broglie. Ce sont de vieux amis, et nos tables, Albert, le maître d'hôtel, me l'a assuré, sont voisines. J'ai une folle envie de faire sa connaissance ; m'accompagnerez-vous ?

Rêveur, son interlocuteur plisse les paupières.

— Je la connais, je crains qu'elle ne m'apprécie guère...

— C'est d'autant mieux, vous me servirez de repoussoir !

Il prend son ami par l'épaule ; ils sortent en riant.

Selma a du mal à se remémorer les événements de cette soirée, elle sait seulement qu'elle l'a vu arriver et que soudain dans la salle un courant de vie est passé; elle s'est sentie toute joyeuse : « Je vais pouvoir prendre ma revanche », a-t-elle pensé, et elle n'a pu retenir un regard malicieux. A-t-il cru à un encouragement ? Il est venu vers elle.

Et puis... Elle n'y a rien compris. Sans le vouloir, elle s'est retrouvée dans ses bras et longtemps ils ont dansé. Il ne la serrait plus contre lui comme si elle lui appartenait, mais avec délicatesse, comme par crainte de la briser, et ses yeux lui souriaient avec infiniment de douceur. Elle sentait qu'on les regardait, qu'autour d'eux on chuchotait, mais cela lui était égal, elle n'y pouvait rien. Il l'aurait embrassée, là, au milieu de la piste, qu'elle n'aurait sans doute même pas tenté de se dérober. Volonté et principes l'avaient fuie, une seule chose importait, la chaleur de son regard et ses bras dans lesquels elle se sentait fondre.

Et puis soudain, il avait été très tard; il avait proposé de la raccompagner jusqu'à son hôtel, et malgré la moue réprobatrice de la princesse de Broglie à la table de laquelle elle était invitée, Selma avait accepté, ruinant d'un seul geste la réputation de sérieux qu'elle s'était acquise par des semaines de conduite irréprochable. On jaserait ? Tant pis ! Elle s'étonnait et s'émerveillait de se sentir aussi détachée du qu'en-dira-t-on.

De la rue Royale à l'avenue Montaigne, Paris était un éblouissement. La place de la Concorde était déserte; il conduisait lentement, à l'unisson du bruit de l'eau qui retombait en pluie fine sur le bord des fontaines; ils avaient remonté les Champs-Elysées comme une nef de cathédrale, il ne disait pas un mot, et assise à côté de lui elle regardait son profil aigu parcouru d'ombre et de lumière et elle imaginait qu'ils partaient pour un très long voyage. Devant le Plaza Athénée, il avait arrêté la voiture et s'était tourné vers elle. Une fois de plus elle s'était sentie bouleversée par la force et la douceur qui émanaient de lui. A cet instant, elle n'aurait rien pu lui refuser; les jeux qu'elle connaissait si bien ne lui étaient plus d'aucun secours, et pour rien au monde elle n'aurait voulu être secourue. Il avait pris son visage dans ses mains et l'avait scruté comme s'il avait voulu s'en approprier chaque frémissement, puis il avait déposé sur son front un léger baiser.

— A demain, avait-il murmuré.

Et il était parti, la laissant vacillante, les yeux mi-clos sur un rêve qu'elle craignait de laisser échapper.

H... Deux bras qui enserrent le ciel, deux jambes bien plantées en terre, un équilibre rassurant, point de rondeur mais une symétrie parfaite, lignes claires et sobres, puissantes dans leur refus d'artifices, leur tranquille simplicité, leur rigueur un peu sévère... H. pour Harvey.

Selma serre dans ses doigts la carte qu'avec une gerbe de fleurs, d'une beauté sauvage, la femme de chambre vient d'apporter. « Harvey Kerman ». Harvey... Silencieusement elle répète ce nom que jamais elle n'a entendu et qui lui semble pourtant familier — aussi familier que ces fleurs inconnues d'elle dont les corolles pourpres jaspées d'indigo protègent orgueilleusement de longs pistils violine. La sonnerie du téléphone retentit, Selma se précipite.

— Je vous dérange ? entend-elle.

Ce n'est que Marie-Laure, qui vient aux nouvelles.

— Pas du tout, je me levais.

— Alors ?

La voix vibre d'excitation.

— Pardon ?

— Voyons, ne faites pas l'innocente ! Votre beau cow-boy est-il aussi extraordinaire qu'il en a l'air ?

— ... Mais... Vous vous faites des idées, nous nous sommes quittés sagement à la porte de l'hôtel.

Un petit rire vexé à l'autre bout du fil : à l'évidence Marie-Laure n'en croit rien et ne reconnaît pas à Selma le droit de lui faire des cachotteries ; après tout, si elle a rencontré cet Américain, comme elle a rencontré tout le monde depuis son arrivée, c'est bien grâce à elle.

— Si vous voulez garder le secret, à votre aise, déclare-t-elle d'un ton pincé, mais alors soyez un peu plus discrète ! Hier, vous vous êtes affichée de façon outrancière, j'ai déjà reçu quatre coups de téléphone à votre sujet.

— Les gens n'ont vraiment rien d'autre à faire ?

— On peut tout se permettre à Paris à condition de sauvegarder les apparences... Enfin, quand votre grand amour sera parti retrouver sa femme — dans une semaine, paraît-il — rappelez-moi. Mais je vous préviens, je ne suis pas du genre à essuyer les larmes.

Elle a raccroché. La joie de Selma est tombée, non qu'elle se préoccupe des humeurs de Marie-Laure, mais elle doit reconnaître que sur le fond celle-ci n'a peut-être pas tort : elle est en train de tomber amoureuse d'un homme marié qui va repartir à l'autre bout du monde et qu'elle ne reverra sans doute jamais.

Machinalement, elle a allumé une cigarette, elle qui déteste fumer ; étonnée, elle s'aperçoit que sa main tremble. Pourquoi se met-elle dans des états pareils pour un homme qu'elle vient de rencontrer ? Est-ce parce qu'il est si différent des autres qui lui font la cour à petits pas ? Lui, a chargé au galop, elle en est restée étourdie comme si tout son corps avait reconnu le maître et, après avoir renâclé en vain, s'était laissé flatter... Elle a rêvé, lui a imaginé toutes sortes de qualités, sans doute pour justifier cette attirance qui l'a bouleversée. Mais maintenant que, grâce à Marie-Laure, elle a repris ses esprits, elle doit admettre qu'elle s'est fourvoyée : cet Américain est séduisant, certes, mais pas du tout son genre ; au bout de vingt-quatre heures, ils n'auraient plus rien à se dire ! Résolument, elle s'est redressée : il lui faut mettre un terme à cette aventure.

La sonnerie retentit de nouveau. Selma a l'impression que son cœur cesse de battre... Cette fois c'est lui, elle le sait. Elle se précipite au téléphone.

— Bonjour, déesse ! la salue-t-il d'une voix enjouée, je passe vous prendre dans une heure. Nous allons déjeuner dans un vrai bistrot parisien, le genre d'endroit où vous n'avez certainement jamais mis les pieds.

— Mais je ne...

— Vous n'êtes pas prête ? Dans une heure et demie alors ! *So long !*

« La Fontaine de Mars », au coin de la rue Saint-Dominique, est un petit restaurant à nappes à carreaux rouges et blancs, dont les menus sont calligraphiés par le fils de la maison qui a douze ans et de l'orthographe, explique en chemin Harvey à Selma. Il imite avec verve le patron refusant de servir à boire un autre vin que du cahors ou vantant un cassoulet « que vous m'en direz des nouvelles ».

L'arrivée de Selma en sari provoque l'ahurissement : venir déjeuner en robe du soir, on n'a jamais vu ça dans le quartier ! Une mère fait taire son fils qui demande « pourquoi la dame s'est déguisée ? », cependant que le patron, un gaillard rubicond, s'empresse — « l'Américain » est un de ses bons clients. Pour prouver qu'il connaît les usages du monde, il saisit la main de Selma, y plaque un baiser sonore, puis, léger comme une danseuse malgré son embonpoint, il les précède et avec force sourires les installe à la table du fond, celle qu'on réserve aux hôtes de marque. Ainsi les autres clients pourront constater que, chez le père Boulac, on côtoie du beau linge, et ils n'oseront protester si l'addition leur semble un peu salée.

Selma a l'impression de se retrouver en plein film de Marcel Carné ; jamais elle n'aurait pensé que les Français fussent encore si semblables à leur légende : ces gros messieurs qui, la serviette nouée autour du cou, dégustent, l'œil brillant, la lèvre gourmande, ces enfants engoncés dans leur habit du dimanche, et ces amoureux qui entre chaque bouchée s'embrassent sous le regard réprobateur de monsieur Boulac, indigné qu'on laisse refroidir les petits plats de la patronne et qui ne se gêne pas pour claironner que « quand on mange, on mange ! ». Elle aimerait lier conversation, mais elle sent qu'elle gênerait ; la prochaine fois elle mettra une robe.

La prochaine fois... Mais il n'y aura pas de prochaine fois ! C'est ce qu'elle doit expliquer à Harvey. Jusqu'ici il ne lui en a pas laissé le temps, il déborde de gaieté et ne cesse de plaisanter. Elle doit dissiper le malentendu, immédiatement, tout à l'heure ce sera plus difficile. Pourtant elle hésite, il semble si heureux...

— Harvey, il faut que je vous parle.

Elle s'étonne du son de sa voix, de son débit précipité — et plus encore d'avoir appelé par son prénom cet homme qui lui est presque inconnu. Familiarité pour adoucir des propos qui vont blesser ? ou simplement envie de prononcer ce nom auquel toute la matinée elle a rêvé ?

Attentif, il la regarde, lui fait un petit clin d'œil qui semble signifier : « Je sais, n'aie crainte, tout va s'arranger », mais il se contente de dire :

— Bien sûr, déesse, mais ne voulez-vous pas d'abord commander ? Cet endroit n'a l'air de rien, mais ne vous y trompez pas : c'est l'un des meilleurs restaurants de Paris. Heureusement la mode l'a épargné, et il faut que vous me promettiez de ne pas y emmener vos amis. Ils ont leur *Laurent*, leur *Tour d'Argent*, leur bien-aimé *Maxim's*, ça suffit ! Je ne veux pas qu'ils viennent ici perturber ces braves gens pour qui manger n'est pas se donner en représentation, mais une affaire autrement sérieuse.

Selma s'est plongée avec application dans le menu, comme devant un difficile problème de mathématiques ; mais elle a beau faire, elle n'y comprend rien, entre les confits d'oie, les poulardes truffées, les terrines de foie aux cèpes, les mots dansent devant ses yeux : « Monsieur »... Non, « cher Monsieur »... Non, il vaudrait mieux disparaître sans explication — toute lettre de rupture n'est-elle pas un appel ? Rupture, comme elle y va ! Il ne peut y avoir rupture, entre eux il n'y a rien.

— Rien ! s'entend-elle dire.

— Pardon ?

Elle a rougi, balbutié qu'elle pensait à autre chose. Pour la tirer de son embarras, sans plus lui demander son avis, il passe la commande.

— Et maintenant, dites-moi : qu'est-ce que ce « rien » que vous affirmiez avec une telle détermination ?

Selma se tait. Peut-elle lui dire qu'elle ne veut rien de lui, alors qu'il ne lui a rien proposé ?

— Vous avez raison, reprend-il. Apparemment nous n'avons rien de commun. C'est ce que vous pensez, n'est-ce pas : « Qu'est-ce que moi, princesse Selma, je fais avec ce Yankee ? »

Il lui a pris les mains pour l'empêcher de protester.

— En réalité, ceci n'est pas ce que *vous* pensez, mais ce que les autres pensent pour vous. Ne croyez-vous pas qu'il serait temps de penser par vous-même ?

— Qu'est-ce qui vous permet ?

Piquée au vif, elle tente de se dégager, mais Harvey la tient ferme.

— Effectivement, je suis injuste : vous avez commencé. Sinon il n'y aurait pas eu cette soirée d'hier, et nous ne serions pas ensemble aujourd'hui. Mais vous avez si peu l'habitude de faire ce dont vous avez vraiment envie qu'en ce moment vous n'avez qu'une idée : fuir.

Il a lâché ses mains.

— Vous êtes libre, Selma. Mais réfléchissez : me fuir n'est peut-être pas important, mais, vous, allez-vous passer votre vie à vous fuir ?

Selma en reste abasourdie. Cet homme est dangereux, elle le connaît à peine et déjà il fonce comme un taureau dans ses jardins les plus secrets. Pourtant, au lieu de se lever et de partir, elle s'entend répondre d'une voix de petite fille butée :

— Vous vous trompez, je ne me fuis pas. Longtemps, au contraire, j'ai cherché à comprendre qui j'étais, ce que je voulais. Mais, plus je cherchais, plus je me perdais, alors j'y ai renoncé, j'ai décidé de vivre.

— Vous voulez dire que vous avez renoncé à vivre ! A moins que vous n'appeliez vie la ronde vaine de la poupée mécanique ! Selma — il s'est penché vers elle, la regarde intensément — Selma, de quoi avez-vous peur ?

Pourquoi se laisse-t-elle interroger ? Elle voudrait s'en aller, mais ne peut faire un geste. Comme malgré elle, elle murmure :

— J'ai souvent l'impression de n'être rien et en même temps d'être tout, et je ne sais ce qui m'effraie davantage, car dans les deux cas, moi, je disparais...

Qu'est-ce donc qui la pousse à se confier à cet étranger, alors que de ses meilleurs amis parisiens elle se méfie ? Est-ce son calme qui lui en impose ? Un calme qui, plus qu'un lac tranquille évoque un ciel après l'orage.

— Rien et tout, a-t-il répété en la fixant gravement, mais c'est exactement cela que nous sommes ! Effrayant pour notre petit moi, je vous l'accorde !

Et comme elle le regarde, étonnée de ces paroles un peu grandiloquentes, mais qui résonnent au plus profond d'elle-même, il la prend par les épaules.

— Sortez de votre rêve, Selma, vous êtes une femme, avez-vous conscience de ce que cela signifie ? C'est le plus beau titre de noblesse, tout le reste n'est que fanfreluches dérisoires qui entravent le flux de la vie. Vous êtes-vous jamais demandé pourquoi je vous appelais

« déesse » et non « princesse » ? C'est parce que je vous veux libre de ce titre qui vous limite, parce que vous êtes bien plus qu'une princesse, vous êtes un être humain avec son infini de possibles.

» Mais que tout cela ne vous coupe pas l'appétit ! conclut-il dans un éclat de rire en déposant dans son assiette un magnifique morceau de poularde.

Il habite un pied-à-terre au 20 de la rue Montpensier, qui donne sur le jardin du Palais-Royal, juste en face du jet d'eau. Après le déjeuner, il l'y a emmenée, sans rien lui demander, comme si ce qui les liait avait déjà la force de l'évidence. Et tout l'après-midi, sur le grand lit, il l'a embrassée et doucement caressée, mais il ne lui a pas fait l'amour, bien que de tout son corps tendu elle l'en priât.

Puis, lorsque le soleil couchant a empourpré la chambre, ils se sont levés et sont descendus respirer l'odeur du soir montant du gazon qu'arrose avec soin un vieux jardinier. Ils se sont arrêtés dans un petit bar sous les arcades et se sont fait servir une bouteille de sancerre et quelques pistaches qu'ils ont lancées aux pigeons.

La nuit est encore claire lorsqu'il la raccompagne à son hôtel. Elle tremble, ses jambes ont du mal à la porter, et, lorsqu'il se penche pour l'embrasser, elle ferme les yeux pour qu'il n'y voie pas briller les larmes.

— Selma, regardez-moi !

L'onde grise l'a enveloppée avec infiniment de tendresse.

— Je t'aime, a-t-elle murmuré.

Il l'a repoussée et l'a fixée d'un air dur, puis, devant son visage bouleversé, il s'est radouci.

— Selma, essaie de comprendre que tu es libre de faire ce qui te plaît sans te donner l'excuse de grands sentiments. Je suis prêt à accepter tout de toi, sauf que tu te mentes.

— Mais je ne mentais pas...

— Tu *te* mentais ! Et tu ne dois la vérité à personne, sauf à toi. Je sais, tu as envie d'aimer, et peut-être de m'aimer, mais même au moment où tu crois t'abandonner, tu gardes un œil posé sur toi pour observer l'effet produit. Je ne te le reproche pas ; depuis l'enfance on t'a dressée à plaire, on a raboté, poncé, refaçonné tout ce qui était spontané en toi, afin que tu puisses endosser sans effort ton rôle de princesse. Tant que tu ne t'en débarrasseras pas, tu ne pourras aimer.

Il s'est rapproché, l'a prise de nouveau dans ses bras, et tendrement la berce.

— C'est difficile, mais n'aie pas peur, je ferai tout pour t'y aider —

il rit —, par égoïsme, car moi je t'aime et j'espère bien qu'un jour c'est moi que tu aimeras, et non plus l'image d'une Selma amoureuse...

Elle est revenue le lendemain soir rue Montpensier. Elle n'avait pas téléphoné, elle n'aurait su que dire. Dans une sorte de rêve, elle a gravi les escaliers ; à chaque marche, il lui semblait que tombaient de ses épaules des lambeaux d'habits usés, et plus elle montait plus elle se sentait légère. Au moment de sonner, cependant, elle a eu un instant de panique : qu'allait-il penser d'une femme qui venait ainsi... s'offrir ? Mais lorsqu'il a ouvert la porte il l'a accueillie avec un sourire si tendre, si émerveillé, qu'elle a su que c'était cela, leur vérité, que rien d'autre n'avait d'importance. Presque timidement, il a commencé à la dévêtir et elle a eu l'impression que pour la première fois un homme la regardait ; et quand, de ses lèvres, il a effleuré ses seins, et que s'agenouillant devant elle, de ses mains puissantes, il a pris possession de ses hanches, de la courbe de ses reins, elle a compris dans un éblouissement que jamais auparavant elle n'avait appartenu à personne.

En une incantation ardente et silencieuse, pendant des heures ils se sont caressés, tremblant non de se découvrir mais de se reconnaître, comme si, dans un monde oublié, autrefois ils s'étaient aimés. Et lorsque leurs corps se sont fondus il n'y avait plus d'espace, il n'y avait plus de temps — seule l'éternité dans chaque instant.

Dès l'aube, le pépiement des oiseaux l'a réveillée et elle est restée longtemps immobile, à filtrer entre ses cils les pâles rayons du soleil, attentive à ne pas déranger le bras nu posé sur son ventre. Elle jouissait du sentiment d'être à lui, elle lui en était reconnaissante et à voix basse lui disait qu'elle l'aimait.

Longtemps elle a regardé les lèvres pleines et les émouvantes petites rides au coin des yeux. Cet homme l'aimerait-il, elle, Selma ? Il dit qu'il la veut nue, il dit qu'il la veut femme, il lui dit : aie confiance. Il lui fait le cadeau qu'elle n'espérait plus, que depuis longtemps elle avait relégué dans les illusions de l'enfance : il lui rend la fillette avide de comprendre, pour qui le monde était une inépuisable source d'expériences et à laquelle rien ne semblait impossible.

A partir de ce moment ils ne se sont plus quittés. Selma a décommandé toutes ses invitations, prétextant qu'elle partait en voyage ; au téléphone, Zeynel doit répondre que sa date de retour n'est pas fixée. L'eunuque a bien essayé de raisonner sa princesse — cet Américain ne lui dit rien qui vaille —, mais avec une rudesse qu'il ne lui a jamais connue, elle l'a fait taire ; elle ne permet à personne de s'immiscer dans son bonheur.

Pendant des jours ils ont marché la main dans la main à travers la ville ; Harvey a fait découvrir à Selma un Paris qu'elle ignorait. Ils se sont promenés sous les marronniers de l'île de la Jatte, qui s'étire toute fine entre les bras de la Seine, et ils ont rêvé sur le banc, éclairé par le réverbère à quatre lunes, de la place Fürstenberg.

Un matin, très tôt, il l'a réveillée pour l'emmener quai aux Fleurs, à l'heure où les camions déversent leurs trésors de gerbes délicates et odorantes à l'ombre de Notre-Dame ; puis ils ont fait quelques pas et se sont retrouvés au marché aux oiseaux, où il lui a acheté une mésange dans une cage blanche.

Le soir, au soleil couchant, ils vont souvent errer dans le petit cimetière de Montmartre, et Selma se souvient avec nostalgie du riant cimetière d'Eyoub, surplombant le Bosphore, où elle se promenait enfant. Alors, pour la distraire, Harvey l'emmène au Lapin Agile, et là, serrés autour d'une table, parmi des jeunes gens maigres aux yeux vifs qu'elle imagine musiciens ou poètes, ils écoutent les rengaines de Frédé. Elle a abandonné ses saris pour des tailleurs à jupes plissées qu'ils sont allés choisir ensemble. Enfin, plus personne ne la regarde.

Un jour, assis sur un banc au bord de la Seine, Harvey lui a raconté son enfance dans une petite ville de l'Ohio, et le restaurant de chauffeurs où sa mère était fille de salle, car il fallait bien faire vivre la famille. Son père, lui, était un artiste. Quand l'inspiration le prenait, il jetait sur la toile des éclairs de couleurs destinés, disait-il, à faire éclater les yeux et le cœur. « Cela seul est important, clamait-il, il faut les réveiller, ces ruminants, leur en foutre plein la gueule, il faut qu'ils ne puissent plus dormir tranquilles ! » Et ses toiles, en effet, étaient propres à susciter des cauchemars ; c'est pourquoi, sans doute, personne ne les achetait.

Harvey avait pour ce père une admiration sans limites, et souvent il s'était battu contre des garçons plus grands que lui qui traitaient le peintre de « bon à rien ». Cette fierté, il la tenait de sa mère, pour qui aucun paysan du coin, même le plus riche, n'arrivait à la cheville de son époux, et qui eût été bien étonnée d'apprendre qu'on la plaignait.

Un matin, comme chaque matin, son père l'avait habillé pour l'école, car la mère partait travailler dès l'aube. Il l'avait serré dans ses bras ; Harvey se souvient de chaque détail, de la veste de tweed qui lui grattait la joue et dont il aimait l'odeur persistante de térébenthine associée pour lui au génie, et il entend, comme si c'était hier, la voix rauque murmurer : « Promets-moi que je serai fier de toi. »

Son père était parti et n'était jamais revenu. La mère avait remué ciel et terre, persuadée qu'il lui était arrivé malheur, mais on n'avait pas retrouvé la moindre trace. Aujourd'hui encore, trente ans plus tard, Harvey ne sait pas si son père est mort ou vivant.

— Je me suis mis à travailler comme un fou pour être fidèle à ma promesse. Il fallait que je sois le premier partout. J'étais persuadé qu'il réapparaîtrait un jour pour me taper sur l'épaule, comme il le faisait chaque fois qu'il était content de moi.

» Toutes mes nuits, je les passais à la bibliothèque municipale ; je m'y rendais après l'école et, lorsque sonnait l'heure de la fermeture, je me cachais derrière un rayon de livres et me laissais enfermer. Tu ne peux imaginer l'ivresse de me retrouver seul dans cet antre du savoir. Au début je dévorais n'importe quoi, mais très vite ce furent les livres de philosophie et de médecine qui me fascinèrent. Je croyais y trouver l'explication de la vie. De mon père, j'avais hérité la passion de comprendre et le refus de me contenter d'apparences, lui dont la peinture voulait irriter l'œil et toucher l'âme.

Harvey reste songeur un moment.

— Lorsque j'ai reçu mon diplôme de chirurgien et qu'il n'est pas venu, j'ai compris que je ne le reverrai jamais... Pourtant... Il y a quelques années, à New York, j'ai organisé une exposition de ses toiles. Les critiques ont crié au génie. « De l'expressionnisme avant la lettre », disaient-ils. Ma mère était en larmes, moi j'étais heureux de cet hommage. Je me disais que, s'il était vivant, cela l'inciterait peut-être à nous revenir. On ne perd jamais espoir de retrouver son père...

Selma a détourné la tête pour cacher son trouble. Elle revoit Haïri Raouf Bey si beau dans sa redingote gris perle, elle pense qu'elle ne lui a jamais pardonné de les avoir abandonnées, qu'elle s'est refermée sur son chagrin et que sa vie de femme en a été déterminée ; tandis que ce petit garçon, d'une perte semblable, a fait une force... Pourquoi ? Se pourrait-il que l'on choisisse d'être heureux ou malheureux ?... Elle essaie de repousser cette idée, en vain, et son bonheur actuel s'en trouve entaché de nostalgie. Pour un peu, elle en voudrait à Harvey de la rendre heureuse car cela lui fait mesurer tout le temps gâché. Mais après tout, lui aussi a gâché en partie sa vie en épousant cette fille de grand patron dès sa sortie d'internat. Le lendemain après avoir hésité, elle décide de lui en parler.

Harvey l'a considérée d'un air étonné.

— Que veux-tu savoir ? Nous étions très jeunes, très amoureux.

Les gens disaient que ce mariage était pour moi une chance inespérée, mais dans ma simplicité je ne comprenais pas ce qu'ils sous-entendaient. Cela paraît incroyable, mais j'étais si fier, si sûr de moi — pense au chemin que j'avais parcouru tout seul ! — je ne me rendais pas compte qu'aux yeux de la société il y avait entre nous un abîme. Ursula était belle, intelligente, enthousiaste, cela suffisait pour que je la croie généreuse et idéaliste. Malheureusement...

Brusquement, il s'interrompt :

— Je ne vois pas pourquoi je te raconte tout cela...

Selma insiste, tant pis pour la discrétion.

— J'ai entendu dire qu'elle ne supporte plus tes perpétuelles absences à soigner les Indiens au fin fond du Mexique ou de l'Amazonie, qu'elle demande le divorce mais que tu refuses de le lui accorder.

Les yeux de Harvey ont brillé.

— On dit beaucoup de choses... Et si c'était vrai, pourquoi refuserais-je ?... Vous me décevez, princesse, vous vous rabaissez. Ainsi vous vous intéresseriez à un minable qui resterait avec son épouse pour de l'argent ? Ne pensez-vous pas valoir mieux que cela ? Vous méritez le mieux, déesse, et vous avez raison de m'avoir choisi..., car je suis « le mieux » !

Il a repris son sourire narquois, mais elle est certaine qu'il pense mot pour mot tout ce qu'il vient de dire.

— Mais alors... ?

— Eh bien, puisque tu y tiens absolument, sache que j'ai entamé, il y a un an, une procédure de divorce bien qu'Ursula s'y soit opposée. J'ai laissé l'affaire traîner, car je n'avais aucune intention de me remarier... Mais...

— Mais ?

Il la regarde d'un air curieux.

— Parfois, je me demande si un jour tu pourrais abandonner tes titres de princesse et de maharanée pour t'appeler simplement madame Harvey Kerman...

Le léger tressaillement qu'elle a tenté de dissimuler ne lui a pas échappé. Il a une moue ironique, un peu triste.

— C'est bien ce que je pensais... Il te faut encore grandir.

Selma se mord les lèvres. Pourquoi a-t-elle eu ce mouvement de recul ? Elle a pourtant tellement envie de dire oui, de tout oublier, de partir avec lui. Elle sait que c'est sa chance, elle sait que c'est la vie, et qu'il a raison quand il se moque de « cette couronne qui lui enserre la tête et l'empêche de penser ». Mais elle a beau se débattre, cela fait vingt-huit ans et des générations qu'elle pèse ; c'est comme si elle lui était collée au crâne.

L'image lui revient d'Amir qui un jour de désespoir lui a crié :
« A quoi nous servira l'indépendance, ce ne sont pas seulement les
Anglais qu'il nous faut chasser, c'est ce cerveau qu'il nous faudrait
arracher de nos têtes, ce cerveau façonné par eux, ce cerveau de
Blanc ! » Elle comprend maintenant exactement ce qu'il voulait dire.
Elle aussi se trouve prisonnière d'idées auxquelles pourtant elle ne
croit plus, dont elle éprouve chaque jour, avec Harvey, qu'elles l'ont
empêchée de vivre.

Il l'a prise dans ses bras et tendrement caresse ses cheveux.

— Oui, mon amour, vivre, vivre tout de suite, murmure-t-il
comme s'il la devinait. Bien des gens s'aperçoivent trop tard qu'ils se
sont trompés d'existence, et alors c'est le désespoir.

Il hoche la tête.

— J'en ai tant vu de ces pauvres diables qui ne voulaient pas
mourir parce qu'ils disaient n'avoir pas vécu. Mais nous, ma déesse,
toutes les portes nous sont ouvertes ! Si tu le veux.

Trois semaines ont passé, dont chaque instant s'est gravé en elle.
Jamais Selma n'aurait imaginé que le bonheur puisse être à la fois
aussi fort et aussi serein.

Ce soir, Harvey a voulu retourner à « la Fontaine de Mars ». C'est
lundi, le restaurant est presque vide. Le patron les a installés à
« leur » table, et Selma lui a tendu la main comme à un vieil ami.
Puis, joyeuse, elle s'est tournée vers Harvey.

— C'est un peu notre bon génie, tu ne crois pas ?

Il a acquiescé.

— Vous devriez venir de temps en temps dîner ici, Zeynel et toi...

— Zeynel et moi ?

— Quand je serai parti...

Il a esquissé un sourire qu'il veut encourageant.

— Selma, il faut absolument que je rentre à New York pour
arranger mes affaires. Puis, je dois conduire une mission au
Mexique... Je m'y suis engagé il y a plus de six mois... Mais je serai
revenu, je te le promets, début septembre. Tu m'attendras, n'est-ce
pas ?

Ce froid qui la saisit... Elle le sait bien pourtant qu'il doit partir,
qu'à cause d'elle il a déjà retardé son départ de plusieurs semaines ;
elle sait qu'il l'aime mais elle ne peut résister à la panique qui
l'envahit.

— Harvey, emmène-moi !

Elle a presque crié. Il la dévisage, surpris de cette peur enfantine .

— Ma chérie, c'est impossible ! D'ailleurs tu as besoin d'être seule pour réfléchir. Je te propose une existence très différente de celle à laquelle tu es habituée. Je mène une vie de vagabond, ce ne sera pas toujours facile...

Et, comme elle ne répond pas, il ajoute :

— Heureusement que ni toi ni moi n'avons d'enfant... Ce que nous décidons n'engage que nous.

Selma est devenue livide. Depuis qu'ils se connaissent elle veut le lui dire, mais jour après jour elle recule. Elle n'en dort plus. Sans doute est-il différent des autres hommes, mais l'est-il à ce point ? Acceptera-t-il que la femme qu'il aime porte l'enfant d'un autre ? Elle a peur, elle ne peut supporter l'idée de le perdre. Ah, s'il pouvait comprendre que cet enfant est son enfant à elle, Selma, et qu'il n'a rien à voir, ou si peu, avec Amir...

Pour un couple qui s'aime, certainement c'est tout autre chose : sous le regard du père, à la chaleur de la main qui caresse le ventre, au son de sa voix, il se développe, le petit être, grâce à l'amour où s'épanouit la mère, on peut dire alors, oui, qu'il est le fruit de ces deux êtres. Oh, comme elle aimerait que cet enfant soit celui de Harvey !...

Elle s'est mise à pleurer. Il l'observe, décontenancé. Jamais, il n'aurait pensé qu'elle soit si sensible à l'évocation d'un enfant.

— Selma, voudrais-tu un bébé ? demande-t-il tendrement.

Elle a relevé la tête, le fixe à travers ses larmes. Il faut qu'elle lui parle, maintenant. Mais elle n'en a pas le courage, elle se contente de murmurer :

— Et toi, Harvey ?

— Avec la vie que je mène, je ne l'avais jamais sérieusement envisagé... Mais, quand j'y songe, un enfant de toi et de moi, ce serait une petite merveille !

Son visage s'est illuminé. Pourquoi Selma s'est-elle remise à sangloter ? Il la presse de questions, elle dit que ce n'est rien, l'émotion... Elle ne parlera pas, elle ne gâchera pas leurs derniers jours. Plus tard, quand il sera en Amérique, elle lui écrira, elle a toujours mieux su s'expliquer par lettre.

IV

Au-dessus des Champs-Elysées décorés de milliers de drapeaux, une patrouille de chasseurs passe dans un formidable vrombissement, suivie d'une escadrille de « spitfire » britanniques, une aile bleue, l'autre blanche ; puis par dizaines, des Breguet 690, des Marcel Bloch 151, des Lioré-Olivier 45 envahissent le ciel. Le nez en l'air, la foule, assemblée depuis le petit matin, est parcourue d'un frisson de fierté : on le lui avait bien dit, mais jusqu'alors, jamais elle n'avait réalisé la puissance redoutable de l'aviation française.

A la tribune officielle, le président Lebrun est assis entouré de ses ministres en jaquette sombre. Derrière, en djellabas brodées d'or ou en longues robes à ramages, se pressent les chefs indigènes représentant les colonies et les protectorats.

Le défilé de ce 14 juillet 1939, cent cinquantième anniversaire de la prise de la Bastille, peut commencer.

Dans la foule compacte, des milliers de périscopes se sont levés. Arrivée en retard, Selma a pu, grâce à la diligence de Zeynel, trouver à louer pour 20 francs une caisse à savon. Juchée sur la pointe des pieds, elle aperçoit le heaume brillant des gardes républicains qui ouvrent le défilé, suivis des casoars neigeux des saints-cyriens et des bicornes noirs à liséré rouge des polytechniciens. Qu'ils sont beaux ! Elle a toujours été fascinée par les parades militaires ; dans le roulement des tambours, les hymnes nationaux, d'où qu'ils viennent, lui donnent un curieux frisson au creux de l'estomac et lui font monter les larmes aux yeux.

Voici maintenant les Anglais . sortis tout droit de gravures d'autrefois, les grenadiers rigides sous leur haut bonnet de fourrure noire avancent au pas cadencé tandis que les gardes écossais en kilt semblent danser au son des cornemuses. « Vive l'Angleterre ! » crie la foule enthousiasmée par ces nouveaux alliés. On souffle un peu en regardant défiler l'infanterie. Les cols marins par contre auront droit aux applaudissements, et tout à l'heure, dans les rues, on touchera leur pompon, porte-bonheur.

Enfin paraissent, en haut de l'avenue, les Français du bout du monde : mitrailleurs indochinois et malgaches, tirailleurs algériens, Sénégalais majestueux... Et pour clore cette marche exotique les légionnaires au pas lent, auréolés du prestige de ceux qui ont affronté le désert et la mort. Selma les regarde avec curiosité : elle a entendu dire que Marlène Dietrich, débarquée hier d'Amérique pour participer à la fête en chantant *Auprès de ma blonde*, s'est entichée de l'un d'eux.

On a les yeux encore pleins d'aventure lorsque débouche la cavalerie, aristocratie piaffante et magnifique de hussards, de dragons et de spahis, qui font se redresser tous ces quidams qui n'oseraient monter un âne. Derrière eux, voici la « cavalerie mécanique », point d'orgue de l'invincible armée française. Menaçants, les chars roulent sur les Champs-Elysées comme si rien, jamais, ne devait les arrêter. « Ce sont les chars de la ligne Maginot, il y en a des milliers », chuchote-t-on, vaguement effrayé devant ces monstres d'acier, tandis qu'un monsieur très digne déclare à voix haute ce que chacun pense tout bas : « Avec ça, les boches peuvent aller se rhabiller ! »

Le défilé est sur le point de se terminer et déjà la foule a débordé les cordons de police pour aller voir de plus près ces beaux soldats qui lui font chaud au cœur. Toujours debout sur sa caisse à savon, Selma scrute la tribune du corps diplomatique où elle a quelques amis. Ah ! voici Luka, comme il a l'air heureux ! Il doit se sentir tout à fait rassuré à présent. « Luka », pour les intimes, c'est Jules Lukasiewics, l'ambassadeur de Pologne ; quelques jours auparavant il a donné, dans son magnifique hôtel de Sagan, l'un des derniers grands bals de la saison. On a rarement dansé avec autant d'entrain. Il y avait là les femmes les plus élégantes de Paris, et toutes s'étaient lancées dans une « polonaise » endiablée, dirigées par Serge Lifar qui donnait la cadence. Dieu qu'on aimait la Pologne et son ambassadeur au charme slave, et qu'il était ridicule le petit ogre allemand à la moustache noire ! Selma s'était bien amusée ce soir-là et elle avait toisé avec irritation un fâcheux qui murmurait à son voisin : « Quelle insouciance ! C'est vraiment le bal des aveugles. »

Cela fait déjà trois semaines que Harvey est parti. Selma, qui appréhendait cette absence, s'étonne de n'en être pas triste. Bien sûr, il lui manque et souvent elle s'est surprise à rechercher sa haute silhouette parmi la foule qui l'entourait. Mais ce manque lui est doux, car il lui fait mesurer combien elle l'aime. Pour la première fois, cet amour ne lui fait pas peur : elle a confiance en lui parce qu'il lui a donné confiance en elle, elle a la certitude d'avoir, après un long détour, trouvé enfin sa place.

Aussi est-ce avec une sérénité toute nouvelle qu'elle vit l'instant et s'émerveille que ce soit à la fois si intense et si simple. Intense parce que simple ? Sans doute.

En ces premiers jours de l'été, Paris s'était surpassé en manifestations brillantes, comme si, alors que ses plus fidèles s'apprêtaient à l'abandonner pour le grand exode des vacances, la Ville Lumière voulait se faire regretter. Selma était de toutes les fêtes ; on ne lui tenait pas rigueur d'avoir disparu presque un mois, au contraire on la retrouvait avec d'autant plus de plaisir qu'elle s'était faite rare.

L'un des événements de ce mois de juin fut les « noces d'Or de la tour Eiffel ». La « grande dame » fêtait son cinquantième anniversaire le jour même où le duc de Windsor fêtait ses quarante-cinq ans. Le Tout-Paris célébra cette heureuse coïncidence au premier étage de la Tour. Les dames, à la mode de 1889, avec poufs et tournures, dansèrent allègrement le quadrille tandis que le ciel s'embrasait de feux d'artifice tirés depuis le palais de Chaillot.

Puis le 25 juin, tout le monde s'était retrouvé au « grand prix de Longchamp », et l'on avait pu voir, perdus parmis les chapeaux plus extravagants que jamais dans leur profusion d'aigrettes et de plumes d'autruche roses et bleues, le prince René de Bourbon Parme, l'Agha Khan et le sultan du Maroc, réunis dans la tribune officielle, pâlir lorsqu'une fois de plus Pharis, le « crack » de Marcel Boussac, monté par le jockey Elliot, dans la dernière ligne droite s'était échappé et avait gagné au milieu de l'enthousiasme général.

Mais le clou de la saison fut incontestablement le bal costumé donné par le comte Etienne de Beaumont en l'honneur du tricentenaire de la naissance de Racine. Léger et précieux, le comte figurait Lulli, et son ami Maurice de Rothschild un Bajazet magnifique au turban garni de diamants. Jean Marais, la dernière découverte de Jean Cocteau qui en était amoureux fou, était apparu en Hyppolite, nu sous sa peau de tigre ; madame Schiaparelli était le prince de Condé et Coco Chanel un bel indifférent, tandis que le maharadjah et la maharanée de Kapourthala, dans leurs somptueux costumes de velours cramoisi, représentaient le duc et la duchesse de Lorraine. Il y avait une comtesse de Sévigné, des demoiselles de Saint-Cyr, toute une ambassade de Siam au milieu de laquelle mademoiselle Eve Curie et la princesse Poniatowska se cachaient derrière leurs longs ongles recourbés. Selma, émouvante Bérénice en voiles noirs, le front ceint d'un diadème barbare, fut particulièrement remarquée. Ce n'est que beaucoup plus tard qu'elle se demandera pourquoi elle avait choisi le rôle de cette reine abandonnée par l'homme qu'elle aimait.

Mais, en cette mi-juillet, alors que Paris s'est vidé de tous ses beaux oiseaux, envolés vers les stations balnéaires de la côte ou vers les villes d'eaux, Selma est toute à la joie de se sentir libre de son temps, telle une touriste débarquant dans une ville où elle ne connaît personne et où elle peut inventer ses journées au gré de l'instant. Marie-Laure l'a bien invitée dans sa propriété d'Eden Rock, mais elle a décliné. Elle a envie de rester seule. Seule avec cette lourdeur étrange et chaude que depuis quelques semaines elle sent s'installer dans son ventre ; elle a besoin de se rassembler, d'écouter son corps, de se recueillir. Ces derniers temps, elle avait refusé de prêter attention aux changements qui peu à peu s'opéraient en elle, sinon pour faire déplacer les agrafes de ses jupes lorsqu'elle avait remarqué que sa taille commençait à s'épaissir. Harvey ne s'était aperçu de rien, il l'avait crue potelée, voilà tout, ce qu'elle avait mis sur le compte de la cuisine française.

Harvey... Elle s'était promis de lui écrire, de lui dire... Mais elle a été si occupée... si occupée à se distraire d'une promesse que maintenant elle hésite à tenir. Comprendra-t-il qu'elle se soit tue ? Plus le temps passe, plus elle trouve difficile de justifier son silence. Elle a eu tort de reculer quand elle avait la possibilité de lui parler : dans les bras de la femme qu'il aime un homme se laisse plus facilement convaincre tandis qu'avec quelques phrases sur une feuille de papier, quel pouvoir a-t-elle ? Elle craint que Harvey ne mette son silence sur le compte d'une hésitation amoureuse entre Amir et lui, et que, blessé, il ne tranche dans le vif et fasse tout pour l'oublier. Il en est capable... Non, il ne faut pas écrire. A son retour, en septembre, s'il l'aime, il comprendra.

Maintenant que sa décision est prise, Selma se sent plus calme et elle n'a pas de mal à étouffer la petite voix qui lui susurre : « Et si c'est un garçon, qu'est-ce que, toi, tu décideras ? L'amour t'autorise-t-il à dénier à ton fils son droit héréditaire à la succession de Badalpour ? »

Il ne sert à rien de s'encombrer l'esprit avec des « si ». Harvey le lui a toujours dit : « Il faut vivre dans le présent. »

Les premières semaines d'août passent comme un rêve. Paris est presque désert : on a compté près de cent vingt mille départs en congés payés. Radio-Cité a rassuré tout le monde : ses astrologues ont prédit qu'il n'y aurait pas de guerre cette année.

Dans les rues les concierges ont tiré leur chaise et regardent avec bienveillance les rares passants, comme si le fait d'être restés les unissait dans la communauté des vrais Parisiens. Dans les kiosques des jardins publics, les orchestres municipaux jouent des morceaux de Gounod et de Bizet, mais pas de compositeurs allemands : Beethoven lui-même est mis à l'index.

Sur l'insistance de Zeynel, qui s'inquiète de voir fondre leurs ressources — les mandats des Indes se font attendre —, Selma a abandonné sa suite au Plaza Athénée. Elle a prévenu le concierge qu'elle quittait Paris pour quelque temps et a demandé qu'on lui garde son courrier.

Ils n'ont eu qu'à traverser la Seine pour dénicher, avenue Rapp, un hôtel un peu province, mais confortable. C'est la proximité du Champ-de-Mars qui a décidé Selma : elle ira s'y promener tous les jours, cela fera du bien au bébé. C'est à lui seul désormais qu'elle a l'intention de se consacrer : elle se sent coupable de l'avoir négligé, peut-être même d'avoir empêché ses petits poumons de se développer en se serrant tellement la taille. Mais a-t-il déjà des poumons ? Elle n'a aucune idée de ce à quoi peut ressembler ce bébé de cinq mois et demi dans son ventre.

Quant à Zeynel, il est aux anges : pour la première fois, il a Selma tout à lui. Il avait fortement désapprouvé l'aventure avec l'Américain ; il l'avait détesté au premier coup d'œil, bien que, sentant son hostilité, Harvey eût été particulièrement aimable envers lui. Mais c'est justement cela que l'eunuque avait le moins apprécié : la familiarité de cet étranger à son égard ! Ces Américains n'ont pas de manières : « Ce n'est pas quelqu'un de notre monde, princesse, répétait-il à Selma, on voit bien qu'il n'a pas été servi. » Lorsqu'il avait compris que la relation devenait sérieuse, Zeynel avait même menacé d'écrire au rajah qui, après tout, lui avait confié la responsabilité de son épouse. Au premier mot, Selma l'avait foudroyé du regard et lui avait tendu une plume.

— Ecrivez et vous aurez ma mort sur la conscience, car vous savez très bien que le rajah me tuera ! Et sans doute vous tuera-t-il ensuite, pour m'avoir si mal surveillée !

Zeynel avait baissé la tête, il se doutait qu'il n'arriverait pas à impressionner Selma. Enfant déjà, seule la sultane pouvait la faire céder. Mais au moins était-il en paix avec lui-même : il avait essayé. Et sa colère s'était retournée contre le rajah et son imprudence de laisser sa jeune femme seule à Paris, après l'avoir gardée deux ans enfermée. Comme si elle lisait dans ses pensées, Selma avait ajouté, avec une froideur qui l'avait consterné tant il y devinait d'amertume :

— L'important, pour mon cher époux, n'est pas ma fidélité, mais sa réputation. C'est cela qu'il t'a demandé de protéger. Ton devoir est donc de m'aider à ce que rien ne se sache. Je te croyais plus fin, Zeynel !

Il avait hoché la tête comme si ce discours l'avait convaincu. En réalité, c'était de soulagement : il n'avait pas supporté que Selma le vouvoie, il était prêt à tout accepter d'elle, sauf cette attitude glaciale qu'elle savait prendre quand on lui résistait.

Ce n'était d'ailleurs pas tant l'aventure qu'il lui reprochait : après tout elle n'était plus une jeune fille, et si le rajah la rendait malheureuse... Ce qui l'inquiétait, c'était qu'elle paraisse amoureuse, car avec son caractère entier, il la savait capable de tout abandonner.

Mais maintenant que l'Américain est parti, tout est pour le mieux. Désormais Zeynel est seul avec sa princesse, il va pouvoir la dorloter, s'occuper d'elle, sa petite fille... Dans son état, elle est si fragile, elle a besoin d'être entourée, aimée, elle n'a plus personne que lui. Il est à la fois son père, sa mère, son frère et son mari. Il souhaiterait presque un cataclysme dont il la sauverait, pour qu'enfin elle comprenne à quel point elle a besoin de lui, le seul fidèle, qui toute sa vie l'a accompagnée et toujours restera auprès d'elle, quoi qu'il arrive.

Chaque matin avec le petit déjeuner, la femme de chambre apporte *Le Figaro* et, en grignotant ses croissants, Selma s'informe des nouvelles du monde. Depuis quelques jours on ne parle que de la mission militaire envoyée à Moscou, et le journal, toujours très informé, écrit que Staline tient absolument à signer un accord avec la Grande-Bretagne et la France.

En ce 22 août 1939, l'humeur est à l'optimisme. Paul Claudel, poète et diplomate éminent, déclare en première page que « Croquemitaine se dégonflera ». Croquemitaine, c'est bien entendu Hitler que tout le monde brocarde, depuis les chansonniers, qui en l'imitant se taillent leurs plus vifs succès, jusqu'aux enfants des écoles. Ces Français ont tellement d'esprit ! Il y a une semaine le « Comité des roses de la ligne Maginot » a envoyé au président Lebrun ses premiers bouquets ; Selma a demandé ce qu'était encore ce comité-là et elle a bien ri en apprenant qu'au milieu des canons, tout au long de la ligne de défense, on avait planté des milliers de roses... qu'il n'était pas question de laisser écraser !

Dans la rubrique mondaine du journal, elle s'attarde sur un long article décrivant le « bal des petits lits blancs » qui la veille a illuminé le Palm Beach, à Cannes : il a réuni tous les grands noms du Gotha et des milliardaires à foison, et il était parrainé par la maréchale Pétain dont l'air digne rappelait que c'était une fête de charité.

De bonnes nouvelles, et un soleil splendide ! Joyeuse, Selma s'est levée et, tout en faisant sa toilette, écoute la radio qui diffuse l'air à la mode : *Tout va très bien, madame la marquise !* Tout va très bien, dans quelques jours Harvey va arriver. Elle n'a reçu depuis son départ que deux petites cartes, mais il l'avait prévenue que, du fin fond du Mexique, il ne pourrait écrire. De toute façon, il sera là début septembre, car il lui a promis de l'emmener justement à Cannes, où doit se tenir le premier festival international du cinéma. Il y aura là les plus grandes stars de Hollywood — les Américains ont annoncé qu'ils avaient loué un transatlantique pour en envoyer « toute une cargaison ».

La cargaison dorée n'arrivera que six ans plus tard...

Le lendemain, en effet, lorsque Selma descendra de sa chambre, elle apprendra une nouvelle consternante qui va tout changer. Staline a fini par signer, non pas avec la France et l'Angleterre, mais avec Hitler ! Le choc est rude : pourra-t-on désormais éviter la guerre ?

Tandis que, sur les ondes, le président du Conseil, Edouard Daladier, proclame la volonté pacifique de la France, les murs de Paris se couvrent d'affiches rappelant les réservistes. En vingt-quatre heures s'organisent des centres de distribution de masques à gaz : chaque Parisien doit s'en munir et ne plus s'en départir ; on a encore à l'esprit les grands gazés de 14-18. Radios et journaux donnent des conseils pour aménager les caves, obturer les soupiraux, masquer les entrées avec des couvertures ou des draps humides ; toutes précautions sans doute inutiles, car le gouvernement saura négocier pour empêcher la guerre, mais il vaut mieux se tenir prêt.

C'est pour Selma une semaine étrange ; elle ne parvient pas à déterminer s'il y a véritablement danger car, partout autour d'elle, l'excitation et la peur se mêlent à l'incrédulité. De longues files de voitures ramènent, plus tôt que prévu, les vacanciers vers Paris tandis que d'autres, au contraire, quittent la capitale. Des ouvriers ont commencé à emballer les chefs-d'œuvre du Louvre et à déposer les vitraux de la Sainte-Chapelle, qui seront gardés dans des coffres de la Banque de France. On évacue les pensionnaires du zoo de Vincennes et, quelques jours après, trente mille enfants. Les gares regorgent de passagers : les écoliers, qu'on éloigne vers la province, croisent des groupes apeurés de réfugiés juifs débarquant de Pologne et d'Allemagne.

Enfin, le 2 septembre, explose l'incroyable nouvelle : Hitler a envahi la Pologne! La France va-t-elle entrer en guerre? Beaucoup pensent qu'elle le doit. Dans *Le Figaro*, Wladimir d'Ormesson écrit : « Notre conscience est nette, notre devoir aussi : nous vaincrons. »

Comme des millions de Français, cette nuit-là, Selma ne dormira pas. Elle se tourne et se retourne dans son lit en se demandant s'il faut partir. Depuis une semaine, Zeynel insiste : ils doivent gagner Lausanne au plus vite; si elle ne se soucie pas de sa propre sécurité, qu'au moins elle pense au bébé! Mais Selma ne parvient pas à se décider : Harvey doit arriver d'un jour à l'autre, elle veut l'attendre. Si les choses se gâtent ils partiront ensemble.

Le lendemain dimanche, dès le petit matin, les Parisiens s'arrachent les journaux : l'Angleterre a lancé un ultimatum à l'Allemagne! Que va faire la France? C'est presque avec soulagement que, vers midi, on apprendra que, se rangeant aux côtés de l'Angleterre, la France est entrée en guerre. Après ces longues journées d'appréhension et de doutes, la situation est enfin claire.

Le soleil a dissipé les brumes de la matinée et les Parisiens, masque à gaz en bandoulière, sont sortis dans les rues. Accompagnée de Zeynel, catastrophé, Selma se rend à pied jusqu'aux Champs-Elysées : elle a besoin de sentir l'atmosphère, d'écouter, d'essayer de comprendre ce qui va se passer. Les terrasses des cafés sont bondées; de table à table, les discussions se nouent, passionnées, chacun donne son avis, y va de sa prédiction. L'attitude des Etats-Unis en particulier est discutée : vont-ils rester neutres ou se ranger à nos côtés? En regardant la longue file d'attente aevant le centre de recrutement spécial pour étrangers, Selma songe à Harvey. Par cet après-midi ensoleillé, il aurait dû être là, à ses côtés; va-t-il arriver bientôt? en militaire? Un frisson la prend : « Ce n'est pas possible! Les autres peuvent aller se faire tuer, pas Harvey! » Et de toutes ses forces Selma se met à souhaiter que l'Amérique n'entre pas dans la guerre.

En quelques jours la physionomie de Paris a changé. On a entouré les monuments de sacs de sable pour les protéger et on a peint en bleu les vitres des maisons. Partout des femmes à casquette galonnée portant brassard et sacoche ont remplacé les hommes partis au front : engagées par milliers, elles sont agents de la circulation, postiers, receveurs d'autobus, chefs de trains, conducteurs de poids lourds.

Mais c'est surtout la nuit qu'on ne reconnaît plus la Ville Lumière. A partir de 21 heures, l'obscurité est totale car, de peur des bombardements, les rues ne sont pas éclairées; même les voitures ont interdiction d'allumer leurs phares et doivent rouler à la seule lueur de leurs lanternes. Selma, qui depuis le départ de Harvey, allait parfois dîner avec Zeynel, ne sort plus guère. Les restaurants ne sont ouverts que jusqu'à 23 heures, théâtres et music-halls ont fermé leurs portes. Dans chaque quartier des hommes à brassard jaune ont fait leur apparition ; trop âgés pour partir au front, ils sont chargés de la défense passive et sillonnent les rues toute la nuit, sifflant pour que les imprudents éteignent leurs lumières ; le jour également, ils font respecter la discipline, veillant en particulier à ce que chacun rentre chez soi lorsque retentissent les sirènes.

Selma n'oubliera pas de sitôt la première alerte. C'était à 1 heure du matin. Réveillés en sursaut, les clients de l'hôtel étaient sortis de leurs chambres en hurlant et en se bousculant pour dévaler les escaliers étroits qui menaient aux caves. En robe de chambre, tout le monde s'était entassé dans les réduits sommairement garnis de vieilles chaises. Les enfants pleuraient. Une femme, à l'air énergique, avait décidé qu'il fallait prier, et tout en guettant anxieusement le bruit des bombardiers, on avait égrené des « Notre père » et des « Je vous salue Marie » avec une ferveur que la plupart avaient depuis longtemps oubliée. Quand enfin avait retenti le signal annonçant la fin de l'alerte, chacun était remonté dans sa chambre avec le sentiment d'avoir échappé à la mort.

Selma avait passé le reste de la nuit à jouer aux cartes avec Zeynel, comme elle en avait pris l'habitude depuis quelque temps lorsqu'elle n'arrivait pas à trouver le sommeil. Même si elle le réveillait, il était toujours heureux de ces moments passés avec elle. C'étaient comme des cadeaux qu'elle lui faisait. Cette nuit-là, ils avaient discuté longuement, et Selma avait admis qu'il serait plus sage de partir pour la Suisse. Elle avait demandé à Zeynel de s'occuper des billets.

Mais le lendemain, les journaux annonçaient que l'alerte n'avait été qu'un essai auquel la population avait réagi de façon tout à fait satisfaisante, et que, Dieu merci, pas un avion allemand n'avait survolé le ciel de France. L'eunuque eut beau supplier, gronder, Selma décida de rester. Il ne comprenait rien à son entêtement : elle ne voyait plus aucun de ses amis parisiens, prétendant qu'ils l'ennuyaient ; elle n'avait même pas fait signe à Marie-Laure, qui pourtant devait être rentrée depuis au moins deux semaines. Pourquoi donc se refusait-elle à quitter Paris ? Un moment, il avait pensé qu'elle attendait quelqu'un... peut-être cet Américain ! Mais il avait vite écarté cette idée saugrenue : l'histoire était bel et bien finie. Il avait surveillé le courrier : il n'y avait pas eu de lettre d'Amérique depuis presque deux mois. Et il connaissait suffisamment sa Selma pour savoir qu'il lui était impossible d'être amoureuse d'un homme absent, et qui n'écrivait pas.

Les jours suivants, les sirènes furent déclenchées à toute heure du jour et de la nuit et, alors qu'au début les rues se vidaient, chacun rentrant précipitamment chez soi, on finit par s'habituer ; au désespoir des chefs d'îlot, qui n'arrivaient plus à faire respecter aucune discipline. Mais on n'allait tout de même pas se gâcher la vie alors que journaux et radios confirmaient que tout était calme !

C'est sur le front de l'Est que se déroulaient les hostilités. Dès le 9 septembre, s'était engagée la bataille pour Varsovie. Assiégée, bombardée, la capitale se rendait après dix-huit jours de résistance. Pour la cinquième fois la Pologne était partagée, cette fois entre l'Allemagne et l'Union soviétique.

On pleura un peu sur ce malheureux pays étouffé par « l'étreinte du chacal et du porc », comme titrait *Le Matin*, et on se félicita que la France, avec ses cent cinquante kilomètres de ligne Maginot, n'ait, elle, rien à craindre. L'armée du IIIe Reich n'était-elle pas inférieure à l'armée allemande de 1914 ? On savait que les soldats recevaient une nourriture et un équipement très insuffisants.

Les Parisiens qui, lors de la déclaration de guerre, avaient fui la capitale sont rentrés et, en ce mois d'octobre ensoleillé, la vie est redevenue comme avant. La plupart des spectacles ont repris et les maisons de couture lancent leur collection d'hiver. Mais pour plaire aux permissionnaires, plus de fanfreluches : il faut être élégante avec simplicité. Ce sera la « mode de guerre » qui met en vogue les tailleurs bleu R.A.F., les manteaux « camouflage » à taches léopard, les imprimés « Tanks », « Fausse alerte », « Offensive », avec, çà et là, brandebourgs, fourragères et galons. Comme l'écrit *Le Jardin des modes* : « Vous devez rester belles, comme ceux qui sont au front désireraient vous voir. Dépenser est d'ailleurs un devoir patriotique. A vous d'accomplir cette tâche essentielle que seules vous pouvez mener à bien : permettre à l'industrie de luxe de ne pas mourir ! »

Selma ne soutiendra pas ce bel effort de guerre, elle n'a presque plus d'argent. Malgré les télégrammes envoyés à Amir, elle n'a rien reçu depuis un mois. A Zeynel qui s'inquiète, elle assure que c'est normal — le courrier est perturbé — mais bientôt tout va se rétablir. En réalité elle se demande si son époux n'a pas eu vent de sa liaison avec Harvey.

Quoi qu'il en soit, elle ne veut pas lui demander d'argent. Elle ne peut faire cela à un homme qu'elle trompe et qu'elle a décidé de quitter. Amir a toujours été loyal envers elle ; elle lui doit au moins ce respect-là.

Tant pis, elle se débrouillera seule, elle vendra ses bijoux, comme jadis sa mère a dû le faire.

Selma se revoit dans le salon jaune de Beyrouth avec la sultane et

Souren Agha, elle revoit les parures somptueuses qui, l'une après l'autre, disparaissaient dans la sacoche en cuir du petit Arménien. Elle s'était bien juré alors que cela ne lui arriverait pas, que jamais elle ne manquerait d'argent!

Et voilà que l'histoire se répète...

Le lendemain matin, Selma et Zeynel iront rue Cadet où se trouve le marché des bijoux d'occasion. Ils entreront dans ces boutiques sombres où des hommes au costume lustré, la loupe vissée à l'œil, examineront les joyaux d'un air soupçonneux. Ah, qu'il est loin le temps du gentil Souren Agha! Ces commerçants revêches donnent à la jeune femme l'impression d'être une voleuse qui tente d'écouler le fruit de ses rapines. Deux ou trois déclarent même que la plupart des pierres sont fausses ou de mauvaise qualité. Heureusement que Zeynel est là! Il s'est mis en colère, a tapé sur la table et a menacé d'appeler la police. Alors les hommes gris sont devenus plus aimables et l'un d'eux, « pour dépanner la dame », a proposé d'acheter le tout pour 50 000 francs. Selma a d'abord cru qu'il se moquait :

— Ce n'est même pas le vingtième de leur valeur !

— C'est à prendre ou à laisser, a-t-il répliqué sèchement, et il est retourné dans son arrière-boutique.

Elle hésite à partir, mais elle comprend qu'elle n'a pas le choix : dans quelques semaines l'enfant va naître, elle a absolument besoin d'argent. Elle fait un rapide calcul : avec la somme que ce bandit lui propose, ils pourront tenir huit mois, peut-être dix en faisant attention. D'ici là, Harvey sera revenu. D'un geste, elle fait signe au commerçant de tout prendre. Elle ne gardera que le rang de perles qui lui vient de la sultane et la bague d'émeraude qu'aime Harvey parce qu'elle a la couleur de ses yeux.

Harvey... Elle ne cesse de l'espérer. Elle lui a écrit plusieurs lettres, restées sans réponse, mais elle ne s'inquiète pas, elle écrit surtout pour passer un moment avec lui car elle se doute bien que les communications entre Paris et les villages indiens du Mexique doivent relever du miracle. En attendant, elle parle de son amant à la mésange qu'elle a installée près de la fenêtre de sa chambre et, chaque nuit, elle s'endort en serrant dans son poing le briquet d'écaille qu'il lui a laissé. Il arrivera bientôt, elle en est sûre, d'autant que l'Amérique vient de déclarer sa neutralité. Il ne lui faut que le temps de trouver un bateau, entreprise difficile : peu se risquent à faire le voyage depuis que le 5 septembre, l'*Athenia*, un paquebot anglais transportant des civils, a été coulé par un sous-marin allemand. Toute sa vie Selma a douté, mais cette fois-ci elle s'y refuse. Harvey lui a demandé d'avoir confiance : mettre en question son amour serait déjà le trahir.

Jusqu'alors elle avait envoyé Zeynel au Plaza Athénée chercher son courrier. Mais le soupçon lui est venu que s'il trouvait des lettres d'Amérique l'eunuque était capable de les faire disparaître. Aussi a-t-elle décidé d'y aller elle-même, bravant le sourire du concierge qui, sous son apparente politesse, lui semble chaque fois plus ironique. Surtout depuis le jour où il lui a suggéré de ne pas se déranger mais de lui donner une adresse où il ferait suivre son courrier. Prise de court, elle a rougi et balbutié qu'elle était constamment en voyage ; il a pincé les lèvres et elle a senti qu'il avait tout compris et que les perles et les fourrures, qu'elle se faisait un point d'honneur de porter pour venir le voir, ne lui en imposaient plus.

Il n'est pire snobs que ceux qui servent les riches, mais pour Harvey, Selma est prête à supporter même le dédain d'un domestique. Cependant, pour se venger, elle lui glissera un pourboire royal qu'il n'aura pas le courage de refuser : c'est tout l'argent que Zeynel lui a remis pour acheter la layette du bébé.

Elle n'a plus un centime, il ne lui reste qu'à rentrer à l'hôtel à pied. Lentement, elle retraverse le pont de l'Alma, marchant avec précaution pour ne pas secouer l'enfant qu'elle sent bouger dans son ventre. Le premier coup de pied — c'était le lendemain du défilé du 14 juillet — lui avait causé une frayeur intense, elle avait couru chez le médecin qui l'avait rassurée en riant, lui expliquant que c'était ainsi chez toutes les futures mères. Elle l'avait remercié mais n'en avait rien cru : ce bébé-là était certes plus vigoureux que les autres, il suffisait qu'elle reste tranquille pour qu'il la rappelle à l'ordre par un coup impérieux, comme si l'impatientait la quiétude de ce ventre qui le portait et que, à défaut de voir le monde, il voulait au moins le sentir remuer autour de lui. Aussi avait-elle pris l'habitude de longues promenades dans les jardins et les musées, persuadée que l'émotion qu'elle ressentait devant cette beauté était nécessaire à l'enfant autant que l'air et la nourriture qu'elle lui transmettait par un processus qu'elle n'avait aucun désir de comprendre.

Et, ce jour-là, en rentrant de l'hôtel Plaza, elle se disait que son geste de fierté, que Zeynel considérerait comme insensé, était plus important pour l'enfant que toutes les layettes du monde, car lové en elle, dépendant si intimement d'elle, il ne pouvait que s'imprégner de sa révolte et de son orgueil.

— Vous êtes papa, monsieur, d'une jolie **petite** fille !

Rayonnante, la sage-femme est sortie de la chambre devant laquelle Zeynel, depuis le matin, fait les cent pas en invoquant les quatre-vingt-dix-neuf noms d'Allah. Le soleil s'est couché depuis longtemps et, s'essuyant le front, elle soupire de soulagement, épuisée presque autant que la jeune maman dont elle a cru à plusieurs reprises que le cœur allait lâcher. L'accouchement a été particulièrement difficile : elle est si frêle et le bébé si gros : « Trois kilos et demi, monsieur, vous pouvez être fier ! »

Sur la pointe des pieds, Zeynel est entré dans la chambre où l'accouchée repose, pâle comme une gisante. Au travers de ses larmes, il lui semble qu'il est de nouveau à Istamboul, que cette forme immobile sur le lit c'est sa sultane et ce paquet rouge qui vagit, la petite Selma, son enfant...

— Alors Zeynel, tu ne me félicites même pas ?

La voix lasse, un rien moqueuse, l'a sorti de son rêve.

Selma ! Quel vieil imbécile il fait à ressasser le passé alors que sa petite fille est là, qui a tant souffert. Pris de remords, il s'est précipité vers le lit, il lui prend les mains et longuement les baise en balbutiant des remerciements qu'elle ne comprend pas.

Discrète, la sage-femme annonce qu'elle prend congé ; elle reviendra demain matin :

— D'ici là réfléchissez au nom que vous désirez donner au bébé, car il faudra que j'aille la déclarer à la mairie.

— Ne prenez pas cette peine, Zeynel s'en chargera, a répondu Selma avec un indéfinissable sourire.

La veilleuse éclaire la chambre d'une lueur rougeâtre. Depuis longtemps déjà Zeynel est allé se coucher, brisé par les émotions de la journée ; Selma est seule avec l'enfant qui dort à ses côtés.

Une petite fille : c'est le destin qui en a décidé. Dieu lui montre la voie. Tout est simple maintenant, évident : son enfant sera libre ! Dût-elle se cacher, jamais Selma ne rentrera aux Indes. Sur le berceau de son bébé elle en fait le serment.

V

Le 1ᵉʳ décembre 1939

« Altesse,

« Nous sortons d'un long cauchemar et c'est pourquoi nous ne vous avons pas donné de nouvelles depuis un certain temps. La rani a été très malade, nous avons cru la perdre ; mais — Allah soit loué ! — maintenant elle est sauvée, bien qu'encore très faible. Hélas, il s'est passé une chose affreuse, sans doute avez-vous déjà deviné... le 14 novembre la princesse a accouché... »

Zeynel s'est arrêté, dans sa main la plume tremble : c'est impossible, il ne peut écrire ces mots terribles, cela va porter malheur à l'enfant, Dieu les punira ! Tout son corps est saisi d'un long frémissement, il a peur, peur du crime qu'il s'apprête à commettre ; mais s'il recule, il connaît sa Selma, jamais elle ne lui pardonnera, elle considérera qu'il l'a trahie et, au lieu de se confier à lui comme elle le fait de plus en plus depuis qu'ils sont seuls à Paris, elle le traitera en étranger. Cela, il n'en peut supporter l'idée. Après tout, peut-être a-t-elle raison de vouloir quitter le rajah s'il la rend malheureuse. Ne l'a-t-il pas enfermée deux semaines parce qu'elle avait accepté une invitation à danser ? N'a-t-elle pas failli en mourir ? Zeynel se doit de la protéger, ainsi qu'il l'a promis à la sultane sur son lit de mort.

Il serre les dents et c'est d'une main plus ferme qu'il trace ces mots :

« Le 14 novembre la princesse a accouché d'un enfant mort-né. »

Il l'a écrit ! Avec une sorte de stupeur, l'eunuque regarde ces signes noirs, qui d'un coup changent le destin d'un être. Pour le rajah l'enfant désormais n'existe plus : d'un mot, il vient de le faire disparaître.

Lorsque, quelques jours plus tôt, Selma lui avait parlé de son projet, il avait d'abord cru que les affres de l'accouchement lui avaient troublé l'esprit ; puis il avait bien fallu se rendre à l'évidence : ce n'était pas une lubie passagère, comme elle en avait parfois, mais une décision mûrement réfléchie : elle craignait que, par un chantage sur l'enfant, on ne les force à rentrer aux Indes.

Il avait refusé net, horrifié par ce projet qu'il jugeait criminel. Comment une mère pouvait-elle déclarer mort-né son bébé ? Cela lui semblait presque aussi abominable que de vraiment le tuer. Voyant qu'elle s'obstinait, il avait tenté de la raisonner en avançant des arguments pratiques : elle n'avait aucune fortune personnelle, de quoi tous trois allaient-ils vivre ? Selma avait répondu qu'avec ce qui restait de la vente de ses bijoux, ils pourraient tenir au moins six mois. Après, il y aurait l'argent du pétrole.

— Du pétrole ?

— Tu sais bien, voyons ! Les pétroles de Mossoul, en Irak, qui furent achetés par le sultan Abdul Hamid et sont la propriété privée de la famille ! Avant de quitter les Indes, j'ai reçu une lettre de mon oncle Selim m'avisant que le gouvernement irakien avait accepté de nous dédommager. Cette malencontreuse guerre a tout retardé, mais elle ne va pas durer éternellement. Bientôt nous serons riches, Zeynel !

Elle lui avait pris les mains en riant et il n'avait pas eu le cœur de lui faire part de ses doutes : le gouvernement irakien pouvait, après tout, se contenter d'annexer les terrains pétrolifères sans verser la moindre compensation. Qui au monde s'élèverait pour défendre les droits d'une famille d'exilés qui, sur le plan politique, ne représentait plus rien ?

— Bien, avait-il bougonné, peut-être allez-vous hériter. Mais cela ne me fera pas changer d'attitude : jamais je ne me rendrai complice d'un acte aussi monstrueux !

— Tu ne comprends rien ! s'était écriée Selma, les larmes aux yeux. Et moi qui croyais que tu m'aimais ! Tu veux donc que je sois de nouveau prisonnière ? Tu veux que ma fille ne connaisse de la vie que le voile, les murs clos et l'asservissement à un vieux rajah auquel on la mariera à douze ans sous prétexte qu'il est riche ? Jamais je n'accepterai cela ! Si tu m'abandonnes tant pis, je resterai ici, seule avec mon enfant... Mais, avait-elle ajouté, il me blesse de constater que tu as plus de loyauté envers le rajah qui ne t'est rien qu'envers notre famille...

Et elle lui avait tourné le dos. Pendant des jours, elle ne lui avait pas adressé la parole, pleurant et refusant toute nourriture ; il savait que c'était pour l'obliger à céder, mais il savait aussi qu'elle était capable de se rendre vraiment malade. Que ferait-il alors de l'enfant ? Percevant les hésitations de Zeynel, Selma avait changé de tactique, lui décrivant la vie idyllique qu'ils mèneraient tous trois dans ce pays où aucun préjugé d'un autre âge ne les restreignait. Ils formeraient comme une famille.

Elle n'avait rien précisé, mais il était facile de comprendre ce qu'elle sous-entendait : elle lui faisait miroiter une évasion dont il avait souvent rêvé mais qu'il savait impossible, car sa prison à lui était creusée à l'intérieur même de son corps. Du moins l'avait-il cru jusqu'à ce qu'il vienne en Europe. Mais lorsqu'il s'était aperçu qu'ici les gens le prenaient pour le père ou même pour le mari de Selma, le monde avait changé de couleur. Soudain il n'était plus un eunuque, mais un homme, portant beau, auquel on témoignait de la déférence. Tandis qu'aux Indes, où tout le monde connaissait son état, il devinait bien les rires que dissimulaient derrière leurs mains les femmes et les jeunes gens. Là-bas comme partout, la tradition des grands eunuques s'est perdue. Il ne subsiste plus que quelques nègres, sans raffinement ni éducation, tout juste capables de garder les portes des harems, et pour lesquels Zeynel éprouve le plus grand dédain. En Turquie, c'était autre chose ! Les eunuques du palais étaient craints des femmes car ils avaient l'oreille du maître, dont ils étaient souvent les confidents ou même les conseillers. Le grand Kislar Agha, le chef des eunuques noirs du sultan, était l'un des premiers personnages du royaume, parfois plus puissant que les ministres... Ce temps n'est plus, hélas ! De la gloire et de la puissance il ne reste rien, rien que la cruelle mutilation qui fait de l'eunuque un objet de dérision.

Après avoir débattu des jours et des nuits, Zeynel est finalement allé dire à Selma qu'il ne supporte pas de la voir malheureuse et qu'il agira selon son désir. Il ignore qu'elle a écrit à Harvey et qu'en réalité la famille à trois qu'elle lui propose est une famille a quatre. Elle s'est gardée de le lui dire : c'eût été le plus sûr moyen de bloquer l'eunuque dans son refus.

Car une idée folle lui est venue, qu'elle a d'abord repoussée mais qui s'est peu à peu imposée à elle et a fini par s'emparer totalement de son esprit. C'était en berçant sa fille et en contemplant ses yeux bruns qui commençaient à se tacheter d'or. Elle s'était surprise à penser qu'elle ressemblait étrangement à Harvey, comme si son désir qu'elle fût de lui s'était imprimé dans les traits de l'enfant.

Et si elle lui disait... que c'était *son* enfant ? Cette petite fille a besoin d'un père, quel meilleur père pourrait-elle avoir que Harvey ? Et lui, qu'en saurait-il ? Avec l'incertitude des événements — début novembre, on avait cru que les Allemands allaient envahir la France [1] — Harvey ne pourra sans doute pas venir avant plusieurs mois. A son arrivée il trouvera une jolie petite fille, comme il a rêvé d'en avoir une ; un peu en avance pour son âge, voilà tout !

Selma frissonne. C'est impossible, elle ne peut mentir ainsi à l'homme qu'elle aime... Mais est-ce un mensonge ?... Cette enfant n'est-elle pas plus à Harvey qu'à Amir ?... Amir qui lui semble si loin, qu'elle a presque oublié... Ce bébé dans son ventre s'est épanoui sous les caresses de Harvey ; la chaleur qu'elle ressentait et lui transmettait — soleil faisant de cette petite pousse un arbrisseau — lui venait de sa tendresse. Fût-elle restée aux Indes, anxieuse, désespérée de cette grossesse qui la tenait captive d'un mari qui ne savait pas l'aimer, l'enfant — elle en est persuadée — serait née chétive, pétrie du malheur de sa mère, si toutefois elle ne s'était découragée en route.

Tandis que cette belle petite fille est l'image du bonheur, le bonheur que lui a donné Harvey. Lui dire qu'elle est de lui, n'est-ce pas au contraire rétablir une vérité plus profonde que celle qui résulte de hasards, d'événements auxquels on a été mêlé sans y prendre réellement part ? Elle ne sait comment l'expliquer, elle sait seulement que la chronologie et la logique sont des mesures incapables de rendre compte de ce qu'elle sent au plus profond d'elle-même comme étant la Vérité. Une vérité libérée d'un passé qu'elle a traversé en étrangère et fortement ancrée dans ce présent qu'elle vit de tout son être.

C'est en paix avec elle-même que Selma écrira à Harvey qu'elle attend un enfant de lui.

— Toujours pas de courrier ?
— Non, madame, rien.

On est déjà fin janvier et Selma n'a reçu aucune réponse de Harvey. Pourtant, depuis la naissance du bébé, elle lui a envoyé quatre lettres à son domicile de New York en prenant soin de contrefaire son écriture pour ne pas attirer l'attention d'une épouse

---

1. Les communications entre la France et les Etats-Unis étaient très irrégulières, les compagnies maritimes hésitant à risquer leurs paquebots sur l'Atlantique.

jalouse. Elle ne sait rien de sa situation présente : son divorce a-t-il été prononcé ? Habite-t-il toujours avec Ursula ? Les perturbations du courrier peuvent expliquer la perte de quelques lettres, mais pas de toutes !

Elle commence à s'inquiéter ; cela fait cinq mois maintenant qu'elle est sans nouvelles. Harvey serait-il malade au point de ne pouvoir écrire ? Lui serait-il arrivé malheur ?

Heureusement, il y a l'enfant qui accapare Selma et l'empêche de se morfondre. Elle est si mignonne ! Elle rit dès qu'elle reconnaît la voix de sa maman, pleure aussi un peu — elle a presque trois mois, et perce ses premières dents.

— Madame !

Le directeur de l'hôtel l'a arrêtée au moment où elle allait prendre l'ascenseur :

— Madame, pouvez-vous me dire combien de temps vous comptez rester ?

— ... Mais je ne sais pas... deux ou trois mois, je pense.

— C'est que... J'aurais besoin de ces chambres, nous avons des clients qui...

Selma le toise, étonnée.

— L'hôtel n'est pas plein que je sache, les touristes ne sont pas si nombreux actuellement à Parıs !

— Non, mais... Voilà : votre bébé réveille nos clients. Plusieurs déjà sont partis. Je suis désolé, madame, mais il faut que vous cherchiez un autre hôtel, une pension de famille... J'en connais une qui serait parfaite, rue Scribe, près de l'Opéra.

Selma est atterrée, elle était si bien là, avec ce jardin... Voyant son désarroi, le directeur, qui n'est pas un méchant homme, tente de se justifier.

— Nous avons fait notre possible, car nous avions scrupule à refuser l'hospitalité à une jeune dame. Pour l'accouchement, nous n'avons rien dit, mais jamais nous n'aurions pensé qu'il se ferait ici ! Si l'enfant, ou vous-même, avait — à Dieu ne plaise — perdu la vie, imaginez les complications que cela nous aurait fait...

Selma s'est redressée.

— En effet nous aurions pu mourir ; croyez bien, monsieur, que j'en aurais été désolée pour vous ! Mais ne craignez rien, nous partons, et cet après-midi même. Veuillez seulement téléphoner à l'hôtel de la rue Scribe pour savoir s'ils ont de la place.

— C'est que... je l'ai déjà fait... ils ont des chambres libres.

— Je vois. Eh bien, préparez la note.

Gêné, le directeur se confond en excuses :

— Ce n'est pas à un jour près, si vous voulez...

— Pour moi, monsieur, c'est à une heure près.

L'hôtel de la rue Scribe, pompeusement nommé « Hôtel du Roy », est un établissement de troisième classe fréquenté par la petite bourgeoisie de province en déplacement à Paris et par quelques couples en attente d'appartement, qui louent au mois. Il n'y a pas de salon mais une petite salle à manger où l'on sert un menu à prix fixe. En voyant débarquer cette dame élégante, le concierge a d'abord cru qu'elle se trompait, puis il a aperçu le monsieur avec le bébé, et il a compris que c'étaient les étrangers qu'on lui avait annoncés.

— Par ici, madame, nous vous avons réservé les deux meilleures chambres, avec salle de bains !

Au ton dont il a prononcé « avec salle de bains », Selma comprend qu'ils doivent être les seuls à bénéficier d'un tel luxe. Elle se tourne vers Zeynel.

— Tu es content j'espère, lui glisse-t-elle malicieusement, ce genre d'hôtel ne va pas grever notre budget !

Mais Zeynel ne l'entend pas : il est aux anges, car en passant dans le couloir, une femme de chambre lui a fait compliment de « son bébé ».

Ce changement d'hôtel a un autre avantage : éviter l'indiscrète sollicitude de la sage-femme qui a mis au monde l'enfant. Selma ne l'a pas encore déclarée et n'a aucune intention de le faire avant le 15 février ; cette date enlève au rajah, s'il les retrouvait, tout droit sur l'enfant — à l'évidence son épouse n'aurait pu le porter douze mois — et rend par contre plausible la paternité de Harvey.

Elle s'est adaptée sans difficulté à son nouveau quartier, finalement plus sympathique que le VIIe arrondissement, aristocratique et compassé. La vie dans la capitale a repris un cours presque normal. Théâtres et cinémas ne désemplissent pas et les dancings, que l'on avait fermés trois mois par respect pour les combattants, ont rouvert leurs portes en décembre, puisqu'on ne se bat pas ! On pourrait presque se croire en temps de paix si ce n'était la pénurie de taxis, dont la moitié ont été réquisitionnés, et l'instauration de jours sans pâtisserie, sans alcool et sans viande. Mais les Parisiens prennent cela à la plaisanterie : s'il n'y a pas de viande, eh bien, on mangera de la langouste ! Le gouvernement a même cessé de faire retentir les sirènes, sauf comme en temps de paix, à titre d'essai, le jeudi à midi.

C'est seulement la nuit, dans les rues éclairées de pâles lanternes bleues, que l'on se souvient que c'est la guerre. Mais comme de tout, on prend l'habitude ; il suffit de ne pas oublier sa lampe de poche. Les couturiers ont d'ailleurs eu une idée « lumineuse » : ils ont lancé la mode des chapeaux à fleurs phosphorescentes qui, le soir, assurent une délicate signalisation.

En fait personne ne prend au sérieux cette guerre qu'on appelle : « la drôle de guerre », et les journaux contribuent à renforcer l'optimisme ambiant. Le 1er janvier 1940, en cadeau de nouvel an, *Le Matin* offre la victoire à ses lecteurs : « Moralement nos ennemis sont condamnés, titre-t-il. Politiquement la guerre est gagnée. Il reste à remporter la victoire militaire : nous n'y manquerons pas. »

Mais on doute de plus en plus que l'Allemagne se risque à attaquer une France dont la puissance, montrée chaque jour aux actualités filmées, a de quoi intimider. Et puis il y a l'Angleterre, et derrière elle son empire, inépuisable réservoir de soldats. Le patron de l'hôtel du Roy, qui au vu du passeport britannique de Selma l'a prise pour une princesse anglaise [1], ne manque pas, chaque fois qu'il l'aperçoit, de l'entreprendre sur les intentions de Winston Churchill et de Sa Majesté, qui doivent être des parents de sa cliente, ou au moins des relations. Selma s'est gardée de le détromper et a profité de son crédit pour se faire accorder quelques privilèges, comme l'aménagement de sa chambre, qu'elle est arrivée à rendre presque confortable, et le petit déjeuner au lit. Les autres habitués en ont conçu quelque jalousie, mais le patron leur a rétorqué d'un ton sans réplique qu'il ne pouvait quand même pas refuser ces petits conforts à une personne aussi distinguée.

Parmi les clientes installées à demeure à l'hôtel du Roy, Selma a fait la connaissance d'une femme brune, actrice de son métier et, dit-elle en riant, un peu sorcière. Son don de voyance lui a acquis une petite renommée. Elle reçoit en fin d'après-midi dans un recoin de la salle à manger, où elle a établi son « cabinet de consultation » avec l'assentiment du patron qui voit là un moyen d'attirer, pour le thé ou l'apéritif, la clientèle du quartier.

Mais comme il arrive souvent à ceux qui possèdent un don naturel, Josyane le méprise, n'aspirant qu'à la gloire des planches. Elle connaît tout sur le théâtre, les manies des acteurs, leurs intrigues amoureuses, elle n'est jamais à court d'histoires. C'est ainsi qu'elle a séduit Selma qui n'a pas perdu sa curiosité d'adolescente pour le monde du spectacle et ses coulisses. Josyane lui a proposé de lui faire rencontrer de jeunes artistes. Pour la première fois depuis son

---

1. De par son mariage avec un Indien, Selma est sujet britannique, les Indes étant une colonie anglaise.

accouchement, Selma a laissé le bébé à la garde de Zeynel, malgré les remontrances de l'eunuque qui n'aime guère cette « théâtreuse ». Mais elle en a pris l'habitude : Zeynel n'aime jamais ses nouveaux amis. Et toute une nuit, Josyane l'a entraînée dans d'obscurs cabarets de Montparnasse et du quartier Latin où les gloires de demain déclament ou grattent la guitare. Selma n'a pas été très impressionnée, mais elle s'est bien amusée. Ces distractions sont les bienvenues, car elle sent la nervosité la gagner : le mois de février tire à sa fin et elle n'a toujours aucune nouvelle de Harvey.

Elle passe des heures, assise près de sa petite fille endormie, à se remémorer les quatre semaines qu'ils ont passées ensemble. Elle se souvient de chaque instant — chacune de ses paroles, chacun de ses sourires, chacune de ses caresses — avec une précision qui la stupéfie... Elle est sûre que Harvey non plus n'a pu oublier... Et elle s'étonne de cette certitude, elle qui jamais n'arrivait à faire confiance ! Aujourd'hui que toutes les apparences sont contre leur amour — si une amie lui racontait une telle histoire, elle la regarderait avec pitié, persuadée que son amant l'a simplement abandonnée — pas un instant, elle ne doute de Harvey. Elle sait que ce qui leur est arrivé est différent : ils ne se sont pas choisis. C'était une évidence qui les a emportés sans leur laisser la moindre chance de résister. Elle éprouve une plénitude qu'elle n'arrive pas à s'expliquer ; elle se dit que peut-être, lorsqu'on a vécu aussi totalement, ne serait-ce que quelques instants, on a fait l'expérience de l'éternité, et qu'alors la mort ne veut plus rien dire.

Dans son berceau, l'enfant a gémi. Inquiète, Selma s'est penchée et a tendrement caressé les cheveux soyeux. Comment ose-t-elle penser à la mort quand sa petite fille est là qui a tant besoin de sa maman ? Sa petite fille qui ressemble de plus en plus à Harvey... Le temps est venu maintenant de la déclarer, mais comment faire ? Comment justifier devant les autorités un retard de trois mois ? Depuis plusieurs jours, Selma cherche en vain une solution.

La voyant soucieuse, Josyane lui a proposé ses services.

— Je ne veux pas être indiscrète, mais si je puis vous aider... Je connais Paris comme ma poche, j'y suis née.

Selma n'a pas le choix, elle finit par se confier. Mais elle ne mentionne pas Harvey, elle attribue à son ignorance de la loi française le fait de n'avoir pas déclaré le bébé dès sa naissance.

Josyane l'a dévisagée, narquoise.

— Bon ! Vous ne l'avez pas déclarée. Les raisons, c'est votre affaire, mais maintenant il faut trouver une sage-femme pour attester qu'elle vous a accouchée. C'est difficile, bien que j'en connaisse une qui, peut-être... Mais elle prend un risque, car si elle se fait prendre, elle ne pourra plus exercer son métier. Sans doute va-t-elle demander cher...

Voyant Selma hésiter, elle reprend :

— Au fond, vous feriez mieux d'aller à la mairie avec votre sage-femme, vous direz que vous ne saviez pas, que vous avez oublié, n'importe quoi !

— C'est impossible.

Josyane scrute le visage cramoisi. Elle sait maintenant ce qu'elle voulait savoir : cette petite princesse au regard innocent a l'intention de faire une fausse déclaration, c'est pourquoi elle ne peut rien demander à la femme qui l'a accouchée.

— Allons, ne faites pas cette mine, on va arranger ça. Vous savez que je ferai tout pour vous tirer d'affaire. Dès demain j'irai voir cette personne.

Le lendemain, Josyane rentre l'air consternée.

— La femme est folle ! Elle a des exigences inconcevables, ce n'est même pas la peine d'en parler.

— Combien ? a demandé Selma d'un ton glacé.

— Non, il n'en est pas question, c'est beaucoup trop... Elle demande 20 000 francs !

— 20 000 ! C'est énorme !

— C'est insensé, et encore elle dit me faire une faveur parce qu'elle me connaît. Je crois que vous feriez mieux de ne pas déclarer l'enfant, après tout personne ne vous demande rien. Evidemment si un jour il y a un contrôle — et, en temps de guerre, on a tendance à contrôler les étrangers —, vous risquez des ennuis : on peut croire que vous avez volé l'enfant, et vous le retirer. J'ai entendu raconter...

— Assez ! l'interrompt Selma. Je paierai. Pouvons-nous y aller demain après-midi, le temps que je passe à la banque ?

— Nous ?... s'étonne Josyane, vous n'y songez pas ! Elle ne voudra jamais vous rencontrer. Elle se méfie et ne m'accepte comme intermédiaire que parce qu'elle me connaît depuis longtemps.

Selma se rend, un peu à contrecœur. Elle a l'impression que Josyane ne lui dit pas toute la vérité et qu'elle arrondit la somme demandée pour en garder une partie. Mais, de toute façon, elle ne voit pas d'autre solution.

Le lendemain, elle remet à Josyane la somme convenue et, pour se calmer les nerfs, va se promener avec Zeynel et le bébé. Lorsqu'elle rentrera, elle apprendra que la jeune femme a quitté l'hôtel, sans laisser d'adresse.

L'annonce que les Allemands ont entrepris une guerre sous-marine, afin de gêner l'armement et le ravitaillement de l'Angleterre par les Etats-Unis, a été pour Selma la meilleure nouvelle de l'année : elle comprend mieux pourquoi elle ne reçoit pas de lettre de Harvey. Elle se sent à nouveau légère, d'autant que la guerre va se terminer : c'est une question de quelques mois, ce n'est pas la guerre de 14-18 ! Selma était très jeune, mais elle se souvient, comme si c'était hier, de la tristesse qui régnait alors sur Istamboul, des hôpitaux remplis de blessés, des familles endeuillées. Ici personne ne semble prendre les événements au sérieux. Au contraire. On se moque de la faiblesse militaire de l'U.R.S.S. qui a mis plus de trois mois à réduire la petite Finlande et l'on parle du dénuement dans lequel se trouvent les soldats allemands qui se battent en haillons, le ventre vide. Pourtant cette armée a envahi le Danemark qui n'a pu opposer aucune résistance, et malgré les corps expéditionnaires français et britanniques envoyés pour lui porter secours, elle vient de soumettre la Norvège...

Pour se faire une idée plus précise de la situation, chaque jour Selma lit deux ou trois journaux et écoute la radio, mais ils ne parlent que de la famine qui ravage le Reich, du mécontentement grandissant contre le régime nazi et de la grave maladie d'Hitler qui pourrait le contraindre à se retirer. Quant aux hommes politiques, ils ne cessent de déclarer qu'il n'y a aucune raison d'être inquiets.

On ne s'inquiète donc pas. C'est le printemps, les robes claires et les chapeaux fleuris ont fait leur apparition. Aux courses d'Auteuil et de Longchamp, les femmes n'ont rien perdu de leur élégance, et, comme on le chante, sur les bords de la Marne « la guinguette a rouvert ses volets... »

Un jour, accompagnée de Zeynel portant le bébé, Selma prend le soleil à la terrasse du Café de la Paix ; elle sent deux mains se poser sur ses yeux et un « coucou » sonore résonner à son oreille. D'un bond, elle se dégage...

— Orhan !

— Selma !

Ils sont tombés dans les bras l'un de l'autre, s'exclamant de surprise et de plaisir. Ils ne s'étaient pas revus depuis le Liban.

— Qu'est-ce que tu fais ici ? Je te croyais trônant dans ton palais en or au fin fond des Indes.

— Et toi ?

— Moi ? Eh bien, j'ai suivi le roi Zog en exil. Je commence à avoir l'habitude ! Remarque, je ne regrette pas l'Albanie, c'était un joli pays, mais un peu fruste à mon goût. Entre-temps, je me suis marié, j'ai divorcé, et maintenant je suis libre. J'ai d'ailleurs divorcé aussi du roi : il s'est installé à la campagne, et moi, tu sais, la campagne... J'ai donc repris mon ancien métier, mais en plus noble : je suis convoyeur de voitures à travers l'Europe !

Ils rient ; comme c'est bon de se retrouver.

Orhan se tourne vers Zeynel qui les écoute, tout épanoui.

— Bonjour Agha ! Vous avez une mine superbe ! Mais... — d'un air étonné, il désigne le bébé — qu'est-ce que c'est que ça ?

— Ça ? C'est à moi, a répliqué Selma fièrement.

— Et où est le papa ?

— Je t'expliquerai, c'est un peu long.

— Toujours des mystères, je reconnais bien là ma petite cousine ! Il regarde sa montre.

— Excuse-moi, je suis en retard et j'ai rendez-vous avec une femme dont je suis... follement amoureux !

— Comme d'habitude, se moque Selma, je reconnais bien là mon cousin !

— Donne-moi ton numéro de téléphone, je t'appellerai dans quelques jours. Maintenant que je t'ai retrouvée, je ne vais plus te lâcher.

Il a passé sa main dans ses boucles comme lorsqu'ils étaient adolescents et a murmuré mi-sérieux, mi-blagueur :

— Au fond, c'est toi la femme que j'aurais dû épouser !

Puis il l'a embrassée sur le bout du nez et a filé en agitant son chapeau.

Le surlendemain, 10 mai, les Français apprendront avec stupéfaction que les armées allemandes ont envahi la Hollande, le Luxembourg et... la Belgique ! Déjouant toutes les prévisions, ils ont contourné la ligne Maginot et, au mépris de toute règle, sont entrés dans un pays qui avait déclaré sa neutralité. De plus, ils ont profité des fêtes de Pentecôte pour attaquer, les lâches ! Mais on se rassure : l'armée française, secondée par quelques bataillons anglais, s'est portée au secours des voisins belges. Ils vont leur faire mordre la poussière, à ces boches !

Les jours suivants les nouvelles du front restent imprécises mais, lorsque le 13 mai, la Hollande capitulera, les Parisiens commenceront à s'inquiéter. D'autant que, sous leurs yeux étonnés, les premiers réfugiés belges traversent la capitale dans des voitures bourrées de tout ce qu'ils ont pu emporter. Le gouvernement rappelle de Beyrouth le général Weygand pour prendre le commandement en chef des armées, et nomme le maréchal Pétain vice-président du Conseil. C'est avec soulagement et reconnaissance que la population accueille le vainqueur de Verdun : le pays est désormais en de bonnes mains. Ce qui n'empêche pas, pour faire bonne mesure, d'organiser des prières dans les églises : on défilera même derrière les reliques de Saint-Louis et celles de sainte Geneviève qui, au Ve siècle, protégea Lutèce des hordes d'Attila.

Le 26 mai, *Le Matin* titre en première page : « Les troupes alliées infligent à l'ennemi de lourdes pertes. L'infanterie française n'a rien perdu de ses qualités. » Aussi, quand le lendemain, on apprend la reddition de la Belgique, c'est la colère : le roi félon a capitulé sans même prévenir les commandements français et anglais ! L'heure est grave : les troupes alliées se sont repliées pour défendre les routes qui mènent à la capitale contre une armée allemande dont les Parisiens, à présent, se doutent qu'elle n'est pas aussi épuisée qu'on le leur avait laissé entendre.

A l'Hôtel du Roy, quelques couples parlent d'écourter leur séjour et de regagner la province, mais le patron les en dissuade avec un bon rire :

— Allons, vous n'avez rien à craindre, ces Belges n'ont pas de sang dans les veines. L'armée française, c'est autre chose !

Lassée de ses vantardises, Selma est montée dans sa chambre où Zeynel l'a rejointe avec la petite fille. Toute la soirée ils ont discuté : il est encore temps de partir pour Lausanne, mais est-ce prudent ? Les nazis ont bien violé l'accord de neutralité avec la Belgique, qui sait si demain ils ne vont pas décider d'envahir la Suisse ? — elle n'a pas, comme la France, la capacité de se défendre. Selma hésite, elle n'a aucun élément pour juger du danger : les seules nouvelles sont données par les journaux et elle se rend compte avec indignation qu'elles sont fausses. Pourtant il faut qu'elle décide, et vite.

Préoccupée, elle regarde le vieil homme et la petite fille qui s'agrippe à ses genoux avec des éclats de rire. Ils lui font confiance. De sa décision dépend peut-être leur sort. Ah, si Harvey était là ! Ou même Orhan... Elle ne sait où le joindre. Il ne lui a pas fait signe, ce qui ne l'étonne guère : il doit être en train de filer le parfait amour, à ces moments-là le monde pourrait s'écrouler autour de lui, il ne s'en apercevrait pas.

Selma s'est pris la tête dans les mains : à qui demander conseil ? Marie-Laure ? Impossible ! Cela fait maintenant dix mois que Selma a disparu sans laisser d'adresse. La jeune femme doit terriblement lui en vouloir, et le lui fera sentir. Et puis elle posera toutes sortes de questions sur l'enfant... Non, elle n'ira pas chez Marie-Laure.

Soudain elle se souvient de mademoiselle Rose. Sa demoiselle française lui a écrit plusieurs fois au Liban, puis aux Indes. Elle lui disait s'être installée à Paris où elle donnait des leçons particulières. Mais aucun des enfants dont elle s'occupait n'avait remplacé Selma dans son cœur, et elle priait le ciel que celle-ci puisse un jour venir la voir. Chère mademoiselle Rose ! Comment n'y a-t-elle pas pensé plus tôt ? La pauvre n'aura certainement aucune idée — elle n'a jamais eu les pieds sur terre — mais les familles chez lesquelles elle travaille sauront peut-être ce qu'il convient de faire.

Le lendemain matin, Selma s'est rendue rue des Abbesses, à l'adresse que lui avait donnée mademoiselle Rose dans sa dernière lettre. Elle est ravie de la revoir, c'est un peu retrouver Istanbul et son enfance... Elle sourit en se rappelant les chapeaux de la gouvernante, qui faisaient sursauter les kalfas, et ses bévues qui étaient devenues légendaires. Mais elle était si bonne, tout le monde l'aimait. Selma a honte de ne pas lui avoir rendu visite depuis près d'un an qu'elle est à Paris. Elle a été tellement prise par la vie parisienne, puis par Harvey, enfin par l'enfant, qu'elle l'a complètement oubliée. Pour faire taire ses remords, elle est allée chez la *Marquise de Sévigné* acheter la plus grosse boîte de chocolats — mademoiselle Rose a toujours été gourmande.

Devant le 12, rue des Abbesses, Selma s'est arrêtée, hésitante. Est-il possible que mademoiselle Rose habite là ? L'immeuble, fissuré de lézardes, semble sur le point de s'écrouler, et la peinture de la façade s'écaille en lambeaux grisâtres. Se retenant de respirer, Selma a traversé l'entrée où sont entreposées des poubelles remplies à ras bord, dont l'odeur la suit jusque dans la cage d'escalier. Lentement elle gravit les marches graisseuses : comment mademoiselle Rose, qui était si pointilleuse sur la propreté, a-t-elle échoué dans ce taudis ? A l'évidence, elle n'a plus d'argent, pourquoi ne lui a-t-elle jamais rien dit dans ses lettres ?

Au deuxième étage, Selma a sonné, au hasard, à l'une des quatre portes qui donnent sur le palier. La femme qui lui ouvre n'est pas mademoiselle Rose, mais elle la connaît, ou plutôt elle la connaissait bien :

— Ah bon, elle a déménagé ? demande Selma.

— Si on peut dire... La pauvre est morte, il y a trois mois.

Selma a l'impression qu'elle va se trouver mal.

— Morte ?... De quoi est-elle morte ?

— Oh ! de tout, de tuberculose, de misère... Lorsqu'ils ont su qu'elle était malade, ses employeurs lui ont signifié son congé... A cause des enfants, vous comprenez ! Alors elle est venue s'installer ici, il y a juste un an. Elle n'avait plus de travail et pas d'argent pour se faire soigner, seulement quelques économies qui lui permettaient de survivre. Elle était bien polie, bien aimable. On l'invitait parfois à déjeuner le dimanche, elle était si seule... Mais vous savez ce que c'est, on a chacun ses soucis, on ne peut pas faire grand-chose...

Tout en parlant, la femme examine Selma avec curiosité. Soudain, elle se frappe le front.

— Je vous reconnais ! Elle avait une grande photo de vous dans sa chambre. Alors, comme ça, c'est vous la princesse ? Dieu sait qu'elle parlait souvent de vous ! La pauvre, on peut dire qu'elle vous aimait...

Fondant en larmes, Selma a déposé la boîte de chocolats dans les mains de la femme et s'est enfuie. Elle a descendu toute la rue en sanglotant. Si seulement elle était venue plus tôt, elle aurait pu la sauver, elle l'aurait emmenée chez les meilleurs spécialistes, elle l'aurait fait soigner... Elle ne serait peut-être pas morte... Et même, même si son cas avait été désespéré, au moins aurait-elle pu lui donner un peu de chaleur humaine, un peu de bonheur.

Selma ne sait pas comment elle est rentrée à l'hôtel du Roy. Zeynel a passé l'après-midi à sécher ses larmes, à lui dire que non, elle n'était pas responsable, que dans la vie chacun de nous a ses oublis, ses égoïsmes... Enfin, comme elle continuait à s'accuser, il lui a mis dans les bras la petite fille qui, de voir pleurer sa mère, s'était mise à crier, et il a forcé sa voix pour prendre un ton bourru :

— C'est d'elle maintenant que vous êtes responsable. Qu'allons-nous faire ? Qu'avez-vous décidé ?

— Zeynel, a-t-elle soupiré, je suis épuisée. Attendons encore quelques jours. Après tout, personne ne part !

Mais le 3 juin, lorsque la Lutwaffe bombardera Paris et qu'avec les résidents de l'hôtel ils passeront la nuit dans la cave, Selma regrettera son indécision.

Le lendemain, les clients de province ont fait leurs valises et quitté l'hôtel du Roy. On commence à voir passer, venant des beaux quartiers, des voitures de maître, croulant sous l'entassement des malles, qui ne partent certainement pas pour un week-end à Fontainebleau. Mais le gouvernement, craignant que la capitale ne se vide et ne devienne ainsi une proie facile pour l'ennemi, multiplie les déclarations apaisantes et magnifie le courage « du peuple de Paris qui ne connaît pas la peur ». Radio-Cité décrit la résistance héroïque des forces alliées qui dans le Nord sont en train de faire reculer l'armée allemande : la victoire n'est plus qu'une question de jours.

— Je vous l'avais bien dit ! pavoise le patron de l'hôtel du Roy. Quand je pense aux trouillards qui ont fui parce qu'ils n'avaient pas confiance dans notre armée !

Il se retient d'ajouter, mais tout le monde l'a compris, qu'il tient ces gens-là non seulement pour des lâches mais pour des traîtres.

Le lendemain, il aura bien perdu de sa superbe. En gros titres noirs les journaux annoncent la catastrophe : « Le front de la Somme est enfoncé. »

— Est-ce grave ? interroge Selma qui n'a aucune idée de ce qu'est la Somme, mais s'inquiète devant la mine défaite de ses compagnons.

— Grave ? ricane un vieux monsieur en la dévisageant l'air hostile, mais ma p'tite dame, ça veut dire que la route de Paris leur est ouverte !

Selma a pâli.

— Les Allemands à Paris ? Mais on disait que l'armée...

— On disait... Les politiciens disent ce qui les arrange. Je suis payé pour le savoir, j'ai fait la guerre de 14, moi, madame ; eh bien, à les entendre il devait s'agir d'une promenade !

Dans les jours qui suivent, journaux et radios s'emploient à rassurer les Parisiens : « Nos troupes contiennent l'ennemi, des dizaines de milliers d'hommes élèvent des fortifications imprenables autour de la capitale. Paris n'a rien à craindre, elle sera défendue quoiqu'il en coûte. » Le 8 juin, le général Weygand déclare : « L'ennemi a subi des pertes considérables. Nous sommes au dernier quart d'heure : tenez bon ! » Mais on commence à voir arriver les premiers groupes de soldats en déroute. Fourbus, amers, ils clament qu'on les a trompés, que l'inégalité des forces est énorme, que tout est perdu.

Dans les gares, la S.N.C.F. a multiplié les trains pour ceux qui désirent partir, mais la plupart hésitent encore : partir, c'est tout laisser aux voleurs, qui en ces temps troublés pullulent. Et pour aller où ? Rares sont les Parisiens qui ont des résidences secondaires ou des amis à la campagne pour les accueillir, et les hôtels coûtent cher. Selma, maintenant, voudrait bien quitter la capitale mais depuis deux jours Zeynel est cloué au lit par une violente crise de rhumatismes. Il la supplie de partir, l'assurant qu'il la rejoindra dès que possible.

La solution serait de trouver une voiture. Seule Marie-Laure peut l'aider. Surmontant son amour-propre, Selma s'est rendue avenue Henri-Martin pour apprendre par la concierge que « madame la comtesse est partie depuis une semaine ». Rentrée à l'hôtel, elle a prétendu, pour rassurer Zeynel, que Marie-Laure s'était moquée d'elle et lui avait juré qu'il n'y avait aucun risque : les Allemands ne pouvaient atteindre Paris.

Cette fois elle a bien réfléchi avant de prendre sa décision. Depuis des mois qu'ils sont seuls, jour après jour, elle a pu apprécier le dévouement de l'eunuque : il n'est pas question qu'elle l'abandonne. Après tout, s'il est dans cette aventure, au lieu de couler des jours paisibles aux Indes ou au Liban, c'est pour elle ! Mais, en restant à Paris, elle met en danger son enfant... Qu'aurait fait sa mère à sa place ? Jamais elle n'aurait laissé Zeynel seul. Eh bien, Selma non plus. S'il y a danger ils feront face ensemble.

Le 10 juin aux premières heures de la matinée, Selma est réveillée par un vacarme confus qui monte de la rue. Se précipitant au balcon, elle aperçoit sur le trottoir des groupes en proie à la plus grande agitation, des gens qui courent en criant. Elle ne parvient pas à saisir ce qu'ils disent. En un tournemain elle a passé une robe, a mis la petite fille dans la chambre de l'eunuque et s'est précipitée dans l'escalier. Là, elle se heurte à ses voisins traînant une valise pleine à craquer.

— Le gouvernement s'est enfui pendant la nuit, lui crient-ils. Dépêchez-vous, les boches arrivent !

Dans la rue, les gens s'interpellent :

— Par où partez-vous ? Austerlitz ? Vite ! Les trains vont être pleins !

— Moi je pars en vélo, on dit qu'ils vont bombarder les voies ferrées.

— Alors, tu vas les faire tes valises ! crie un homme à sa femme figée de peur sur le pas de sa porte. Je te préviens qu'on s'en va dans une demi-heure !

Automobiles et camionnettes bourrées, avec des ballots et des matelas ficelés sur le toit, commencent à défiler sous les yeux stupéfaits de Selma. Elles se dirigent vers la rue Royale pour traverser la Seine et rejoindre, par le quartier Latin, les portes d'Orléans et d'Italie. A mesure que les heures passent, la circulation devient plus dense ; dans l'après-midi le flot est tel qu'on n'avance plus. D'autant que pour s'enfuir, les Parisiens ont emprunté tous les véhicules qu'ils pouvaient trouver, guimbardes, qui au bout de quelques centaines de mètres tombent en panne, ou charrettes à bras chargées des pauvres trésors qu'on s'est refusé à abandonner et que des hommes et des femmes s'épuisent à tirer. Toute la journée la préfecture de police diffusera des conseils : « N'allez pas vers les gares, on ne peut plus s'en approcher, ne prenez pas le boulevard Saint-Michel, ni le boulevard Saint-Germain... Le boulevard Henri-IV est complètement bloqué. » Affolés, les gens n'écoutent plus rien. Ils n'ont qu'une idée : fuir.

De sa fenêtre, Selma regarde cette foule en panique. Dans les moments dramatiques elle garde toujours la tête froide, comme si, lorsque la situation est réellement grave, se laisser aller à la peur devenait un luxe. Qu'irait-elle faire dans cette marée humaine, au milieu de ces gens hagards, avec son bébé de sept mois et Zeynel qui arrive à peine à se traîner ?

Les deux jours qui suivent seront un véritable cauchemar. Le général Weygand a déclaré Paris « ville ouverte » et l'horreur a saisi ceux qui hésitaient encore à fuir. Ville ouverte, cela signifie que la capitale ne sera pas défendue, qu'elle est abandonnée aux vainqueurs — les boches on les connaît : à coup sûr, ils vont massacrer tous ceux qui auront été assez fous pour rester.

Mais Selma et la demi-douzaine de personnes âgées qui — fatalisme ou peur de mourir d'épuisement sur les routes — ont préféré demeurer à l'hôtel, décident qu'il s'agit plutôt d'une bonne nouvelle. Si Paris ne se défend pas, autant dire que Paris se rend : pourquoi les Allemands détruiraient-ils cette ville magnifique qui leur est offerte sur un plateau d'argent?

Ils se sont réunis dans la petite salle à manger, tous ensemble pour se donner du courage, et le patron — une fois n'est pas coutume — a débouché une bouteille d'armagnac. On lui est reconnaissant de n'avoir pas fermé l'hôtel, mais il explique qu'il a trimé toute sa vie pour l'avoir : ce n'est pas pour l'abandonner aux pillards!

— Je défendrai mon bien, déclare-t-il en bombant le torse, même contre les boches! D'ailleurs je ne vois pas pourquoi ils s'attaqueraient à de paisibles commerçants.

Paris est maintenant étrangement calme, vidé des trois quarts de ses habitants. Selma a passé l'après-midi à chercher du lait pour sa petite fille, mais toutes les boutiques sont fermées; elle a quand même fini par dénicher un épicier qui lui a vendu, à prix d'or, des gâteaux secs et deux boîtes de lait concentré. Puis elle est revenue à l'hôtel par les boulevards déserts, s'étonnant du bruit insolite de ses talons sur le pavé : tous les volets sont clos, on a l'impression que la ville a cessé de respirer. On attend les Allemands pour le lendemain.

Elle a veillé toute la nuit, dans sa chambre éclairée d'une chandelle, à regarder son enfant dormir.

Un grondement sourd la fait sursauter, elle a dû s'assoupir, la chandelle s'est éteinte et déjà le soleil filtre par les volets. D'un bond, elle est à la fenêtre, à travers les persiennes elle aperçoit... Ce sont eux!

Une colonne de chars brillant dans la lumière matinale, tels d'énormes scarabées, vient de contourner la place de l'Opéra. Précédés de motocyclistes et suivis d'automitrailleuses, ils s'engagent pesamment en direction de la Concorde.

Toute la matinée, Selma va les regarder défiler, hypnotisée par ce calme, cette puissance. Et peu à peu l'image lui revient d'une petite fille rousse accrochée aux jupes de sa mère, qui, à travers les baies du palais d'Ortaköy, regardait les grands bateaux bardés de canons glisser dans les eaux calmes du Bosphore. Elle serre son enfant très fort dans ses bras et descend rejoindre ses compagnons dans la salle à manger

Agglutinés autour des fenêtres, ils observent en silence l'ennemi qui entre dans la ville. Vers midi, ils voient un groupe d'officiers de la Luftwaffe, impeccables dans leurs uniformes gris, investir le Grand Hôtel, de l'autre côté de la place de l'Opéra.

— Eh bien, on est gâté, grommelle le patron, si les Anglais veulent faire un carton, on sera aux premières loges.

Personne ne répond : accablés, on regarde le drapeau rouge à croix gammée noire, lentement hissé vers le ciel. Un bruit étrange fait se retourner Selma : derrière elle le vieux combattant de la guerre de 14-18 est en train de pleurer.

VI

Le 14 juin, des voitures équipées de haut-parleurs ont parcouru les rues en ordonnant aux Parisiens de rester chez eux : « Aucune manifestation ne sera tolérée. Tout attentat commis contre des soldats allemands sera puni de mort. » Mais dès le lendemain, voyant que la population, assommée par cette défaite ne songeait nullement à résister, l'interdiction de sortir était levée. Il fallait bien, pour que l'armée d'occupation puisse s'installer, que la vie reprenne et que les services publics recommencent à fonctionner. Boulangers, commerçants et restaurateurs ont été requis de travailler, ainsi que l'administration. « Chacun doit rejoindre son poste et faire son devoir », a enjoint le préfet de la Seine. Tant bien que mal, tout va se remettre à fonctionner, le métro, quelques bureaux de poste, les banques, et même les tribunaux.

Selma a peu dormi ces dernières nuits; aussi, le 17 au matin, lorsque Zeynel fait irruption dans sa chambre pour lui parler d'urgence, replonge-t-elle derechef le nez dans son oreiller. Mais il insiste. Avec des airs de conspirateur, il lui annonce que les mairies ont ouvert et qu'évidemment c'est une pagaille monstre. Selma se redresse sur un coude et le regarde éberluée : la déranger pour lui raconter ça ! Sans se démonter, l'eunuque explique que c'est le moment ou jamais pour déclarer le bébé.

— La moitié des employés sont absents et les autres expédient les affaires pour pouvoir continuer à discuter entre eux des événements. Je suis passé ce matin à la mairie du IXᵉ : il faut profiter de l'occasion, je dirai que l'enfant est née dans la nuit du 14 au 15 et que la sage-femme était si affolée qu'elle a disparu en oubliant de faire le certificat. Vous pensez bien qu'en ce moment ils n'ont ni l'envie ni les moyens de vérifier. Vite, donnez-moi vos papiers, je vais vous le rapporter cet acte de naissance !

Et les choses se sont déroulées comme Zeynel l'avait prévu. Devant ce vieux monsieur si poli qui la regarde avec des yeux suppliants, comme si elle était Dieu tout-puissant, l'employée de mairie prend pitié. De plus il parle si mal le français qu'elle ne comprend rien à ses explications — elle ne va quand même pas y perdre sa matinée ! Tant pis, on se passera de certificat, aujourd'hui n'est pas un jour comme les autres !

— Bon, alors, voyons les papiers d'identité de la mère puisque vous n'avez rien d'autre. Prénom : Selma. Epouse de : Amir, rajah de Badalpour.

En belles lettres calligraphiées, elle inscrit Amir prenant le prénom pour le nom. Zeynel retient son souffle.

— Bien ! maintenant : rajah de Badalpour, c'est quoi ça ? La profession du père ? Qu'est-ce que ça veut dire : rajah ?

Zeynel hésite, s'il dit roi, à coup sûr elle le prendra pour un vieux fou.

— Allons, s'impatiente l'employée, il a bien un métier. Commerçant ?

— C'est ça, commerçant, acquiesce l'eunuque en baissant la tête tandis que l'employée écrit consciencieusement.

Il a l'impression de trahir le rajah encore plus que lorsqu'il lui a annoncé que son enfant était mort-né. Il n'ose même pas imaginer la réaction de sa princesse.

A sa grande surprise, Selma va trouver la chose très divertissante.

— Si un jour Amir l'apprenait, il te ferait pendre, pouffe-t-elle. Mais ne t'en fais pas, ajoute-t-elle en le voyant pâlir, avec un acte de naissance pareil, jamais personne ne pourra imaginer que cet enfant est le sien ! C'est cela l'important.

Elle est de belle humeur ; après la peur de ces derniers jours, finalement les choses se passent plutôt bien. Elle va laisser la petite fille sous la garde de Zeynel et aller se promener un peu.

Elle prend les rues de traverse pour éviter la place de l'Opéra devenue place allemande avec ses nouveaux panneaux indiquant la « Capucine Strasse » et la « Concorde Platz ». Mais elle s'aperçoit vite que la plupart des Parisiens ne s'encombrent pas de telles précautions. Autour des soldats allemands, qui prennent le soleil à la terrasse des cafés, des groupes animés se pressent. Curieuse de ce qu'ils peuvent bien se dire, Selma s'approche. Deux grands garçons blonds en uniforme, rasés de frais, sourient aux badauds.

— Vous n'avez rien à craindre, nous ne vous ferons aucun mal. Vous avez été trompés par les Anglais qui vous ont entraînés dans une guerre perdue d'avance. Mais tout ça va se terminer très vite

Vous avez envie de revoir vos maris, mesdames ? Eh bien, nous aussi, nous avons envie de rentrer chez nous et de retrouver nos femmes !

On est interloqué mais soulagé : ces Allemands sont bien aimables ; on attendait des barbares qui allaient mettre la ville à feu et à sang, on a affaire à des soldats disciplinés qui, lorsqu'ils ne sont pas de service, font du tourisme, appareils photographiques en bandoulière, et dévalisent les magasins de leurs stocks de bas de soie et de parfums, qu'ils paient rubis sur l'ongle.

Il fait beau et Selma a continué de marcher jusqu'au jardin des Tuileries. Assis au soleil, les gens discutent cependant qu'à cinquante mètres de là un orchestre militaire exécute la *Cinquième symphonie* de Beethoven. On fait semblant de ne pas le voir mais on prête l'oreille : « Il n'y a pas à dire, ils ont le sens de la musique, ces bougres ! » Tout à l'heure, à la radio, le maréchal Pétain a déclaré qu'il fallait cesser tout combat, qu'on allait signer l'armistice, et si en l'entendant certains se sont mis à pleurer, c'est moins de honte que de joie.

— Dieu merci, la guerre est finie ! Et d'abord, on n'aurait jamais dû la déclarer. Si on en est là, c'est la faute de ce gouvernement de pourris et de sa propagande mensongère !

— Ils nous décrivaient les troupes allemandes en loques, manquant de tout ! Regardez-les ! Vous avez déjà vu une aussi belle armée ?

— Ils disaient : aucun danger, rien à craindre ! Mais quand les choses ont mal tourné ils sont partis comme des voleurs en nous laissant nous débrouiller seuls.

L'amertume d'avoir été trompé par les siens fait que l'on regarde l'ennemi avec moins d'hostilité. Celui-ci ne manque pas de jouer sur ce désenchantement. Partout sur les murs s'étalent des affiches : « Populations abandonnées, faites confiance à l'armée allemande », et la radio diffuse des informations rassurantes : « Les Parisiens ne manqueront de rien, les autorités allemandes y veillent. »

Songeuse, Selma arpente les allées. Des images lui reviennent d'une autre ville occupée et d'une population en deuil, de ces hommes et de ces femmes trompant la surveillance de l'occupant pour rejoindre à l'autre bout du pays un jeune général qui refusait l'armistice et appelait le peuple à se battre. La France trouverait-elle son Mustapha Kemal ?

En revenant à l'hôtel, elle a surpris le patron et son épouse en grande discussion. Sans doute parlaient-ils d'elle, car dès qu'ils l'aperçoivent, ils se taisent et la femme, haussant les épaules, disparaît vers la cuisine

Le lendemain matin, le patron s'est approché de Selma.

— Je suis bien ennuyé, mais il faut que je vous dise... Ma femme veut que je vous déclare à la Kommandantur.

— La Kommandantur ?...

— Ils ont annoncé que tous ceux qui logeaient des étrangers devaient le signaler sous peine de sanctions graves. En plus, vous êtes anglaise, alors...

Oui, elle comprend. Hier elle était l'alliée mais aujourd'hui que la France s'est rendue tandis que l'Angleterre continue à se battre elle est devenue... l'ennemie.

— Je lui ai répondu qu'on pouvait vous garder, que s'ils venaient vérifier, c'était facile de vous cacher. Elle ne veut rien entendre. Je la connais, elle a tellement peur qu'elle est capable d'aller vous dénoncer !

L'homme sue à grosses gouttes. Il détourne le regard.

— Le mieux, c'est que vous partiez.

Selma a l'impression que tout son sang se retire de ses veines. Chancelante, elle s'appuie au dossier d'un fauteuil.

— Mais où aller ?

Le directeur respire, il craignait une scène. Il a une solution toute prête ; on a toujours la solution aux problèmes des autres.

— Ne restez pas dans le centre, ça pullule de boches ! Allez dans le nord, vers Pigalle ou Clichy... Vous trouverez des petits hôtels où on ne pose pas de questions.

En un mois, Selma déménagera trois fois. Nulle part elle ne se sent en sécurité. Elle frémit dès qu'on la regarde, partout elle voit des gens prêts à la dénoncer. Elle paie pourtant ses chambres le double du prix affiché — « C'est normal, on prend des risques, on le fait pour le bébé » — mais qui sait si une femme de ménage, un voisin de palier... Les Allemands ont en effet promis une récompense à qui leur signalerait les suspects et, en tant qu'Anglaise, n'est-elle pas suspecte au premier degré ?

Ses craintes se sont muées en panique lorsque s'est répandue la nouvelle qu'on arrêtait tous les citoyens britanniques et qu'on les envoyait dans des camps. Elle imagine les fils de fer barbelés les familles séparées, les enfants arrachés à leur mère... Elle presse sa petite fille contre son cœur : elle se battra, mais jamais on ne la lui prendra.

Dans cette atmosphère de méfiance et de délation, sa beauté, sa façon de se tenir, son air « différent » qui lui ont si souvent été un atout, ajoutent au danger. Quoi qu'elle fasse pour être « comme tout le monde », on la remarque. Un jour, un homme trop entreprenant, qu'elle avait remis à sa place, lui avait lancé furieux :

— Ah, on fait la fière ! Et si j'allais dire aux Allemands qui tu es, tu ne la ferais pas tant, hein ?

Selma n'en avait pas pris le risque ; elle avait envoyé Zeynel régler la note et, une demi-heure plus tard, la petite fille enveloppée dans un châle, ils quittaient l'hôtel.

Ils ont fini par aboutir rue des Martyrs, dans une maison vétuste qu'on leur a indiquée parce que la logeuse accepte tous les étrangers, du moment qu'ils paient. En voyant le dénuement des chambres et leur saleté, Selma a compris : qui, à moins d'y être absolument obligé, accepterait de vivre dans un taudis pareil ? D'autant que la propriétaire, une imposante matrone, n'a pas le moindre scrupule à exiger le même loyer que dans un hôtel convenable. Pourquoi se gênerait-elle ? On paie, car l'endroit a la réputation d'être sûr, la police — par quel miracle sonnant et trébuchant ? — n'y mettant jamais les pieds. Encore moins les « verts-de-gris », qui se soucient peu de s'égarer dans ces quartiers bruyants et malodorants. Ils ne les traversent que le soir, en voiture, pour rejoindre les endroits où l'on s'amuse, du côté de Pigalle et de la place Blanche. Rarement les music-halls et les cabarets ont fait d'aussi belles affaires. Que ce soit *Eve, Tabarin* ou le *Kabarett Mayol* — nouvelles réclames sur le dos des hommes-sandwich — ils sont pleins à craquer, mais exclusivement d'officiers allemands et de filles. Car Paris, outre l'importante administration civile et militaire qui s'y est installée, est devenue la ville des permissionnaires et se fait un point d'honneur de ne pas faillir à sa réputation de « capitale des plaisirs ».

Les endroits plus chics, comme le cabaret *Monseigneur*, rue d'Amsterdam, ou *L'aiglon* aux Champs-Elysées, ainsi que les restaurants élégants *Maxim's, Le Fouquet's*, où se réunissait autrefois le Tout-Paris, sont réservés aux officiers supérieurs. Mais on y voit aussi beaucoup de personnalités du monde du spectacle et de la presse. La plupart sont revenus dès juillet : il faut bien vivre et l'art n'a pas de frontières ! A l'Opéra, Serge Lifar danse *Giselle* avec Yvette Chauviré ; au Casino de Paris, Maurice Chevalier et Mistinguett se taillent un énorme succès, et Sacha Guitry a rouvert le théâtre de la Madeleine.

Selma ne s'aventure presque plus dans ces beaux quartiers, de peur que quelque policier ne s'avise de lui demander ses papiers. Mais parfois elle ne résiste pas à l'envie d'y faire une escapade, rien que pour le plaisir de prendre un café au milieu de personnes élégantes et gaies et d'oublier, une heure ou deux, la rue des Martyrs.

Un jour, pourtant, elle a eu très peur : l'actrice Anabella, qu'elle connaît pour avoir dîné avec elle plusieurs fois — dans une autre vie — est entrée dans le salon de thé où elle se trouvait. Une seconde, elles se sont regardées, puis l'actrice a détourné la tête. Mais, quelques instants plus tard, sous prétexte d'aller se recoiffer, elle est passée près de la table de Selma et lui a glissé :

— Vous êtes folle, c'est truffé d'espions, partez !

Si Selma avait été seule, elle n'eût peut-être pas résisté à l'excitation particulière qui lui vient de braver le danger. Mais elle ne peut plus se le permettre : que deviendrait son enfant si elle était arrêtée ?

Son enfant qui est en train de devenir une jolie petite fille dont les pérégrinations, d'hôtel en hôtel, jusqu'à ce réduit sombre qui leur sert de chambre, n'ont en rien entamé la gaieté. Chaque fois que Selma rentre, elle est accueillie par une course trébuchante et des « mama » ! entrecoupés de joyeux gazouillis qui lui font oublier tous ses soucis. Elle ne s'était pas soupçonné un tel instinct maternel et n'aurait jamais imaginé pouvoir s'attacher autant à ce petit être. Il fait partie d'elle, un lien physique les relie si fort que, lorsqu'elle la serre dans ses bras et qu'elle ferme les yeux, c'est comme si l'enfant se blottissait à nouveau à l'intérieur de son ventre, comme si elles ne faisaient plus qu'un.

A ces moments-là, elle éprouve une paix totale, un sentiment intense d'appartenance. Elle sent croître en elle, sur les décombres de ses anciennes hésitations, une force qui lui permettrait d'affronter le monde entier.

La vie, elle le découvre, c'est cette enfant qui se vrille au présent, qui ne s'est pas encore construit un passé pour se justifier, ni un avenir pour se rassurer. Saura-t-elle lui épargner ses erreurs, et lui apprendre qu'au jeu du bonheur on ne gagne qu'en acceptant de se perdre ?

— Vous allez la rendre malade, notre petite princesse, l'heure du biberon est passée depuis longtemps !

Zeynel est l'image même de la réprobation. Depuis la naissance, l'eunuque s'est transformé en véritable nounou, il n'a pas son pareil pour langer et nourrir l'enfant, et Selma s'est aperçue avec un pincement au cœur que souvent celle-ci le fête plus qu'elle-même.

Si elle est en retard, c'est qu'elle a passé tout l'après-midi à faire la queue pour obtenir un demi-litre de lait, et encore l'a-t-elle payé cinq fois son prix — « c'est à prendre ou à laisser », a tranché la crémière, revêche.

Les commerçants sont devenus les rois d'une population qui

courbe la tête et qui, pour un morceau de beurre ou un kilo de sucre, est prête à subir toutes les avanies. Car on commence à manquer de presque tout. L'occupant fait chaque matin des razzias aux Halles. En outre, la France étant coupée en deux, Paris n'est plus ravitaillé normalement. On prépare d'ailleurs des cartes de rationnement. En tant qu'étrangère, Selma n'y aura pas droit et elle se demande avec angoisse combien de temps elle pourra tenir.

L'argent des parures est épuisé et elle a dû vendre ses perles, il ne lui reste que l'émeraude. Demain elle enverra Zeynel chez le bijoutier de la rue Cadet. Il en tirera bien de quoi vivre deux mois. Mais après, que vont-ils devenir ? Si elle était seule, elle pouvait se priver, et Zeynel n'a pas gros appétit. Mais sa petite fille ? Selma ne peut supporter l'idée qu'elle souffre.

On lui a bien parlé du consulat de Suisse qui s'occupe des étrangers en difficulté, mais elle n'ose s'y aventurer, craignant que les Allemands ne surveillent ceux qui s'y rendent : elle risquerait de se faire arrêter.

Depuis que l'enfant est née — pour son père « mort-née » — Selma n'a reçu aucune nouvelle des Indes. Parfois, elle évoque le palais de Lucknow peuplé de femmes qui la couvaient de leur bruyante sollicitude, et surtout le village d'Oujpal et le sourire chaleureux de ses paysannes. Elle ne regrette rien, mais elle ne peut se défendre d'une certaine nostalgie, comme celle qu'on éprouve pour son adolescence, même si elle ne fut pas toujours heureuse...

Elle se demande ce que devient Amir. Maintenant qu'elle n'a plus à se défendre de la Selma qu'il voulait qu'elle soit, elle repense à lui avec une certaine tendresse. Pendant ces deux années, ils ont tenté en vain de se rencontrer. Elle a voulu l'aimer, cet être étrange qui la fascinait et pourtant la heurtait dans ce qu'elle avait de plus intime. Lui aussi, elle s'en rend compte à présent, a essayé de la comprendre, de faire taire ses réactions héritées d'un ordre séculaire où la femme n'existe que pour seconder l'homme. Souvent ils sont allés l'un vers l'autre, mais le fossé qui les séparait était trop profond. Les efforts qu'Amir faisait pour le combler, les branches qu'il jetait, pour Selma n'étaient que brindilles. Elle mesure maintenant combien elle a dû le blesser. Par orgueil, par manque de confiance en l'autre — manque de confiance en eux — ils n'ont pas su voir la main qui se tendait. Leurs mondes étaient différents, mais, surtout, eux-mêmes se ressemblaient trop...

Quelques jours plus tard, alors que Selma passe devant le comptoir où toute la journée trône madame Emilie, la patronne, celle-ci l'arrête, l'œil soupçonneux.

— Vous êtes juive, vous ?

— Non, répond-elle, interloquée. Pourquoi ?

— Ben, vaut mieux pour vous, pasque m'est avis qu'ils vont passer un sale quart d'heure. Vous avez pas entendu parler d'la casse aux Champs-Elysées ?

Et de se mettre à décrire, l'œil brillant, comme tous ces gens qui n'aiment rien tant que le malheur des autres — non que les autres soient leurs ennemis mais simplement parce qu'ils sont les autres —, comment un groupe de jeunes gens avait descendu l'avenue, de l'Etoile au Rond-Point, en criant « mort aux youpins », et avait brisé toutes les vitrines des magasins appartenant à des juifs. Ses grosses lèvres laissent tomber avec satisfaction les noms prestigieux : Cédric, Vanina, Brunswick, comme si elle citait de dangereux criminels.

— Ils l'ont pas volé, conclut-elle avec majesté, depuis l'temps qui faisaient leur beurre sul'dos des honnêtes gens !

Selma retient une grimace de dégoût, elle ne comprend pas cette hargne. En Turquie, les juifs étaient des citoyens comme les autres, on les appréciait pour leur esprit industrieux et leur intelligence. Mais à travers les propos de la matrone, elle reconnaît le réquisitoire développé ces derniers temps par certains journaux.

Dans le Paris occupé, ils ont reparu, se mettant par intérêt ou par conviction au goût des nouveaux maîtres. Selma regarde parfois *Le Matin* qui traîne à l'hôtel car, s'il donne peu de nouvelles politiques, il annonce au moins les jours où le marché sera approvisionné en œufs, pommes de terre ou café, toutes denrées qui deviennent introuvables.

Elle a remarqué que ce journal avait commencé une farouche campagne antijuive, décrivant le quartier du Marais « ses hommes barbus aux longs pardessus crasseux, des enfants jouant dans le ruisseau avec les épluchures, des fronts bas, des nez longs et des cheveux crépus, des commerçants qui majorent les prix de 80 %... » « Tout est juif ici, concluait le journaliste dégoûté. Comment, quand on dit lutter pour l'hygiène, laisser au cœur de Paris cette répugnante tache ? »

Plus politique, un autre journaliste expliquait que tous les malheurs de la France venaient des juifs : « En 1936, ils ont été les instigateurs des lois dites sociales qui ont gâté les rapports entre employeurs et employés et conduit à la ruine et au chômage. »

Des magasins avaient commencé à afficher : « La maison ne reçoit pas de juifs », ce qui était plus injurieux qu'efficace, car allaient-ils demander les cartes d'identité de tous leurs clients ? Mais, le 27 septembre, le premier pas sérieux était franchi : une ordonnance allemande faisait obligation à tous les juifs de venir se faire inscrire sur un registre spécial.

— Ils peuvent toujours courir, je n'irai pas ! avait dit Charlotte de son petit air décidé.

Charlotte était cousette chez Maggy Rouff, et louait une chambre à l'hôtel de la rue des Martyrs. Elle avait une grande admiration pour l'élégance de Selma. Les deux jeunes femmes s'étaient liées d'amitié depuis qu'un jour, la regardant de la tête aux pieds, Charlotte avait déclaré : « Cette robe-là, c'est moi qui l'ai faite ! » Et s'agenouillant devant Selma interloquée, elle avait retourné l'ourlet et confirmé : « C'est bien moi, le chef d'atelier dit que je suis la seule à pouvoir faire d'aussi petits points ! » Elle rayonnait de fierté.

Par la suite, Selma lui avait confié ses robes du soir en lui demandant de les vendre, ce dont elle s'était acquittée avec efficacité. Comme elle refusait énergiquement toute récompense, Selma l'emmenait parfois dîner, et la jeune fille lui racontait, avec tout l'esprit d'un titi parisien, les potins et les scandales d'un monde qu'elle-même ne fréquentait plus. Elle lui était surtout reconnaissante, depuis qu'il y avait les cartes de rationnement, de lui avoir donné ses coupons de lait.

— Moi, le lait me fait mal au cœur, avait-elle affirmé.

Donc, Charlotte avait décidé de ne pas aller se faire recenser. « Comment pourraient-ils deviner ? J'ai un nom français. Quant au reste, heureusement je suis une femme ! » et elle s'était mise à rire, ravie de sa plaisanterie.

Trois semaines plus tard, le gouvernement de Vichy promulgue le « statut des juifs », qui leur interdit, pour « cause de sécurité nationale », les professions de fonctionnaire, d'avocat, de juge, d'enseignant, d'officier, de journaliste de presse et de radio, d'acteur de cinéma ou de théâtre, de pharmacien et même de dentiste...

— Vous voyez que j'avais raison, dit Charlotte à Selma. Non que j'aie l'intention de devenir ministre, mais quand même, sommes-nous des pestiférés ?

Ce jour-là, du haut de son comptoir et de sa qualité de vraie Française, madame Emilie a proclamé :

— Y a pas à tortiller : le maréchal est un grand homme !

Et elle en a profité pour augmenter les loyers des deux familles israélites qui habitaient là. A Charlotte, elle n'avait rien demandé. Ignorait-elle qu'elle fût juive ? C'eût été étonnant, la logeuse savait tout sur ses protégés. Mais peut-être avait-elle estimé vain d'essayer, la jeune fille n'ayant d'autre ressource qu'un salaire lui permettant tout juste de subsister ?

« Au fond, je l'avais mal jugée », s'était dit Selma.

En effet. Quelques jours plus tard, deux policiers viendront arrêter Charlotte. Devant les locataires figés d'horreur, elle se débat en criant :

— C'est une erreur ! Je suis française !

— Tu nous expliqueras ça au commissariat, ricanent-ils, en l'entraînant de force.

Mais avant qu'on ne l'embarque dans le panier à salade, la jeune fille peut glisser à Selma :

— Attention à la vieille !

Charlotte n'est jamais revenue, mais, le lendemain, la logeuse, l'air satisfait, arborait une robe neuve.

Du temps où elle avait encore un peu d'argent, il arrivait à Selma, pour se changer les idées, d'aller passer la soirée sur la butte, au *Lapin Agile*. Elle y écoutait Fredé jouer de la guitare en chantant de vieilles rengaines et s'amusait de la faune joyeuse et bohème qui fréquentait le cabaret. Mais c'était surtout l'image de Harvey et le souvenir de leurs soirées qu'elle venait chercher.

Récemment elle y a fait la connaissance d'un groupe de jeunes gens qui l'a adoptée... Il y a là des Espagnols ayant fui le franquisme, des Tchèques et quelques Polonais, tous réfugiés en France et surpris à Paris par l'arrivée des Allemands. Décontractés, chaleureux, leur seule règle est la discrétion. Personne ne pose de question dans ce milieu un peu interlope où de nouveaux visages surviennent cependant que d'autres disparaissent. D'évidence, les noms sont d'emprunt. De quoi vivent-ils ? Sans doute de petits trafics. Selma a pu se rendre compte de leur débrouillardise lorsque au bout de quelque temps, jugeant qu'elle était réglo, ils lui ont procuré de fausses cartes de rationnement, et ont trouvé le moyen de vendre pour elle, à un prix très convenable, sa longue cape de vison blanc, ainsi que quelques sacs d'Hermès et une vingtaine de paires de chaussures, articles fort appréciés car le cuir est devenu introuvable.

Ils ne discutent jamais politique, mais elle a remarqué qu'ils sont au courant de bien des choses avant les autres. Comme par exemple de la manifestation du 11 novembre devant l'Arc de Triomphe, où des étudiants se sont fait tirer dessus par les soldats allemands. A une ou deux reprises, Selma a surpris des conversations étranges et elle s'est demandé si ces garçons tout fous, qui semblent ne se préoccuper que de gagner un peu d'argent et de s'amuser, ne sont pas en contact avec la résistance dont on murmure qu'elle commence à s'organiser.

Parfois le groupe se retrouve pour danser dans une cave spéciale-ment aménagée, dont on a muré le soupirail pour dissimuler la lumière et assourdir le bruit. On prend des risques, car c'est interdit. Et comme le couvre-feu est à minuit, on danse jusqu'à l'aube, avec d'autant plus d'ardeur qu'on n'est pas sûr d'être encore libre le lendemain.

La première fois que Selma est rentrée au petit matin, elle a trouvé Zeynel sur une chaise, tout habillé. D'inquiétude, il n'avait pas dormi de la nuit. Il l'a regardée sans rien dire, ce qui est sa façon la plus éloquente d'exprimer sa réprobation. Penaude, elle est venue s'asseoir à côté de lui.

— Agha, comprends-moi. J'étouffe dans cette chambre. Dans la journée, l'enfant me donne tant de joie que j'en oublie tous nos soucis. Mais, le soir, lorsqu'elle s'est endormie et que je me retrouve seule dans ce taudis, je commence à avoir des idées noires, je n'arrive plus à m'endormir.

Zeynel a porté la main de Selma à ses lèvres.

— Pardonnez-moi, ma princesse. Je suis un vieil égoïste. Vous êtes si jeune, c'est vrai que cette existence est trop dure pour vous et que vous avez besoin de vous distraire... Vous savez que je donnerais ma vie pour que vous soyez heureuse, mais... — sa voix tremble, les larmes lui montent aux yeux — j'ai peur... S'il vous arrivait quelque chose, qu'adviendrait-il de notre petite fille?

Pour le rassurer, elle s'est mise à rire.

— Il n'y a aucun danger. Je fais très attention!

Mais elle sait qu'il a raison. Elle a espacé ses sorties et lui a demandé de l'aider à tapisser les murs de la chambre et à tamiser la lumière avec ses saris. Cela fait un peu repaire de gitane, ces soies de toutes les couleurs, mais au moins c'est gai, et désormais elle s'y sent mieux.

A la logeuse qui fait des remarques fielleuses sur « tout ce beau tissu gâché, alors qu'il y a des gens qui n'ont rien à se mettre », Zeynel réplique que « la princesse n'a pas de comptes à rendre ». Il s'obstine à l'appeler « la princesse » malgré l'interdiction de Selma qui craint que ce titre ne fasse encore monter le loyer.

— Vous n'y comprenez rien, lui a-t-il expliqué, moi je connais ces gens : il faut les impressionner sinon ils tentent de vous écraser.

Il a raison : non seulement les prix n'ont pas augmenté, la vieille se rendant bien compte que Selma n'a guère d'argent, mais au lieu de lui faire la vie dure, comme aux autres locataires, elle la ménage, insinuant avec un gros sourire que, lorsque la situation sera redevenue normale, « madame saurait se souvenir de tous les sacrifices qu'on a faits pour elle ». Lassée, Selma acquiesce, lui promet qu'elle sera bien récompensée — s'abstenant de demander pour quels sacrifices ? A moins que de ne pas l'insulter ne soit déjà pour la femme un sacrifice énorme...

Malgré les faux tickets, le ravitaillement devient de plus en plus difficile. Il n'y a presque rien, sauf au marché noir, où l'on trouve tout ce que l'on veut mais à des prix inabordables. Selma y achète l'indispensable pour l'enfant, tandis que Zeynel et elle-même se contentent de topinambours et de rutabagas. Même les pommes de terre sont devenues un luxe au point que les journaux en annoncent les arrivages trois semaines à l'avance. On a droit à 28 grammes de viande et à 50 grammes par jour de pain noir et dur. Le sucre : une livre par mois ; quant au café, c'est un lointain souvenir. Ce n'est pas grave, les journaux donnent des recettes pour en préparer un « délicieux », avec de l'orge grillée ou des glands à cochon. Pour le tabac, dont Zeynel est grand consommateur, il devra se contenter de barbe de maïs.

L'eunuque a tenu à se charger des courses, car pour obtenir ces rations infimes il faut faire la queue toute la journée. Il dit que c'est son rôle, pas celui de la princesse. Dans leur misère, il insiste sur ces détails d'une autre époque, et Selma a fini par céder, sentant qu'il se raccroche à des valeurs qui lui sont aussi nécessaires que l'air. Ce qu'il ne lui dit pas c'est qu'il s'inquiète pour elle. Elle n'a jamais été grosse, mais à présent il semble qu'un coup de vent pourrait la renverser. Plusieurs fois, dans la rue, elle a eu des malaises, et autour d'elle les gens se sont étonnés, n'imaginant pas qu'une dame aussi bien habillée puisse tout simplement avoir faim. Mais elle n'en souffre pas : à peu manger, l'estomac finit par s'habituer. Ce qu'elle supporte très mal, c'est le froid. Cet hiver de l'année 1940 est terrible. Dehors on grelotte, mais on grelotte tout autant à l'intérieur : il n'y a plus de charbon pour se chauffer. Selma ne peut même pas ouvrir les fenêtres des chambres pour aérer, elles sont collées de l'extérieur par une couche de glace. Un matin, elle a retrouvé sa mésange morte de froid dans sa cage. Et elle, qui jusqu'alors avait tout supporté, a fondu en larmes. C'est encore un peu de Harvey qui s'en va... Elle se défend de penser que c'est un présage, mais elle ne peut s'en empêcher : en Orient on est attentif à ces signes-là...

Zeynel n'a pas compris ce chagrin à propos d'un oiseau. Par contre il s'inquiète pour la petite fille, c'est si fragile à cet âge ! Aussi Selma a-t-elle pris l'habitude de se mettre au lit tout habillée en serrant contre elle l'enfant. Elle s'affole à l'idée que le petit être prenne mal. Car si en se privant elle arrive à la nourrir convenablement, que peut-elle contre ce froid humide et pénétrant ?

D'autant que Mers el-Kébir lui a coûté son dernier manteau de fourrure...

Lorsqu'en juillet 1940 l'aviation britannique avait coulé la moitié de la flotte française, basée en Algérie, afin qu'elle ne soit pas capturée par les Allemands, l'émotion avait été grande chez les pétainistes, et à l'époque la plupart des Parisiens l'étaient.

Depuis, madame Emilie ne manque pas une occasion de s'indigner contre « ces traîtres d'Anglais », et elle lance à Selma des regards courroucés. Aussi la jeune femme a-t-elle recommandé à Zeynel de l'amadouer en lui faisant de menus cadeaux, une écharpe tissée à la main, un collier de perles de couleurs, tous ces présents, qu'avec amour, les femmes de Badalpour avaient confectionnés pour leur rani et qu'elle avait emportés dans une malle, comme un peu de la terre des Indes. Parfois, lorsque la logeuse arbore ce qu'elle appelle « mes colifichets exotiques », le cœur de Selma se serre, mais elle sait que ses amies, là-bas, comprendraient.

Jusqu'à cette froide matinée d'octobre où, s'apprêtant a sortir, Selma s'était emmitouflée dans son manteau de loutre... Madame Emilie l'avait arrêtée pour la complimenter, en remarquant avec un rire faux :

— Je ne savais pas les Anglaises si élégantes !

C'était la première fois qu'elle faisait une allusion directe à la nationalité de Selma, c'était clair comme la lame d'un couteau. Sans rien dire, Selma avait enlevé sa fourrure, la lui avait tendue et vite était remontée dans sa chambre pour ne pas entendre les remerciements hypocrites.

A présent elle sort vêtue de son manteau de lainage plus fait pour la demi-saison que pour des températures atteignant jusqu'à moins quinze. La solution c'est de marcher vite et même de courir, mais elle n'y arrive plus. Depuis quelque temps, elle est très lasse... Parfois elle sent une douleur lui tenailler le côté droit, cela ne dure que quelques secondes, mais, depuis ces dernières semaines, les crises se sont rapprochées. Elle n'en a rien dit à Zeynel : qu'y pourrait-il sinon se faire encore plus de souci ? Le pauvre n'est déjà pas bien gaillard, il a perdu son bel embonpoint et n'est plus que l'ombre de lui-même. Selma sait qu'elle devrait consulter un bon médecin, prendre les médicaments nécessaires, mais cela coûte cher, et ils n'ont presque plus d'argent. D'ailleurs, elle est persuadée que tout s'arrangerait si seulement elle mangeait un peu mieux. Ce doit être l'huile trafiquée avec laquelle elle cuisine, elle a toujours eu le foie fragile.

« Ce n'est pas grave n'est-ce pas, mon trésor ? » Dans un élan de tendresse elle serre l'enfant sur sa poitrine. « Vous, au moins, vous vous portez comme un charme. Vous êtes la plus jolie petite fille du monde. C'est votre maman qui vous le dit et elle ne ment... que rarement. ! Vous verrez quand la guerre sera finie comme nous serons bien toutes les deux ! » Elle l'a installée sur ses genoux et la fait sauter en cadence ; ravie l'enfant pousse des cris de joie et se fâche lorsque son cheval essoufflé commence à ralentir son rythme. « Ah ! mademoiselle a son caractère ! Tu as raison : je n'essaierai pas, moi, de te polir et de te raboter, je ne ferai pas de toi une jeune fille du monde, tu as le droit d'être ce que tu es, tu n'as pas à te justifier de vivre. Quand je pense que ta maman a été assez sotte pour mettre vingt-neuf ans à comprendre cela... »

Sans Harvey l'aurait-elle jamais compris ?... Harvey...

Dieu sait si au début elle lui en a voulu de l'obliger à être libre et de lui répondre, lorsqu'elle lui demandait conseil, que tous les buts se valent du moment que l'on vit à fond, que l'important n'est pas d'arriver mais de marcher et surtout de trébucher car cela nous oblige à nous remettre en question. Il disait aussi que les idéaux sont des cercueils qui nous paralysent, nous empêchent de voir et d'entendre, que seuls les imbéciles et les faibles agissent pour un idéal — qu'ils ont emprunté ou se sont forgés — car ils n'ont pas le courage de se tenir debout sans tuteur. Et puis il parlait du bonheur qui ne vient pas de tel ou tel événement mais de notre capacité à vivre l'instant quel qu'il soit, car c'est nous seuls qui donnons aux choses leur couleur triste ou gaie.

« *Dire que maintenant seulement je comprends ce qu'il voulait me dire, qu'il m'aura fallu la guerre, la pauvreté, la solitude pour trouver en moi le bonheur. Car je suis heureuse. Jamais je n'ai autant aimé la vie, jamais, malgré les privations et la peur, le monde ne m'a semblé aussi lumineux !* »

Pourtant, depuis la mort de la mésange, Selma a le pressentiment qu'elle ne reverra plus Harvey ; quelque chose est en train de se passer, indépendant de leurs volontés, qui risque de les séparer à jamais. Il y a quelques semaines encore, elle se serait désespérée à cette idée. Aujourd'hui elle ressent un certain calme. Quoi qu'il arrive, elle sait qu'elle est capable de faire face. Elle n'est plus la Selma fragile et torturée, elle est une femme à laquelle Harvey a fait le plus beau cadeau du monde : il lui a appris à s'oublier et à aimer.

« Oh mon trésor, mon trésor ! » Selma s'est mise à tourner en tenant l'enfant dans ses bras au rythme d'une valse de Strauss qu'égrène le poste de radio. « Vous verrez comme la vie est belle ! Maintenant je connais le secret, et je vous le promets, jamais plus nous ne serons malheureuses ! »

La petite fille a mis les bras autour de son cou, elle rit aux éclats tandis que Selma tourne, tourne, lentement puis de plus en plus vite, et que les fleurs rouges de la tapisserie se courent les unes après les autres en une allègre sarabande.

Soudain, une douleur, comme un coup de poignard au ventre, la fait chanceler. Elle étouffe, elle voudrait crier... L'enfant, surtout ne pas lâcher l'enfant... De toutes ses forces, elle tente de se raccrocher à la table, là, tout près, elle titube... Une intolérable brûlure la déchire... Un brasier, un rideau de cendres... Elle ne voit plus rien... Elle a l'impression de tomber, elle n'arrête plus de tomber...

La valse continue, joyeuse, entraînante, tandis que hurle l'enfant à côté de sa mère évanouie.

Zeynel ne les découvrira que plus tard, en rentrant de ses courses. Selma gît sur le plancher, toute blanche, mais dans sa chute elle a protégé la petite fille qui pleure d'épouvante.

VII

A l'Hôtel-Dieu le chirurgien fait les cent pas dans son bureau. Il regarde avec amertume ses mains puissantes, que l'on dit miraculeuses : cette fois elles n'ont pas pu sauver.

Pourtant, dès qu'elle est arrivée, déjà dans un semi-coma, il l'a prise au bloc opératoire. C'était une péritonite aiguë. Il a ouvert, coupé, ligaturé, cousu, pendant deux heures ; entouré d'infirmières silencieuses, il s'est acharné. Elle est si jeune, il faut à tout prix qu'il la sorte de là ! Et lorsqu'enfin il a refermé le ventre délicat il s'est essuyé le front en poussant un soupir de soulagement : sa vieille adversaire ne l'emporterait pas.

Mais dans la soirée la fièvre s'est déclarée et il a compris que la septicémie gagnait. Une seule chose aurait pu la sauver, ces nouveaux médicaments, des « antibiotiques », que l'on fabriquait en Amérique. Mais, en France, il n'y en avait pas encore.

Il avait assisté impuissant à la montée du mal qui, inexorablement, prenait possession de ce corps si blanc, qu'il avait cru ravir à la mort.

A présent, c'est fini. Cela n'aura pas duré vingt-quatre heures. L'infection s'est étendue très vite ; l'organisme, sans doute épuisé par les privations, n'a pas résisté. Le professeur serre les poings : cela fait vingt ans qu'il opère et chaque fois qu'il perd le combat de la vie, c'est le même déchirement. Et plus encore — bien qu'il se le reproche — quand c'est un être jeune qui s'en va, comme cette jeune femme, dans le plein épanouissement de sa beauté, car s'y ajoute alors une intolérable sensation de gâchis.

Maintenant, il faut qu'il parle au père, qui depuis la veille se tient immobile dans le couloir. Au sortir de l'opération, il lui avait souri : « Cela ira », avait-il dit. Le visage ridé s'était illuminé de reconnaissance et, avant que le professeur ait compris ce qui se passait, le vieil homme s'était précipité à ses genoux et lui avait baisé les mains en pleurant de joie. Bourru, il l'avait relevé et lui avait permis de rentrer quelques minutes dans la chambre. L'opérée dormait encore ; il avait été frappé par l'expression d'adoration qui émanait de l'homme, des vibrations d'amour qui semblaient réchauffer la froide chambre d'hôpital. Et il n'avait pu s'empêcher de penser que si les humains étaient capables d'éprouver, ne serait-ce qu'une parcelle d'un amour comme celui-là, jamais il n'y aurait de guerre. A regret il avait fini par arracher le père à la contemplation de son aimée et lui avait conseillé d'aller se reposer. Par la suite, il avait appris par les infirmières qu'il était resté toute la nuit, assis par terre dans le couloir.

Le lendemain, la porte de la chambre était condamnée. A l'intérieur, médecins et infirmières s'affairaient. Le chirurgien était lui-même venu deux ou trois fois entre les opérations. Chaque fois, il rencontrait le regard suppliant de l'homme, et se forçait à lui sourire : « Nous faisons tout ce qui est possible. »

Et maintenant que va-t-il lui dire ?

Il n'a pas eu besoin de parler. Zeynel savait. Il a su au moment même où sa petite fille rendait son dernier soupir. Dans tout son corps il a ressenti une secousse, comme un arrachement, il s'est laissé glisser à terre et son front a heurté la porte de la chambre.

Une infirmière l'a trouvé là, à demi inconscient. Elle l'a fait asseoir et lui a bassiné les tempes afin qu'il reprenne ses esprits. Car maintenant il faut agir, prendre des décisions. Que faire du corps ? Ils sont étrangers et n'ont bien sûr pas de caveau de famille. Où va-t-on l'enterrer ?

Tout cela n'est plus du ressort du professeur, l'administration de l'hôpital s'en chargera. Pourtant, il a pitié de la douleur de ce père, il a préparé quelques paroles de réconfort. Mais devant le regard vide qui semble fixer un ailleurs, très loin, il se sent de trop. Il serre la main du vieil homme et sort sans un mot.

Zeynel ne se souviendra pas de ce qui s'est passé pendant les heures qui ont suivi, sauf qu'une femme en blanc lui posait des questions auxquelles il ne comprenait rien et qu'il a fini par lui ouvrir son portefeuille en disant qu'il voulait simplement que sa petite fille soit enterrée en terre musulmane.

Dans l'après-midi, il a vu arriver un corbillard tiré par un cheval efflanqué sur lequel des hommes ont chargé un coffre de bois blanc. On lui a fait signe de suivre.

Combien de temps a-t-il marché derrière sa Selma ? La pluie glacée de janvier transperçait ses vêtements, il ne s'en apercevait pas, il se rappelait les longues promenades qu'autrefois ils faisaient ensemble, et son sourire enjôleur lorsqu'elle lui faisait promettre de la suivre jusqu'au bout du monde.

Enfin ils étaient arrivés dans une sorte d'énorme terrain vague, clos de murs délabrés ; à perte de vue, des rangées de pierres tombales émergeaient de la broussaille : c'était le cimetière musulman de Bobigny. Zeynel n'avait pu retenir un sanglot en songeant aux jolis cimetières surplombant le Bosphore, où Selma aimait tant se promener.

Mais l'*imam* responsable du lieu s'impatiente : il est déjà tard, il faut vite réciter la prière des morts. D'autant que ce pauvre homme n'a certainement pas d'argent pour payer une cérémonie plus élaborée. Il n'a même pas eu de quoi acheter une pierre pour y graver le nom de la défunte Tant pis, on la marquera sur un bout de bois afin que, lorsque l'herbe aura repoussé, on ne mélange pas les tombes. Les familles n'aiment pas cela. Quelle misère !

Zeynel fixe le trou noir que deux hommes ont creusé dans le carré réservé aux femmes, et le cercueil qu'avec des cordes ils descendent. Pourquoi est-ce qu'on a enfermé sa petite fille dans cette boîte ? Elle doit étouffer, elle qui n'a jamais supporté d'être enfermée. En Islam, on enveloppe le corps dans un drap blanc que l'on dépose à même la terre. Mais en France ils disent qu'on n'a pas le droit.

Lorsque les fossoyeurs auront terminé leur travail, il fait presque nuit. Le corbillard est parti depuis longtemps. Zeynel est seul dans le cimetière, parmi les milliers de tombes, seul avec sa Selma. Devant ce carré de terre battue, il songe aux orgueilleux monuments de marbre qui, à Istamboul, siècle après siècle, continuent de chanter la gloire des grandes sultanes. Il frissonne... Qui devinera jamais que dans cette tombe de pauvresse repose sa princesse ? Qui se souviendra ?...

Il s'est étendu sur la terre fraîchement remuée. De son corps il la recouvre, sa petite fille, il essaie de lui transmettre un peu de sa chaleur, de son amour. Elle n'a plus que lui maintenant, il ne l'abandonnera pas, il l'a promis à la sultane

— *Agha !*
Du fond du jardin Selma court vers lui, si jolie dans sa robe de soie bleue, ses boucles rousses volent au vent.
— *Agha, emmène-moi, je veux voir les feux d'artifice sur le Bosphore !*
Elle s'est agrippée à son cou et s'amuse à lui tirer les cheveux.
— *Viens vite, Agha, il le faut ! Je le veux !*
— *Mais il est interdit de sortir du parc, petite princesse !*
— *Oh ! Agha, tu n'aimes plus ta Selma ! Qu'est-ce que ça veut dire : interdit ? Agha, tu veux que je sois malheureuse ?...*

Une fois de plus il a cédé, il ne saura jamais lui résister... La main dans la main, ils descendent à travers les allées embaumant le mimosa et le jasmin, vers la rive où les attend le caïque blanc et or.

Légère, elle a sauté, les feux d'artifice embrasent sa chevelure. Et tandis qu'il s'installe, les yeux brillants, elle lui murmure.

— Et maintenant, Agha, nous partons tous les deux, pour un très long voyage.

Une tape sur l'épaule a réveillé Zeynel. Le jour commence à poindre. Au-dessus de lui un homme le regarde avec curiosité.

— Il ne faut pas rester là, vous allez prendre mal !

Il l'a aidé à se relever, à secouer la terre qui macule ses vêtements, et il l'a emmené, tout grelottant, dans la cabane où l'on range les outils, à l'entrée du cimetière. Là, il lui a servi un grand bol de café brûlant. Il s'appelle Ali, il est le gardien. Solidaire, il s'est assis à côté de Zeynel.

— Alors comme ça, c'est ta dame qui est morte, mon frère ?

— Ma fille, bégaie Zeynel en claquant des dents.

— Et tu ne lui as pas mis une pierre à son nom, à ta fille ?...

Zeynel secoue la tête, il se sent faible soudain, il n'a rien mangé depuis trois jours, depuis le moment où il a trouvé Selma...

D'un geste décidé, Ali lui a coupé une tranche de pain.

— Tiens, mange. Et puis, pour la pierre, le marbrier à côté est mon ami, il pourra t'en donner une petite, pour pas cher.

Les doigts gourds, Zeynel a péniblement extrait sa montre de son gousset. C'est tout ce qui lui reste de sa splendeur d'Ortaköy, il la gardait pour le jour où ils n'auraient plus rien. Mais maintenant...

— Je n'ai que ça. Acceptera-t-il ?

— Garde ta montre, tu en auras besoin. Ne t'en fais pas, je me charge de la pierre. Entre musulmans, il faut s'entraider.

Malgré les protestations de Zeynel, il est sorti. Quelques instants plus tard, il est revenu portant sous le bras une petite pierre blanche, taillée en ogive, et sur les instructions de l'eunuque, en lettres malhabiles, il a gravé :

SELMA

13.4.1911-13.1.1941

Mais quelque chose continue à tracasser Zeynel.

— Ils ne l'ont pas enterrée en musulmane, ils l'ont mise dans une boîte. Crois-tu que l'on pourrait ?...

Le visage d'Ali s'illumine : il aime les vrais croyants. D'un bond, il est allé chercher des pioches et dans une réserve il a déniché un drap blanc. Et tous deux sont repartis sur la tombe. Il ne leur a fallu qu'un quart d'heure pour déblayer la terre fraîche, remonter le cercueil et faire sauter les clous.

— Bon, je te laisse, a dit Ali en s'esquivant discrètement au moment où Zeynel va soulever le couvercle, tu m'appelleras pour remettre la terre.

Lentement Zeynel ouvre le cercueil. C'est la première fois qu'il la revoit, depuis... Qu'elle est belle dans sa longue chemise de nuit blanche ; ses boucles dorées sont déployées sur ses épaules, elle a l'air d'une toute jeune fille... En tremblant il s'est penché et a déposé un baiser très tendre sur sa joue.

Quand il se relève, ses yeux sont secs. D'un coup, l'émotion l'a quitté : cette gisante glacée lui est étrangère. Sa petite fille à lui n'est plus là... Elle s'en est allée avec ses rires et ses caprices, ses enthousiasmes, sa générosité, tout ce qui faisait qu'elle « était » Selma. Elle s'est enfuie...

Délicatement, il a enveloppé le corps dans le drap blanc et, avec de multiples précautions, pour ne pas la briser, il l'a redescendue dans le trou de terre. Cette terre que Selma aimait à respirer, et qui maintenant accueille sa beauté, la reconnaît sienne. Ses bras, ses lèvres, ses seins, son corps parfait vont se fondre en elle, éclore en des milliers de fleurs et de fruits.

Zeynel a l'impression que derrière lui Selma observe et sourit : c'est bien cela qu'elle voulait. Dans peu de temps, il la rejoindra, ils seront de nouveau tous trois, sa petite fille et sa sultane, réunis à jamais dans un palais de dentelles, pareil à celui d'Ortaköy, baigné par les flots transparents d'un fleuve qui ressemblera au Bosphore...

Soudain son souffle s'est figé, ses yeux se sont écarquillés d'horreur.

L'enfant !... Il a oublié l'enfant ! Depuis trois jours, elle est seule sans personne pour la nourrir, personne pour s'occuper d'elle... morte peut-être...

— Allah ! Allah ! a-t-il hurlé, protège-la !

Il ne sait plus comment il est revenu à l'hôtel, il lui semble qu'Ali a arrêté un corbillard qui remontait sur Paris et qu'on l'a casé à la place du cercueil ; ensuite il a couru, comme un vieux fou qu'il était, en suppliant le ciel d'avoir pitié.

Lorsqu'il est rentré dans la chambre, la petite fille gisait sur le lit, exsangue. Ses yeux étaient fermés. Sa tête renversée en arrière, la bouche ouverte, elle respirait avec difficulté.

Il a crié si fort qu'une voisine de palier est accourue ; elle dit qu'il ne faut pas bouger l'enfant, seulement lui soulever la tête pour lui faire boire un peu d'eau. Mais la petite fille rejette tout...

Alors Zeynel la prend dans ses bras : elle est glacée. L'enveloppant dans une couverture, il dévale l'escalier et passe en trombe devant madame Emilie qui tente de s'interposer.

— Eh là ! Vous me devez deux semaines de loyer !

En courant, il redescend la rue des Martyrs, ses jambes le portent à peine. Sur le trajet il trouve plusieurs cabinets médicaux, il carillonne, tape du poing sur la porte, personne ne répond. C'est dimanche. Finalement, désespéré, il s'adresse à un agent de police qui lui indique le consulat de Suisse où une permanence est ouverte tous les jours pour les étrangers.

L'eunuque s'est traîné jusqu'à la rue de Grenelle, il lui semble que son cœur va le lâcher. Il faut qu'il tienne : il n'a pas le droit de mourir avant d'avoir sauvé l'enfant de Selma.

Mais lorsqu'il entre dans le consulat et qu'une blonde secrétaire aux joues rondes lui demande ce qu'il désire, il n'a que le temps de déposer l'enfant dans ses bras et il s'effondre incapable de prononcer un mot.

Cet après-midi-là, madame Naville, l'épouse du consul, est passée chercher une liste d'adresses pour la prochaine vente de charité de la Croix-Rouge. A peine a-t-elle vu l'enfant qu'elle a décroché son téléphone et appelé son médecin personnel. Puis elle a fait servir au vieux musulman un verre de vodka. Zeynel manque s'étouffer, veut le recracher, mais elle le rassure.

— Ce n'est pas de l'alcool, c'est un médicament.

Très vite, il s'est senti mieux, et à cette dame si bienveillante il a raconté toute l'histoire : sa princesse morte, et la petite fille abandonnée à l'hôtel depuis trois jours. Au bout de quelques minutes, le médecin est arrivé.

— Il était temps ! a-t-il bougonné en voyant l'état de l'enfant.

Sortant de sa sacoche une longue seringue, il lui a fait une injection de sérum, puis, délicatement, il l'a examinée.

— Elle est très faible. Les poumons sont pris et... il semble qu'elle n'ait rien mangé ni bu depuis plusieurs jours.

Un gémissement lui fait tourner la tête. Avec pitié, il regarde le vieil homme écroulé sur sa chaise.

— Ne vous inquiétez pas, mon brave, nous la sauverons. Mais il faut des soins intensifs, murmure-t-il à l'intention de madame Naville, et l'Assistance publique est tellement surchargée, avec tous ces orphelins de guerre... Cette enfant a besoin d'avoir constamment quelqu'un à ses côtés, sinon j'ai bien peur que...

L'épouse du consul l'a interrompu :

— Je la prendrai chez moi, docteur, le temps nécessaire. Cette petite fille m'est tombée du ciel, je ne peux la laisser mourir.

Pendant plusieurs semaines, chaque jour Zeynel viendra voir l'enfant. Grâce aux soins et à la nourriture saine du consulat de Suisse, îlot d'abondance dans ce Paris occupé, elle s'est remise très vite. C'est maintenant une petite fille toute ronde qui accueille l'eunuque avec des cris de joie en l'appelant « Zezel ».

Il a tout raconté à la femme du consul, en omettant, bien entendu, l'épisode américain et la lettre au rajah. Il espère que ce dernier ne l'a pas reçue, puisqu'il n'a jamais répondu. Quand la guerre sera terminée, il pourra reprendre l'enfant. C'est la seule solution maintenant que Selma n'est plus... La petite princesse grandira dans le zenana, elle se mariera, elle aura la vie confortable et sans histoires des femmes de là-bas.

N'est-ce pas ce que, sur son lit de mort, Selma a essayé de dire?... L'eunuque se rappelle la jeune infirmière qui a couru derrière lui au moment où il quittait l'hôpital.

— Monsieur! Attendez! C'est moi qui étais auprès de votre fille quand... enfin, juste avant... Elle a agrippé ma main et elle a murmuré : « Pardon, Amir... l'enfant... j'ai menti... » Ce sont ses derniers mots.

Zeynel frissonne. Il songe à l'angoisse qui a dû saisir la jeune femme lorsqu'elle s'est vue mourir, laissant son enfant sans père... Elle qui avait tout fait pour que sa fille soit libre n'avait pas imaginé un instant qu'elle-même puisse disparaître, et qu'alors l'enfant se retrouverait seule.

... Ma jolie princesse, ma pauvre petite fille... Zeynel se sent très las. A l'autre bout de la chambre, l'enfant joue avec ses poupées. Elle est en sécurité désormais, elle n'a plus besoin de lui. Il a fait ce qu'il devait, tant bien que mal. Maintenant il a envie, lui aussi, d'aller se reposer.

Il a embrassé l'enfant sur le front, doucement pour ne pas la déranger, et à pas lents il est sorti.

On ne l'a jamais revu.

ÉPILOGUE

Ainsi s'achève l'histoire de ma mère.

Peu de temps après son décès, un visiteur s'est présenté au consulat de Suisse. C'était Orkan, le cousin de Selma. Sur sa carte de visite il avait simplement écrit : « De la part de la princesse morte. »

Prévenu par voie diplomatique le rajah apprit qu'il avait une fille. Les communications entre les Indes, colonie anglaise, et la France occupée, étant interrompues, il ne put la faire venir à Badalpour. C'est bien après la guerre qu'ils se retrouveront. Mais ceci est une autre histoire.

De Zeynel, on a perdu la trace. Est-il mort de chagrin, de misère, ou bien, étranger parmi les étrangers, a-t-il été embarqué dans quelque wagon plombé ?

Quant à Harvey il n'avait pas oublié. Mais il n'avait pris connaissance des lettres de Selma qu'à la mort de son épouse : pendant trois ans, elle les lui avait cachées.

A peine la France libérée, il est accouru à Paris. Apprenant la disparition de Selma, il voulut s'occuper de l'enfant ; mais à peine avait-il entamé les difficiles formalités qu'il mourut d'une crise cardiaque.

Plus tard, beaucoup plus tard, j'ai voulu comprendre ma mère. Interrogeant ceux qui l'avaient connue, consultant les livres d'histoire, les journaux de l'époque et les archives dispersées de la famille, m'attardant partout où elle avait vécu, j'ai tenté de reconstituer les divers cadres de son existence, aujourd'hui irrémédiablement bouleversés, et de revivre ce qu'elle avait vécu.

Enfin, pour m'en rapprocher encore davantage, pour la retrouver, j'ai fait confiance à mon intuition, et à mon imagination.

Achevé d'imprimer en novembre 1988
sur presse CAMERON,
dans les ateliers de la S.E.P.C.
à Saint-Amand-Montrond (Cher)
pour le compte des éditions Robert Laffont
6, place Saint-Sulpice - 75279 Paris Cedex 06

Dépôt légal : 2e trimestre 1987.
No d'Édition : 31514. No d'Impression : 2211.